求索集

杨国宜史学文选

杨国宜 著

安徽师范大学出版社
·芜湖·

图书在版编目（CIP）数据

求索集：杨国宜史学文选/杨国宜著．—芜湖：安徽师范大学出版社，2010.11（2018.5 重印）

ISBN 978-7-81141-078-5

Ⅰ.①求…　Ⅱ.①杨…　Ⅲ.①史学—文集　Ⅳ.①K0-53

中国版本图书馆 CIP 数据核字（2010）第 198800 号

QIUSUOJIYANGGUOYISHIXUEWENXUAN

求索集：杨国宜史学文选

杨国宜　著

责任编辑：汪鹏生　孙新文

装帧设计：任　彤

出版发行：安徽师范大学出版社

芜湖市九华南路 189 号安徽师范大学花津校区

网　　址：http://www.ahnupress.com/

发 行 部：0553-3883578　5910327　5910310（传真）

印　　刷：虎彩印艺股份有限公司

版　　次：2010 年 11 月第 1 版

印　　次：2018 年 5 月第 2 次印刷

规　　格：700 mm×1000 mm　1/16

印　　张：28

字　　数：419 千字

书　　号：ISBN 978-7-81141-078-5

定　　价：80.00 元

如发现印装质量问题，影响阅读，请与发行部联系调换。

自　叙

古话常说，“光阴荏苒，日月如梭”。我也有这样的感觉，人生一世，真如“白驹过隙”。转眼间，不觉年届八十。自考入大学历史系，先读本科，再读研究生，毕业后又在大学历史系任教直到如今。在历史学的海洋中摸爬滚打，也已五十多年了。五十多年来，多少摸索到了一些治学的门径和经验，多少编写出了一些论文和著作。虽然水平有限，敝帚不敢自珍，但总算没有虚度岁月，没有白白消耗了老百姓的血汗。

欣逢盛世，生活有保障，无后顾之忧，因而没有“岁月沧桑”之感，只是学生时代的师友不少已经作古，也难免“人生苦短”之叹。一些年青朋友认为我过去发表的论文，现在还有些值得参考的价值，可是散见于各种报纸杂志，已经很难找到，屡屡敦促我将它们搜集起来以免散失，选编一部分刊印成书，留作纪念，可以供需要的人们参考。我想，既已年届耄耋，不可能为社会主义文化教育事业再做更多、更大的贡献，也许这也可以算是一些微薄的“砖瓦”吧！不容推辞，只好同意编印这本集子。趁此机会，也谈谈自已学习、研究历史的感受。

什么是历史？史学是不是科学？学习历史有什么用？这些问题，我曾经问过老师，我的学生又问我，将来可能还会有人问。对于每一个有志于学习、研究历史的人来说，似乎都希望得到回应。仁者见仁，智者见智，各人的见解可能不一样。

我的体会是：历史，是人创造的。人类文明史，已经上万年了，把这个发展过程记录下来，就是历史。如何记录历史，就成了历史学，也已经好几千年了，它当然应该是一门科学，也自会有它的作用和意义。

历史既然是人类文明的记录，当然是厚重的，绝非随风飘逝的过眼云烟，应该值得人们情真意切地看待。历史的范围很广，包括政治、经济、文化、人物等诸多方面，内容十分丰富，不仅可以直接增长人们各种各样的知识、技能和生存本领，提高人们的文化素质，而且历史长河中积累下来的优秀的文化因素，还可以从思想意识方面陶冶人们的情操。历史文化水平的高低，常常是衡量人们能力的重要方面。传承文明，可以说是历史学的功用之一。

历史不仅能够帮助我们更好地完善自我，而且可以协调人际关系，具有辅助道德教育的功能。《史通》说："史之为务，申以劝诫，树立风声。"人过留名，是非功过，是好是坏，刊之金石，著于竹帛，总是会被后人评说的。孔子作春秋，寓褒贬，别善恶，而乱臣贼子惧，其效果十分明显。谁都希望美名远扬，不愿意在历史上留下骂名。历史的道德教化功能，可以说是历史学的功用之二。

历史还可以帮助人们更好地认识现实，了解社会生活，明辨是非。通过学习历史，即可多闻，多闻即可博古，博古即可通今。使人不必事事通过现实生活的磨炼，即可凭借历史的经验，决定何去何从，比没有学过历史的人高出一筹。历史使人变得聪明，可以说是历史学的功用之三。

人们常说"前事不忘，后事之师"，以史为鉴，可以知兴替。历史，具有某些可供资治、借鉴、垂训、治乱、兴衰的经验教训，对执政者的科学决策起一些参考的作用。《资治通鉴》成了古往今来不少政治家推崇的教科书，有其一定的道理。然而，历史上的事件，虽然相似甚多，毕竟千差万别，各取所需，断章取义，学习不得正理，也达不到正常的目的，甚至学歪了，会出现负面的影响。可以说是历史学的功用之四。

历史学最重要的功能，还应该是探索社会发展的规律。历史，既然是社会存在，就不会依个别人的意志为转移，必然有其历史的因果关系，其发展应该是有规律可循的。两千多年前的史学大师司马迁就说过："究天人之际，通古今之变。"历史学的任务就在于把历史发展的因果关系和规律弄清楚。通过不断努力，就能逐步接近历史的真实，还历史以本来面目；就能对历史的进一步发展起到有益的作用。可以说是历史学的功用之五。

历史学于个人、于家庭、于社会、于国家都是不可或缺的。历史书籍记载前事，以利今世；传播历史文化，提高文化修养；惩恶扬善，以助教化；总结历史经验，促进社会发展，其功用十分巨大。我在从事历史教学与研究过程中，因其境界奥妙，每有所悟，每有所获，便其乐无穷。六十年来，个人的成就虽然不是很大，但多少总算有点“东西”，虽未能给个人带来什么“财富”，只要未被人称为“大毒草”，即可算是文化建设的“砖瓦”，有所贡献，差可自慰，无怨无悔了。

至于“如何研究历史”，根据我自己的体会是：

一是要求真。史学的根本任务在于追求历史的真实。史学工作者应该在抉隐发微，拾遗补阙，拨雾解谜，直书其事，恢复历史本来面目等方面多下功夫。求真，不可能一蹴而就，需要不断扩展自己的研究，不断发现更多的资料，不断修正以往的谬误，才能逐渐接近历史的真实，达到信史的要求。史以存真，恢复了历史的真实，才能使人相信，才能“以史为鉴”，发现历史发展的规律，总结出有益的经验和教训。历史研究的领域是广阔的，可资借鉴的内容十分丰富，经世致用大有可为。老友俞兆鹏把自己的史学文集取名《求真集》，就表达了这样的理念。求真，是历史研究的最高境界，没有艰苦的努力很难达到。我自己大半生的努力，也仅是迈出了有限的几步，距离想要达到的目标尚远。“力虽不至，心向往之”。

二是要求实。科学是老老实实的学问，历史研究需要有求实的精神。然而在现实生活中，经常碰到一些急于求名、过于浮躁的人，不肯坐冷板凳，还没有对历史资料作应有的涉猎，便贩卖道听途说得来的“理论”，大谈其新发现、新体系。因为其中并无真实的货色，虽然五光十色，颇能炫耀于一时，但不久还是毫无生命力、烟消云散了。史学大师范文澜说的“板凳应坐十年冷，文章不写一句空”，应是史学工作者最需遵守的名言。历史研究要用实实在在的资料说话，绝非徒托空言所能济事，要言之有据，来不得半点虚假。空话说得再多，也没有用处。求实，需要辨别真伪，立论要证据确凿，不先入为主，不囿于成说，实事求是，对众说纷纭的问题，要特别注意不能凭主观印象，感情用事，以免偏颇。论证问题，要符合逻辑，有一说一，有二说二，避免水分，三分不能说成五分，华而不实的东西是难以经久的。有人说“史学即史料学”，用史料说话，用真实的史料说话，确实是史学的基本功，非常必要。但“史料”也并不客观，存在其自身的局限性。实证仅是史学考据手段，不可或缺，但需深化，才能达到真正的“实”。老友张海鹏把自己的史学文集取名《求实集》，就表达了这样的理念。求实，作为史学研究者追求的目标，是我经常铭记在心的。

三是求索。历史的领域十分广阔，像是一望无际的汪洋大海，像是道路崎岖的原始森林，要想获登彼岸，探宝求胜，必须经过艰苦跋涉，冲破重重险阻，才能有所收获。屈原在《楚辞》中说：“路漫漫其修远兮，吾将上下而求索!”求索，即是坚持不懈地“求”，深入细致地“索”，一往情深，不受干扰。“躲进小楼成一统，管它春夏与秋冬”，才能有所收获。

历史学既然是科学，正如马克思所说，在科学的入口处，正像在地狱的入口处一样，这里必须根绝一切犹豫；这里任何怯懦都无济于事!有志于向科学进军的人们，在科学的入口处，必须下定决心，以无畏的勇气，艰苦的劳动，才能开启科学的大门。

求索精神，必须有正确思想做指导。特别是像历史学这样“人言人殊”、主观随意性很强的学问，如何体现历史的客观性，还历史以本来面目，就非历史唯心史观所能胜任。只能依靠科学的历史观与方法论，才能如“庖丁解牛”那样，“奏刀騞然，莫不中音”，顺利地解决问题。

正确的指导思想和研究方法，是取得研究成果的重要基础和保证。无论是古代的传统史学，还是近代的唯物史观，都有其系统的理论和可观的成就，应予肯定和继承。但是，它们也不可避免地带有那个时代的局限，因此需要在继承这份珍贵历史文化遗产的同时，与时俱进，适应现实的需要加以发展和提高。今天研究历史便应该放开眼界，注意吸收先进文化中行之有效、可资借鉴的史学思想和方法，使我们的研究能够更上层楼，取得更好的成果。

我是在20世纪50年代初进入高等学校学习和研究历史的，虽然“先天不足，后天失调”，不可避免地经受了许多干扰，但毕竟在四川师范学院（现发展成为四川师范大学和西华师范大学）和上海华东师范大学的历史系，接受了本科生和研究生的基本训练，在众多名师的教导下，结合自己的爱好追求，逐步摸索到了一些治史的方法与经验。特别是在来到安徽师范大学以后，通过长期教学、研究的实践磨炼，总算积累了一些砖头瓦块，有了一些肤浅的领悟。

五十多年来，虽然出版过十多部著作，发表过百来篇论文，在史学界有过一些正面的反响，但私下总认为“时过境迁，不值一提”。“老古董”怎能与“畅销书”争市场呢！可是，曾经与我朝夕相处的一些青年朋友们，却认为我的那些东西还是有些价值的，不能任其散失，一再敦促要出一部集子。推辞不了，只好同意。前面说过历史研究有求索、求真、求实三个境界，后两者是我追求的目标，究竟达到了多少，不敢自以为是。求索，确实是我一直坚持、不敢或忘的精神，因此取名《求索集》。

临到选择哪些篇目却又有些犯难了，大致考虑以下几方面：

历史研究，需有问题意识。不能盲目、为写作而写作，必须带着任务，有的放矢，弄清问题所在，分析解剖，找到解决问题的道路与方法，得出合乎逻辑的看法，才能有新意和创见。《共工传说史实探源》就是分析了学术界对该问题各种不同看法，找出互相矛盾的关键，综合众多原始资料，重新排列组合，得出比较合理的个人意见，有其一定的学术价值，因而选入。

历史研究，应该实事求是，不能盲从。学术界过去有段时间，盛行研究农民战争，大方向应该是不错的，确实也发表了一些学术水平很高的论文和著作，但也有一些“出格”的文章，不够实事求是。《东吴平定皖南山越战争的性质及其历史作用》《庆历新政时期保州兵变的评价问题》就是属于纠偏救弊、不赶浪头、不凑热闹的文章。

历史研究，应该多角度、全方位地看问题，态度超脱，评价公允。过去有的同志在研究历史上的民族战争时，借口民族平等，故作高深之论，不分是非曲直，模糊战争的性质，不看其后果影响，就未免偏颇。

《从民心向背看淝水之战的性质》和《“澶渊之盟”平议》等文，当是纠偏之作。

历史研究，应该尽量拥有比较全面的原始资料，让史料说话，论从史出，得出自己的结论。《范仲淹民本思想新探》《〈包拯集校注〉前言》《朱熹和谐理念的现代诠释》《南宋漳州士人的爱国传统》等文，就是从相关人物著作中，搜集其思想和事迹，排比总结而成，避免空论。

历史研究，考据是必要的手段和过程，有关历史事件、人物的史料，每多出入，真假杂糅，假冒伪劣，抵牾难通；必须通过考证，去伪存真，相互印证，合乎逻辑，才能获得人们的信任。《陈翥生平事迹考》就是运用考据方法，揭露虚假材料、恢复历史人物、事件真面目的事例。

历史研究，应该根据自己的任务和条件，确定研究的方向和选题。我在华东师大读研究生时，老师根据当时学术界讨论的热门话题，分配我的任务是“土地制度史”，我陆续发表过一些文章，有五篇收入北京三联书店和香港萃文书店出版的相关论文集中，在学术界稍有影响。后来调到安徽师范大学任教，任务变了，条件不同，便改而研究“安徽地方史”，陆续发表、出版的有关包拯、陈翥、朱熹、杜道坚等一批论文和著作，也具有一些个人的特色。

根据上面这些考虑，选择了若干篇文章，大体归纳成若干类，编成这个集子。由于种种原因，水平有限，不敢自诩为“代表作”，具有多高的“学术价值”。加之篇幅有限，出版部门希望有所控制，只好照顾方方面面，略备一格，请读者原谅。

最后需要特别说明的是：肖建新、周怀宇、宋三平、李传印、吴晓萍、方本新、路育松等同志，在本书书稿整理中尽了极大的努力。他们在搜集文稿、输入电脑、校对资料、改正错误、统一规范、联系出版等方面花费了大量精力。他们现在都学有所成，属于各自单位的骨干或领导，工作很忙，却为此事劳神费力，耽误了不少时间，深为感谢。

杨国宜

2010 年 10 月

目　　录

历史事件研究

历史人物研究

人物思想研究

安徽地方史研究

社会文化史研究

历史事件研究

共工传说史实探源

如何正确对待传说史料，在古代史的研究中，一直是一个问题。神话，正如毛泽东在《矛盾论》中所说：绝非“现实之科学的反映”；但也并不是完全出于人们头脑的空想，高尔基说：“一般说来，神话乃是自然现象，与自然的斗争，以及社会生活在广大的艺术概括中的反映。”① 也就是说神话的产生，还是有其现实生活的基础，因此也就有一定的史料价值。早在全国解放以前，新史学家们便运用神话传说史料，探索古代史的秘密。但曾经有一些人却一再宣称“神话为宗教观念所产生”，企图否认它有任何真实内容，更反对写入历史书籍。因此，对远古历史的研究，有些人只运用了有限的考古资料，对众多的传说资料则避而不用，这当然是远不足以反映我国古史的丰富内容的。其实，结合地下出土的考古资料，科学地运用古籍文献和神话传说，完全可以使古代史的研究在科学的基础上出现新的面貌。这是我们应该大胆前进的新方向，努力追求的新目标。

一、一个与洪水作斗争的氏族

在我国古代文献中，有关共工的传说，记载很多，内容极为丰富。当然，由于流传的年代久远和后人的附加，内容不免庞杂，抵触之处也自难免；同时，还由于记载的简略与疏漏，给我们的正确理解留下了不少困难，因此同样的材料可以出现各种不同的解释，结论常常相差很远。

① 高尔基著，曹葆华译：《苏联的文学》，上海文艺出版社 1960 年版。

这是任何研究工作中都会碰到的必然现象，只要经过不断的探讨，历史事实的本来面目就会愈来愈清晰地呈现出来。

杨宽先生在《中国上中古史导论》中，把共工与鲧的事迹进行类比，发现颇有几点相似，因此主张共工即鲧，实为一人。意见很新颖，但证据似乎不足，很难视为定论。古人行事相类，完全可以用生活环境相同来解释；何况，相类者究竟有限，相异者或许更多。仅据《尚书·舜典》便同时记有：舜“流共工于幽州，放驩兜于崇山，窜三苗于三危，殛鲧于羽山”，若确为一人的话，实在没有这样记载的必要。今本《竹书纪年》也记载有“（帝尧）十九年，命共工治河；六十一年，命崇伯鲧治河”，这一段虽出今本，但它的来源是出于《国语·周语》“崇伯鲧称遂共工之过”。这句话很明确地指出他们二人是“前后师承”关系，并不是二而一者也。

吴则虞先生在《共工触不周疏证》一文中，认为传说中的许多共工，只不过是《尚书·尧典》中那个“水利部长”一人的许多化身而已。我觉得这个意见也还值得考虑。因为传说中共工活动的时代是很长的，上自“开天辟地”，下至“虞夏之世”，中间无疑数千百年，尧时那个水利部长没有长生不老之术，实在不可能活这样大的岁数的。

因此，我认为：共工绝不是某一个人的名字或某一个时期的官名，很可能是一个古老的氏族。

传说中，共工主要有下列这些事迹：

（1）太昊（伏羲）氏衰，共工氏始作乱，振滔洪水，以祸天下。①

（2）昔者女娲氏炼五色石以补其阙，断鳌四足以立四极。其后共工氏与颛顼争为帝，怒而触不周之山。折天柱，绝地维，故天倾西北，日月星辰就焉。地不满东南，故百川水潦归焉。②

（3）昔共工之力触不周之山，使地东南倾，与高辛争为帝。③

---

① 罗泌：《路史·太昊纪》，文渊阁四库全书本。

② 列子：《列子·汤问篇》，文学古籍刊行社1956年版，参看《淮南子·天文训、兵略训》《史记·律书、三皇本纪》《论衡·谈天、顺鼓》《路史》引《汲冢琐语》。

③ 刘安：《淮南子·原道训》，诸子集成本，中华书局1954年版，参看《史记·楚世家》《国语·周语》。

（4）帝（尧）曰：“畴咨若予采?”驩兜曰：“共工方鸠孱功。”帝曰：“静言庸违，象恭滔天。”①

（5）舜之时，共工振滔洪水，以薄空桑。②

（6）禹有功，抑下鸿，辟除民害逐共工。③

我们若不是把这些材料各自孤立起来，而进行综合考察的话，材料本身就会给我们导出它的结论。下面的几个问题是非常明确的。

（一）共工氏确确实实是一个古老的氏族。它经历了伏羲、女娲、神农、黄帝、颛顼、尧、舜、禹各代，打交道的人很多，绝不可能是某个人的名字或某个时代官名。宋朝的罗泌不了解这一点，虽然在《路史·后纪》中给共工氏立了专传，但把它列在伏羲、神农之间，为什么神农以后的材料不用呢？避而不答，实际没有解决问题。明朝的郎瑛写了一部《七修类稿》，其中有一篇《共工考》，他发现共工既与女娲、颛顼、高辛打交道，怀疑不是一人。这个怀疑是颇有道理的，但究竟如何解释，没有作答。到清朝，崔东壁作《补上古考信录》，不相信《汉书·律历志》列共工于神农之前，只相信《春秋传》共工在黄炎后，不但斥《淮南子》为“荒唐之薮”，甚至连儒家经典的《尚书》中的材料也不用，既在材料使用上有成见，其结论就不免偏颇，实际上是近于武断的。若据我们的解释，问题不就很容易解决了吗?

（二）共工氏长期与洪水作斗争。在（1）、（4）、（5）、（6）各条材料中，都说明共工与水的关系很密切。这是由于它居住在多水的地区，《管子·揆度》言“共工之王，水处十之七，陆处十之三”，便是证明。那么这多水的地区在今何地呢？历来的学者都未能明指，只有徐旭生先生在《中国古史的传说时代》中提出，共工氏以居于共地（今辉县）而得名。这个意见是正确的。共地有共水（洪水、滐水、降水），是黄河转

---

① 《尚书·尧典》，四部丛刊本，上海书店1935年版，参看《韩非子·外储说右上》《周书·史记篇》《大戴礼记·五帝德》。

② 刘安：《淮南子·本经训》，诸子集成本，中华书局1954年版，参看《尚书·舜典》《孟子·万章上》。

③ 荀子：《荀子·成相、议兵》，四部丛刊本，商务印书馆1929年版，参看《战国策·秦策》《山海经·大荒西经、海外北经》。

折向北时所纳的大水之一。由于黄河在上游径流山间，水势尚小，未能为患；自山陕而下至于河南，陆续汇纳了汾、渭、洛、沁诸水，水势渐大；到这时，进入平原，纳了洪水（共水），更奔腾澎湃起来，构成大患。“洪水”滔天，给人们留下了深刻的印象。共地是经常有水患的多水地区，怪不得这里的居民要经常与水打交道了。他们“以水纪，故为水师而水名”①，治共水工程很重要，“共工氏”也许就是这样出名的吧。后来，“共工”成为专管水利的“官名”，大概也就是由于“共工氏”经常管理水利的缘故。历来的解经家不理解这一点，仅仅指出“官名”（孔安国说）或“水官名”（郑玄说），看来当然不能说错，但既不能说明为什么水官要名“共工”，更不能解释传说中那么多“共工”的活动。我们认为共工是以水族而水官，是“以族名官”原则的通用，也许能够揭示问题的本质。

共工氏虽以治水而著名，但并不是一开始就有成效。万事开头难，事物的规律不是一下子就能掌握的，在没有经验的时候，失败常常是不可避免的。共工的治水，自然也不能例外。在很长一段时期内，共工氏所采取的大概都是“壅防百川，堕高堙庳”② 的老法子。就是说把高地铲平，把低地填高，筑起土围子来阻挡洪水，保障自己的安全。这种办法是有一定效果的。在治水的初期阶段能创造出这种办法，是很不错的。但这种办法并不是十全十美的，有副作用，常常是保住了自己，却害了别人。因为一个氏族筑了堤防，挡住了洪水，固然保住了安全；但转过头来，被挡的洪水便以更大的声势去淹没别的氏族。一到这样的情况发生，共工氏就被邻人视为“振滔洪水，以祸天下”的罪魁，说它“象恭滔天”，给人的印象很不好。其实这怎能怪得共工氏呢！应该说共工氏这种在主观愿望上“欲壅防百川”的思想，是为了保障人们生命安全，敢于向洪水作斗争伟大精神的表现；而“堕高堙庳”的办法，也是一个出色的创造和有益的尝试。只是它们那时还不懂得春秋时太子晋所说：“古之长民者，不堕山，不崇薮，不防川，不实泽”的道理，太子晋的观点

① 《左传·昭公十七年》，商务印书馆 1936 年版。
② 韦昭注：《国语·周语下》，商务印书馆 1958 年版。

在今天看来固然不免保守些，但在当时的技术条件下却是一种老老实实的办法，是适应自然法则的。而“昔共工弃此道也”，违背这个自然法则，硬对洪水采取阻挡的办法，不仅害了别人，有时洪水溃堤而入，也免不了要害自己。这也是与自然作斗争而又还未掌握自然法则时的必然现象，不仅不能过高要求，而且要加以肯定。它不仅不是以水害天下的祸首，而且还是开始与水作斗争的英雄。

我们之所以说共工氏是治水的英雄，还由于它世代努力，坚持不懈，吸取教训，积累经验，终于在治服洪水过程中，建立了大功。我们知道共工治水的老办法，后来被鲧机械地搬用，又一次造成了大害。鲧受到了严厉的惩处，鲧的儿子禹被任命治水。失败的教训，使禹“念前之非度，釐改制量”，改变治水方针，把堙障法改为疏导法，“高高下下，疏川导滞”，顺应自然，使山、川、泽、薮、原、墺，各复旧观，获得了很大的成功。禹治水的成功，除了他自己所起的作用外，另一方面还由于共工氏提供了宝贵的经验教训，而且在整个过程中，“共工从孙四岳佐之”，得到了富有治水经验的共工氏的直接帮助①。因此，禹治水的成功，与共工氏的作用分不开。共工氏是治水的英雄，不更明显了吗？

共工氏之所以成为治水英雄，除了它摸索创造出了一些技术经验以外，还由于它有一套必不可少的工作方法。据《尚书·尧典》记载，当时发生了大水，尧问谁可担当此项重任，有人推荐共工，说他“方鸠孱功”。鸠者聚也，是组织发动群众的意思，“方鸠”是说他正在做广泛地发动群众和组织群众的准备工作。孱者，见也，“孱功”是说他工作能完成任务，很明显，任何工作特别是像治水这样的工作，离开了群众是寸步难行的。共工氏作为水官，很能尽职，正式命令还未下来，便能及早准备，“方且鸠聚，而见其功”，是可以有把握的。

也许正是由于以上原因吧，共工氏治水终于获得了很大的成功。《礼记·祭法》称：共工氏有“子曰后土，能平九州（水土），故祀以为社”，成了土神，受到人们的尊敬。

① 韦昭注：《国语·周语下》，商务印书馆1958年版。

（三）从（2）、（3）各条材料中，都可以看出共工曾触不周山。但材料本身有矛盾，很费解。在时间、原因和后果等问题上，历来都被忽略了，未能破解。

关于共工触不周的时间问题，据《史记·三皇本纪》列在女娲补天之前，这种说法是唐朝司马贞补进《史记》中去的，他的根据可能是东汉时王充的《论衡·谈天、顺鼓》的记载。原文如下："共工与颛顼争为天子，不胜，怒而触不周之山，使天柱折，持维绝。女娲销炼五色石以补苍天，断鳌足以立四极。天不足西北，故日月移焉；地不足东南，而百川注焉。"其实这段材料本身是有毛病的。既言颛顼之时，又把女娲扯来，中隔神农、黄帝诸世，在时间上显然对不上头。既已立起四极，自当恢复平正；又言天不足地不足，日月西移，百川东注，在情理上也有些讲不通。而且这种说法不见于东汉以前的记载，在这以前，只有《淮南子·览冥训》云："女娲炼五色石以补天，断鳌足以立四极"，言女娲而不及共工；和《淮南子·原道训、天文训》的"共工与颛顼争为帝，怒而触不周之山，天柱折，地维绝。天倾西北，故日月星辰移焉；地不满东南，故水潦尘埃归焉"，言共工而不及女娲；或如第（2）条所引《列子·汤问》把二者拼起来但仍以女娲补天在前共工触山在后的记载。我们认为这种记载才是合理的，《论衡》在整理材料时发生了错误，前后搞颠倒了，司马贞不察，据以补入《史记》，后人便轻信了。《故事新编》和《女神》都沿袭了这个错误，因此有必要在这里辨明一下。

关于共工与颛顼之争，除了政治原因而外，或者说直接的导火线，我看与水的关系很密切。史称"卫颛顼之虚"①，在今濮阳，与共（辉县）相距很近，共工氏若要筑围障水的话，必然影响颛顼氏的安危。或称"颛顼实处空桑"②，在今曲阜，与共相距也不远，共工氏在舜时就曾"振滔洪水，以薄空桑"，这次虽未明言，想亦因此之故。这种想法，决不仅止推测而已，有两个材料可以证明。一个是颛顼派了"火正"祝融来对仗，以火正对水官，绝不是偶然的；另一个是《史记·律书》所记：

① 《左传·昭公十七年》，商务印书馆 1936 年版。
② 《吕氏春秋·古乐》，四部丛刊本，商务印书馆 1929 年版。

"颛顼有共工之阵，以平水害。"从这些材料看来，可以毫不含糊地说，当时共工氏治水不得法，影响了别的氏族，引起了误会，认为它是要"危害天下"，对它进行了斗争。从共工氏方面来说，这一次挨打，真是"冤枉"，怪不得在失败的时候要发"怒"了；不然的话，有什么可"怒"的呢？

共工氏与颛顼战不胜，怒而触不周之山。奇怪得很，为什么要去触山呢？据我的看法，还是由于水的关系。原来共工氏企图用"堕高堙庳"筑堤障水的办法去"壅防百川"，现在颛顼既然不同意，只好另找别的办法。水是不能让它留在原地的，应该想法使它流走，根本的办法只能是改变自然面貌。共工氏于是怒而触山，结果把山打出了一个缺口（故称"不周"），水便流向东南低地了。当时人们不理解这一点，还以为是把撑天的柱子搞折了，把系地的绳子搞断了，因此造成"天不足西北故日月星辰移焉，地不足东南故水潦埃归焉"。不管怎样，从此水泄无阻，共工氏确实是改造自然的英雄。共工氏治水的老办法行不通，可谓"穷"了；"穷从思变"，搞出来了这么个触山的怪办法，可谓"奇"了；因此后世的人称共工为"穷奇"，[①] 穷奇的办法竟获得这么好的效果，真应该高兴，真算得治水史上的伟大创造。共工触不周的秘密与意义原来如此。

二、在政治斗争的漩涡中失败了

共工氏虽然在治水斗争中，终于是胜利者；然而在政治斗争中，却常常是失败者。

吴则虞先生在《共工触不周疏证》一文中，列举史料指出：共工"把伏羲、女娲、神农、黄帝、颛顼、尧等三皇五帝都斗遍了"，"是个斗争性极强的人，他的斗争对象是帝王"。

共工氏和他的对手之间的斗争，除了水的原因外，还有政治的原因。黄帝、颛顼、高辛、尧、舜、禹都是姬姓，而共工氏却是姜姓，姬姜之

① 《左传·文公十八年》，商务印书馆 1936 年版。

争，正是政治因素的表现。共工氏与女娲之争是“霸而不王”①，与颛顼、高辛之争是“为帝”②，与尧、舜之争是政见不合③。

共工氏是具有进行斗争的力量的。且不说它“水处十之七，陆处十之三，乘天势以隘制天下”④，有优越的地理条件。早在女娲末年，它便“任智刑以强”⑤，政治条件已很不错。再加上它很早便掌握了先进武器，《韩非子·五宕》称，“共工之战，铁铦钜者及乎敌，铠甲不坚者伤乎体”，物质条件也很好。何况，“共工氏之霸九州也”⑥，控制的地方大，基础雄厚。假若能够好自为之，完全有可能把斗争引向胜利。

遗憾得很，事实却是另外一个样子。在我们所能搜集到的材料中，几乎都是说共工的斗争失败了。女娲“灭共工氏而迁之”⑦。“共工之卿浮游，败于颛顼”⑧。“共工氏作乱，帝喾使重黎诛之而不尽”⑨。“帝尧流共工于幽州以变北狄”⑩。“舜流共工于幽州”⑪。“禹辟除民害逐共工”⑫。

为什么有那么好的条件而失败了呢？这恐怕只能是主观方面的原因了。根据《国语·周语下》《逸周书·史记篇》和《路史·后纪二》的材料，综合起来，约有下面几点：第一是统治者的腐化堕落，“虞于湛乐，淫失其身。”第二是剥削的加重、刑法的苛刻、民心的丧失，“迨其跋扈，更复虐取，任刑以逞，人不堪命。”第三是统治者自以为是，不接受臣下意见，任用非人，政治瘫痪，“共工自贤，自以无臣，久空大官，下官交乱，民无所附。”“专任浮游，自圣其智，以为亡可臣者，故官圹而国日乱，民亡所附，贤亡所从。”再加上“疾荐作而灾屡臻”，发生自

---

① 罗泌：《路史·后纪》，文渊阁四库全书本。
② 刘安：《淮南子·天文、原道》，诸子集成本，中华书局1954年版。
③ 韩非：《韩非子·外储说右上》，四部丛刊本，商务印书馆1929年版。
④ 管子：《管子·揆度》，四部丛刊本，商务印书馆1929年版。
⑤ 马骕：《绎史》卷3，文渊阁四库全书本。
⑥ 《大戴礼记·祭法》，商务印书馆1937年版。
⑦ 罗泌：《路史·后纪》，文渊阁四库全书本。
⑧ 李昉：《太平御览》卷980，文渊阁四库全书本。
⑨ 司马迁：《史记·楚世家》，中华书局1959年版。
⑩ 《大戴礼记·五帝德》，商务印书馆1937年版。
⑪ 《尚书·舜典》，四部丛刊本，上海书店1935年版。
⑫ 荀况：《荀子·成相》，四部丛刊本，商务印书馆1929年版。

然灾害，疾病流行，人口死亡，土地荒芜。在这种情况下，“皇天弗福，祸乱并与”，失败当然是不可避免的了。

三、共工氏没有死

由于共工氏所斗的人太多了，得罪的人很不少，黄帝的子孙们从“成者为王败者寇”的角度出发，在传说中一直把它描绘成一个大坏人。不仅是坏人，而且是人的形体都尚未全具，《归藏·启筮》说：“共工人面蛇身朱发”；《神异经》说：“西北荒有人焉，人面朱发，蛇身人手足，而食五谷，禽兽顽愚，名曰共工。”不仅本人如此，连它的臣下也一样，“共工之臣曰相柳氏，九首人面蛇身而青”；“共工臣名曰相繇，九首蛇身自环”①。有的更认为根本不是人，《海内北经》说：“穷奇状如虎有翼”；《汲冢琐语》说：“共工之卿曰浮游，其状如熊。”甚至于说它死而为“厉”鬼②。给人印象之坏，实在是无以复加。胜利者的笔触，真是厉害极了。

然而，如我们所考查过的，假若不以成败论英雄的话，共工氏确实是个不折不扣的英雄，应该根据事实把它的案翻过来，我想同意的人一定不少。问题在于根据哪些事实给它建立新的功碑。共工氏斗争性强，无疑的应该算一条，但目前大家发掘得还不深，至少应该指出它的正义性，否则就是到处捣乱，不会取得人们的同情的；进一步还应该指出斗争失败的原因，以免使人丧气失望。“怒触不周山”的秘密，也应该加以合理的解释，否则便真成了远离现实的无稽之谈，失掉了它的真正意义。至于它世代治水，功绩很大，目前表彰的人却不多，更应该大书特书，让人们永远记住它。

不管胜利者的黄帝、颛顼、高辛、尧、舜的子孙们如何歪曲丑化共工氏的历史，但毕竟不能完全掩住它的光辉。像共工氏这样富于创造性和斗争性的氏族，在历史上自会有它应得的地位。看吧，姬氏族虽然在

① 郭璞注：《山海经·海外北经大荒北经》，四部丛刊本，商务印书馆1929年版。
② 宗懔：《荆楚岁时记》，文渊阁四库全书本。

斗争中多次宣布："共工用灭"①、"宗族残灭，继嗣绝祀"②。但总是"诛之而不尽"③，不久又来了；原来它由于经常与水打交道，练就了一套水战的本领，能够在水中浮游潜遁，当它与敌人硬打失利的时候，便用上了这些本领，转移阵地；例如《汲冢琐语》记载："共工之卿曰浮游，败于颛顼，自沉于渊"；《淮南子·原道篇》也记载："共工与高辛争为帝，遂潜于渊。"力量便保存了下来，继嗣并没有绝祀。关于这一点，《山海经·海内经》记载得很清楚："共工生器术，是复土壤，以处江水。共工生后土，后土生噎鸣。"这绝不是虚造，还有其他的材料可以证明，《国语·鲁语》和《礼记·祭法》都说："共工氏之伯九有也，其子曰后土，能平九州，故祀以为社。"《春秋经传集解·昭七第二十六》也说："共工氏有子曰句龙，为后土，后土为社。"此外，《风俗通义》还记载说共工氏有一子曰修，被后世尊为"祖神"。总之，看来共工氏的后嗣绝没有绝，据《姓纂》说，后来的共姓就是"共工氏之后"。谁说共工氏死了呢！

（原载《文史》第三辑，中华书局1963年版）

① 韦昭注：《国语·周语下》，商务印书馆1958年版。
② 刘安：《淮南子·原道训》，诸子集成本，中华书局1954年版。
③ 司马迁：《史记·楚世家》，中华书局1959年版。

略论“贞观之治”

在我国农民战争史上，紧接着隋末农民战争之后，出现了“贞观之治”。史料记载说，唐贞观年间（627—649），“海内升平，路不拾遗，外户不闭，商旅野宿”①；“米斗不过四五钱”“民物蕃息”“号称太平”②，这些描绘虽不免夸大溢美，但贞观时期为中国封建社会历史上的一个“盛世”，还是可信的。关于这个盛世的出现，我们自然便会联想到隋末农民战争的作用。那么，究竟怎样正确理解它们之间的关系呢？本文企图对此问题试作论述。

首先，应该实事求是地评价唐太宗施行让步政策在历史上的作用，不能任意夸大。李渊父子起兵反隋，在波澜壮阔的农民战争中，亲见隋朝统治集团由于“穷奢极侈”“徭役不息”“穷兵黩武，干戈不戢”等原因而导致了“率土分崩”“身死国灭”的后果，因此便吸取教训，处处以隋亡为戒，来统筹策划他的统治权术。唐太宗经常以“前事不远，吾属之师”的警语，告诫当朝群臣；并确定了“去奢省费，轻徭薄赋，选用廉吏，使民衣食有余”的施政方针。故唐政府推行了“均田制度”，使无地农民从官地和无主荒地中多少得到一些土地，并在一定程度上对豪强的兼并进行限制，缓和了社会阶级矛盾，使农民有进行劳动发展生产的条件与机会。租庸调制规定“以庸代役”，在赋税制度上是一个进步，这对保证劳动人民的生产时间，避免“苛扰性的中断”，起了好作用；并且，纳租庸调的称为课户，授田规定“先课后不课”，课户有授田的优先权，也比较合理。这些经济政策的推行，对恢复社会生产，增加财政收

① 司马光：《资治通鉴》卷192，中华书局1956年版。

② 欧阳修：《新唐书》卷51，文渊阁四库全书本。

入等方面，起了一定的作用。但是，作为真正对农民有所让步的措施，主要是表现在徭役的减轻和黑暗政治的改变两个方面。因为，均田制和租庸调制是隋唐所共有的，而上述两个方面却是唐初所有，隋末所无的。两相比较，隋亡唐兴的原因，农民战争的作用，就很明显了。

繁重的徭役是封建社会农民最沉重的负担之一，也是摧残社会生产和加深阶级矛盾的主要原因之一。隋末农民起义的根本原因是，隋朝统治者"大兴土木，滥用民力"，以致"耕稼失时，田畴多荒"，"百姓困穷，财力俱竭"。再加三征高丽，"大肆征调，转输无期"，以致"士卒填沟壑，骸骨蔽原野"，广大人民更进一步被推上了死亡的边沿，成了点燃农民起义的导火线。王薄在山东首举义旗，作《无向辽东浪死歌》，发出反对兵役和徭役的号召，"避征役者多往归之"。各地农民纷纷起义，在农民起义的铁掌打击下，隋政权便土崩瓦解了。唐政权建立后，不敢再轻用民力，再穷兵黩武；尽量克制欲望，惟令百姓安静。唐太宗说："往昔初平京师，宫中美女珍玩，无院不满。炀帝意犹不足，征求无已。兼东西征讨，穷兵黩武，百姓不堪，遂致亡灭。此皆朕所目见。故夙夜孜孜，惟欲清净，使天下无事。遂得徭役不兴，年谷丰稔，百姓安乐。"①可见，隋时役重，人民起义终于推翻了它；唐初役轻，人民得以从事生产，导致了社会经济的繁荣。

官吏的残暴和贪污，也常常是加重人民苦难和导致社会矛盾加深的因素之一。隋炀帝施行暴政，实为罪魁，这是首先必须指出的。但残暴的统治者决不只炀帝一人，坏在当时整个政治都已黑暗腐朽，主要官吏无不残忍贪暴。仅以最为炀帝信任而掌握朝政大权的"五贵"来看：专典机密的内史侍郎虞世基是个"言多合意，唯诺取容"的小人，家人"顽鄙无赖为其聚敛，鬻官卖狱，贿赂公行，其门如市，金宝盈积"；职任纳言的苏威是个"承望风旨"，贪图名位的伪君子，当时便有人说他"诈请求名，家累金玉"，后来炀帝死归宇文化及，化及败归于李密，密败又归王世充，李世民平东都又复请见，卖身求荣，廉耻丧尽；左翊卫

① 以上材料见《资治通鉴》和《贞观政要》，以属常见，且多零碎，故不一一注出。参见司马光：《资治通鉴》，中华书局1956年版；吴兢：《贞观政要》，文渊阁四库全书本。

大将军宇文述更“工于附会，其性贪鄙”，巧取豪夺，无所不为，其家“金宝累积，后庭曳罗绮者数百，家僮千余人，皆控良马，被服金玉”；黄门侍郎裴矩则逢迎炀帝之恶，对平民尽恣敲髓椎肤；御史大夫裴蕴更是一个“务于聚敛”的人，他“引致奸黠，共为朋党，宾客附隶，偏于郡国，侵扰百姓，大肆刑诛”。这样一群人掌握了朝政，真是豺狼当道，政治腐败黑暗的情况可想而知。《隋书》卷73说：“其或善于侵渔，强于剥割，绝亿兆之命，遂一人之求者，谓之奉公，即时升擢；其或顾名节，存纲纪，抑敚攘之心，以从百姓之欲者，则谓之附下，旋即诛夷。”全国政治坏到如此，人民不堪其苦，当然只好起来推倒它了。

唐初政治情况，则有比较显著的改变。唐政府除对自己“去奢省费”，对人民“轻徭薄赋”，对各族“爱之如一”外，还经常注意到三件事情：第一，在用人方面审慎选择。因为“吏良则法平政成，不良则王道弛而败”。如前所述，“隋政不纲……跨州连郡莫非豺虎之流，佩紫怀黄悉奋爪牙之毒；以至土崩不救，旋踵而亡”。唐初，吸取教训，革洗污风。唐太宗曾说：“朕思天下事，丙夜不安枕，永惟治人之本，莫重刺史”。选官择吏是直接关系到吏治清浊的重要问题。因此，他曾书各州刺史姓名于屏风，随时视其政绩和过失，加以升黜。又曾数遣大臣巡行各地，弹劾举动失职者，于是“官得其人，民去叹愁”①。这就相对减轻了人民的负担，对恢复生产有利。第二，在法令方面慎重改革。因为“法令不可数变，数变则烦”。变得多了，地方官吏在执行政策时，易出偏差，而坏人更会利用时机营私舞弊，加深人民痛苦。唐太宗吸取教训，决定“自今变法，皆宜详慎而行”。他形象地说：“治天下如建屋，营构既成，勿数改移”，若一改动，“必有所损”；“若慕奇功，变法度”，没有一定准绳，“劳扰实多”②，一定加深人民痛苦，破坏正常生产，引起社会不安。第三，在行政方面注意纳谏。因为“一人之耳目有限，思虑难周”，必须尽可能“集思广益”，采纳各方面的意见。执政者若“饰非拒谏”，实“徒自招祸”。唐初统治者对这一点看得很清楚，故太宗的纳

---

① 欧阳修：《新唐书》卷197，文渊阁四库全书本。

② 司马光：《资治通鉴》卷195、196，中华书局1956年版。

谏，魏征的直谏，在历史上是很有名的。清人赵翼特别指出：“当时君臣，动色相戒，皆由殷鉴不远，警于目而惕于心。故臣以进言为忠，君以听言为急。”① 正因为唐初在用人行政和发号施令方面都做得较好，所以政治情况是比较清明的，人民除负担正规的赋役外，其他额外非法的负担也较少，这就给恢复生产，发展经济，创造了较好的条件。

以上便是唐初统治者对人民所采取的一些让步措施，这些措施对当时社会经济的恢复和发展是有利的。唐太宗所以是中国历史上杰出的皇帝之一，正是由于他能施行这些有利于生产发展的政策措施，顺应了社会发展的客观需要和人民的要求。而唐初之所以能出现“贞观之治”的繁荣局面，与统治者的这些让步措施有关，这也是必须肯定的。但是，我们从以上所述的史实经过中可以很清楚地看出，唐初统治者所以施行这些对农民让步的措施，并不是出自唐太宗这些人的“善意”或“恩赐”，而是他们接受了隋末农民起义所给予的教训，归根结底还是农民斗争的结果，恩格斯在《讨论自由贸易问题的布鲁塞尔会议》中说，“社会改革从来不是靠强者的软弱，而永远是靠弱者的强大来实现的”。没有隋末农民战争对当时封建统治的沉重打击，唐初的那些政治改革是很难出现的。并且，隋末农民战争的结果，还不仅止于迫使统治者做出让步，施行政治上的某些改革，它还促使当时的生产关系在封建制度的范围之内得到一定的调整，阶级关系有了一定的变化。这是出现“贞观之治”繁荣局面的更重要的一方面原因。下面我们就来看看隋末农民战争之后所出现的这种变化。

第一，看贱民阶层的变化。封建社会初期的特征之一是还有很多奴隶制关系的残余，直到隋代，社会上奴婢的数量还是很多的。据《隋书》的记载，梁睿平王谦获赐奴婢千口；于义获赐奴婢五百口；而周法尚更多次获赐。当时人民迫于穷困，又有自卖为奴者，如大业七年（611），山东、河南大水，重以辽东覆败，“因属疫疾，山东尤甚”，“强者聚而为盗，弱者自卖为奴婢”②。贵族之家如杨素等，竟有“家僮数千”。奴婢

① 赵翼：《廿二史札记》卷19，商务印书馆1958年版。

② 魏征：《隋书》卷24，文渊阁四库全书本。

在身份地位上是很低的，“律比畜产”，因此他们不断进行反抗斗争。在隋末农民战争中，如因罪没为奴的钱文强便曾随李渊起兵。柴绍家僮马三宝在隋末参加何潘仁农民军，兵至数万，后归李世民。特别值得注意的是当时还出现了几支“奴军”。如“大业末，原州奴贼数万人围扶风”，后被丘行恭改编投了李世民。又如“义宁元年（617），陇西金城郡奴贼薛举等破，贼率唐弼于扶风自称天子”①。这些“奴军”虽然后来都被利用作了改朝换代的工具，但是亦因其对当时的反动统治作了沉重打击，所以到唐初，便在某种程度上获得了自身的解放。这具体表现在唐代赏赐奴婢之事已不多见，吕思勉先生说：“唐初尚沿此习，如河间王孝恭平江南，赐奴婢七百人，是后似稍减……未见甚多者。”② 而武德时（618—626），李大亮虽获赐奴婢百人，但又自动“皆放还”③。唐太宗初即位，即放宫女三千余人；贞观二年（628），更遣使“诸州，出御府金宝，赎男女自卖者，还其父母”④。后来更在《唐律》中规定：“一免为番户，再为杂户，三免为良人，皆因赦宥所及即免之。年六十及废疾，虽赦令不该，并免为番户，七十则为良人，在所居乐处而编附之。”⑤ 奴婢在当时社会上的比重减少，人身地位获得解放，便是唐初阶级关系变化的特征之一。因此唐代均田不规定奴婢受田，似亦可为之佐证。

第二，看农民身份的改变。自魏晋以来，农民在沉重的剥削和残暴统治下，已不断进行反抗斗争，隋末农民起义对地主的斗争更是特别坚决。山东、河西、江淮等地区的义军，对士子、富人、贪官，格杀不赦⑥，表现了强烈的阶级仇恨。而我们知道，隋代上述地区正是土地高度集中的“狭乡”，经过尖锐的斗争，许多地主的田庄墅馆都被农民军所捣毁。《续高僧传》卷28《释慧琎传》载：“大业末历，郊垒多虞，禅定

① 刘昫：《旧唐书》卷59，文渊阁四库全书本；温大雅：《大唐创业起居注》卷3，文渊阁四库全书本。

② 吕思勉：《隋唐五代史》下册，中华书局1959年版，第801页。

③ 王溥：《唐会要》卷86，中华书局1955年版。

④ 刘昫：《旧唐书》卷2，文渊阁四库全书本。

⑤ 李林甫：《唐六典》卷6，文渊阁四库全书本。

⑥ 刘昫：《旧唐书》卷4、5、6，文渊阁四库全书本。

（寺名）一众，雅推琎善能御敌……时司竹群贼（义军），鼓行郊野，所至摧殄，无抗拒者。兵临庄次，意在诛荡。琎登楼一望，但见张旗十里，乃收束弓刀，反缚奴仆，大设肴馔，广开仓库……所以义宁之初，通庄并溃，惟有禅定，如旧无损”。这段记载虽然是在说慧琎如何保存了禅定寺，但也从侧面记叙了起义农民捣毁地主庄园的史实。在隋末农民战争之后，许多地主的庄园被捣毁，旧的封建土地占有关系便随之被打乱，于是唐初就出现了更多的自耕农民，他们对国家的依附关系在一定程度上是有所减轻的，这主要表现在：（1）隋令五十岁以上者可输庸代役，到唐初，取消了年龄的规定，正式把庸与租调并列，用赋役制代替编役制，百姓的封建隶属关系减轻。（2）唐律规定：“居狭乡者听其从宽，居远者听其从近，居轻役之地者听其从重。”① 这表明民户迁徙已被允许，但其条件仍利于政府。从唐初开始，农民以逃亡的手段反抗把他们固着在土地上，于是逃户和客户便成了唐政府面临着的严重问题。到开元时，虽有些官吏如宇文融等主张“检括”，但一般的舆论却都是主张“以静为本”，“以安为上”，不要“聚人阡陌，亲迁检量”②。因此，唐政府不得不因势设县，承认其逃亡的合法。后来更曾在宝应二年（763）下令：“客户若住经一年以上，自贴买得田地有农桑者……勒一切编附为百姓差科。”③ 这些虽是加强对农民控制的措施，但也反映了客户人身地位有了一定的提高。

当然也是由于隋末农民战争捣毁了不少魏晋以来的世族庄园，因此自唐以后就出现了不同形式的租佃农民。只是由于留下来的材料不多，故岑仲勉先生说：“关于此项公私庄田之生产关系，史言之不详，据情推之，当有如下三类：（甲）租佃；（乙）雇佃；（丙）奴佃”④。在这种租佃制度下，唐初庄客（庄户、客户、佃户、佃客、租田人）对地主有着人身依附关系，虽仍遭受地主的压榨与剥削，是地主的依附农民，然而

---

① 李林甫：《唐六典》卷3，文渊阁四库全书本。

② 王溥：《唐会要》卷85，中华书局1955年版。

③ 王溥：《唐会要》卷83，中华书局1955年版。

④ 岑仲勉：《隋唐史》，高等教育出版社1957年版。

与魏晋以来的部曲、佃客相比，则已经有所不同。他们可以和地主订立契约，在契约上规定了租额和租纳方式，有地主、佃户和证人的签押。如1960年底，在吐鲁番县阿斯塔郡北区发掘的唐墓中，发现了一张几乎完整无缺的租佃合同。合同的大意是：田主赵阿欢仁把口分常田二亩从龙朔四年到六年（664—666）租给佃农张海，耕牛、麦种都由佃户出，秋后收麦二人平分。在这期间，如果佃户不种这二亩田，则要赔偿损失五十文给地主，此外加纳草九围①。英人斯坦因也从吐鲁番盗走了一张武后天授元年（690）的租田契，其大意是：佃人张文信租取田主康海多田五亩，每亩租麦一斗，其中三亩已付，余数在收割前偿还。若到收割时，田主得不到田租，佃户要每斗加罚二升；若到种田时，佃户得不到田地，田主也要每斗赔偿二升。故双方同意立契两份，各执一份为据，契尾有田主、佃田人、证人的签押。日本人中村不折也从西域盗走了一张天宝五年（746）的租田契，大意是：钱主□□□用钱四百五十文，佃种田主吕才艺口分常田一顷二亩，若到下种时，佃户得不到田，田主要赔偿损失，契尾亦有田主、佃主、证人的签押。从以上几份契约来看，主要说明当时地主通过契约形式对佃户进行封建剥削，佃户若不按照规定纳租，将要受罚，是带有强制性的。但同时，也说明佃户对土地的使用权有了契约保障，而且租额固定，因而也就可能避免地主明目张胆地增加地租的盘剥。这反映出佃户对地主的依附关系，较之前代已有所削弱，农民的劳动兴趣遂亦可能相对提高，促进唐初社会经济的发展。应当指出，唐初租佃关系已经不限于个别地区，而是相当普遍的。鲜于甫有庄户一百余人②，高宗时，一般公私田宅，“令人佃作”③；开元时，王叟有客户二百余户④。并且在考古资料上，还可见到许多例子，仅在《吐鲁番考古记》一书中，很明显的与租佃有关的文件，就有“府司阿梁状词”“山府分配地子残牒”“胡玄□残状”等三件。被伯希和、斯坦因窃走的，还有

① 《文汇报》，1961年2月1日。
② 张君房：《云笈七签》卷121，文渊阁四库全书本。
③ 长孙无忌：《唐律疏议》卷27，文渊阁四库全书本。
④ 李昉：《太平广记》卷163，中华书局1961年版。

武则天“长寿二年（693）四月佃人张才实地券”等。可见，租佃关系不仅盛行于内地，而且广及于边区。以上事例虽然不少出于贞观之后，但中唐以前在土地所有制形态上出现比较普通的租佃制，却不能不与隋末农民战争将地主庄园制所给予的打击有关。

隋末农民战争也促使地主阶级阶层关系发生了变化，这主要表现在：一般说来，唐初旧有世族势力已较前削弱，庶族地主势力已渐次成长。魏晋以来的世族门阀地主，及至隋代在政治上、经济上都拥有很大势力。但经隋末农民大起义的打击，有的被镇压，有的被赶跑，其经济实力已非旧有面貌，因而他们在政治上左右整个官僚机构的影响也逐渐缩小。入唐以后，“世代衰微，全无冠盖”，他们不能操纵整个政权，而是大多徒有虚名，“贩鬻松槚，依托富贵”①；唐太宗贞观十六年（642）六月诏，承认衣冠世族“名虽著于州间，身未免于贫贱”②，由此亦可见其衰落失势的程度。

庶族地主的势力却逐渐抬头。他们在魏晋时还经常遭受门阀的排斥，婚姻不通，宦途艰歧，但到南北朝时，随着世族的日益腐朽，“寒人”遂得以掌“机要”之任，他们“手执天宪，口衔诏命”，“而权自重”，政治势力日益扩大③。在经济上的实力亦显著增长。刘宋时出身小吏的阮佃夫，竟能有“宅舍园池，诸王邸第莫及”④ 的雄厚资财。隋末农民战争中，也有不少庶族地主乘机参加了反隋斗争，如太原文水县人武士彟“微时与邑人许文宝以鬻材为事，因致大富”⑤，及“高祖初行军于汾晋，休止其家，因蒙顾接，及为太原留守，引为行军司铠。时‘盗贼’蜂起……尝阴劝高祖举兵，自进兵书及符瑞……义旗起，以士彟为大将军府铠曹，从平京城，功拜光禄大夫，封太原郡公”⑥。正是由于他们“反隋有功”，因此唐政权建立后，便“不论数世之前，止取今日官爵高下作

---

① 刘昫：《旧唐书》卷65，文渊阁四库全书本。
② 王溥：《唐会要》卷83，中华书局1955年版。
③ 赵翼：《廿二史札记》卷8，商务印书馆1958年版。
④ 沈约：《宋书》卷94，文渊阁四库全书本。
⑤ 李昉：《太平广记》卷137，中华书局1961年版。
⑥ 刘昫：《旧唐书》卷58，文渊阁四库全书本。

等第"，重修了氏族志①。当时许多人还主张"皇朝得五品官者皆升士流。于是兵卒以军功致五品者，尽入书限"②。这样，唐初庶族地主的势力，从经济政治以至门第都提高了。

与当时阶级阶层关系的变化相适应，在赋役法上，也便把先前的"九品相通"制改变为"九等分户"制。魏晋时，"九品相通"，不论户品高下，都同样负担户调，"凡民丁课田，大五十亩，收租四斛，绢三匹，绵三斤，书为公输"，"皆输入于官"③，这种办法当然是保护世族地主利益的。因此北魏时，议改税法，世族就反对，说："九品差调，为日已久，一旦改法，恐成扰乱。"④ 但到了唐代，则变为户等制。武德六年（623），"令天下户，量其资产，定为三等"；至九年（626），"天下户三等未尽升降，依为九等"，永徽时，令二年一定户等；贞元时，令三年一定户等，遂为常式⑤。按照户等制的规定，缴纳户税、地税；服役免役赈贷和授田先后，都以户等为根据。世族地主和一般农民都放在一个统一的编制内，不但其对政府的负担要较前合理些，而且也从这里反映出直接生产者身份地位的提高。

总括以上所述，可以看出，无论从唐初统治者所做的让步来看，或就当时生产关系，阶级关系的某些变化来看，都说明了"贞观之治"的出现乃是隋末农民大起义的结果；是唐初农民在自己开辟出来的历史发展的道路上，用持续的斗争和辛勤的劳动所缔造成的产物。

（原载《历史教学》，1962 年第 7 期，后收入《历史研究》编辑部《唐太宗与贞观之治论文集》，人民出版社 1981 年版）

① 刘昫：《旧唐书》卷 65，文渊阁四库全书本。
② 刘昫：《旧唐书》卷 82，文渊阁四库全书本。
③ 徐坚：《初学记》卷 27，文渊阁四库全书本。
④ 魏收：《魏书》卷 53，文渊阁四库全书本。
⑤ 王溥：《唐会要》卷 85，中华书局 1955 年版。

“澶渊之盟”平议

“澶渊之盟”是宋辽两个兄弟民族政权之间，经过长期战争较量之后签订的和平条约。对它的评价，历来存在很大的分歧。大体上可以分成两派，一派是奇耻大辱的“城下之盟”，一派是“世修欢契”的友好文书。不仅两派之间用词的激烈程度有所不同，而且每派内部关注的重点也常有差异。由于过去人们看问题的立场颇多偏颇，结论自然难于统一。因而虽然已经过去了一千年，仍然没有取得一致的看法。今天，我们应该以多民族国家共同创造历史的眼界看问题，不囿于偏见，承认历史的事实，不充当历史角色盲目入座，心平气和地就历史谈历史。平议，也许可以缩小争论的差距，比较接近历史的真实。以下从三个方面入手，谈谈我们的看法。

一、背景和过程

人们对“澶渊之盟”看法之所以出现分歧，我认为首先在于对宋辽战争的历史背景和签约的过程没有弄得很清楚，诸如“澶渊之盟”的原因为何？是否单方面的强迫行为？有没有历史的必然性？有签约的必要吗？如何回答这些问题，显然不能从某一方面的感情出发，只能用历史的事实来说话。

1. 和约是双方战略演变的产物

首先从辽国方面看，其对宋的政策经历了三个阶段，辽太祖、太宗、世宗时期（907—951）是积极南下扩张；辽穆宗、景宗时期（951—983）是退守保国；到辽圣宗即位（983），已转为以战促和。当时掌握实权的萧太后“老，有厌兵意”，虽每年冬季几乎都要发兵攻宋，但其目的无非是以攻为守，阻止宋人收复幽云，以收复关南地为借口，最多掠夺一些财富而已。

其次从宋朝方面看，也经历了三个皇帝，宋太祖建立宋朝后，积极筹划北伐，企图收复燕云故地，完成大统一，来不及实施便去世了。太宗时期的两次北伐，或则仓促草率，或则盲目无知，遭遇失败后，放弃北伐，重点转向国内，守内虚外，对辽政策由战略进攻转入防守妥协。真宗即位以后，朝廷中退让妥协的主张颇有影响。

双方战略既已演变到如此程度，就为双方的议和具备了可能性。当然，进一步究竟如何发展，还要看具体战役形势的发展，以及双方决策人最后的决心如何。毕竟和约的签订和实施是由他们根据战场上的态势决定的。因此，还应当看到下面这个事实。

2. 和约是战役形势对峙的结果

景德元年（1004）闰九月，辽军大举南下，宋军被迫迎战，双方对峙于澶渊。辽能否达到预期的目的？宋能否打退辽的进攻？是人们关注的焦点。当然，这又不能单凭人们的主观愿望和感情，必须由双方具备的实力和占据的形势来决定。

从经济实力方面看：有人认为北宋是先进的农业国，实力强；辽国的经济发展滞后，实力不强，宋朝当然可能打败辽。其实不然，辽国从耶律阿保机建国到这时，经历四代皇帝的经营，已在东北和燕云地区建立起稳固的政权，而且依靠汉族大臣推进封建化的改革，多次发表诏书，奖励扶助农业生产，减免租赋、禁止妨碍农事。农业经济已经普及到其统治下的各个地区和民族中间。至道三年（997），诏令：“（西北部的）品部旷地令民耕种”①。高勋建议“南京郊内多隙地，请疏畦种稻”②。燕京地区的农田水利已经人为改善，“蔬菜、果实，稻粱之类，靡不毕出；而桑柘麻麦，羊豕雉兔，不问可知，水甘土厚，人多技艺”，成为拥有三

① 脱脱：《辽史》卷13，中华书局2003年版。

② 脱脱：《辽史》卷85，中华书局2003年版。

十万人口的"膏腴之地"①。政府通过征收赋税、屯田、义仓及宫卫收入等途径，掌握了大量粮食。史称"农谷充羡，振饥恤难，用不少靳，旁及邻国，沛然有余。"② 反观北宋，虽然家大业大，但开支也大。经过长期统一战争后，又接连多次遭遇对辽战争的失败，损失很大，正处于恢复时期。北方边境地区不很安定，生产发展缓慢。加之，政府采取"恩逮于百官者惟恐其不足，财取于万民者不留其有余"的政策，剥削重，阶级矛盾尖锐，小规模农民起义不断，社会环境也不十分安静，经济发展受到影响，实力并不雄厚，"积贫积弱"的病态很难应付辽国的强势恫吓。

从军事态势方面看：有人认为辽军兵多，主动，先发制人，骑兵占据地理优势；宋军兵少，被动，步兵应接不暇，大片领土被占。敌强我弱，双方态势十分明显。其实不然，且看事实。有关史料记载说，这次辽国所出的兵力是二十万，或三十万，说法不一，不必太计较。因为宋真宗时的禁军也有四十多万，总数可能更多。辽军虽然主动南下，凭其优势的骑兵，在河北平原地区攻下了不少城市，但孤军深入犯了兵家的大忌。宋朝军队的作战能力固然存在不少问题，但也并非完全不能打仗，在大敌当前时还是能够同仇敌忾，足以应付的。因而，辽军的进攻并不顺利。初攻威虏顺安军时，遭到宋军的抵御损失不小，转攻北平寨再被击退，东趋保州仍攻城不克，只在攻遂城时取得胜利，方得合兵攻定州，被宋军拒阵于唐河。由于宋军接到"诏书按兵不出战，敌势益炽"，辽军才得以继续南进。当时，"急书一夕五至"，宋廷难免有些慌乱。但其后，宋军即在草城川、朔州、瀛州、杨流渡等地挫败辽军的攻势，稳定了战场的局势，"群臣称贺"。同时，前线的消息传来，"自辽师南下，河朔皆城守"，远在北方的冀州报告说"若寇至，必至邀击，愿勿以一郡为忧"，形势并不十分严重。因此，十一月庚午，真宗在寇准等大臣的督促下决定北巡。壬申，辽军进抵澶州，统帅萧挞览被宋军射死。丙子，宋真宗

① 叶隆礼：《契丹国志》卷22，上海古籍出版社1985年版。
② 脱脱：《辽史》卷60，中华书局2003年版。

到达澶州北城，“诸军皆呼万岁，气势百倍”。①

从以上事实看来，宋、辽的兵力相当，各自占据有利的态势，辽军固然不能完全打败宋军（它本来就没有这个企图），也很难说宋军处于有利地位，一定可以打败辽军。实事求是地说双方是势均力敌，旗鼓相当，谁也没有消灭对方的企图与力量，长久对峙也不是好的办法。议和，就成为形势发展的必然和唯一可能的结果。

3. 议和是形势发展的必然与结果

其实，双方对议和是早已有所准备的。宋太祖时，虽欲收复燕云十六州，但无必胜的把握，因此设立“封桩库”，作了战和两手准备。宋太宗在准备不充分的时候北伐，张齐贤就劝说：“契丹不足吞，燕蓟不足取”②。宰相宋琪认为“兵为凶器，圣人不得已而用之，若精选使臣，不辱君命，同盟继好，弥战息民，亦策之得也”③。因此真宗即位后，即有和戎之意。辽国方面，经过多年战争的较量未能取胜，也有厌兵之意，其所以用兵不过是以战促和。

因此，这次战役进行的过程中，一方面战场上虽然是紧锣密鼓的攻击对抗，另一方面也暗中存在着连绵不断的信使往还。应该特别提及的关键人物是王继忠，此人本为真宗藩邸旧臣，咸平六年（1003）在望都兵败降辽，颇受重视，被任命为户部使，两方面都拉上了关系，成为议和难得的人选。

关于议和的过程，现存各种史料在时间先后和措辞方面略有出入，不必过多纠缠烦琐的考证，综合起来大致的情况可能是：王继忠因与真宗关系密切，“昔岁面辞，亲奉德音，唯以息民止戈为事”，知道真宗不愿打仗，希望和平。所以到辽国得到萧太后和圣宗的信任后，“亦自激昂，事必尽力”，积极为这方面的“事”出力。他“乘间言和好之利。时，契丹母老，有厌兵意。虽大举深入，亦纳继忠说”。于是在景德元年（1004）闰九月，辽军南下的同时，派人到莫州请部署石普转呈给真宗的

① 李焘：《续资治通鉴长编》卷57，中华书局1974年版。
② 李焘：《续资治通鉴长编》卷21，中华书局1974年版。
③ 李焘：《续资治通鉴长编》卷27，中华书局1974年版。

密奏："北朝钦闻圣德，愿修旧好，必冀睿慈，俯从愚瞽"。真宗以"手诏"回答说："朕抚育群民，尝思息战以安人，岂欲穷兵而黩武，今览封疏，深嘉恳诚。诏到日，卿可密达兹意，果有审实之言，即附边臣闻奏。"继忠请宋先遣使命，真宗摆出不肯屈服的姿态，未许。十月，王继忠得到真宗"手诏"后再次密奏："契丹已领兵攻围瀛州，关南乃其旧疆，恐难固守，乞早遣使议和好"。真宗考虑后认为"先遣使，固亦无损"。乃派曹利用为使往议。曹到达天雄军，当地官员疑辽方"不诚"被留下。这时，辽军"既数失利，复令王继忠具奏求和好"。继忠再奏说："北朝顿兵，不敢劫掠，以待王人"。真宗乃赐"手诏"促利用前往，并让辽方派人到天雄来接。双方谈判得以进行，后又经过多次往复，讨价还价，最后在十二月初达成了协议。①

从以上几方面的事实看来，"澶渊之盟"的形成，确实不是历史的偶然，确实是受历史条件制约的必然产物，双方当事决策人没有别的选择，只能服从，很难说他们做得不对。

二、内容与实质

"澶渊之盟"的性质如何？是人们议论最多的又一个焦点。批评者说它是屈辱的城下之盟，是妥协投降、失地卖国的条约。肯定者说它是明智妥协，不失原则，公平合理，和平友好的范例。究竟如何看待？凿空的议论不行，还是要看历史的事实。

1.《誓书》的原文

让我们先看看"澶渊之盟"的内容究竟如何?《续资治通鉴长编》卷58和《契丹国志》卷20载有宋辽双方交换《誓书》的原文，基本一致，如下："（宋）以风土之宜，助军旅之费，每岁以绢二十万匹、银一十万两，更不差使臣专往北朝，只令三司差人搬运至雄州交割。沿边州军各守疆界，两地人户，不得交侵。或有盗贼逋逃，彼此无令停匿。至于垄

---

① 李焘：《续资治通鉴长编》卷58，中华书局1974年版。

亩稼穑，南北勿纵骚扰。所有两朝城池，并可依旧存守，淘濠完葺，一切如常，即不得创筑城隍，开掘河道。誓书之外，各无所求，必务协同，庶存永久。自此保安黎献，谨守封陲，质于天地神祇，告于宗庙社稷，子孙共守，有逾此盟，不克享国，昭昭天鉴，当共殛之。”

2. 是否公平明智

从《誓书》原文看来，约有三事。一是宋朝每岁要付三十万银绢给辽国，似乎不平等，有点吃亏。二是“所有两朝城池，并可依旧存守”，也就是说承认历史形成的事实，按战前两国的“现状”，划定以白沟河为界，宋朝不再提收回燕云，辽国也不再提收回关南。不算旧账，互相让步，也可以说是公平合理的。三是“各守疆界，不得交侵”，不再纠缠历史问题而挑起新的兵端，熄灭多年的战火，安定边境，对双方都有好处，也可以说是比较明智的。

如果单从宋方付给辽方“岁币”的事实看，代价似乎不小；在战场形势辽军不利的情况下签约，让步似乎过多。但也并非一无所得，毕竟辽军既已深入，宋军要想把它赶出去，恐怕不太容易，签约使辽军从距离东京不远的黄河岸边退出宋境，解除了眼皮下的威胁，收复了被占领的城市。辽军还是作了不少的让步，不仅“不敢劫掠”，退出占领地区，还放弃关南地区，承认宋辽边界的法律地位。因此，可以说宋辽双方都有得有失，得失相当，总的说来是比较公平的。

当然也应该看到，战火毕竟是辽方挑起的，既然深入了宋境，不管怎么说多少都带有点儿侵略性。即或今天同属国内兄弟民族，“兄弟阋墙”矛盾难免，内外有别，不必过多谈论，少讲一些为好，着眼未来。安定团结，不是不讲，不能完全抹杀历史事件的正义与否，不讲是非原则。研究历史不能实用主义。承认历史事实，不是太小气，算老账。而是“前事不忘，后事之师”，看到这一点也很有必要。不然，历史真成了今人可以随意摆布的几堆大钱，毫不尊重历史的客观事实，也就没有什么值得纪念的意义和值得吸取的经验、教训可言了。

三、后果与影响

“澶渊之盟”的历史意义如何？后人的评价也颇有不同，或说缔结了友好关系的新篇章，创造了长期和好的范例。或说加重了北宋人民的负担，导致了统治阶级的苟安。我们也试以平静之心，浅为论之。

1. 盟约的积极后果值得肯定

盟约的签定后，宋辽长期的争战结束，开始了和平交往的新局面，是符合民心、顺应历史发展要求的好事，当然应该肯定。

北宋方面，当时君臣大多认为很好。据说，真宗曾为此即兴赋诗：“我为忧民切，戎车暂省方。旌旗明夏日，利器莹秋霜。锐旅怀忠节，群凶窜北荒。坚冰消巨浪，轻吹集嘉祥。继好安边境，和同乐小康。上天重助顺，回旗跃龙骧。”① 喜悦之情，跃然纸上，并由寇准书写，刻之于石，流传至今。史称：寇准“颇自矜澶渊之功，虽帝亦以此待准甚厚”②。可见，肯定的意见占据当时舆论的主流。当然也难免有认为“岁币”过多的看法，毕士安解释说“不如此，契丹所顾不重，和事恐不能久”。事实上，和议后，“放河北诸州强壮归农。罢诸路行营，合镇、定两路为一，省北面部署钤辖都监使臣二百九十余员、河北戍兵十之五，缘边三之一。诏缘边毋出境掠夺，得契丹牛马，悉纵还之。通互市，葺城池，招流亡，广储蓄。由是河北民得安业”。西夏也跟着“款塞内附”，于是“二方既定，中外略安”③。史称：“自景德以来，四方无事，百姓康乐，户口蕃庶，田野日辟”④，社会经济得到比较快的发展。

从经济文化交流方面看，辽国得到的好处自然更多，仅每年接受宋方送来“岁币”银绢，就达三十万两匹之多，府库积累日多，以致到兴宗时，“承平日久，而宋朝岁币山增而阜积矣”⑤。两国边境地区，陆续

① 唐锦：《大名府志》卷10，明正德刻本。
② 陈邦瞻：《宋史纪事本末》卷4，中华书局1977年版。
③ 陈邦瞻：《宋史纪事本末》卷3，中华书局1977年版。
④ 脱脱：《宋史》卷173，中华书局2004年版。
⑤ 叶隆礼：《契丹国志》卷8，上海古籍出版社1985年版。

设立了许多榷场，终仁宗、英宗之世，契丹固守盟好，互市不绝。宋朝在价格上采取优惠政策，真宗下诏：“契丹请榷场市易者，优其直与之”。仁宗对雄州官员说：“先朝置互市以通有无，非以计利”，不要考虑多收税①。辽国每遇水旱灾荒，向宋请求救济支持，亦多得到积极应允。双方聘使往来，更是络绎不绝，无须多叙。契丹族人的仰慕华风，更形成了时尚，民族融合成了不可阻挡的潮流。这些都是很有历史意义的。

2. 负面影响也不应忽视

“澶渊之盟”是解决宋辽停战的条约，有好的一面，但也存在若干遗留问题，执行过程中还会出现新问题。说它是民族关系的“和好范例”，说它使宋辽之间“亲密无间”带来了“百年和平”，都不太符合历史事实。有必要尊重历史，让更多的人知道历史的真相，全方位地考查历史，多角度地总结历史经验教训。

“岁币”是特定历史条件下的产物，虽然有其必然性、必要性，甚至是唯一的选择，但对宋朝来说毕竟是不光彩的，对辽国来说也不能说是光荣。不仅无端加重了宋朝百姓的负担，辽国统治者得到这种不义之财，也没有用来发展生产，改善人民的生活，反而成了腐蚀剂。辽圣宗“不预朝政，纵心弋猎”②，辽兴宗“四时游猎，避暑钓鱼，各各定制，而狼心虺性，茫无堤岸之所”③，与“宋朝岁币山增而阜积”，肯定是有关系的。因此，关于“岁币”的影响，无论从哪方面看，都没有任何值得称道的意义。

盟约虽然换得了暂时和平的局面，但是大大滋长了宋朝统治者中妥协苟安的情绪，过不了多久就出现了危机。仁宗时，名臣富弼清楚地指出：“澶渊之盟，未为失策”。“自此河湟百姓，几四十年不识干戈”。“而所可痛者，当国大臣论和之后，武备皆废。以边臣用心者，谓之引惹生事。以缙绅虑患者，谓之迂阔背时。大率忌人谈兵，幸时无事，谓敌

① 脱脱：《宋史》卷186，中华书局2004年版。

② 叶隆礼：《契丹国志》卷7，上海古籍出版社1985年版。

③ 叶隆礼：《契丹国志》卷9，上海古籍出版社1985年版。

不敢背约，谓边不必预防，谓世常安，谓兵永熄，恬然自处，都不为忧”①。正是这种苟安妥协的坏思想、坏风气，诱发了辽国统治者的贪欲。庆历二年（1042），遂趁宋与西夏关系紧张的机会进行敲诈勒索，兴兵南侵，发生了“索地”和“增币”的争议，不惜再用老百姓的血汗钱来把纠纷抹平，每年又需献纳银绢二十万两匹。可是，不能正确吸取历史教训，不振作起来发奋图强，只图暂时苟安，所谓的“和平”又能维持多久呢？果然不久的熙宁八年（1075），“辽人复来议疆事”，尽管有人看出“辽自与中国通好，安于豢养，吏士骄惰，实不用兵”。但是宋神宗还是以“庆历讲和之后，中国不为善后之备，今欲修辑为应兵”作理由，派人到河东割地，“凡东西失地七百里”②。哪有什么“百年之好”？哪能说是“和好范例”？

边境地区人民的生活状况究竟如何？我们也应该多少作点调查。欧阳修的《边户》诗说：“自从澶请盟，南北结欢娱，虽云免战斗，两地供租赋。将吏戒生事，庙堂为远图。身居界河上，不敢界河渔。”③ 王安石的《河北民》写道：“河北民，生近二边长苦辛。家家养子学耕织，输与官家事夷狄。今年天旱千里赤，州县仍催给河役。悲愁白日天地昏，路旁过者无颜色。”④ 都形象地反映了“澶渊之盟”以后，北方边境地区人民生活的实际情景，值得发人深思。

（原载《澶渊之盟学术研讨会论文汇编》，河南濮阳　2004 年）

① 李焘：《续资治通鉴长编》卷 150，中华书局 1974 年版。
② 陈邦瞻：《宋史纪事本末》卷 3，中华书局 1977 年版。
③ 欧阳修：《欧阳文忠集》卷 5，文渊阁四库全书本。
④ 李壁：《王荆公诗注》卷 21，文渊阁四库全书本。

庆历新政时期保州兵变的评价问题

宋仁宗庆历四年（1044），河北保州发生过一次兵变。近年，一般史书把它称为士兵起义。士兵是穿上军装的农民，因此也可说是农民起义。其正义性质，似乎也是没有疑问的。然而，近来我对这次兵变的史料，再次进行细致的考察，结合当时的政治形势考虑，发现颇多值得怀疑的地方，特在此提出，请予批评指正。

一、兵变的经过

据《续资治通鉴长编》卷151—152的记载，这次兵变的简单经过，可以转述如下：

庆历四年（1044）八月五日，保州（河北保定）的云翼军都监韦贵与保州通判石待举，在“弯弓赌酒”中发生矛盾，韦贵大骂石待举“减削兵粮”，激怒士兵，持刀造反。石待举和知州刘继宗相继遇害，同时被杀的还有都监王守一等人。到初九日，朝廷得到消息，立即委任河北宣抚使富弼措置；十一日又派知制诰田况前往保州城下，“相度处置叛军”，而且要他“便宜从事”。诸路大军陆续调至，进行围剿。

对保州城中的叛军，意见并不统一。知广信军刘贻孙和走马承受宋有言率领官军最先赶到保州城下，劝他们出降。他们很想接受，便“杀党中懦弱十余人，指为首恶”，希望朝廷招安。可是，这事正在进行、尚未得到答复时，政府派来的官军越来越多，强硬派占了上风，叛军也就“遂复固守拒命”了。

朝廷中出现剿抚两派，意见也不统一。各路官军集于保州城下，“招之未肯开门，击之未能速破”①，形成僵局。到二十五日，官军赶到保州的更多了，没有统一的指挥，仁宗诏令宣抚使富弼迅速前往，进行节制。再次降敕张榜招安，宣告：如若听命开城，即可宽大处理，一切抚存；如若仍然拒命，负城顽抗，则进行强攻，城破之日，老幼皆戮。

田况接到这一命令后，即派知定州的王果在城下宣诏。叛军怀疑，登上城墙的垛口喊道：“派李步军来，我们才出降。”李步军，即李昭亮。他是太宗明德皇后李氏的侄儿，长期在禁军中任职，这时担任真定路总管，在邻近诸州军队中有一定的声望。他奉命前来，与田况同至城下宣诏，但城中叛军仍不信任。随后，又派右侍禁郭逵径直越过护城河来到城内说：“朝廷知道你们不是喜欢叛乱，而是个别官吏虐待了你们，把你们逼到了这个境地。现在赦免你们的罪行，并以禄秩为赏，派皇上亲信的制诰大臣前来宣谕，你们还怀疑什么，哪有诏书不能信任的，哪有制诰大臣说话不算数的。”许多叛军听了纷纷放下武器，争相下城投降，打开城门，接纳官军。

田况率大军入城，将顽抗到最后的四百二十名“造逆”者全部坑杀。九月三日，田况上奏保州乱平。这次兵变至此结束，前后持续了二十八天，以失败告终。

二、兵变的原因

兵变平定后不久，在朝廷担任监察御史的包拯说，主要是由于保州通判石待举“残虐屯兵，刻削廪食”引起的。② 这话与兵变头目韦贵骂石“以减削兵粮为己功”③ 有一致之处，可能有一定的真实性。因而过去大多把这次兵变定为起义，但包拯并未举出石待举刻削士兵口粮的事实细节，韦贵骂石待举的话更是对立面的一面之词，不足为凭，很难说是定论。

---

① 欧阳修：《欧阳文忠集》卷117，文渊阁四库全书本。

② 包拯著，杨国宜校补：《包拯集编年校补》，黄山书社1989年版，第39页。

③ 李焘：《续资治通鉴长编》卷151，中华书局1985年版。

倒是司马光《涑水记闻》记载得比较详细："天章阁待制张昷之为河北都转运使，保州界河巡检兵士常以中贵人领之，与州抗衡，多龃龉不相平，州常下之。其士卒骄悍，粮赐优厚，虽不出巡徼，常廪口食。通判石待举以为虚费，申转运使罢之，士卒怨怒，遂作乱。"①

李焘《续资治通鉴长编》则说："保州、广信安肃军，自五代以来，别领兵万人，号缘边都巡检司，亦曰天策先锋。以知州军为使，置副二人，析所领卒为三部，使援邻道。太祖常用之有功，诏每出巡，别给钱粮以优之。其后州将不复出，内侍为副，数出巡，部卒偏得廪赐，军中以为不均。通判保州秘书丞新昌石待举献计于都转运使张昷之，仍请合三部兵更出入，季一出，即别给钱粮，余悉罢。"②

二者虽详略不同，但内容一致，可互为补充。综合起来看，石待举确实提出了一个"减削"某一部分兵粮的新办法。但这个办法是针对过去某些部卒"偏得廪赐，军中以为不均"的情况提出的，而且新办法也不是"残虐""刻削"，只要是真正"出巡"了，还是要"别给钱粮"的。从政府支给三部士兵廪赐的总数看，并未"减削"，只不过原来偏在某一部，现在改成各部有份，更为平均罢了。既然是改革过去存在的弊病，使之更趋合理，又有什么不对呢？

由此可见，"减削兵粮"只是蛊惑人心，"群凶相扇"的借口③，兵变的真正原因可能并不如此简单，尚须继续探索。

驻保州的沿边都巡检司领兵万人，分为三部，除知州任正使自领一部外，又置副将二人，一般由内侍担任。三部兵之间由于各种原因，苦乐不均，关系不和，就成了常事。由于中贵人所率领的"士卒骄悍，粮赐优厚"，造成"军中以为不均"，责任当然在内侍身上，因此石待举提出的新办法，还包括了"请以武臣代内侍"。而这时中贵人"杨怀敏方任边事"，自然"尤不悦巡检司"，于是他率领下的云翼军卒便要"扬言为

① 司马光著，邓广铭等点校：《涑水记闻》卷4，中华书局1989年版。

② 李焘：《续资治通鉴长编》卷151，中华书局1985年版。

③ 包拯著，杨国宜校补：《包拯集编年校补》，黄山书社1989版，第39页。

乱”了①。享有特权的内侍反对军队体制改革，似乎也应该是这次兵变的重要原因。

韦贵与石待举“弯弓赌酒”发生的那场矛盾，绝不只是个人之间的意气之争。他们双方都是有后台的。石待举的后台是河北都转运使张昷之，石的改革建议是他批准的，可以有恃无恐。韦贵则本为外戚刘从德的家奴，依靠这种关系“恩补班行”，这时做到了“都监”。由于他曾做过保州沿边巡检②，这时担任沿边都巡检的杨怀敏，很可能就是他的后台。特别是杨怀敏自持中贵，不悦地方大吏，与张昷之矛盾也很深③。因此由韦贵出头露面的保州兵变，虽然尚无直接材料说是杨怀敏的指使，但至少可以说是他平常对属下士卒骄惯纵容的结果。

与田况同时被派去处理这次事件的当事人，还有知制诰欧阳修。他的官衔是河北都转运按察使。又“被朝旨密授经略之任”④，职权是很大的，对这次事件了解得最清楚。他从历史的角度看出“有唐骄兵逐帅之祸，起自河北，始务姑息，养成大患”。而入宋以后，为了备辽，河北更屯聚了大量兵马，但“自来未有威名将帅镇抚，而士卒骄狠，相习为常”。据他看来，这次事变“亦由骄兵好乱”⑤。既然如此，这次兵变是否具有正义性就确实需要重新考虑了。

三、变兵方面的情况和发展

保州城中的云翼军卒虽曾“扬言为乱”。但并无行动，只是心中不满而已。八月五日的乱子，完全是韦贵个人受辱，恶意煽动起来的。韦贵虽然是云翼军的都监，但平时的威望并不高。因此叛兵最初是“逼”另一位都监王守一出来领导，但“守一不从而死”。在这种情况下，士兵只

---

① 李焘：《续资治通鉴长编》卷151，中华书局1985年版。
② 李焘：《续资治通鉴长编》卷152，中华书局1985年版。
③ 李焘：《续资治通鉴长编》卷152，中华书局1985年版。
④ 欧阳修：《欧阳文忠集》卷118，文渊阁四库全书本。
⑤ 欧阳修：《欧阳文忠集》卷116，文渊阁四库全书本。

好“拥韦贵据城以叛”①。事实上，韦贵除了在与石待举喝酒时，骂了石“减削兵粮”那一句话而外，就再也找不到什么可以代表士卒正义要求的言论和行动了。

不仅仅如此，只需稍为细致了解事变的发展，就会发现韦贵并未积极领导士兵起义，他曾在暗中“屡发奏城中，又日趣乱军降”②，表明自己并非反对朝廷。果然不久，他就开城投降了。投降后，韦贵被任命为右侍禁、监岳州茶盐酒税③。到皇祐四年（1052）五月，他还率兵镇压了韶州永通监的一次小规模兵变④。这样的人，哪能真正领导士兵起义呢！

城中叛军情况很复杂，很多人都是胁从，真心叛乱的人极少。例如，保州巡检史克顺在闹事那天，就是“领兵与乱军格斗，矢中其胸”后被迫放下武器的；保州屯田务贾世永是“偶入城，遇乱，遂被留”，并非自愿从逆；权保州兵马监押侍其臻更是陷在城中无法逃出，叛军知道他是知安肃军侍其浚的儿子，怀疑他会做官军的“内应，屡欲斩之，求哀得免”；只有保州指使张渎“尝读法书”，懂得叛乱“非可赦之罪”，还有几分“干到底”的想法，但也很难说是自觉的。总之，决不能把保州城中的乱军，看成全是反对宋王朝的“义士”。何况，还有一些人不愿参加叛乱，例如保州指使三班借职臧稹“见兵乱，走入甲仗库，被甲驰至定州告变”⑤。

真正的造反者并不多，宋仁宗谕降的诏书一到，叛兵便“争投兵下城，降者二千余人”。可见绝大多数是无政治目标，不明事实真相，造反意志并不坚定的胁从分子。有的记载说“大军入，收后服者一指挥”⑥，大约三四百人。有的记载说最后杀了“造逆者四百二十九人”⑦，数字差不多。这些“后服者”或“造逆者”可能是自觉的，人数并不多。就是

---

① 李焘：《续资治通鉴长编》卷151，中华书局1985年版。
② 李焘：《续资治通鉴长编》卷152，中华书局1985年版。
③ 徐松：《宋会要辑稿》职官64之47，中华书局1957年版。
④ 李焘：《续资治通鉴长编》卷172，中华书局1985年版。
⑤ 李焘：《续资治通鉴长编》卷152，中华书局1985年版。
⑥ 司马光著，邓广铭等点校：《涑水记闻》卷4，中华书局1985年版。
⑦ 李焘：《续资治通鉴长编》卷151，中华书局1985年版。

这不多的人中，还可能有许多是官军入城后的“滥杀”。那真正的“造反者”就更不多了。何况，这不多的造反者，他们造反的理由究竟对不对，如前所说还有待进一步研究呢！

四、兵变与当时的政治形势

这次兵变的矛头，很可能是针对庆历新政的改革。众所周知，庆历三年（1043）夏天，宋仁宗对朝廷的宰辅进行了重大的改组，保守派的头目吕夷简被免职，范仲淹、富弼、韩琦、欧阳修等为首的改革派被相继委以重任，一场具有深远意义的“庆历新政”开始了。新政的内容十分丰富，针对当时政治上的腐败现象，主要是冗官、冗兵、冗费所造成的统治危机，采取了必要而严厉的措施，进行广泛而深入的改革。人们对改革派的上台和新政的颁布，都怀着喜悦的心情，翘首以待。当然，新政既然是改革，就不能不触犯某些因循守旧者的利益，他们为了维护自己的既得利益，自觉或不自觉地跑出来纠集在一起反对新政。以夏竦、王拱辰为首的一伙人不断地对新政泼污水，明枪暗箭，造谣中伤，无所不为。不到一年，新政就陷入了被动局面，“论者以为不可行。及按察使出，多所举劾，人心不悦。自任子之恩薄，磨勘之法密，侥幸者不便，于是谤毁稍行，而朋党之论浸闻上矣。”① 以韦贵为首挑起的庆历兵变就是在这保守派反对新政甚嚣尘上的时候发生的，难道不能发人深省吗？它是又一支射向新政的毒箭，可惜史学界过去竟然未能重视，甚至判断失误。

保州兵变的借口，是反对通判石待举“减削兵粮”。前面说过，这实际上是石待举提议，经过河北都转运使张昷之批准的，针对过去军队中存在的某些兵士“偏得廪赐”，已经引起其他兵士不满的“不均”现象，做出的一项改革措施。

这就需要看看张昷之是什么人？据《宋史》本传，他进士及第后，

① 脱脱：《宋史》卷314，中华书局1977年版。

做过多年地方官，颇有政绩，“蔡齐荐其材可用，擢提点淮南路刑狱”①。而蔡齐则是与范仲淹同年的状元，后来做到参知政事，与吕夷简关系不合，被排挤出知颍州，卒官，年仅五十二。范仲淹与他都是政治上的改革派，私人关系极好，蔡死后，范为他作墓志称赞他：“以进贤为乐”，“以天下为忧”②。欧阳修为他作行状也称赞他“平生喜荐士，比比皆当世名臣”③。他推荐的张昷之，自然也应是改革派人物。正因为如此，所以宋仁宗在庆历三年（1043）十月十二日，纳范仲淹、富弼“择官长”的建议时，张昷之便“首被兹选”，成了河北都转运使④。当时派出的还有：王素往淮南、沈邈往京东、继昌言往河东、李绚往京西。他们都是范仲淹亲自挑选派往全国重要地区推行新政的骨干分子。张昷之到河北后，根据石待举的建议，“以武臣代内侍”，“悉罢虚费口食”的措施，自然也是庆历新政的一部分了。

韦贵煽动保州云翼军的骄兵作乱，把斗争的矛头直指改革派，通判石待举照他们看来是“减削兵粮”的首恶，当然难逃活命。走马承受刘宗言因“与待举同议”，也被杀害⑤。另据《涑水记闻》的记载：叛兵们“枭待举首于木上，每旦射之，箭不能容，则拨去更射”。真是穷凶极恶，难于卒睹。他们还“推都监为主，不从，即以枪刺之，洞心，刃出于背”⑥。这个被残酷杀害的都监，就是沿边巡检都监王守一。王守一的身世不详，仅查出欧阳修曾称赞过他“临于军政，邈彼塞垣，训齐甲兵，谨备寇盗”⑦。他也属于改革派，也因此被害，就不难理解了。

在朝中掌权的改革派，听说保州兵变，无不大惊，一致认为要认真处理，严肃对待。这时，主持新政的首脑参知政事范仲淹已去陕西河东宣抚，不在京都。第二号人物富弼正要去河北宣抚，便担当了处置这次

① 脱脱：《宋史》卷303，中华书局1977年版。
② 范仲淹：《范文正公集》卷12，四部丛刊本。
③ 欧阳修：《欧阳文忠集》卷38，文渊阁四库全书本。
④ 李焘：《续资治通鉴长编》卷144，中华书局1985年版。
⑤ 李焘：《续资治通鉴长编》卷151，中华书局1985年版。
⑥ 司马光著，邓广铭等点校：《涑水记闻》卷4，中华书局1989年版。
⑦ 欧阳修：《欧阳修全集》卷79，中国书店出版社1986年版。

兵变的重任。同时，派往保州前线的还有知制诰田况，知成德军，充真定府定州路安抚使，他是范仲淹任陕西经略安抚使时罗致的人才。另一知制诰欧阳修则充河北都转运按察使，且密授经略之任，他的改革派名气更是人所共知。留在朝中的，则有知谏院蔡襄、谏官孙甫等人。他们为了维护庆历新政，积极寻找对策，对保州兵变进行及时的处理。

他们一致认为保州兵变是骄兵作乱，主张派兵严厉镇压，反对姑息养奸，以贻后患。蔡襄下面一段话集中反映了改革派的观点。他对宋仁宗说："保州军士闭城作乱，杀党中懦弱十余人，指为首恶，以要朝廷招安。臣与臣修、臣甫已有论列，欲令知定州王果引兵随榜入城，尽行诛戮，不闻施行。窃以天下内外之兵百有余万，苟无诛杀决行之令，必开骄慢叛乱之源，今州兵杀官吏，闭城门，从而招之，使传于四方，明朝廷有畏众不杀之恩，官吏有触势可恃之势，何惮而不为。"① 欧阳修也认为："近日保州兵士作过，与国家生一大患。""盖以河北士卒骄狠，习以为常，小不如意，便谋结集。""河北为国家重地，事之利害，所系不轻。尤宜远虑周思，防微杜渐。""若骄兵过示姑息，一启其端，则他时有不可测之患。"② 在这种思想的指导之下，各路大军很快调至保州城下，对叛军形成严密的包围。

当然，改革派的严厉措施，主要是免贻后患，并非是坚持杀戮。因此，叛军一旦陷入困境，不再恃势要挟时，便可进行招安了。田况特别派出郭逵，冒着生命危险入城联系。因为郭逵与陷在城中的侍其臻"尝同事范仲淹"，终于说服韦贵和史克顺等开城投降③。这样，一场持续二十八天的兵变，在改革派的严密部署下，没有造成大的动乱，很快结束了。

但反对新政的保守派，从事变一发生便别有用心地歪曲真相，制造谣言，偏袒叛变分子，攻击改革派。夏竦一贯对新政不满，这时被言官交章弹劾，退居幕后，但时刻都在窥测方向，以求一逞。身为沿边都巡

---

① 李焘：《续资治通鉴长编》卷151，中华书局1985年版。

② 欧阳修：《欧阳文忠集》卷116，文渊阁四库全书本。

③ 脱脱：《宋史》卷297，中华书局1977年版。

检使的杨怀敏是保州云翼军的顶头上司。属下骄兵作乱，他当然应负直接的责任。可是，他却不肯积极参加平叛，直到张昷之下令“不即来，当以军法从事”时，才应命前来。在参加军事会议时，又违反制度，携带武器，拥兵自卫。张昷之见状大怒声斥：“诸将方集，独敢以兵随左右，岂欲反邪?”① 这种行为举动，显然极不正常。人们不能不怀疑杨怀敏，他究竟是什么人？他扮演着什么角色呢？

我们不妨查查他的历史，可是《宋史》中没有他的传，《续资治通鉴长编》有关他的记载倒不少。原来他是个自恃有权有势的中贵人，在担任保州沿边都巡检使时，“增广屯田，至夺民地，无敢与抗者”；知顺安军刘宗言上书说他以邻为壑漂没了六千户农民；高阳关钤辖王果也上书说他“水浸民田，无益边备”②。他甚至规定“定州西北山林不得樵采，犯者辄置于法，”直到韩琦担任定州路安抚使时，才“除其禁，人莫不便之”③。他与著名保守派头目夏竦的关系极好，“素与交通，曲为掩藏，欲以结构，主忧于上而不为之恤，民议于下而不知其非，但欲私相为恩”④。即或犯了掩盖不了的罪行，他仍可保住官位，“枢密使夏竦庇之也”⑤。因此，他反对庆历新政，纵容骄兵作乱，偏袒叛乱分子，就不奇怪了。他甚至捏造事实，给宋仁宗打小报告，说城中叛军扬言“得张昷之首，我当降”，仁宗信以为真，即派中使奉剑前往军中，要斩张昷之的头，幸好此事被在前线的富弼知道了，当即辩明叛军并无此语，方免错杀无辜。杨怀敏仇视改革派，借刀杀人的丑恶用心，已经达到不择手段，十分露骨的程度。

五、兵变平息后，改革派和保守派的不同遭遇

首先看如何惩恶。据《宋会要辑稿》职官 64《黜降官》的记载，韦

① 李焘：《续资治通鉴长编》卷 152，中华书局 1985 年版。
② 李焘：《续资治通鉴长编》卷 136，中华书局 1985 年版。
③ 李焘：《续资治通鉴长编》卷 166，中华书局 1985 年版。
④ 李焘：《续资治通鉴长编》卷 164，中华书局 1985 年版。
⑤ 李焘：《续资治通鉴长编》卷 162，中华书局 1985 年版。

贵由都监、西头供奉官降为右侍禁，监岳州茶盐酒税。侍其臻由监押左班殿直降为右班殿直，监曹州仓。贾世永由监保州屯田务徙监郓州仓。史克顺由保州广信军巡检徙为泽州巡检。①

值得注意的是，韦贵既是这次兵变的挑动者，后来又被推为主，罪魁祸首非他莫属。当时担任监察御史的包拯，曾两次上章《乞断韦贵》，指出："保州云翼兵士，见谋背叛，韦贵不能死节，仍助凶威，主领叛徒，劫夺财物，戮辱良善，一城生聚，死者几半，以至登陴拒守，屡抗王师，及攻具外合，众心内溃，窜伏无路，方乃开门请命，要君怙乱，无甚于此。"因此请求"重行处置，以伸国法"。② 可是这种正确的意见根本不起作用。为什么会从宽发落呢？主要恐怕还是由于他是外戚刘从德的家奴，又是中贵人杨怀敏的部下吧！

相反，其他几人的处分却较重。贾世永是"廨舍在南关城里，偶入城遇乱，遂被留"的，而且后来还出入城内外，为招安出过力。史克顺并曾"领兵与乱兵格斗，矢中其目"才放下武器的。侍其臻根本不会作乱，叛军对他不信任，曾欲杀之，后来又与入城的郭逵联系，说服韦贵投降。都是情有可原，若不叙功，亦不应论罪。上述处理，显然过重。是否由于有些人曾经是范仲淹的部下呢？可能是的。

其次看如何罚过。据《宋会要辑稿》职官64《黜降官》的记载，在这一事件中被认为犯有过失而降职的有下列诸人。

张昷之，前面说过他是范仲淹亲自选派到河北推行新政的骨干人物，兵变后迅速组织各路官军平叛，当属有功。据《宋史》本传说，平叛后，曾"除户部副使"。可是有人揭发说他"预知"官军入城"杀降"之谋，被夺职，降知虢州。③ 其实，杀降之责怎能追究到他的身上呢？看来，降职的政治背景，还是由于他是改革派。

张沔，兵变前为河北转运按察使，兵变后降知汝州。为什么降职呢？

① 徐松：《宋会要辑稿》职官64之47，中华书局版1957年版。

② 包拯著，杨国宜校补：《包拯集编年校补》，黄山书社1989年版，第34页。

③ 脱脱：《宋史》卷303，中华书局1977年版。

看来还是由于他“早居台省，颇闻清谨”①；在知陕州时，范仲淹还称赞他“权宜合变，消乱止祸”②，属于改革派的缘故。

王仪，时任河北提点刑狱，被降知泽州。他的罪名，这时没有宣布，多年以后有人旧案重提，说他在张昷之减削保州云翼军虚领口粮时，“并不明陈利害，务与昷之扶同，致启保州之乱”。原来又是一个改革派。

王德基，本为沿边安抚使兼知雄州，这次事变后被降为西上合门使。他降职不久，欧阳修曾上书仁宗，称赞他“久在雄州，颇谙边事”③，是倾向改革派的，也便因此受祸。

王秉，本为提点刑狱东头供奉官，降为西关供奉官。他与知保州刘继宗原来都是泾原路都监，在三川口之战失利，被降职。④ 后得到与范仲淹共事的王沿的推荐复职。⑤ 调到保州后，遇上这次兵变，他的降职当是与刘继宗都是属于从西北调来与范仲淹关系密切的改革派。

赵牧，本为安抚都监东头供奉官，降为西头供奉官。他也没有什么过失错误，欧阳修曾在给仁宗的奏札中替他辩护：“赵牧等本亦别无酷虐情状，只是偶然柬试不当，况自有部署转运提点刑狱司等处，自有依公论诉。岂得小不如意，便谋结集。以此见虽是官吏乖方，亦由骄兵好乱。”⑥ 降职的真正原因，是由于他曾与张昷之一起出使过契丹⑦，现在又在一地共事，很可能同属一派。

宋有言，原为走马承受，降为入内殿头，原因不详。由于他是知广信军刘贻孙的部下，留到后面与刘贻孙一起讨论。

王果，原为皇城使，知定州，被降知密州。他的罪名是“多杀伤士卒也”。然而，这究竟是否属实，却颇值怀疑。叛军接受招安，查得“造逆者”四百二十九人，是由“杨怀敏率兵入城悉坑之”的。⑧ 王果是替

① 李焘：《续资治通鉴长编》卷172，中华书局1985年版。
② 李焘：《续资治通鉴长编》卷161，中华书局1985年版。
③ 欧阳修：《欧阳文忠集》卷118，文渊阁四库全书本。
④ 李焘：《续资治通鉴长编》卷128，中华书局1985年版。
⑤ 李焘：《续资治通鉴长编》卷134，中华书局1985年版。
⑥ 欧阳修：《欧阳文忠集》卷116，文渊阁四库全书本。
⑦ 李焘：《续资治通鉴长编》卷142，中华书局1985年版。
⑧ 李焘：《续资治通鉴长编》卷152，中华书局1985年版。

别人背了黑锅。另据《宋史》本传说，他早在担任高阳关兵马钤辖时，就不满中官杨怀敏的胡作非为，被杨诬告降官。这次担任定州知州，被蔡襄等推荐平叛①，肯定是改革派人物。以杨怀敏为代表的保守派，对他自是怀恨在心，不惜捏造事实，颠倒黑白，将其打倒了。

以上八人被明令公布，确认有过，予以黜降。实际的人数，当然还要多些。例如，知广信军刘贻孙，就不知道在什么时候以什么罪名，被徙为泾原路钤辖，后又降监湘阴县酒税去了。② 欧阳修曾对此事极为不满，对仁宗说，"废沿边久任之制，而徙刘贻孙"，是不对的③。有人曾说："范仲淹深练军政；刘贻孙材武刚断"④。他们的政治倾向是一致的。因而，刘贻孙及其部下宋有言，尽管曾及时率军来到保州城下，参加平叛行动，却未能叙功，反而黜降了。从对这些政府官员的处理，我们发现黜降的原则，竟然不是以这次事件的功过为依据，而是在很大程度上违背事实，以人划线，凡是执行庆历新政路线的人，都难逃厄运。

再次看如何赏功。据《宋会要辑稿》职官 64 的记载，仁宗曾于九月四日下诏对李昭亮和杨怀敏"特免责罚"，因为他们曾领兵至保州，参加了平叛，"以劳免罚"⑤，可是三天之后，仁宗又下诏：李昭亮由真定府路都部署，升为淮康军留后，知定州。杨怀敏由沿边都巡检，升为通州团练使，"赏平贼之功也"⑥。这是怎么回事呢？我们认为，"特免责罚"，还可说得过去；"赏功升官"，恐怕就另有原因了。且看：

李昭亮，在这次兵变中的表现很不好。当时，欧阳修就曾向仁宗报告："真定府定州等路部署李昭亮，身为大将，不能统辖，致得保州兵士作乱。""城开之后，李昭亮转帖号令诸军，不得私取人口并财物。却先将叛卒女口，私入本家。""李昭亮身为大将，不忧国家，幸此乱兵，私

---

① 李焘：《续资治通鉴长编》卷 151，中华书局 1985 年版。
② 李焘：《续资治通鉴长编》卷 156，中华书局 1985 年版。
③ 陈均：《九朝编年备要》卷 12，文渊阁四库全书本。
④ 李焘：《续资治通鉴长编》卷 166，中华书局 1985 年版。
⑤ 徐松：《宋会要辑稿》职官 64 之 47，中华书局 1957 年版。
⑥ 李焘：《续资治通鉴长编》卷 152，中华书局 1985 年版。

取妻女，其情理不轻，乞许根勘。”① 可是，仁宗却置而不问。究其原因，无非他是明德太后的侄儿，颇得仁宗的亲信罢了②。

杨怀敏，前面说过他是庆历新政反对派在保州地区的急先锋，尽管他对兵变的发生负有重大的嫌疑与责任，还诬陷改革派，企图破坏平叛，可是因为他是仁宗亲信的“中贵人”，又有保守派给他撑腰，于是他就不仅无罪，反而有功了。

相反，属于改革派的，直接领导平定这次兵变的富弼、田况、欧阳修等人，却未能获得什么重大奖赏，不能不令人感到十分奇怪。

富弼，这位庆历新政的首脑人物，与范仲淹在朝中同掌大政。这次宣抚河北，亲自处理保州兵变，及时平定，未成大害。论功行赏，似属当然。可是，历史的记载却截然相反。请看《续资治通鉴长编》所说：“富弼等出使，谗谤益甚。”③“弼自河北还，将及国门，右正言钱明逸言弼更张纲纪，纷扰国经，凡所推荐，多挟朋党，与仲淹同”④，被排出政府，出知郓州。为此，欧阳修曾上章为其辩护：“富弼自至河北，沿山傍海，经画勤劳，河北人皆云自来无有大臣如此。归至国门，临入而黜，使河北官吏军民，见其尽忠而不知其罪状。小人贪务希合，又不为朝廷惜事体，凡事攻击，至今未已。”⑤ 完全是党争的原因所造成。

田况，是处理这次兵变前线司令，论功行赏，更应不成问题。可是我们所见到的材料，也并不令人特别高兴。据《续资治通鉴长编》的记载，在仁宗九月七日的“赏功”诏令中，无非是在他知成德军的官职上，再加一顶“起居舍人”的帽子而已，不久到十二月十七日，仅三个月，却被徙知西北地区的秦州⑥，虽说不上降职，恐也属不受重用了。

欧阳修，他是富弼、田况之下最重要的人物，在保州平定之后，未获尺寸之功，仍然作他的河北都转运按察使。在他的全集中，有《河北

① 欧阳修：《欧阳文忠集》卷117，文渊阁四库全书本。
② 脱脱：《宋史》卷464，中华书局1977年版。
③ 李焘：《续资治通鉴长编》卷152，中华书局1985年版。
④ 李焘：《续资治通鉴长编》卷154，中华书局1985年版。
⑤ 欧阳修：《欧阳文忠集》卷107，文渊阁四库全书本。
⑥ 李焘：《续资治通鉴长编》卷153、157，中华书局1985年版。

奉使奏草》两卷，反映了他为妥善处理保州兵变的遗留事务，在保守派步步进攻，政治环境日益恶化的情况下，坚持改革方向，摘奸贪，举贤能，兴利除弊，不辞辛劳，做了许多卓有成效的工作。可是，他还是随着范仲淹、富弼、韩琦等人的罢职，被人诬陷私人生活有问题，落学士，降知滁州。

兵变平定了，改革派受到很大的打击，庆历新政只好宣告失败了。

由此看来，把一切反对封建政府的行为都称为起义，是不对的。确凿的历史事实表明，庆历保州兵变，就是一场由少数保守派挑起的，旨在反对新政改革措施，煽动部分骄兵作乱的闹事行动，毫无进步意义可言，不宜肯定。

[原载《安徽师范大学学报》（哲学社会科学版），1993年第3期]

王安石变法的阶级性、进步性和局限性

王安石是我国历史上一位杰出的政治家。他在宋神宗熙宁、元丰年间（1068—1085），进行政治改革，在一定程度上达到了富国强兵的目的，巩固和加强了宋朝封建政府的统治，同时也对社会经济的发展起了一定推动的作用。王安石变法是我国历史上的一次重大的改革，研究一下它的指导思想及其成功和后来失败的原因，是很有意义的。

万绳楠先生的《谈王安石变法》一文①，着重介绍了王安石大兴农田水利，抵抗旱灾，发展生产的事迹；和他“调查研究”，“农夫女工无所不问”的作风以及“先行试点”，“逐步推广”的方法。无疑的这是该文的主要方面，应该首先肯定的。但我觉得王安石变法的内容很多，可资借鉴和继承发扬的东西不少，还可以补充一些；同时我认为王安石变法并不是代表农民的要求，其最终目的也不是大兴农田水利发展生产。因此，在这里把我的意见写出来，与万绳楠同志做一些商榷。

一、王安石出身庶族地主，具有儒家传统的平均思想

万绳楠同志说：“王安石家里是较穷困的”，“根据他这种出身、家境，完全有接受农民‘均贫富’思想的可能”，“王安石的著作中有很多地方都表明，他的变法的指导原则是‘均贫富’。”我认为这个结论是值得商榷的。

固然，王安石在《上相府书》中说过他“内外数十口，无田园以托

① 《安徽日报》，1961年9月2日。

一日之命”；的确似乎是没有什么田产的。但他在《答吴孝宗书》中曾说他“田入不足”；又似乎是有一些田产的。而且从他父亲王益曾做过二十多年州县官的情况来看，也绝非没有一些田产。要知道在封建社会里，不是地主的，一般是很少可能挤上仕途当起官来的；而且在当官之后，一般也都会买田而成为地主。王安石本人就曾在南京买得不少田产，每年可以收租四百多石。因此，王安石出身于地主阶级，应当是没有疑问的。只不过，在封建社会里，又有具有特权的贵族大地主和没有特权的庶族中小地主之分；王益仅止做过封建政权最下级的州县官，而且曾遭过“豪吏大姓”的排挤，看来还只是一个庶族地主。

庶族地主的品级地位不高，对大官僚贵族地主说来，是一个被排挤、被压抑、被剥削的阶层，他们之间不可避免地存在着矛盾与斗争。庶族地主对贵族地主的斗争，在客观上是符合农民的要求与利益的，在若干地方他们是一致的；但根本的阶级利益决定了它们不可能完全一致，庶族地主绝不会是农民的代表者。正是这样，现实生活的反映，出现了代表庶族地主幻想争取身份地位平等的平均思想。

王安石的“寒素”出身和“亲民”生活，使他有可能比较本质地看出，由于官吏的贪纵和豪强的兼并，造成了农民的破产和统治的危机。广大农民在“州家闭仓庾，县吏鞭租负，乡邻铢两征，坐逮空南亩”的情况下，生活非常贫困，一遇水旱灾荒，特别是青黄不接的时候，更常常饿死人，“丰年不饱食，水旱尚何有”“况是交冬春，老弱就僵仆”，这就必然给社会带来不安，“虽无剽盗起，万一且不久”，最终将引起封建统治的危机。如何挽救这种危机呢？这就产生了他的“损有余以补不足”“裒多益寡”的平均思想。这种思想曾经贯彻到他所施行的各种“新法”中去。

王安石的平均思想及依此制订的“新法”，对豪强兼并势力是一个很大的打击，符合农民的要求，因而是一个光辉的思想、进步的政策。

但是应当指出，王安石的平均思想只不过是企图挽救封建统治危机，最多也不过是代表庶族地主争取身份地位上的平等，并不代表农民的利益，与农民要求土地所有权的平均思想，有本质上的不同。

因为在历史上，有着各式各样的平均思想。列宁认为，剥削的存在，永远会在被剥削者本身和个别知识分子代表中间产生一些与这一制度相反的理想。平均思想可能产生于不同阶级这一情况，是完全可以理解的。正如恩格斯在《反杜林论》中所说："一切人，作为人来说，相互之间都有一些共同之点，在这共同点所涉及的范围内，他们是平等的——这样的观点自然是自古已有的。"在我国历史上，早在先秦时代，就出现了老子的"小国寡民"、孔子的"老安少怀"、孟子的"井田制度"、墨子的"兼爱交利"等代表着不同阶级阶层利益的平均思想。而在封建时代，则既有最高皇权及其官僚加强控制、挽救危机、稳固统治的平均思想，又有庶族地主争取身份地位平等的平均思想，更有农民阶级要求财富贵贱均等的平均思想。不可一概而论。

王安石出身于庶族地主小官僚家庭，争取身份地位上的平等既是其阶级本能、维持统治阶层间的平衡，又是其职责所在。他的平均思想就是从这里产生出来的，而其阶级本质也就不难看出了。

他在"损有余以补不足"的思想指导下，固然极力主张："驾言发富藏，云以救鳏茕"；但只不过是从稳固封建统治的目的出发，使用封建政治的权力，"以政令均有无，使富不能侵贫，强不得凌弱"①。他的一切改革，看来似乎是打击限制豪强兼并势力，但最终仍只是在"收轻重敛散之权，归之公上"②。这种思想、政策，不能不是维护封建统治的形式上的平均，实质上是并不平均的。

真正的平均，应该是要消灭阶级。与王安石同时代的农民起义，从王小波、李顺到钟相、杨幺所提出的平均主义的口号，是用武装革命作手段，去推翻封建统治，加以实现的。可是王安石的平均思想和政策呢？处处是在维护阶级统治。他说："以贤治不肖，以贵治贱，古之道也"；"易制者鱼也，民之象也，小人女子之象也；虎豹刚健，君子大人之象也；臣，以顺承君者也；仆，卑以顺也"。总之他认为在社会上，君子小人，大人女子、贵贱、君臣这些阶级统治和阶级压迫是合理的。既然如

---

① 李焘：《续资治通鉴长编》卷240，文渊阁四库全书本。

② 王安石：《临川文集》，文渊阁四库全书本，本文下引该文集之引文，不再注明出处。

此，无怪乎他实现自己的思想和政策的手段，只能是行政命令的改革而已。既然王安石和农民起义的平均思想，两者之间的目的和方法都不同，因此不能混为一谈。王小波的“均贫富”是农民阶级革命的平均思想，王安石的“均有无”则只不过是开明地主进步的改革而已。他们之间并无“一脉相承”的关系。

王安石变法的思想渊源于农民起义的“均贫富”的说法，并无事实的根据。相反的，我们可以从儒家传统平均思想的发展中，找到它们之间的脉络。

从来，学者们就把王安石划归“江西学派”，认为李觏是他的先驱者。不仅因为他们同是江西人，王安石自己曾说：“李泰伯某与纳焉”，称他是“江南士大夫为能文者”，可见他们确实是有过交往的，而且在他们的思想中，也确有相似之处。李觏的政治思想，略见于他的《周礼致太平论》，主要内容是（1）量入以为出，节用而爱人；（2）王者以天下为宗，未闻天子有私财者；（3）天之生民，未有无能者也，能其事而后可以食；（4）人无遗力，地无遗利，人无不耕，地无不稼；（5）兴水利，备水旱；（6）制农器，修稼政；（7）禁游惰，重本业；（8）定税则；（9）置平准；（10）泉府定轻重之制；（11）救凶荒疾疫；（12）均力役。这与王安石的“新法”不是非常相同吗？王安石“愿见井地平”的思想，也可以在李觏的《平土书》中找到，“耕不免饥，土非其有也”，“田均则耕者得食”。李觏的思想，据他自己说：“予闻诸圣人矣。《礼运》记孔子之言曰：禹、汤、文、武、成王、周公，此六君子者，未有不谨于礼者也”①，是儒家传统的思想。王安石的思想渊源于李觏，是儒家传统思想在新的历史条件下的发展，不是非常明显的吗？

关于这一点，还可以从王安石的思想中，找到直接的证明。在先秦诸子中，儒家和墨家都具有不同性质、不同程度的平均思想，尽管墨家的思想更接近于劳动人民，但王安石却是非墨而拥儒的。他在《杨墨》中表示自己的意见：“由杨子之道则不义；由墨子之道则不仁，于仁义之

① 李觏：《盱江集》卷2，文渊阁四库全书本。

道无所遗，而用之不失其所者，其唯圣人之徒欤。”他在《夫子贤于尧舜》中对孔子作了极大的称赞，认为孔子是“集诸圣人之事而大成万世之法”者。因此，我们说王安石的平均思想，是孔子的“不患寡而患不均，不患贫而患不安，盖均无贫，和无寡，安无倾”① 的儒家传统思想的继承和发展。

说王安石的平均思想渊源于儒家的传统，并不贬低他光辉的历史地位。列宁说过，在历史上产生的与剥削制度相反的“这些理想，对马克思主义者说来是非常宝贵的”。我们在指出王安石变法思想的进步性的同时，还应根据历史资料，实事求是地指出它所代表的阶级性和所具有的局限性。它是代表庶族地主利益，打击豪强兼并势力，挽救社会危机，巩固封建统治的改良思想，在一定程度上符合了广大农民的要求，对社会发展起着进步的推动作用。但却不是农民利益的代表者，与农民革命“均贫富”的思想并无直接的关系。弄清楚这一点，对于正确认识王安石的历史作用是必要的。

二、新法代表庶族地主利益，一定程度上符合农民要求，最终目的在富国强兵

万绳楠先生又说：“王安石的变法，代表当时农民的要求”。“变法的最终目的是大兴农田水利，发展生产”。这个意见也是值得商榷的。

为了把问题弄清楚，有必要对“新法”做些具体分析。现依“新法”颁行的时间，次第论述。

王安石早在嘉祐三年（1058）《上仁宗皇帝言事书》中，就提出了“变法”的主张，他主要是针对当时“天下之财力，日以困穷”的情况提出来的，因此他“变法”的中心思想是：“因天下之力以生天下之财，取天下之财以供天下之费”。后来他的一切新法都是从这一思想出发。万绳楠同志所说的：“抑制兼并，均济贫乏，调动民力，发展生产”。就是王安石“因天下之力以生天下之财”的意思。只说了一半，还不是“最终

① 《论语·季氏》，中华书局1958年版。

目的”。最终目的是在生财以后，还要“取天下之财以供天下之费”的。决不应该忽略这一点。封建政府以及一切剥削阶级的政府，其发展生产的目的，都只是培育税源，扩大收入，富国强兵，巩固其统治。与我们今天发展生产改善人民生活的目的，有本质的不同。哪怕是进步的历史人物与事件，也不应该加以理想化、现代化，那样做并没有好处，相反的只会模糊对历史和现实的认识。我们的责任，仅在于根据真实材料，对历史做忠实的历史唯物主义的论述。

正是由于王安石提出了符合封建统治者口味的理财、生财的主张，因此，当“慨然有恢复之志”的宋神宗即位后，便对他表示特殊的信任，要他“越次入对”，“经画设施之方”，终于在熙宁二年（1069）任他为参知政事，作了掌握政治大权的宰相。

王安石入相后，所做的第一件事，是创立“制置三司条例司”，作为变法的机关，主要任务在“经画邦计，以通天下之利”。“理财富国”的目的，在这里表示得很清楚。

接着，便遣使八人分赴各地察看农田、水利、赋役的情况，进行“调查研究”，给变法准备“材料”。

该年七月间，颁布第一道新法：均输法。由政府在各地设置“发运司”，根据政府的需要和市场的供应情况，“徙贵就贱，用近易远”，使富商大贾，不能操纵物资和物价。这样就可以“省劳费，去重敛，宽农民”，当然这样做的目的是在“民财不匮”，“庶几国用可足”。三年后又颁布了市易法，其目的与此相同。

九月间，颁布了青苗法，由政府在青黄不接的时候，发放农贷。既可以“抑民豪夺”，制止兼并；又可以“耕敛补助”发展生产。确是具有进步性的好措施。但青苗钱的散发是按户等，第五等及客户不得超过一千五百文，第四等三千文，第三等六千文，第二等一万文，第一等一万五千文。三等以上户，还可多贷。从这个规定看来，青苗钱主要对那些三等以上户（主要是中小地主）有益，它们户等高，可贷的钱多，可以用来发展生产；而贫下户及客户（自耕农和佃农），贷得钱少，仅足解决口粮问题。从这里便不难看出青苗法的阶级性和局限性。

十一月，又颁布了农田水利法，这是发展生产的积极措施，鼓励吏民，兴修水利，主要由民力自办，民力不足可“依青苗钱例”向政府借贷，最后“视功利大小酬奖”，对那些“出财颇多，兴利至大”的人，还可“量才录用”，让他们当“官”。无疑这是一项进步的措施。但就是在这里，我们仍然可以发现：农田水利的兴修人受益人，主要是那些三等以上户，只有他们才有力“自办”，才有条件向政府“多贷”钱，才能“出财颇多”去当官。当然，这个办法对四、五等的贫下农户，也是有利的。特别是命令里还提到对那些“水利可及众而为之占擅”的贵族地主，要“相度均济疏通”，不许他们垄断水利。表现了对豪强兼并势力的斗争精神。

到熙宁三年（1070）十二月，立保甲法，将全体民户编入保甲，选“物力最高者”为保长，每户一人为保丁。同保之人互相监督，不得作奸犯科。保丁日夜巡查“盗贼”，维持社会秩序。农隙教阅，作为国家武装力量的补充。据说这个办法是使富者出钱，贫者出力，从此富者可以“逸居而不虞寇劫”，贫者可以“土著而有所周给”，含有“贫富交相亲以乐业”的平均主义思想。确为强兵安民的有效措施，也应该划入进步政策的范围。但这个办法只规定“物力最高”的富户才能作保长掌握大权，贫下户只有充保丁卖命的资格。怪不得地主分子“皆欣然趋赴”，而一般农民却并不热烈欢迎。保甲法之有利于庶族地主不是很显然吗？只有他们才是最关心封建统治的地方秩序。至于豪强大地主，些许小“盗”动不了他；而农民又根本是不怕“强盗”的。

熙宁四年（1071）十月，行募役法，根据民户家赀高下，令其出钱免役，政府出钱雇募，使民不致因差役而影响自己的正常生产。这当然是一项减轻农民负担的好办法。特别是从前不负担差役的命官形势之家，现在也要他们出钱。务使“家至户到，均平如一”；确有抑制兼并、均济贫乏的精神。从此，“释天下之农，归于畎亩”，让他们安心生产；对发展农业起了推动作用。但有些“素无力徭”的“微户”，这时也要出钱；不少下户过去只是“轮流充役”，这时倒要年年输钱，也多少加重了他们的负担。可见均役仅是庶族地主对贵族地主争取封建义务的平等，农民虽然可以从中得到一些利益，但仍然免不了成为剥削的对象。新法执行的主要人章惇也说："言免役便者多上三等人户，言不便者多下等人户"，是完全可信的。免役法所代表的阶级利益就很清楚了。

熙宁五年（1072）八月，颁行方田均税法，重新丈量全国土地，确定民户的土地占有情况，重订户等，重订税额，不得逃漏，均平负担。这对那些占田多而漏税的豪族官户当然是一个打击，相对的便减轻了庶族地主和自耕农民的负担。因此说它是平均思想指导下的进步政策，当然是对的。只不过，通过方田后，政府便对当时封建土地占有情况予以法律的承认，只均税而不均田，不仅没有从根本上解决农民对土地的平均要求，而且更助长庶族地主的发展，去兼并农民的土地。封建政策下的均役和均税，对农民来说只不过是获得喘一口气的机会，并不能保证避免被兼并的命运。

王安石变法的主要内容，就是这些。通过我粗略的考察，王安石的新法固然处处体现着抑制兼并、均济贫乏的平均思想，具有调动民力发展生产的进步作用；但它毕竟只是代表庶族地主的利益，从维护封建统治的目的出发，虽然在一定程度上打击了豪族势家，使农民获得了一些好处，但并没有解脱农民被压迫被剥削的枷锁。新法的成效是显著的，社会生产发展了，但政府税收也增加了，在一定程度上达到了变法的最后目的——富国强兵。

三、新法被反对派大肆攻击，执行人不按政策办事，失掉人民的支持，终于失败了

王安石的新法，具有抑制豪强的平均思想，对广大人民有利，确是历史上的一个进步改革。正因为如此，它便受到了当时官僚大地主反对派的拼命攻击。

兼并之家攻击青苗法说：政府不该"与民争利"。势官之户攻击募役法说：祖宗成法"不应变更"。豪强地主攻击均税法说，"多致骚扰"。富商大贾攻击均输法说，"垄断商旅""妨细民经营"。总之，在他们看来，新法就是不好。他们企图死守既得的利益，因而闭着眼睛反对一切新事物。他们竟顽固到对发展生产的农田水利法也加以反对，说是"侵坏庐

舍，妨碍秋种”。甚至对维持封建秩序的保甲法也没有好评，说是“教习凶器，疲扰农民”。

可以看出，这些理由是完全不值一驳的，有的更属幼稚可笑，当然不可能阻止新法的推行。然而，反对派是不会甘心的，他们看见王安石既没有因为有人说他变更祖宗之法而退缩，又没有因为众多的反对而妥协，于是便进一步利用当时的天灾制造流言蜚语，企图中伤新法。他们之中，有的说：“天久阴，星失度”是“政失民心，强臣专国”引起的。有的说：“华州山崩”是市易司控制市场引起的。有的更利用天久不雨的机会，叫嚷：“去安石，天乃雨”。反对派的气焰真是嚣张一时。

但是，王安石并没有被这些反对派的攻击吓倒，他表示出了一个伟大政治家的风度，坚定的表示，“祖宗不足法，人言不足恤，天变不足畏”，不计个人得失，不畏强权恶势，为了实现自己的理想，必须经得起风浪。一切反对派的恶言中伤和自然灾害，都没有阻挡住新法的继续推行。这种坚定与刚毅的精神，是很宝贵的。

反对派的正面进攻既没有起多大作用，便转而采用卑鄙的暗中破坏的手法。首由知枢密院事文彦博在朝中主谋，暗中牵线；而由知东明县事贾蕃在下面开刀，故意把民户等第抬高，激起不满，使县民一千多人跑到京师控告，包围王安石的住宅闹事；再由御史杨绘、刘挚出面劾奏新法有什么“五不可行”和“十大弊害”；最后则由文彦博在宋神宗面前煽动，说王安石变法是“与百姓为治”，将会动摇封建统治。事情闹得很大。但反对派的这些做法是徒劳的。王安石首先把进入京师的东明县民抚慰下来，接着派人追查闹事原因，发现贾蕃不仅故意抬高户等，一切新法在他那里都走样变质，而且还发现他是一个随意拷打贫民的官僚和挪用公款强买民货的贪污分子。反对派的各种手法被拆穿，贾蕃被逮捕法办，杨绘、刘挚被逐出御史台，文彦博也失去了信任，后来被贬到外地去做节度使。

经过尖锐的斗争，新法才得到贯彻执行。可是在执行过程中，却出现了一些问题。

首先是变法干部的不纯和变质，好的政策制订出来还须要有好的干部执行，才能产生好的效果。但是，执行王安石的新法的干部却并不理想。一些异己分子，如邓绾等人，原来是反对新法的，可是为了名利地位，硬把自己打扮成变法派，取得了很高的职位，当时便有人笑骂这些人是反复，但他们还无耻地说："笑骂从汝，好官须我为之。"这样就造成了变法干部的不纯，他们带着各种各样个人自私的目的钻进来，新法在他们手中变坏，便很自然了。

同时，还有一批本来是全心全意为新法的贯彻而努力，有过成绩和有过功劳的人，但到后来又蜕化变质了。像吕惠卿、章惇等，从庶族地位的立场出发，在其对贵族地主争取身份地位法权平等的时候，对新法的执行是认真的、努力的，还可以同情农民的疾苦，照顾农民的利益。可是他们一旦在仕进之中，取得了身份和特权，便很自然地在各地购置田产，变成贵族大地主，对新法的执行就不再热心，甚至加以反对了。

这些干部在执行新法时，很多是不按政策办事的。在散发青苗钱时，发生了不问农民是否需要、硬性抑配的情况；而一些不法官吏在农民领取青苗钱时，又索取酒食，结果农民所得无几，甚至有"徒手而归"的。在征收免役钱时，有的地方又出现不按户等定税，而是先定税额要各县认数征收，这就不免发生提升户等和征及下户的不合理现象。均输市易法又管得太死，不关紧要的小商品如梳子、果子也控制起来，便又造成了"商贾不行"。此外，如保甲训练的"妨农"，水利兴修的"苛扰"，方田均税的"妄增"，也都失掉了立法的初意。

于是，好事被办成了坏事。结果，本是"救济贫民"的青苗法，反而造成了"因欠青苗，至卖田宅"的情况。本是"稳定市场"的市易法，却发生了"官卖之价，比民必贵"的现象。方田"不实"，均税"不均"。保甲法下，有人斩指以避抽丁。免役法下，有人撤屋以纳役钱。兴修水利时，强迫命令，"追集老少，吏卒所过，鸡犬一空"。这样，当然会在人民中间滋长不满的情绪。

在这种情况下，及时了解新法执行的真实情况和人民的反映，是非常必要的。王安石本人是注意到这个问题的，他从来就很注意调查研究。可是在一些紧要关头，他做得不彻底不深入，他的部下有的曲为辩护，有的虚报浮夸，不能如实反映情况，他坐在上面便受了蒙蔽。有一次，他的学生陆佃入京应试，老老实实地告诉他，新法好是好，就是执行时变了样，有些扰民。还提到下级官吏在散发青苗钱时向农民索取酒食的不法行为。后来，王安石把这件事告诉吕惠卿，要他调查处理。可是吕惠卿不重视这个反映，反而辩解说："私家取债，亦须一鸡半豚"，好像勒索是合法的。王安石又派了李承之到淮南去调查当地人民对新法的反映，可是李承之跑了一趟回来说："人民对新法没有不满意的。"实际上，那里的人民是有些怨言的。王安石由于得不到下面真实的情况，便不能做出正确的判断，因此也便没有对新法执行中的问题加以纠正和补救。不法的事件，日积月累，便多了起来，新法逐渐失掉了人民的信任和支持。

大地主、大官僚、大商人一直在对王安石及其所主持的新法进行猛烈的攻击，新法执行中出现的一些问题又给了他们进攻的口实。新法所依靠的庶族地主及其在政府中的代表者——变法派又发生了分化，再加上广大人民不再积极支持。盛极一时的王安石变法，最后失败了。

王安石变法，虽然最后失败了，但它是我国历史上一次重大的改革。它代表庶族地主的利益，对豪强兼并势力进行了沉重的打击，在一定程度上符合农民的要求，推动了社会生产的发展，达到了"富国强兵"的目的。在历史上说来，具有极大的进步意义。

但它毕竟只是由地主阶级中的进步分子所主持的一次自上而下的社会改革，而不是农民阶级所进行的自下而上的革命，它的一切措施都不可能对封建统治作根本的打击，也不可能指望它对社会发展有太大的推动作用。

而且，还由于它主要只是代表庶族地主的利益，不可避免地带有先天的局限性和必然失败的命运。

我们是历史唯物主义者，主张彻底的革命，但也不否认任何局部改良的作用。让我们记住历史上这位伟大的政治家，给他的思想和活动以正确的评价。

（原载《安徽日报》，1961 年 10 月 28 日）

南宋漳州士人的爱国传统

漳州，“雄据海滨，噤喉岭表，山川清秀，原野平坦”①，地理条件十分优越。然而，长期以来它却像一颗深埋于土中的明珠，未能显示出夺目的光彩。这主要是由于开发的时间晚了一些。天生丽质难自弃，脱颖而出会有时。只要具备一定的条件，采取适当的措施，它就会大显身手，后来居上。下面，我们通过对南宋时期漳州人才辈出、爱国主义传统大放光芒历史的考察来证明这一点。

一、南宋：人才辈出

漳州地处闽南，远离中央王朝的政治中心，开发较晚。直到唐朝初年，这里仍然是穷林巨涧，茂木深翳，野兽出没，人迹罕至的地方。但在武后垂拱二年（680）建立州治以后，经过陈元光祖孙数代的经营，不仅社会经济很快发展起来，而且一开始就“兴庠序”，注意文化开发，培养人才，中举出仕者颇不乏人。据《福建通志·选举》的记载，州人陈珦、周匡物等先后考中了明经和进士，实现了零的突破。后继者逐步增多。至宋而臻于极盛。《宋史·地理志》说：福建“民多向学，喜讲诵，好为文辞，登科第者尤多”。傅宗文教授在《宋代福建科举盛况试析》一文中，统计宋代福建进士人数多达6 869人，占全国进士总数35 039人的近五分之一。特别是南宋时期，福建举子“负笈来试于京者，常半天下，而仕于朝为天子侍从亲近之臣，出牧大藩持节居方面者亦常半，今世言

① 顾祖禹：《读史方舆纪要》卷99，中华书局1955年版。

衣冠文物之盛，必称七闽”①。可惜，宋代“登科录”传世至今者仅存二本，即《绍兴十八年同年小录》和《宝祐四年登科录》，残缺不全，资料所限，以致我们对漳州科举的盛况，无法做出精确的统计与分析。《福建通志》卷33的《选举志》虽然列举了历届进士的人名与籍贯，但初步查证错漏颇多，不便引用。好在我们并不需要对此详知，只要大概了解南宋时期漳州人才辈出的社会背景就行了。

科举考试人多，是人才辈出的表现之一。然而，科举仅是人才的出路，取得了一定的知识，被公认为“士人”，他们究竟能否成为对社会有所贡献的人才，还要看以后的表现。这样的人才在地方志书中称为“人物”，其中不少是科举考试出身的，也有通过其他途径出仕的，共同的特点一般都是具有相当文化素养的士人。

南宋时期，漳州地区的文化教育事业发展很快，士人很多，后来确实对社会做出了较大贡献的人也不少，被作为“人物”载入了史册。下面是我们从《宋史》《宋元学案》《大清一统志》《福建通志》《闽中理学渊源考》等书中录出的一些比较重要的人物。

黄愿，龙溪人，建炎初知扬州。

郑楠，龙溪人，武学生，起兵勤王。

翁待举，漳浦人，进士，绍兴中知兴化军。

高登，龙溪人，太学生，与陈东上书齐名。

黄京，龙溪人，绍兴进士，连州户曹。

颜师鲁，龙溪人，绍兴进士，知泉州。

李则，龙溪人，绍兴特奏名，德化令。

杨汝南，龙溪人，绍兴进士，知古田县。

李恂，龙溪人，绍兴进士，知晋江县。

许登，龙溪人，绍兴进士，知兴国州。

陈景肃，漳浦人，绍兴进士，仙游令。

杨耿，漳浦人，绍兴太学生。

① 陈起：《江湖小集》卷33，文渊阁四库全书本。

郑柔，漳浦人，绍兴太学生。

薛京，漳浦人，绍兴太学生。

吴大成，漳浦人，绍兴太学生。

郑公显，龙溪人，乾道进士，知同安县。

郑公敏，龙溪人，乾道进士，古田教官。

林宗臣，龙溪人，乾道进士，官主簿。

颜敏德，龙溪人，乾道进士，知循州。

陈衡，龙溪人，乾道进士，知兴化军。

王遇，龙溪人，乾道进士，通判赣州。

孙昭先，龙溪人，淳熙进士，太府少卿。

黄樵仲，龙溪人，淳熙进士，官宣教郎。

黄杞，龙溪人，以世荫补官，知平阳。

黄朴，龙溪人，以世荫补官，通判福州。

余嘉，龙溪人，淳熙进士，惠州教授。

许伯鸾，龙溪人，淳熙进士，知江州。

赵师楷，龙溪人，绍熙进士，知湘潭。

杨士训，漳浦人，庆元进士，永福令。

赵善封，龙溪人，庆元进士，宁德宰。

陈淳，龙溪人，无书不读，授安溪主簿。

黄子信，长泰人，嘉定特奏名，学者师。

孙权谨，龙溪人，嘉定进士，大理寺丞。

黄学皋，龙溪人，嘉定进士，泉州察推。

胡志夫，龙溪人，辟承受节郎，使金。

颜振仲，龙溪人，以荫补官，宰安溪。

颜耆仲，龙溪人，宝庆进士，知江阴军。

颜颐仲，龙溪人，以荫补官，知泉州。

颜公衮，龙溪人，以荫补官，任兴宁令。

陈植，漳浦人，淳祐进士，督岭南兵马。

陈格，漳浦人，植弟，为海舟监簿。

蔡振先，漳浦人，宋末授凤州总管。

共约四十人，主要是考中科举的进士，也有一些太学生，还有少量出自书香门第的官宦子弟，总的说来都是可以称作“士人”的知识分子。这些人为什么被载入史册，列入“人物”传，加以表彰呢?

二、特点：爱国主义

南宋漳州士人被史志列入“人物传”的达四十人之多，盛况空前。当然不仅是因为他们是士人，更重要的是他们确实对社会做出过重要的贡献。我对这些人的行实，进行了粗略的考察，发现他们尽管出身不同，担任的职务有异，性格爱好不一致，个人遭遇有顺逆，成就贡献有大小，但却有一个基本共同的特点，就是他们的立身处事都在一定程度上贯彻了爱国主义的传统精神。这种精神具有强烈的时代感、责任感和使命感。正是这种精神激励着他们爱祖国、爱人民、爱家乡的政治热情，在各自的岗位上不怕困难，不畏险阻地去与一些邪恶势力，进行顽强地斗争，终于以自己的奉献，在历史上留下了光辉的一页，受到人们的称赞。

爱国主义是人们对祖国的忠诚和热爱，是一种崇高的无与伦比的感情，具有极其丰富的具体内容和表达形式。不同的历史条件把不同时代的爱国主义装点得更加绚丽多彩。结合到南宋那个民族危难、权奸当道的时代来说，具有较高文化素养的漳州士人，当然不会不对祖国的命运表示关切。他们用自己的实际行动，从以下几个方面发扬了爱国主义的传统。

1. 抗　战

两宋时期，民族矛盾十分突出。原居我国东北地区的契丹族和女真族相继建立政权，不断向南扩张，不仅对宋王朝构成了严重的威胁，而且也对汉族地区先进的经济和文化造成了极大的破坏和灾难。特别是靖康二年（1127）的靖康之耻，女真贵族的铁骑灭亡了北宋，民族矛盾上升成为当时社会的主要矛盾，南宋军民掀起了英勇的抗战。抗战是当时爱国主义最主要的内容和特征。漳州士人响应时代的号召，表现得也很出色。首先值得提出的是高登，他在靖康初金兵围攻东京时，是太学生的领袖。在此民族危亡的关键时刻，他与陈东等人伏阙上书，乞斩蔡京等“六贼”以谢天下，后来听说朝臣中有人主张议和，欲罢抗战派李纲等人的兵权，他与陈东再次上书，宫门外军民不期而会者，达数万人之多。尽管他当时还是无职无权的一介书生，可是位卑未敢忘忧国，还是挺身而出，力主抗战，而且从此终生不渝[①]。还应该提出的是郑楷，他这时是河北军的修武郎（四十四阶的下级武官），听到金兵逼近都城的消息，即领兵赴援，补四门都巡检，力战而死。[②] 还有黄愿，靖康初知楚州，时值金兵入京，京东地区大为震动，流言四起，个别民族败类竟然煽动叛乱，黄愿立即逮捕将其斩首，稳定了局势。后来，皇帝东驾来此巡视，发现“城壁修固，军民晏辑”，又将他徙知扬州，安抚淮南东路。[③] 由于宋高宗和宰相秦桧力主和议，破坏抗战，与金人签订了屈辱的《绍兴和约》，使宋王朝长期陷于偏安东南的局面。但有志之士并未放弃抗战的主张，仍在寻找机会，上书建议加强战备，希望有一天能够收回北方的土地。宁宗时，余嘉上书论边事，力辟和议之非。赵师楷在召对时，也对加强边防和募兵，提过一些有益的意见，受到嘉纳。[④] 特别是陈淳，虽然长期在家讲学，教授生徒，未能出仕，但仍对国家命运非常关心。他的学生陈沂在为他所作的《叙述》中说：“先生虽不见用于世，然忧时论世，感慨动人，每诵前辈歌词，击节长啸，以发其勃勃英毅之气。尝代人奏札，言山东归附，有若可安之势，而实非所以为安者，不可不深为之虑。亡金屏息，有若可缓之形，而实非所以为缓者，不可不急为之防”[⑤]，其坚持抗战之言论及行动跃然纸上，其影响后人者亦甚大。

2. 斥　奸

爱国主义的另一重要内容和表现形式，是与权奸、卖国贼做斗争。高登在这方面的表现也是非常感人的。前面说过金兵犯东京，他与陈东

---

① 脱脱：《宋史·陈登传》，中华书局1977年版。
② 陆心源：《宋史翼》卷30，中华书局1991年版。
③ 袁业泗：《漳州府志》卷16，上海图书馆藏。
④ 郝玉麟：《福建通志》卷46，文渊阁四库全书本。
⑤ 陈淳：《北溪大全集》卷16，文渊阁四库全书本。

上书乞斩“六贼”。后钦宗任投降派吴敏、张邦昌为相，他又接连五次上书揭露他们“日以治安之言，诱误上皇，以致大祸”，认为他们“当尽伏诛”，皆不纳，遂求南归。高宗时，奸相秦桧当权，他又上疏万言及《时议》六篇，虽然都切中时弊，高宗见了也认为谈得不错，但秦桧却认为是在“讥己”，不予采纳，把他派往边远的静江古县（今广西永福西北）作县令。有人为了讨好秦桧，对高登说：古县是秦桧父亲做官的地方，秦桧就出生在那里，可以建祠祭祀。高登说：秦桧为相，没有做出成绩，很不像样，不应该立祠。当权者大怒，诬以他事，逮捕下狱治罪。有人劝他去拜见秦桧，终身之事皆可无忧。他说：我只知有君父，不知有权臣，后遂谪居，靠教书授徒过日子，生活很艰苦，但忧国之心至死不变。① 陈景肃对秦桧专政，也非常不满，经常发表言论讥刺秦桧，后来干脆辞官不做，回到漳州，在渐山授徒讲学。同时，漳州籍的太学生杨耿、郑柔、薛京、吴大成等人也都因“秦桧柄国”，奸臣当道，“多侵时宰”，“不为桧屈”，纷纷乞归，跟从陈景肃在渐山讲学，终桧之世，不肯出仕②。李恂登第时，与史浩同在一榜，初任县尉，后知晋江县，久沉下僚。后史浩当了宰相，多次召他去做大官，但他看见史浩反对北伐，与抗战派张浚议论不合，更不愿意以私人关系高攀升官，“时论高之”③，受到人们的称赞。

3. 勤　政

封建社会士人的出路是做官，“学而优则仕”，仕的主要任务是治国，要把国家治好就必须勤政，忠于职守，做出好的成绩。勤政，也是爱国的重要表现。颜师鲁在任莆田、福清县令时，就兴修水利，开辟沟渠四十余里。遭遇饥荒，又能招徕粮船，稳定物价，受到上级的好评。后改使浙西，整顿役法和盐课，不被官吏侵移，上交的赋税为附近地区之最。调到中央担任监察御史，又能“遇事尽言，无所阿挠”，对那些“平时交结权贵”的“好进之徒”，大搞不正之风，用“掊克”来的钱财“以厚

① 脱脱：《宋史·高登传》，中华书局 1977 年版。

② 李清馥：《闽中理学渊源考》卷 32，文渊阁四库全书本。

③ 李清馥：《闽中理学渊源考》卷 14，文渊阁四库全书本。

包苴”，作为贿赂，希冀升官的人和事，进行了坚决地抵制，声称“臣虽不肖，羞与为伍”。他的所作所为，表里如一，以身作则，“其大节确如金石，虽动与俗情不合，而终翕然信服”①。郑公显，历建州司户，同安知县，累官权刑部郎官，曾献《时事十论》，“大臣宜陈大政，而毋摭细故；直书事实而毋尚繁文，至亲览审，择在独断”，亦颇识为政之大体。孙昭先在任浙东提刑时，劾去奸昏属吏二十余人。嘉定中，针对当时政治上的四大弊病，指出“沿边流离病在无以自赡，内地楮券病在不能通行，诸道刑狱病在奏报之稽迟、改送之纷扰，州县赋税病在催科之峻急，征榷之繁密”。若能从这些方面加以认真地整顿，政治面貌就会逐渐好起来。此外，黄杞在平阳，黄朴在阳江，赵善封在容州，在维持社会治安、安定社会秩序方面也都取得了一定的成绩。孙叔谨在理宗时任大理寺丞，当时南宋统治已进入后期，政治腐败达于极点，他在陛对时便请求“修明君德，振举治纲”，要从皇帝开始，认真抓好治理整顿，指出当时“长民之吏掊克弊多，总戎之官畏缩风炽”，文官武将们的素质都很差，很难把事情办好，因此请求“遴选监司太守，精择制阃主将”，从高级官员的选用抓起。理宗认为他的意见很好，特“嘉纳之”②。这些身体力行、切中时弊的勤政言行，对于南宋政权的巩固，当然是起了一定作用的，不管有多少时代的局限性，也应予以必要的肯定。

4. 爱 民

“民为邦本”，爱民当然更是爱国的主要内容和表现形式。翁待举在知兴化军时，奏免本军诸色苛捐杂税，“郡人德之”③。高登在广州，发现新兴县发生了饥荒，居民乏食，便立即开仓放粮，加以赈济，还恐来不及，又在野外煮粥施舍，赈济及时，救活了数以万计的饥民④。颜师鲁在浙西，发现当地役法弊病甚多，有的细民的户等由于把鸡豚床罐都折算登记在内而提高了，每当“遇役辄破家”，于是下令整顿，根据实际情

① 脱脱：《宋史·颜师鲁传》，中华书局1977年版。
② 郝玉麟：《福建通志》卷46，文渊阁四库全书本。
③ 郝玉麟：《福建通志》卷46，文渊阁四库全书本。
④ 脱脱：《宋史·高登传》，中华书局1977年版。

况宽限免输，使老百姓都感到公平合理，比较满意①。颜戣在琼州，变差役为雇役，士民怀念他，立祠祭祀。陈衡在廉州，也奏差役之弊，增籴备荒，去后郡人祀之。孙昭先在衢州，岁欠时，为民免输折帛二税；发廪劝分随地赈粜，受到郡民的称赞。许伯鸾在江州，发生饥荒后，立即开仓赈济，僚佐们劝他按规定办事，先向皇帝报告，批准后再开赈，他说："宁罪于君，无殍吾民"，结果使数千人免于死亡，后来他因母老致仕归养，民众攀舆留之。颜振仲任安溪令，县尉执平民为盗，他审知其为佣人有主，不肯诬杀，立即释放。颜颐仲在广西转运判官任内，奏罢了琼崖四州的盐钱，蠲免了二十五州的身丁钱。后来，他知泉州，遇岁饥，又设法赈济，全活饥民甚众。②

5. 兴　学

士人，一般都通过学习掌握了一定程度的文化知识。他们正是依靠这些知识去治国安民，立身处世，因而他们总是对文化知识看得特别重要，热爱祖国的传统文化，常以传统文化的继承者自居，以兴办学校、传播文化、教育后生为己任。兴学，就成了他们爱国的一种重要表现。高登在贺州任职时，兼管州学事务，州学原有田舍，可是太守一道命令下来，竟将其罢归买马司。高登请求复旧，将田舍还给学校。太守说："买马和养士，谁最重要？"高登说。"军事时期买马固然重要，但学校是宣扬礼义、培养人才的地方。治天下依靠的是礼仪和法度，现在把这两者都抛弃了，还谈什么治国呢！"太守辩不过高登，只得同意。当地老百姓见高登家贫，养家有困难，便集了一些钱送给他，他推辞不了，便转送给学校买书。后来，他被谪居家，又在家中兴学授徒，执经问学者达数百人之多③。李则在科举不第后，浩然东归，以教授生徒为业，培养了一大批人才，如杨汝南、李恂等皆出其门。而杨汝南在学成出仕后，又能"以教化为先务，修学舍，置学田"④。许登在知兴国军时，"置乡塾，

① 脱脱：《宋史·颜师鲁传》，中华书局1977年版。
② 郝玉麟：《福建通志》卷46，文渊阁四库全书本。
③ 脱脱：《宋史·高登传》，中华书局1977年版。
④ 李清馥：《闽中理学渊源考》卷14，文渊阁四库全书本。

课其秀者”。郑公敏任古田教官，日与诸生讲明理学。林宗臣受学于高登，又以“圣贤大业”勉励陈淳。而陈淳又终生以教授生徒为业，成为漳州儒学的一代宗师。颜耆仲对培养士人更是不遗余力，不仅个别资助贫者，而且为书院置庄田①。在传播祖国传统文化的事业中，他们都做出了自己的贡献，是值得称道的。

6. 节　义

忠孝节义是封建时代士大夫们最崇高的道德规范，其中固然不可避免地存在着若干时代的阶级的局限或糟粕，但以历史的眼光来看，还应该承认其中也有许多宝贵的爱国主义精神。颜公衮在任兴宁令时，陈三枪起义，他骂贼而死，就仅是为地主阶级封建政权殉节。但胡志夫在嘉定十七年（1224）使金，不屈死之，谥忠惠，就颇有民族气节，值得称道了。特别是蔡振先，宋末任凤州总管，元军入侵，城破被执，劝降不从，把刀架在颈子上也不肯屈服，遂遇害。还有陈植、陈格兄弟的事迹，也使人非常感动，祥兴元年（1278），元军大入闽广，帝昺浮海，避居崖山（今广东新会南）。陈植见形势危急，提领海舟，断维出港，前往应援。后进入梅岭，组织少数民族坚持斗争，后来得到崖山兵败、宋室君臣全部遇难的消息，知道大势已去，难以挽回，乃变姓名，隐于九侯山（今漳州诏安北），临死时令家人葬他于海滨，说从那里可以望见崖山。陈格，时任海舟监簿，帝昺既亡，他也从容就义，陈植将其遗物袍笏收集起来葬于渐山书院，让后人永远怀念。②

南宋漳州士人的爱国行实，仔细探索当然还可举出很多，但举一可以反三，仅是上面所举的一些事例，已可见其大略，足资景仰，无须详述了。

三、原因：重在教育

南宋时期，漳州士人爱国主义传统大发扬的原因何在？我想主要可

① 郝玉麟：《福建通志》卷46，文渊阁四库全书本。

② 郝玉麟：《福建通志》卷46，文渊阁四库全书本。

能有以下几点。

1. 教育事业的发展

“玉不琢，不成器，人不学，不知道”①。人才必须通过教育培养才能出现。《福建通志·学校志》的编者总结历史经验，正确地指出：“学者效也，校者教也。古者建国君民，教学为先，盖王化之始基，士游其间，‘所由明伦、育德、陈艺、以底于成……学校之关于人才，非细鲜也。”南宋时期，漳州地区的教育事业由于地方官员的提倡，当地民众的重视，各类学校都在原来的基础上，有了新的发展。我国古时“学在官府”，教育事业是由政府主办的，太学设于中央政府所在的京师，为最高学府，学子来自全国各地，太学生不仅为个人学习程度的标尺，而且也是各地教育成就的反映。南宋时，漳州士人入太学就读，上面提到的已有五人之多，漏记失载的当然更不少，在漳州历史上固属空前，从全国范围看也不会落后。州县二级的学校也全都建立，而且一般都经过不断维修，办学条件逐步改善。漳州府学，始建于仁宗庆历时，南宋初知州李弥逊改建，其后朱熹、赵汝谠、郑昉、章大任、付伯寿、李勋等人，屡有重建。龙溪县学，仁宋嘉祐时，知县事许仪始建，其后夏臻、翁德广、潘律等又相继修治。漳浦县学，亦仁宗天圣时由知县陈坦然创建，其后在神宗、高宗、孝宗、宁宗时，又多次重修。长泰县学，兴建稍晚，南宋初始修于县西，宁宗时迁于县东南，理宗又移新址，情况也是越来越好②，都为人才的培养提供了必要的条件。除以上政府官办的学校而外，私人办学的风气也盛行起来。前面说过邑人李则在科举未能得志之后，便浩然东归，回到家乡办学。陈景肃不满秦桧专权，辞官回家创办渐山书院，培养了一大批人才。还有龙溪县的观澜书院，也于此时创建③。危稹在临漳台建龙江书院，亲自主讲，掀起了人们学习儒家思想的热潮④。应该特别提出的是陈淳，他长期在家乡办学，不求个人的名利，

① 《礼记·学记》，中华书局1980年版。

② 郝玉麟：《福建通志》卷18，文渊阁四库全书本。

③ 穆彰阿：《大清重修一统志》卷429，四部丛刊续编本。

④ 脱脱：《宋史》卷415，中华书局1977年版。

把全部心血都花在培养学童的身上。他编过两篇“童蒙教材”，一名《启蒙初诵》，三言有韵。开头几句是“天地性，人为贵，无不善，万物备”，“性相近，道不远”，与后来的《三字经》颇相似。另一篇名《训蒙雅言》，四言有韵，由四书五经中一些明白切要的字句编成，欲使“圣学始终，略见于此”。从今天的眼光看来，其内容固不免其阶级和时代的局限，但对当时来说还是颇切时用的，对人才的培养也应该说具有积极的作用。

2. 家庭教育的重视

人才的培养，除学校教育而外，家庭教育也很重要，二者紧密配合，效果才会更佳。试将我们在上面列出的“人物”，作一简单的统计，就会发现黄、颜、陈三姓的人居多。

漳州黄氏，宋代最有名的是黄彦臣，他在英宗时考中进士，历官中外，颇有盛名，著有文集二十卷。其子愿、硕、预、颖四人相继登第出仕，亦皆有所成就。黄硕初官建昌教授，后致仕家居授徒，对家庭教育更为重视，前面提到过的黄杞和黄朴，就是他的孙子。黄预先任汝州教授，后任太学正，“笃意训导”，是有专长的教育家，在他的精心培育下，其孙樵仲、杰、櫄也都考中进士，从政有善绩，从教育有著述。黄氏祖孙数代，人才辈出，《闽中理学渊源考》卷13为他们特立专传《清漳黄氏家学派》加以论述，称黄氏子孙“世济其美，斌斌乎儒雅之林”，列为“世学”，极为赞叹。

漳州颜氏，也是出人才的家族。从颜师鲁开始，其子彻，其孙耆仲、颐仲、振仲皆能力学尚志，因而所至之处，政绩卓著。推其原因，应当说与师鲁的“学行规约，率以身先”，教育子弟“以治己立诚为本”，“廉耻兴而风俗厚”等教育主张与实践分不开①。当地另一颜氏家族，以颜唐臣为首，祖孙数代也颇出了一些人才。颜敏德，乾道进士，历知循州、邕州。颜戣知南宁军。颜公衮，为兴宁令，皆有政绩，载入史册。而不出仕的颜唐臣，及其子敏若、孙戴，虽居乡，也不忘行善，集资修

① 脱脱：《宋史》卷389，中华书局1977年版。

桥，受到乡里民众的称赞。

应该特别指出的是清漳陈氏。大家都知道漳州是陈元光将军在武后垂拱二年（686）请求始建的，其子孙数代守漳，对漳州的开发做出了重要的贡献。后来漳州陈氏都有可能是元光的后代。南宋时，漳州士人陈氏中，最有名的是陈景肃和陈淳。《闽中理学渊源考》卷32有《清漳陈氏家世学派》专传。陈景肃讲学于渐山，其孙陈植和陈格除继承家学外，又向“世父”陈淳学习，后皆有所成就（有的资料说植为淳子，大概是“世父”引出的误会，淳子据其《墓志铭》及《宋元学案》皆为榘）。从以上列举的事实，完全可以证明家庭教育确实是培养人才的一个重要方面，不可忽视。

3. 政府官员的倡导

南宋时，派到漳州任职的政府官员，有不少人用自己的言论和行动，在培养人才方面做出了重要的贡献。李弥逊在南宋初是有名的抗战派，曾上疏论和议之非，与秦桧相抗，知漳州时兴复学校，郡人建祠“追颂劳烈”。敖陶孙任漳州教授时，发现学田被人侵占，进行了积极的清理。赵汝谠在嘉定初知漳州，“辟学门，广斋舍”。危稹新建龙江书院，登台讲学。赵师缙在学宫被火烧掉后，择地重建。李韶把自己的俸钱捐献出来，购置学田，都直接间接地为漳州文教事业的发展和人才的培养创造了条件。最有名的是朱熹，早在绍兴二十六年（1156）他还在任同安主簿时，就应漳州知州陈知柔的邀请，前来讲学，作有《题名记》。到绍熙元年（1190）四月，他又到漳州任知州。这次来漳，职务高了，权力大了，便对政治、经济、文化诸多事务进行了全面的整顿和改革，其具体事迹载在史册，此处不必详述，所应特别提出者仍在人才。他经常亲临州学，训诲诸生，选择士人中学行兼优者聘为学官，邀请到学校任教。据《闽中理学渊源考》卷21《朱子漳州门人并交友》的记载。如王遇、黄学皋、宋闻礼、李唐咨、施允寿、林易简、朱飞卿、陈思谦、杨士训等人，皆是在他的影响下学有所成，从而使漳州“教化大明，风俗一变”。还有著名的两溪，也是在他的表彰和指点下成了一代名人和儒宗的。东溪先生高登以太学生上书言国事，触忌讳，沮权臣，谪官居家，死亦无闻。五十年后，朱熹来漳，始奏其生平事绩于朝，赠官祀祠，得显于世①。北溪先生陈淳先在乡间学校授徒，经常学习朱熹编的《近思录》，颇有所悟。朱熹来漳后，他便前往请教，经过指点，学习更加努力，领悟更多。朱熹见了很高兴，多次对人说："我南来漳州，最高兴的是得到了一个能传吾道的陈淳。"此后，陈淳果然学业大进，对于师训"义理贯通，洞见条绪"，教出了一大批学生，成为一代儒宗②。明代的黄直对这一点作了极高的评价。他说："漳之先辈，作于两溪者，有二氏焉。其一为陈氏安卿（淳），以道学作于漳溪之北，盖龙邑人也。其一为高氏彦先（登），以节介作于漳溪之东，盖浦邑人也。呜呼！漳之为郡，自宋以前，尚不齿于上国，入宋而二氏作予漳溪，而漳遂闻予天下。然则，漳虽巨郡，可无两溪也哉。两溪之上，可无二氏也哉。虽然，北溪以道学显者，以有考亭（朱熹）为之造就也。东溪以忠义著者，以有考亭为之表彰也。"③ 由此可见，人才的出现与政府官员的倡导，关系极大。

4. 社会风气的影响

"近墨者黑，近朱者赤"，社会风气对人的影响也很大。当时，漳州士人的爱国行为大多类似，不是个人的单独行动，形成了互有联系与继承关系的传统。例如，前面出了一个高登，后面就有"慕其为人""与之友善""向他学习"的林宗臣、黄京。前面出了一个陈景肃，后面就有紧跟其后，"不为桧屈"、不肯出仕的杨耿和薛京。前有李则兴学，后来向他学习，以兴学教徒为业者，便世代不衰。尽管他们这些具有爱国意义的行事，并不能给自己带来什么"好处"。特别是南宋灭亡时，蔡继先和陈植兄弟相继殉节，视死如归，不忘大义的高尚品德和气节，都绝不是个人偶然的感情冲动，而是已经形成的、在群众中具有巨大号召力的社会风尚。好的社会风尚，对人才的涌现具有极大的意义。

5. 道学思想的熏陶

宋代，民族矛盾十分尖锐，因而爱国主义的重要内容和表现，便是

---

① 脱脱：《宋史》卷 399，中华书局 1977 年版。
② 脱脱：《宋史》卷 430，中华书局 1977 年版。
③ 高登：《高东溪集》序，丛书集成本。

抗战和死节。岳飞的《满江红》和文天祥的《正气歌》，表达了他们的心声，壮怀激烈，慷慨悲歌，受到人们广泛地传颂。这种高尚的爱国主义情操从何而来呢？最根本的原因当然是社会主要矛盾决定的，但与当时思想教育强调的重点也有很大的关系。当时占统治地位的思想是道学，道学家一般都继承了儒家“尊王攘夷”的民族思想。孔子称赞“管仲相桓公，霸诸侯，一匡天下。”朱熹在为此作注时也说：“尊周室，攘夷狄，皆所以正天下也。”① 朱熹对孝宗说：“金人于我有不共戴天之仇，则不可和也明矣”，“今日所当为者，非战无以复仇，非守无以制胜。”② 这种思想对漳州士人的影响极大，他们对时局的看法，对处世的原则，以及兴学教人的内容，都无不恪守儒家传统的道德规范。例如，高登“虽屡经摧折，颠沛流离”，但仍“忠在家国”“惟国之恤”“不忘天下”③。李则“教人必以仁义为本”④。陈淳仅为乡里塾师，并无执干戈以卫社稷的责任，但仍不时在诗歌中爆发出跃跃欲试的虎啸之声：“方今扰扰边尘起，中原分裂乱无纪。正好提携为扫平，何事双龙卧此水。何时神物得神用，为报风云会合期。”既然现实不可能去前线杀敌，那就教育学生，把希望留给下一代吧。他在《启蒙初诵》中教育学生“执事敬，与人忠，进以礼，退以义，不声色，不货利”。在《训童雅言》中又说：“圣人有忧，设为学校。教以礼乐，教以诗书，教以人伦，皆复其初。浩然之气，至刚至大。勇者不惧，仁者不忧。以义制事，以礼制心。全而归之，不辱其身。”⑤ 正是这种道学思想的熏陶，使南宋士人的爱国主义精神表现得特别突出，主战主守，反对议和，不惜以死殉节者特别多。如果再看看以往的历史，“六朝忠臣无殉节者”，“不以其再仕新朝而薄其为人，延及李唐，犹不以为怪”，“唐亡无义士”。⑥ 直至有宋，士大夫始以节义为重，出现了许多具有民族气节的英雄和义士，其原因何在呢？王鸣盛说：

① 朱熹：《论语集注》卷7，齐鲁书社1992年版。
② 黄宗羲：《宋元学案》卷48，中华书局1986年版。
③ 高登：《高东溪集》序，丛书集成本。
④ 李清馥：《闽中理学渊源考》卷14，文渊阁四库全书本。
⑤ 陈淳：《北溪大全集》卷16，文渊阁四库全书本。
⑥ 赵翼：《陔余丛考》卷17，商务印书馆1952年版。

“西汉亡，义士不如东汉亡之多，西汉重势利，东汉重名节也。宋亡有文信国，唐亡无一人，宋崇道学，唐尚文词也”。① 赵翼也认为宋人重节义，“实由儒学昌明，人皆相维于礼义而不忍背，则诗书之有助于世教，匪浅鲜矣”。②

爱国主义传统的形成和发扬，必须要有一定的条件和基础，也绝非一朝一夕即可奏效，必然要经过长期的努力，多种因素的配合，但主要的是“重在教育”，也是可以肯定的。

四、影　响

南宋漳州士人的爱国传统，由于人数众多、表现突出，其作用和影响也因而很大。

1. 造福于桑梓

爱国爱民与爱乡的关系十分密切。“维桑维梓，必恭敬止”载在《诗经》，士人们热爱桑梓之邦，早就形成了传统。他们想要做的事，常常是为家乡造福。颜唐臣家住龙溪石渡，由于潮水泛滥，淹没渡口的道路，泥泞不堪，行走不便，乃集资修堤，长达二千八百多尺，又建垂虹亭供行人休息。后来其子敏若继筑南堤，其孙戴又砌石增高。经过祖孙三代的努力，完成了一项不小的工程，乡人们编了两句歌谣：“渡不难，待三颜”。死后，乡人又立祠祀之，不忘其德③。陈淳长期在家乡教书，虽然没有多大的权力和财力，但仍不忘做些有益的事情。他的学生陈沂在为他作的《叙述》中说：他“目击闾阎利病，慨然开陈，如止横敛，惩豪奸，禁屠牛，惩穿窬，缉海寇之请。无非深切时政，杜绝民害。如请改黉泮，移贡闱，罢塔会，祷山川社稷，禁淫戏淫祀，则又一以崇化导民为意”④，肯定都产生了很好的作用。特别是他教授了一大批学生，仅

① 王鸣盛：《十七史商榷》卷92，丛书集成本。
② 赵翼：《陔余丛考》卷17，商务印书馆1952年版。
③ 郝玉麟：《福建通志》卷49，文渊阁四库全书本。
④ 陈淳：《北溪外集》，文渊阁四库全书本。

《宋元学案》卷68的记载，即达三四十人之多。此外，据《闽中理学渊源考》的记载，漳州士人黄彦臣、高登、李则、陈景肃也在家乡的学校教育事业方面，做出了很大的贡献，建立起自己的“学派”。培育人才，开发人才，是他们造福家乡的伟大事业的重要组成部分，是颇有战略眼光的一步，应该予以充分的肯定和估价。

2. 遗爱于全国

漳州士人虽出生于漳州，但他们学业成就之后，出仕、工作、生活的地方却不限于漳州。他们足迹所到之处，也都做出了许多值得称道的事业。让我们粗略地追踪一番：

黄愿做过晋江尉，又历知上杭、清流、楚州、扬州。黄硕任建昌教授。黄预任职邻州。郑柟从军，长期转战陕西、河北等地。翁待举知兴化军。高登任职的地方更多，主要有富川、新兴、古县、容州等地。颜师鲁历知莆田、福清县，又在江东、浙西、泉州等地任职。杨汝南历广州教授，又知古田县。许登先任长汀尉，知兴国州。陈景肃任仙游令，往谕岭南。郑公显曾在建州、同安、浙西、湖南等地任职。颜敏德知循州、邕州。陈衡在高要、康州、宜州、兴化等地任过职。王遇历临江、处州、蕲州教授、长乐令，通判赣州。孙昭先曾知衢州。黄樵仲任汀州录事参军，黄櫄任南剑州教官。黄杞知平阳县，迁肇庆府。黄朴任惠、浔二州教授。许伯鸾知江州。赵师楷知湘潭，杨士训历古田尉、海阳丞、永福令，监荆、襄两路军储。赵善封宰宁德，守容州。孙叔谨知潮州。黄学皋官泉州。颜氏兄弟，振仲宰安溪，耆仲知江阴，颐仲知泉州，颜公衮任兴宁令，蔡振先知凤州，陈淳虽未到外地任官，但也曾应邀到严陵去讲过学。

以上追踪所及，近者八闽，远至西北，川陕荆湖，两广琼崖，江东江西，浙东浙西，皆有他们的踪迹。如前所述，他们所至之处既皆勤政爱民，政绩卓著，必然受到民众的拥戴，也就无容赘述了。

3. 流芳于后世

最后应该提到的是，凡是为祖国、为人民、为家乡做出了贡献的人，人们是不会忘记他们的，必然会通过各种方式纪念他们。现据《福建通志》卷63将有关南宋漳州士人的“古绩”列举如下：龙溪临漳台，为龙江书院旧址。有道源堂，为祭祀朱熹和陈淳处，漳浦仙人山下有七贤堂，纪念陈景肃、翁待举、吴大成、杨士谨、杨士训、郑柔、薛京。诏安渐山有石榴洞，翁待举讲学处。此外，陈淳、颜师鲁、黄彦臣的住宅，颜师鲁、陈淳、王遇、黄彦臣、高登、翁待举、陈景肃、杨士训的坟墓，也受到人们的保护和凭吊。

开发漳州，重在教育，只要有了众多的人才，发扬爱国、爱民、爱家乡的历史传统，就能使漳州的发展取得更大的成就。

（原载《陈元光国际学术讨论会论文集》，厦门大学出版社 1993 年版；后收入邓广铭、王云海等主编：《宋史研究论文集》，河南大学出版社 1993 年版）

王立以合州城降元（西川行院）众因考实

南宋末年，合州军民抗击蒙古贵族的斗争，英勇顽强，可歌可泣，取得了巨大胜利；可是，在坚持了三十五年之后，守将王立还是举城投降了元军，其原因如何？特别是他拒绝与围攻合州城的东川行院交涉，却秘密派人与远在成都的西川行院接洽，而且很快获得成功，其原因又是如何？过去研究宋元战争史的论著对此虽都有所涉及，但多语焉不详，某些问题尚有歧异，不揣浅陋，进行考实，敬请方家，予以指正。

一、宪宗遗诏事出有因

合州军民抗击元军，迟迟不肯投降的原因之一，可能是怕宪宗蒙哥汗“赭城剖赤”的遗诏。据说，宪宗蒙哥汗在宝祐六年（1258）下令大举伐宋，兵分三路，东路军以塔察儿为统帅，攻荆山（今安徽怀远）；中路军以忽必烈为统帅，攻鄂州（今湖北武昌）；自率西路军为主力入蜀，矛头直指南宋四川制置使驻地的重庆府。蒙哥汗的大军“所至辄破”，次年二月进至合州，宋将王坚“婴城固守，百战弥厉”，蒙军屡攻不克，损失惨重。至七月初，蒙哥汗“为炮风所震，因成疾，班师至愁军山，病甚，遗诏曰：我之婴疾，为此城也，不讳之后，若克此城，当赭城剖赤，而尽诛之”。不久就病死了。这个遗诏首见《无名氏记》，载于《万历合州志》卷1。其后，黄廷桂《四川通志》也说：“宪宗恶合州久不下，遗命克城尽屠其民。”张乃孚《合州志》同。《重庆志》亦有类似的记载，乾隆四十四年（1779）合州知州陈大文在《钓鱼城功德祠碑》中也说：“宪宗为飞石所中，致疾而殂，曾遗诏：于克城日，尽屠其民，以雪仇耻。”赞同有遗诏的记载是不少的。

不过，这个遗诏在“正史”中确实没有记载，因此也引起了有些人的怀疑。例如，《续资治通鉴·考异》就说：“元宪宗自因顿兵日久，得疾而殂。《重庆志》谓其中飞石，盖因汪德臣而误也，今不取。”1931年，张森楷在《新修合州县志》卷37《李德辉传》的按语中说：“遗命克城尽屠其民，不知何据？且果有屠城之遗命，德辉敢受王立降乎？受降而不屠城，将置遗命何地乎？”在台北出版的《中外战争全史》第5册也认为，“钓鱼城传奇故事很不少，始自佚名之《合州钓鱼城记》《重庆志》承袭其说，遂成为方志文献，然皆无稽之谈”。“宪宗临终遗命屠合州城之说，也是宋人附会之词。《元史》未记宪宗遗命。若宪宗果有屠城遗命，则诸将振振有词，何故不举此大理来反对李德辉招降？”

既然存在两种意见，孰是孰非，必须在可能的条件下辨清楚。我们认为遗诏有无，不能以《元史》是否记载为标准。对方志文献的态度，也不能因其存在某些夸大不实之词，而一概斥为无稽之谈。应当看到方志作者见闻较切实际，所述山川形势，地方掌故，在一定程度上是可以相信的。只要善于利用，将它与正史、文集、笔记有关资料结合起来，详加考校，去伪存真，还是可以充分发挥其作用，窥见历史事实的真相的。《无名氏记》宪宗遗诏的真实性如何？单从具体史料的考证上人手，难于做出肯定的判断；如果把眼界放开一些，把所谓的遗诏放到蒙古贵族的军事政策中去考虑，问题的解决就会容易得多。

蒙古贵族以军威立国，一贯实行残酷的屠杀政策，中外史籍记载甚多。当时主修过《世宗实录》的名儒姚燧在《序江汉先生事实》一文中曾说：“军法，凡城邑以兵得者，悉坑之。”《元史·耶律楚材传》也说：“旧制，凡攻城邑，敌以矢相加者，即为拒命，既克，必杀之。”多桑《蒙古史》的说法也差不多，“成吉思汗在其训教中，曾命将不降者及叛者尽歼之”。这些命令是否实行了呢？请看事实：在河北，保州被屠，“尸积数十万，磔首于城，殆与城等”。蠡州全城被屠，“无噍类遗”。在陕西，凤翔被攻破，“诏从臣分诛居民，违者以军法论”①。在湖北，德

① 刘因：《静修先生文集》卷16，四部丛刊本。

安破后，“以尝逆战，其民数十万，皆俘戮无遗”①。四川地区的情况更为严重，今仅举其大者，端平三年（1236）皇子阔端率领五十万蒙军攻入四川，据宋人的记载，“屠成都，焚眉州，西川之人十丧七八；毒重庆，下涪陵，夔峡之县仅存四五；虽荒郊绝岛之间，无一处不被燎原沸鼎之毒也”。② 这是否因站在敌对立场而夸大了呢？再看看元人自己的说法吧。担任过《经世大典》总裁官的虞集曾经写道：蒙军“连兵入蜀，蜀人受祸惨甚，死伤殆尽，千百不存一二”。③ 充当过“国史院”检阅官的袁桷在为人作传时也写道：“蜀民就死，率五十人为一聚，以刀悉刺之，乃积其尸，至莫疑不死，复刺之，”④ 真是惨不忍言也。也许这仅是早期的事例吧，从太宗派阔端入蜀，经宪宗亲征合州，至忽必烈平川蜀，其军事政策不会不发生什么变化，但至少在宪宗征蜀期间，屠城之令还是屡次使用的。例如，在攻打苦竹岩的时候，“守将杨礼拒，我军奋击，尽殪之，夷其城”⑤。在攻打大获山的时候，“守臣杨大渊纳款，已而逃归，宪宗怒，将屠其城”⑥。甚至到忽必烈时期，在全面推行招降政策，下诏“有去逆效顺，别立奇功者，验等第迁赏”；告诫元军“将士，勿得妄加杀戮”的同时，还要加上一句“其或固拒不从者及逆敌者，俘戮何疑”⑦，并没有完全放弃强硬的杀戮政策。

既然如此，屠城的遗诏还是很有可能性的。当时，担任四川行枢密院都事的吕域认为：王立在合州“所以不即降者，岂以昔尝抗跸先朝，恐城降日，悉见诛夷之故欤!”⑧ 从另一个侧面反映了屠城的忧惧，带有相当的普遍性。有人指责“屠城之说，只是宋人附会之词，于理必无此事”，未免把事情看得太简单了。至于如果有遗诏，李德辉何敢爰降？东院诸将何不反对？这是又一问题，下面再说。

---

① 宋濂：《元史》卷189，中华书局1985年版。

② 傅增湘：《宋代蜀文辑存》卷87，民国三十二年（1943）江安傅氏北平铅印本。

③ 虞集：《道园学古录》卷20，四部丛刊初编本。

④ 苏天爵：《元文类》卷69，商务印书馆1936年版。

⑤ 张维：《陇右金石录》卷5，民国32年（1943年）甘肃省文献征集委员会校印。

⑥ 宋濂：《元史》卷162，中华书局1976年版。

⑦ 宋濂：《元史》卷8，中华书局1976年版。

⑧ 苏天爵：《滋溪文稿》卷7，中华书局1991年版。

总之，宪宗遗诏虽不见于正史，但《无名氏记》的史料价值也不应轻易否定。已故台湾地区学者姚从吾先生就认为无名氏的钓鱼城记“相当古老”，“所述地方掌故，山川形势，见闻较切，是应当可以相信的”。对宋末四川战争史料颇有研究的胡昭曦同志进一步认为万历《合州志》所载的《无名氏记》即钓鱼城记“可能是元朝人所写”。果真如此，结合其他史料全面考虑，王立惧怕宪宗遗诏屠城，不能说是毫无道理的。

二、与东院有“夙怨”也是事实

合州军民抗击元军，坚持了三十多年，直到伯颜入临安，恭帝投降，“宗室既亡，三宫皆北”，仍然“负阻穷山”，其忠义之节固然可嘉，然形势的险恶也是十分明显的。元军的劝降书说：“汝之为臣，不亲于宋之子孙；合之为州，不大于宋之天下”①，继续抗战就成了既无意义又不可能的举动，为了保全城中数十万生灵，必然的出路只有投降。张森楷在《合州县志》卷39《王立传》中这样写道：“景炎二年（1277），北兵来攻城，围甚急，又值两秋大旱，人民易子而食，王命不通已三年余。传闻重庆叛将献城，张珏被掳。州城孤危无援，北兵至者日益重，且呼之曰：宋已归我国矣，尔既无主，为谁守臣乎？城中民愈凶惧，知其祸在晷刻，然皆协力，无异谋也。立因出誓众曰：某等荷国厚恩，当以死报，其如数十万生灵何？言已而泣，众亦泣不可抑。顾念宪宗之殂，罪在不赦，又数与东川行院战，多杀其兵将，有深怨，终无计以解之。”从这一段记载看来，王立在南宋已亡，敌军压境，城中粮绝，孤危无援的形势下，为了保全城中军民生命安全，已经想要投降了。但有两个实际问题不好解决，一是怕宪宗遗诏屠城，二是怕攻城的东院军因有“夙怨”而进行报复。因此，投降虽然势在必行，但要去与东院军办交涉，又实在不愿意。

这里，我们引用的又是一段方志文献，而且在时间上又非常晚出，

① 宋濂：《元史》卷163，中华书局1976年版。

能否就说它不可信呢？让我们还是用其他史料来印证一下吧！

前面说过宪宗遗诏事出有因，合州军民害怕屠城不是毫无道理。这里需要解决的是与东院的“夙怨”从何而来。

不必讳言，蒙古贵族在建树世界武功的过程中，常常是以掠夺奴隶和财富作为维持其军心士气的力量源泉。赵翼在《廿二史札记》中写有“元初诸将多掠人为私户”专条，列举事实说明当时军将“兵权在握，乘势营私，恣行俘掠，据为己有”，“恃功牟利，迄不衰止”，此处无须详述。单以四川的情况而言，据忽必烈的高级谋士姚枢反映：不少军将，“惟利剽杀，子女玉帛，悉归其家”，造成了“城无居民，野皆榛莽”的严重破坏。他特别指出正是这种“尽于军官分有”的野蛮行径，使尚为宋守的军民不敢归顺，“由是降附路绝”①。合州军民如果遇到这样的军将，当然也是不敢贸然行动的。

担任围攻合州的元军，其军将的素质究竟如何？为了弄清这个问题，有必要先在这里把宋元双方的军事部署叙述一下。早在窝阔台汗时期，皇子阔端率大军入蜀，成都数被残破，西蜀各州惨不可闻。南宋政府为了稳定四川局势，于淳祐三年（1242）派余玠为安抚制置使，把治所设在具有军事战略地位的重庆，并在全川各地择险筑城，作为重庆的藩篱与屏蔽。合州钓鱼城扼三江之险，距重庆仅150公里，既是宋军防守的门户，又是元军进攻的重要目标。因此，蒙哥汗大举入蜀时，就把他的兵力分成两部分，一支由纽璘率领，驻守成都，向西川扩展；一支由他亲自率领，沿嘉陵江南下，攻打东川，不幸后阻合州，未能实现两军会师重庆的计划。忽必烈即位后，在成都设立西川帅府，在青居设立东川帅府，后来又在此基础上，改组为东、西两川统军司，东、西两川行枢密院，有时又合并起来，称为四川行枢密院，时分时合，分合无常。西院军以成都为据点，主要任务是在西川扩展，南下嘉定、泸州，沿长江而下，直指重庆。东院军以青居为据点，主要任务是经略东川，沿嘉陵江南下，攻打广安、合州，目标也是重庆。南宋合州军民遭遇的敌军，主

① 姚燧：《牧庵集》卷15，书目文献出版社1991年版。

要是东院军。构成后来东院军的主力，既有蒙古贵族合剌、合丹、阔里吉思，又有早年归顺的巩昌汪氏集团，还有杨文安、张德润这样一批原属南宋的降将，他们出于各自的原因，在作战中都是十分卖力的，因而暴露出来的落后性、残酷性也就更加充分。合州军民与这些人长期作战，也就不能不结下“深怨”。请看下列事实。

开庆元年（1259），蒙哥汗大举伐蜀，气势汹汹，所过无不残破，但来到合州，却受阻坚城，久攻不下。合州军民英勇还击，打退了千户董文蔚从邓州带来的攻城精兵，打死了中都路也可达鲁花赤耶律买哥，从巩昌来的都总帅汪德臣为了表现自己，到前沿阵地喊话，几为飞石所中，惊疾而死。时又久旱酷暑，蒙军北来，士马不服其水土，军中大疫，多病死，蒙哥汗本人也“为炮风所震，因成疾”，被送往“高爽”的缙云山寺休养，途中疾剧，死于温汤峡（北温泉）。蒙哥汗死后，蒙军大部北撤，但在青居和成都两地仍留有部分精锐部队驻守，继续对东西两川进行监守。元军东川军的总帅恰恰是被合州军民打死的汪德臣的儿子汪惟正和弟弟汪良臣，他们想“以尝抗跸先朝”为理由，实则“利其剽夺，而快心于屠城也”① 的动机，是非常明显的。合州军民为保全自己，自然也就不能不与之进行坚决的斗争。

元东川军以青居城为基地，宋合州以钓鱼城为基地，长期在嘉陵江沿线展开了争夺战。景定二年（1261），宋将昝万寿率战船二百，掩袭青居，被汪良臣的伏兵击败。景定四年（1263），宋将刘雄飞再袭青居，被赵匣剌击败。咸淳元年（1265）二月，元潼川帅府按敦进攻钓鱼山。九月，宋四川制置使夏贵率兵五万，发重庆，经合州，进攻潼川。咸淳五年（1269），东川先锋使赵匣剌随左丞曲力吉思进攻钓鱼山之沙市。咸淳八年（1272），赵匣剌又从统军使合剌进攻钓鱼山，与宋军战于葛树坪。次年，又从行院合答攻钓鱼山之沙市。合州守将张珏出兵反击，攻破元军之武胜、毋章德二城，焚烧了资粮器械及船场。德祐元年（1275），赵匣剌率舟师进攻钓鱼山，掩护总帅汪惟正率领的东川军南下，配合西川

① 宋濂：《元史》卷163，中华书局1976年版。

军合围重庆。德祐二年（1276），合州守将张珏乘敌军后方空虚，派都统赵安袭击青居，执其安抚刘才和参议马嵩而回。又派王立等配合义士刘霖收复泸州，一批元军将领及其家属被俘获。千户熊耳被杀，其妻宗氏被王立占有。多次进攻合州的东川军先锋使赵匣剌也被俘而死了。

从以上扼要的叙述中，不难看出合州军民与元东川军确实积有“深怨”，《合川县志》的说法是符合事实的。为了进一步证实这个问题，还可以用当时著名学者姚燧的记载来证明：“行东川院者，则宪宗带玉器械合丹、阔里吉思，二人先朝陟方乎此，拔将甘心，故合亦负固不下。”①合州军民不肯向东川投降，是可以理解的。

三、西院招降政策得到信任

合州军民的抗元斗争，在宋朝灭亡以后，已经无法再坚持下去了。但他们却不肯与围城的东院军谈判，不惜远道跋涉去成都与西川行院联系。其原因又是为何呢？种种事实表明，主要是西院执行的军事政策，较能适应形势发展的要求，不以屠杀立威，注意收拾民心，比较开明。

蒙古伐蜀政策的转变，起关键作用的人物是忽必烈。他早在“潜邸”，就“思大有为于天下”，经常访问有学问的人士，“问以治道”。主要有郝经、姚枢、许衡、赵壁、廉希宪、李德辉等人。他们所学多为“以仁义为本”的儒家之道，经常劝忽必烈立纪纲、倡文教、劝农桑、减刑戮。在军事方面，应吊民伐罪，不事屠杀。据说他“常从马上听赵壁讲大学衍义”。从思想上认识到了转变政策的必要性，便在实际行动中开始实行。淳祐十二年（1252），忽必烈奉宪宗之命征云南，便下令：“禁杀掠、焚庐舍，”遣使招降，三返弗听，然后攻之，于是“所向皆下”，这样做的效果很好，据说“缅中诸蛮，相继纳款，云南平，列为郡县”。“今其民衣被皇明，同于方夏，幼长少老，怡怡熙熙，皆自忘其往陋。”推其原因，当然是“非神武不杀之恩不及此”②。开庆元年（1259），忽

① 姚燧：《牧庵集》卷17，商务印书馆1936年版。

② 苏天爵：《元文类》卷23，商务印书馆1936年版。

必烈再次奉命伐宋，临行时刘秉忠称赞他平云南时，“克城之日，不妄戮一人”，“神武不杀”，做得很好。张文谦也说：“王者之师，有征无战，当一视同仁，不可嗜杀。”忽必烈接受了他们的意见，“分命诸将毋妄杀，毋焚人室庐，所获生口悉纵之”。因此“所至全活不可胜计”①。这种政策到他在景定元年（1260）即位皇帝后，便推行得更加广泛了。

忽必烈即位后，为了稳定四川局势，于景定元年（1260）八月，建立秦蜀行省，以廉希宪为右丞，主持工作。廉希宪发现“四川降民皆散处山谷”，继续进行反抗，主要是军将们的掳掠政策造成的，于是他请求忽必烈“申敕军吏，禁止俘掠，违者，千户以下与犯人同罪。又禁诸人无贩易生口”。据说这样做的结果，“四川遂安，降者益众”②，另据陈世松同志的统计，在此后的十年中，“主动投降和在战斗中俯首就擒的南宋四川将吏有四十四人之多”③。

咸淳七年（1271），忽必烈改变以往“先取全蜀”的战略。决定“先取襄阳”，四川方面的战局暂趋缓和。咸淳十年（1274），襄樊相继易守，南宋王朝危在旦夕，忽必烈下诏伐宋，展开全面攻势，四川战局又趋紧张。四川行院在采取军事行动的同时，又采取了强大的政治攻势。嘉定守将昝万寿首以城降，不仅“免死”，而且被任命为“佥书四川行枢密院事”。接着，沿江诸城（犍为紫云城，叙州登高城，富顺虎头城，长宁长宁城，泸州神臂城）皆不战自溃，纷纷投降。德祐元年（1275）秋，西川行院的二万水陆大军顺利到达重庆城下，同时东川行院的军队也从青居南下，绕过合州，来到重庆，共同围攻。可是，围攻的效果并不好，“日久不下”。这究竟是什么原因呢？这时，忽必烈派安西王相李德辉到成都视察，东西两院见上峰来人都争相汇报，请示方略，当然也免不了互相攻击。李德辉在了解实际情况后，非常严肃的指出：“宋已亡矣，重庆以弹丸之地，不降何归？正以公辈利其剽杀，民不得有子女，惧而不来耳！”这段话表面上看是对两院共同的劝诫，从我们前面叙述的事实

---

① 宋濂：《元史》卷157，中华书局1976年版。

② 宋濂：《元史》卷126，中华书局1976年版。

③ 陈世松：《蒙古定蜀史稿》，四川省社会科学院出版社1985年版。

看，可能更多的是对东院的指责。李德辉还指出："况复军政不一，相訾纷纷，朝夕败矣，岂能成功哉！"果然不久泸州便复被宋取，重庆之围也只好撤除了。

景炎二年（1277），李德辉被任命为西川行院副使，仍兼安西王相。安西王是忽必烈的皇子忙哥剌，掌有节制四川军事的大权，东、西两川行院都要听他的指挥。李德辉虽是西院副使，但又是安西王相，因此西院的实权要比东院大得多。李德辉至蜀后，力主招降，当年收复泸州，次年初再围重庆，不逾月守将赵安开门纳降。三月，西院向中央报告：招降西蜀、重庆等处，得府三、州六、军一、监一、县二十。成绩远较东院为大，招降政策起了很大的作用。

直到这时，合州军民在王立领导下仍在坚守。而围攻他们的东院军，"犹故将也"，不肯改变政策，而且把过去的失败归之于西院，不愿西院插手，"愿独军围合州"。王立不会不对东西两院的政策和态度进行比较，他派人去成都与西院接洽投降，是合乎自然的选择，主要是西院的政策起了重要的作用。

四、熊耳夫人的促成

王立向西川行院投降，政治上的原因是主要的，但也不应忘记熊耳夫人的作用。前面引用过的《无名氏记》详细地记述了这次事件经过，摘要如下：王立"愁蹙无计，归家不食。其家有义妹者，乃所虏北平渠帅之妻，名熊耳夫人，待之若同母之妹已数年矣，因见王立之忧而告之曰：妹本姓李，今成都总兵是吾亲兄，即令致书，李相得书，乃遣使星驰奏闻，领兵亲至城下"，接受了投降。这件事虽不见于《元史》，但在合州方志中，历代相传，建祠立碑，盛传不衰。姑无论对其评价如何，仅就其人其事的存在而言，一般学者大都还是肯定的。只是在台北出版的《中外战争全史》企图否定这件事。它认为：钓鱼城传奇故事皆无稽之谈，李德辉根本没有熊耳夫人这个妹妹。

应当承认《无名氏记》可能确实采用了许多民间流传的故事，戏剧性的传奇色彩太浓，不尽符合历史事实，不可轻信。但也应该看到地方志书“地近易核”，不可能全部瞎编捏造，还是有一些真实性的。《中外战争全史》作者根据李德辉的行状和《神道碑》只有二兄一姊，不云有妹，便否认熊耳夫人其人其事，似欠详考。今查姚燧《牧庵集》卷17《贺仁杰神道碑》有如下一段记载：“王立潜师袭泸，取之，杀戍将千户熊耳，而有其妻宗，甚嬖之。宗，王相四川行院李忠宣（德辉）之外妹。立后移守合州，宗说立遣张郃辈蜡书间行至成都，请忠宣受降。”姚燧曾奉安西王命往招王立；贺仁杰时任上都留守，接见西院使者吕域，报告忽必烈，赦王立不死，仍知合州。他们都是处理这次事件的当事人，所述之事绝对可靠。这里所说，熊耳夫人姓宗，是李德辉的外妹。再查李德辉行状，其母为宗夫人。外妹者，姑表兄妹也，两相印证，可无疑义。《无名氏记》在熊耳夫人促成王立以合州城降西院的事实经过方面，与姚燧所记大体一致。仅熊耳夫人先称姓王，后称姓李，李德辉是其亲兄，略有不同。如果从熊耳夫人的处境看，被王立俘后自称姓“王”，后来欲劝王立投降又称实本姓“李”，虽与实际情况不符，也是完全可以理解的。撇开《无名氏记》的迷雾，其可信的程度便会高一些了。熊耳夫人的事，虽然《元史》不载，但她的存在是否定不了的，她促成王立的城降，保全了合州城内数十万生灵，其作用也是不应抹杀的。

附：合州城降时间考

合州守将王立在临安南宋政权投降后，为了保全城内生灵，只好接受西院的招降。具体时间，史料上有两种不同的记载：（一）至元十五年（1278）二月重庆降；三月，王立亦降（首见《宋史·张珏传》，其后乾隆《合州志》，民国《合州县志》皆同）。（二）至元十六年（1279）春正月辛酉，合州安抚使王立以城降（首见《元史·世祖纪》，其后《续资治通鉴》等书从之）。

两者不同，屠寄的《蒙兀儿史记》发现了这个问题，在《忽必烈可汗本纪》至元十六年（1279）正月条，将“合州安抚使王立以城降”，改为“以宋降臣合州安抚使王立为潼川路安抚使，仍知合州”。并作注称："立降盖在去年，距重庆之下必不远，旧《纪》载于是月，乃因授官追书之。"屠说甚是，特申其理由如下。

（1）重庆之降，据《元史·李德辉传》及《宋史·张珏传》皆在至元十五年，是《元史·世祖纪》误系至元十四年。钱大昕《考异》已校。《续资治通鉴》及《蒙兀儿史记》已改正。

（2）重庆降后，合州近在咫尺，势难独保，《宋史·张珏传》列于十五年三月，是也。

（3）《元史·世祖纪》称至元十五年八月甲戌，安西王相府言：川蜀悉平。庚辰，以四川平，劳赏军士钞二万一千三百三十九锭。如果此时合州尚未城降，就不会有川蜀悉平、劳赏军士的事。

（4）据《贺仁杰神道碑》，姚燧奉安西王之命往招王立，许其不死，以为安抚使。考安西王死于至元十五年十一月。王立之降，不当在此之后。

（5）王立城降后，被忽必烈任命仍知合州府，有一个过程。据《元史》记载：王立派李兴、张郃等去成都了解情况，李德辉诚恳地表示："我朝含弘，录功忘过，"希望早日来归。王立得到这个信息后，考虑到与东院的"深怨""惧诛"，觉得还是与西院接洽为好，再派李兴引导帅府干办杨獬带着密信去成都。李德辉同意了王立的要求，一面向安西王报告，一面率少量从兵前往受降。东院知道这个消息后，极力反对，搬出了种种理由，其中很可能就有宪宗的遗命。但是，李德辉执行的招降政策，是当时皇帝忽必烈制订的，而且得到了安西王的支持，有恃无恐，一针见血地指出："公等愤其后服，诬以尝抗跸先朝，利其剽夺、而快心于屠城"是不对的。东院想反对也不行。结果李德辉"单舸济江，薄城下，呼立出降"。东院对王立向西院投降不满，便诬奏李德辉"越境邀功"；又说王立"尝指斥宪宗，宜杀之"；并让降臣李谅出面，讼立杀了他的妻子，占了他的财物。忽必烈听了大怒，便下诏杀立，没收其家资以偿李谅。诛立之"敕"下到长安，即将执行；恰好安西王派姚燧招王立，"许贷不死，以为安抚使"的"教"令也送到了。"敕"与"教"的意见不同，无法执行，只好暂时把王立"幽之别室"，相府和东院各使再请，请忽必烈再行定夺。西院立即派都事吕域到首都，找到了他的老师，时任国子祭酒的许衡，说明事实的真相，许衡转告上都留守贺仁杰，贺再报忽必烈。忽必烈把枢密院的大臣召来责问，枢密大臣承认了错误，忽必烈说："汝等以人命为戏耶，今召王立，立生则已，死则汝等亦从之。"不久，安西王使再至，报告王立尚未死。王立即被召入，命为潼川路安抚使，仍知合州事。《元史・世祖纪》记此事于至元十六年（1279）正月辛酉。从事情发生的过程看，既然这样复杂，几经反复，敕教往返，奏报待命，关节疏通，都需要一定的时间。最后把问题搞清楚了，王立仍被任命知合州府，时间即在1279年正月，其向行院李德辉城降的时间，当然应在1278年了。

附记：本文虽全部由我执笔完成，但我的研究生肖建新做了许多准备性的工作，功不可没，理当副署，特此说明。

（《中国钓鱼城暨南宋后期历史国际学术讨论会文集》，重庆出版社1991年版）

从《大诰》看朱元璋的反腐败

明朝初年的吏治情况如何？朱元璋的态度怎样？是一个关系国家前途命运的大问题，很值得仔细研究。我想通过《大诰》[①] 进行探讨，看看是否能够找到一些新的感受。

一、明初官场形形色色的腐败现象

明王朝建立以后，百废待兴，急需立法，进行必要的整顿；为此，朱元璋陆续颁布了四编《大诰》，计初编74条，续编87条，三编43条，武臣32条，总共236条。这四编《大诰》非常具体地反映了当时吏治的真实情况，朱元璋毫不隐讳地把它公开亮相，希望引起人们的注意。

1. 中央政府各部

当时不少官员利用职权，大搞歪门邪道，贪墨成风。

吏部，掌管人事大权，主要任务是协助皇帝任免官吏，然而其长官陈敬、韩铎等人竟然将各省选送上来的人员，“私下定拟职名”，企图“朦胧奏启”，骗取朱元璋的批准，从而使自己捞到某种好处（《续编》第24条）。

户部，掌管民政财政，主管钱粮物资，弄虚作假贪污受贿很多。其侍郎郭桓大量盗占国库钱粮物资，赃款折合粮食达二千四百万石之巨（《初编》第36条、第49条）。

礼部，主管礼仪教育，任务在于维护礼教纲纪，本是清水衙门，然而

① 朱元璋：《大诰》，见《全明文》第1册，上海古籍出版社1992年版。下引本书只注明编、条。

本部的某些官员也千方百计“勾结内侍，盗出财物”（《编续》第25条）。

兵部，掌管全国军政，负责军官任免、士兵训练和装备补充等事，与社会各方面存在着广泛联系，某些官员也趁机弄虚作假，达到敛钱的目的。他们在征兵时刁难军户，受财脱免；勾追逃军时接受“财物买嘱，不行起发”（《续编》第71条）；甚至开一张“路引”也索要一锭银子，最少要三贯，一贯两贯是不行的（《续编》第38条）。

刑部，掌管全国司法刑狱，负责重大案件的审讯，具有生杀予夺威势，所部官员便仗恃这种威势，使用种种手法，执法玩法，屈法乱法，混淆黑白，颠倒是非，达到敛钱的目的。他们“见利忘害，径受财而趋死”，只要给了钱，就可“纵囚自在”（《续编》第40条）。有的犯人“无钱使用”，虽无大罪，可以保释，也不肯放归，“致令合家死者二十口”（《续编》第43条）令人闻之侧目痛心。

工部，掌管宫廷官署修建，水利工程兴修，以及官府作坊管理和工匠征集调派等事。他们管人、管钱、管物，其中弊端自然更多。单以京城的修建为例，调来京城的工匠将近九万，其安家钱和每月食钱就是一个很大的数字，而“工部官吏惟务贪饕”，常加扣克；“工满应放回还，不即与批，又行刁难，勒要贿赂，方才放归”；到家不久，又被征调，“得钱便放”；“无钱买嘱，终年被役”。朱元璋对这种“上废朝廷之供，下殃百工技艺，惟工部官员肥己”（《三编》第30条）的事非常愤怒。

2. 地方政府官员

违法乱纪，损公肥私，敲诈勒索，迫害百姓的事例，更是胆大妄为，层出不穷。

他们在征收赋税时，竟然在朝廷规定的正赋之外，巧立名目，额外加征什么水脚钱、口粮钱、库子辨验钱、蒲篓钱、竹篓钱、沿江神佛钱等附加税（《初编》第41条）。或则提前催收，或则到时怠收，故意刁难，千方百计进行科敛，盘剥百姓，将多收的钱粮，中饱私囊（《初编》第66条）。特别是宣城、广德、太平等州县因是“兴王之地，久被差徭”，朱元璋有时特发善心，明令减免其夏税秋粮，但当地的官员们仍然继续征收，“通同作弊，并无一粒上仓，尽行分受”（《初编》第12条）。

他们在干办公务时，常常借口和买、造作等事，向民间勒派某种物品，名义上按市价给钱，实际上是少给钱、不给钱。有一次，朝廷着令沿江州郡，每处添造船二十只，但太平府、繁昌县、当涂县、芜湖县的官员们却“以造船为由，将合郡一概科敛，剥削于民”（《初编》第72条）。不少地方官还“以庆节为由，和买民物。往往指此和买为名，不还民钱者多”（《二编》第76条）。朝廷虽然规定“诸色造作，文书明下有司，只许官钞买办”，但很多地方仍然是“指名要物，实不与价”（《二编》第77条）。

他们在监管财物时，常常利用其收藏、保管、解送、上交诸多环节和机会，肆意多收，贪占盗卖，弄虚作假，中饱私囊。掌管金币的库官，“将纳金者每十两多称五钱”，若以百两计之，已出五两，以千两计之，达金一锭，其所折之金，何下数千百两（《三编》第35条）。保管粮食的仓官，接受纳粮人的贿赂，“纳粮入水，但知己之图利，不知所坏甚多”（《初编》第52条）。有的还企图掩盖罪行，将大量霉变的粮食，“尽行埋瘗于地下，一概毁烂”，造成了更大的损失（《初编》第53条）。有些地方的粮官，竟然伙同上司“盗卖仓粮”（《初编》第69条）。利用解运钱粮的时机，“沿途以微抵巨，以贵易贱，虚买实收，观朝廷之隙为之”，钻空子，找对策，结果“全不纳者有之，不如数者有之”（《续编》第52条）。大量的国家资产，就这样被他们监守自盗，“分受入己”（《续编》第54条），变成了个人的赃私。

他们在进行赈灾时，不顾百姓的死活，采取种种手法，弄虚作假，专为自己谋求不义之财。有的竟然不懂得“水旱灾伤，是为急务”，以致“民人告灾，有司多不准理”，耽误了及时救灾的时间（《初编》第32条）。也有人“以熟作灾，以灾作熟”，妄告灾情，若不派人踏灾，就会受骗上当，虚耗国帑（《初编》第63条）。还有心生谲诈，妄奏灾情，“以灾一分，具告十分”，扩大受灾的程度，骗取赈济的（《二编》第46条）。他们千方百计引诱上面派来的调查人员，“或以女色，或以金银钱钞，或以匹帛，或以诸等玩好”，投其所好，软缠硬磨，让其上钩。进士秦升到昆山踏灾，知县先送瓜一个，他推腹痛不食，后来诸多友好轮番说情，“被说不过，领受赃私”，遂将熟田作灾妄奏（《二编》第83条）。有的官员到后，“民瘼不问，贪要赃私，一概诬词妄奏”（《二编》第84条）。“以致实灾小民，混淆难以分别，至今不得赈其贫乏”（《二编》第85条）。有的人“克扣赈济”物资，以致“灾民腹饥，被体之衣且薄，日无可炊之粮，老幼艰辛，号呼于天”（《二编》第60条）。

他们在办案执法时，更是贪赃枉法，不惜制造冤假错案，对知情揭发者打击报复，掩盖罪行，来维持自己的地位。朱元璋发现“府州县官贪图贿赂，不将正犯解官，往往拿解同姓名者。因赃迷惑其心，只知己利，不知良善受害，无可申诉”（《初编》第21条）。他们“生事科扰，及民间词讼以是作非，以非作是，出入人罪，冤枉下民，衔冤满地”（《初编》第55条）。他们“增减情辞，故行出入，每每不当”，发现错判不肯改正，还威胁知情人说什么“你入我罪，久后少不得请公入瓮”（《初编》第8条）。他们胆大妄为，竟敢相互勾结，通同受财，脱放犯人（《二编》第30条）。有的执法官员贪赃不已，案发之后，戴罪在身，仍不畏法，将他人“吹毛求疵，入狱收监，有罪无罪，并不与决，故意枉禁”，真是把庄严的法令当成了可以任意玩弄的儿戏（《二编》第31条）。

3. 基层官府胥吏

还有一等人，虽然称不上“官”，但他们干上了“公事”，于是便在老百姓面前，狐假虎威，豪强霸道，作威作福，残酷迫害，比真正的官还厉害。

有些地方的衙吏，名目繁多，吏有正吏、主文、写发；皂隶有正皂隶、小弓兵、直司；牢子有正牢子、小牢子、野牢子，等等。其中多属“不务生理之徒，安保茶食之辈”，他们“纷然于城市乡村扰害吾民”（《二编》第2条）。

有些地方的里甲，不是认认真真的办好公事，而是“违诰纵恶”，对坏人坏事不肯举报整治，“姑息坐视者有之，同恶相济者亦有之”，虚报情况，“上惑朕听，归则把持官府，下虐良民”（《三编》第6条）。

有些地方的粮长，“贪婪无厌，将自己合纳二税，尽为众户所包，少有不从，倚官挟势，临门吊打”（《初编》第65条）。附加什么斛面粮、使用粮、水脚船钱、神福钱等，“各各侵欺入已”（《二编》第20条）。朱元璋为此屡加教戒，可是他们恶性不改，“岂其所在粮长，不遵大诰，仍前为非，虐民者多矣”（《二编》第21条）。

还有地方上的豪强刁顽，也恃财仗势，交接官吏，为非作歹。朱元璋发现不少地方的“府州县在役之吏，在闲之吏，城市乡村老奸巨猾顽民，专一起灭词讼，教唆陷人，通同官吏害及州里之间”，使普通百姓不得安生（《初编》第59条）。

4. 军事系统武官

他们也与行政部门的官吏一样，沾染了许多腐败的习气。有的人“百般害军，冒支官粮，各分入已”（《武臣》第1条）。有的人与“府州县官交结，生事作为，百般科敛，将百姓们害得荒了”（《武臣》第3条）。他们“日日歌唱喫酒，军也绝不操练，海贼也不设法关防，以致沿海百姓常被劫掠，全然不以为事”（《武臣》第6条）。他们还“贪受赃私，将酷害百姓之徒，补充军役，将朝廷法度坏了”（《武臣》第7条）。此外，私役军人、私打军人、奸宿军妇、因奸杀人、图财杀人、生事害民、排陷有司的事件甚多，难以备举。

通过以上的论述不难看出，当时官场的腐败现象，确实是非常严重的。于是，人们不禁要问，出现这种现象的原因何在呢？

正如朱元璋在《大诰·序》中所说：“果朕不才而致是欤？抑前代污染而有此欤？然况由人心不古致使而然。”人们常常把腐败的原因，归之于“人心不古”，思想坏了。这种看法固然有道理，但只是表面现象，进一步追究思想坏了的根源，就不难发现在很大程度上是旧时代社会恶习的遗留。因为在元朝统治时期，“华风沦没，彝道倾颓”，对“持心操节，略不究衷。所以临事之际，私胜公微，以致愆深旷海，罪重巍山”。这是一方面。当然还有另一方面，朱元璋承认“朕今所任之人，不才者众，往往蹈袭胡元之弊。”（《初编》第3条）用人不当，缺乏必要的管理，也是重要的原因。看来，历史和现实两方面的因素都是存在的，亟需针对这些存在的问题，健全规章制度，进行整顿改革。

二、整顿腐败的种种措施

朱元璋对政治腐败、贪污受贿的危害性，具有非常清楚的认识。他出身农民，亲身经历过元朝末年的黑暗统治，吃过政治腐败的苦头，后来参加农民起义，建立明王朝，当上了开国皇帝，自然知道政治腐败是元朝灭亡的重要原因。他总结历史的经验说，“曩古历代君臣，当天下之大任，悯生民之涂炭，立纲陈纪，昭示天下，为民造福。君臣同心，志同一气，由是五谷丰登，家给人足。”可是“元处华夏，实非华夏之仪，所以九十三年之治”，便退出历史舞台，成了短命王朝之一（《初编》序）。这里的“非华夏之仪”，就是抛弃了华夏传统的政治体制。他还说“胡元入主中国，非我族类，风俗且异，人事不通，文墨不解，于诸事务，忽略而已”（《初编》第3条）。具体指出是没有健全的吏治法规，腐败现象越来越严重，最后导致了亡国。于是，整顿吏治就成了明初的急务，他下定决心进行整顿，陆续出台了许多澄清吏治的具体措施。

1. 先行告诫，舆论教育

面对严重的吏治腐败，应当如何对待呢？人们也许认为必须大刀阔斧，严加惩处。其实不然，朱元璋也是很有人情味儿的，知道“不教而杀谓之虐”，必须有言在先，进行思想教育，制造舆论。他先行告谕，“将害民事理，昭示天下诸司，敢有不务公而务私，在外赃贪，酷虐吾民者，穷其原而搜罪之。”（《初编》序）对诸司官员前往任所时，“每常数数开谕，导引为政，勿陷身家”（《初编》第5条）。希望他们“无作非为，显尔祖宗，荣尔妻子，贵尔本身，以德助朕，为民作福，立名于天地间，千万年不朽，永为贤称”（《初编》第43条）。他还“申明五常，臣民之家，务要父子有亲，君臣有义，夫妇有别，长幼有序，朋友有信”（《续编》第1条）。利用传统的道德规范三纲五常，教育臣民，不要破坏社会的秩序。苦口婆心，教育在先。

2. 健全制度，制订守则

单纯的思想教育不行，还必须有相应的制度作保障。早在洪武十一年（1378），朱元璋就制订出对官吏的考课制度，三年一考，分称职、平常、不称三等，定其黜陟。又有考察八法，分贪、酷、浮躁、不及、老、病、罢、不谨，定其去留。后来，朱元璋为了让全国官吏都知道“为官之道”，还亲自制订了一个《授职到任须知》，详细载明了官员们应该注意的基本事项，后来又在此基础上制订出《责任条例》作为补充，明令指出“敢有坐视不理，有违责任者，罪以重刑”。

3. 加强控制，多方监督

制度的执行，很难人人自觉，这就必须借助于多方面的监督。朱元璋想出了许多监督官吏的办法。在中央有御史台，后改名都察院，其职责就是“纠劾百官，为天子耳目风纪之司”。后又在各道置按察司，其目的也是“弹劾百僚，所以伸正气也”。此外，朱元璋还根据不同的需要，随时派人去各地视察。有所谓行人，他们“受命而出，或捧制书，或寻常差使，或催督六部、都察院公事”，了解各方面的情况（《初编》第35条）。甚至明令规定：“凡布政司、府州县耆民人等赴京面奏者，所在关津把隘去处，即时放行，毋得阻挡。”（《初编》第46条）让普通百姓监督官吏，给他们提供必要的条件与方便。有这样多的耳目，朱元璋就可更多地了解下情。

4. 立法颁诰，严加惩处

可是有的官吏劣性难改，教育不听，规章不遵，监督不省，仍然肆无忌惮，违法乱纪，贪赃受贿，害国害民。甚至一而再，再而三，怙恶不悛。在这种情况下，若不动用强制性的法律，加以惩处，就难以维持政局的正常运行和稳定了。因此朱元璋对法律的制订，也是十分重视的。建国伊始，就命中书省定律令。洪武七年（1374），《大明律》编成颁行，对各种案件的处理有了权威的依据。到洪武十八年至二十年，又连续颁布了四编《大诰》，共236条，成为整顿吏治的最新敕令。

《大诰》对吏治腐败、贪赃枉法的惩处，十分严厉。下面略举数例：有司滥收无籍之徒，交结官府，捏巧害民者，族诛（《续编》第16条）；官员交结近侍者，凌迟（《三编》第1条）；卖放囚犯者，极刑（《三编》第19条）；因公科敛者，枭令（《初编》第25条）；解物人私去封记，不如数接纳，弃市（《续编》第52条）；有司指名要物不给钱，斩（《续编》第77条）；查勘水灾，贪要赃私，死罪（《续编》第84条）；冒支官粮，发云南从军（《武臣》第1条）。其严厉的程度，可想而知。

《大诰》的执行，更是雷厉风行，掀起了一阵又一阵的波涛，规模很不平常。例如，洪武十八年发现的工部贪赃案，受到惩处的除为首的侍郎韩铎外，还有侍郎李桢，郎中侯恒礼、陈恭，员外郎陈侃、郝彬、王大用，主事郭升、张凤、鲁瞻、邵炳，司务宋原，给事中哈安、杨霖等十多人（《续编》第24条）。“朝臣蹈恶”一案，列举犯有各种罪行的职官达101人之多（《续编》第50条）。“查踏水灾”一案，贪要赃私，诬词枉奏的不才者，有进士秦升、行人李良等141名（《续编》第84条）。“进士监生不悛”条，处置的罪犯达364名（《三编》第2条）。“倚法为奸”条，列举建昌、松江等18个州县“不才臣民，故意乱政坏法”的案例也很多，而且全国各地“往往如此，数百数千，自取灭亡”（《三编》第1条）。给人们留下了深刻的影响。

5. 扶持正气，表彰廉吏

朱元璋整顿吏治，除了严厉惩处贪官污吏外，还注意到正面教育，扶持正气，提倡廉洁。在“有司超群”条，他就对安庆、徽州等地的十三名官员亲加慰劳，表彰提拔。其中，怀宁县丞陈希文对指挥毕寅“诬图民地”的不法行为，坚决抵制揭发，被提升为青州知府；祁门知县何敏中揭发府官违章“容留积年老吏”“擅差禁子索要钞锭”等罪，提拔为本府知府；池州知府王希颜敢于对解送囚犯经过本地，横行霸道，“直入公厅”的舍人刘蛮儿，擒拿问罪，加之以刑，被称赞为“执法不避权势”，特命使劳以尊酒（《续编》第9条）。这样的事例很多，无须备举。

6. 培养后备，提高素质

选拔廉吏，取代贪官，固然是整顿吏治的重要措施；但难保今日之廉吏不会成为明天的贪官。因此解决问题的根本办法，应当是提高官吏队伍的素质，通过各种渠道培育人才，形成充足的后备力量。朱元璋在这些方面，也具有比较清楚的认识。他采取的措施主要有三：

一为学校培育。明初在京师有国子监，在各府州县有儒学，在基层农村还有社学。它们的任务，是“敷演先圣先王之道，以开天生上智之人，以明中材之士，以训下愚之徒，学校之设岂非礼之徒易居之所，实乃贤人君子端本澄源之所”（《初编》第71条）。实际上就是培养素质较高的官吏，因此《大诰》就成了学生的必修课，“凡朕臣民，务要家藏人诵，以为鉴戒；倘有不遵，迁于化外”（《三编》第43条）。

二为科举考试。明朝建立不久，朱元璋就考虑到“官非其人，有伤吾民，愿得君子而用之。”因此“特设科举，以取怀才抱德之士，观其学识，品其高下，而任之以官。”

三为征召保荐。可是，“古之贤者，多隐处岩穴，甘乐贫贱，必待有道之君以礼征聘，然后出为时用。”于是，朱元璋又多次颁布《求贤诏》，采取征召、荐举、保举等方式，网罗人才，量才录用，破格提拔。事例很多，无须细说。

三、功过是非，历史评说

1. 成绩应予肯定，作用不必夸大

朱元璋颁布《大诰》，对官场腐败进行整顿的效果如何呢？

应该承认历史事实，据《明史·循吏传序》：“太祖惩元季吏治纵弛，民生凋敝，重绳贪吏，置之严典；一时守令畏法，洁己爱民，以当上旨，吏治焕然丕变矣。下逮仁宣，抚循休息，民人安乐，吏治澄清者百余年。”政治方面确实收到了一定的效果。《廿二史札记》卷33就列举了许多“因部民乞留而留任且加擢升”的地方官。《明史·食货志》也说：那时“宇内富庶，赋入赢羡，府县仓廪蓄积甚丰”。社会经济方面的情况很不错。这些事实，当非虚语。

当然，在肯定成绩的同时，还应该看到存在的问题和不足。朱元璋为了惩治腐败，尽管动了许多脑筋，发了许多诏令，态度不能说不明朗，举措不能说不有力，然而收效竟然有限，与他预期的目标，还有相当的距离。他在好几篇诏令中感叹：“朕朝治而暮犯，暮治而晨亦如之，尸未移而人为继踵，治愈重而犯愈多。宵昼不遑宁处，无可奈何。”（《续编》

第74条）其作用是很有限度的。

2. *声势虽然很大，问题仍然不少*

朱元璋为了整顿腐败的吏治，三年之中发表《大诰》四编，动员整个社会力量，大张旗鼓，雷厉风行，声势十分强大，可是作用并不理想，原因何在？可能与当时的制度和立法还存在不少问题有关。例如：

有法不依，以诏代律。在《大诰》颁布之前，明王朝已经颁布过一部《大明律》，二者之间颇有差别，应该说其性质不同，地位也不应一样。《明律》是在《唐律》的基础上编成的；《唐律》历来被誉为“历代法典的模型”，是“得其中者”，“最为易明得当”的。《明律》在量刑方面已经较《唐律》为重了，可以用社会形势的需要来解释。因此，按历史的经验说，《明律》应该得到比《唐律》更好的执行与遵守。有史料记载说，唐太宗发现当时不少官吏在填履历表时，弄虚作假“诈冒资荫”，非常生气，便“敕令自首，不首者死”。后欲按敕执行，但执法的官员说“据法应流”。唐太宗说：“卿欲执法，而使朕失信乎？”回答说：“敕者，出于一时之喜怒；法者，所以布大信于天下也。”唐太宗便接受意见，结果“天下无冤狱”。可是，朱元璋却很不一样，他视《明律》于不顾，三年之内颁布四编《大诰》，以诰代律，失信于民，怎能不把社会搞乱呢！

因噎废食，立法荒谬。朱元璋发现福建右布政陈泰、无为州同知李汝中“亲自下乡，扰吾良民”，将他们“拿赴京师，斩首于市”后，又“敕法司行下诸司，毋得再犯此行”，下了一条禁“官吏下乡”的诰令（《续编》第17条）。因“扰民”而概禁“下乡”，不问下乡之是非而一概处斩，真是皂白不分，其实要扰民何须下乡，不下乡也难免扰民，此令一出，官吏们大概真的只能在衙门内“做官当老爷”了。

株连过多，刑戮过繁。朱元璋对整顿官场腐败的决策，在范围和手段方面也颇有失误。当时犯错误的官吏可能很多，但若说“无官不贪”，恐怕也有“以偏概全”的毛病，若再任意株连，就难免扩大化了。例如，户部侍郎郭桓贪污劣迹败露后，进行严打，“天下诸司尽皆赃罪，系狱者数万，尽皆拟罪”。就很难避免“玉石不分”的批评（《初编》第26条）。若再对无辜系累的人，法外施刑，就不能不令人更感不安了。据

《大诰》初、二、三编“所列，凌迟、枭示、族诛者，无虑千百，弃市以下万数”。有时候，朱元璋还“亲诣太平门，将各官吏捶楚无数，刖其足，发于本部昭示无罪者。”“朕自观之，毫发为之悚然”（《二编》第42条）。尽管他主观上是想用重刑止贪，但太重了，太残酷了，难免遭人非议的。

监督失灵，人才难育。朱元璋认为当时的官吏大多有问题，把希望寄托在加强调查监督和清洗换班上，可是这个主观愿望也难以达到。在糖衣炮弹的腐蚀下，许多派往调查监督岗位的官吏，往往并不“从实踏勘”，而是“贪要赃私”，成为新的腐败分子（《二编》第84条）。有些监察御史“不知官之清要，不知职之在乎纠人，乃假御史之名，扬威胁众，恣意贪淫。”（《三编》第39条）欲其执行监督的责任，当然不可能了。朱元璋“设置学校，教育生徒，所以望实才之用。”希望培养出高素质的人才，让他们任职以后“造福于民”。可是“有等奸顽不才之徒，一得官职，辄忘所学，身名莫顾，惟务徇私作弊，坏政乱法，罪恶贯盈，不可容诛。”（《三编》第37条）这个愿望又落空了。社会大环境风气不好，学生的素质也受到限制，“百年树人”，岂是短时期所能奏效的呢！

人不畏死，严刑奈何。朱元璋颁布《大诰》的主观愿望是“禁奸止暴，使人视之而不敢犯”。可是，效果并不好。“见利忘生，怙终不改”的人仍然很多，甚至“戴刑肆贪”，判了刑的犯罪分子，不思悔改，仍然继续作案（《三编》第38条）。严刑峻法，竟然对这些人无可奈何。原因何在，发人深思。后来，他读老子的《道德经》，看到“民不畏死，奈何以死惧之”，恍然大悟。过去严刑惩贪，“虽朝有十人而弃市，暮有百人而仍为之。如此者，岂不应经之所云？”于是，下诏“罢极刑而囚役之”。并在《道德经·序》中，说明其认识提高的过程，可惜认识未免过晚，付出的代价太大了。

3. 影响甚多，不良后果严重

冤假错案。据《明史·循吏传》说：“太祖操重典，绳群下，守令坐小过，辄逮系。”包括“循吏”在内的众多官员，都很难幸免。加之朱元璋鼓励官吏们互相揭发，办案人揣摩上意，“务从深刻”，层层加码，定罪时就很难实事求是了。当时，享有盛名的循吏方克勤，“为治以德化为本，不喜近名。自奉简素，一布袍十年不易。”朱元璋曾“嘉其绩，赐宴”，对他加以肯定。可是，后来竟“为属吏所诬”，被贬谪到江浦去作劳役，不久又以“空印案”株连，被逮而死。左都御史杨靖“公忠有智略，善理繁剧，治狱明察而不事深文”，是一个很有水平的好官吏，因而“宠遇最厚，同列无与比”，可是后来竟“坐为乡人代改诉冤状草”，被人弹劾“赐死”。其为冤假错案十分明显，类似之例尚多，无须繁举。

精神创伤。朱元璋以严刑峻法，惩治贪污，其本意固然是“欲人之惧而不敢犯也”，然而过分了也容易产生逆反心理。叶伯巨直言上书说：“窃见数年以来，诛杀亦可谓不少矣，而犯者相踵”，其故何在呢？“良由激劝不明，善恶无别，议贤议能之法既废，而为善者怠也。”正是由于如此，人们少不得要议论“某廉若是，某智若是，朝廷不少贷之，吾属何所容其身乎！”他们看不到今后的日子会怎样，“致使朝不谋夕，弃其廉耻，或事掊克”，产生利用尚在其位的机会，干脆捞一把的思想。还有不少官吏被大诰峻令的恐怖气氛所笼罩，惶惶不可终日，每天入朝，必与妻子诀别，到晚上平安回家，则相庆“又活一日”。有的官员幸蒙宽假，苟活下来，多年以后仍心有余悸。都御史严德珉“以疾求归”，朱元璋“怒黥其面，谪戍南丹”，遇赦放还后，便布衣、敝冠、徒步于齐民之中，小心翼翼地过日子。有人问他为何敝冠黥面？不得不稍作解释说：“先时，国法甚严，仕者不保首领，此敝冠不易戴也”，连连北面拱手，口称“圣恩！圣恩！”不已。

士不愿仕。叶伯巨还说：“开国以来，选举秀才不为不多，所任名位不为不重，自今数之，在者有几？”他们差不多都在严刑峻法之下，被清洗掉了，“岂不深可痛惜乎？”正因为如此，“今之为士者，以溷迹无闻为福，以受玷不录为幸”，名为当官任职，实际上是在混日子，毫无事业心。“古之为士者，以登仕为荣，以罢职为辱”的风气，已经淡化。“士不愿仕”的情况，已相当严重，以致有的秀才宁可断指，拒绝当官。这大概也是朱元璋始料所不及的吧！

4. 个人专制独裁，难以根治腐败

最后需要探讨的是，朱元璋反腐败虽然取得了一些成绩，为何没有达到预期的目的，反而出现了一些不良后果呢？追根究底，导致这种情况的出现，是否可以从以下几方面考虑。

主观愿望。朱元璋在《大诰》中一再申称“所以政者何？惟务为民造福。”（《初编》第1条）不许贪官污吏“靠损小民”（《续编》第45条）。他的所作所为都是“利济小民”，“便于细民”（《续编》第85条）。我们没有理由怀疑他是说假话，应该承认他的主观愿望是好的，可以给以某种程度的肯定。但历史是客观的，应该以事实为依据，美好的愿望不能作为评判历史的标准。何况，透过现象探本质，朱元璋整顿吏治的真正目的，恐怕很难说不是维护和巩固他那大明王朝的封建统治呢！

皇权至上。朱元璋反腐败，从头到尾贯穿着一套封建专制主义的运作方式与作风，举凡政策制订、诏令发布、人事安排、情况调查、案件审理等等，往往都须他亲自过问。他无所不管，无所不在，无所不能。所有的臣民，都必须听他的，按他的旨意办事，他的天才与英明在孤家寡人的高处，难免产生寒意。脱离实际，出现错误，反馈不灵，纠不及时，问题就会越来越严重。

以言代法。中国历史的传统，多重人治轻法治，以为“为政在人”，“有治人，无治法”，法取决于人，人是治的关键，其人正就可齐家治国平天下。作为天子的皇帝，与百姓群氓不同，“金口玉言”，他说的话就是法律，就是秩序，就可天下太平。朱元璋就自认为是这种“当天下之大任，悯生民之涂炭，立纲陈纪，昭示天下，为民造福”的人（《初编》序）。他个人兴之所至的诏令，就成了万民必须遵守的法律，至于它与不久前正式颁布的《大明律》是否矛盾抵触，存在朝令夕改、莫衷一是的问题，都不予考虑。这种个人决策，事实上是很难周到，不出现这样那样的问题的。“人存政举”，看是不错；“人亡政息”，却是规律。

感情用事。治国无法则乱，立法必须平允，执法必须公正，令在必信，法在必行，牵涉面很广，应有相对的稳定性，因此不能掺杂个人一时的喜怒，感情用事。朱元璋在反腐败时，疾恶如仇，态度偏激，处理

问题往往超越常规，兴之所至，有法也变成了无法，无规律可循，难以起到惩恶扬善的作用。

总之，朱元璋反腐败，不是从根本制度上进行必要的改革，沿用的仍然是几千年来“重典惩贪”的老办法，拳头很重，颇具威慑的力量，一段时期内可以对吏治有所澄清；但其个人专制主义色彩太浓，随意性太大，有法变成无法，廉贪无别，是非难分，负面影响不小，付出代价太大。值得庆幸的是，朱元璋毕竟与一般的皇帝不同，他还能认识错误加以改正。《廿二史札记》特立专条“明祖晚年去严刑”。曾下诏：“朕起兵惩创奸顽，或法外用刑，本非常典，后世止循律典”，不许再用非法之刑。算是对前一阶段严刑峻法，有了一定程度的认识，不失其为一代开国君主的气派。

几点启示：第一，腐败是古今中外社会历来普遍存在的毒瘤，不是哪个社会所特有或没有；第二，反腐败是长期艰巨的历史任务，不可能毕其功于一役，但要有信心；第三，反腐败要靠法制，依法办事，不是越重越好；也不是某个人的话或指示就能解决的问题；第四，反腐败不能单靠立法，要提高全民的素质，要以德治国；第五，反腐败要靠群众监督，不能司空见惯，视而不见，抱“与己无关”“无可救药”的态度。我们是有数千年历史的文明古国，有丰富的历史经验，一定能取得反腐败的胜利。

（原载《安徽史学》，1999 年第 2 期）

历史人物研究

一代名相，蒙冤而死的寇准

寇准，是宋朝真宗时期著名的宰相，性格刚直，处事果断。在契丹贵族南侵时，力排众议，劝真宗御驾亲征，签定“澶渊之盟”，取得了举世瞩目的胜利，中外号称“贤相”。可是，后来竟遭贬黜，冤死雷州（广东海康）。

人们不禁想问，历史上众多的名臣，为什么会含冤离世呢？当然，各人的情况不会完全相同。众多的不同之中，自然也可能找到某些相同的东西。寇准之死，人们能够从中得到什么发人深思的启示呢？

一、真宗病危，决定太子监国

寇准最后一次罢相，发生在天禧四年（1020）。这时，宋真宗已经年过五十，经常生病，处理政务的能力大为降低，说话颠三倒四，刚说出口的话，便加以否认，已经决定的事情，不久就忘了。常常弄得大臣们无所适从。对他的话究竟听不听？对他决定的事情究竟办不办？进退为难，十分尴尬。

一天，真宗怒气冲冲地从宫中出来上朝，对辅臣们说道：“昨夜宫人都到皇后刘氏那里去了，把我一个人留在宫中，无人照应。”众大臣一听出了这样的事，都感到极不正常，甚至十分危险。万一有人乘皇帝生病的机会，暗中捣鬼，进行阴谋活动，问题就大了。但实际情况究竟如何，还不清楚，也不便轻率提出自己的看法。作为宰辅之一的李迪自感责任重大，皇帝既然说出来了，就应该提出一个处理意见，只好慎重地回答说：“如果确有此事，何不按法处置呢？”真宗听了默不作声，忽然又说：

“没有这回事！没有这回事！”李迪和寇准听了都摇头。当时，议论刘后干政的传说很多，人们很不愿意重见这个中国传统社会非常敏感而又十分忌讳的事情。作为宰辅大臣的寇准和李迪等人，更应特别关心。好在这时太子已经确立，虽然年仅十一，但举止稳重，性格温和，颇受人们的称赞。一天，君臣闲话时，李迪说：“皇太子举止有礼，言不轻发，看戏剧节目时，从未妄笑，很好。”真宗接着说：“这孩子平常在宫中，也从不妄言呢！”寇准说：“皇太子天赋很好，懂得仁义道德，处事稳重温和，真是我朝值得庆幸的啊！”只要太子人品不错，大局已定，估计也不会出什么大问题。唯一值得担心的是年龄毕竟尚幼，万一母后临朝，辅弼非人，也可能把宋朝的天下搞乱。

宋真宗本人对这事也不是毫不考虑。他知道自己的病情严重，很可能不会康复了，对后事应该及早安排。六月初的一天，他在宫中休息，四顾无人，便靠在亲近的宦官周怀政的身上睡觉，不免询问宫内宫外的种种事情，并且透出欲令太子监国的意图。周怀政，也是东宫的官，知道皇帝的意图以后，当然很高兴，便出宫去告诉了寇准。

寇准正为皇帝多病，刘皇后渐欲干政的事发愁，忽然得到周怀政传来的好消息，当然不会放过。于是，一天趁真宗单独接见他的时候，对皇帝说：“皇太子聪明能干，已经具备处理政务的能力，人们都很拥护。现在既然陛下身体不太好，日夜操劳国事，多有不便，何不让太子监国，代行处理国政。只要选择方正大臣辅佐太子，就可保无虞。不过，像丁谓、钱惟演等奸佞小人，心术不正，不可以辅佐少主。”① 真宗对寇准所说全都同意。因为他考虑到自己的病情和朝廷中的局势，也只好如此，没有再说其他的话。寇准得到真宗的旨意以后，便暗中积极布置各项准备工作。一场让太子监国的喜剧，便紧锣密鼓地排练着，即将登台上演了。

二、才堪大用，签定澶渊和约

让太子监国，事实上就是真宗让位。真宗为什么要把这样重大的决

① 参见脱脱：《宋史》卷281，中华书局1977年版。

策，交给寇准去处理呢？原来寇准这人非同一般，这就还得从他的经历和贡献谈起。

他是华州下邽（陕西渭南北）人，建隆二年（961）出生于一个官宦仕家，自幼出落得一表人才，英俊豪迈，通晓诗书，年方十九就中进士。历任巴东、成安、郓州等地方官，所到之处，政绩显著。未到三十岁即选拔到中央，担任右正言，度支推官，枢密学士等职。

太宗时，有一年发生大旱，太宗召见群臣询问灾害原因。多数人都以"天数如此，无关时政"回答。但寇准独持己见，认为"天人之际，应有影响"，这次天灾是刑罚不平引起的。太宗听了很不高兴，怒气冲冲地回宫去了。过了一会儿，又把寇准召去，询问究竟有什么不平的事实？寇准说："请把对掌军政大权的二府大臣们召来，我就可以明白说出。"太宗只好把二府大臣召来，寇准随即侃侃答道："最近，祖吉和王淮都因违法乱纪，收受贿赂，加以惩处。但祖吉赃少，罪轻，伏罪而死。王淮却因是参知政事王沔之弟，虽盗取他守管的财物，数至千万，却只受仗刑，仍官如故。从这两件案子的处理看，不是刑罚不平，又是什么呢？"太宗当即问王沔："果有其事？"王沔只好顿首谢罪，一句话也不敢说。太宗于是把王沔狠狠地责备了一顿。当然，也由此看出寇准是个刚正亮节，才堪大用的人才，马上便提升他为枢密副使。

寇准与太宗接近的机会多了，奏事用语常有不当，太宗有时发怒而起，寇准常拉着皇帝的衣服，不让离去，请帝复坐，直到把事情解决了才退出。太宗知道寇准性格如此，并非无礼，因而嘉叹道："朕得寇准，好像是唐太宗得到魏征啊！"

真宗即位后，寇准随着年龄的增长，阅历的丰富，政绩的显著，在群臣中的威望越来越高，终于在景德元年（1004）被任命为同中书门下平章事，登上了宰相的宝座。

当时，宋王朝的国力虽然并不薄弱，但由于最高统者奉行"守内虚外"的政策，对北方的辽国防御不力，自视软弱，畏敌如虎。相反，契丹贵族却得寸进尺，经常在边境劫掠，气焰十分嚣张。寇准出任宰相不久，便接到边境告急的紧报，辽军二十万大举入寇，深入宋境，越过保州、定州、邢州、洺州，直逼黄河北岸的军事重镇澶州（河南濮阳）。军情紧迫，中外震骇。

真宗急召群臣询问方略。参知政事王钦若是临江（江西清江）人，建议驾幸金陵（江苏南京）；同知枢密院士陈尧叟是阆州（四川阆中）人，建议驾幸成都（今属四川）。真宗问寇准这两种建议如何？寇准说："不知是谁为陛下画此策？"真宗说："你姑且判断二策是否可行？何人所献就不必问了。"寇准说："我是想将献策之人斩首祭师，断绝逃跑念头，然后率师北伐啊！以陛下的神明威武，将臣的团结一致，只要大驾亲征，敌军就会自行逃遁。不然的话，我们还可派出奇兵，阻挠敌军的阴谋，坚守城池，拖垮敌军的供应，以逸待劳，得胜是很有把握的。为什么要抛弃宗庙和社稷，向江南和四川逃跑呢？如果大驾动摇，人心崩溃，敌军乘胜深入，我们的国家还能够保得住吗？"

真宗听了寇准的分析，认为很有道理，虽然心中还不免胆怯，但也别无他法，只好把指挥军事的全权一齐委托给寇准，在他的部署指挥下，驾幸澶渊。

澶渊前线的军民婴城固守，等待援兵，已有多日，今见御驾亲征，克敌有望，无不士气倍增，踊跃欢呼万岁，声闻数十里。寇准秉承皇帝的制令，专断决策，号令明肃，广大士卒无不畏服。敌兵数千多次发起进攻，都遭到迎头痛击，损兵折将，只好暂时引退。澶州的军事形势终于稳定下来，而且各地军民抗辽获胜的捷报又不断传来，辽军统帅逐渐感到形势于己不利，开始放出和平谈判的信息。

真宗得知辽军意欲谈判退兵，唯恐拒绝，即派曹利用前往议"岁币"的数量，"百万以下，皆可许也。"曹临行时，寇准却对他说："皇帝虽有敕旨，但汝所许不得超过三十万，过则吾斩汝头。"曹利用与辽军多方交涉，终于达成了"澶渊之盟"：宋每年输辽银十万两，绢二十万匹，两国皇帝兄弟相称，双方罢兵，各守疆界。

"澶渊之盟"停止了两国长期的兵端，基本上保持了平等的地位。从此以后，边境安宁，维持了百年之久的和平局面。作为宰相的寇准，从战争的开始到和约的签订，始终处于决策的地位，其贡献当然极为重大。

正因为如此，宋真宗对他也就更加亲近和信任了。

三、疾恶如仇，不为群小所喜

然而，寇准作为宰相，他那勇于负责的精神，未免锋芒毕露。他那力排众议的作风，也很使人难堪；虽有直言之风，却少包荒之量。特别是疾恶如仇，更常常召来群小的攻击和倾陷，这就不能不在他的政治生涯中带来阵阵乌云。

“澶渊之盟”以后，寇准自恃功高，洋洋自得。由于得到皇帝的充分信任，因此在处理政务时，就难免自以为是，个人说了算。在用人时，也有只看才干不循资历的现象。在他自己看来，本属理所当然的事。但对别人来说，就觉得他是独断专行，用人为私了。不满意他的人便寻找机会，歪曲事实真相，进行造谣中伤。

一天，朝会结束，寇准先退，真宗目送久之。被寇准骂过“可斩”的王钦若乘机进谗：“陛下这样敬重寇准，是因为他对社稷有功吗?”真宗说：“当然是这样!”王又说：“从历史上看，签订城下之盟，是可耻的事。澶渊之举，以万乘之尊签订城下之盟，就更加可耻了。”真宗听了很不高兴。王又继续说：“陛下听说过赌博之事吗？赌徒在钱将输光时，便罄其所有来下注，谓之‘孤注’。陛下，寇准是把你作为孤注啊！那时真是太危险了。”这几句话把真宗吓出了一身冷汗，感到十分后怕，从此便对寇准不太信任了。不久，更罢其相位。

寇准离开朝廷以后，便到陕州、天雄军、河南府、永兴军（陕西西安）等地担任地方官。天禧三年（1019），宰相王钦若为了粉饰太平，诈称天书降于乾佑（陕西柞水）山中。许多人对这事不屑一顾，但真宗却很相信。王钦若对真宗说：“最不相信天书的人是寇准。现在天书降乾佑山，恰在寇准的辖区，令寇准上报天书，百姓必将大服。”于是命令宦官周怀政前往谕意。寇准开始不肯，后知确属皇帝的意思，只好违心地上报。真宗果然大喜，即命赴朝奏事。不久，即命为中书侍郎兼吏部尚书，同平章事，再次登上宰相的宝座。

寇准在中书的威信很高，受到同列的普遍尊敬。可是也正因为如此，寇准在日常生活中，便不太注意自己的言行。他那直率坦诚的性格，常常在不知不觉中使人难堪，虽属不必要的误会，却也增加了不少难以挽救的麻烦。一天，几个政府高级官员处理完公务后，在中书堂会餐。酒盏交错，杯盘狼藉。寇准一不小心，在喝菜汤的时候，把美丽的胡须污脏了。一时间，众大臣不知如何处理。但见参知政事丁谓急忙离开自己的座位，走到寇准的跟前，徐徐拂拭，很快便清理干净了。寇准笑着说："参政是国家大臣，怎么为我这个长官做起拂须的事儿来了呢?"这本来是一句开玩笑的话，但丁谓听了很不是味道，一下把脸都羞红了，十分惭愧。心想我这样对待你，是表示尊敬，你却当众侮辱我；你既不能容我，我又岂能容你。开始想办法倾陷寇准。

无意之间得罪人的事，当然不只这一件。例如枢密院的曹利用，也很被他瞧不起。前面说过早在"澶渊之盟"时，他就指令曹在与辽军谈判时，要按他的意图办，否则杀头。后来曹升为枢密使，属于国家大臣了，在议论朝政时还动辄斥责曹："君一武夫，岂能懂得解决此事的大体呢?"也许寇准对事的看法并不错，但这种对人的态度未免旁若无人，使人难堪。曹利用对他不高兴，自在意料之中。

还有一个翰林学士钱惟演，文章虽然写得华丽漂亮，颇有名气，但"急于柄用，阿附希进"，是个不顾名节的小人。他见刘后获宠，便把妹妹嫁给刘后之兄刘美。他见丁谓权盛，便亲附联姻，子娶其女。"党同伐异"，因而也对寇准极为不满。

特别是丁谓，通晓诗画，机智过人，善于揣摩人意，颇得真宗皇帝的欢心。营建宫观，诈称祥瑞，伪造天书，都是由他和王钦若主谋策划的。这时已经做到参知政事，距离宰相只差一步之遥了。但寇准对他奸狡的本性，早就看透。不除去寇准，他的阴谋就很难得逞。于是他就秘密勾结同伙，窥测方向，等待着有利的时机。

四、丁谓肆奸，寇准蒙冤贬死

寇准对丁谓等人的阴险本性，虽然很不喜欢，但总认为既然自己大权在握，小泥鳅就翻不起大浪。特别是他向真宗请求“让太子监国，不让丁谓、钱惟演等奸佞小人辅佐少主”的建议，得到真宗的同意之后，便认为大局已定，只待具体执行，不会出什么问题了。

于是，寇准便联络参知政事李迪，翰林学士杨亿，签书枢密院事曹玮，史馆修撰盛度，驸马都尉李遵勉等人协议，共商太子监国的具体计划。经过周密的讨论，进行分工，让杨亿起草各种诏书，选定时期，克日举事。

寇准等人的活动虽然十分秘密，但世上没有不透风的墙。有人说寇准在一次酒后“漏言”，引起了丁谓等人的注意。还有人说杨亿的小舅子在外面扬言“过几天，将出新鲜事儿!”一时间，满城风雨，小道消息特多。丁谓唯恐祸从天降，在家里再也待不住了，便在夜晚坐着妇人车前往曹利用的家里，共商对策。第二天，曹利用入宫向急欲干政的刘后报告，捕风捉影地控告寇准正在谋图不轨。

刘后，本蜀人，出生微贱，入京城播鼓，遇真宗，大见宠信，初为美人，进位德妃，立为皇后。真宗晚年多病，政事多决于后。其宗人在蜀，仗后之势横行乡里，夺民资产。寇准不肯循情，按法惩办，因此刘后对他早就不满意。现在听说他谋图不轨，欲让太子监国，当然是不让自己干政，甚至自己的皇后地位也将难以保持，不禁怒火中烧，当即跑到真宗面前，说了寇准许多坏话，要罢寇准的官。

真宗这时已经病得糊里糊涂，被刘后纠缠不过，便随随便便地答应了他的要求，把不久前与寇准商量过的事全都忘了。于是把钱惟演召来草拟制书，钱又乘机进谗：“逆准专恣跋扈，必须深责。”但真宗认为寇准并无大过，应予优礼。六月十六日寇准罢相，另加太子太傅的官衔，封莱国公，仍然享有较高的待遇。

寇准罢相后，丁谓继任宰相。丁谓奸险狠毒，为了斩草除根，继续制造事端进行迫害。七月初，钱惟演又在真宗面前极言寇准的种种不是，什么组织朋党呀，交接内侍呀，诳惑圣听呀，谋求再用呀，不一而足。于是，过去与寇准较为亲近的人，每多获罪。满朝之内，人心惶惶。民间出现了“欲时之好呼寇老，欲世之宁当去丁”的歌谣。

在这种民心所向的紧迫形势下，内侍省都知周怀政决定要采取非常行动了。前面说过让太子监国的意图，是他透露给寇准的。现在寇准竟因此罢相，他当然感到不平和不安。如何才能真正实现皇帝的意图，避免母后称制，奸邪弄权的悲剧呢？他决定了一个计划。首先去找已被罢相的寇准。告诉说："目前刘后干预朝政，天子失权，太子监国不成，何妨竟请太子受禅。"寇准亟加制止道："你说得太远了。"怀政又小声说道："公何故这般胆小？令太子监国，本来就是皇帝的意思，现在请皇帝传位太子，自己当太上皇，想来也是同意的，并无什么难行之处。"寇准摇头说："内刘外丁，权焰熏天，谈何容易。"周怀政奋然说："刘可幽，丁可杀，公可复相，有何难处？让我去干罢！"寇准复加劝阻："事或不成，为祸不少，还请三思。"周怀政坦诚说道："事成国家之福，不成由我受祸，请公勿虑。"寇准见其意已决，虽不同意，也无法劝阻，只好谆嘱小心。

周怀政告别寇准后，便回到家中与其弟礼宾使周怀信，客省使杨崇勋等共同商定，在七月二十五日举行大事。临到事变前一天，周怀政陪真宗到后苑散步，在无人时拼着一死的决心，哭诉道："臣前次建言社稷大事，陛下已经允许，但至今月余，不见施行，不知何故？臣请剖心，以明忠款。"说罢便用所带小刀划破其胸，流血不止，僵扑倒地。真宗大惊，旧疾复发。刘后下令收周怀政下狱，严加拷问。周怀政挺身认罪，不肯妄攀。审视官员得不到更多的案情，不敢妄加株连，只得将周怀政斩首结案。但丁谓等人不肯就此罢休，几天之后还是以"与周怀政交通"的罪名，把寇准降为太常卿，知相州，赶出了京城。但相州即今河南安阳市，距京城开封不远，属于内郡大州。丁谓还不满意，又利用职权于八月初矫诏，把寇准徙往远小处的安州（湖北安陆）。

丁谓继续利用周怀政案件兴狱，侦骑四出，搜捕党羽。他们终于回忆起周怀政曾与巡检朱能伪造天书降于乾佑山的事，而这事又与寇准有些干系，真是最好的材料，便立即派兵追捕。朱能是带兵的武将，知道被捕后必死无疑，遂举兵拒捕，叛逃活命。不久兵败自缢。此事本与寇准无关，但被妄事牵连，坐罪贬为道州司马。道州不仅地属偏僻的湘南山区，而且司马之职，并无实际职掌，仅是发点生活费，苟延活命而已。

寇准自罢相之后，又遭三黜，真宗全不知道。一天，真宗忽然问道："我的眼中很久没有看到寇准了，是何缘故呀？"左右的人谁也不敢回答他的话，他也不再问了。这说明丁谓确实胆大妄为，一手遮天，也说明真宗确实病得不轻，糊里糊涂，难以问政了。到乾兴元年（1022）二月，真宗久病不愈逝世，皇太子赵祯即位，是为仁宗，刘后被尊为皇太后，临朝称制。丁谓、钱惟演等掌握了中枢大权。内外勾结，胡作非为。同列侧目，怨声载道。

寇准被贬为道州司马，到那里后连住的房子都没有，生活条件极为艰苦。当地百姓知道后，纷纷送来瓦木，齐力修建，数间屋宇很快落成。寇准感谢众人的关怀，常在家中宴会客人，也颇有一番乐趣。一天，正与众客集会，忽报有使者持敕书前来，并有锦囊贮箭挂在马前。众人大惊失色，以为必是丁谓矫旨赐公自尽。寇准神色自若，对使者说："若朝廷赐我死罪，请宣读敕书。"使者见寇准不肯自尽，只得宣敕，却是再贬雷州司户参军。虽然地区更远，职位更低，但既不是赐死，也算不幸中的幸事了。

乾兴元年二月，寇准不得不离开道州，前往更远更南的贬所。临行那天，"百姓遮道马不前"，寇准深情地说："乡亲父兄们，我戴罪之身，怎敢长期滞留此地啊！马儿呀，你为什么也不肯离去呢？"经过千辛万苦，终于来到雷州，登上郡城东南门一望，仅只十里之处便是浩瀚的大海，不禁悲从中来，吟道："到海只十里，过山应万重。"自己的年龄已过六十，身体又不好，岁月恐已无多，还能有明冤北还的希望吗？丁谓坏事做绝，积怨太多，终于引起刘后的震怒，在这年六月被罢相，贬为崖州司户参军。崖州，在海南岛，地方更为偏僻落后，去时需经过雷州，且有渡海风波之险。落到这样的下场，大概是他料想不到的吧。

陷害寇准的丁谓虽然倒台，但刘后还在临朝称制，平反的事尚难进行。天圣元年（1023），大理评事贾同上书："寇准忠规亮节，疾恶摈邪。自其贬黜天下之人不知其罪，应召还内地，以明忠邪善恶之分。"可是，竟如石沉大海。这年闰九月初七，寇准在雷州走完了他六十三年悲壮的人生。

五天之后，朝廷在尚未得知寇准已经逝世的情况下，始命衡州司马，稍予内迁，以示优容。但为时已晚，没有太大的实际意义了。其妻宋氏请求归葬西京（河南洛阳），得到准许。灵柩在经过湖北公安时，因他曾在此任官，百姓设祭于路，折竹植地，悬挂纸钱。不久，枯竹竟然出笋，遂于其地立庙，号称“竹林寇公祠”。不管朝廷对他的看法如何，百姓是不会忘记他的。

直到明道二年（1033）三月，刘太后因病大赦天下，寇准始得太子太保，复莱国公。不久刘后去世，仁宗亲政。九月，寇准的女婿王曙出任枢密使，把所藏当年寇准命杨亿草奏，请太子亲政，被丁谓诬陷的证据和事实经过，全盘托出。仁宗亲自审览，方明事实真相，感叹再三，当即下诏洗涤前冤，赐寇准中书令，谥号“忠愍”。这时，距寇准逝世已经十一年了。

《宋史》在寇准的“传论”中写道：“澶渊之举，力阻众议，竟成隽功，古所谓大臣者，于斯见之。然挽衣留谏，面诋同列，虽有直言之风，而少包荒之量，定策禁中，不慎所与，坐窜南裔。勋业如是而不令厥终。”实在可惜！这蒙冤的缘由，究竟如何？我们的读者通过上述事实，是不难找到自己的答案的。

（原载中国台湾《历史》月刊，1997年第2期）

陈翥生平事迹考

——《五松陈氏宗谱》质疑

陈翥，是宋朝的植桐专家，著有《桐谱》一书①，留传后世，影响很大。不仅明朝李时珍的《本草纲目》②，清朝吴其浚的《植物名实图考》③倍加赞誉，而且美国的《经济植物》杂志1961年第1期也有专文介绍征引。他不愧是惠及子孙、载誉中外、有杰出贡献的专家学者。

陈翥，在科学技术史上应该占有一定的地位。因为他是铜陵人，近年来，安徽学术界已经开始重视这个重要的历史人物。例如，《可爱的安徽》④、《安徽古代科学家小传》⑤、《安徽百科全书》⑥等书都有简明的介绍。特别是张秉伦教授在《中国科技史料》第13卷第1期发表的《陈翥史迹钩沉》⑦以及《安徽著名历史人物丛书》第一分册《古代英杰》中的《陈翥传略》⑧，更加详细。对人们了解陈翥的杰出贡献，是很有好处的。

为了表彰这位历史上的科学家，我们对他的生平作了一些粗浅的探讨，发现某些流行的说法，颇多不实。特在此提出向方家请教。

一、有关陈翥生平的资料

陈翥生活在北宋中期，距离今天将近千年，留传下来的资料非常稀

---

① 陈翥：《桐谱》，丛书集成初编本，商务印书馆1960年版，潘法连：《桐谱校注》，农业出版社1981年版。

② 李时珍：《本草纲目》，中国书店出版社1988年版。

③ 吴其浚：《植物名实图考长编》，商务印书馆1959年版。

④ 欧远方主编：《可爱的安徽》，安徽人民出版社1985年版。

⑤ 施孟胥等：《安徽古代科学家小传》，安徽科技出版社1984年版。

⑥ 安徽百科全书编辑委员会：《安徽百科全书》，南京大学出版社1994年版。

⑦ 张秉伦：《陈翥史迹钩沉》，《中国科技史料》1992年第1期。

⑧ 张秉伦：《陈翥传略》，见《安徽著名历史人物丛书·古代英杰》，中国文史出版社1991年版。

少，给我们的研究带来了许多困难。在保存宋朝政府档案资料最多、字数达 800 万以上的《宋会要辑稿》中，竟然找不到陈翥的点滴资料。在宋人编著长达 520 卷的《续资治通鉴长编》中，也查不出陈翥的任何行踪。在元朝官修列入“正史”篇幅最大的《宋史》① 卷 205 中，也仅仅留下了“陈翥《桐谱》一卷”一行六字。这六个字十分可贵，说明陈翥的业绩，早已载入史册，得到承认。他不需要什么官位爵禄，他不羡慕什么虚名浮利，就凭他的《桐谱》一书，便可流传后世，誉满学林。

了解陈翥生平最原始的资料不多，最可靠的当然是他自己所写的《桐谱》。为免读者翻检之劳，下面就把其中有关他生平的自叙，加以排比。既可概见其主要事迹，也可作其他不实资料的反证。他在庆历八年（1048）时说“吾年至不惑”“吾今年四十矣”，可以推知生于大中祥符二年（1009）。这一点很重要，因为是他自己说的，必须肯定下来。其他说法，没有确证，是不能代替的。例如，后来有的“资料”说他生于太平兴国壬午（982），就找不到旁证，只能说是“孤证”，无法落实，不能认为是科学的结论。

他有兄名翾，有弟名翊。他字子翔，“少渐义方训”，幼年在父亲的教育下，闭门读书，以求仕进，是准备考科举做官的。后因“涉孤哀，沦于季孟，茕疾否滞”，父亲去世，兄弟不睦，自己体弱多病，在十多年中不能有所作为。自感“蝎蠹木虚，根枝不附”；“既不能干禄以代耕”，“志趣相畔”，只得“退为治生”。从庆历八年（1048）开始，在家后西山之南的数亩荒地上，种植泡桐和竹子。他的行动与一般士人不同，不免遭人窃笑；可是他认为“桐茂竹盛”，不会比种植桑柘差，继续走自己的路。自号咸聱子，又号铜陵逸民，愿以“布衣”终老。因好植桐竹，又号桐竹君。并于皇祐元年（1049）开始编写《桐谱》，希望“有补农家说云耳”。他曾作《桐竹君咏》一诗以见志：“高桐临紫霞，修篁拂碧云。吾常居其间，自号桐竹君。不解仿俗利，所希脱世纷。会友但文学，启谈皆典坟。吁嗟机巧徒，反道是胡云。”形象生动地表达了一个超世脱

① 脱脱：《宋史》，中华书局 1977 年版。

俗、淡于名利的“布衣”情结，令人肃然起敬。

宋元以后，可资考证陈翥生平的资料，还有明朝嘉靖时期编纂，嘉靖二十五年（1546）的《嘉靖池州府志》① 和嘉靖四十二年（1563）的《嘉靖铜陵县志》②。前者说“他潜心经史，足迹不逾里闾，行谊之美，俗持以范，或比之陈太丘（后汉陈实）云”（卷7）。后者说他“笃志好学，杜门读书，家人妇子，非时不见，号闭户先生”（卷7）。使我们对他的人品，有进一步的了解。此后的地方志，我们也查过，没有发现更多的新材料。

我们对陈翥的了解就大致如此了。近年，有人发现民国十三年（1924）编纂的《五松陈氏宗谱》③ 中有不少关于陈翥的资料。因为是新材料，人们颇感兴趣，在“内部资料”中引证翻印，颇有流传。我们也有幸看到了一份，其中主要有：监察御史陈允赠诗，参知政事盛度赠诗，御史萧定基赠诗，御史包拯荐征不就赠咏轴，乾州刺史杜衍赠诗，黄荆公悼诗，仁宗颁诏赐入乡贤祠，随蒙殿中侍御使萧定基挽诗，等等（《陈翥史迹钩沉》大多介绍过，但不全，且有误字）。如果这些资料确属事实，真可以大作文章了。可惜，稍加复按，便发现其中问题颇多。下面就对这些问题逐一讨论。

二、御史陈允赠诗问题

《五松陈氏宗谱》说：天圣三年（1025），九月十九日监察御史陈允公因征不就，赠诗一律云：“斩棘披茅构数楹，一帘风月一丝琴。宁从野外藏奎耀，不向天边动客星。闭户有心观史籍，推窗无梦到簪缨。三征七聘浑闲事，竹外烟花自有情。”

这一条的主要问题是，陈允其人的真实性如何？既是“监察御史”，官位已经不低，一般史书上是应该有所记载的。然而，非但《宋史》没

① 王崇：《嘉靖池州府志》，明嘉靖刻本。

② 李士元：《嘉靖铜陵县志》，明嘉靖刻本。

③ 《周积墉序》，载《五松陈氏宗谱》，铜陵内部辑印本。

有，政府档案性质的《宋会要辑稿》没有，卷帙浩繁的《续资治通鉴长编》没有，甚至搜罗宋元史籍五百余种、人载二万二千余人的《宋人传记资料索引》① 也没有。为补上书之缺，不久前四川大学出版的《宋人传记资料索引补编》②，采用典籍一千余种，单行论著不计其数，新增人物一万四千余人，仍然找不到陈允的任何资料。此人是否乌有，是可想而知的。此人赠诗，出现了“三征七聘”的词句，前面说过，陈翥出生于大中祥符二年（1009），到天圣二年（1025）才十七岁，这样的事不大可能出现在他的身上。他最初也很想“以禄代耕”，并非一开始就决心当隐士，拒绝征聘的。这诗的内容不符合陈翥的实际，可见是伪作的。

三、盛度赠诗问题

《五松陈氏宗谱》说：天圣五年（1027）三月十九日，参知政事、邑人盛度公与陈翥幼同笔砚，因征不仕，赠诗一律：“曾记当年笔砚交，于今何事不同袍？德星高耀陈公里，圣诏难宣翔凤豪。版筑无心思传说（当是傅说，商代贤相），竹林有志愧山涛。知君非是寻常客，看破功名一羽毛。”

这段话，不实之处甚多。查《宋史》卷292可知：第一，盛度，“世居应天府（河南商丘），后徙杭州余杭县”。如果没有记错，他不可能是陈翥的“邑人”。也有个别晚出的材料说盛度是铜陵人，始作俑者是《嘉靖池州府志》，但它与正史的记载有矛盾，有“作伪”的嫌疑；再查《嘉靖铜陵县志》，二书同一时期，后书晚出十七年，如果前书记载可靠，后书对自己的“乡贤”是不会不写进书中以示夸耀的，它没有这样做，态度是审慎的，也是科学的。对前书的错误，从事实上进行了纠正。这个误会已经辨明，应该就此结束。后来的人何必再以伪作真呢。第二，盛度生于开宝元年（968），前面说过陈翥生于大中祥符二年（1009），二人年龄相差四十岁。即或把陈翥的生年提前一些，大概也无法“幼同笔砚”

① 王德毅：《宋人传记资料索引》，中华书局1988年版。

② 李国玲：《宋人传记资料索引补编》，四川大学出版社1995年版。

的。第三，盛度任参知政事在景祐二年（1035），这时陈翥才二十多岁，正当科举应试的年龄。他在《桐谱》中说："吾年至不惑，命乖强仕，遂成支离"。"吾既不能干禄以代耕"，才在四十岁时开始植桐，甘当"布衣"的。如果二十多岁时有人推荐征辟的话，他是不会拒绝不就的。北京大学古文献研究所编辑出版的《全宋诗》①，收盛度的诗三首，残句二，没有赠陈翥的这首诗。

四、御史萧定基赠诗问题

《五松陈氏宗谱》说：景祐三年（1036）九月十二日，殿中侍御史、江西萧定基幼与陈翥同席笔砚，因征不就，拜赠德誉一律："五松卓越一贞儒，班马才能誉不虚。隐隐文光腾万丈，渊渊学问富三余。胸罗星斗天文象，心契山川地理图。七聘三征皆不就，优游林下乐何如。"

据查，萧定基，《宋史》中没有他的传。但《临川集》卷89有王安石作的《萧公神道碑》，知道他生于端拱二年（989），卒于庆历二年（1042）。他是江西庐陵人，不可能与陈翥幼同笔砚。他在天禧三年（1019）中进士，后来在岳州、虔州、新喻等地任职，累迁至太常博士，做过监察御史里行和侍御史。据《涑水纪闻》卷3，萧任侍御史在景祐四年（1037）。如果要推荐陈翥，有这样的可能性。但如《五松陈氏宗谱》所说的那样，萧定基在景祐三年（1019）赠诗，便称陈翥"七聘三征"皆不就，未免不合陈翥二十多岁的身份；至于说他是"贞儒"，有"班马才能"，上知天文，下知地理，当然只能是不能核实的虚美。还有，为什么有人一再用"三征七聘"赠诗呢？我们查了一下古籍，原来这是一个用滥了的典故，出于《晋书》卷88："痛父非命，隐居教授，三征七辟皆不就。"好事的文人便轻而易举地把它移植到陈翥的身上了，并不真正需要确有其事。《全宋诗》中，也查不到萧定基其人其诗。都说明这诗不可信。

① 北京大学古文献研究所编：《全宋诗》，北京大学出版社1991年版。

五、包拯赠诗问题

《五松陈氏宗谱》说：宝元元年（1038）十月初六日，池州路总管府刺史包拯公荐征二次不就，遣使赍金段四端，咏轴一幅："奉敕江东历五松，义安高节仰陈公。赤心特为开贤路，丹诏难回不仕风。乐守齑盐忘鬓白，笑谈金帛近尘红。无拘无束清闲客，赢得芳声处处同。"

《五松陈氏宗谱》又说：庆历四年（1044）八月初七日，御史中丞包公，因征不就，遣使赍金段、色纱二端，白金十两，咏轴一幅："不听天子宣，幽栖碧涧前。钟鸣花寺近，肱枕石狮眠。禅有远公偈，辞能靖节篇。一竿堪系鼎，千古见心传。"

包拯，在《宋史》卷316有传，其事迹很容易查考。《五松陈氏宗谱》的这两段记载很明显不符合历史事实。请看：

前者，说他在宝元时（1038—1039）担任池州路总管府刺史，就是不了解历史情况的伪作，因为这样的官名是在元朝才出现的，包拯哪能当这样的官。包拯在宝元时，刚才进入仕途，初知天长县，官卑职小，不可能推荐陈翥。十多年后，包拯曾到池州担任知州，不是总管府刺史，其时他由于"坐失保任"，因荐人不当犯了错误，属降职使用。绝没有诗中描写的那种"奉敕江东历五松"的气派，因而也不大可能在这时再推荐人。

后者，说包拯在庆历四年（1044）担任御史中丞，又不符合历史事实。这年他担任的是监察御史。这时，他有权建言用人，查《包拯集》①，他确实推荐了不少有才干的人，唯独查不到陈翥。也许由于未成事实，所以没有记载。但包拯是有名的清官，"居家俭约"，"虽贵，衣服器用饮食如布衣时"，哪有能力拿"金缎、白金"去送人呢？如果这些东西是仁宗皇帝赏赐的话，那"史书"中就应当记下来，这是"德政"，史官们不会不记得。而且，包拯的赠诗中，赞陈翥"禅有远公偈"，对佛教

① 张田编：《包拯集》，中华书局1963年版。

思想很推崇。但《包拯集》中有《请安置鹿皮道者》等文，对佛教是并不崇尚的。赠诗中还出现了“心传”这个词，在时间上也早了一些。因为儒家经典《尚书·大禹谟》中，有“人心惟危，道心惟微，惟精惟一，允执厥中”十六个字，朱熹（1130—1200）认为是尧、舜、禹、汤、文、武、周公、孔子授受之际，心心相传的道统（见《四书集注》）。真德秀（1178—1235）认为此“十六字乃尧、舜、禹传授心法，万世圣学之渊”（见《大学衍义》）。十六字心传，便成了宋儒常用口头语。例如，于恕在科举不第之后，便隐居读书，并把他向著名学者张九成问答之语编成《横浦心传录》一书。还有以“心传”命名的，如李心传。这些情况都出在南宋，生活在北宋中期的包拯不可能用“心传”去赞誉陈翥。因此这样的诗，很可能是伪作的。《全宋诗》中也没有收这两首诗。

六、杜衍赠诗问题

《五松陈氏宗谱》说：至和元年（1053）乾州刺史杜衍幼与陈翥读书友爱，因征不仕，赠诗一律：“巢由当年秉节高，首阳叔伯亦同操。谁知千载无媲美，却有三征不就豪。猿鸣忘饥为伴侣，竹松对影绝尘嚣。山中更羡多情月，一片清辉是故交。”

据查，杜衍（978—1057）在《宋史》卷310有传，他是山阴（浙江绍兴）人，大中祥符初擢进士甲科，为扬州推官，知平遥县，通判晋州；历知乾、扬、天雄、永兴、并诸州军。庆历三年（1043）拜枢密使，次年拜同平章事，庆历七年（1047年）年七十致仕。皇祐元年（1049）迁太子太保，进太子太傅，又封太子太师，封祁国公。嘉祐二年（1057）卒，年八十。从这个简单的履历看，他是不可能“幼与陈翥读书友爱”的。而且，诗中引用的历史典故，也有问题。第一句把陈翥比作巢由，即尧时的隐士巢父和许由，不愿出仕的故事，是恰当的；但第二句比作首阳叔伯，就不恰当了。因为殷朝遗民伯夷和叔齐两人是义士，在殷朝灭亡以后，耻食周粟，逃往首阳山，最后饿死。这故事无论如何与陈翥是对不上号的。杜衍是进士出身，有相当的文学修养，如果写诗，是不会出这样的错误的。再说，他当“乾州”刺史的时间，虽无明确记载，估计应在他知扬州的天圣六年（1028）之前，若要此时赠诗，陈翥才只二十岁。若在至和元年（1054）赠诗，杜衍又早已当过宰相，年老致仕，名列三公，在家享受清福了，岂能再以区区乾州刺史的名义赠诗呢？可见其伪。

七、黄荆公悼诗问题

《五松陈氏宗谱》说：至和三年（1056）十月初七日，黄荆公寓铜，挽吊隐翁虚斋先生一律：“隐翁何事逝仙游，遐想遗芳泪暗流。洒落襟怀超俗侣，能全道德卧林邱。倾心夹辅收三益，握手言欢共四休。泣拜尊灵今日别，不堪回首思悠悠。”

黄荆公和上面的陈允一样，在各种古籍中都找不到他的记载。《五松陈氏宗谱》说他是“寓铜陵”，大概不是铜陵人，而是流寓铜陵的名人吧。可是在嘉靖《铜陵县志》中，宋代“寓贤”只有王安石、苏轼和黄庭坚，没有黄荆公其人。于是，我们马上想到“王”与“黄”音近，王安石人称王荆公，是不是张冠李戴了呢？但王安石在至和三年（1056）正在首都东京任群牧判官，不可能流寓铜陵。王安石的文集中，也找不到这首悼诗。再说，这首诗中出现“林邱”一词，按宋朝的写法，应作“林丘”。因为“邱”字，是清雍正三年下令，避孔丘之讳，除四书五经之外，凡遇“丘”字并加“阝”旁为邱。这个字是清朝时新造的，王安石是写不出来的。此外，“四休”一词也是后来出现的典故，颇有助于考证本诗写作的时代。这个典故出于著名诗人黄庭坚的《四休居士诗序》，“太医孙昉自号四休居士，粗茶淡饭饱即休，补被遮寒暖即休，三平四满过即休，不贪不妒老即休。山谷云，此安乐法也。”① 黄庭坚出生于庆历五年（1045），写作此诗应在成年以后，绝不会早于至和三年（1056）之前，因为那时还只是十来岁的孩子。从而出现“四休”一词的其他人的

① 黄庭坚：《山谷集》卷8，文渊阁四库全书本。

诗，真实的写作时间也决不会在至和三年（1056），其为伪作便是无疑的了。《临川集》和《全宋诗》都没有收这两首诗。

附带说一句，《陈翥史迹钩沉》根据此诗认为陈翥死于至和三年（1056），现据考证此诗属伪，则究竟卒于何年，必须再考。同样，有材料说陈翥卒于嘉祐辛丑年（1061），因无其他可靠材料证实，也只能存疑待考。用孤证决定问题，是危险的。

八、仁宗的赐诏问题

《五松陈氏宗谱》说：宋仁宗于嘉祐七年（1062）壬寅岁十一月初九日，奉诏恩颁："已故隐逸道学陈翥公生平行实，笃志好学，杜门读书，专以圣贤道分自任。博综经史，抱德怀才，宪府尝举，屡辞不就，甘隐林岩穴，拟合导引，配入乡贤，以励风教。钦此。"

《五松陈氏宗谱》又说：随蒙殿中侍御史萧定基挽诗一律："养贞晦迹马仁乡，抱德藏修物类忘。君命宠临光梓里，圣恩旌表耀书堂。水流山峙胸中物，鱼跃鸢飞性分良。祀配乡贤遵道德，后裔继世沐余光。"

先看皇帝的诏令，一般说来正式的史书上是应有记载的。例如，《宋大诏令集》① 就载有不少皇帝对其他处士的诏令。如宋真宗天禧四年正月庚子的《处士魏野赠官制》、天禧四年三月戊午的《赠李渎官赐其家粟帛诏》等，但却查不到赐陈翥的这道诏，令人遗憾。而且，诏书的开头称陈翥为"道学"，不合事实；称陈翥为"公"，降低了皇帝的身份，都暴露出伪作的破绽。再说，赐入"乡贤祠"享祀，更说明伪作的时代。因为，"乡贤祠"在宋代还没有，明代才由于统治者的提倡而流行起来。据我们初步查考，铜陵县的"乡贤祠"是在嘉靖四年（1525）出巡抚都御史陈凤梧移檄考置的。宋仁宗怎么会在尚无乡贤祠的时候，让陈翥入祀呢？

再看"随后"萧定基的挽诗，据《临川集》卷89《萧公神道碑》的

① 佚名：《宋大诏令集》，中华书局1962年版。

记载，萧定基已在庆历二年（1042）去世，怎么能在二十年后给陈翥的亡灵赠挽诗呢！这挽诗属伪作，难道还不清楚吗？

此外，《五松陈氏宗谱》还有其他一些资料，由于得不到证实，没有正式发表，就不再讨论了。

我们纪念陈翥，学习陈翥，学习他不求名利，献身科学的精神。可惜我们对他知道得太少了，希望发现更多的资料，让人们对他的了解更充实、更具体、更丰满。但一定要实事求是，不要用虚伪的花环，把我们的历史伟人包装得不伦不类。陈翥的品格是高尚的，对虚名浮利十分痛恶，但愿按历史的本来面目还他以清白，不要让虚假的东西玷污了他的高尚。

[本文原为提交“1995 年铜陵陈翥学术讨论会”的论文，写作过程中研究生路育松出力颇多，后经我修改，联名发表于《安徽师范大学学报》（哲学社会科学版），1996 年第 1 期]

志雪靖康耻，冤死风波亭的岳飞

绍兴十一年（1141），南宋的临时首都行在临安府（今杭州），虽然以她那美丽的湖光山色，颇能引人入胜。然而，瞬息多变的政治气候，却使人们捉摸不定，难于确定自己的行踪。春天，刚刚传来了淮西战场的柘皋大捷；夏天，却又罢除了抗金名将韩世忠、刘锜、岳飞等人的兵权；秋天，诬告陷害之风四起，民族英雄岳飞被捕下狱；冬天，阴云密布，人们的心头像压着沉重的石头，挂念着大理寺狱中岳飞父子的命运。这年除夕的晚上，在人们合家团聚的时候，得到的却是岳飞“赐死”，部将张宪、长子岳云并“腰斩”的噩耗。

一代名将岳飞，就这样在他年仅三十九岁的时候辞世了。关于他的死，《宋史》在他的本传最后，连书“呜呼冤哉！呜呼冤哉！”八个大字，十分注目。人们不禁要问：岳飞之死原因为何？冤从何来呢？

一、尽忠报国，何曾反叛

岳飞被逮捕入狱后，负责审理此案的是御史中丞何铸。他不太了解此案的奸伪，在一次提审时，根据揭发人提供的材料，气势汹汹地问道：“胆大岳飞，身为朝廷命官，何故反叛朝廷？赶快从实招来！”岳飞猛然听说自己反叛朝廷，莫名其妙，一时间想不出用什么话来为自己辩护，义愤填膺，一把撕开自己的衣服，袒露肩背，要何铸看看这里写的是什么？何铸走近一看，原来是“尽忠报国”四个大字，深入肌肤，磨而不灭。何铸深为感动，当即暂停审问。接着又调阅全部案卷，仔细分析。所谓反叛的事实，竟然一件也不能落实。于是便向宰相秦桧禀报，岳案有冤。但秦桧哪里肯听，不仅不为岳飞申冤，反而撤了何铸的职。

岳飞背上的“尽忠报国”四字，是他不会反叛朝廷的最好证明。让我们从头说起。

宋徽宗崇宁二年（1103），岳飞出生在相州汤阴县（今属河南）一个普通农民的家里。父亲岳和，母亲姚氏，世代务农，生活过得十分艰辛。岳飞降生时，恰有一只大鸟从屋顶飞鸣而过，便给孩子取名为“飞”，字为“鹏举”。① 希望孩子的前程远大，能像鹏鸟那样展翅高飞，建功立业，名垂青史。

可惜岳飞生不逢时。大宋王朝已经走过了它的辉煌时代，进入末期。当朝的徽宗皇帝，是个琴棋书画，样样出色，唯独不知如何治国的风流天子。在他穷奢极欲，大肆挥霍的影响下，朝政陷于极端腐败，阶级矛盾便日益激化了。同时，久已存在的民族矛盾，又出现新的情况。原居白山黑水之间的女真人，于政和五年（1115）建立了金国，势力急剧扩展，大举反辽，十年之内基本上攻占了辽国全境，对宋王朝构成了新的威胁。

如何应付这内外交困的形势？如何扶持这危斜将倾的大厦？生当此时的热血青年，是不会无动于衷的。岳飞考虑读圣贤书，走科举考试的老路大概不行了。便把更多的精力用来习武。据说他自幼便对《左氏春秋》、孙吴兵法很感兴趣。在不满二十岁时，便练得一身过硬的武功，手拉硬弓三百斤，足踏腰弩八百斤，枪法全县无敌。父亲见他是个有出息的好苗子，便鼓励他：能为时用，殉国死义。

岳飞不忘父亲的教导，随时准备着为国家效力。宣和四年（1122），宋徽宗眼看辽国即将被金国消灭，便想趁机恢复后晋时石敬瑭割让的燕云十六州，下令出兵。这个愿望颇能鼓动人心。年方二十的岳飞，便响应号召第一次参军，兴致高昂地跟随队伍开到了燕京城下。谁知宋军的指挥官腐败无能，竟然在垂死挣扎的敌军面前，一触即溃。此时，岳飞恰逢父亲病故，只好回家守孝。宣和六年（1124），金已灭辽，种种迹象

① 脱脱：《宋史》卷365，中华书局1977年版。下引本书时，不另注。

表明，金军即将向南扩张，宋王朝的北部边境形势十分危急。岳飞在家守孝，三年期满，便辞别母亲，再次投军。他来到河东平定军（今山西平定），充当禁军效用士。次年，金军果然大举南下，一路围攻太原，一路围攻东京。到靖康元年（1126）九月，太原被金军攻破，平定军随即陷落。队伍被打散了，岳飞只得回家。

岳飞在回相州途中，所见所闻令人伤心发指。因为相州地处燕京到东京的交通要道，正是金军南侵来去必经之地。女真铁骑"所过皆残破，其所得汉人，并削发使控马荷担；得妇女，好者掠去，老丑者杀之。自京师至黄河数百里间，井邑萧然，无复烟爨，尸骸之属，不可胜数"。①回到家中，年过六十的老母又告诉了他许多金军占领汤阴时的暴行，教育儿子千万不要忘记国家的耻辱，人民的灾难，在民族大义的关键时刻，要"从戎报国"，挽救危亡。岳飞接受母亲的教育，在家没有待几天，便决定第三次从军。临行时，岳飞的母亲请人在岳飞的背上深深地刺了四个大字"尽忠报国"②。从此，岳飞便把这四个字，作为毕生庄严的誓言，奔赴沙场，死而无悔。

靖康元年（1126）冬，岳飞在相州从军，恰逢康王来相，遂隶大元帅府，屡立战功。次年春，金人虏徽、钦二宗北去。康王即位南京（今河南商丘），是为高宗。岳飞当即上书请"乘敌穴未固，亲率六军北渡，则将士作气，中原可复。"不久，往河北投奔张所，转战太行山。后归宗泽，防守东京、河南。至建炎三年（1129），金兵大举南侵，高宗慌忙渡江逃往杭州，岳飞只好随军撤至建康（今江苏南京）。这年冬天，金兵渡江深入江浙，岳飞转战而南，六战皆捷，移师广德、宜兴。次年五月，趁金军北返之机，在常州、镇江、清水亭、牛头山、静安镇等地，伏兵截击，大败金兵，遂收复重镇建康。这是岳飞参军以来取得抗金战争最大的一次胜利。战后到行在奏捷献俘，高宗细加询问，特予嘉勉。不久，即授武功大夫，通泰镇抚使，兼知泰州，成为南宋政府日益倚重、独当一面的要员了。

---

① 徐梦莘：《三朝北盟汇编》卷36，台北商务印书馆1986年版。

② 钱汝雯编：《宋鄂王年谱》卷1、9，1924年铅印本。

从此以后，岳飞更加忠心耿耿，为了南宋王朝的稳定，为了收复北方的河山，奔驰在广袤的战场上，英勇杀敌，取得了一个又一个胜利。当时，流窜各地的军贼甚多，烧杀抢劫，无恶不作，扰得社会秩序极其混乱，人民生活毫无保障。岳飞奉命率领大军连续讨平了戚方、李成、张用、曹成所部数十万人。同时，虔吉地区（今江西赣州、吉安一带）和湘湖地区的农民，不堪统治阶级的压迫和剥削，纷纷结寨自保，进行起义。作为南宋政权将领的岳飞，也不能不接受命令将他们一一讨平。

更主要的是在抵抗金人南侵的战场上，岳飞更是意气风发，大显军威。绍兴三年（1133），岳飞赴临安朝见，获赐高宗亲书“精忠岳飞”绣旗一面，充任江南西路舒蕲州制置使，驻军江州（今江西九江），准备北伐。次年春，请复襄阳六郡，以图中原。得到高宗的批准，即于五月出师，陆续收复郢州、随州、襄阳、邓州、唐州、信阳等州军，初步实现了收复失地的愿望，移屯鄂州。五年，作《送张紫岩先生北伐诗》，有“长驱渡河洛，直捣向幽燕”句，表达了自己的祝愿。六年，奉命移屯京西，破镇汝军，复商、虢等州，又长驱伊、洛，再援淮西，进军蔡州。七年，请以本军进讨伪齐刘豫。八年，赴临安朝见，反对和议。九年，派张宪率军去西京祭扫北宋皇陵。十年，进军中原，大败金军于郾城、颖昌，连复蔡州、淮宁、郑州、汝州、虢州、河南等地，直抵朱仙镇。忽然奉命班师，功败垂成。

岳飞自北宋末年参军抗金，胸怀“尽忠报国”的壮志，不怕艰辛，历经磨难，矢志不移，为宋王朝建立了不朽的功勋。正因为如此，他也从普通一兵，逐步升官晋职，做到了“少保、武胜定国军节度使、充湖北京西路宣抚使、兼河南诸路招讨使、兼营田大使、武昌郡开国公、食邑五千四百户、食实封二千三百户”。这长长的官衔，当然来之不易，既是他个人的荣耀，也是南宋政府对他出生入死，奋战沙场，为国立功的肯定。真想不到，就是这样一个功臣，在战场上回来不久，便被人诬告“反叛朝廷”。

“反叛”二字，当然与“尽忠报国”是决不相容的。不仅岳飞会感到万分气愤，不肯服罪；就是被秦桧派来主持审判的何铸，在事实面前也不好反白为黑，诬陷好人！

二、迎还二圣，竟成祸根

岳飞不会反叛朝廷，还有一个证据是他一贯主张迎还二圣。

二圣，是指北宋最后两个皇帝——徽宗和钦宗。他们在“靖康耻”中，被金军俘虏北去。作为大宋王朝的最高统治者，是皇权的代表，国家的象征。在那个时代，君辱臣死，君死国亡。皇帝当了俘虏，自然是国家的奇耻，臣民的不幸。凡具爱国思想，不愿甘当汉奸的人，都把收复失地，迎还二圣，作为自己为国尽忠的具体表现。岳飞与当时广大爱国军民一样，对此显示得尤为突出和强烈。

早在高宗刚即位时，岳飞就上书请“恢复故疆，迎还二圣”。建炎四年（1130）《题广德金沙寺壁》又有“复三关，迎二圣”之语。绍兴元年（1131）平军贼李成，驻军洪州，在《题翠岩寺诗》中写道：“行复三关迎二圣，金酋席卷尽擒归。”二年七月在湖南永州《题祁阳大营驿壁》中说：“迎两宫还朝，宽天子宵旰之忧，此所志也。”五年在《乞宫祠札子》中仍说要“奉迎二圣”。到七年，得悉徽宗已死，提法稍有改变，在《乞出师札子》中换成“迎还太上皇帝梓宫，奉邀天眷（指钦宗）归国，使宗庙再安，万民同欢，陛下高枕无北顾忧，臣之志愿毕矣”。

由此可见，“迎还二圣”是岳飞的一贯主张，与收复失地具有同等的意义，既是爱国主义伟大情操的表现，也是忠心报效大宋王朝的誓言和证明，哪有半点叛逆的影子呢！可是，这个口号在特殊历史条件下，确实也容易引起某些人的误会与怀疑。

明人文徵明的《满江红》说：“岂不念，中原蹙；岂不惜，徽钦辱。但徽钦既返，此身何属。千古休夸南渡错，当时自怕中原复。笑区区一桧亦何能，逢其欲。”清人郑板桥的《绍兴》诗也说：“丞相纷纷诏敕多，绍兴天子只酣歌。金人欲送徽钦返，其奈中原不要何？”他们都认为岳飞“迎还二圣”的口号，触犯了宋高宗的忌讳，是后来被杀的祸根。

其实，“迎还二圣”并无错误。宋高宗本人也曾多次说过，他在即位诏书中就提出“同徯两宫之复，终图万世之安。”① 在绍兴六年赐岳飞的御札还说：“所冀二圣还归，故疆恢复。”后来，还多次提到“朕以梓宫及皇太后，渊圣皇帝未还，晓夜忧惧，未尝去心。”“今日梓宫、太后、渊圣皇帝皆未还，不和则无可还之理。”事实俱在，迎还二圣不仅是岳飞的要求，高宗本人也是曾经这样说过的。因此，也可以说这不是他们之间的主要分歧，不是岳飞被杀的主要原因。

可是，“迎还二圣”，在岳飞的心中是收复失地的同义语。在宋高宗的口中却要打些折扣，他把它变成了求和的理由，仅仅为了不被人骂“忘其父兄”，失地可以不要；甚至只要母后能回来，钦宗不回来也是可以的。口中一套，行动中另一套。因此，文徵明和郑板桥的看法，不是完全没有根据。据赵甡之的《中兴遗史》说，太学生陈东就是因为上书“上不当即大位，将来渊圣归来，不知何以处”，结果被杀。② 无名氏的《朝野遗记》记载：韦太后归朝时，钦宗拉着她的裙子说：“汝归，与九哥言之，吾南回，但为太乙宫主足矣！”可是，韦后见到高宗时，“所见大异，乃不敢言”。③ 当然，是指高宗并不真想钦宗回朝。因此，在一定程度上，高宗这个阴暗的心理与岳飞被杀还是有些关系的。

三、扩军遭忌，立储被疑

更重要的是，随着岳飞功劳日高，兵将日多，权力日大，与高宗之间确实出现了一些矛盾；而且，这矛盾随着时间的推移，情况的变化，还在日益明朗和激化。

绍兴七年（1137）正月，高宗和宰相张浚商议，欲乘胜恢复中原。考虑到近几年来，岳飞在战场上的表现，及其在诸将中的声望，都是非常突出的；如果要在抗金方面有所作为，自然非他莫属，便下令岳飞速来行在奏事。

---

① 徐梦莘：《三朝北盟会编》卷101，台北商务印书馆1986年版。

② 李心传：《建炎以来系年要录》卷8，台北商务印书馆1986年版。

③ 陶宗仪：《说郛》卷29，中国书店出版社1986年版。

三月九日，岳飞到建康受到高宗接见，经过多次交谈，高宗认为他见识大有进步，议论皆有可取，决定加以重用，遂在一次单独召见时对他说："中兴之事，朕一以委卿。除张浚、韩世忠不受节制外，其余并受卿节制。"估计受岳飞节制的部队大约有十八万人。其中主要是原属刘光世指挥的淮西军，这一部分人骄兵悍将甚多，高宗怕他们不服从，特下手诏："卿等久各宣劳，朕所眷倚。今委岳飞尽护卿等，所宜同心协力，听飞号令，如朕亲行。"①

岳飞对高宗这一决定，自然感到极大的信任，必须加倍努力，决不辜负知遇之恩，当即亲手写了北向用兵的详细计划，进一步表达了"致身报国，复仇雪耻"的决心。

谁知，转瞬间高宗对岳飞的态度突然发生了变化。原来这时秦桧又担任了枢密使，极力宣扬和议，遥尊韦氏为皇太后，高宗说："太后春秋高，朕朝夕思之，屈己讲和，正为此耳。"宰相张浚则认为统一节制全国的军马，指挥北伐的重任应该归他自己，不能交给岳飞。秦、张二人各从自己的角度提醒高宗，不能让岳飞有太大的权力，会出现尾大不掉，威震人主，难于控制。高宗于是改变主意，写了个手诏给岳飞："淮西合军，颇有曲折"，要他去见张浚。张浚闭口不谈高宗曾经答应岳飞扩军，将淮西军归他节制的事，反而用征求意见的口气，问岳飞将淮西军拨给王德、吕祉、张浚、杨沂中等人指挥，行不行？岳飞直言不讳地说这些人都不行。张浚以宰相之尊，听了岳飞的话，艴然而怒说："我早就知道，非你不行。"岳飞也愤然回答说："你征求我的意见，我不敢不谈个人的看法，我绝不是想自己一定要得到那些部队！"说罢愤怒退出，立即上奏请求解除军务，不待批准便于三月下旬离开建康，溯江西上，回到庐山东林寺，去给亡母守孝。

张浚对岳飞这种"抗上"的行为，极为不满，多次在高宗面前说"岳飞积虑，专在并兵；奏牍求去，意在要君。"高宗果然认为岳飞居功骄傲，飞扬跋扈，不能容忍。便派兵部侍郎张宗元去担任湖北京西路宣

① 岳珂撰，王曾瑜校注：《金佗粹编续编》卷1，中华书局1989年版。

抚判官，想乘机剥夺岳飞的军权。幸好有人及时劝解高宗，岳飞本是粗人，受不得委曲，只是所见不同，也许别无他意，忠义可用，应予谅解。于是派人去庐山，赐诏抚谕。来人以死相请，岳飞只好回朝。岳飞见到高宗后，承认有罪。高宗当然好言相慰，当即召还张宗元，让他仍回鄂州担任原来的湖北京西路宣抚使。一场君臣之间的矛盾终于缓解了，但再也难以弥合这已经出现的裂痕。

回到鄂州以后，岳飞在半年之内多次奏请，“以本部军进讨刘豫”“乞进屯淮甸”“计间伪齐”“请乘金废立之际收复中原”。然而，所得到的答复，无非“卿其勉力”“唯俟机会”“行边备守”等虚与委蛇地应付之词，根本没有诚意。

到这年冬天，岳飞接到回朝奏事的命令，便与随军参谋官薛弼一道乘船沿江东下。途中，岳飞对薛弼说：“我这次回朝，准备奏陈一件有关国本的大事。”薛问何事？岳飞说：“近得金人情报，准备将钦宗的儿子赵谌送回汴京，立为傀儡，阴谋制造两个宋朝南北对峙的局面。因此，立储实为我朝当今国本。皇上后嗣乏人，不如将在资善堂读书的养子赵伯琮，正式立为太子，以便破坏金人阴谋，安定人心。”薛弼认为身为大将，不应干预这样的事。岳飞说：“臣子一体，应当直说，不必顾虑什么形迹了。”

岳飞到达建康后，受到高宗的接见。在谈过一般的公事后，岳飞进读了请求立储的密奏，读着读着，发现高宗的脸色不好，加之一阵风来，奏纸随风摇动，他的手和声音也不觉颤抖起来，勉强读完之后，便诚惶诚恐地俟立一旁静听吩咐。只见高宗冷冰冰地说道：“卿言虽忠，然握重兵在外，此类事情不是你所应当参与的啊！”岳飞听了，顿觉犯了“武夫干政”的疑忌，只好神情颓丧地退出。接着，高宗便接见薛弼，首先问他可知道岳飞奏请立储事，薛弼只好说：“臣虽在幕中，但从未听他说过此事。这次来行在途中，常见他在舟中练习小楷，知道他在书写密奏，他的所有密奏都是自作，外人从不参与。”高宗说：“你可按照你的意思，开导他不应参与这种事，也可告诉其他幕僚不应参与。”从这件事看来，高宗对岳飞的疑忌更深了。

可是，岳飞回到鄂州军营后，仍然念念不忘他的北伐，要求给自己增兵。绍兴八年（1138）正月，他又向高宗上书，说明他驻防的这个“上流”重地，范围过于辽阔，万一金军南犯，自己兵力有限，难以照顾周全。因此请求增加兵马，相机进取。哪里知道高宗对他更增加了戒心。高宗从维护个人最高统治地位的角度看问题，认为诸将之兵不能太多，“末大必折，尾大不掉，古人所戒。”因此，与其把兵添给大将，不如另增几位将领。宁可减少岳飞的防区，不可给他增加兵马。于是，出自一片忠心，保卫大宋王朝的种种计划与请求，不仅未被采纳，反而受到无端的疑忌，怎不令人丧气与委屈呢？

四、反对和议，招致祸殃

岳飞很难理解高宗为什么不同意他“相机进取”，去收复中原的失地。他哪里知道高宗这时正在准备与金人议和呢！很快他就知道了。

绍兴八年（1138）三月，一贯推行投降路线的秦桧，重新担任了宰相，并且兼任军事职权的枢密使。他一上台就加快和议的步伐，不顾众多大臣的反对，派王伦去金往返穿梭密议，进展颇速，即将达成协议，但同时也招来了更多的反对。在这种情况下，高宗不能不考虑征求拥有重兵的大将们的意见。

八月初，岳飞在鄂州接到命令要他赴行在奏事。他估计必与和议有关，便迟迟不肯就道，而且多次发出“许臣致仕”“屏迹山林”“保养残躯”的申请。直到九月，高宗“累降诏旨不允，不许再有陈请”，才抵达临安。岳飞见到高宗后，非常坦率地说：“夷狄不可信，和好不可恃，相臣谋国不臧，恐贻后世讥议。”① 高宗听了只好默不作声。宰相秦桧听了对他更加不满。

岳飞的反对，未能阻止和议的进行。到十一月，金熙宗派张通古为“诏谕江南使”来行在。不称宋国而称江南，不称国信而称诏谕，要高宗

① 岳珂著，王曾瑜校注：《金佗粹编》卷7，中华书局1989年版。

面北跪拜，接受诏书，“奉表称臣”。这些条件都极为苛刻，因而引起群情激愤，纷纷痛骂“秦相公是奸细”，“义不与桧戴天”。但高宗求和心切，不惜屈辱降尊，便采取欺骗的手法，由秦桧代行跪拜礼，接受和议，以称臣纳贡为代价，获赐缘由刘豫占据的河南地。

绍兴九年（1139）正月，高宗利用求和成功，金人将归还河南地的机会，宣布大赦天下，给诸将加功，借以欺骗国人，粉饰太平。岳飞在鄂州接到赦书后，在谢表中说：“愿定谋于全胜，期收地于两河；唾手燕云，终欲复仇而报国；矢心天地，尚令稽首以称藩。”曲折婉转地表达了和议不便的意思。又力辞加官晋爵，认为“今日之事，可危而不可安，可忧而不可贺；可训兵饬士，谨备不虞，而不可论功行赏，取笑夷狄。”这些话都直接指向了主持和议的宰相秦桧。秦桧十分恼怒，遂成仇隙。

岳飞不久又上书认为这次“金人无事请和，此殆必有肘腋之虞，名以地归我，实寄之也。”其中必有阴谋，和议决不可靠，因此请求派兵前往京西洒祭皇陵、刺探敌人内部究竟有什么活动，早做应付的准备，以免临时措手不及。可是秦桧怕岳飞挑起事端，不肯批准。

岳飞的估计，果然不错。这次议和是由于金朝统治者内部发生矛盾的结果，以挞懒为首的一派掌权后，对刘豫的不受控制极为不满，因此废除伪齐，将河南地归宋，达成和议。但以兀术为首的一派，又对挞懒的政策不满，向金熙宗控告，说归地于宋必有阴谋，结果挞懒被杀，兀术掌权。宋金议和纸墨未干，便岌岌可危了。

到绍兴十年（1140）五月，金兀术撕毁和议，分兵四路大举南侵。东京、西京、河南、陕西州郡守备不足，所至迎降，重陷敌手。各地抗战军民纷纷自动组织起来，进行抵抗。著名抗金将领刘锜终于在六月大败金兵于顺昌（今安徽阜阳），接着韩世忠又连破金兵于淮阳（今江苏邳县）和海州（今江苏连云港），煞住了敌军气焰。更主要的是岳飞，他一贯反对和议，对金人败盟的警惕性很高，早已做好充分准备。一见敌军分道入侵，他便北连两河忠义，东援顺昌，西应同州，自率大军直捣中原。在颍昌（今河南许昌）、郾城等地大破金兵，攻克了西京等许多河南州县。金军损失惨重，兀术之婿也在一次战斗中被岳家军打死了。岳飞正在庆幸即将收复中原，勉励将士“直捣黄龙与诸君痛饮”的时候，忽然接到高宗命令班师的十二道金牌，君命难违，只好叹息了一声“十年之功废于一旦”，撤军回朝了。

金兀术遭此惨败，把一身的怒火都发泄到岳飞的头上，不久他便写了一封信给暗藏在宋朝政府内的奸细秦桧：“尔朝夕以和请，而岳飞方为河北图，且杀吾婿，不可以不报。必杀岳飞，而后和可成也。”① 秦桧本来就对岳飞的反对和议极为不满，现在又接到兀术必杀岳飞的指示，口气是那样严厉，不执行是不行的。于是岳飞的命运便陷入了险境。

五、诬陷入天牢，罪名“莫须有”

金兀术给秦桧写了“必杀岳飞”的信以后，一时未见回音，便想再增加点压力，于绍兴十一年（1141）正月组织了十万金军突入淮西，连破寿春、庐州，直指和州。这时，宋军在这一带驻防的有张浚、杨沂中、刘锜诸部，共约十二万多人。高宗犹恐有失，又连续下达手诏，要远在鄂州的岳飞前来支援。岳飞奉命于二月中旬亲率八千铁骑赶到战场时，杨沂中和刘锜已在柘皋大破金军，收复庐州。金兀术闻飞兵至，渡淮北去。岳家军也便返回鄂州。谁知后来这事被人诬为“逗留不进”。

这时，高宗和秦桧经过密议，决定杀岳飞与金人讲和。为了不引起岳飞的疑虑，不招来岳家军的反抗，决定采取欺骗的手法，有计划有步骤分阶段进行。

四月，召三大帅（张浚、韩世忠、岳飞）至临安论功行赏。张、韩为枢密使，岳为副使。明升暗降，罢除了他们直接带兵的权力。

五月，命张浚和岳飞出使淮东，去拆散韩世忠的部队，岳飞不从，引起张浚和秦桧的不满。谏议大夫万俟卨等人便交章攻击岳飞，“自登枢莞，日以颓废，稽违诏旨，动摇民心，无不失望”。岳飞自知不为秦桧所容，便多次上章辞职，高宗假意挽留一番后，于八月九日正式下诏罢了

① 岳珂著，王曾瑜校注：《金佗粹编》卷8，中华书局1989年版。

他枢密副使的职务。

九月，秦桧为了达到必杀岳飞的目的，诱使王俊诬告张宪。说张宪得到岳飞的儿子岳云写的一封信，知道岳飞被罢官，便欲裹胁大军移屯襄阳，威胁朝廷将军权交还岳飞。枢密使张浚接到控告信后，便将张宪逮捕，进行严厉拷打，张宪不肯屈从，张浚竟然不顾事实，上奏说："张宪供通，为收岳飞处文字后谋反。"秦桧如获至宝，立即奏请逮捕岳飞。

九月十三日，岳飞父子被诬谋反，投下天牢。最初主持审判此案的是御史中丞何铸和大理卿周三畏，前面说过何铸因见岳飞背有"尽忠报国"四字，不忍陷害无辜，审了一个多月不肯定案。

十月二十一日，秦桧另派万俟卨接审此案，他由于并无可以定案判刑的证据，"不知所问"，只好"哗言"讹诈岳飞有"异谋"，有致张宪的"书信"，但又快一月，仍然"无可证者"。在这种情况下，有人出主意可另加两条罪状：一条是说岳飞当年奉命增援淮西，可是"逗留不进"。尽管不符真实，但胡说一通是可以骗人的。第二条是说岳飞"指斥乘舆"，曾私下对部将们说："我三十二岁时建节，自古少有。"就是自比太祖三十岁作节度使。还说："国家了不得也，官家又不修德。"就是辱骂皇帝。因为皆属口说，可以无凭，随便找个人证明一下就行了。万俟卨大喜，命大理评事元龟年将这些并不确实可靠的材料"杂定之，以傅会其狱"，上报大理寺。

十二月十八日，大理寺接到审判的材料，开始研究如何量刑断案，由于证据不足，意见分歧很大。大理少卿薛仁辅认为岳飞无罪，寺丞李若朴和何彦猷认为最多判徒刑二年。他们反映给大理卿周三畏。周三畏再报告给万俟卨，卨默不作声。周说："判刑应当依法，我岂能可惜这顶大理卿帽子呢?"可是，万俟卨根本不听这些反对的意见，仍然以"岳飞私罪斩，张宪私罪绞，岳云私罪徒"定案，上报高宗，请"圣旨裁断"。

当时朝廷内外对岳飞一案十分震惊，许多具有正义感的官员，纷纷出面进行营救。宗室首领齐安郡王赵士 㒟上书说："中原未靖，祸及忠义，是忘二圣不欲复中原也。臣以百口保飞无他。"南剑州（今福建南平）布衣范澄之上书说："胡虏未灭，飞之力尚能戡定，岂可令将帅相屠，自为逆贼报仇哉!”还有进士智浃、布衣刘允升也上书为岳飞鸣冤。这时已罢官闲居的韩世忠，本已杜门谢客，绝口不谈政事，但实在无法平息愤懑的心情，还是去质问秦桧，有什么根据说岳飞谋反？秦桧回答说：“飞子云与张宪书虽不明，其事体莫须有?”他蛮不讲理地认为，尽管岳云给张宪的书信找不到了，难道这个事也没有吗？我看是或许有的，可能有的。韩世忠见他硬把无理说成有理，只好怫然说道：“相公，莫须有三字，何以服天下乎?”

高宗和秦桧既然决心与金人讲和，就必须满足金人的条件杀掉岳飞。这既除掉了妨碍自己的绊脚石，又杀鸡给猴看，警告拥有军权的武将们必须顺从，使自己的统治基础得到加强和巩固，又何乐而不为呢！于是不顾众人的反对，一意孤行，在这年的除夕，下达了“岳飞特赐死，张宪、岳云并依军法施行”的圣旨。

当天，大理寺的执法官遵旨来到狱中，逼岳飞在供状上画押。岳飞知道最后的时刻到了，他想到自己一生尽忠报国，光明磊落，问心无愧；现在无辜被害，老天有眼，终有昭雪的一天。便镇定自若地提起笔来，在供状上写下了八个大字：“天日昭昭！天日昭昭!”

一代忠臣，爱国名将，民族英雄岳飞，就这样惨死了。年仅三十九岁。

岳飞死后，宋金议和，两国东以淮河为界，西至大散关，其北之地全归金国所有。宋向金称臣，每年奉银绢五十万两匹。从此，形成南北对峙的局面，堂堂大宋王朝只能偏安一隅，难以再谈恢复了。此后，虽然不断有人揭露秦桧误国，要求为岳飞平反，但高宗在位，坚持妥协投降路线，平反昭雪的事受到重重阻碍。

直到二十年后也就是绍兴三十一年（1151），金主完颜亮再度撕毁和议，发动大规模南侵，南宋军民请求给岳飞雪冤，“以谢三军之士，以激忠义之气。”高宗才不得不下令，让岳飞的子孙家属从流放的地方内移生还，但仍荒谬地把岳飞同蔡京、童贯等奸贼相提并论，不肯为岳飞彻底平反。

直到高宗下台（1162），孝宗即位，为了进行北伐，鼓舞士气，才下诏追复岳飞原官，以礼改葬，访其子孙，加以录用。这场毫无道理的冤案总算得到了平反。

岳飞的冤案，留给后人的感慨和思考，是深刻的，没有穷尽的。元朝诗人赵孟頫在拜谒《岳王墓》中说："英雄已死嗟何及，天下中分遂不支。"十分沉痛！明朝名士文徵明在题《杭州岳飞庙》中说："拂拭残碑，敕飞字依稀堪读。慨当初倚飞何重？后来何酷？果是功成身合死，可怜事去言难赎。最无辜堪恨亦堪怜，风波狱。"

写到这里，还有什么话要说呢？

这堪恨亦堪怜的风波狱啊！

（原载《冤臣传》，河南人民出版社 1994 年版；后收入《新资治通鉴》，光明日报出版社 1998 年版）

一代天骄

——纪念成吉思汗诞生八百周年

成吉思汗是历史上一位叱咤风云、山河变色的英雄人物，声威震烁亚欧，功业迈越往古。八百年来，一直受到史学家的重视，《元史》说他："灭国四十，遂平西夏，其奇勋伟迹甚众。"① 《元史新编》说他："灭国四十，平夏克金，有中原三分之二……兵行西海、北海万里之外，昆仑、月窟重译不至之区，皆马足之所蹦，如出入户阈焉。"②《新元史》则说他："龙兴朔漠，践夏灭金，师行万里，三代而后，未尝有也。"③对这样一位在历史上占有重要地位的人物，是应该做出正确的评价的。遗憾的是，誉者常多溢美之词，毁者又乏求是之心，各趋极端，未易一致。在这种情况下，我虽不愿做和事佬，但颇欲从中论之。自然，决不敢说就能"中的"，但求不太违背历史事实。

一、蒙古族历史上的英雄

成吉思汗（1162—1227）名帖木真，出身于一个蒙古贵族之家，几乎从他的童年开始，便投入了戎马战阵的生活，终于统一了蒙古各部，宋开禧二年（1206）被公推为全蒙古的大汗（皇帝），上尊号为成吉思汗（大海皇帝）。

学者对于这一点的评价，是较为一致的。因为12世纪的蒙古社会，

① 宋濂：《元史》卷1，文渊阁四库全书本。

② 魏源：《元史新编》卷2，光绪三十一（1905）年邵阳魏氏慎微堂刻本。

③ 柯劭忞：《新元史》卷3，民国九年（1920）天津退耕堂刻本。

正处在一个风云丕变的时代，随着社会经济的发展，特别是铁制工具的广泛使用，商品生产的发展，各部落之间的经济联系加强，有了建立一个统一的蒙古汗国的要求。可是，当时蒙古各部落的政治情况却非常混乱，整个蒙古地区分布着大小几十个部落和氏族，彼此连年混战不已，据《蒙古秘史》① 节254的记载，那时是："星天旋转，诸国争战，连上床铺睡觉的工夫也没有，互相抢夺掳掠……没有逃避地方，只有互相冲锋打仗。没有平安幸福，只有互相杀伐。"这就不能不使生产遭到严重的破坏，给人民带来无限痛苦。广大蒙古人民渴望和平。谁能统一蒙古各部，制止抢掠和征战，谁就会受到人民的拥护和歌颂。成吉思汗完成了这一伟大的历史使命，推动了历史向前发展，确实是应该加以肯定的。

当然，我们应当注意到成吉思汗统一蒙古的主观意图，并不是从人民群众的利益出发，而是从自己及蒙古贵族集团的利益出发。《元典章》记载说成吉思汗"初起时节，哥哥弟弟们商量定，取了天下呵，各分土地，共享富贵"。在《秘史》节242中，我们确实看见成吉思汗曾把一定数目的"分地"授给他的子、弟、母亲和近亲。但却不应该就此否定他的行动也符合人民群众的愿望和要求，我们可以从各种历史资料中，找到许多平民支持他的军事行动的事实，例如在《秘史》169、170等节中，就记有"牧民"巴歹、乞失里黑、赤吉歹和牙的儿等人把客列亦惕部阴谋袭击他的消息及时送来；《秘史》182、190等节又记有"商人"阿三前来贸易给予经济上的支持并在战争中供给情报。由此可见，他的行动符合了人民群众的利益，正是由于这样，才获得了人民的支持。

成吉思汗统一蒙古各部之所以值得肯定，还由于他为社会经济的发展创造了必要条件。蒙古牧民进入森林部落地区，引起狩猎民向游牧生活转化；畜牧业在经济生活中占有了主导地位；邻近汉族地区部落的并入，使畜牧经济与农业经济的联系也逐渐加强，并开始向定居的农业生活过渡。《秘史》节182记载了一个"回回商人"带着大量羯羊骆驼（畜

① 以下简称《秘史》。

牧业产品），到汪古惕（邻近汉地部落）、额尔古纳河（森林狩猎部落）等地去进行贸易，便是狩猎经济、畜牧经济、农业经济之间联系加强和发展的最好例子。

还应该指出，成吉思汗在统一蒙古过程中，为了增强自己的统治力量，建立了一些军事、政治和文化方面的制度。例如护卫军、千户制、创制“扎撒黑”条例，引用“畏兀儿”字母等。这就使过去没有组织、没有秩序、没有文字的蒙古社会向前推进了一步。应当说这是蒙古阶级国家正式建立的标志。从此以后，登上世界历史舞台的蒙古，不再是无足轻重的蔑尔部落，而成为举足轻重的强大帝国了。

然而，关于成吉思汗统一蒙古所使用的手段，史家们却是不无异辞的。什么好战呀，冷酷呀，残忍呀，凶暴呀，背弃誓约呀，反复不义等等，我们在这里不能无视史料记载，否认存在这些性格与行为，也不想摘其嘉言善行证明他是宽宏大量、仁义之君。因为在大量的史料中，“各取所需”，两方面的例子似乎都可以找到一些。至于日本人箭内亘在《成吉思汗》一文中，费尽心思，曲为辩护，证明他所有的战争行动，都是出于“自卫”“被迫”“报仇”和“应战”，总而言之，全是不得已而为之。我认为这种“证明”，也大可不必。人的思想行为，总是离不开他所生活的环境与时代。当时的蒙古，私有财产的发展，刺激了富人贵族的贪欲，无情地撕破了原始社会的公约，扯掉了氏族制度淳朴动人多情的纱幕，“子不从父教，弟不听兄言，夫疑其妻，妻忤其夫”①，再没有亲爱和温暖，只有实力和强权。不仅疏远的氏族经常对敌，就是自己的近亲也互相攻伐。战争，对他们来说，是高尚的、光荣的、“经常的职业”。成吉思汗就是在这样的一个环境与时代中成长起来的，耳闻目睹，无非杀戮与劫掠，因而他就采用了这样的手段，去完成蒙古的统一。这对于进入文明的世界各族也不例外，我们又何必过多的要求成吉思汗呢？手段是为特别的政治目的服务的，永恒的道德标准是不存在的。阶级社会的历史，本来就是在暴力之下形成和发展的。因此，我们在评价成吉思

① 洪钧：《元史译文证补》卷1下，光绪二十二年（1897）刻本。

汗统一蒙古各部，也就是说推动社会进步的时候，不应该忘记和贬低暴力在这一过程中的作用。

二、矛盾的对金战争

假若我们基本肯定成吉思汗统一蒙古各部的战争，认为其对于蒙古社会的发展起了进步作用的话，但也不能毫无保留地去同意成吉思汗对外扩张的战争。事情本来就应该一件一件地具体分析，不能一概而论。

拿成吉思汗对金的战争来说，情况就很不一样了。他在统一蒙古以后，不久就向金国发动进攻。从1211年开始，或亲征，或命将，无年不战，直到他死的时候（1227）仍未结束。如何评价这一战争呢？从中国是一个多民族国家来说，固然不能说是“对外”，各民族的统治者都有到中原当皇帝的“平等权利”，似乎也不好说成是“侵略”。何况，从事实来看，还带着反压迫反剥削的性质呢！根据《蒙韃备录》的记载，金统治者常常掳掠蒙人为奴婢，当时“山东河北谁家不买韃人为小奴婢，皆诸军掳来者”；不仅如此，又强迫蒙古“每岁朝贡”，进行经济剥削；这就不能不引起蒙古人民的反抗。金统治者更实行反动而野蛮的“减丁”政策，定期出兵镇压，“极于穷荒”，“每三岁出兵向北劫杀，谓之减丁”；因此蒙古人民对金统治者“怨入骨髓”。另据《秘史》节53的记载，金统治者唯恐蒙古势力发展于己不利，曾利用塔塔儿部去破坏，结果捕杀了俺巴孩汗。蒙古诸部在金统治者“分化”政策下，长期处于分裂状态，互相争战不已，增加了人民的痛苦。到成吉思汗时，仍不得不“常岁贡于金”，可是金统治者又“欲俟帝再入贡，就进场害死”①。因此，我们可以说蒙古对金的战争，从出发点来看，应该是正义的和无可非议的。

问题当然不能这样简单化，还应该看看这次战争进行的情况和结果。战争，无疑地总会使社会经济遭到一些破坏，但正如有的同志所指出的，

① 宋濂：《元史》卷1，文渊阁四库全书本。

当时金国内部社会矛盾尖锐，除了蒙古对金国的战争以外，还有南宋与金、西夏与金、契丹与金、农民反抗地主、地主镇压农民以及贵族地主之间各式各样的战争。“若把所有这一切灾难完全推在成吉思汗身上显然是不符合历史实际情况的。”不过，应该补充明说一句，成吉思汗毕竟也要负担一部分责任。根据《建炎以来朝野杂记·鞑靼款塞》记载，蒙古军在嘉定七年（1214）攻入华北，“凡破九十余郡，所过无不残破”，这是在战争过程中，“残破”也许是不可避免。但“两河山东数千里，人民杀戮几尽，金帛子女牛羊马畜皆席卷而去，屋庐焚毁，城郭丘墟矣”，这就未免过分了点。至于“鞑靼过关，取所掠山东两河少壮男女数十万，皆杀之”，更是毫无意义的凶残表现。怪不得，“既破两河，赤地千里，人烟断绝；燕京宫室雄丽为古今之冠，亦为乱兵所焚，火月余不息。”这笔账，明明记在蒙古军的头上，不能抹杀事实。应该还历史以本来面目，丑化或美化都是不需要的。

有的同志提出，蒙古因受地理条件的限制，手工业不发达，交通条件差，农业落后，在征服金国后，从中原搜罗大批工匠，输入驿站制度，迁移大量农民，结果“改进了蒙古的物质生活条件，发展了生产力，对蒙古人民是起积极作用的”。这都是些具体问题，应该专门研究，可惜时间与篇幅不容许我们过多议论。只想简单指出几点：（1）蒙古贵族搜罗工匠完全是为了满足自己军事和奢侈的需要，工匠们被集中起来进行奴隶式的劳动，不仅毫无人身自由，而且经常挣扎在饥饿线上。嘉定十年（1217）成吉思汗巡视图拉河，工匠们哭诉：“吾侪小人以绝食而殍者已十七八，存者亦将垂死。”① 劳动兴趣极低，根本谈不上发展生产。个别部门技术上的进步，皆有其特殊原因，而且是花了极大的代价，造成大量黄金和人力的浪费，从经济学的观点看来，是不足为训的；（2）驿传制度的建立，其目的只不过是用作镇压被征服各族人民的交通工具，同时也为了满足蒙古统治者经济上的要求。虽然在客观上提供了东西物质文化交流的条件，应予肯定；但结果也给广大人民带来了沉重的灾难，

① 胡祗遹：《紫山全集》卷16，文渊阁四库全书本。

害得多少人家破人亡。《耶律楚材神道碑》称："时诸王贵戚皆得自起驿马，而使臣猥多，马悉乏，则夺民马以乘之，城廓道路骚动，所至则需索百端，供馈稍缓，辄被箠挞，馆人不能堪"，不该忽视；（3）关于迁移农民到漠北，进行农业生产，是有一定效果的。张德辉在1247年到过蒙古地区，根据他的目睹而后来在《纪行》中写道：不少地方"居人事耕稼"，"颇有种芝麻麦"者，这些地方的居民是"杂以宿汉"的。但应当注意这些移迁户的身份是"部曲民"，是被蒙古贵族强掠去的。在残酷的剥削压榨下过着农奴般的生活。总起来说我的意见是，假若这些措施真有什么积极作用的话，那也只不过是对蒙古贵族统治者而言，根本不是对蒙古人民。像这种掳掠中原人民、破坏中原经济去"开发"蒙古、满足统治者贪欲的做法，无论从哪方面看，都是不足取的。代价确实是花得太大了，不必强为解脱其错误。

假若成吉思汗对金的战争，真有什么积极作用的话，我看主要的并不在于上面那些，而是在于在汉地学到了高度的文化，包括管理国家机关的统治经验。这就是马克思所说的，除了战争及征服外，成吉思汗的政治才干，乃起源于中国。关于这一点，可以用高度汉文化修养的耶律楚材的归降和被重用来证明。这样一批人的重用，有着极大的意义。正如马克思所说的，因此中国的根据，即在这里所产生的中国文化类型，在蒙古国家内的结构中愈来愈大地占着上风。这是他们教会了成吉思汗如何治理国家的经验。例如，耶律楚材曾反对过"屠城"；制止过"汉人无补于国，可悉空其人，以为牧地"；创立了"征收课税使"；规定"州郡长吏，专理民事，万户总军政，凡所掌课税，权贵不得侵之"；使蒙古统治初具规模，走上稳步发展道路。后更曾上"时务十策"："信赏罚，正名分，给俸禄，官功臣，考殿最，均科差，选工匠，务农桑，定土贡，制漕运。"用中国传统政治经验去改进和健全当时的制度，使蒙古国家机构日益全备，政策法令更加符合社会经济文化的状况。所有这些，正是成吉思汗所缺乏而又必须具备的；否则，破坏不停止，反抗将日增，国家机构不完备，统治命运也就不稳定，更不用谈社会的发展了。因此，这一点才是真正起了作用的。

三、西征如何定是非

成吉思汗西征，评价就更应有所不同。他曾在1218—1225年征服通辽、花剌子模，经波斯、伊拉克等地，绕过里海，越过高加索，横跨古儿只、阿兰、钦察和斡罗斯的军队，兵锋直抵克里木半岛。成吉思汗死后，窝阔台汗时，又有拔都西征（1282—1241），征服俄罗斯，前锋北路攻破荷兰，进至柏林附近，大破西欧联军；前锋南路则由波兰而匈牙利、奥地利到威尼斯，直达地中海。蒙哥汗时，又有旭烈兀西征（1253—1259），征服木剌夷、报达和西利亚。结果建立了世界历史上空前的蒙古大帝国。

要正确评价蒙古军的西征，自然应该从其原因入手，但现在有许多同志却是避而不谈，便大谈其客观效果了。这样做，当然不能令人心服。实际上，这里的问题很多，大有文章可做。例如，过去曾有人认为那是“无数野蛮人的一种无意识的蠢动”，这种看法由于不能解决任何实际问题，显然不会得到学者们的首肯。于是便有人转而从“社会因素入手”，认为那是“原来牧地上水草变坏了”；然而，这是既无科学根据，又不能说明蒙古牧地历史上水草变坏不止一次，为什么没有引起这种结果，其不能得到大多数学者的同意，也是非常明显的。至于有人企图引用花剌子模劫杀蒙古商人使臣一事，证明蒙古西征是为“堂堂问罪之师”，这却是把“借口”当“原因”，把“导火索”当成“出发点”了；花剌子模君臣即或不是，罪有应得，广大西方各国的人民，真是不知干犯何罪，致罗无辜。无数的历史资料证明，蒙古军的西征，带有强烈的掠夺性，而这又是与它们所处的社会发展阶段有关。私有财产的发展，阶级分化，邻人的财富刺激着草原贵族的贪欲，战争是达到这一目的的主要手段，因此成为“经常的职业”。西征，便是他们历史逻辑的必然发展与具体表现。我们坚决反对诬蔑蒙古民族富于侵略性，但却并不否认当时蒙古贵族发动的西征，是一次侵略性的战争。

近来，出现了一种新的看法，似乎当时各国统治者把自己的国家当成禁区，“封锁禁闭”起来，阻碍了历史的进步，我们应当拥护成吉思汗用武力去冲破这种禁闭。

我对这种新的看法，还不能欣然同意。主要原因倒不是相反地去拥护“封锁禁闭”，因为我无论如何还不会去反对历史的进步。我只是觉得“封锁”也好，“冲破”也好，都必须不脱离一定的历史条件。特别是民族居住的“区域”，国家所有的“领土”，都是一定历史时期的必然现象，它们之间的界线，是否“封锁”或“冲破”，只能根据历史条件的发展为转移，在时间上人为的推迟或提早，都是不可能也是不应该的。那么，蒙古西征时的历史条件如何呢？我们只需指出一点就够了，尽管那些民族国家的情况非常复杂，但它们之间，特别是与蒙古之间，当时还没有共同的经济、文化、语言和地域的事实，是很清楚的。若在当时便提出“冲破封锁”“扫除此疆彼界”的历史任务，我看还嫌过早了一些。全靠军事威力组成的亚历山大帝国，没有共同的经济文化基础，只能是暂时性的联合，因此很快地便演出了崩溃的悲剧。蒙古帝国虽然“冲破封锁”建立起来了，但他又很快崩溃的事实，难道不是对自己的一个否定吗？历史就是这样无情，谁要是违反它的规律，总是碰得头破血流。由此可见，西征绝不是历史的要求，只不过是蒙古贵族贪欲所驱使，并不值得我们去拥护。

当然，我们并不是说西征在客观上丝毫没有起过进步作用，应该承认横跨欧亚两洲的蒙古大帝国的建立，给东西经济文化的交流，提供了条件。不仅各色货物运集于蒙古汗庭，形成了商业繁荣景象；而且指南针、活字版、火药、纸张的西去，医药、历算、制炮术、机造品的东来。促进了彼此文化的发展。但应当指出这种交流通道畅通的时间很短，蒙古帝国事实分裂成四大汗国，彼此间进行着残酷的战争，恢复了原来“封锁禁闭”的状态，“此疆彼界”仍未扫除。

历史遗留下来的，便只能是“冲破”和“扫除”时所造成的灾难。看不到这一点，是不公平的。用不着罗列事实了，我想大家会同意马克思根据大量事实所做出的论断：“蒙古部族在哈拉山、布哈拉、撒马尔罕、巴尔哈和其他繁荣的城市表现了野蛮的行为。艺术、华丽的图书馆，极好的农业、宫殿和清真寺都被毁灭了。”他们把农田变成牧场，结果“曾经使俄罗斯荒芜”。他们残酷地压迫，“非常压制了，而且凌辱和摧残了已经成为它的牺牲品的那些民族的心灵”。使被统治下各民族的经济文化陷于长期衰落。

四、不谈评价谈感想

最后，按照惯例，应该给成吉思汗做个总的评价。但是，话说到这里，似乎已经无多新意了，本来，成吉思汗的一生，主要活动就在进行战争上，特别是在进行统一蒙古、征服中原和远征西域的战争上，这些问题既已分别论述，何必重复饶舌，不过，请允许我说几句似乎是个人感想之类的话：

在历史上，我们确实还很少看到像成吉思汗这样的人。当他的铁骑驰骋在蒙古草原上时，人们对他寄予无限美好的希望，他也表现出了一个大汗应有的才能与智慧，前途正是无可限量。铁骑所过，无坚不摧，终于出现了“灭国四十”的丰功伟绩。但曾几何时，身死国裂。在创建帝国时有过极大功勋的铁骑，终于不能保障自身的命运。社会萧条了，文化衰颓了，到处是被征服人民要求活命、要求改变现状和反抗的声音。

为什么会有这样的结果呢？我想了很久。猛然想起了毛主席的《沁园春·雪》：“一代天骄，成吉思汗，只识弯弓射大雕。”这生长北国的天之骄子，功业超人，目空一世，谁能否认他的才干与地位呢！但毕竟未脱草原贵族的习气，妄以为武力可以解决一切问题，却不知道“文治”的重要，没有给自己的帝国建立必要的适应封建社会经济需要的政策。悲剧大概就在这里吧！

（原载《文汇报》，1962年7月17日）

杜道坚考

杜道坚，著有《文子缵义》一书，在清代被收入四库全书。《四库全书提要》在对其人其书进行介绍时，称杜之“始末无考”，书之“传本颇稀”，已“散佚不完”，只得将《永乐大典》中的残本编入。[①] 这样一来，人们对杜道坚及其《文子缵义》的认识和研究，便长期处于模糊和不甚了了的状态。其实，杜道坚是由宋入元的著名道士，曾入觐元世祖，对平定江南，巩固元朝政局，提了许多很好的意见；所著《文子缵义》一书，更是为新朝统治者提供的一部以新道家思想为指导的“治国大纲”。此书并未散佚，现存《道藏》之中，值得好好研究。

一、生平考

四库馆臣根据他们见到的《文子缵义》原本，其序为牟献所作，查牟献的《陵阳集》，其中有一篇《计筹峰真率录序》上说，杜道坚在景定壬戌来到计筹山，推断出他“当为理宗时人”；又据李道纯的《中和集》，其序为杜道坚所作，时间在大德丙午（1306），只得说“则入元久矣”。没有再继续查考，便断定“其始末无考”。

其实，杜道坚的生平始末，并非无考。余嘉锡先生在《四库提要辩证》中就考出了不少，使我们对杜道坚及其《文子缵义》，有了初步的了解，功不可没。我们在余先生研究的基础上，又查阅了一些资料，对杜道坚的生平终于有了比较清楚的认识。

① 永瑢：《四库全书总目》卷146，中华书局1965年版。

关于杜道坚生平的传略，主要有：赵孟頫《松雪斋文集》卷9的《隆道冲真崇正真人杜公碑》和朱右《白云稿》卷3的《杜南谷真人传》。两文为元代著名文人为他个人所写的专传，生平始末初备，详略不同，可以互补，基本上反映了杜道坚一生的概略面貌。现再据其他资料加以补充，综合考述如下：

杜道坚（1237—1318），字处逸，自号南谷子，当涂采石（今属安徽马鞍山）人。据说是晋朝名人杜预之后，时代久远，难以确证。其祖父辈在宋朝是“晦迹丘园”的老百姓。他天性颖敏，年十四，即嗜老氏学，辞母去俗，著道士服。年十七，寄迹天庆观，师从葛蒙庵。淳祐末年（1252），成为理宗的御前道士。继而又去茅山，阅读《道藏》，宗师蒋玉海见而器之，授“大洞经法”，成为茅山宗嫡传弟子。宗室赵与言在担任户部侍郎江东转运使的时候，闻其名，延致宾馆，知遇最厚。后又再次来到首都杭州，这时他的名气更大，南宋初名将和王杨存中的五世孙杨颖祖（或作显祖、频祖），以礼延请他主持乃祖所建的吴兴计筹山升元报德观，时为景定壬戌（1262）。这年，杜道坚二十六岁，正是年富力强的时候，很想有一番作为。于是“兴玄学，饬轨范”，数年之中，“百废俱举，徒众悦服”，取得了很大的成绩。不久，承宣使入内都知邓惟善舍宅，建立宗阳宫、纯真观，又请他作主持。① 并将他引荐给宋度宗，度宗高兴地接见了他，赐号“辅教大师”。

但这时的南宋王朝已经进入末期，内部政治十分腐败，宋蒙关系特别紧张，兵连祸结，人心浮动，陷入了严重的统治危机。杜道坚虽与一般的道士不同，有志于救世，但在这种病入膏肓、无可救药的病人面前，也感到无能为力。“爰受紫衣之荣，遄寻白石之隐”。只能退一步找个安静的地方，去当地地道道的隐士吧。于是在升元观之东北，白石山顶建了个披云庵，准备在这里“逸老”终生。

到至元十二至十三年（1275—1276），优势的元军在伯颜的率领下渡过长江，对腐朽的宋王朝展开了毁灭性的最后决战。战争是十分残酷的，

① 任士林：《松乡集》卷1，文渊阁四库全书本。

"天兵南渡，所在震动"，大概不会是虚语。在这样的形势下，杜道坚的思想也不能不被"震动"。他考虑到"玉石虑毁于昆岗，黎庶惧沦于涂炭"，普通百姓的日子是最难过的，"衣食无从，忍填沟壑"。难道自己在这场劫难中，能够无所作为，袖手旁观吗？"弓刀曷措，莫救乡间"，不采取一些措施停止战争，拯救老百姓是不行的。于是他"慨然冒矢而出，叩军门"，回到故乡当涂，谒见正驻军在那里的元军统帅伯颜，"披胆陈辞，为民请命"说："宋祚当终，历数有在"，宋王朝太腐朽了，固然应该灭亡，由新的王朝来代替，这是天命。但完全依赖武力征服，破坏性太大，不仅不能解决问题，而且会引起更大的反抗；如果改变方式，"王诚不杀，则民归有赖"。只要不乱杀人，老百姓自然会归顺依赖的。伯颜听他说得很有道理，被他的诚恳感动了，非常高兴，"恨见之晚"，立即"禁将士下未附者，毋劫掠"。从此"军麾为之敛兵，民社因之安堵"。这场战争灾难，终于在他的劝说下，有了可喜的转变。

江南平定之后，杜道坚又跟随伯颜"驰驿入觐"，到上都去朝见元世祖。元朝的上都，在今天内蒙古的正南旗东。从江南前往上都，何止万里，长途跋涉，十分辛苦。"辎重兼行，混风尘于卒伍；樵苏后爨，忘朝昏之膳粥"，"艰勤备至，得抵上都"。到达上都的时间，伯颜是在至元十三年（1276）五月乙未，估计杜道坚亦当与此同时。

这时，世祖皇帝"方纲纪四方，并包九有，思修文而偃武，躬屈己以求贤"，正在考虑全国统一后，如何治理国家，大力招揽人才。听说在平定江南中起了重要作用的杜道坚，到上都来了，非常高兴，"瞻师之来，奏闻立召"。杜道坚自然也是非常高兴，"望云就日，喜见尧天。"他态度轩昂，不卑不亢，踏着稳健的步子，"布武升阶，高谈王道"。据说，元世祖"嘉其古直，屡赐恩光"，对他的直言无隐很能虚心接受；因此，他也就"感激圣恩，莫知云报"，把他心中的话全都说了出来。主要内容是"首陈当世之务"，言求贤养贤用贤之道，推荐了一些堪为将相的人才。由于他说的都是切合实际的大实话，确实对治理国家有好处，世祖听了，莫不高兴，便想委任他执政，他极力推辞，不肯接受任命。世祖只好改派他"乘传江南，求有道之士"。他接受任命回到江南，在各地搜访到一批人才，胜利完成任务之后，回到上都。

至元十七年（1280）世祖又亲授“玺书”，命他提点道教，住持杭州宗阳宫，护持纯真观，兼领升元观。到大德七年（1303）升任杭州路道录，教门高士真人，别立通玄观，兼领杭州四圣延祥观。仁宗皇庆改元（1312），锡号隆道冲真崇正真人，依旧住持杭州宗阳宫，兼湖州计筹山升元观、白石通玄观。直到延祐五年（1318）正月十一日逝世，享年八十二。

杜道坚入元以后，主要是做道教提点，他利用这个职务与机会，既护持道教事业的发展，又广泛结交各方面的人士，关心民众疾苦，发展文化教育，校勘古籍，著书立说。当然，也少不了游览名山胜水，吟诗唱和。关于这方面的资料，在元人文集中保留了不少，可惜非常零散，现将涉猎所得，综合整理出来，供进一步研究做参考。

二、交游考

综合各方面的资料考证，与杜道坚有过交往，关系比较密切的人，可以分为以下几类。

1. 道教中的师友

杜道坚自幼便出家当道士，自然有许多道教中的师友。南宋末年，他师从葛师中、蒋玉海等人的情况，前已简单述及，不必再说。这里需要着重介绍的是入元以后的情况。

邓惟善，他本是宋度宗时期的中贵人，官任承宣使入内都知。度宗筑宗阳宫于杭、昭瑞宫于越，命他“董成”。他很信仰道教，于庚午年（1270）在私宅建纯真道院，延请杜道坚“访道”。至元丙子（1276）正月，元军入杭，他曾奉谢太后之命，随文天祥等见元军统帅伯颜于明因寺。宋亡不久，他即“以宅为观，以田为资，弃事入道，更名道恕，是为明道崇正大师”。这时，杜道坚先北上入觐，后南还任杭州路道教提点，对邓惟善的纯真观自然是“实护持之”。邓的两个儿子“德新、德明亦入道，仍礼公为师”。在这以后的“二十年间，优游玄默制化，吐纳道德之华，时未尝不神游钧天也”。观之田产，曾因“它故尽鬻”，在杜道坚的护持下，“观复有养”。任士林应杜之求作了篇《杭州路纯真观记》，称邓以“内侍之贵，知保晚节而不昧；当车书混同之日，人且新贵而卒勇退，以身弘道，亦非达者不能也”。①

邓牧（1247—1306），钱塘人，年十余读庄列，及壮视名利薄之，偏游方外，历览名山，隐居余杭大涤山洞霄宫。此地与杜道坚所居的杭州甚近，平时的交往自然是不会少的。大德辛丑（1301）六月，他们曾同游洞霄宫，留有唱和诗篇，即是明证。大德九年（1305）元朝派吴全节劝邓牧出仕，邓不从，次年死。邓之贽友谢翱、周密坚持抗元，《四库全书总目提要》称他们是“抗节遁迹者”。邓牧有《伯牙琴》传世，是研究邓牧思想的重要资料。其和杜诗，即在其中。②

张与材（？—1316），他是道教天师张宗演的次子，天资仁厚，善诗书，工竹画，画龙变化莫测，至元三十一年（1294）嗣教，为三十八代天师。大德二年（1298）奉诏建醮于杭州佑圣观，治潮患。武宗即位，入觐，赐金印。仁宗即位，特赐宝冠。杜道坚与他的交往，无论从教派或地区关系看，都可能是很密切的。他曾在大德乙巳（1305）年为杜道坚的《道德玄经原旨》作序，称“南谷亦奇矣哉!”③ 是十分称赞的。

李道纯，字元素，都梁人。为宋末元初著名道教理论家，著述颇丰，主要有《道法会元》《中和集》等，大旨尽辟一切炉鼎服食修炼之说，归于冲虚浑化，与造化为一。主张儒释道三教和一。杜道坚在大德丙午（1306）曾为其《中和集》作序。④ 他们的经历与思想确实有许多相同的地方。

张留孙（1248—1321），信州贵溪人，自幼在龙虎山学道，至元十三年（1276）随天师张宗演奉召赴阙，博得世祖信赖，长留京师，赐号玄教宗师，成为元代势力很大的玄教的创始人，历成宗、武宗、仁宗，加

---

① 任士林：《松乡集》卷1，文渊阁四库全书本。
② 邓牧：《伯牙琴》，文渊阁四库全书本。
③ 杜道坚：《道德玄经原旨》卷首，道藏影印本。
④ 李道纯：《中和集》卷首，道藏影印本。

号大宗师，特进上卿，政治地位极高。据《四圣延祥观碑铭》的记载，这所道观就是他“嘱杜君道坚规划”建成的。[①] 也正因为如此，道观建成后他又向皇帝上疏，请杜道坚作住持。[②] 杜道坚与他的关系显然很不错的。

吴全节（1269—1346），饶州人，13 岁入龙虎山学道。后被张留孙征入京师，倚为大弟子，多次奉诏访求遗逸。后继张留孙成为玄教第二代大宗师。他在至大三年（1310）为杜道坚的《通玄真经缵义》作序，称“今南谷杜高士以著书立言为心，诚可尚也。吾教有人，喜而序其端云”。[③] 说明他们的关系也非同一般。

孙益谦，他也是玄教大宗师张留孙的弟子，据《通真观徐君墓志铭》说，张留孙“其弟子相传多至六七十人，今以次传者曰吴全节、孙益谦，”[④] 位居真人，地位很高。有史料记载说四圣延祥观的修建，是张留孙命令“吴全节左右经度，且嘱杜君道坚、孙君益谦规划之”。[⑤] 杜与他曾一起共事，关系自然很密切。

吴存实，据《四圣延祥观碑铭》记载，他也是和杜道坚共事的“规划”者之一，当然也应该是张留孙的弟子。[⑥] 他曾任杭州佑圣观提点，大德六年（1302）十月玄武殿发生火灾，他“抡材以倡，画堵以谋”，进行了重修。[⑦] 他还募金铸了个牛鼎，呈列在佑圣观。[⑧] 另据《清宁报本道院记》有名吴存真者，“尝佐领教事于杭，甚获休誉，赐号冲静纯素通玄法师，提点佑圣观。”[⑨] 可能即是此人。

俞正因，他本是杭州殊胜寺的禅师，但杜道坚和他的交往也很多，对其生平知之甚详，关系很好。因此他圆寂以后，杜道坚特请名人张伯

---

① 任士林：《松乡集》卷 2，文渊阁四库全书本。
② 朱右：《白云稿》卷 3，文渊阁四库全书本。
③ 杜道坚：《通玄真经缵义》卷首，道藏影印本。
④ 袁桷：《清容居士集》卷 31，四部丛刊本。
⑤ 任士林：《松乡集》卷 2，文渊阁四库全书本。
⑥ 任士林：《松乡集》卷 2，文渊阁四库全书本。
⑦ 任士林：《松乡集》卷 1，文渊阁四库全书本。
⑧ 任士林：《松乡集》卷 10，文渊阁四库全书本。
⑨ 邓文原：《巴西集》卷下，文渊阁四库全书本。

淳为他写了一通碑铭。①

黄石翁，字子玉，号狷叟，又号松瀑。南康人，少多疾，父母强使学道，遂入庐山为道士。他好学博闻，士大夫多与之游。大德十年(1306)曾为杜道坚的《玄经原旨发挥》作序。②至大庚戌(1310)又为《通玄真经缵义》作序，称南谷先生此书“融会贯通，削险就夷，与所著玄经原旨并行于代。先生有道者，其清勤俭素，不争而善胜，深得柱下宗旨”，③赞许备至。

马臻，字志道，别号虚中。杭州人，出身贵族家庭，宋亡出家入道。大德五年(1301)随天师入觐，南还后隐居西湖，善画花鸟山水，诗多豪逸俊迈之气。其《霞外诗集》有“追和南谷杜真人山居四时诗”。④杜逝世后，又作了“挽南谷杜真人”。⑤可见他们之间的交往和感情，都是非常密切的。

2. 政府中的上层官员

杜道坚与当时许多道士一样，并非完全脱离尘世的隐士，因此也常与政府中的上层官员打交道。前面说过，早在南宋末年他就与宗室赵与言、王孙杨颖祖、入内都知邓惟善的关系很密切。下面再来看看入元以后，他同哪些政府官员有交往。

伯颜(1236—1295)，蒙古八邻部人，自幼从征，受到忽必烈的赏识，历任中书左丞相、同知枢密院事，总率襄阳兵攻宋，取鄂州、下建康、入临安，平定江南，其功甚伟。在这次战役中，杜道坚曾劝其不杀，以收民心。伯颜采纳，并带领他去见元世祖，信宠有加。到大德八年(1304)，刘敏中作《平宋录》以记其事，杜道坚应邀作序，称其“用兵江南，不施杀戮，南下之日，万姓谧然，是太公之将也。”⑥可见，他们之间的关系一直是很好的。

---

① 张伯淳：《养蒙集》卷4，文渊阁四库全书本。
② 杜道坚：《玄经原旨发挥》卷首，道藏影印本。
③ 杜道坚：《通玄真经缵义》卷首，道藏影印本。
④ 马臻：《霞外诗集》卷10，文渊阁四库全书本。
⑤ 马臻：《霞外诗集》卷8，文渊阁四库全书本。
⑥ 刘敏中：《平宋录》卷首，文渊阁四库全书本。

张伯淳（1242—1302），字师道，杭州崇德人，举进士，除太学录，入元，授杭州路儒学教授，迁浙东道按察司知事，擢福建廉访司知事，被荐入觐，称旨，授翰林直学士，授庆元路总管府治中，按疑狱衢、秀，皆得其情。大德四年（1300），拜翰林侍讲学士，扈从上都，受到信任。有《养蒙文集》传世，其卷4有《杭州殊胜寺圆明通应禅师碑》，注明是应杜道坚之请而作的。① 其卷9有《与杜南谷》诗，有句云“洞门长闭碧窗寒，往事凭谁问计然”，对杜的人品更是颇为称赞。②

柯谦（1234—1302），仙居人，元贞初（1295）以翰林检阅预修世祖实录，书成，授江浙儒学副提举，迁温台检校所大使，升诸暨州判官，除江浙儒学提举，是江浙一带的文化官员。有一次他去访问胡穆仲，发现胡因苦寒没有棉袄，日出已久，尚卧床不起，便去告诉杜道坚，杜急备米酒绵炭，前往救济。③ 可见杜道坚平时与他是颇有交往的。

方回（1227—1307），歙县人，景定三年（1262）进士，守严州降元，为建德路总管，晚年寓居杭州，著作甚多，有《桐江集》《续古今考》等行世。他的诗中多次提到杜道坚，一次是“宗阳宫访杜南谷不值留诗”，④ 另一次是“观吕洞宾像，与今南谷高士巾裹正如此”。⑤

杭州路达鲁花赤，他是当地最高的行政长官，在大德十二年（1308）二月六日离任时，杭州父老“候公骑上道，相聚成列，泣不听去”。拦着马头说：“公政慈我，公恩遗我，我渴饮我，我饥谷我，公去辍我，谁与活我”，不肯让他离去。杜道坚代表“三教人士”出来说：“郡之民命，寄在牧守，牧守为政，莫切杭城”，大加赞扬。认为他与别的官员不同，“公一诚明白，百举俱修，上不谄逢，下不威济”，能够根据人民的需要办事，“此政所由成，而民所由怀也”。⑥ 他这样高度赞扬这位一路之长，可以想见他们之间的关系一定是很不错的。我们很想知道这位官员的名

① 张伯淳：《养蒙集》卷4，文渊阁四库全书本。
② 张伯淳：《养蒙集》卷9，文渊阁四库全书本。
③ 郑元祐：《遂昌杂录》，文渊阁四库全书本。
④ 方回：《桐江续集》卷24，文渊阁四库全书本。
⑤ 方回：《桐江续集》卷24，文渊阁四库全书本。
⑥ 任士林：《松乡集》卷4，文渊阁四库全书本。

字，经查《浙江通志》，元朝任杭州路达鲁花赤的约近十人；[①] 再按名查对《元史》，仅海寿一人近似。他曾“由宿卫世祖朝累官至太中大夫、杭州路达鲁花赤，招复流民有恩惠”。[②] 不过，时间稍有不合，难于确认。另查《杭州府志》增补了一个济勒尔特，大德十年（1306）任。[③] 时间刚好，但其具体出处事迹，尚不清楚。

赵孟頫（1254—1322），湖州人，字子昂，宋宗室。宋亡，家居力学。至元二十三年（1286），御史程巨夫访遗逸，入见世祖，言钞法不便，桑哥增赋，民不聊生，劝奉御撒里奏帝赦天下，诛桑哥。除同知济南路总管府事，迁知汾州，江南等处儒学提举。仁宗即位，拜翰林学士承旨，眷之甚厚。延祐六年（1319），请南归。有《松雪斋文集》传世，为元代著名书画家。其父赵与言在宋理宗时，就与杜道坚交情颇深。入元以后，他们之间也颇有交往，有记载说，“南谷尝以道法显于国初，活人无算。吴兴赵公子昂尤尊事之”，[④] 杜道坚收藏有他的书法作品，[⑤] 杜去世后，他又为之作传，[⑥] 是传世至今关于杜道坚生平最原始的传记资料。

3. 文化界的名流学者

杜道坚是道教中的学者，文化水平很高，因此当时许多名流学者也与他颇有交往。

牟巘（1227—1311），湖州人，南宋名臣牟子才之子，登进士，官大理少卿，入元不仕，闭户三十六年，以经学道义自励，南北学者皆师尊之。其《陵阳集》有为杜道坚《道德玄经原旨》所作之序，时在甲午（1294）谷雨。[⑦] 过了若干年，约在至大三年（1310）又为《文子缵义》作序。[⑧] 前序称“杜君博极群书，扁舟过余，议论超然”，后序称“杜君

---

① 嵇曾筠：《浙江通志》卷116，文渊阁四库全书本。
② 宋濂：《元史》卷135，中华书局1976年版。
③ 李格：《杭州府志》卷100，1922年铅印本。
④ 李诩：《续吴郡志》卷上，丛书集成本。
⑤ 仇远：《山村遗集》卷39，文渊阁四库全书本。
⑥ 任士林：《松乡集》卷1，文渊阁四库全书本。
⑦ 杜道坚：《通德玄经原旨》卷首，道藏影印本。
⑧ 杜道坚：《文子缵义》卷首，文渊阁四库全书本。

辩博而笃实，恬静而疏通，其能可以用世，而其志果于遁世”，褒美之辞溢于言表，交往之深亦可概见。

黎立武，新喻人，二十六岁登咸淳进士，官至国子司业，与文天祥、谢枋得相友善，宋亡不仕，闭户三十年，卒年六十八。生平著述，积稿如山，有《中庸指归》及《大学发微》。人品很高，受到人们的尊敬。他在大德乙巳（1305）上元曾为杜道坚的《道德玄经原旨》作序，称其论多与己意合，“莫逆于心”。①

徐天佑，山阴人，景定三年（1262）进士，为大州教授，德祐初辞归，闭门读书，议论精卓。入元不仕，自称“遗民”。他也为《道德玄经原旨》写了一篇序，称赞杜道坚“以上士闻道，贯穿融液，可谓勤且博矣。”②

王易简，山阴人，字理得，宋末登进士，除瑞安主簿，不赴，隐居城南，多所著述，有《山中观史吟》。入元以后，未见出仕，属于遗民类型人物。曾为《道德玄经原旨》作序，认为杜道坚“出儒家，从老氏学，折中二者之间，贤哉!”大加赞赏。③

任士林（1253—1309），字叔实，奉化人。大德间教谕上虞，至大元年（1308）荐授湖州安定书院山长。善为文，沈厚重大，一以理为主，有《松乡集》10卷。集中有关杜道坚的资料很多，特别是他也曾作《原旨发挥序》，④ 陪杜道坚踏雪，有《赋反招仙辞》，⑤ 还有《寿杜南谷》诗：“洞府人间见，春风花底看。新宫铭有草，白石篆犹丹，道在人知往，问深客遂欢。会开唐贞观，莫惜海沤寒。”⑥ 可以看出他们之间感情的深厚。

戴表元（1244—1310），字帅初，奉化人。咸淳中登进士，除建康教授，迁国子主簿，皆以兵乱不就。元初居乡授徒，大德中荐除信州教授，

① 杜道坚：《道德玄经原旨》卷首，道藏影印本。
② 杜道坚：《道德玄经原旨》卷首，道藏影印本。
③ 杜道坚：《道德玄经原旨》卷首，道藏影印本。
④ 任士林：《松乡集》卷4，文渊阁四库全书本。
⑤ 任士林：《松乡集》卷7，文渊阁四库全书本。
⑥ 任士林：《松乡集》卷8，文渊阁四库全书本。

调婺州，以疾归。有《刿源文集》30卷。其中一篇文章记载了计筹山升元报德观的历史，特别提到了杨颖祖聘请杜道坚前来主持，“而升元之美始完”。① 前引方回寻访杜道坚的诗，也注明“兼呈戴帅初”。② 在他的文集中还有为杜道坚作的《老子原旨序》，③ 都说明他们之间平时是颇有交往的。

吾丘衍（1268—1311），字子行，钱塘人，工书法，通音律，高蹈不仕，至大四年（1311），自沉死。有《竹素山房集》3卷，其中一首《洞山吟》，序称杜道坚重建宗阳宫，又累土石为洞山，“俾予作洞山吟歌之。”④ 可见他们平时是很有交往的。

李衎（1245—1320）宛平人，世祖时累迁浙省员外郎，改江淮省；成宗时出使安南，奉诏录囚江南，多所平反；仁宗时任吏部尚书，致仕居扬州。善画竹石，驰名当世。据任士林说，杜道坚“有道之士，蓟丘李衎实与之游”，⑤ 他们之间应当是有交往的，其详待考。

胡长孺（1246—1323），字汲仲，永康人，宋末在四川为吏，宋亡隐居。元世祖召为集贤修撰，与宰相议不合，改扬州教授；成宗时迁教建昌；武宗时任宁海县主簿，居官廉洁；仁宗时退隐杭州武林山。他生活的地区与经历，都与杜道坚相近，任士林也说杜与他“实与之游”，⑥ 可能是朋友，但具体情况待考。

仇远（1247—?），字仁近，号山村民，钱塘人。生淳祐七年（1247），咸淳间以诗名。元初不仕，大德初出为镇江学正，迁溧阳教授，杭州路知事，后致仕优游湖山，致和元年（1328）六月尚存。有《山村遗集》传世。他在一篇跋文中说：余十数年前游白石披云庵，南谷杜先生出示赵子昂所书黄庭经，楷法端劲。⑦ 证明他们之间是颇有交往的。

---

① 戴表元：《刿源文集》卷5，文渊阁四库全书本。
② 方回：《桐江续集》卷24，文渊阁四库全书本。
③ 戴表元：《刿源文集》卷7，文渊阁四库全书本。
④ 吾丘衍：《竹素山房诗集》卷1，文渊阁四库全书本。
⑤ 任士林：《松乡集》卷1，文渊阁四库全书本。
⑥ 任士林：《松乡集》卷1，文渊阁四库全书本。
⑦ 仇远：《山村遗集》卷39，文渊阁四库全书本。

郑元祐（1292—1364），本遂昌人，其父徙钱塘，元祐又流寓平江。至正丁酉（1357），除平江路儒学教授，擢浙江儒学提举。有《侨吴集》行世，上及见宋诸遗老，下及见杜本之卒。多记宋末逸闻，及元代高士名臣逸事。其中的《计筹山巢云楼记》，曾谈及杜道坚和他的大弟子姚桂庵，① 其《遂昌山人杂录》曾记载杜道坚救济胡穆仲寒衣事。②

倪瓒（1301—1374），号云林，无锡人。家富饶，好读书，不问世事，泛舟五湖三江，以诗画自娱。画居逸品，诗文神思散朗，意格自高。有《清閟阁集》传世，其中有一首专赞杜道坚听松轩的诗，有句云："计筹白石顶，闻有丹丘生，为善得仙道，悠然不近名。"③ 反映他们的思想与生活有许多一致的地方。

侯克中，真定人，精意读易，著《大易通义》，善为诗，风格颇近击壤一派，卒年九十余。有《艮斋诗集》14卷，其中有《游白石洞天　留别杜南谷》，叙述了他们的一段交往。④

顾瑛（1310—1369），一名德辉，昆山人。少轻财结客，年三十始折节读书，风流文雅，与天下胜流相唱和，辞官不就，卜居玉山草堂。有《玉山璞稿》等行世。其《自题画像诗》云："儒衣僧帽道人鞋，天下青山骨可埋。若说旧时豪侠兴，五陵衣马洛阳街。"可见其性格与交游之广，有一次"计筹杜丹丘真人以杂诗卷，俾岳季坚来草堂索诗"，他作了三首绝句回报。⑤

张翥（1287—1368），晋宁人，寓钱塘，以诗文名，至正初召为国子助教，以翰林编修预修辽宋金史，以翰林承旨致仕。有《蜕庵集》5卷。他虽然比杜道坚约小五十岁，但他长期寓居钱塘，在三十岁时仍可见到杜道坚，又做过史馆编修，对杜道坚这样的名人，自然是愿意结识的。在他的文集中，有不少与道士交往的诗篇，特别是《怀计筹山

① 郑元祐：《侨吴集》卷9，文渊阁四库全书本。
② 郑元祐：《遂昌杂录》，文渊阁四库全书本。
③ 倪瓒：《清閟阁集》卷1，文渊阁四库全书本。
④ 侯克中：《艮斋集》卷6，文渊阁四库全书本。
⑤ 顾瑛：《玉山璞稿》，文渊阁四库全书本。

通真观》《通玄观》① 诸诗，虽未直接提到杜，至少可以作为他对杜是很熟悉的旁证。他对杜的评语："真人以迈古之才，经世之略，身虽游于方外，其志之所存，荦荦古之人，安期生、黄石公、徐鸿客或见或隐，高风远志，使人企仰于千载之下"。② 应当是有具体交往、符合实际的亲身感受。

朱右（1314—1376），临海人，元末献河清颂，不遇而归。明初，召修《元史》，史成辞归。著有《白云稿》《元史补遗》《三史钩玄》等书。杜道坚逝世时，他尚年幼，不可能有交往；但他是修养有素的史学家，又是浙江人，因此很注意收集当地名人杜道坚的资料，他写的《杜南谷真人传》，③ 有不少第一手资料，是很有特色的。

王逢（1319—1388），江阴人，至正中作河清颂，台臣荐之，以疾辞。张士诚据吴，用其策降元以拒明。朱元璋灭吴，欲辟用之，坚卧不起，隐居上海之乌泾，号最闲园丁。他出世时，杜已去世，虽不可能有交往。但他的《梧溪集》中有一篇《二胡节士》，记载道士黄松瀑（石翁）访问胡穆仲时，见胡"风雪高卧，午未启户"，便去找杜道坚加以救济。此事与郑元祐的《遂昌山人杂录》所记基本相同，仅柯谦换成了黄石翁。本文注明"前乡贡进士钱塘钱惟善云"，④ 可能是传闻致异。

三、业绩考

通过以上这些人物相互交往活动史料的记载，我们可以把杜道坚的事业功绩，大致归纳如下。

1. 促进道教事业的发展

杜道坚作为一代教门高士真人，其主要事业自然是在促进道教事业的发展。这又可以分成两个方面来叙述。

① 张翥：《蜕庵集》卷3、5，文渊阁四库全书本。
② 朱右：《白云稿》卷3，文渊阁四库全书本。
③ 任士林：《松乡集》卷1，文渊阁四库全书本。
④ 王逢：《梧溪集》卷4，文渊阁四库全书本。

（1）修建道教宫观。杜道坚一生中主持兴建和整修了许多道观。升元观，是杜道坚最早作住持的道观。早在南宋景定壬戌（1262）年，他就接受和王杨存中五世孙颖祖的邀请，到吴兴计筹山主持升元报德观。本观从初建到这时已有百年之久，几经沧桑，大不如前。杜道坚来后，大力整修，又“致山壤之田，而升元之美始完”，[①] 是做出了很大贡献的。

通玄观，原名披云庵，是杜道坚兴建的另一所道观。观在计筹山升元观的东北，山顶多白石，据说春秋时越国大夫计然子尝隐居其上，又有汉代葛洪修道炼丹的井灶，是个理想的很有历史意义的隐居之地。杜道坚估计南宋的统治不可能长久，便“铲蓁秽，修除道，建披云庵”，准备在这里“逸老”终生。[②] 具体时间为咸淳庚午（1270），越六年（1276），元军南渡，他应召北觐，后奉诏东还作道教提点，便将披云庵加以整修。“庵之成既久，蔬有圃，饭有田，于是拓庵为观”。[③] 在大德七年（1303）奉旨改名通玄观。观的规模很不小，据任士林所见，有老子祠、宴坐堂、考妣祠、览古楼等建筑。这里“白云在山，琼林瑶树，玉宇昆台，宛然在目”，确实是一派“浑玉境界”。[④]

宗阳宫，在杭州，是杜道坚作住持，花费精力最多的一处道观。据考，宗阳宫原是宋高宗的德寿宫，孝宗时改名重华宫，度宗时以其地之一半营建道宫，名曰宗阳。“其时重建，殿庑雄丽，圣真威严，宫囿花木，靡不荣茂”。[⑤] 杜道坚被引见度宗，并赐号辅教大师，应该就是在这时来到宗阳宫的。至元十三年（1276）他以“宗阳宫尊师”身份被伯颜“首举入觐”，也是很好的证明。过了几年，他奉玉玺东还，再以“冲真崇正大师、杭州路道教提点、宗阳宫住持都监”的身份回来。可是，“逮尊师之还也，方堕劫灰之余，瓦砾未疏，玄垒深集”，已经破坏衰败得不成样子了。但他没有灰心，“于是，规旧址，输心识，抡巨材，画堵制”，

① 戴表元：《剡源文集》卷5，文渊阁四库全书本。

② 朱右：《白云稿》卷3，文渊阁四库全书文渊阁本。

③ 任士林：《松乡集》卷7，文渊阁四库全书本。

④ 任士林：《松乡集》卷1，文渊阁四库全书本。

⑤ 吴自牧：《梦粱录》卷8，浙江人民出版社1984年版。

先制订出恢复发展的规划蓝图，再筹集必要的材料资金。他甚至到吴兴的封禺山中去“买山种树”植竹，[①] 立下“以三十年为期”[②] 的宏愿。事实上，“越二十有一年，是为大德八年（1304）”，他便提前“振衣出山，疏去蠹蚀，斤斧日闻”了，不仅整修了门墉殿坛、堂庑庖廪，而且布置了桧柏松杉、池沟丘阜。任士林特作《宗阳宫碑》以记其事。宫的规模宏大，有三清殿，“轮奂极东南之美，经营来山岳之奇”。[③] 又有讲堂，作为宣讲论道的场所，“远者来，近者悦”，“用开后觉之天”，对弘扬道教思想很有作用。[④]

老子祠，杜道坚为了进一步弘扬道教，于大德十一年（1307），在杭州宗阳宫之右新筑此祠，“像设巍然，凡书存而言立，尹列而下，班以十子，各东西坐，衣冠古雅，”供人们瞻仰。[⑤] 此祠又名玄元观，据吾丘衍说，后来杜道坚“又于后圃累土石为洞山，树梅其下，山顶俯视，若拥素云”，他参观后很高兴，特作《洞山吟》以歌之。[⑥]

纯真观，在杭州城东，是宋度宗时入内都知邓惟善，在咸淳庚午（1276）舍宅修建的，他请杜道坚写了“纯真”二字。入元以后，杜道坚作了杭州路道教提点，对纯真观“实护持之”，[⑦] 是非常关心的。

延祥观，在杭州，本南宋初年所建，入元以后由道教大宗师张留孙主持，一度衰落，大德元年（1297）重建，张命杜道坚等规划。[⑧] 杜用力实多，因此建成之后，被推荐作了主持。[⑨]

（2）广度道教信徒。杜道坚弘扬道教事业的成就，还表现在他传授了众多的弟子。具体数字据《杜南谷真人传》说有四十余人。如果考虑到他“奉旨授真人主领教事，器识弘远，有道淑人，且笃于孝友，达官

---

① 任士林：《松乡集》卷1，文渊阁四库全书本。
② 赵孟頫：《松雪斋集》卷9，文渊阁四库全书本。
③ 任士林：《松乡集》卷10，文渊阁四库全书本。
④ 任士林：《松乡集》卷10，文渊阁四库全书本。
⑤ 任士林：《松乡集》卷1，文渊阁四库全书本。
⑥ 吾丘衍：《竹素山房集》卷1，文渊阁四库全书本。
⑦ 任士林：《松乡集》卷1，文渊阁四库全书本。
⑧ 任士林：《松乡集》卷2，文渊阁四库全书本。
⑨ 朱右：《白云稿》卷3，文渊阁四库全书本。

贵卿多执弟子礼”,[①] 实际人数必当更多。下面根据收集到的资料，将若干可以考见的人，列举如下。

薛志亨，据《杜公碑》说，杜道坚在大德七年（1303）做了杭州路道录以后，“别立通玄观，俾弟子薛志亨主之”。[②] 薛之事迹，仅见于此，其详待考。

林德芳，字清甫，永嘉人，从杜道坚学，牟献有《林清甫字说》作过介绍。[③] 继薛志亨之后主持通玄观。[④]

姚志恭，据《杜公碑》说，皇庆改元时（1312），杜道坚授隆道冲真崇正真人，同时兼管宗阳、升元、通玄多处道观。可是杜这时年龄已经很不小了，便“居宠思退请老”，“寻奉玺书，以弟子姚志恭为升元提点”，接了杜的班。杜道坚去世后，又是他去请赵孟頫写的墓志铭，[⑤] 可见他与杜关系的密切。另有资料说：“当涂杜真人归休计筹山，其大弟子有曰姚桂庵高士者，独得真人所传之道，继真人主席升元观。”[⑥] 可见桂庵当即志恭之字，二人实为一人。

李拱瑞，住持嘉禾（浙江嘉兴）城东紫虚观，为“南谷杜真人高第，以道行闻”，有弟子名周玄初。[⑦] 另据《续吴郡志》称“郡之紫虚观有高士李太无者，杜南谷真人高第也”。[⑧] 还有资料说“吴人周玄初诣嘉禾城东紫虚观，礼其师李太无”。[⑨] 所说当为一事，李拱瑞、李太无实为一人。

张德懋，他“初游钱塘，尝学于南谷杜尊师之门”，后来成为武夷山天游道院的高士，“实开山承规以翼者”，曾请任士林作记。[⑩] 他收了个徒弟赵嗣祺，见其很有慧根，便“携之至钱塘，谒其师真人杜公”。[⑪]

---

① 朱右：《白云稿》卷3，文渊阁四库全书本。
② 赵孟頫：《松雪斋集》卷9，文渊阁四库全书本。
③ 牟献：《牟氏陵阳集》卷14，文渊阁四库全书本。
④ 赵孟頫：《松雪斋集》卷9，文渊阁四库全书本。
⑤ 赵孟頫：《松雪斋集》卷9，文渊阁四库全书本。
⑥ 郑元祐：《侨吴集》卷9，文渊阁四库全书本。
⑦ 宋濂：《宋学士文集》卷13，四部丛刊本。
⑧ 李诩：《续吴郡志》卷上，丛书集成本。
⑨ 郑元祐：《侨吴集》卷9，文渊阁四库全书本。
⑩ 任士林：《松乡集》卷1，文渊阁四库全书本。
⑪ 黄溍：《金华黄先生文集》卷29，元刻本。

赵嗣祺（1277—1340），缙云人，先入武夷山天游观学道，后师事杜道坚。杜令其游京师，受到张留孙、吴全节的礼遇，声誉鹊起。仁宗时，受命掌仙都山玉虚宫教事，赐号教门真士，玄门通道虚一先生。①

岳榆，字季坚，宜兴人，工诗。其父岳浚为岳飞六世孙，至大中（1308—1311）任象山书院山长，后起为绩溪主簿，迁汉阳尹，坐事降职，郁郁而殁。榆入计筹山从杜道坚学道。② 杜道坚曾派他到顾瑛处求诗。③

袁德逵，在《杜南谷真人传》中，与姚志恭、赵嗣祺一起被列入“皆有道行”的弟子。④ 但其他事迹不详，待考。

2. 关心民瘼

（1）劝伯颜平江南攻城不杀。前面曾引史料说，元军在伯颜的率领下渡过长江，对宋王朝展开最后决战时，“天兵南渡，所在震动”，战争十分残酷。杜道坚考虑到“玉石虑毁于昆岗，黎庶惧沦于涂炭”，慨然冒矢而出，叩军门，谒见伯颜，为民请命说：“王诚不杀，则民归有赖”。伯颜被他的诚恳感动了，立即“禁将士下未附者，毋劫掠”。⑤ 这场战争灾难，就是在他的劝说下，有了可喜的转变。实际情况究竟如何呢？让我们稍予论证。据了解，作《元史》者确实有“伯颜下江南，不杀一人”⑥ 的说法，从整体全面估计这话虽不够准确，但也并非毫无根据，确实有一些记载说，伯颜曾下“令诸将毋得妄有侵掠”；“江东岁饥，民大疫，随赈救之，民赖以安”；进军至临安时，“禁军士毋入城，谕中外军民，安堵如故”。取宋而还，回至上都，对迎接他的大臣说：“宋宝玉虽多，吾实无所取”。⑦ 所有这些都说明，元军的纪律确实有很大程度的改变。杜道坚的劝说，是否在其中起了某种程度的促进作用呢，我想答案

① 黄溍：《金华黄先生文集》卷29，元刻本。
② 郑元祐：《侨吴集》卷8，文渊阁四库全书本。
③ 顾瑛：《玉山璞稿》，文渊阁四库全书本。
④ 朱右：《白云稿》卷3，文渊阁四库全书本。
⑤ 朱右：《白云稿》卷3，文渊阁四库全书本。
⑥ 陈邦瞻：《宋史纪事本末》卷106，中华书局1977年版。
⑦ 宋濂：《元史》卷127，中华书局1976年版。

应当是肯定的。

（2）觐世祖呈求贤用贤之道。江南平定之后，杜道坚随伯颜到大都觐见元世祖，赵孟頫和朱右所写的传都说他曾“上疏言求贤养贤用贤之道”，可惜此“疏”失载，幸好杜道坚的《通玄真经缵义》多次讲到这个问题，这里可以略引数条以见一斑。他劝统治者“一人之材难为治，不以智为治”。① 要依靠众人，“有天下者，不患不治，患不得人。得人，则王者无为乎上，守而勿失。上通太一，运转无端，化道如神，群臣并进，各尽其能，是以知国之治乱系乎人”。② 每个人的才能不一样，要会使用，“作事有法，事无不成；用人有方，人无不济；随其材而用之，则贤者明，愚者力，成功一也”。③ “有一功者处一位，有一能者服一事。圣人兼而用之，故无弃人无弃材”。④ 而且不要求全责备，“人非尧舜，不能每事尽善也。人有大材，讵可以小节而弃之乎?”⑤ 这些意见对元世祖的治国，当然是十分有用的。

（3）救灾荒关心民众疾苦。元朝统一全国后，各地灾荒连年不断，民众生活困难，杜道坚也十分关心。他认为“人以食为命，一日不食则饥，三日不食则病，七日不食则死。古者国有十年之储，故能当九年之水、七年之旱而不死也。末世之为治，不积养生之具，盖由人主多欲，不能省事。上不足赡则必取于下，下不足养则必争于时，食其重矣哉!”⑥ 因此，在杭州民众送别达鲁花赤时，他便具体指出其原因，“盖以数百万之民，一仰粜于升斗”；在“水旱之余，居富者不知政，居官者不知民，民与政交相病也”的情况下，本官懂得“为荒政之道也”，解决了“浙江东来，流民哀哀，道饥谁食，道骼谁埋”这个实际问题，民众不愿本官离去，“此政所由成而民所由怀也”。⑦

---

① 杜道坚：《通玄真经缵义》卷1，道藏影印本。
② 杜道坚：《通玄真经缵义》卷8，道藏影印本。
③ 杜道坚：《通玄真经缵义》卷6，道藏影印本。
④ 杜道坚：《通玄真经缵义》卷8，道藏影印本。
⑤ 杜道坚：《通玄真经缵义》卷11，道藏影印本。
⑥ 杜道坚：《通玄真经缵义》卷12，道藏影印本。
⑦ 任士林：《松乡集》卷4，文渊阁四库全书本。

（4）乐善好施救济贫困。做好人，行善事，救苦济困，大概任何虔诚的宗教信徒都会奉为圭臬、身体力行的。杜道坚作为道教真人，在社会上有很高声望的大宗师，自然也不会例外。有好几条史料，都说他救济过陷于困境的胡穆仲，就是明显的例子。① 而且，大都认为施恩不应图报，要注意方法，使受济人乐于接受。杜道坚对此也是很留意的，他知道胡穆仲是有气节的人士，不会轻易接受别人的馈赠，因此在准备所需物资的时候，仅为“米、酒、绵、炭”，而且“复虑不受，不敢过多”。②可见其考虑的周到和心意的真诚。

3. 著书立说

杜道坚与一般专持修炼的道士不同，他性喜读书，有很高的文化素养。早在青年时代，就在茅山钻研过《道藏》，后来主持计筹山升元观，又建有览古楼，收藏了大量图书。郑元祐后来曾经回忆说：“真人延予蓬山阁上校雠群书，殆今四十寒暑矣”。③ 朱右的《杜南谷真人传》也记载他“即升元、宗阳两山筑二真观，储书数万卷，岁时往来其间”，著书立说，写出了许多颇有新意的著作。④ 主要有：《道德玄经原旨》4 卷，现有《道藏》本，前有黎立武、张与材、牟献、徐天佑、王易简等人所写之序。另，戴表元也写有《老子原旨序》，注明“当涂南谷杜君所著”，⑤不知何故未收入《道藏》本。

《玄经原旨发挥》2 卷，现有《道藏》本，前有杜道坚的自序，后有黄石翁和任士林的序。

《通玄真经缵义》12 卷，现有《道藏》本，除杜道坚自己写的《文子传》和《缵义序》外，还有吴全节和黄石翁的序。本书另有《四库全书》的《文子缵义》本，虽仍为 12 卷，但第一、三、五、十、十二诸篇，皆只有文子原文，没有杜道坚的缵义，实为残本；只是多了一篇从《陵阳集》中找来牟献所作的序，可补《道藏》本之缺。

---

① 郑元祐：《遂昌杂录》；王逢：《梧溪集》卷 4，文渊阁四库全书本。

② 王逢：《梧溪集》卷 4，文渊阁四库全书本。

③ 郑元祐：《侨吴集》卷 9，文渊阁四库全书本。

④ 朱右：《白云稿》卷 3，文渊阁四库全书本。

⑤ 戴表元：《剡源文集》卷 7，文渊阁四库全书本。

赵孟頫和朱右都说，杜道坚“又以关令尹喜所著述，颇得师旨，故复著《关令阐玄》3卷，朝廷尝以其书颁行于世”。[①] 查《中国古籍善本书目》子部，有《关尹子阐玄》3卷，宋杜道坚撰，为乾隆四年曹炎抄本，归北京图书馆收藏。[②] 其内容如何，待考。

此外，杜道坚曾作《大宗圣宫重建文始殿记》，署大德昭阳（癸）单阏（卯）之岁记，即1303年所作。[③] 又为《平宋录》作序，署大德八年（1304）作，见原书。[④] 还为李道纯的《中和集》作序，时为大德丙午（1306），见原书，《四库全书》存目，有《道藏》本。[⑤]

杜道坚又善作诗，他与邓牧、顾瑛、马臻等人之间曾有唱和，即是明证。朱右给他写的“传”中说，他有“诗文若干卷，藏于白石山中”，[⑥] 可能没有刊行，今已散失。目前仅见《游洞霄》诗一首，为大德辛丑（1301）作，载《洞霄诗集》卷14。[⑦] 还有《赠别一虚叟》诗一首，载《古楼观紫云衍庆集》卷下，有《道藏》本。一虚叟，姓氏生平不详，待考。

杜道坚还很会写字，书法水平很高，据《石墨镌华》[⑧] 云：陕西楼观有元时希声堂碑、文始先生碑，杜道坚书。《古今图书集成》把他列入“字学典·书家部”，认为是有成就的书法家。[⑨]

我们研究杜道坚，当然应该从其著作入手，把重点放在思想方面；但过去人们对其身世，知道得不多，而知人又必须论世，所以先写了这篇介绍生平的资料考证文章。字数已经不少，只好到此为止。关于他的思想著作，只好另文专论了。

（原载《古籍研究》，1997年第3期）

① 朱右：《白云稿》卷3，文渊阁四库全书本。

② 中国古籍善本书目编辑委员会：《中国古籍善本书目》，上海古籍出版社1993年版。

③ 杜道坚：《大宗圣宫重建文始殿记》，载朱象先：《古楼观紫云衍庆集》卷下，《道藏》（第19册），天津古籍出版社1988年版。

④ 刘敏中：《平宋录》卷首，文渊阁四库全书本。

⑤ 李道纯：《中和集》卷首，道藏影印本。

⑥ 朱右：《白云稿》卷3，文渊阁四库全书本。

⑦ 杜道坚：《大德辛丑六月游洞霄诗》，载孟宗宝：《洞霄诗集》卷14，知不足斋丛书本。

⑧ 赵崡：《石墨镌华》卷6，文渊阁四库全书本。

⑨ 陈梦雷：《古今图书集成》卷116，中华书局1934年版。

人物思想研究

范仲淹民本思想新探

——读《范文正公集》札记

范国强先生主编的《范仲淹研究文集》，煌煌四巨册，十六开本，近两千页。收入了近八十年来有关范仲淹研究的重要论文二百九十余篇，字数超过三百万，内容很广，水平很高。不少论文颇多精辟之见，对弘扬范仲淹文化精神，构建社会主义和谐社会大有裨益。但从中也可看到，范仲淹研究还存在不少薄弱环节，某些领域的论述不够，需要继续研究向纵深发展。例如，直接从民本思想角度论述的文章就很缺乏，引用的资料和论述方法，也少有与时俱进的新鲜感。因此，本文试图使用电脑、从《范文正公集》中搜罗资料，对范仲淹的民本思想进行探索，看看能不能获得某些新的认识，请予批评指正。

范仲淹是否具有民本思想，这对中国历史上饱受儒家思想熏陶的知识分子来说，似乎是不成问题的问题。只需从他的言论中找几句“民为邦本，本固邦宁”① 的老话，从他的行为中找几件关心民众的好事，就可交出答案了。但真要说得更加具体一些，拿出具体数据来，令人肃然起敬，达成共识，恐怕就不那么简单，需要做更多的研究才行了。

我们从“四部丛刊”本的《范文正公集》中，查到的“民”字，凡695见，不可谓不多，直接间接地表明了范仲淹对“民”的关注。下面我们将在适当部位引用其中的某些具体内容，论证范仲淹的民本思想究竟如何？

① 蔡沈：《书经集传》卷1，文渊阁四库全书本。

一、四民、六民

“民”，我们今天习惯把它与“人”联系起来，统称“人民”，似乎其间没有多大区别，民既是人，人也是民。然而在长达数千年的君主制度时期，民却主要是指平民百姓，它与处于统治地位的皇室、贵族和官吏，是很不相同的。

在范仲淹的笔下，多次提到的“民”，有所谓“四民”，即士农工商四种人，是按“职业”划分，自古有之的。士，是指读书求学的知识分子，在未取得官职以前，仍然与农民、工匠、商民一样，属于普通百姓。范仲淹为它们写了《四民诗》①，可以概见其境遇和地位。扩而大之，又有所谓“六民”，范仲淹说：“古者四民，秦汉之下兵及缁黄，共六民矣。”② 其实，六民也还不全，范仲淹的笔下还提到了盐民、渔民、猎民、边民，以及属于少数民族的番民等等，都给我们的研究提供了很有价值的线索。

二、君以民为体

国无民不立，这个道理是不难理解的。东汉时冯衍写了一首《车铭》诗：“乘车必护轮，治国必爱民，车无轮安处，国无民谁与。”③ 形象地说明了民的重要性。

范仲淹则近取身体为比喻，写了一篇《君以民为体赋》，以“君育黎庶，如彼身体”作中心，多方面论证了君与民的关系，主要内容引录如下：“圣人居域中之大，为天下之君，育黎庶而是切，喻肌体而可分。正四民而似正四肢，每防怠堕；调百姓而如调百脉，何患纠纷。爱民则因其根本，为体则厚其养育。谓民之爱也，莫先乎四体；谓国之保也，莫

① 范仲淹：《范文正公集》卷1，四部丛刊本。
② 范仲淹：《范文正公集》卷8，四部丛刊本。
③ 佚名：《古文苑》卷13，文渊阁四库全书本。

大乎群黎。观其可设，犹指掌以何疑，视之如伤，岂发肤而敢毁，大哉一人养民，四海咸宾，求瘼而膏肓曷有，采善而股肱必臻，每视民而如子，复使臣而以礼，故能以六合而为家，齐万物于一体。”① 因为民是身体的部分，密不可分，所以要爱，要养，要视之如子，不能稍有怠堕，更不能稍有毁伤。

赵鹏飞在《春秋经筌》中，明确指出“人君所以立于民上者，以民为本，臣辅之而已，用舍黜陟惟君之欲，而民之心则不可一日而离，无臣不害为国，无民何以为君，故君人者必有结于民心，以为邦本也。”②

三、民的境遇

民的地位，虽然自古以来就很推崇“民为邦本”，但在实际社会生活中的境遇，却是很成问题。范仲淹写了一组《四民诗》，集中反映了这方面的实况。

士民，为四民之首，是知识分子，他们虽然“十年寒窗无人问”，但很可能“一载成名天下知”，当上“治民”的父母官，在人前人后很风光。可是宋时，“士人家鲜不穷窘，男不得婚，女不得嫁，丧不得葬者，比比有之，”家境清贫的很不少。他们的素质本来应该很高，但在实际生活中却因种种原因，很难尽如人意，出现了不少问题。“前王诏多士，咸以德为先，道从仁义广，名由忠孝全，美禄报尔功，好爵縻尔贤，黜陟金鉴下，昭昭媸与妍，此道日以疏，善恶何茫然。”“学者忽其本，仕者浮于职，节义为空言，功名思苟得。”③ 士风败坏到了亟须整顿的地步。

农民，是古代社会经济中主要的劳动生产者，人们常说“农不出则乏食”，可见其重要，理应受到统治者的重视和关注。可是宋朝农民的境遇，却非常艰难。“制度非唐虞，赋敛由呼吸，伤哉田桑人，常悲大弦急，一夫耕几垄，游堕如云集。一蚕吐几丝，罗绮如山入，太平不自存，

① 范仲淹：《范文正公集》别集卷2，四部丛刊本。

② 赵鹏飞：《春秋经筌》卷14，文渊阁四库全书本。

③ 范仲淹：《范文正公集》卷1，四部丛刊本。

凶荒亦何及，神农与后稷，有灵应为泣。”① 日子很不好过。

工匠，古代社会虽然是自然经济，但农业与手工业的分工还是缺少不了的，“工不出则乏其事”说的就是这个道理。人民的日常生活既然离不开工匠，工匠最主要的就应该为众多百姓的日常生活服务。可是，宋朝的工匠却迫于官府的压力，去为少数人的奢侈生活服务。以致“竭我百家产，崇尔一室居，四海竞如此，金碧照万里，茅茨帝者荣，今为庶人耻，宜哉老成言，欲攦般输指。”② 不仅自己的生产和生活受到限制，而且遭到众人的指责，真有说不出辛酸。

商民，商业在人们经济生活中也属必需，“商不出则三宝绝”，其地位自然十分重要，“尝闻商者云，转货赖斯民，远近日中合，有无天下均。上以利吾国。下以藩吾身。”可是实际生活中，商民不仅没有受到应有的重视，而且遭到误解，把社会腐败、游手好闲、弄虚作假、贫富分化等一切罪名，都加到商民头上，因而受到歧视，“经界变阡陌，吾商苦悲辛，四民无常籍，茫茫伪与真。游者窃吾利，堕者乱吾伦，淳源一以荡，颓波浩无津。可堪贵与富，侈态日日新，万里奉绮罗，九陌资埃尘。穷山无遗宝，竭海无遗珍，鬼神为之劳，天地为之贫。吾商则何罪，君子耻为邻。”③ 商民心中的痛苦悲辛，有多少人真正理解同情呢！

四、忧国忧民的意识

范仲淹对“四民”境遇的了解，印象深刻，颇有感触，使他士人传统的忧国忧民意识油然而生。人们对他《岳阳楼记》中的名言“居庙堂之高则忧其民，处江湖之远则忧其君”，“先天下之忧而忧，后天下之乐而乐”④ 都很熟悉，这里不必多说。

这里需要稍加补充的是，他在其他文章中，还十多次提到过“忧国”

---

① 范仲淹：《范文正公集》卷1，四部丛刊本。
② 范仲淹：《范文正公集》卷1，四部丛刊本。
③ 范仲淹：《范文正公集》卷1，四部丛刊本。
④ 范仲淹：《范文正公集》卷7，四部丛刊本。

"忧民"，主要有："臣敢不夕惕三省，寅恭一心，进则尽忧国忧民之诚，退则处乐天乐道之分"，① "同心忧国，足得商量"，② "但忧国家之患，而不暇顾其失体"，③ "爱君忧国，道合志同"，④ "南阳风俗常苦耕，太守忧民敢不诚"，"寇盗之后不可更有骚扰，此忧民之故也"，⑤ "来守是邦，忧国爱民此其职也"，⑥ "求民疾于一方，分国忧于千里"⑦ 等等。都可概见其忧国忧民的忧患意识，确实扎根甚深，忧深虑远，绝非偶然的一时冲动。当然，他的忧乐关天下，决不会停留在口头上，必然会有所行动的。

五、陶甄四民的责任心

范仲淹既然发现"四民"境遇存在的问题，产生出强烈的忧患意识，便责无旁贷地认为自己作为"四民"中的一员，应当担当起改变现状的责任。他在《上张右丞书》中说："某何人也，可预陶甄（意为"治理"）之末，其大幸者生四民中，识书学文，为衣冠礼乐之士，研精覃思，粗闻圣人之道，知忠孝可以奉上，仁义可以施下，功名可存于不朽，文章可贻于无穷，莫不感激而兴，慨然有益天下之心，垂千古之志。"⑧ 希望自己能做出一番有益天下、名垂青史的事业来。

在《上资政晏侍郎书》又说："某天不赋智，昧于几微，而但信圣人之书，师古人之行，上诚于君，下诚于民，韩愈自谓有忧天下之心，由是时政得失，或尝言之，岂所谓不知量也。盖闻昔者圣人求天下之言，以共理天下。"⑨ 正是这种执着的"忧天下"的责任心，促使他一定要为治理四民贡献自己的力量。

---

① 范仲淹：《范文正公集》卷 17，四部丛刊本。
② 范仲淹：《范文正公集》奏议下，四部丛刊本。
③ 范仲淹：《范文正公集》奏议下，四部丛刊本。
④ 范仲淹：《范文正集》补编 3，文渊阁四库全书本。
⑤ 范仲淹：《范文正公集》奏议下，四部丛刊本。
⑥ 范仲淹：《范文正公集》卷 10，四部丛刊本。
⑦ 范仲淹：《范文正公集》卷 17，四部丛刊本。
⑧ 范仲淹：《范文正公集》卷 8，四部丛刊本。
⑨ 范仲淹：《范文正公集》卷 8，四部丛刊本。

六、民为邦本的指导思想

范仲淹意欲陶甄四民，准备用什么思想作指导呢？在上面的引文中说得很清楚是“圣人之道”，也就是忠孝仁义的儒家之道。儒家治国的传统思想是“民惟邦本，本固邦宁。”自幼接受儒家经书熏陶的范仲淹自然是十分熟悉的，在他的文集中直接提到“邦本”的文字，就有九次之多。主要有：“民惟邦本，不可侵扰”,①“仁及天下，邦本不摇”,②“天下无恩，则邦本不固”，“致君之功，正在乎固邦”，“固邦本者，在乎举县令”，“厚民力，固邦本之道也”，“作乱者不能革天下之心，是邦本之固也”，“吊民者有以革天下之心，是邦本之不固也”。③可见用民本思想来治国，是范仲淹早已成竹在胸，无须多加考虑的选择。

七、为何选择民本思想

选择民本思想治国，除了范仲淹本人的学识条件以外，应该还有实际社会背景的需要，就是宋朝政府这时出现了不易解决的统治危机，老一套的统治方法已经难以稳定局势了。范仲淹说：“我国家革五代之乱，富有四海垂八十年，纲纪制度日削月侵，官壅于下，民困于外，夷狄骄盛，寇盗横炽，不可不更张以救之。”④简单说来就是，宋朝的建国是在五代军阀混战，民不聊生的环境下，由骄兵悍将的拥戴，“黄袍加身”而登上皇帝宝座，从而改朝换代的，好不容易采取“杯酒释兵权”⑤的赎买政策稳定了局势，再用“不抑兼并”⑥、“与士大夫治天下”⑦的办法来

① 范仲淹：《范文正公集》奏议下，四部丛刊本。
② 范仲淹：《范文正公集》卷9，四部丛刊本。
③ 范仲淹：《范文正公集》卷8，四部丛刊本。
④ 范仲淹：《范文正公集》奏议2，四部丛刊本。
⑤ 谷应泰：《明史纪事本末》卷1，文渊阁四库全书本。
⑥ 王明清：《挥尘余话》卷1，文渊阁四库全书本。
⑦ 李焘：《续资治通鉴长编》卷221，文渊阁四库全书本。

巩固统治。为了讨好贵族官僚，照顾高级将领的财政需要，执行“恩逮于百官者惟恐其不足，财取于万民者不留其有余”① 的政策。对人民采取不顾死活的榨取，终于导致了“积贫积弱”的恶果。到范仲淹时，纲纪制度日益败坏，民族矛盾、阶级矛盾日趋激烈，冗官、冗兵和冗费加重了民众的负担，财政陷入困境，统治危机日益严重，再不改弦更张，就无法挽救了。

八、了解民间的疾苦

改弦更张的办法，不是凭空想象就能制订出来的，必须从调查研究入手。体察民意，访贫问苦，从了解民间的疾苦开始。

范仲淹非常关注民情利病，提倡“询访父老，研求利病”的方法，对在这方面做出成绩的官员大加表扬。他的文集中有“利”字 283 个，“病”字 59 个。“利病”10 见，主要有：政府官员必须“至则察民利病”，②“悉利病”，③“孜孜利病”，④“因民之利”，⑤“至于郡县利害”，⑥“民间利病及于边机可行之事，恐有漏落”。⑦“铨选至重，利病多矣”。⑧他称赞范雍“公好访问，善开纳，天下金谷之利病，灼然居目”，⑨ 做出了好榜样。“利害”63 见，主要有：“相度钱谷利害，求访民间疾苦”。⑩“利害不察，上下相蒙”。⑪“穷其利害”。⑫“攻有利害，守有安危”。⑬

---

① 赵翼：《廿二史札记》卷 25，国学丛书本。
② 范仲淹：《范文正公集》卷 14，四部丛刊本。
③ 范仲淹：《范文正公集》卷 13，四部丛刊本。
④ 范仲淹：《范文正公集》卷 14，四部丛刊本。
⑤ 范仲淹：《范文正公集》卷 20，四部丛刊本。
⑥ 范仲淹：《范文正公集》卷 19，四部丛刊本。
⑦ 范仲淹：《范文正公集》奏议上，四部丛刊本。
⑧ 范仲淹：《范文正公集》卷 13，四部丛刊本。
⑨ 范仲淹：《范文正公集》卷 13，四部丛刊本。
⑩ 范仲淹：《范文正公集》奏议下，四部丛刊本。
⑪ 范仲淹：《范文正公集》卷 8，四部丛刊本。
⑫ 范仲淹：《范文正公集》卷 11，四部丛刊本。
⑬ 范仲淹：《范文正公集》附录 1，四部丛刊本。

“心究利害，日击胜负”。① “每岁预下诸路，风吏民言农田利害”。② “事有利害者，并从辅臣予夺”③ 等等。

范仲淹通过民间调查，确实了解到不少实际情况，自称：“至于稼穑之难，狱讼之情，政教之繁简，货殖之利病，虽不能辨，亦尝有闻焉”。④ “臣等于陕西缘边，颇究利害”。⑤ “按边陲之利病，咸得闻于朝廷，救生民之困弊”。⑥

对科率、和买的弊民更是特有感触：“兵兴以来，天下科率如牛皮筋角，弓弩材料，箭干枪干，胶鳔翎毛，漆蜡一切之物，皆出于民，谓之和买，多非土产之处，素已难得，既称军须，动加刑宪，物价十倍，吏辱百端，输纳未前如负重罪，一年之中或至数四，官中虽给价直，岂能补其疮痍。”⑦

财政开支愈来愈多，民众不堪重负。“国用无度，则民力已竭矣，天下无恩，则邦本不固矣。”⑧

政治腐败，官员尸位盎禄，行政不作为，效率极低。他发现不少地方官员不关心民事，把主要精力花到了送往迎来上。“观今之郡长，鲜克尽心，有尚迎送之劳，有贪燕射之逸，或急急于富贵之援，或孜孜于子孙之计，志不在政功焉。”⑨ 十分感叹，“为郡良优优，乏才止循循，恬愉弗扰外，何以慰远民”。⑩ 他们占据官位，不干正事，“官实素飡，民则菜色，有恤鳏寡则指为近名，有抑权豪则目为掇祸，苟且之弊积习成风。”⑪ 政风败坏，不仅不能为民除害，而且自己本身就成了民众的祸害，“近年诸处郡长以赃致罪者数人，皆贯盈之夫，久为民患”。朝廷有时发

① 范仲淹：《范文正集》补编1，文渊阁四库全书本。
② 范仲淹：《范文正集》补编2，文渊阁四库全书本。
③ 范仲淹：《范文正公集》奏议上，四部丛刊本。
④ 范仲淹：《范文正公集》卷8，四部丛刊本。
⑤ 范仲淹：《范文正公集》奏议下，四部丛刊本。
⑥ 范仲淹：《范文正公集》卷9，四部丛刊本。
⑦ 范仲淹：《范文正公集》奏议上，四部丛刊本。
⑧ 范仲淹：《范文正公集》卷8，四部丛刊本。
⑨ 范仲淹：《范文正公集》卷8，四部丛刊本。
⑩ 范仲淹：《范文正公集》卷2，四部丛刊本。
⑪ 范仲淹：《范文正公集》卷8，四部丛刊本。

现也加以惩处，但只是少数个别，“如此之类，至终不败者，岂止数人而已乎”,① 大多数仍然逍遥法外，民众很不满意。

九、政在顺民心

如何消除民众对政府的不满，有什么办法加以解决呢？封建社会的最高权威是皇帝，是制订国家政策的最高决策人。范仲淹写了不少文章劝说皇帝，阐明“政在顺民心”② 的道理。一篇题目是《用天下心为心赋》，说“人主当用天下心”。主要内容摘录如下：“至明在上，无远弗宾。得天下为心之要，示圣王克己之仁。政必顺民，荡荡洽大同之化；礼皆从俗，熙熙无不获之人。当其治国牧民，以为肆予一人之意，则国必颠危。伸尔万邦之怀，则人将鼓舞。于是审民之好恶，察政之否臧，有疾苦必为之去，有灾害必为之防。苟诚意从乎亿姓，则风化行乎八荒。夫如是则爱将众同，乐与人共。德泽浃于民庶，仁声播于雅颂。通天下之志，靡靡而风从，尽万物之情，忻忻而日用。尧舜则舍己从人，同底于道；桀纣则以人从欲，自绝于天。不以己欲为欲，而以众心为心。达彼群情，侔天地之化育；洞夫民隐，配日月之照临。视以四目，而明乎中外；听以四聪，而达乎远迩。噫！何以致圣功之然哉，从民心而已矣。”③

另一篇题目是《政在顺民心赋》，说“明主施政，能顺民欲”。主要的内容摘要如下：“阐邦政而攸叙，顺民心而和平，振穷恤贫必俯从于众望，发号施令实允叶于群情。逆其民而理者，虽令不从；顺于民而化焉，其德乃普。是以究其所病，察其所宜。彼患困穷，我则跻之于富庶；彼忧苛虐，我则抚之以仁慈。政者为民而设，民者惟政是平，违之则事悖，顺之则教兴，在上者弗私其欲，居下者孰敢不遵。务材训农，皆因民之所利，布德行惠，常舍己以从人。稽古省方，顺时察俗。上克承于天道，

① 范仲淹：《范文正公集》卷8，四部丛刊本。
② 范仲淹：《范文正公集》别集1，四部丛刊本。
③ 范仲淹：《范文正公集》卷20，四部丛刊本。

下弗违于民欲。"①

不仅皇帝要"顺民心"，还有各级政府官员以及社会上有地位的人士，都应该体察民情、关注民声。"使缙绅之人皆危其言行，则致君于无过，致民于无怨，政教不坠，祸患不起"，就能够"太平之下，浩然无忧"② 了。

十、反映民情的"上书"

范仲淹出于忧国忧民的责任感，多次上书，及时把民间的真实情况，反映给皇帝和执政大臣。

早在乾兴元年（1022），他还在作"监泰州西溪镇盐仓"的小官时，就《上张右丞书》，③ 把他所了解到的"穷荒绝岛人不堪其忧"的情况，向时任枢密副使的张知白反映。

天圣三年（1025）做大理寺丞时，有"上书言事"的权利，便作《奏上时务书》："伏惟皇太后陛下、皇帝陛下日崇圣德，以永服天下之心。若夫敦好生之志，推不忍之心，薄于刑典，厚于恻隐，在物祝网，于民泣辜，常戒百官勿为苛酷，示天下之慈也"。④

天圣五年（1027）他虽丁母忧居家，仍以"民忧"为重，写作《上执政书》，"冒哀上书言国家事，不以一心之戚，而忘天下之忧，庶乎四海生灵长见太平"。⑤

天圣八年（1030）在《上资政晏侍郎书》说："今天下民庶而未富，士薄而未教，礼有所未格，乐有所未谐，多士之源有所未澄，百司之纲有所未振，兵轻而有所未练，边虚而有所未计，赏罚或有所未一，恩信或有所未充。"⑥

天圣八年（1030）在《上时相议制举书》中，反映当时科举考试选

① 范仲淹：《范文正公集》别集 1，四部丛刊本。
② 范仲淹：《范文正公集》卷 8，四部丛刊本。
③ 范仲淹：《范文正公集》卷 8，四部丛刊本。
④ 范仲淹：《范文正公集》卷 7，四部丛刊本。
⑤ 范仲淹：《范文正公集》卷 8，四部丛刊本。
⑥ 范仲淹：《范文正公集》卷 8，四部丛刊本。

拔人才方面的问题很多，“文章以薄，则为君子之忧。风俗其坏，则为来者之资。今朝廷思救其弊，兴复制科。不独振举滞淹，询访得失，有以劝天下之学，育天下之才，是将复小为大，抑薄归厚之时也”。① 请求务必抓紧时机，予以改革。

十一、关注民生的改革纲领

范仲淹《上执政书》中有一段话，“窃谓相府报国致君之功，正在乎固邦本、厚民力、重名器、备戎狄、杜奸雄、明国听也。”② 共有六个方面，可以视为他针对当时政局存在的问题，提出进行全面改革的纲领。

接着，他又细致地分项说明：

> 固邦本者，在乎举县令、择郡守、以救民之弊也。
> 厚民力者，在乎复游散，去冗僭，以阜时之财也。
> 重名器者，在乎慎选举、敦教育，使代不乏材也。
> 备戎狄者，在乎育将材，实边郡，使夷不乱华也。
> 杜奸雄者，在乎朝廷无过，生灵无怨，以绝乱之阶也。
> 明国听者，在乎保直臣、斥佞人，以致君于有道也。

话说得十分清楚，其目的在于：救民弊、丰民财、育人才、固国防、防变乱、纳民听。无一项不是与民众的利益有关，读来令人十分感动。

十二、兴利除弊的具体措施

真正适应民众需要的改革纲领，不能只说空话，必须针对存在的问题进行分析，要以“邦国之利”③ 为标准全盘考虑。要“通天下之利”，④

① 范仲淹：《范文正公集》卷9，四部丛刊本。
② 范仲淹：《范文正公集》卷8，四部丛刊本。
③ 范仲淹：《范文正公集》卷11，四部丛刊本。
④ 范仲淹：《范文正公集》卷13，四部丛刊本。

不能只看到个人眼前的私利，要更多地关怀弱势群体“穷民”的利益。“盖欲苏息穷民，且非利己也”。① 要用无私的胸怀，长远的视角，来“研求利病”。② 拟定出切实可行的、“救生民之困弊”③ 的具体办法，才能真正达到“苏息穷民”的目的。

为了达到这一目的，最重要的是根据民众的意愿办，针对不同的需要办，“夫利者何也，道之用者也，于天为膏雨，于地为百川，于人为兼济，于国为惠民为日中市，于家为丰财为富其邻”。④ 要全方位、多角度地看问题，采取多种措施来体现政府的利民政策。

“爱民”（8 见），如：“各务爱民求理，不为苛政，足以息生民之怨叛”，⑤“智识通敏，可干财赋，复能爱民，不为侵刻”，⑥“爱民则因其根本，为体则厚其养育”，⑦“圣人爱民恤士”。⑧

“惠民”（3 见）如：“劝天下者莫大乎推恩而敷惠”。⑨

“养民”（10 见）如：“德惟善政，政在养民”，⑩“天地养万物，故其道不穷，圣人养万民，故其位不倾”。⑪

“保民”（2 见）如：“保民由乎信”。⑫

以及“抚民”、⑬“恤民”⑭ 等等精神。

当然，为民众办事，真正做到兴利除弊，不仅要有美好的愿望，而且要注意实际的效果。要讲求“功利”（2 见），“恐功利不至，为朝廷之忧”。⑮

---

① 范仲淹：《范文正公集》卷 19，四部丛刊本。
② 范仲淹：《范文正公集》卷 8，四部丛刊本。
③ 范仲淹：《范文正公集》卷 9，四部丛刊本。
④ 范仲淹：《范文正公集》卷 6，四部丛刊本。
⑤ 范仲淹：《范文正公集》奏议上，四部丛刊本。
⑥ 范仲淹：《范文正公集》奏议下，四部丛刊本。
⑦ 范仲淹：《范文正公集》别集 2，四部丛刊本。
⑧ 范仲淹：《范文正公集》别集 4，四部丛刊本。
⑨ 范仲淹：《范文正公集》卷 5，四部丛刊本。
⑩ 范仲淹：《范文正公集》奏议上，四部丛刊本。
⑪ 范仲淹：《范文正公集》卷 9，四部丛刊本。
⑫ 范仲淹：《范文正公集》卷 6，四部丛刊本。
⑬ 范仲淹：《范文正公集》卷 5，四部丛刊本。
⑭ 范仲淹：《范文正公集》卷 14，四部丛刊本。
⑮ 范仲淹：《范文正公集》卷 9，四部丛刊本。

不能走过场应付差事，马马虎虎，敷衍了事，有头无尾，把好事办成了坏事。“忝为辅臣，知利害不能执守，则国家之惠必不能行，生民之弊亦不能去”。①

落实民本思想，需要兴利除弊的事情很多，千头万绪，从何做起呢？范仲淹认为，“固邦本者，在乎举县令、择郡守、以救民之弊也”。人们常说：政策确定以后，干部就是决定的因素。在封建社会，郡守县令是承上启下、直接亲民的政府官员，要执行“厚民力，固邦本”的政策，离开他们是“莫之行焉”。② 因为“抚民人，宣风化，均徭役，平赋敛”，③ 是他们的职责。如果他们能够尽职尽责，能够反映民间的真实，工作并不困难，“当官一无术，易易复循循，长使下情达，穷民奚不伸”。④ “但得葵心长向日，何妨驽足未离尘，岂辞云水三千里，犹济疮痍十万民”。⑤ 一定能得到民众的欢迎。范仲淹写了一首《清风谣》：“清风何处来，先此高高台，熙如揖庄老，语人逍遥道，朱弦鼓其薰，可以解吾民”。⑥ 表达了自己对地方官员的期望。如果他们“惟孜孜于生民，将富庶之可期，每布政于畎亩，不饰名于路歧”。⑦ 尽力把尚未开垦的闲田开发出来，“京畿三辅五百里内，民田多隙，农功未广，既已开导沟洫，使民以时，导达沟渎，保其稼穑，俾百姓不饥”。⑧ 一定会收到很好的效果。

如果政府官员的素质不高，不能恪尽职责，必将带来严重的后果，“民利不作，民害不去，鳏寡不恤，游墯不禁，播莪不增，孝悌不劝，以一邑观之则四方县政如此者，十有七八焉，而望王道之兴，不亦难乎，如之何使斯人之徒为民父母，以困穷其天下。”⑨ 这样的人是不能让他们

① 范仲淹：《范文正公集》卷19，四部丛刊本。
② 范仲淹：《范文正公集》卷8，四部丛刊本。
③ 范仲淹：《范文正公集》卷5，四部丛刊本。
④ 范仲淹：《范文正公集》卷2，四部丛刊本。
⑤ 范仲淹：《范文正公集》卷4，四部丛刊本。
⑥ 范仲淹：《范文正公集》卷1，四部丛刊本。
⑦ 范仲淹：《范文正公集》卷10，四部丛刊本。
⑧ 范仲淹：《范文正公集》卷9，四部丛刊本。
⑨ 范仲淹：《范文正公集》卷8，四部丛刊本。

当官的。

范仲淹认为“善政之要，惟在养民，养民之政，必先务农，农政既修，则衣食足”。① 因此首先要抓好农业生产。朝廷应该“每岁预下诸路，风吏民言农田利害，堤堰渠塘，州县选官治之，定劝课之法，以兴农利”。② 要“顺其时，与物咸宜，适其变使民不倦”。③ 按照农作物的特性，因时因地，合乎时宜，使农民乐于接受，发挥其努力生产的积极性。就能收到丰收的效果，受到农民的欢迎。“常愿帝力及南亩，尽使风俗如东邹，谁言吾子青春者，意在生民先发讴”。④ 要受到农民的欢迎并不困难，农民的感情是非常朴实真诚的，“春耕秋获，笑歌满野，民多富实，往往重门击柝，拟于公府”。⑤

水利，是农业生产的命脉，范仲淹所到之处都颇加重视。乾兴元年（1022），他担任“监泰州西溪盐仓”小官时，发现“郡有古堰，亘百有五十里，厥废旷久，秋涛为患”。意欲修复，有人反对说“将有蓄潦之忧”。公曰：“涛之患岁十而九，潦之灾岁十而一。护九而亡一，不亦可乎。”⑥ 权衡利弊，以修复为好。修成后果然民受其利，号“范公堤”。景祐元年（1034），公守苏州，发现“姑苏四郊略平，窊而为湖者十之二三。西南之泽尤大，谓之太湖。积雨之时，湖溢而江壅，横没诸邑。河渠至多，堙塞已久，莫能分其势”。⑦ 于是组织力量疏通五河，排除积水，使苏州成为沃野千里的粮仓。庆历元年（1041），知庆州，发现“郡以处高，艰于井饮，旧矣。公至乃以地势迹之，命匠氏直城之西北，凿及甘泉，几百余井，人无一金之费，日用以足”。⑧ 此外，王丝任台州军事判官时，发现“州城据山，病其少井，请陶土为筒，导入于城，复五里一

---

① 范仲淹：《范文正公集》奏议上，四部丛刊本。
② 范仲淹：《范文正集》补编 2，文渊阁四库全书本。
③ 范仲淹：《范文正公集》卷 1，四部丛刊本。
④ 范仲淹：《范文正公集》卷 2，四部丛刊本。
⑤ 范仲淹：《范文正公集》卷 11，四部丛刊本。
⑥ 范仲淹：《范文正公集》卷 11，四部丛刊本。
⑦ 姚文灏：《浙西水利书》卷上，文渊阁四库全书本。
⑧ 范仲淹：《范文正公集》附录 2，四部丛刊本。

穴，以济行路之渴，于今人赖之"①（实为简易的自来水）。受到范仲淹的称赞。种世衡在泾阳，发现"邑有三白渠，比年浚疏，用数邑力，主者非其才，而劳逸弗等，功利日削，君使勤堕齐其力故功倍，贫富均其流故利广"，②也受到他的表彰。他参观晋祠时，对其水利设施颇感兴趣，写了一首《晋祠泉》诗："神哉叔虞庙，观者增恭虔，锦鳞无敢钓，长生同水仙，千家溉禾稻，满目江乡田，我来动所思，致主愧前贤，大道果能行，时雨宜不愆，皆如晋祠下，生民无旱年。"③这个"晋祠泉"，既能养鱼，又能养花，更可溉稻灌田，当然不是天赐之福，必然经过全面规划，大力兴修，立有严格的规章制度进行管理，才能收到那样良好的效果。范仲淹以之为榜样，对兴修水利发展农业生产更加重视了。

减轻农民负担，是落实民本思想重要措施，范仲淹认为"下者上之本，本固则邦宁，今务于取下，乃伤其本矣，危之道也"，④不能让农民的负担太重了。根据当时"贫弱之民，困于赋敛，岁伐桑枣鬻而为薪，劝课之方有名无实"的情况看，已经出现严重的后果，"故粟帛常贵，府库日虚，此而不谋将何以济?⑤"如果再不减轻农民的负担，就没有办法渡过难关了。

节省官府的费用，是减轻农民负担的有效措施，范仲淹在一首诗中说："思阜财于吾民，惧四维之有艰，尚疮痍而百辛，故圣人之宝俭，弗下剥而上侈，思寡费而薄索民"。⑥在这方面位居最高统治地位的帝王，要特别注意自己的影响。他在《帝王好尚论》中说："老子曰：我无为而民自化，我好静而民自正，我无欲而民自富，我无事而民自朴。此则述古之风，以警多事之时也。三代以还，异于太古，王天下者，身先教化，使民从善。故礼曰：人君谨其所好恶，君好之，则民从之。孔子曰：上好礼则民莫敢不恭，上好义则民莫敢不服，上好信则民莫敢不用情，由

① 范仲淹：《范文正公集》卷14，四部丛刊本。
② 范仲淹：《范文正公集》卷13，四部丛刊本。
③ 范仲淹：《范文正公集》卷2，四部丛刊本。
④ 范仲淹：《范文正公集》卷5，四部丛刊本。
⑤ 范仲淹：《范文正公集》奏议上，四部丛刊本。
⑥ 范仲淹：《范文正公集》卷1，四部丛刊本。

此言之，圣帝明王岂得无好，在其正而已。”要给百姓做个好的榜样，要提倡节俭，不要奢侈，浪费人民的血汗。例如：大修寺院宫观，就没有什么好处，“土木之兴，久为大蠹”。① “土木之妖，宜其悉罢”。因此多次上书：“不兴土木，示天下之俭也。唯圣人能之”。② “侈土木，破民产，非所以顺人心合天意也。宜罢修寺观，减常岁市木之数，以蠲除积负”。③

赈救灾荒，是政府官员应当经常留意的大事。要“抚之育之，以简以爱，优优其政，洽于民心”。④ 他请求皇帝下“诏天下州县长吏，访问民间孤独不能存活者，特行赈恤”⑤ 有一年，大蝗旱，江淮京东滋甚。公请遣使循行，未引起重视，便利用奏事的机会说：“宫掖中半日不食，当何如？今数路艰食，安可置之不理？”⑥ 仁宗为之恻然，乃命其安抚江淮，所至开仓赈之，且禁民淫祀，奏蠲庐、舒、江东等地苛捐杂税甚多。后又“奏乞救济陕西饥民”。⑦ 还对“捍其大灾，蠲其积负，期月之内，民有复诸业、射诸田者”，做出成绩的官员，加以表彰。⑧ 特别值得提出的是，他还发明了“以工代赈”的方法。史称：“皇祐间，吴中大饥，范仲淹领浙西，乃纵民竞渡，与僚佐日出燕湖上，谕诸守者以荒岁价廉，可大兴土木，于是诸寺工作鼎新”。不仅如此，“又新仓厫吏舍，日役千夫”。引起了某些人的反对，“监司劾奏：杭州不恤荒政，游宴兴作，伤财劳民”。范公不得不“条奏”说明：“所以如此，正欲废有余之财，以惠贫者，使工技佣力之人，皆得仰食于公私，不至转徙填壑，荒政之施，莫此为大。”果然，效果不错，“是岁惟杭饥而不害”。这个办法到王安石变法时，得到了肯定加以推广，“熙宁六年诏：自今灾伤，用司农常法赈救不足者，并预且当修农田水利工役募夫数，及其直上闻，乃发常平钱斛募

① 范仲淹：《范文正公集》卷5，四部丛刊本。
② 范仲淹：《范文正公集》卷7，四部丛刊本。
③ 范仲淹：《范文正集》补编2，文渊阁四库全书本。
④ 范仲淹：《范文正公集》卷6，四部丛刊本。
⑤ 范仲淹：《范文正公集》奏议上，四部丛刊本。
⑥ 李焘：《续资治通鉴长编》卷112，文渊阁四库全书本。
⑦ 范仲淹：《范文正公集》奏议上，四部丛刊本。
⑧ 范仲淹：《范文正公集》卷6，四部丛刊本。

饥民兴修”。① 再次证明范公的办法不仅正确，而且具有创新的重要意义。

十三、民安其业

范仲淹民本思想追求的一个重要目标，是民能安其业。他认为当时社会不安，人心浮动的根本原因，主要是人们被眼前物质利益所驱动，不安其业，不安心本职工作，出现了大量“浮民”。范仲淹说：“古者四民，秦汉之下兵及缁黄共六民矣。今又六民之中，浮其业者不可胜纪，此天下之大蠹也”。“士有不稽古而禄，农有不竭力而饥，工多奇器以败度，商多奇货以乱禁，兵多冗而不急，缁黄荡而不制，此则六民之浮，不可胜纪”。② 不安心各自的生产，就成了吃闲饭不干活的闲人，就是社会的蠹虫，社会当然就无法安定了。

解决问题的办法，就是让“浮民”就业。如何就业呢？范仲淹所想到的是“诏书丁宁，复游散之流，抑工商之侈，去士卒之冗，劝稼穑之勤，以《周礼·司徒》之法约而行之，使播者艺者以时以度，勤者惰者有劝有戒，然后致天下富之寿之。彼不我富不我寿者，岂能革之哉！此则厚民力、固邦本之道也”。③ 政府尽到了心意，如果还不能革出他们的老毛病，“我富我寿”起来，就无可救药了。特别值得提出的是，范仲淹还认为：

农民，要让其有田可耕，可以把“公田”分给农民。“兵者凶器，食惟民天，出剑戟而铸矣，为稼穑之用焉，我武不施，当四海和平之后，公田尽辟，启兆民富庶之先”。④ 但要保护私有田产的所有权，“寇乱之余，民多散亡，未复厥居，上言者请募人占田，可倍其租，朝廷从之，于是有力者得并其田。公曰：夺民世产以资富人，复将召其怨辞，岂朝廷之意耶，乃尽取其田，以归于民”。⑤ 不能让富人钻法律的空子“占

① 秦蕙田：《五礼通考》卷248，文渊阁四库全书本。
② 范仲淹：《范文正公集》卷8，四部丛刊本。
③ 范仲淹：《范文正公集》卷6，四部丛刊本。
④ 范仲淹：《范文正公集》别集2，四部丛刊本。
⑤ 范仲淹：《范文正公集》卷11，四部丛刊本。

田”，夺了农民的“世产”。

商民，作为四民之一，千里转货，互通有无，日常生活不可缺少。可是秦汉以来的统治者长期执行抑商政策，对他们多方压制。范仲淹对他们的处境深表同情，“吾商则何罪，君子耻为邻，琴瑟愿更张，使我歌良辰”。[①] 认为“商旅不通，财用自困”，[②] 必须改弦更张，改变政策，提高其地位，不再用传统的歧视抑商政策对待他们。范仲淹针对当时的“官贩”“科率”等政策，进行了严厉地批评：“天下盐茶，出于山海，是天地之利，以养万民。自古以来，官禁其源，人多犯法。今又绝商旅之路，官自行贩，困于运置”，影响很不好。应该“大变商法，以行山海之货”。“使天下之财，通济无滞”。他认为“科率”是对商民的“抑勒”，应该加以改革。请求“别置一司，专管天下科率，将二税沿纳钱并场务课利，依市价取人户情愿折纳，不得抑勒”。政府不能与民争利，因此“请诏天下，尽使行商，以去苛刻之刑，以息运置之劳，以取长久之利”。[③] 不仅内地要对商人宽刑松绑，甚至边境地区，也应“听民得互市，互通有无”。可以“募人入粟塞下，给以池盐，商嗜其息，而农得以休”。不顾保守派的反对和阻挠，坚持“请通盐商如前，使人入粟塞下，则农不夺时，商不易业，外不为虏利。苟能宽民力，沮虏计”，[④] 一举多得，何乐而不为呢？

士，居四民之首，是将要从仕当官的知识分子，对他们的培养，除有较高的文化水平、道德规范以外，还要有一定的经济条件加以保证。可是，当时的士风很不正，究其原因可能是“士人家鲜不穷窘，男不得婚，女不得嫁，丧不得葬者，比比有之”，于是“复于守选待阙之日，衣食不足，贷债以苟朝夕”，以致“到官之后必来见逼，至有冒法受赃赊举度日，或不耻贾贩，与民争利，既为负罪之人，不守名节，吏有奸赃而不敢发，民有豪猾而不敢制，奸吏豪民得以侵暴”，“于是贫弱百姓，理

① 范仲淹：《范文正公集》卷1，四部丛刊本。

② 范仲淹：《范文正公集》奏议上，四部丛刊本。

③ 范仲淹：《范文正公集》奏议上，四部丛刊本。

④ 范仲淹：《范文正公集》卷11，四部丛刊本。

不得直，冤不得诉，徭役不均，刑罚不正，比屋受弊，无可奈何。”① 那么，如何解决呢？范仲淹提出应该“养士”，给予必要的经济条件，“天生蒸民各食其力，惟士以有德可以安君，可以庇民，于是圣人率民以养士，傥某无功而食，则为天之螟，为民之螣，使鬼神有知，则为身之殃”。② 用现代语言来说，可能就是“高薪养廉”吧，如果他们仍然“无功而食”，不能好好给人民办事，就“为身之殃”，只好用刑法处置了。

十四、民的愿望

官府清廉，政刑宽平，四民乐业，衣食无忧，是平民百姓最大的愿望。

范仲淹说：“政者为民而设，民者惟政是平”。③ 因此，分职求理，当任贤者。“尧舜以德，则人爱君如父母”。④ 地方官应该像“民之父母”一样，他引用《诗经》的“乐只君子，民之父母，乐只君子，德音不已”说：“谓利及生民，则树无穷之名焉”，⑤ 只要给老百姓做了有利的事情，就树立了无穷之名，就会得到百姓的爱戴和拥护。政府对地方官的选择要特别留意，要“别选洁己爱民，显有善政，得百姓心，如倚父母者，各具有的实事状举”。⑥

全国各地经济发展水平虽然不一样，但正如范仲淹所说“风物皆堪喜，民灵独可哀，稀逢贤太守，多是谪官来”。⑦ 资源各有所长，人民都很可爱。只有先进后进之别，没有天堂地狱之分。越是后进的地方，派去的更应是“贤太守”，不应是被惩罚的“谪官”。如果真是像范仲淹那样被排挤出朝的“谪官”，到了后进的地方当然也不会闹什么情绪，而一

① 范仲淹：《范文正公集》奏议上，四部丛刊本。
② 范仲淹：《范文正公集》卷8，四部丛刊本。
③ 范仲淹：《范文正公集》别集3，四部丛刊本。
④ 范仲淹：《范文正公集》卷7，四部丛刊本。
⑤ 范仲淹：《范文正公集》卷11，四部丛刊本。
⑥ 范仲淹：《范文正公集》奏议上，四部丛刊本。
⑦ 范仲淹：《范文正公集》卷3，四部丛刊本。

定会根据当地人民的愿望，把那个地方治理好。为了保证地方官员必要的水平，应该坚持选官的原则，反对“特权”，如果使不够条件的“荫序之人塞于仕路，曾未稽古过重，使以司民，国家患之”，[①] 就会使人民失望，带来不良的后果。

当时，不少地方刑法过严过重，“五代以来诸侯暴酷，视民如芥，生杀由之”。[②] 地方官不深入了解案情，动辄“杀人偿命”，十分残暴，不肯“宽刑”。知相州的李公发现：“系囚十四人，盗瓜伤其主，吏以极法论”。公曰：“饿夫何至此，皆贷死以闻”，朝廷阅其奏，即日下密诏，“民有岁凶为盗，长吏得屈法以全之”。[③] 受到范仲淹的赞赏。

范仲淹在一首诗中说：“但愿天下乐，一若樽前身。长戴尧舜主，尽作羲黄民。耕田与凿井，熙熙千万春”。[④] “子房帷幄方无事，李牧耕桑合有秋。民得袴襦兵得帅，御戎何必问严尤”。[⑤] 形象生动地表达了他以民为本、忧国忧民、发展生产、国富民强、官民同乐的愿望与心情。

十五、庆历新政的性质

庆历新政的政治思想，大致都展示在范仲淹《再进前所陈十事》[⑥]中，其性质如何？原文摘要如下：

“一曰明黜陟：将以约滥进，责实效，使天下政事无不举也。

二曰抑侥幸：将以革滥赏，省冗官也。

三曰精贡举：将以正教化之本，育卿士之材也。

四曰择官长：将以正纲纪，去疾苦，救生民也。

五曰均公田：既使丰足，以责廉节，百姓受赐也。

六曰厚农桑：将以救水旱，丰稼穑，强国力也。

---

① 范仲淹：《范文正公集》卷8，四部丛刊本。

② 范仲淹：《范文正公集》卷8，四部丛刊本。

③ 范仲淹：《范文正公集》卷11，四部丛刊本。

④ 范仲淹：《范文正公集》卷2，四部丛刊本。

⑤ 范仲淹：《范文正公集》卷3，四部丛刊本。

⑥ 范仲淹：《范文正公集》奏议上，四部丛刊本。

七曰修武备：为四方无事，以宁邦国也。

八曰减徭役：庶宽民力也。

九曰覃恩信：放先朝欠负，以感天下之心也。

十曰重命令：为重其法以行天子之命也。”

除一、十两条属于行政管理方面的改革外，其他八条全都直接与“民”有关。不难得出结论：庆历新政的指导思想是“以民为本”的思想。

最后需要说明的是，本文既然是研究范仲淹的思想，因此几乎全都使用范公本人文集中的材料，也就说是“内证”法。为不失其本意，引用原文太多，且又十分琐碎，也许给读者带来不快，只好请求原谅了。

[原载《范仲淹研究文集》（五），北京大学出版社2009年版]

略论陈傅良的学派、思想和风格

——读《文献通考·止斋曰》札记

陈傅良（1137—1203），南宋温州瑞安人，字君举，人称止斋先生，是著名的事功学派思想家。他的著作甚多，现存于《四库全书》者，主要有《止斋集》《春秋后传》《历代兵制》和《八面锋》。另有不少著作散佚，仅马端临的《文献通考》中，引用的“止斋曰”就有四十条左右，大多不见于上述诸书，颇可见其学术思想之特点，故特为摘要检出，略加分类诠释。虽属管窥蠡测，仅见一斑；但未尝不可以小见大，想见其全貌呢！

马端临的《文献通考》是一部详于历朝典章经制的史学名著，内容十分广泛，共分二十四门，主要有田赋、职役、征榷、市籴、国用、荫补、考课、兵制、经籍等类，每一门类又分若干子目，按时间先后排列“叙事”，这一部分皆本之历史事实，是比较客观的文字记载，故谓之“文”。同时又在“文”之下，低一格进行“论事”，这部分是“参以唐宋以来诸臣之奏疏、诸儒之议论”，谓之“献”，就颇有些史学评论的个人看法了。《文献通考》中引用有关“止斋”的言论就属于“论事”的部分，很能真实反映止斋先生的治学精神、学术特点和政治倾向。

《文献通考》（以下简称《通考》）中引用有关“止斋”的言论，若按《通考》体例顺序看，前二十二条属于经济制度的评述，中间七条属于政治、军事的评述，后面十来条属于经籍图书的评述。为了叙述的方便，让我们的阅读从经籍图书的评述部分开始。

一、学派师承和治学特点——反对空言的求实精神

陈傅良的言论有何可贵之处？是何学派？有何特点？值得《通考》

频繁引用呢?《通考·经籍考》中许多有关“止斋”的言论。可能回答这个问题（为节省篇幅，多属摘要，如有违原意，敬请指正）。

《通考》卷240，著录了陈傅良的《止斋集》，对该书作介绍和评论时，引用叶适为陈傅良所作的墓志铭说：

> 初讲城南茶院，时诸老先生传科举旧学，摩荡鼓舞，受教者无异辞，公未三十，心思挺出，陈编宿说披剥溃败，奇意芽甲新语懋长，士苏醒起立，骇未曾有，皆相号召，雷动从之，虽縻他师亦籍名陈氏，由是其文擅于当世，公不自喜，悉谢去。独崇敬郑景望、薛士龙，师友尊之。入太学，则张钦夫、吕伯恭，相视遇兄弟也。公之从郑、薛也，以克己兢畏为主，敬德集义于张公尽心焉。至古人经制三代治法，又与薛公反复论之。而吕公为言本朝文献相承，所以垂世立国者。然后学之内外本末备矣。公犹不已，年经月纬，昼验夜索，询世旧，翻吏牍，搜断简，采异闻，一事一物，必稽于极，而后止千载之上，珠贯而丝组之，若目见其身，相旋其间。

这段“介绍评论”，对我们了解陈傅良的学派师承和治学特点很有帮助，文中提到的郑、薛、张、吕诸公都是浙东学派的重要人物，他们与陈傅良的关系十分密切，或为“师友”，或如“兄弟”，形成了一个与传统理学很不相同的学术团体。他们的思想倾向颇相接近，具有反对空言的求实精神，是浙东学派的共同特征。

求实，是浙学的一大特点，早在东汉时，王充在《论衡》中，就以“实事疾妄”为指导思想，严厉批判各种虚妄迷信，提出“事有证验，以效实然”① 治学方法。开创了浙学实事求是的可贵风气。南宋时期，全国范围内理学盛行，出现了达官贵人空谈性命，拱手危坐竟日无言，倡为专门之学，实则远离现实毫无实用的坏风气。浙东地区经济发达，特别是商业的空前繁荣，蕴育了与空谈理学迥然不同的浙东学派，他们讲实事、究实理、求实效、谋实功，注重实际的功用和效果。对空谈道德性命之学的理学采取批判的态度。例如：

---

① 马端临：《文献通考》卷29，文渊阁四库全书本。

开永嘉学派之端的薛季宣（士龙），虽然曾师事过程门弟子袁溉，“得其所传，无不可措之用”，但对“自附道学者”、“语道不及事”、“清谈脱俗之论”深表厌恶，又博览群书，探究各项制度渊源，“以求经学之正，讲明时务本来利害，无为空言，无戾于行”，提倡“实事实理”，以求实用。他“教人就事上理会，步步着实，言之必使可行，足以开物成务。”① 这种求实的学风经过陈傅良得到了继承和发扬。

陈傅良虽也在三十岁前，便“文擅于当世”，但“不自喜，悉谢去”，另求更好的学术门路，找到薛季宣师事之，对古人经制三代治法，共同反复论之。一事一物，必稽于极而后已，反对浮文虚论，强调立论“要与时务合，不为空言。”② 他对当时“顾使讲读，皆为空言”③，“以文词取士，而病其不以实学应科”的情况，很不满意；希望科举考试能“以时务发策，以求实学”，④“由渊源之实学，出文字之绪余”。⑤“于当世之务，凡与吾儿切磋言之者，皆实学也。”⑥ 因此其“文集中多切于实用之文”。叶适认为“永嘉之学，必弥纶以通世变者，薛经其始而陈纬其终也。”⑦ 陈傅良是南宋永嘉学派中，承前启后的重要人物。他把从薛季宣那里学到的求实学风又传给了叶适。

叶适是永嘉学派集大成的人物，他在治学和从政过程中，一再提出“治世黜虚而务实”，“惟愿务实而行，不至汗漫而无统。”⑧ 务实，确实是永嘉学派留给后人，值得永远学习的精神。

二、重视历史研究——博古通今的史学思想

重视历史研究，是浙东学派的另一个特点。学派中人多有史学著作

---

① 黄宗羲：《宋元学案》卷52，中华书局1986年版。
② 陈傅良：《止斋集》卷40，文渊阁四库全书本。
③ 陈傅良：《止斋集》卷21，文渊阁四库全书本。
④ 陈傅良：《止斋集》卷43，文渊阁四库全书本。
⑤ 陈傅良：《止斋集》卷32，文渊阁四库全书本。
⑥ 陈傅良：《止斋集》卷12，文渊阁四库全书本。
⑦ 叶适：《水心集》卷10，文渊阁四库全书本。
⑧ 叶适：《水心集》卷28，文渊阁四库全书本。

问世。

《通考》卷183，著录了薛季宣所撰《春秋经解指要》，其序专言：

> 诸侯无史，天子有外史掌四方之志，而职于周之太史，隐之时更周历，而为鲁史。季宣博学通儒不事科举，陈止斋师事之。

可见薛季宣对史学的重视。他不仅身体力行，著书立说颇有成就，而且指导陈傅良如何读史，他在《答君举书》中说："通鉴、礼图皆二册，纳上，史书制度自当详考，不宜造次读过。"另一浙东学派人物吕祖谦（伯恭），与陈傅良的关系也很密切，"相视遇兄弟也。吕公为言本朝文献相承，所以垂世立国者。然后学之内外本末备矣。"

《四库全书总目提要》称："傅良之学终以通知成败谙练掌故为长，不专于坐谈心性，故本传又称傅良为学自三代秦汉以下靡不研究，一事一物，必稽于实而后已。"因此，陈傅良潜心究史，颇多著述。

《通考》卷183，著录了陈傅良所撰的《止斋春秋后传·左氏章指》，楼钥的序说：

> 左氏存其所不书以实其所书，公羊、谷梁以其所书，推见其所不书，而左氏实录矣，此章指之所以作也，若其它发明，多新说。

说明陈傅良在研究《春秋》时，对左氏、公羊、谷梁三书进行比勘，发现三人宗旨不同，取舍有异，左氏堪称实录，为前人所未发，颇多新意，评价甚高。陈傅良治史精神——实事求是，也于此可见一斑。

《通考》卷193，还著录了陈傅良所撰的《读书谱》，陈氏曰：

> 自伏羲迄春秋，终于书、诗、春秋诸经考，世代而附着之，共和而下始有年数。

说明陈傅良治史的范围很广，对书、诗、春秋诸经都有所考证，而且按时间顺序编排，自远古迄于春秋，颇得史学"知时论事"的深意。可惜此书今已失传，其详不得而知了。

《通考》卷193，还著录了陈傅良所撰的《建隆编》，止斋自序曰：

李焘作《续通鉴》起建隆元年，尽靖康元年，而一代之书萃见于此。然篇帙浩繁，难以观览，今撮取其要，系以年月，其上谱将相大臣除罢，而记其政事因革于下方。夫学之为王事，非若书生务多而求博，诚能考政事之因革，而识取士、养民、治军、理财之方，其后治乱成败，效出于此，斯足以成孝敬、广聪明矣。

这里明确说明，他编着此书的目的，决不是一般书生那样"务多求博"，因此篇幅只有1卷，也不是单纯的为史学而史学，"强调客观，遇事即录"，而是考政事之因革，在治乱成败方面多下功夫，以史为镜，总结历史的经验，提出自己的意见，为现实治国的需要服务。

《通考》卷277《封建考》，德昭，太祖子，初授贵州防御使，后封武功郡王，死后赠中书令，追封魏王。止斋陈氏曰：

前代皇子出阁即封王，上以德昭未冠，特杀其礼。夫贵州属广西下州，防御使从五品耳。皇子始命以此。艺祖起百世之后，独追古意，自王礼杀而为防御使，非圣人能之乎。绍圣中皇子初命，便封国公，遂为故事。

陈傅良研究了这段"皇室封建"的历史后，即认为：古代皇室贵族子弟享受特权，到了一定年龄即可封王，本来已经成了名正言顺的制度，但宋太祖却"杀其礼"，不按制度办事，对其子德昭，只封作偏远落后地区一个下州的防御使（五品小官），不让他享受特权。不是具有高尚品格的"圣人"是办不到的。可是后来这个好的传统没有坚持下去，"皇子初命，便封国公，遂为故事"，颇为叹息！鲜明地表示了自己对这一历史事件的看法，发人深思。

《通考》卷183，徐得之所撰的《左氏国纪》，止斋陈氏序曰：

昔夫子作春秋，博极天下之史矣，诸不在拨乱世反之正之科，则不录也。学者诚得《国纪》伏而读之，因其类居而稽之经，某国事若干，某事书，某事不书，较然明矣。于是致疑，疑而思，思则有得矣。徐子殆有功于左氏者也。余苦不多见书，然尝见唐某左氏史与国纪略同，而无所论断。今《国纪》有所论断矣。余故不复赘，而道其有功于左氏者，为之序。

陈傅良在这里强调治史著书，要“拨乱反正”，某事书，某事不书，要有所“论断”，没有自己的论断，无所取舍，远离“资治”的要求，辗转抄袭无所发明的“史书”，是没有价值的。他不仅自己重视史学、编著史书，而且要他的学生也以编著史书的方式，提高学识。

《通考》卷193，《纪年统论》1卷，《纪年备遗》100卷，陈氏曰：

永嘉朱黼文昭撰，从陈止斋学，尝着纪年备遗，起陶唐终显德，为百卷，盖亦本通鉴稽古录，而撷其中论正统者，为统纪论。

从这里可以看出，朱文昭是接受陈傅良的教导，按照《资治通鉴》的方式，先编出了100卷《纪年备遗》，再从其中抽出有关“正统”的资料，编出了1卷《统纪论》。先编资料，后出论文。有史有论，论从史出。应该说是治史著书，最实在的好办法。

陈傅良对地方志书的编著也非常重视。

《通考》卷201，有何一之的《长乐财赋志》16卷，陈氏曰：

往在鄞学，访同官薛师雍子然几案间，有书一编，大略述三山一郡财计，而累朝诏令申明沿革甚详，其书虽为一郡设，于天下实关通，问所从得，薛曰外舅陈止斋修图经，欲以为财赋一门，后缘卷帙多，不果入，因借录之。

可见此书的原稿实为陈傅良所修。

《通考》卷205，有《长沙志》52卷，《长沙续志》11卷，陈氏曰：

郡守赵善俊以绍熙二年命教授褚孝锡等七人撰，时止斋持漕相与考订商略，故序言当与长乐志并也。

可见此书是陈傅良担任湖南转运判官时，“相与考订商略”而成的。

陈傅良重视历史研究，不仅成绩卓著，而且治学的态度十分严谨，对基本功的训练要求很高，他特为被人轻视的小学、字书之类的著作，作序作跋加以推介。

《通考》卷189，止斋陈氏《尔雅疏》曰：

> 古者重小学，《尔雅》所为作也，汉兴除秦之禁，常置博士，列于学官，隋唐以来，以科目取士，此书不课于举子，由是寖废。余忆为儿时入乡校，有以《尔雅》问题者，余用能辨豹不识鼨鼸为对，其事至浅，诸老先生往往惊叹以为博也。郡有刊疏并音释，久不就，字画多残阙，金华赵君子良来为推官，缮补之，颇可读。赵征余言，因叙此书之所以废，且见子良之志。

《通考》卷190，《正字韵类》谢季泽撰，止斋陈氏序略曰：

> 季泽家学长于诗礼，颇欲有所论次，而未就，仅及就此篇，其于字学偏傍训，故学者易入焉。韩昌黎尝言注《尔雅》虫鱼非磊落人，欧阳公序韵总亦曰儒者莫暇精之，其有精者往往不能乎其它。余方悲季泽官不足行其志，位不足称其才，且惧后之人见此书，如二公之云也。于是道其平昔大概序之篇端焉。

陈傅良认为世人对小学、字书的态度，多有轻视的言论，是不对的，应予纠正。文字偏傍、音义训诂，对初学入门的人很重要，只有把古代事物的原名原义弄清楚，才能真正认识历史的原貌。当然，开始时可能有点难，但必须闯过这一关，掌握历史研究的基本功，才能登堂入室，真正进入学术大厦。

有志于学术研究的人，要在前人研究的基础上不断进步，有所继承，有所发展，提出新说。

《通考》卷181，夏君休的《周礼井田谱》，止斋就为之作序，略曰：

> 夏君休所著《井田谱》，亦有志矣。郑氏井邑若画棋然，班固食货志亦谓井方一里八家各私田百亩，公田十亩。凡若此夏君皆不取。其说畿内广成万步谓之都，不能成都谓之鄙，不能成鄙即成县、成甸，至一丘一邑。上下相摄，备其数不必具其员，岁登下民数。于是损益之，是谓相除之法。皆通论也。虽泥于数度，未必皆叶。然其意要与时务合，不为空言。《周礼》一经尚多三代经理遗迹，世无覃思之学，顾以说者谬，尝试者复大谬，乃欲一切驳尽为慊，苟得如《井田谱》，与近时所传林勋《本政书》者数十家，各致其说，取其通如此者，去其泥不通如彼者，则周制可得而考矣，周制可得而考，则天下庶几于治矣。

陈傅良认为井田制的真实情况如何？值得认真研究，夏君休不满意郑玄和班固的看法，提出自己的新意见，是可以的。他的说法“其意要与时务合，不为空言”，是最大的优点，堪称“通论”。但也还有些不足的地方，“泥于数度，未必皆叶。”需要继续研究。若得数十家写出像《井田谱》《本政书》这样扎扎实实的论著，“井田”的真相就能搞清楚，就能有助于当今田制的改革。

陈傅良史学思想的特点，从以上概略论述中已经十分清楚地凸显出来。其实这不仅是他个人的爱好，而且也是当时浙东学派的普遍风气。他们反对言之无物，多引史事作借鉴。例如：吕祖谦曾编着《大事记》《历代制度详说》《东莱博议》等书，并多次教人如何读史，提倡观史以进学，教人“看史须看一半便掩卷，料其后成败如何？其大要有六：择善、警戒、阃范、治体、议论、处事”。“观史当如身在其中，见事之利害，时之祸患，必掩卷自思，使我遇此等事，当作如何处之？如此观点，学问亦可以进，知识亦可以高，方为有益”。[①] 叶适曾“辑录经史百家条目，为《习学记言》”，对历史材料的搜集整理是很下工夫的。他“根柢

① 吕祖谦：《丽泽论说集录》卷10，文渊阁四库全书本。

六经，折衷诸子，剖析秦汉，迄于五季，”加以评论。书方写成，未及刊刻，就已流传开来，“天下学子争师诵之”，影响很大。

浙东学派重视史学的特点，与理学、心学很不同。程颐反对史学，认为读史是“玩物丧志”。朱熹认为离开道德性命原则，看历史就“只如看人相打”。陆九渊则只讲“六经注我”，明心自悟，不凭外物，更不借史鉴。朱熹虽也曾作《通鉴纲目》，但目的在于以理学原则统率历史。不按理学原则编撰的历史，就是“看人相打”，毫无价值。因此他曾说：“陈同甫一生被史坏了……东莱教学者看史，亦被史坏了。”① 为什么会“坏”呢？他说：“伯恭《大事记》甚精密，古今盖未有此书，岂非美事。但恐其所经世之意，未离乎功利术数之间，则非笔削之本意耳。”书，是“精密”的，是“美事”。但目的在于“经世”，没有脱离“功利”思想，其书就没有价值了。不难看出，朱夫子论“史”的思想，主观的原则性实在太强了，不按他的观点研究，就不能算是历史，就“坏”了。可是，史学，真能与现实脱离，无须经世吗？

三、重视现实——经世致用的事功思想

浙东学派的学者认为：治学，应注重实际的功用和效果，学以致用，建功立业，是天经地义，理所当然的事。讲求事功，本来没有什么不好，但却被人污为“功利”，就变成俗人俗事，“俗不可耐”了。事功学派的真义，究竟如何呢？

《四库全书总目》卷135，著录了《永嘉八面锋》13卷，《四库全书总目提要》说：

> 相传此为傅良所撰，今观其间多傅良平日之语，其为陈氏无疑。案宋史本传载，傅良有《诗解诂》《周礼说》《春秋传左氏章指》行于世，独不载此书，其为果出傅良与否？别无显证。永嘉之学倡自吕祖谦，和以叶适及傅良，遂于南宋诸儒别为一派，朱子颇以涉于

① 黎靖德编：《朱子语类》卷123，中华书局1988年版。

事功为疑。然事功主于经世，功利主于自私，二者似一而实二，圣人之道有体有用，亦顾其事功何如，未可以其末流，遂全斥永嘉为俗学也。

这里明确指出：永嘉学派有别于其他学派，其特点就在于提倡事功。他们本着重事功、讲实际的思想，立足现实，针砭时弊。

陈亮对以高谈儒道，不讲事功的风气，很有意见。在《戊申岁再上书》说："本朝以儒道治天下，以格律守天下，而天下之人知经义之为常程，科举之为正路，法不得以自议其私，人不得以自用其智，"造成了二百年所谓的"太平"。可是社会危机越来越严重，"至于艰难变故之际，书生知议论之当正，而不知事功之为何物，知节义之当守，而不知形势之为何用"。若不及时纠正，后果将不堪设想。

吕祖谦说："居官患在因循苟且，趣过目前，不以功业自期。故更端而警之，欲其注于心也。功者业之成也，业者功之积也。所谓功业者，非欲经营分表而求新奇，凡一官一职莫不有无穷之事业也。崇其功者存乎志，广其业者存乎勤，勤由志而生，志待勤而遂。"①

叶适认为当时"高谈者远述性命，而以功业为可略"，影响很坏。"人之才不获尽，人之志不获伸，昏然俛首，一听于法度，而事功日隳，风俗日坏，贫民愈无告，奸人愈得志，此上下之所同患。"② 不讲求事功，人的积极性调动不起来，社会危机是无法解决的。

陈傅良作为浙东学派的重要人物，对事功思想自然也会有自己的看法。他说："六经之学，以兢业为本。"③ "所贵于儒者，谓其能通世务，以其所学见之事功"。④ 读书人之所以可贵，就在于他有知识，能够"经世致用"，报效国家。因此他"解剥于《周官》《左史》，变通当世之治具条画。"⑤ 要为治理国家作出自己的贡献。

---

① 吕祖谦：《东莱集》卷30，文渊阁四库全书本。
② 叶适：《水心集》卷4，文渊阁四库全书本。
③ 陈傅良：《止斋集》卷38，文渊阁四库全书本。
④ 陈傅良：《止斋集》卷14，文渊阁四库全书本。
⑤ 陈傅良：《止斋集》卷4，文渊阁四库全书本。

政府应该给官员的事功创造必要的条件。地方官员的任用，调动不应太频繁，要保持一定年限，“从官而后可久任，可久任而后可责事功，如此则帅漕总领始晓然知朝廷委寄不轻矣。”① 皇帝还要对有志于事功者多加保护。他对皇帝说：“人主不自强，则谗间迎合之计得以乘之，因其厌省览也，则有以好名之说中伤忠谠，因其惮改作也，则有以生事之说沮坏事功，凡若此皆谗间也。谗间之计中则君子日疏，迎合之计中则小人日亲，边警不闻。如是而天下不多事者，未之有也。”② 讲求事功是“天意”，“天意元来向事功，谨毋遐心自金玉”。③ 要坚持，不能惑于流言蜚语，半途而废，一事无成。

浙东学派的事功思想的传播，引起了理学家极大的恐慌。朱熹“还自浙东，每语学者深斥其所学之误。以为舍六经语孟，而尊史迁，舍穷理尽性而穷世变，舍治心修身而喜事功，大为学者心术之害。极力为吕祖俭辈言之，又答陈亮书，箴其义利双行，王伯并用之说。尝曰，海内学术之弊，不过两说，江西顿悟，永康事功，若不极力争辨，此道无由得明。”④

于是，在朱熹与陈亮之间出现了著名的“王霸义利之辨”，朱熹主张“必以仁义为先，而不以功利为急。”陈亮则认为：“王霸可以杂用，天理人欲可以并行。”二人反复辩论，长达数年之久。陈傅良写信给陈亮说：“功到成处便是有德，事到济处便是有理，此老兄之说也，如此则三代圣贤枉作功夫。功有适成，何必有德，事有偶济，何必有理，此朱丈之说也。”“且朱丈便谓兄贬抑三代，而兄以朱丈使五百年间成大空阔。”⑤ 他们二人互相指责，颇近忿争，并不完全符合对方的实际。其实，朱熹也说过：“正其义则利自在，明其道则功自在。专去计较利害，定未必有利。”⑥ 只是他把“事功”完全斥之为“功利”，确实难以服人。前引四

---

① 陈傅良：《止斋集》卷26，文渊阁四库全书本。
② 陈傅良：《止斋集》卷52，文渊阁四库全书本。
③ 陈傅良：《止斋集》卷4，文渊阁四库全书本。
④ 李幼武：《宋名臣言行录外集》卷12，文渊阁四库全书本。
⑤ 陈傅良：《止斋集》卷36，文渊阁四库全书本。
⑥ 黎靖德编：《朱子语类》卷37，中华书局1988年版。

库馆臣的评价是："事功主于经世，功利主于自私，二者似一而实二，圣人之道有体有用，亦顾其事功何如，未可以其末流，遂全斥永嘉为俗学也。"① 颇为公正，值得重视。任何时候，经世致用的事功思想，都是应该提倡，不可或缺的。

四、轻徭薄赋——减轻农民负担的民本思想

陈傅良等浙东学派倡导的事功思想，决不只是停留在空洞的王霸义利之辨上，而是要将其学习掌握到的知识本领，联系社会实际问题，加以分析，寻求解决问题的方案，向皇帝建议以备采纳。叶适认为陈傅良"既实究治体，故常本原祖宗德意，欲减重征、捐末利，还之于民，省兵薄刑，期于富厚，而稍修取士法，养其义理廉耻，为人才地，以待上用，其于君德内治，则欲内朝外廷为人主一体，群臣庶民并询迭谏，而无壅塞不通之情。其操术精而致用远，弥纶之义弘矣。"② 这些经世致用的思想很有现实意义，是颇有特色的治国方略。其中许多轻徭薄赋的主张，更是着眼于减轻农民负担的仁政，是传统民本思想的体现。

《通考》卷4，"建隆二年（961）遣使度民田"条，止斋陈氏曰：

> 历代以圣人之后，不预庸调，至周显德中遣使均田，遂抑为编户。太平兴国中，遣使均福建田税，岁蠲伪闽钱五千三百二十一贯，米七万一千四百余石。用知周朝均田，孔氏抑为编户，本朝至蠲伪闽之敛以数千万计。以其政之宽猛，足以卜其受命之长短矣。

陈傅良从历代田赋制度史上了解到，在民众的负担轻重方面，后周施行的是"猛"政，宋初施行的是"宽"政。结果后周的国命短暂，宋朝的国运长久。究其原因，在于"天命之永不永，在民力之宽不宽耳。"因此，应该减轻民众的负担，施行较为宽松的轻徭薄赋政策，减免苛捐杂税。

---

① 永瑢：《四库全书总目》卷135，中华书局1965年版。
② 陈傅良：《止斋集》附录，文渊阁四库全书本。

《通考》卷4，开宝六年（973）诏“头子钱纳官”条，止斋陈氏曰：

是岁令川峡人户两税以上输纳钱帛，每贯收七文，每疋收十文，丝绵一两茶一斤秆草一束各一文。头子钱数始略见于此。

陈傅良认为在应收租赋之外，又按比例附加征收若干“头子钱”，是加重农民负担，不应该有此一举，特书“始见于此”，说它开了一个不好的“先例”。

《通考》卷20，淳化五年（994）“诏诸州科买物”条，止斋陈氏曰：

和预买始于太平兴国七年，然折钱未有定数，如转运使辄加重，诏禁绝之。熙宁理财多折见钱。今之困民莫甚于折帛，而预和市尤为无名之敛，两浙䌷绢每疋七贯文，内和买六贯五百文，绵每两四百文，江东路䌷绢每疋六贯文。则科折之重，至此极矣，不可不务宽之也。

从“和预买”的历史看，宋太宗时，政府为了保证庞大军需的供应，常向民间购买丝麻产品，本为两相情愿的公平交易，故称和买、预买。但仁宗时，各地逐渐出现减少、扣克和买本钱的情况，和买成了民间沉重的负担。熙宁时，又将其折纳现钱，称折帛钱。南宋初，完全演变成定额税，按人户家业税额摊派，官府不再支付和买本钱。不少地区，和买额超过夏税额，成为南宋的重赋。因此，陈傅良惊呼“和买科折之重，已达极点，”请求宽减。

《通考》卷12，开宝平蜀后，令西川得替官部纲赴京，与减一选。止斋陈氏曰：

熙宁罢衙前应纲运，皆募得替官管押，自令下无应募者。

宋朝的差役，也是乡民十分沉重的负担。史称“役之重者，自里正乡户为衙前主典府库，或辇运官物，往往破产。”仁宗时，“稍欲宽里正衙前之法，乃命募充，罢里正衙前，而复选赀最高者为乡户衙前，”但只不过是换了另一批人，换汤不换药，只是“能免里正重复应役之苦，而衙前之弊如故。”熙宁时，罢乡户衙前，募得替官管押，可是仍无应募者。于是，只好出台“免役法”，施行真正的募役法才能解决农民应役过重之苦。

尽管陈傅良对王安石的变法颇有不同的看法，但对其免役法还是肯定的。他在《跋苏黄门论章子厚疏》中说：“余每读章氏论役法札子，温公有爱君爱国之心，而不知变通之术，尝叹息于此，使元祐君子不以人废言，特未知后事如何。”他在《转对论役法札子》中又说“使民出钱募役而逸其力，未为非良法也。”问题出在“反取其钱以赡他用，既取其钱以赡他用，则必且白着，而役法不得不坏。”以致到南宋时，“今之困民力诚非一事，而役害最大之家破荡相继。”原因何在呢？陈傅良认为“今天下州县之胥皆浮浪之人，而乡村催科专责之保正长是也。以州县浮浪之人行遣公事，”必然“蠹民”，如果不改变“以保甲法乱役法”的现状，要“尽宽民力”就很难实现了。为了宽民力，他又进“故事”：以真宗诏两浙、福建、荆湖身丁钱，并特除放，以为减折帛不如身丁切于穷民。都是从民本思想出发，减轻农民负担的具体表现。

减轻农民的负担，实际问题多，牵涉面很广，要多为农民着想，才能了解其真实情况，找到解决问题的办法。《止斋集》中有关“民”的词汇用语颇多，主要是提醒政府官员们，要关心我民（2 见）、亲民（3 见）、牧民（2 见），政策要得民（5 见）、民誉（9 见）、民信（2 见）、要了解民力（30 见）、民心（20 见），民欲（9 见）、民俗（4 见），不能扰民（1 见）、民蠹（1 见）、民瘼（1 见），造成民怨（1 见）、民流（4 见）、生民涂炭（2 见）。

为什么对“民”要如此关注呢？简单说来就是因为“民为邦本”啊！自古以来，中国传统思想就奉之为治国的指导思想。《止斋集》中民为“邦本”的言论屡见不鲜，他向皇帝“略陈祖宗立国深仁厚泽之意，与熙丰、崇观以来用事者之纷更，动危邦本。”① 希望“惟圣有作，视民如伤，畴咨廷绅，申固邦本”。②

① 陈傅良：《止斋集》卷 19，文渊阁四库全书本。

② 陈傅良：《止斋集》卷 31，文渊阁四库全书本。

为了说明人民的重要性，他还专门写了一篇《民论》加以论述，主要是说“明智之君不畏夫方张之敌国，而深畏夫未见其隙之民心。古者有畏民之君，是以无可畏之民。后之人君狃于民之不足畏，而民之大可畏者始见于天下。嗟夫！民而至于见其可畏，其亦无及也。”人民的力量是非常强大的，人君对之应该感到畏惧，应该善待他们，不然就会招致灭顶之灾。他举例说：“秦以七世而亡六国，而六国之民以几月而亡秦，以秦之强不能当民之弱，天下真可畏者果安在乎？人君不得已而用其民以从事于敌国，可不惧哉。”我看这篇文章的大意与“水能载舟，亦能覆舟”差不多。都是说对人民要用其所长，不能压迫过分，导致反常。

因此，聪明的领导者要经常注意“人心”（55 见），要以“人心为本”（2 见）。要“仁者爱人”，施行仁政（2 见），改革弊政。在出现社会危机的时候，更要有针对性地出台必要的政策措施以收民心。例如，他在《收民心策》中就提出：“方今版图未尽复也，主上践阼以来，江浙之间饥馑荐臻，水旱相仍，固斯民病也，而圣心恻然，勤恤民隐，下减租之诏，遣赈饥之使，却免钱之请，又斯民幸也”效果就很不错。他曾向皇帝上札，专论民力之困。他说：“艺祖深仁厚泽，垂裕后人，专以爱惜民力为本。宜以救民穷为己任。”但爱惜民力，仅是民本思想的一个方面，真要全面贯彻民本思想的理念，还要从更多方面着手。

陈傅良淳熙十四年（1187），赴桂阳军任职。首先向皇帝表态：“臣敢不懋明诏条，采听谣俗，平颁兴积，庶将自古以有年，懋迁化居不失，与民而共利。”① 到职后，接连发布《桂阳军告谕百姓榜文》《桂阳军劝农文》《劝农》诗、《桂阳军告谕纳税榜文》，引入温州先进的农业技术，推广龙骨车的使用，以改变当地落后的生产状况。只有生产发展了，农民生活有所改善，社会才能保持稳定。

陈傅良对水利事业的兴修也十分重视，《止斋集》有《重修石岗斗门记》《袁州分宜县浮桥记》《温州重修南塘记》诸文，值得注意。

陈傅良对文化教育事业，更是十分关注。早年在家乡瑞安仙岩，就

① 陈傅良：《止斋集》卷 31，文渊阁四库全书本。

创办书院。后到湖南任职，又于郴之宜章、本军临武两县，“创建县学，所以劝奖风厉”也。《止斋集》中还有《潭州重修岳麓书院记》《温州淹补学田记》等文，都是弘扬传统民本思想，企求“小康”有力的凭证。

五、轻商税，宽禁榷——以利商品流通的思想

浙东事功学派的另一特点是，对数千年来中国传统的重本（即农业）抑末（即商业）观念，提出了大胆的挑战。他们重视商业，鼓励商人赢利，反对朝廷对商人课以高额的赋税。

陈亮认为“官民一家也，农商一事也，上下相恤，有无相通。民病则求之官，国病则资诸民，商藉农而立，农赖商而行，求以相辅，而非求以相病。”① “官民农商，各安其所，而乐其生”。叶适也曾明白地表示：“四民交致其用，而后治化兴，抑末厚本，非正论也。”② 他们认为社会上的贫富差距是千百年来形成的，是理所当然的，朝廷不应为了多收税而侵夺商人的财富。

人们的日常生活离不开商业和商人，因之应该受到理解和尊重。陈傅良通过各种不同的方式，希望官府要轻商税，宽禁榷，以利商品的流通。

《通考》卷14，建隆元年（960）诏榜“商税则例”条，止斋陈氏曰：

> 此薄税敛初指挥也，恭惟我艺祖开基之岁，首定商税则例，自后累朝守为家法，凡州县小可商税不敢专擅创取，动辄奏禀三司取旨行下。至淳化三年，令诸州县有税，以端拱元年至淳化元年收到课利最多钱数，立为祖额，比校科罚，盖商税额比较自此始。及王安石更改旧制，增税额所申省司，不取旨矣。商税轻重皆出官吏之意，有增而无减矣。政和间，漕臣刘既济申明，于则例外增收一分

① 陈亮：《龙川集》卷11，文渊阁四库全书本。

② 陈亮：《龙川集》卷19，文渊阁四库全书本。

> 税钱，而一分增税钱窠名自此起，至今以五分充州用，五分充转运司上供，谓之五分增收钱。绍兴二年，令诸路转运司量度州县收税紧慢，增税额三分或五分，而三五分增收税钱窠名自此始，至今以十分为率，三分本州，七分隶经总制司，谓之七分增税钱。而商税之重极于今日。

陈傅良根据宋朝商税演变的历史，认为北宋立国之初，首定《商税则例》，执行的是轻税政策，而且定为“家法”，不得擅自更改“专擅创收”，为北宋社会经济的活跃创造了条件。可是没过多久这个家法就被改了，不经批准就私定税额，就改变税率，先是增收一二分，后是三五分，终至于七分。影响所及，必然是商人的裹足不前，消费者负担加重，也影响到政府的实际收入，因此陈傅良惊呼“商税之重极于今日”！不能再无休止地增加商税了。

商税之外，政府又对人民生活的必需品，诸如盐、酒、茶、矾等，实行官府掌握下的专卖制度——禁榷，以求增加财政收入，对商品流通影响很大，也加重了民众的负担。陈傅良对禁榷制度的看法如何呢？

《通考》卷15，建隆二年（961）“始定官盐阑入禁法”条，止斋陈氏曰：

> 国初盐荚只听州县给卖，岁以所入课利申省，而转运司操其赢以佐一路之费，初未有客钞也。雍熙二年，令河东北商人如要折博茶盐，令所在纳银，赴京请领交引，盖边郡入纳算请，始见于此。端拱二年十月，置折中仓，令商人入中斛斗，给茶盐钞。天圣七年，令商人于在京榷货务入纳钱银算请末盐，盖在京入纳见钱算请，始见于此。而解盐算请始天圣八年，福建广东盐算请始景佑二年，京师岁入见钱至二百二十万，诸路斛斗至十万石。祖宗之意，虑客钞行，而州县之盐不足，则为之限制。熙丰新法，增长盐价。于是，河北复官盐，而广盐亦通入江湖置使籴司，以所封桩诸路增剩盐利钱充籴本。元祐裁损剩数，且罢封桩。未几复新法，崇宁元年二月敕盐钞每一百贯于在京入纳九十五贯于请盐处纳充盐本，遂尽罢诸

> 路官，以盐钞每百贯拨一贯与转运司，于是东南官卖与西北折博之利，尽归京师，而州县之横敛起矣。

盐，为人们日常生活生活的必需品。宋朝政府为了增加财政收入严加控制，主要是采取官卖禁榷和折博通商两种办法。陈傅良通过北宋盐法的曲折演变，扼要地叙述了官卖—折博—折中—入京纳钱—诸路请算—熙丰增长盐价—元祐裁损剩数—崇宁复新法的全过程。最后说明不管是官卖或通商，结果都是“尽归京师”，并且导致“州县之横敛”，老百姓只好吃贵盐了。

《通考》卷18，“令商人就出茶州府官场算买”条，止斋陈氏曰：

> 太祖榷法，盖禁南商擅有中州之利，故置场以买之。凡茶之利一则官卖以实州县，一则沿边入中粮草算请以省馈运，一则榷务入纳金银钱帛算请以赡京师，以所有易所无，而其大者最在边备。盖祖宗以西北宿兵，供亿之费重困民力，故以茶引走商贾。其后理财之臣，往往以遗利在民，数务更张，大概以抑茶商及边民耳，始断然罢去买纳茶本，使客自就山园买茶，而官场坐收贴纳之利。嘉祐四年天下无事，仁皇慨然一切弛禁，当时诏书曰，上下征利垂二百年，江湖之间幅员数千里为陷阱，以害吾民，尚虑幸于立异之人，因缘为奸之党，妄陈奏议以惑官司，必置明刑，用惩狂谬，自此茶不为民害者六七十载矣，此韩琦相业也。至蔡京始复榷法，于是茶利自一钱以上，皆归京师，专以奉人主。而西北边粮草名曰便籴，而均籴结籴贴籴括籴之名起，盖以官告、度牒之类，等第抑配，而边民不聊生矣，京之误国类如此。

陈傅良对茶法禁榷的历史，也提出了自己的看法。由于茶叶的产地主要在东南地区，却为包括中州和西北在内的全国人民生活所必需，官府为了增加自己的收入，采取了三种方式：官卖，沿边入中粮草，入京纳钱请算。美其名曰“以所有易所无”。这种“以茶引走商贾”的办法，是三方有利的好事。可是后来某些理财之臣却以“遗利在民”为由，数务更张，采取“抑茶商及边民”的办法，严加禁榷，想“官场坐收贴纳之利”，弄得怨声载道。幸好仁宗时韩琦为相“一切弛禁”，茶不为民害达六七十年之久。可是，蔡京时又恢复榷法，并且变本加厉，扩大到粮草便籴、官告度牒之类，造成了“民不聊生”的后果。值得特别注意的是，陈傅良在这里明确地表明自己反对“抑商”的态度，“遗利在民（商）”没有什么不好，应该“一切弛禁”。这与陈亮、叶适等浙东学派的重商思想是完全一致的。

《通考》卷17，“三京官造曲，听民纳直诸州城内皆置务酿之”条，止斋陈氏曰：

> 国初诸路未尽禁酒，淳化四年令诸州，以茶盐酒税课利送纳军资府，于是稍严密矣。（其后又）比较科罚，酒课立额，酒课上供，熙宁添酒钱，崇宁令官监酒务。建炎四年请权添酒钱，绍兴元年令诸州军卖酒随宜增价。酒政之为民害，至此极矣，不可不稍宽也。

《通考》卷17，“中兴后增添酒价钱入漕计及总制司”条，

> 本末见前止斋论。

宋朝禁榷日用商品的范围很广，除盐、茶之外，可能就数曲酒为害为大了。陈傅良考察了宋朝榷酒政策演变的历史以后认为：宋初诸路未尽禁酒，随后由于填补军费开支，才“稍严密”。再到后来便出现了什么比较、科罚、立额、上供、官监、权添酒钱、随宜增价等等措施，为害之大达于极点。可是真要彻底弛禁，现实情况又不可能，只好呼吁“稍宽”了。

《通考》卷15，“置矾务，许商人输金帛丝绵茶及缗钱官以矾偿”条，止斋陈氏曰：

> 太祖矾禁为契丹、北汉设也，其后并盐酒皆榷之，本意非也。

矾，是当时人们日常生活中的重要商品，主要是用以净化饮水，又

是染织业、浸铜、制革不可缺少的原料。对之设禁，当然会对其在市场的自由流通和人民生活带来许多不便。不过，宋朝初年政府之所以设禁，乃是为了对付北方的辽国，因其属于战略物资，情尚可原。但后来连盐酒皆禁，而且普遍施行于国内人民，便有违原来的“本意”，阻碍了商品的流通，增加了人民的负担，就很不应该了，所以应该放宽。

宋朝官府为了增加商业税收方面的收入，采取了种种措施加强商务管理。陈傅良就其所见，也发表了不少评论。

《通考》卷14，“李重进平以宣徽北院使李处新知扬州，枢密直学士杜韡监州税”条，止斋陈氏曰：

> 以朝臣监州税始于此，盖收方镇利权之渐，然是时初未以此置官也。据太宗实录上谓赵普等曰：王仁赡纵吏为奸，诸州场院皆隐没官钱，朕初即位悉罢去，分命使臣掌其事，利入遂数倍，以此见诸州监当分差使臣自太宗始，雍熙三年始著于令，监当使臣京朝官并三年替，仍委知州通判提举之。

监当官，也就是由朝廷派往各地的税务官，专掌茶盐酒税场务征输及冶铸之事，按需要随事置官。其设置本来是“盖收方镇利权”，监督地方以免截留挪用。可是后来这方面也日趋严密，机构冗杂，良莠不齐，冗吏冗费增多。到南宋时，陈傅良发现这方面存在两个问题，一是税务官多为猥鄙贪狠之徒所窃据，对民众损害很大，因此“卑于士议”，给人们留下不好的印象，“莞库之士，自古卑之矣，而今为甚。”① 这是自身素质不高，需要严加整顿。二是地方政府财政官员的职权待遇问题，由于当时朝廷的政策“重内轻外”，对他们是“事权太轻，虽贤者犹不乐为之。恩数太薄，人人不乐也。”因此陈傅良认为“窃以为今日之势，莫若稍稍重外。重外之术，必使帅漕总领皆可驯致于从官。可以驯致于从官而后可久任，可久任而后可责事功。”② 才有可能改变税务官员的面貌。

---

① 陈傅良：《止斋集》卷38，文渊阁四库全书本。

② 陈傅良：《止斋集》卷26，文渊阁四库全书本。

《通考》卷20，“置市舶司于广州”条，止斋陈氏曰：

> 是时，市舶虽始置司，而不以为利。淳化二年始立抽解二分，然利殊薄。元丰始委漕臣觉察拘拦，已而又置官望舶，而泉、杭、密州皆置司。崇宁置提举，九年之间收置一千万矣。政和四年施述奏市舶之设，元符以前虽有而所收物货，十二年间至五百万；崇宁经画详备，九年之内收至一千万。其后废置不常，今惟泉、广州提举官如故。

市舶司，是宋朝政府在广、明、杭、泉、密等港口，专对海外贸易设置的管理机构。内外商人进出港口必须先行登记，海外货物抵港须经市舶司抽分、博买，否则没收货物治罪。其初，“不以为利”，随后“抽解二分，其利殊薄”。哲宗时十二年间收货物五百万，徽宗时九年收至一千万，增长很快。但进口商品中香药比重过大，造成金银铜钱大量外流，对社会经济不利。随着财计紧缩，香药滞销，宋廷对海外贸易热情减低，市舶司的设置也就“废置不常”了。

《通考》卷19，“开宝三年令买扑坊务者收抵当”条，止斋陈氏曰：

> 买扑始见此，至淳化中而买扑、酬奖之法次第举矣，买扑之利归于大户，酬奖之利归于役人，州县坐取其赢以佐经费，以其剩数，此其大略也。自熙宁悉罢买扑酬奖之法，官自召买实封投状着价，最高者得之，而旧章举废矣。

宋朝官府为了便于对遍于各地、数量众多的场坊、河渡、坑冶基层税务的征收和管理，最初采取“买扑”的办法，也就是让有实力的人户向官府承买包销，取得经管的权利。后来又出现了承包者“酬奖”和“实封投状”（投标）高额者中标，等等制度。目的都在于提高税收额，不仅是加重了经营者商人的负担，也必然加重消费者民众的负担。

《通考》卷19，“始收民印契钱”条，止斋陈氏曰：

> 元降指挥应典卖物会问邻，至有不愿，即书之于帐，听即两月

批印，违者依漏税法。所以防奸伪，省狱讼，非私之也。庆历四年，始有每贯收税钱四十文省之条，至政和无所增。宣和四年淮浙江湖福建七路每贯增收二十文，绍兴五年每贯勘得产人合同钱一十文，名起发。乾道七年人户交易一十贯内正钱一贯。至是牙契，今为州县利源矣。

宋太祖开宝二年（969）开始征收“印契钱”，就是让民间有重大田宅买卖交易时，输钱印契，以防奸伪，本来是为民的好事。可是后来“印契钱”不断增高，成为地方财政的财源，有悖于立法的初衷了。

《通考》卷15，开宝七年（974）诏三司“校诸州盐曲市征课而殿最之”条，止斋陈氏曰：

太平兴国以后，虽有比较岁入增亏酬奖之法，而累朝多不果行。至景德以后，且有诸盐场监受课出剩，不得理为劳绩。嘉祐赦文，又申严希求恩赏，苛阻商旅之禁。至熙宁五年，始令逐年转运司每岁比较州县盐酒课利，最多最少者两处，开坐增亏及知通令尉名衔闻奏，当行赏罚，合黜者，不以去官赦降原减。

宋朝政府为了增加禁榷专卖制度的收入，很早就制订了按岁入数额增亏进行“比较”赏罚的制度。虽然执行中遇到一些阻碍，或“不果行”，或“不得理为劳绩”，但最终到熙宁时还是下死命令严格执行了。这种将盐酒课利的比较与地方官员的劳绩，紧密联系起来的制度，无疑将大大促使地方官采取各种手段增加禁榷的收入，受害的最终还是普通的老百姓。

最后，让我们引用《通考》论“禁榷”的一段话：“昔之榷利，曰取之豪强商贾之徒，以优农民，及其久也，则农民不获豪强商贾之利，而代受豪强商贾之榷，有识者知其横苛而国计所需，不可止也。”宋朝政府加重商税，严加禁榷，不仅是对商人的限制，也是对农民的剥削。陈傅良轻商税，宽禁榷的主张，是反对抑商，有利于商品流通的。

六、中外一体——加强管理的财政思想

宋朝政府在财政方面一直存在着不少问题与议论，陈傅良也就其所见提出了自己的看法。例如，人们常以为宋初实行强化中央集权的政策，守内虚外，把地方政府包括财权在内的一切权力，全都收了。对此，陈傅良颇有怀疑。

《通考》卷23，“圣节进奉”条，止斋陈氏曰：

> 乾德三年平蜀后，诏诸州计度经费外，凡金帛悉送阙下，于是外权削而利归公上矣。窃考建隆以来凡上供纲，皆有元降指挥，独不见上件条贯。唯至道四年二月十四日敕“川陕钱帛令本路转运司计度，只留一年支备其剩数计纲起发上京，不得占留”，盖平蜀后事也。足见国初未尝务虚外郡以实京师。今从实录。

陈傅良以事实为根据，加之实录不载，因此认为“国初未尝务虚外郡以实京师”。那么，如何解释诏与敕的重复矛盾问题呢？马端临特加“按语”，提出了自己的看法：

《通考》卷23，按乾德三年（965）有诸州金帛悉送阙下之诏，今复有此诏。

> 止斋遂以实录不载前诏为疑。盖唐末而方镇至于擅留上供之赋，威令不行故也。宋兴而州郡不敢私用留州之钱，纪纲素立故也。既欲矫宿弊，则不容不下乾德之诏，然纪纲既已振立，官吏知有朝廷，则不妨藏之州郡以备不虞，固毋烦悉输京师，而后为天子之财也。

陈傅良的怀疑，马端临的按语，都是意在辩明宋朝初年，究竟是否“诸州金帛悉送阙下，外权削而利归公上”？二人的看法是一致的，互相补充并不矛盾。共同的结论是：乾德之诏只不过是欲矫唐末方镇的宿弊，事实上宋初纪纲既立，地方官不敢乱花朝廷的钱，不需全都送往京师，

存之于州郡以备不时之需，仍然是朝廷的财产，何必全都送往京师呢！那么，这个祖宗之法究竟是在何时才真正改变的呢？

《通考》卷23，“诸州旧属公使钱物尽数系省，毋得妄有支费”条，止斋陈氏曰：

> 自唐末方镇厚敛以自利，上供殊鲜。天下财物皆藏州郡，祖宗之深仁厚泽于此见矣。熙宁五年曾布奏，伏以四方财物干没差谬，漫不可知，上下因循，全无检点，为弊滋多。遂乞专置司驱磨天下帐籍，公使钱始立定额，守臣窘束。后又以在州诸色钱类为一体封桩入便，若辄有支动，即当职黜降，元丰五年又以上供年额外，凡琐细钱定为无额上供。盖至熙丰系省，初无窠名，应在司最为冗长，此元祐群臣所以深罪王安石之纷更也。

陈傅良这一段历史考证，对宋朝政府财政史上中央与地方之间的关系，作了概略性的回顾：最初是，天下财物皆藏州郡，地方向中央上供很少。到熙宁变法时，以四方财物被大段侵欺，妄费不少，弊病很多，因而严加审核，要天下无遗利，全部上供，只给州郡留下少量的公使钱，以致地方官大感窘束。再到后来，更把盐茶诸色税钱一体封桩上供，并定有“上供年额”，不得少供。后更出现“无额上供”，上不封顶，有钱就必须上供。中央对地方管得太死，因此元祐诸臣对王安石的纷更，议论颇多，认为是把祖宗之法改坏了，深以为罪。

《通考》卷宗23，“诸道给州车辇送上供钱帛”条，止斋陈氏曰：

> 国初上供，随岁所入，初无定制，而其大者在粮帛银钱诸路米纲。前朝理财务在宽大，随时损益，非必尽取。上供增额起于熙宁，虽非旧贯犹未为甚。崇宁三年始立上供钱物新格，于是益重。而斛斗地杂科不与焉。其取之民极矣。方今版图仅及承平之半，而赋入过宣和之数，虽曰饷军出不得已，要非爱惜邦本之道，此宽民力之说，所以为最先务也。

《通考》的编者马端临对这段话又特加按语说："止斋此段足以尽宋朝上供之委折。"认为陈傅良对宋朝上供历史的原委曲折和影响，已经讲得很清楚了。最初是务在宽大，没有定制，随岁所入，随时损益，留有余地，并不尽取。熙宁变法时，增加了定额，然尤未甚。崇宁时，制定了上供新格，危害益重。其实，陈傅良在这里只讲到北宋为止，还不够完全。《止斋集》中有他的《上光宗札子》对南宋的情况又有所论述，可作补充，摘要如下：

> 国家肇造之初虽创方镇之弊，以天下留州钱物系省，然非尽取之也，上供未尝立额，朝廷初无封桩起发之制。熙宁以来，用事者始取艺祖之约束一切纷更之，驯至于今而民力之困极矣，崇宁重修上供格颁之天下，率一路之增至十数倍，迄今为额，是特上供耳。以常平宽剩禁军阙额之类，至于宣和则以赡军籴本，与凡应奉司无名之敛，合而为经制，迄今为额。至于绍兴则又以税契七分得产勘合添酒五文，茶盐袋息之类，凡二十余色合而为总制，迄今为额。最后又以系省不系省、有额无额、上赡军等钱，均拨为月桩大军，迄今为额。而折帛、和买之类不与焉。夫取之之悉如此，而茶尽归于都茶场，不在州县。盐钞尽归于榷货务不在州县。秋苗斛面十八九归于纲运，不在州县。州县无以供则豪夺于民，于是取之斛面，取之折变，取之科敷，取之抑配，取之赃罚，无所不至，而民困极矣。

这段话之所以值得补充，一是重申宋初上供未尝立额，初无封桩起发之制，地方州县是留有余财的。二是熙宁变法更改祖宗之制，给后世的敛财者开了方便之门，影响不好。三是南宋时期，以各种名义出现的总制钱、经制钱、月桩钱等等，都是加重人民负担的苛捐杂税。四是盐茶秋苗等税既不在州县，州县却要按定额上供，迫不得已只好变换花样、无所不至地豪夺于民。南宋政府辖区减少了一半，赋入却超过北宋原数很多，"民困极矣"就不难想象了。

地方州县的财物如何送到京师呢？

《通考》卷25，国初以来四河所运粟未有定制，止斋陈氏曰：

> 本朝定都于汴，漕运之法分为四路：江南、淮南、浙东西、荆湖南北六路之粟，自淮入汴至京师。陕西之粟自三门、白波转黄河入汴至京师。陈、蔡之粟自闵河、蔡河入汴至京师。京东之粟自十五丈河历陈济及郓至京师。四河所运惟汴河最重。

由于北宋的首都在汴京开封，便逐步形成了一个以开封为中心，通向四面八方的水陆交通网。陈傅良在这里主要谈的是水路，就是利用淮河流域地势平坦、河流众多的有利条件，修整成人工运河，开展省力省费的漕运。主要是汴河、广济河、惠民河和蔡河，不仅把黄河与淮河沟通起来，而且连接淮南运河，进入长江，把东南地区的物资源源不断地输送到汴京。

此外，还有陆路交通网，向西经过洛阳，可以到达关中、四川和甘肃；向北经过大名，可至河北诸州；向东经过商丘，可以到达徐州和山东；向南经过陈州，可以到达淮河中游及东南各州；向西南经过许昌，可以到达湘湖和两广。交通运输网在社会经济中占有重要地位，对宋王朝的兴盛起了重要的作用。单从漕运官粮的数量看，据《宋史·食货志》记载：北宋初期“京师岁费有限，漕事尚简”。太祖开宝五年（972），“率汴、蔡两河公私船运江、淮米数十万石，以给兵食”。到太宗以后，漕运量日益加大，初时“岁运米四百万石”，到太平兴国六年（981），“汴河岁运江淮米三百万石，菽一百万石；惠民河粟四十万石，菽二十万石；广济河粟十二万石”。真宗景德四年（1007）规定了漕运上供年额，“汴河六百万石，广济河六十二万石，惠民河六十万石”。汴河运量以后越来越大，到大中祥符初（1008）为七百万石，有时高达八百万石。英宗治平二年（1065），各地漕粟至京的数额，仍然保持“汴河五百七十五万五千石，惠民河二十六万七千石，广济河七十四万石”。这些数字可以说明陈傅良对四路漕运特殊关注的原因。

地方州县的财物输送到京师后，是如何管理使用呢？也很值得注意。《通考》卷23，乾德六年（968）“置封桩库”条，止斋陈氏曰：

国初平僭伪，尽得诸国所藏之赋入内藏，是后时时以州县上供措拨入库。盖祖宗盛时内藏库止是收簇给费之余，或坊场课利，不以多寡，初无定额。熙宁二年始命三司户部判官张讽核实，取自嘉祐至治平十年以来输送之数……令纳左藏库。逐年于左藏库拨金三百两、银五十万两入内藏，遂为永额……自是条制益严密……元祐诏令诸路坑冶课利七分起发赴内藏库，三分充漕计。靖康改元，三分复尽输内藏矣。

这里所说的内藏库，又叫封桩库，本为太祖所创，专收平定诸国所得的珍宝钱物，以供收复幽燕及军旅饥馑等不时之需，为天子之别藏。而左藏库，则收地方州县上供的赋税，为政府经费，供官府正常的开支。二者之间的界线本极十分明确，但执行中却常因皇帝个人的意愿轻易混淆。据陈傅良的研究，宋初内库只收平定诸国所得之赋，措拨州县的上供赋税，只是个别现象。熙宁时，始令左藏库逐年按定额数量拨入内藏。哲宗时，令地方课利七分赴内藏，三分入“漕计”供修整水路运输之需。到钦宗时，连这最后三分也全都进入内藏了。内藏库的胃口越来越大，竟然吞没了地方课利的全部收入。到南宋时，陈傅良在殿试对策中批评这种“左藏（国库）之外，别为南库（内藏）者何也”？虽然名义上似乎分得很清楚，“经费一领于大农（户部），而增羡币余之入，南库受之”。实际执行中由于“增羡者专有迁擢，经赋办否则莫能黜陟”，因而促使地方官将其赋税宁肯输入内库，不愿输入左藏。这样既可得到天子的欢心，获得升官的奖赏，又无罢官撤职的危险，一举多得，何乐而不为呢！于是造成了严重的后果，“是以比岁经赋日耗，而南库之积日滋。”真是达到了“天子富有四海”，而国库匮乏，地方无余财。在这样的情况下，天子固然可以为所欲为，但朝廷的正常开支却是难以为继，地方更是寸步难行，难以有所作为了。

这种“州县金帛悉送阙下”，“外权削而利归皇室”的财政政策，带来的严重后果是无须细说的。皇室腐败难改，地方无力回天，哪有力量发展经济，稳定社会，抵抗外侮呢！这就是北宋政府导致崩溃的重要原因。南宋政府由于广大人民的积极抗战，以及南方雄厚经济实力的支撑，付出了惨重代价之后，终于稳定下来，获得了“中兴”。可是，财政负担过重，赋税增加，税务机构庞大重叠，多头领导，运转不灵活，仍是财政方面长期得不到纠正、解决的老问题。陈傅良看到问题的严重：“易道深矣。亦曰天地大德，次及于理财也。今宿师数十万，以天下之财赡之，不领于大农之经费，而居此官者，不知此谊，是不重为吾民病乎。”① 不得不向皇上反映当时的情况：“茶引尽归都茶场，盐钞尽归榷货务，秋苗以十之八九为纲运，是皆不在州县，于是取之斛面，取之折变，取之科敷、抑配、赃罚，而民之困极矣。”② 恶性循环，后果已经十分严重了。

有什么办法可资挽救呢？陈傅良针对当时“中外之势分，而事权不一，施行不专，虽欲宽民其道无由”的现实情况，开出的药方是“诚使都统司之兵，与向者在制置司无异；总领所之财与向者在转运司无异，则中外为一体。”要求恢复兵归制置司，财归转运司的老规矩，中央各部门与地方各有自己的职权，不要越权一齐向老百姓伸手。只要作到“中外一体，则宽民力可得而议矣。”③ 民力宽了，生活得到改善，才有余力给政府纳税，税源充足，政府的财政收入自然就会好起来的。

七、养君德，正纪纲——天人和谐的吏治思想

宋朝的财政弊病，只不过是整个政治面貌的一个方面。当时政治的其他方面也存在着许多弊病，亟需进行必要的改革。

史称陈傅良“淹贯六经，包括百氏，洞彻天人之奥，而于历代经制大法，与夫当世制度沿革失得之故，稽验钩索，委曲该洽，”④ 有很深入的研究。他认为被奉为吏治经典的《周礼》，纲领有三：“养君德，正纪纲，均国势。”⑤ 改革当代的弊政，可以从这三方面入手。

国君，身居高位，担当治国安邦、理政化民的重任，应该具有很高

① 陈傅良：《止斋集》卷18，文渊阁四库全书本。
② 陈傅良：《止斋集》卷52，文渊阁四库全书本。
③ 陈傅良：《止斋集》卷20，文渊阁四库全书本。
④ 陈傅良：《止斋集》序，文渊阁四库全书本。
⑤ 陈傅良：《止斋集》卷40，文渊阁四库全书本。

的道德修养，才能担当其任。诸如：爱民之心、谦虚逊让、崇俭知足、执政公正、知人善任等等，都是应该时刻注意的。陈傅良利用一切可能的机会，多次向皇帝进言："恭惟陛下因天人之心，应帝王之运。"① 要注意天意和民心，使国家的命运日益昌盛。只有"天人和同，上下欢心"。才能"天人底豫，宗社延休。"②

国君在用人方面，要知人善任："择立心公正者为宰相，爱民听讼者为守令，丰财足用者使掌钱谷，原情立法者使掌狱讼，人主但视其功过而赏罚之，何忧不治。"③ 如果用人不当，必须纠正，陈傅良曾《缴奏陈源除入内内侍省押班状》，因陈源"僭侈专横"，不宜担任此职，虽奉"御笔"，也不顾个人之危，抗命封还。

在处理国务时，要执政为公，要像权衡一样，掌握公平，体现和平的精神。"衡所以权万物之轻重，而归于平。周公曰：太宰，宰所以制百味之多寡，而适于和，惟其和平而已"。④ "礼义以养其心，和平以收其气"。⑤ "要皆归于和平而无恨。"⑥ "用法公平，则人无怨。"⑦ 他认为古人治国的经验，无非是"使复其中和之常而已，故夫备天下之理，以措天下之事，则平正而不偏，矫枉而不失乎中，惩乱而不急于治，遵乎礼义之安，而无反侧，蹈乎中庸之节，而不作好恶，夫是以天下之弊，常若持衡，而祸患泯于无形。"⑧ 执政者只要有不凭个人的好恶行事，平正不偏，就能治弊惩乱，泯祸患于无形。

当然，治理国家不能单靠领导者个人的品德与智慧，还应该有必要的制度作保证，要"正纪纲"。例如，官员的选拔、任用与升迁，就不能单凭某个执政者个人的意见行事。

《通考》卷39，建隆三年（962）"令议成长定格"条，止斋陈氏曰：

① 陈傅良：《止斋集》卷26，文渊阁四库全书本。
② 陈傅良：《止斋集》卷30，文渊阁四库全书本。
③ 陈傅良：《八面锋》卷4，文渊阁四库全书本。
④ 陈傅良：《八面锋》卷3，文渊阁四库全书本。
⑤ 陈傅良：《八面锋》卷5，文渊阁四库全书本。
⑥ 陈傅良：《止斋集》卷40，文渊阁四库全书本。
⑦ 陈傅良：《八面锋》卷3，文渊阁四库全书本。
⑧ 陈傅良：《八面锋》卷13，文渊阁四库全书本。

选人七阶，祖宗朝以考第资历，无过犯或有劳绩者递迁，谓之循资。若磨勘应格，自令录以上及六考者，皆改著作佐郎。无出身及十考者，改大理寺丞。自仁宗始以考第改官者猥多，遂诏用帅守通判监司保举，以岁改百员为额。元丰稍镌改官之额，观察判官以上改奉议郎，无出身人改通直郎，掌书记改通直郎，支使以下一例改宣德郎。

陈傅良认为政府官员的任用必须有考第资历，升迁必须按劳绩循资。并需“帅守通判监司保举”，陈傅良在担任湖南提举司任内，就曾“赏功罚罪”，知永州赵谧“率先减月桩钱”，知武冈军王公弼“合郡之事，井井有条，”奏请赵、王二人各减二年磨勘迁官。而知全州施广文是一个“鄙猥之计，略无顾惮，自上供军需至官吏之俸，一切不问”，不干事的混混官，便奏请撤职与以宫观。还有堪称“贤士”的宋文仲、吴猎、蒋励、杨炤等人，“能行惠民之政，”皆推荐于朝。为防止冗官猥多，必须保举定额。而且要设置必要的管理机构。

《通考》卷39，建隆二年（961）“罢岁月叙迁之制”条，止斋陈氏曰：

太祖置审官院，考课中外职事受代，京朝官引对磨勘，盖复序进之制，其后稍立法，法尤为严密矣，非战功不得除授。

陈傅良认为官员管理的法制，必须严密，不能让其稍存侥幸，蒙混得官。在《守令策》中，他又说：“古之天下无冗官，亦无穷人，无幸法，亦无怨吏。夫官不滥，则人无滞叹，法不屈，则吏无满心。天下非怨吏之可畏也，今日迁某守，明日易某令，其扰则妨民，其费则伤民，其无意于留，而苟简于治，则弊民，其自以为亟迁，而求足其欲，则又困民。故夫吏之便，民之病也，有便民之法，而又有不便吏之忧，愚所不敢知也”，官制管理不严，必然出现官滥现象。冗官增多必然弊民，增加民众的负担，后果是十分明显的。为了防止冗官增多，必须限制官吏的特权。

《通考》卷34，台省六品诸司五品登朝第二任方得荫补，止斋陈氏曰：

> 恭惟艺祖初定任子之法，台省六品诸司五品，必尝登朝资历两任，然后得请。太宗淳化始因改元恩霈，文班中书舍人，武班大将军以上，并许荫补。至道二年始有寿宁节推恩之令，大中祥符元年始有东封礼毕推恩之令。前朝患之，累尝裁定，今惟郊禋如故。至于致仕遗表之恩，凡与者皆特典也，而后亦为定制。至熙宁始裁定诸卫将军诸司副使，累奏不得过二人，非任路分都监差遣，即须入仕三十年方听奏荐，而限年限员之法立。

陈傅良考察了历代荫补之制的历史以后认为，高官子弟享受补官的特权，名义越来越多，数量越来越大，后果很坏。因此“前朝患之，累尝裁定，”取消了不少。熙宁时，又订出了“限年限员之法”，应该认真严格执行。

封建时代的统治者总是利用自己的权势，不顾政府的法律，为所欲为，享受特权，纪纲不正，影响很坏。陈傅良就其所见，在限制特权方面进行了力所能及的抗争。《止斋集》中有好几篇“奏状”值得注意。(1)《缴奏紫霄宫免科敷等事状》：“今紫霄宫复有御笔指挥，特与蠲免科敷措借等事，可谓烦渎天听，玩狎主威矣。况今贫民困于科折，若更令闲手坐食之徒，反得幸免，即本宫递年合输财赋官司，难与除豁，须至均敷在人户名下，是恩足以及闲手，而不至于百姓，尤臣所深惜也”。(2)《缴奏罗良臣供给免折酒状》：“承修内司提辖刘信之白札子，令临安府宣借厢军一十五人，付浙西总管罗良臣使唤，所有罗良臣每月供给免折酒，差兵士十五人与之使唤，此至猥琐也。请受不折酒，此至微末也。今也遣中使传隆谕，下谕天府之尹，而及此至猥琐，至微末之事，岂不亏损国体，玩渎主威乎”。(3)《缴奏谢渊请给合支本色状》：“谢渊为皇太后亲弟，又开此门，则戚里攀援，何时而已。”因此希望“一切以定制裁之，以杜侥幸之门”。这些特权人物的背景很硬，而且有御笔白札子为据，但毕竟有违国家的法令规章，陈傅良据理力争，拒不执行，是很有胆量的。

不难看出，陈傅良虽然研究历史上的吏治经验，针对当时存在的实际问题，不仅在自己任职的地区，力所能及的范围内加以改进，而且一有机会便提醒皇上注意，在更大范围内进行整顿。但毕竟官卑职小、机会不多，作用十分有限。

八、整顿兵制——挽救危亡的军事思想

陈傅良眼见南宋时期山河破碎，民族危机严重的局势，本着事功学派的求实致用的精神，身体力行，深入研究历代兵制，联系当代军事方面存在的实际问题，提出了许多自己的看法和改进意见。

在《经筵孟子讲义》中，他说：

> 今敌国之为患大矣，播迁我祖宗，丘墟我陵庙，膻腥我中原，左衽我生灵，自开辟以来，夷狄乱华，未有甚于此者也。

因此，他要求皇上“每行一事，每用一人，必自警曰：得无为敌国所侮乎，吾民困穷如此，吾士卒骄惰如此，吾内外之臣背公营私如此，吾父子之间欢意未洽如此，吾将何以待敌国也。”为此，他深入研究历史，写出了《历代兵制》一书。

《四库全书总目提要》卷82，《历代兵制》陈傅良撰。

> 是书上溯成周乡遂之法，及春秋秦汉唐以来历代兵制之得失，于宋代言之尤详。其言至为深切，盖傅良当南宋之时，目睹主弱兵骄之害，故著为是书追原致弊之本，可谓切于时务者矣。

陈傅良在本书中认为：宋太祖“躬定军制，纪律详尽”。布置非常合理，“前后精兵不过二十余万，京师屯十万，足以制外变，外郡屯十万，足以制内患，京师天下无内外之患者，此也。京城之内有亲卫诸兵，而京城之外诸营列峙相望，此京城内外相制之兵也。府畿之营云屯数十万

众，其将副视三路者，以虞京城与天下之兵，此府畿内外之制也，非特此也，凡天下之兵皆内外相制也，以勇悍忠实之臣，分控西北边孔道。”①内外相制，足以应付一切事变，国防十分巩固。此外，宋太祖还采取了种种措施，防止军队的腐败变质。

《通考》卷156，止斋陈氏曰：

> 自建隆二年以诸郡本城共百役，或更戍他郡，诸州兵士差往边上守把。不但以逸民户也，所以劳苦其身，违离其妻子，使习于南北风土之异，而不得坐食于本营。盖劳之则易使，散之则易养，此艺祖神谋也。三司禁旅就粮州郡，亦不得常坐食于京师。自列郡各置禁军，于是严差出占破之令，而壮城、作院各置指挥，由是在军禁旅无就粮者。禁军在城防托，而厢军亦升为禁军，不复戍役矣。养兵之费偏天下，北人犯阙无或能发一矢者，以不守艺祖旧章也。

陈傅良认为宋初军队的供役、更戍、就粮等法，在劳苦其身、不得坐食，以逸民户，减少养兵之费等方面，都是很有作用的。可是后来军队数量却不断增加，又是为何呢？

《通考》卷152，“诸州长吏选所部兵送都下以补禁旅之阙”条，止斋陈氏曰：

> 世多言国家养兵之费，自艺祖时增置禁军始，考之则不然。按《祥符天圣编》诸部郡自骑射至牢城凡名额二百二十三，总为本城而已，则天下无禁兵也。所谓禁兵者皆三司之卒分屯而更戍，而钤辖都监监押之官，所部领者也。三边之兵，间因事宜升为禁军者，则所谓四十四处禁军是已。自元昊叛而西北有保毅，王伦叛而东南有宣毅之类，于是列郡稍置禁军。熙宁按天下厢军之籍五十万人，而亦不足战，于是教阅之法起，其后以厢军团并为额，则今之两浙崇节、福建保节之类是也。五年始排立在就粮禁军之下，元丰兵令悉以雄节之类升同禁军，由是禁军始遍天下，此不可不辨。

① 陈傅良：《历代兵制》卷8，文渊阁四库全书本。

有人把禁军的增加归罪于太祖，事实上当时“天下无禁军”。后来，列郡增置禁军，乃因元昊、王伦的叛变，特别是熙宁变法把厢军升为禁军，于是禁军遍天下。到南宋时，陈傅良说：“自州郡各有禁军，而三司之卒不出，不出则常坐食于京师；常坐食于京师，则必尽天下之利归之公上；利尽归于公上，而州郡之益兵已多，则其势必巧取阴夺而后足，于是养兵始为人患。”① 为了避免养兵之费成为大问题。宋初在控制军队数量方面，采取了淘汰老弱，设置剩员等办法加以处理。

《通考》卷152，“阅所掌兵，骁勇升为上军，老弱怯懦置剩员处之”条，止斋陈氏曰：

> 剩员之置，不但以仁羸卒，亦以省冗食也。熙宁十年，诸路州军以逐州就粮禁军厢军通计，十分立一分为额。自宣和之难，养兵益众，战功之赏例加官资，于是退兵重为天下费。乾道二年，州县之力困于养退兵矣。

设置剩员，处理退休之兵，不失为节省冗兵冗食的好办法。但随着后来养兵总数的增加，养退兵的费用也成了州县的大问题。为补政府军的不足，又有“民兵”问题。

《通考》卷156，“发县民治城壕，因立为保毅军、弓箭手分镇戍寨”条，止斋陈氏曰：

> 此所谓义军也，艺祖有志于民兵矣。咸平五年始置营升为禁军，而前朝名臣多言不便，韩琦为相，尝身历西事留意兵政，刺陕西义勇。知谏院司马光至六疏争之不听。已而新法行，熙宁六年十月遂罢强壮弓箭手而行保甲，海内骚然，要之皆以刺配为军，失祖宗本意，而非民兵不可复，以臣愚见条约弓箭社，如庞籍苏轼则人情不扰，而边备修矣，此今日所当讲也。

① 陈傅良：《止斋集》卷19，文渊阁四库全书本。

陈傅良认为宋太祖是重视“民兵”的，但只是用以治城壕、镇戍寨之类。可是后来却将之升为禁军，引起诸多名臣的反对，甚至“海内骚然”。民兵并非不可复，只是不能违背祖宗的原意，不能妨碍农时，不能增加养兵的经费。

宋初的“兵制”，虽然考虑得很周到，但岁久弊生，执行中还是出现了许多问题，“以积习刓弊，又数十年，教习不精，士气不振，拣兵则点数而已，宣借则重叠妄滥，逃亡已久，而衣粮自如，疲癃无堪，而虚名具数。”①

首先表现出来的是，士兵的数量增加：具体说来，咸平西北边境之役兵增至六十万，皇祐之初兵已一百四十一万。因此翰林学士孙朱说：“古者兵足而已，今内外之兵百余万，而别为三四，又难为六七也，别而为三四者，禁兵也、厢兵也、蕃兵也。难而为六七者，谓之兵而不知战者也，给漕挽者兵也，服工役者兵也，缮河防者兵也，供寝庙者兵也，养国马者兵也，疲老而坐食者兵也，前世之兵未有猥多如今日者也。”②

养兵的费用也从而增加：“总户口岁入之数，而以百万之兵计之，无虑十户而资一厢兵，十万而给一散卒矣，其卫士之给，又浮费数倍，何得而不大蹙也。”③ 国家财政在应付军费开支上已感到十分困难。

在这样的情况下，“天下之力竭于养兵，而莫甚于江上之军，故每欲省赋，朝廷以为可则版曹以为不可；版曹以为可，则总领所以为不可；总领所欲以为可矣，奈何都统司不可也。故虽欲宽民力，其道无由。”④ 考其原因乃是：“执掌不同则彼此不能以相谋，事权不一则有无不能以相济，施行不专则前后不能以相守”。⑤ 所以要想轻徭薄赋，减轻农民的负担，却根本无法实行。

于是不少人失去了恢复中原的信心，陈傅良在《赴桂阳军拟奏事札子第一》中说：

---

① 陈傅良：《历代兵制》卷8，文渊阁四库全书本。
② 陈傅良：《历代兵制》卷8，文渊阁四库全书本。
③ 陈傅良：《历代兵制》卷8，文渊阁四库全书本。
④ 陈傅良：《止斋集》卷20，文渊阁四库全书本。
⑤ 陈傅良：《止斋集》卷52，文渊阁四库全书本。

比者贤士大夫类曰："时不可为"而以恢复为讳。虽臣至愚，窃所未喻。且隆兴用事之臣，虽以朴忠，竟无成功，天下不与其才而与其心。乾道用事之臣，虽以大言，亦无成功，天下不与其心而与其名。孔子曰："必也正名乎"！今顾以恢复为讳，果何名欤？论说定则习俗成，习俗成则人心不起，人心不起则赏刑不足以惩劝。是王业往往遂已也。

干任何事业都应该有必要的信心，可是南宋时某些人却说什么"时不可为"而以恢复为讳。陈傅良很不理解。他认为隆兴北伐虽然不成功，其将帅虽缺乏才干但忠心可嘉。乾道北伐又不成功，乃宰相大言，心术不正，但出师之"名"还是正确的。可是当前这种"讳言恢复"，却连"名"也丢弃了。"人心不起"的问题，危险更大，必须纠正。

出路何在？陈傅良认为："夷狄安能一旦入中国哉？民心离则天心不享，则其祸必及于此。而渡江诸臣不惟尽循宣和横敛之旧，又益以总制、月桩，另项起发。王朴有言：以此失之，以此兴之可乎？"① 找到了失败的原因，也就找到了复兴的办法。既然北宋之亡，失在横敛。那么挽救南宋，也必须从制止横敛，收拾民心着手。陈傅良认为，宋朝"祖宗相承，其爱民之实，若出一心，谓民之作兵者多，与兵之仰民者不少，而民不可重困也。"② 兵民关系十分密切，养兵必须爱民，若因养兵而困民，民穷财尽兵疲，将是十分危险的。因此，兵制必须进行坚决的整顿，稍宽民力，民富国强，兵精粮足，抗金保国，恢复故土，才有希望。

九、海纳百川——和而不同的宽容精神

从以上概括的论述中，不难看出陈傅良思想的方方面面，给人们留下了范围甚为广博，内容甚为深邃的印象，堪称"博大精深"。

《四库全书总目》卷 159 著录其《止斋文集》，《四库全书总目提

① 陈傅良：《止斋集》卷 19，文渊阁四库全书本。
② 陈傅良：《历代兵制》卷 8，文渊阁四库全书本。

要》称：

> 傅良之学终以通知成败，谙练掌故为长，不专于坐谈心性。故本传又称傅良为学自三代秦汉以下靡不研究，一事一物，必稽于实而后已。

蔡幼学在为陈傅良所作的行状中说："薛公（季宣）与公语合，喜甚，益相与考论三代秦汉以还兴亡否泰之故，与礼乐刑政损益同异之际，盖于书无所不观，亦无所不讲。"陈傅良自己也说他"博极百家之说，断以中庸。"① 可见其学识的渊博，绝非偶然，只有海纳百川，才能成其大。其为人处世的品德，也很值得称道。

《四库全书总目》卷159著录其《止斋文集》，《四库全书总目提要》又称：

> 傅良虽与讲学者游，而不涉植党之私，曲相附和，亦不涉争名之见，显立异同。在宋儒之中可称笃实。

在这方面，陈傅良确实表现得很突出，有许多具体的事例为证。如果说陈傅良"无党"，当然不完全符合历史的事实。《宋元学案》卷53专为之列有《止斋学案》专卷，上有师承，下有门人，并有学侣、同调，俨然是自成一派的大家。当然不是无所归依的"无党派人士"。只不过他不肯以此炫耀，树植党羽，自以为了不起，曲相附和，压倒别人。在《答赵南书》中说："吾党亦有患，自相推尊患太过，与人无交际患不及。"

他为人处世，和而不同。他与陈亮同属浙东事功学派，私人感情很好。但在《答同父书》中，却批评陈亮与朱熹在王霸之争的态度，"其间颇近忿争，养心之平，何必及此。"以致引起陈亮的不快。

他与朱熹在学术上分属理学、事功两派，但私人关系也很不错。在

① 陈傅良：《止斋集》卷34，文渊阁四库全书本。

其《与元晦书》中，也善意批评，不肯苟同：“念长者前有长乐之争，后有临川之辩。又如永康往还，动数千言，动相切磋，未见其益，学者转务夸毗，浸失本指。盖刻画太精，颇伤易简，矜持己甚，反涉吝骄。”也引起了朱熹的不快。

他做学问，实事求是，不愿与人争论是非，标新立异，曾在《答刘公度书》中说：“年来笃信六艺之学，兢业为本，彼此纷纷，亦恐吾人躬未自厚，而责人不薄”。最能说明这一态度的事例是《四库全书总目》卷159著录其《止斋文集》，《四库全书总目提要》称：

> 考亭先生晚注毛诗，止斋陈氏得其说而病之，谓以千七百年女史之彤管，与三代之学校以为淫奔之具、偷期之所，窃有所未安。独藏其说不与考亭先生辨。考亭微知其然，尝移书求其诗说，止斋答以公近与陆子静互辨无极，又与陈同甫争论王霸矣，且某未尝注诗，所以说诗者，不过与门人为举子讲义，今皆毁弃之矣，盖不欲滋朱之辨也。

尽管这种学术态度可能引起某些方面的不快，甚至“内外不讨好”，但陈傅良坚持不悔。他在《答长溪王佐之书》中，认为自己“某无以愈人，独博交当代贤俊之心，出于天然，虽以之得谤讪，或相背弃，不悔！”不仅做学问的态度如此，在实际政治生活中，他也坚持这一原则，“汲引人才如恐不及，在湖南应诏，荐宋文仲、吴猎、蒋砺、杨照；在朝则荐朱熹、叶适、吴仁杰、王明清。修史苟知其贤，不复以私嫌为忌。”① 不管这些人的学术思想是否同调，只要是“贤”者，他就坚持实事求是的原则，不以为“嫌”，正确处理。表现出了他治学与处世方面宽容博大的胸怀，值得后人尊敬。

本文初写作时，用的是副标题，企图以此探索陈傅良事功思想的特点。初稿完成后，自觉尝鼎一脔，基本上可以说明问题；但材料毕竟有限，难窥全豹。于是又将《止斋集》中的有关资料添入，补充论证，内

① 陈傅良：《止斋集》附录，文渊阁四库全书本。

容稍感丰富，论述较为全面。可是又出现了新问题——“文不对题”，乃改题今名，将原题移作副标题。读者谅之。

（原载于《纪念陈傅良诞辰870周年暨永嘉学派学术讨论会论文集》，浙江温州　2007年）

略论朱熹的民本思想

民本思想，是中国古代政治思想中最具民主性的精华，是儒家治国思想重要的组成部分。经过孔、孟大师的创构，体系完整，逻辑严密，蔚成大观，历来被许多政治家、思想家认为是治理国家的瑰宝。数千年来，中国古代典籍中积累了大量民本思想方面的资料，对之进行认真的整理研究，作出科学的论证，毫无疑问具有重要的学术价值和现实意义，让这一历史上的光辉思想为新时期社会主义的思想建设服务。

朱熹是南宋时期的大儒，在中国封建社会后期具有重要的地位与作用。近年学术界对其生平事迹、言论著作，进行研究论述的文章颇多。但从民本思想角度进行专题论述的，尚不多见。不揣浅陋，试为论之，请教高明。

一、朱熹传播儒家民本思想的一生

朱熹（1130—1200），南宋徽州人，世为“婺源著姓，以儒名家”。其父朱松在徽宗时擢进士，任建州政和（今属福建）县尉，前景本来是很不错的。可是，紧接而来的却是两宋之际的靖康之变，不仅社会动乱，政府南迁。而且朱松又遭父丧，贫不能归，只好就地安葬。除服后调尤溪（今属福建）县尉。后去官，便在当地郑氏学馆教书糊口。建炎四年（1130），朱熹出生。直到绍兴七年（1137）赵鼎任相时，朱松才被推荐出任校书郎，历著作、度支、司勋、吏部郎，因反对秦桧议和，被排挤出朝，在绍兴十三年（1143）去世，朱熹年仅十四。这样的时势和家难，无疑对年幼的朱熹，产生了巨大的重要影响。

朱熹幼时悟性很高，在父亲的指导下苦读儒家经书，励志圣贤之学，经常听父亲讲解古今成败兴亡大事，一心想做“圣人”。父亲病重时，把他托付给刘屏山等“学有渊源”的儒学大师继续教育。父亲死后，他学习更加刻苦，在十九岁时考中进士，取得了入仕的资格。绍兴二十三年（1153）分派到同安县（今属福建）当主簿，虽是小小县级副职官，但他作得很认真。行状说他“莅职勤敏，纤悉必亲”，“苟利于民，虽劳无惮”，在抓教育方面很下功夫，日与青年学子“讲说圣贤修己治人之道”。① 体现了对儒家民本思想初步追求。

然而，朱熹的官运并不亨通，一届任满后，长期担任的都是些没有实际政务可做的宫观闲职。他便利用机会拜访名师益友，钻研儒学经典，陆续编撰了《四书集注》《程氏遗书》《名臣言行录》《通鉴纲目》等书。他宣传儒家的《大学》之道，希望用这一套理论来修身、齐家、治国、平天下。极力宣传“民者国之本，本固而后国安。”② “王道以得民心为本。”③“盖国以民为本，社稷亦为民而立”。④ 到各地讲学，名气越来越大，成了“集理学之大成”的一代宗师。并多次向皇帝上书，对儒家民本思想的阐释和传播，作了很大的努力。

直到淳熙五年（1178），朱熹四十九岁时，才被推荐差知南康军（江西星子）。此后，又断断续续地出任过提举浙东路常平盐茶公事，知漳州，知潭州等职，属于管辖地区较大的行政长官，权力较大，有了实践民本理想的机会，做了不少具有实际意义的事。但时间都不很长，未能充分施展自己的抱负和理想。最后在绍熙五年（1194），宁宗即位后才被召回朝，当上了焕章阁待制兼侍讲，算是可以直接见到皇帝的大臣了，他多次利用奏事、讲解《大学》的机会，希望皇帝能够以民本思想作指导，制定政策治理国家。然而好景不长，才四十多天，就被排挤出朝。此后，继续著述讲学，直到庆元六年（1200）逝世，享年七十一岁。终

① 脱脱：《宋史》卷429，中华书局1977年版。
② 蔡沈：《尚书集传》，世界书局1936年版，第39页。
③ 朱熹：《孟子集注》，世界书局1936年版，第2页。
④ 朱熹：《孟子集注》，世界书局1936年版，第111页。

其一生，都是在传播儒家民本思想中度过的。

二、朱熹对儒家民本思想的阐释

1. 民本思想的理论基础——人之初，性本善

国家，既然是统治阶级掌握的强制性工具，为了满足自己的欲望，执政者可以为所欲为，似乎是不足为怪的。为什么儒家经典《尚书·五子之歌》却说："民为邦本，本固邦宁。"把人民看作国家的根本呢？朱熹命令他的学生蔡沈编写《书经集传》，在"注"此话时说："民者国之本，本固而后国安。本既不固，则国虽强如秦，富如隋，终亦灭亡而已。"① 显然，把人民抬到"国本"的地位，根本原因还是为了巩固统治阶级的地位与利益。其所以能够产生这种思想，则是源于儒家思想的理论基础——"性善论"。

《尚书·汤诰》说："惟皇上帝，降衷于下民，若有恒性。"② 衷的意思是善，恒的意思是常。大意是说上天把"善"赋予人民，使他们具有善良的本性。孔子说："性相近也，习相远也。"从表面字义看，似乎可以理解为：人性本来十分接近，没有大的差别，善恶差别是受后天影响逐渐形成的。但朱熹在"注"此话时特别指出：这里所说的性，是指气质而言，固然是"习于善则善，习于恶则恶"。若是说人的本性，"性即是理，理无不善"。③ 如果说孔子所说不够明确，容易误解；那孟子下面的话就十分清楚了："人性之善也，犹水之就下也；人无有不善，水无有不下。"朱熹再一次指出："性即天理，未有不善者也。"④ 正是由于人性本善，所以人生来就有亲亲心、慈爱心、同情心、怜悯心。

孔子提倡仁政，一切从"爱人"出发。⑤ 孟子说："人皆有不忍人之心，以不忍人之心，行不忍人之政，治天下可以运之掌上。无恻隐之心

---

① 蔡沈：《尚书集传》，世界书局 1936 年版，第 39 页。
② 蔡沈：《尚书集传》，世界书局 1936 年版，第 45 页。
③ 朱熹：《论语集注》，世界书局 1936 年版，第 73 页。
④ 朱熹：《孟子集注》，世界书局 1936 年版，第 84 页。
⑤ 朱熹：《论语集注》，世界书局 1936 年版，第 53 页。

非人也，无羞恶之心非人也，无辞让之心非人也，无是非之心非人也。"①人总是有爱心的，有了爱心、善心，就不会对处于困境的人不表示同情，就会采取必要的措施去加以救济或援助。

朱熹对这一理论领会很深，在自己的著作中经常提到，要有"仁慈"之德，"爱民"，"忧民"之心。要"轸恤生灵"，对受灾的百姓要有"矜悯"之心，类似词句甚多，瞩目可见。

2. 民本思想的基本原则——得民心

民既然是国本，制定政策的基本原则就应该是"得民"。如何才能得民呢？孟子说："以力服人者，非心服也；以德服人者，中心悦而诚服也。"② 要想真正的得民，不能依靠暴力强迫，要依靠合乎道德的政策和教育。"得其民有道，得其心，斯得民矣。得其心有道，所欲，与之聚之；所恶，勿施尔也。"③ 在制定政策的时候，要从谋利、除害等方面多加考虑，以"得民心"为基本原则。

朱熹从南宋社会的现实出发，明确提出："丘民，田野之民，至微贱也。然得其心，则天下归之。"④ 并得出结论："王道以得民心为本。"⑤由此，他主张统治者要取信于民，富民为本。

具体说来，可以理解为爱民、济民、便民、安民等等。朱熹在为孟子"得民心"的那段话作注时，举例说："民之所欲，皆为致之，如聚敛然；民之所恶，则勿施于民。晁错所谓人情莫不欲寿，三王生之而不伤；人情莫不欲富，三王厚之而不困；人情莫不欲安，三王扶之而不危；人情莫不欲逸，三王节其力而不尽；此类之谓也。"⑥ 一切都按人民的想法办，就可以了。

3. 民本思想的君民关系——水能载舟，亦能覆舟

为什么必须把民众视为国本，加以爱护，按他们的想法办事呢？因

---

① 朱熹：《孟子集注》，世界书局1936年版，第24页。
② 蔡沈：《尚书集传》，世界书局1936年版，第23页。
③ 朱熹：《孟子集注》，世界书局1936年版，第54页。
④ 朱熹：《孟子集注》，世界书局1936年版，第111页。
⑤ 朱熹：《孟子集注》，世界书局1936年版，第2页。
⑥ 朱熹：《孟子集注》，世界书局1936年版，第54页。

为儒家的民本思想认为，君民关系是一个相互依存、相互制约的变动形态。《尚书·大禹谟》认为“众非元后何载？后非众无以守邦。”① “元后”与“众”是谁也离不开谁的，如果处理不好他们之间的关系，政权就难以维持正常，就会走向崩溃与灭亡。孔子把这种关系形象化，比作舟与水的关系。有一次，鲁哀公问孔子国君如何考虑危险？孔子回答说：“君者舟也，庶人者水也；水则载舟，水则覆舟。君以此思危。”② 他提醒统治者，人民虽然是可以载舟的被压迫者，但也不能压迫得太过分，超过了它的承受能力，就会出现覆舟的危险。这句话，被后世的学者和政治家奉为至理名言，对老百姓不能轻视，要重民、惧民、保民，不能不顾及他们的困难，如果施行错误的政策，压榨过分，可能把他们逼反。《管子·形势解》举例说：“纣之为主也，劳民力，夺民财，危民死，冤暴之令，加于百姓。憯毒之使，施于天下；故大臣不亲，小民疾怨，天下叛之，而愿为文王臣者，纣自取之也，故曰：纣之失也。”③

正因为如此，孟子更明确提出“民为贵，社稷次之，君为轻”的思想。民为什么贵呢？朱熹在为这句话作“注”时说：“社，土神。稷，谷神。建国则立坛遗以祀之。盖国以民为本，社稷亦为民而立，而君之尊又系于二者之存亡，故其轻重如此。”再看看孟子本人的论述，在前引的那句话后紧接着继续讲：“是故得乎丘民而为天子，得乎天子为诸侯，得乎诸侯为大夫。诸侯危社稷，则变置。”④ 这句话的意思是说，得到百姓的欢心便可以做天子，得到天子的欢心便可以做诸侯，得到诸侯的欢心便可做大夫。诸侯危害国家，那就改立一位贤君。从这句话可以看出，孟子以为诸侯比大夫重要，天子比诸侯重要，百姓则比天子还重要。在大夫、诸侯、天子、百姓这几类人物之中，“民”即百姓是最重要的，它是“根本”。其所以如此，则是由于“土地、人民、政事”是诸侯的三宝，⑤

① 蔡沈：《尚书集传》，世界书局1936年版，第14页。
② 荀况：《荀子》卷20，上海古籍出版社1986年版。
③ 管仲：《管子》卷20，上海古籍出版社1986年版。
④ 朱熹：《孟子集注》，世界书局1936年版，第114页。
⑤ 朱熹：《孟子集注》，世界书局1936年版，第5页。

哪一个诸侯能保护人民，就一定会成为王，“保民而王，莫之能御也。”①相反，不能保民就会失去天下，“得其民，斯得天下”，“桀纣之失天下也，失其民也。”② 难道还不应该引起必要的警惕吗？

朱熹对君民关系的体会很深。他在《论语集注》卷6中说：“民富，则君不至独贫；民贫，则君不能独富。有若深言君民一体之意，以止公之厚敛，为人上者所宜深思者也。”③ 在《孟子集注》卷7中说：“富其君者，夺民之财耳。而夫子尤恶之，况为土地之故而杀人，使其脑肝涂地，则是率土而食人之肉，其罪之大，虽至于死，犹不足以容之也。”④都明确指出君主对人民决不能压榨过分。

朱熹对水能覆舟思想的体会尤其深刻。他在《上宰相书》中说：“试观自古国家倾覆之由，何尝不起于盗贼；盗贼窃发之端，何尝不生于饥饿。赤眉、黄巾、葛荣、黄巢之徒，其已事可见也。”⑤ 他敏锐地观察到农民起义是和生活困苦分不开，“盖是饥荒极了”。例如，“方腊之乱，愚民望风响应，其间聚党劫掠者，皆假窃腊之名字。人人曰：方腊来矣。”又如：“李椑寇广西，出榜约不收民税十年，称之为李王，反谓官兵为贼。以此知今日取民太重，深是不便。”⑥ 作为人君，对这个问题确实应该有足够的认识。

三、朱熹对儒家民本思想的实践

朱熹对儒家的经典进行过精深的研究，不仅亲自组织编撰了《四书五经》的注释，对民本思想的领会很深；而且多次担任过地方行政官员，上自皇帝宰相下至普通百姓，有过广泛亲密的接触，在力所能及的范围内，对民本思想进行了一定程度的实践，颇有一些值得称道的地方。

---

① 朱熹：《孟子集注》，世界书局1936年版，第54页。
② 朱熹：《孟子集注》，世界书局1936年版，第51页。
③ 朱熹：《论语集注》，世界书局1936年版，第51页。
④ 朱熹：《孟子集注》，世界书局1936年版，第56页。
⑤ 朱熹：《晦庵集》卷26，四部丛刊本。
⑥ 黎靖德编：《朱子语类》卷133，中华书局1988年版。

1. 为民制产——耕者有其田

要弘扬民本思想，把人民真正看作国家的根本，得到人民真正的拥护，决不是仅凭口头宣传教育，著几本书，发表几篇文章，所能解决问题的。必须落在实处，真正解决人民的实际问题。

儒家的经典《尚书·大禹谟》说："德惟善政，政在养民"。① 要让人民生有所养，生活不发生问题。孔子在论政时也说："所重民食"②，要把吃饭问题摆在首位。孟子在回答滕文公问如何治理国家时也说："民事不可缓也。"③ 对民众的事必须加紧办理，不可拖拖拉拉。特别需要注意的是，"民之为道也：有恒产者有恒心，无恒产者无恒心；苟无恒心，放辟邪侈，无不为已"。④

因此，首先要解决他们的"恒产"问题，只有他们有了一定的资产，基本生活条件有了保障，才会有"恒心"，思想才会稳定，社会才会安定。"是故，明君制民之产，必使仰足以事父母，俯足以畜妻子；乐岁终身饱，凶年免于死亡。"⑤ 建立适当的生产资料所有制，在封建社会就是土地所有制，使耕者有其田，是十分必要的。因此，"仁政，必自经界始。"让农民有一份进行生产劳动的土地。孟子提出的理想方案，是"方里而井，井九百亩，其中为公田，八家皆私百亩，同养公田"的井田制。⑥ 不管这个方案是否合乎实际，是否可能实现，只从解决农民的土地问题入手看来，就抓住了问题的关键，是很有见地的。

到宋朝时，封建土地私有制已经存在了上千年，现实生活中"富者田连阡陌，贫者地无立锥"的现象十分普遍，贫富悬殊带来的问题也十分严重。如何应对这一问题，从封建官府到仁人志士都是心有余而力不足，未能找到切实有效的办法。朱熹在为孟子"井田制"所作的"注"中说："仁政必自经界始，贫富不均，教养无法，虽欲言治，皆苟而已"，

① 蔡沈：《尚书集传》，世界书局1936年版，第12页。
② 朱熹：《论语集注》，世界书局1936年版，第83页。
③ 朱熹：《孟子集注》，世界书局1936年版，第35页。
④ 朱熹：《孟子集注》，世界书局1936年版，第36页。
⑤ 朱熹：《孟子集注》，世界书局1936年版，第8页。
⑥ 朱熹：《孟子集注》，世界书局1936年版，第37页。

说明解决农民的土地问题，确实是非常重要的关键。孟子生活在“礼法废坏之后，制度节文，不可复考，而能因略以致详，推旧而为新，不屑屑于既往之迹，而能合乎先王之意，真可谓命世亚圣之才矣”，大加称赞。据朱熹说，当时有不少人意欲进行实验。吕祖谦就曾“与学者议古之法，买田一方，画为数井，上不失公家之赋役，退以其私。正经界，分宅里，立敛法，广储蓄，兴学校，成礼俗，救灾恤患，厚本抑末，足以推先王之遗法，明当今之可行。”可惜“未就而卒”。①

朱熹本人也看到了这个问题，也很想加以解决。但他总结前人的经验教训，觉得不能太理想化，应该从现实的情况出发，有所变通。他说：“封建井田，乃圣王之制，公天下之法，岂敢以为不然，但在今日，恐难下手。设使强做得成，亦恐意外别生弊病，反不如前，则难收拾。”② 于是，他在《井田类说》中提出了一个新方案，“夫土地者，天下之大本也。《春秋》之义，诸侯不得专封，大夫不得专地。今豪民占田，或至数百千亩，富过王侯，是自专封也。买卖由己，是自专其地也。就未悉井田之法，宜以口数占田，为立科限，民的耕种，不得买卖，以赡贫弱，以防兼并。”③ 这个新方案的要点，一是“以口数占田”，使农民有田可耕；二是土地不得买卖，避免兼并，导致贫富悬殊。这个方案的民本思想很明显，比“井田制”进了一步，更现实一些，但要真正实行还是可能遇到麻烦。所以方案虽然有了，施行与否却未见记载。不过，朱熹在此表达出的“民本”心意，还是应该重视和肯定的。

2. 为民请命——轻徭薄赋

儒家认为：统治阶级的穷奢极欲，是造成民不聊生的重要原因，孟子对他们进行了深刻的揭露和严厉的痛斥：“庖有肥肉，厩有肥马，民有饥色，野有饿莩，此率兽而食人也。”朱熹注说：“厚敛于民以养禽兽，而使民饥以死，则无异于驱兽以食人矣。”④ 要想得到民众的拥护，必须

① 朱熹：《孟子集注》，世界书局1936年版，第37页。

② 黎靖德编：《朱子语类》卷108，中华书局1988年版。

③ 朱熹：《朱文公文集》卷68，文渊阁四库全书本。

④ 朱熹：《孟子集注》，世界书局1936年版，第3页。

减轻民众的负担，让他们的生活得到必要的保障。如果民众遭到过分的剥削和压迫，就要像《尚书·汤诰》所说："与尔有众请命。"① 如何才能保证民众的生活不致陷于困境呢？《周易》说："节以制度，不伤财，不害民"。② 孔子说："道千乘之国，节用而爱人，使民以时。"③ 统治者要建立制度，节省开支，不要劳民伤财，不要占用农民的生产时间。他曾请鲁哀公减轻赋税，施行十分抽一的"彻"法。哀公说：现在十分之二还不用，怎么能再减轻呢？孔子说："百姓足，君孰与不足。"④ 孟子说："不违农时，谷不可胜食也。百亩之田，勿夺其时，数口之家可以无饥矣。"⑤

朱熹根据儒家孔、孟大师的思想加以发挥说："盖侈用则伤财，伤财必至于害民。故爱民必先于节用。然使之不以其时，则力本者不获自尽，虽有爱人之心，而人不被其泽矣。"⑥ 因此，在实践中应该注意的问题如下。

一要节用。国家如何才能富起来？儒家经典《大学》说："生财有大道，生之者众，食之者寡，为之者疾，用之者舒，则财恒足矣。"朱熹在为这段话作注时，细加解释说："国无游民则生之者众矣，朝无幸位则食之者寡矣，不夺农时则为之者疾矣，量入为出则用之者舒矣。按此以明足国之道，在乎务本而节用。"⑦ 节用，才能真正体现"爱人"之心，让人民得到实惠。

节用的问题，首先又是上层人物的问题。朱熹说："如今民生日困，头只管重，更起不得。为人君为人臣，又不以为急，又不相知，如何得好。这须是上之人，一切扫除妄费，卧薪尝胆，合天下之智力，日夜图求，一起而更新之，方始得。"⑧ 只有上层人物的浪费、胡乱花钱的风气

---

① 蔡沈：《尚书集传》，世界书局1936年版，第46页。
② 朱熹：《周易本义》，世界书局1936年版，第51页。
③ 朱熹：《论语集注》，世界书局1936年版，第2页。
④ 朱熹：《论语集注》，世界书局1936年版，第51页。
⑤ 朱熹：《孟子集注》，世界书局1936年版，第2页。
⑥ 朱熹：《论语集注》，世界书局1936年版，第2页。
⑦ 朱熹：《大学集注》，世界书局1936年版，第7页。
⑧ 黎靖德编：《朱子语类》卷111，中华书局1988年版。

刹住了，百姓的负担才会减轻。

二要减税。历来的统治者为了维持正常的行政开支和不断扩大的享受需要，总是把增加赋税作为填补缺口的主要途径。朱熹根据他亲眼所见当时各地赋税繁苛的情况说："福建赋税犹易辨，浙中全是白撰，横敛无度，民甚不聊生，丁钱有至三千五百者。"又说："此外有各目科敛不一。官艰于催科，民苦于重敛，更无措手足处。"① 因此他在《庚子应诏封事》中说："臣尝谓天下国家之大务，莫大于恤民，恤民之实在省赋。"② 要求减轻赋税，整顿赋税名目。"须一切从民正赋，凡所增各色，一齐除尽，民方始得脱净。"③ 主张只收夏、秋二季"正赋"，把当时各地普遍加征的经总制钱、月桩钱、版账钱、丁钱、耗米、折帛、和买、和籴、盐税等等不合理的苛捐杂税统统除掉。朱熹这个"恤民省赋"的愿望当然是很好的，但真要"一齐除尽"，可能也存在很大的难度。

三要均税。造成贫民负担沉重的另一原因是"田税不均"。当时，许多贫民的土地虽然被官僚地主兼并去了，但产量和税额并没有划归兼并者，可是"产去税存"，仍要负担原先的赋税。朱熹发现这种"版籍不正，田税不均"的现象，成为"公私莫大之害"后，在《经界申请司状》中说："贫者无业而有税，则私家有输纳欠负追呼监系之苦；富者有业而无税，则公家有隐瞒失陷岁计不足之患。"决心加以改革，施行"经界法"，丈量土地，核实田亩，以"正版籍"；"随亩均产"，以均田税。④ 这个办法的民本思想倾向，非常明显。因而"土居豪右侵渔贫弱者以为不便"，进行抵制阻挠，结果不了了之。⑤ 但明末著名启蒙思想家王夫之说："其为法也，均平详审，宜可以行之天下而皆准。"给予了很高的评价。⑥

四要均役。徭役，自古以来就是官府加在百姓头上的沉重负担。春

① 黎靖德编：《朱子语类》卷111，中华书局1988年版。
② 朱熹：《晦庵集》卷11，文渊阁四库全书本。
③ 黎靖德编：《朱子语类》卷111，中华书局1988年版。
④ 朱熹：《晦庵集》卷21，文渊阁四库全书本。
⑤ 脱脱：《宋史》卷429，中华书局1977年版。
⑥ 王夫之：《宋论》卷12，中华书局1964年版。

秋时，孔子希望官府不要在百姓的生产季节征发徭役，仅是一般的土木工程劳役，还不是最严重的。后来，役的范围越来越大，宋朝时许多官府基层的事务，诸如看守官物、催收赋税、逐捕盗贼、传送使令等等，也轮差民户充当，称为“职役”。役的轻重繁难不等，规定按户等轮充。然而，执行中弊病甚多，不仅下户无力承担，富户也每多破产，叫苦连天。王安石改差役为雇役，实行免役法，但未能解决问题。南宋时，又出现了义役，“众出田谷，助役户轮充，自是所在推行。”可是，后来被地方势力把持，朱熹发现存在问题很多。“或以才智把握，而专义役之利；或以气力凌驾，而私差役之权。是以虐贫优富，凌寡暴孤。”① 因此，他设想了一个改革办法：“计一乡有几乡，乡有阔狭，某乡多富家，某乡少富家，却中分富家以异两乡，令其均平，其有不均处，则随其道里远近，分割裨补，令其恰好，人甚便之。”② 不管实行的情况效果如何，朱熹均平民众负担的用心，是可谓良苦的。

五要赈济。朱熹认为“天下之大务，莫大于恤民。”每遇灾荒之年，更应关心民瘼，及时赈济，使人民不致逃亡，以免发生社会动乱。朱熹在南康、浙东等地曾多次被朝廷委派办理荒政，雷厉风行地实施一系列赈济措施，拯救了成千上万的百姓，取得了良好的成效。其主要措施，除上述减税免赋外，还有以下几个方面。（1）发布安民告示，“首谕小民，安分著业，以待赈恤，毋得轻有流移。”（2）劝谕富户济贫，“令主户各存恤其客户，有余米平价出粜，以济乡间。”也可以按乡例放债，将来由官司负责讨还。如果违令囤积粮食不出售，依法惩治。如果贫民“妄行需索”，鼓众闹事，也要根究施治。（3）动用官府钱粮，“籴米赈粜”，稳定市场。（4）优待客船运米出售，“严邻路断港遏籴之禁”。（5）以工代赈，申请修筑沿江石堤，“使饥民就役，不致缺食。”③（6）设立社仓，救济灾荒应该早做准备，未雨绸缪，储备必要的粮食以应急需。朱熹早在居乡崇安时，先水后旱，连年饥荒，社会动荡不安，他应知县

---

① 脱脱：《宋史》卷178，中华书局1977年版。

② 黎靖德编：《朱子语类》卷111，中华书局1988年版。

③ 王懋竑：《朱熹年谱》，中华书局1998年版，第109、111页。

的邀请，劝富民出粟赈济下民。不足，又请知府调运粮食接济。按民户人口大小多少发放，效果很好。特作《崇安县五夫社仓记》记其事。① 其法：借常平或富人粮于乡社设仓，责富户主持，由社首、保正及乡士大夫协同办理，开始收息十之二，候息十倍于本，即不再收息，只收耗粮百之三。后推行各地，起了一定作用。

3. 为民父母——整顿吏治

儒家经典《大学》在议论如何治国时说："乐只君子，民之父母。民之所好好之，民之所恶恶之。"朱熹在为这句话作"注"时认为是，要求政府官员能够"以民心为己心，则是爱民如子，而民爱之如父母矣。"② 政府官员必须按民心办事，不能骑在人民头上当老爷。应该作的事很多，最主要的包括以下几个方面。

一要发展生产。朱熹很懂得"民以食为天"这个传统的，也是最容易理解的普通不过的道理，因此不管是做官或居乡，都很重视农业生产。他的文集留下了两篇《劝农文》："窃惟民生之本在食，足食之本在农，此自然之理也。""生民之本，足食为先，是以国家务农重谷。"他要求"州县守倅皆以劝农为职，每岁二月，载酒出郊，延见父老，喻以课督子弟、竭力耕田之意。"不仅政府官员要亲自出面劝农，他还提出了不少组织、发展农业生产的具体措施。例如：（1）不误农业季节方面，他说"耕农时节，不可迟缓，趋时早者，所得亦早，用力多者，所得亦多，无致因循，自取饥饿。"（2）改良土壤和种植方法方面，他说"耕田之后，春间须是拣选肥好田段，多用粪壤拌种了，种出秧苗。其造粪壤亦须秋冬无事之时，预先划取土面草根，晒曝烧灰，旋用大粪拌和入种子在内，然后撒种。"（3）兴修水利方面，他说"陂塘之利，农事之本，尤当协力兴修，如县司不为措置即仰经军投陈切待，别作行遣。"（4）保护耕牛方面，他说"切须照管，及时喂饲，不得辄行宰杀，致妨农务。"此外，还对因地制宜，多种经营，奖励垦荒等方面作了细致、周到的劝说，③ 其所

① 朱熹：《晦庵集》卷77，文渊阁四库全书本。

② 朱熹：《大学集注》，世界书局1936年版，第6页。

③ 朱熹：《晦庵集》卷99、100，文渊阁四库全书本。

关心真可说是深入细致，无微不至。

二要任贤使能。朱熹在《壬午封事》中说："四海之利病，系于斯民之休戚；斯民之休戚，系于守令之贤否。欲斯民之得其所，本原之地亦在朝廷而已。"① 朝廷应该为老百姓着想，为他们选派真正能为他们办事的好官。可是，当时官场的风气很坏，朱熹发现"今世士大夫惟以苟且逐旋挨去为事，挨得过时且过，上下相咻，以勿生事。当官者，大小上下，以不见吏民为得策。"② 这样的官吏，那能为百姓办好事呢？因此，他在《戊申封事》对皇上说："夫以陛下之聪明，岂不知天下之事，必得刚明公正之人而后可任也哉？"③ 他希望宋孝宗能够"任贤使能"，"亲贤臣，远小人，讲明义理之归，闭塞私邪之路"。对于贤者，应该"用之惟恐其不速，聚之惟恐其不多"；对于小人，应该"退之惟恐其不早，去之惟恐其不尽"。④ 用人时，应该强调德才兼备的标准。朱熹认为真正的人才，应该是既有德行，又有道艺，能够济世务、兴太平的人。只要用人得当，就可达到"数年之后，国富兵强"的目的。

三要反腐倡廉。朱熹经过长期亲身的体验和考察，发现当时的政治风气极其败坏，已经达到非常严重的程度。他在《戊申封事》中向皇帝反映说："臣窃观天下之势，如人之有重病，内自心腹，外达四肢，盖无一毛一发不受病者"。朝廷中的高级宰辅，多属"至庸之材，虽名为大臣，其实不过供给唯诺，奉行文书，以求不失其窠坐资级而已"。下此一等的官僚，更是"惟有作奸欺，植党羽，纳贿赂，以浊乱陛下之朝廷耳"。这些人长期把持朝廷，"志趣卑污，廉耻废坏"，"作奸犯法"的事很多。虽然累有揭发，但都因关系网盘根错节，牵连太多，"未能深割私爱"，结果是"不欲深究"不了了之。这种现象再也不能继续存在下去，必须"立纪纲，厉风俗"，⑤ 对腐败的政治风气进行必要的整顿和改革。

朱熹的官虽然不大，权力有限，亲民的时间也不长，但他仍然在力

① 朱熹：《晦庵集》卷 11，文渊阁四库全书本。

② 黎靖德编：《朱子语类》卷 108，中华书局 1988 年版。

③ 朱熹：《晦庵集》卷 11，文渊阁四库全书本。

④ 黎靖德编：《朱子语类》卷 107，中华书局 1988 年版。

⑤ 朱熹：《晦庵集》卷 11，文渊阁四库全书本。

所能及的范围内，在反腐倡廉方面作了许多有益的工作。仅以担任“提举浙东常平盐茶公事”时的事实为例，他就“日与僚属寓公，钩访民隐，至废寝食”，在深入各地调查研究的基础上，对一批玩忽职守、贪赃枉法的官吏，例如绍兴府兵马都监贾佑之“不抄札饥民”；差官密克勤“偷盗官米”；上户朱熙绩“不伏赈粜”；衢州知事李峄对灾情“专务掩蔽，不以实闻”；监库张大声、县丞孙孜报灾时，“辄敢欺罔灭裂”，将多报少，以致死亡甚众；江山知县王执中“弛慢不职”；宁海知县王辟纲“不恤”灾民；黄岩知县范直兴“不甚晓事”等，都报请朝廷，依法进行了严肃处理。特别是知台州的唐仲友，更是“违法扰民，贪污淫虐，蓄养亡命，偷盗官钱，伪造官会”等不法之事甚多。但因与丞相王淮为姻家，后台很硬，不容易扳倒。朱熹不畏权豪，不怕报复，接连六次上章弹劾，罢了他的官，人心大快。在倡廉方面，朱熹也很注意发现好人好事，例如：婺州通判赵善坚“措置赈济，委实劳效”；婺州知州钱佃“协力措置灾伤”；金华县进士陈夔“献米”、浦江县进士郑良裔“献米”、东阳县进士贾大圭“献米”、缙云县进士詹玠“献米”等，属于有功，请予叙劳“留任”“补官”，树立正面榜样加以表彰。① 知漳州时，县官黄岌“怠慢不职，专务营私”被奏劾罢官。龙溪知县翁德广“天资刚直，有悃悃爱民之实”，被推荐升官。②

4. 为民作主——公正执法

封建时代地方官的另一重大任务是听讼断案。朱熹说：“为守令，第一是民事为重。”③ 如果“当官不为民作主，不如回家卖红薯”，就属失职，没有尽到责任。如何才能把官当好呢？《大学》在谈论治国时说：“唯仁人，为能爱人、能恶人。”最理想的是具有仁爱思想的人当政，他们能爱人能恶人，爱憎分明。决定爱憎的标准是什么呢？朱熹在“注”中说：“以其至公无私，故能得好恶之正如此也。”④ 不是凭个人的私见，

① 王懋竑：《朱熹年谱》，中华书局 1998 年版，第 124－140 页。

② 王懋竑：《朱熹年谱》，中华书局 1998 年版，第 208、215 页。

③ 张伯行：《朱子语类辑略》，商务印书馆丛书集成本，第 153 页。

④ 朱熹：《大学集注》，世界书局 1936 年版，第 7 页。

而是要秉公执法。孔子曾经称赞子路“片言可以折狱”。其所以能够作到这样，朱熹在“注”中指出是由于“子路忠信明决，故片言出而人信服之，不待其辞之毕也”。① 根本原因是“为官惟公”没有私心。因此，他说：“官无大小，凡事只是一个公。若公时，做得来也精采。便若小官，人也望风畏服。若不公，便是宰相做来做去，也只得个没下梢。”② 只有能够为民作主，公正执法，才是好的父母官。

朱熹不仅认识到公正执法的重要性，而且在实践方面也有许多值得注意的事例。对于田主与佃户的关系，他在《劝农文》中认为“乡村小民，其间多是无田之家，须就田主讨田耕作。佃户既赖田主给佃生借以养活家口，田主亦借佃客耕田纳租，以供赡家计。二者相须，方能成立。”因此，他们之间如果发生矛盾，处理的办法应该是协调，而不是激化。他下令：“今仰人户递相告戒，佃户不可侵犯田主，田主不可挠虐佃户，”不要导致社会动乱。③ 特别值得注意的是，他还对社会中的弱势群体，表现出更多的关照。在《晓示经界差甲头榜》中说：“豪家大姓不力之家，包并民田，冒占官地，而纽租俵寄于不佃之户。奸胥猾吏，夤夜作弊，走弄出入，不可稽考。贫民下户，枉被追呼，监系捶楚，无所告诉。”在这种情况下，朱熹决心实施“经界法”，企图“使田税均平，贫富得实，免致贫民下户困于兼并猾吏之手。”④ 其公正之心，和对弱势群体的关注，是显而易见的。

在处理诉讼方面，孔子说：“听讼，吾犹人也。必也使无讼乎？”⑤ 听讼办案，秉公执法，固然很重要，但还是治末塞流；更为重要的，应该是正本清源，想办法达到“无讼”的境界。朱熹知南康军时发现这方面的问题不少，说：“政事固欲简静，但今时仕宦之人，不务恤民，多是故纵吏胥，畏惮权豪，凡有公事，略加点检，无不坐此二病者。”⑥ 于是，

① 朱熹：《论语集注》，世界书局1936年版，第52页。
② 张伯行：《朱子语类辑略》，商务印书馆丛书集成本，第153页。
③ 朱熹：《晦庵集》卷100，文渊阁四库全书本。
④ 朱熹：《晦庵集》卷100，文渊阁四库全书本。
⑤ 朱熹：《论语集注》，世界书局1936年版，第52页。
⑥ 王懋竑：《朱熹年谱》，中华书局1998年版，第94页。

他针对存在的问题，采取适当的措施，在一定程度上取得了较好的效果。

一是对违法害民的豪强恶霸坚决惩处。行状记录："先生治郡，视民若伤，至奸豪侵扰细民，挠法害政者，惩之不少贷。由是豪强敛戢，里闾安靖。"①

二是对横行霸道的官人子弟，严加管教。"有跃马于市者，踏一小儿将死"。朱熹闻讯立即将那人抓捕，第二天便依法在谯楼下"杖之"示众，以戒来者。有人向朱熹说情："此是人家子弟，何苦辱之?"朱熹认为"今人为秀才者便主张秀才，为武官者便主张武官，为子弟者便主张子弟"，官官相护的风气不好。《西铭》说："民物同胞"，所有的人应该一律对待，"若云子弟得跃马踏人，则后日当有甚于此者"，况且"人命所系，岂可宽弛!"②

三是加强思想教育，德刑并用。孔子说："道之以德，齐之以礼，有耻且格"。朱熹在为之作"注"时说："愚谓政者，为治之具；刑者，辅治之法。德礼则所以出治之本，而德又礼之本也。此其相为终始，虽不可以偏废，然政刑能使民远罪而已。德礼之效，则有以使民日迁善而不自知，故治民者不可徒持其末，又当深探其本也。"③ 孟子说："徒善不足以为政，徒法不能以自行。"朱熹在"注"中引程子的话说："为政，须要有纲纪、文章，谨权、审量，读法、平等，皆不可缺。"④ 从这个基本的认识出发，他在知南康军时，便双管齐下，"戒令劝率"，希望百姓不要违背"别居异财"的法令，结果"父子复合者数家，初恐未必从令，不意其能尔也"。⑤ 收到了意想不到的效果。

四是对包揽词讼、播弄是非的胥吏进行清理。朱熹早就发现当时不少地方官为了清闲省事，有"故纵胥吏，畏惮权豪"的毛病，以致某些地方"乱政生讼"的恶霸分子不少。朱熹一方面对上下蒙骗的胥吏"暂易其人"，进行清理整顿；一方面对恶迹昭彰的讼棍，"锄去一二"。很快

① 王懋竑：《朱熹年谱》，中华书局1998年版，第110页。
② 王懋竑：《朱熹年谱》，中华书局1998年版，第118页。
③ 朱熹：《论语集注》，世界书局1936年版，第5页。
④ 朱熹：《孟子集注》，世界书局1936年版，第51页。
⑤ 王懋竑：《朱熹年谱》，中华书局1998年版，第95页。

便收到显著的效果，“即日词讼便减十七八，今或至竟日而无讼者。”①

四、民本思想的历史定位

民本，作为儒家治国治民的指导思想，在几千年的政治实践中，确实培养了一些清官贤臣和较好的皇帝，在协调社会矛盾、限制弱化专制暴政，发展社会生产方面，起过一些进步的作用。但有些时候，这种思想不被统治者所重视和采纳，其作用就很难体现了。具体到宋朝来说，宋太祖赵匡胤是通过“陈桥兵变”，接受官僚贵族的拥戴，登上皇帝宝座的。没有经受过农民战争的洗礼，对民众威力缺乏深刻的的认识。因而在制订政策时照顾官僚贵族的权益多，考虑普通民众的利益少。清代著名史学家赵翼在《廿二史札记》中，总结出“宋制禄之厚”“宋祠禄之制”“宋恩荫之滥”“宋恩赏之厚”等条之后说，宋朝政府的政策具有“恩逮于百官者惟恐其不足”“财取于万民者不留其有余”的特点。② 文彦博也毫不隐晦地说，宋朝政府是“与士大夫治天下，非与百姓治天下也。”③ 依靠的是官僚贵族的支持，应该“得官心”，不必顾及“得民心”。正是由于这样，民众的负担过重，出现了阶级矛盾的紧张，处理民族矛盾时软弱无力，统治危机十分严重。其间，虽然也有不少仁人志士提出以民本思想为指导，进行政治改革，诸如庆历变法、熙宁变法等，但大多遭到守旧势力的阻挠，半途而废。

南宋时期，由于民族矛盾的加深，统治危机更为严重。朱熹为了挽救时艰，尽毕生的精力，致力于儒家民本思想的传播与实践，在力所能及的范围内，确实做到了一个爱护百姓、忠于职守、廉洁奉公的封建官吏应尽的责任。然而，遗憾的是朱熹接近皇帝的机会很少，他所宣传的道学被当权者列为“伪学”，在很长时间内遭到排斥。他“登第五十年，

① 王懋竑：《朱熹年谱》，中华书局1998年版，第94、95页。

② 赵翼：《廿二史札记》卷25，商务印书馆国学丛书本。

③ 李焘：《续资治通鉴长编》卷221，中华书局1985年版。

仕于外者仅九考，立朝才四十日。”① 因而，他实践民本思想的机会十分有限，其所遭遇的困难和阻挠却又很多，实际效果便不可能很大。但是从其精神实质来看，我们仍然不能不给予应有的肯定和较高的评价。

但是，任何意识形态都是一定历史时期社会存在的产物，具有特定的历史内涵，不可能不带有它那个时代所固有的特征与局限。儒家传统的民本思想虽然存在同情民众、反对君主专制主义的人道主义原则，与近代社会出现的民主概念存在某种程度的历史内在联系，不妨给予必要的肯定；但它与现代民主思想毕竟又是有所不同的。主要在于思想主体不同，思想前提不同，经济基础不同，从而他们的历史走向也不可能相同。

儒家的民本思想是以君主为主体，虽然说了许多爱民、重民、惠民、惧民、利民、便民之类的话；但，正如孔子所说："惠则足以使人。"② 是为了民众能为我所用，获得巩固的统治基础。达到孟子所说"保民而王，莫之能御也"的目的。③ 朱熹所说"民者，国之本也。"紧接其后便是"本固而后国安。"目的还是在于巩固国君的统治。不要以为朱熹在君与民的关系上，说过"以情而言，则相须以安，犹身体之相资以生也"，很亲密，很有人情味；但要注意他同时在同一地方还说过"以势而言，则尊卑之分，如霄坏之不侔"，"民可近，不可下"，只能与他们接近，不能降低自己的身份。④ 正因为如此，他始终认为封建的统治秩序，必须永远保持稳定。在《行宫便殿奏札》中说："君臣父子，定位不易，事只常也；君令臣行，父传子继，道之经也。"⑤ 民只能是供役使的被统治者。如果农民不堪剥削压迫敢于造反，他是毫不犹豫、坚决主张镇压的。他曾说："某尝作郡来，每见有贼发，则惕然惶恐，便思自家是长民之官，所以致此是何由？遂百种为收捉，捉的得便自欢喜，不捉得便终夜惶恐。"⑥

① 脱脱：《宋史》卷429，中华书局1977年版。
② 朱熹：《论语集注》，世界书局1936年版，第74页。
③ 朱熹：《孟子集注》，世界书局1936年版，第5页。
④ 蔡沈：《尚书集传》，世界书局1936年版，第30页。
⑤ 朱熹：《晦庵集》卷14，文渊阁四库全书本。
⑥ 黎靖德编：《朱子语类》卷106，中华书局1988年版。

绍熙五年（1194），他在担任知潭州、荆湖南路安抚使时，便对瑶民起义软硬兼施进行镇压，并在宁宗登基大赦令到达之前，将十八名“大恶”斩首，不使“脱网”。[①] 其维护封建统治的立场，确实是十分坚定的。哪里还有一点爱民、恤民的影子。可见民本思想与以人民为主体的民主思想，人民治国，人民在国家政权中当家作主，一切为了人民自己，显然是性质不同，不能混为一谈的两码事。

儒家民本思想是以人治为前提，孔子说：“文武之道，布在方策，其人存则政举，其人亡则政息。故为政在人。”朱熹也认为：“人君为政，在于得人。而取人之则，又在修身，能仁其身，则有君有臣，而政无不举矣。”[②] 都强调统治者以身作则、道德品质的重要性，夸大了统治者个人的作用。现代民主思想却是以法治为前提，以法治国，不仅以法律规定广大人民的权利和义务，还规定各种国家机关和国家公职人员在法律范围内的活动。法，在两种思想中的地位和作用是很不相同的。

儒家民本思想是以小农经济为基础，孟子设计的理想蓝图是：“五亩之宅，树之以桑，五十者可以衣帛矣；鸡豚狗彘之畜，无失其时，七十者可以食肉矣；百亩之田，勿夺于时，数口之家可以无饥矣；谨庠序之教，申之以孝悌之义，颁白者不负戴于道路矣；七十者衣帛食肉，黎民不饥不寒；然而不王者，未之有也！”朱熹极力称赞这个蓝图是“尽法制品节之详，极财成辅相之道，以左右民，是王道之成也。”[③] 生活在这种小农经济环境中的民众，不能不产生小农经济的意识，既反对暴政，又颂扬仁政；既反对贪官污吏，又盼望圣君贤相；难以摆脱人身依附关系，产生独立人格的意识。现代民主思想是以高度发达的商品经济为基础，在自由竞争的机制下，“天赋人权”“人人生而平等”的民主思想，方才应运而生。两种思想的经济基础不同，是它们能否顺利出现和发展的根本原因。

儒家民本思想之所以没有发展成为民主思想，还由于传统思想家们

---

① 叶绍翁：《四朝闻见录》卷4，文渊阁四库全书本。
② 朱熹：《中庸集注》，世界书局1936年版，第8页。
③ 朱熹：《孟子集注》，世界书局1936年版，第3页。

只重视治国理论和治国方法的研究，而不重视政治制度的研究。只热衷于论述和宣传重民的意义，而没有探索通过怎样的政治制度才能使“民”真正得以当家作“主”。他们提出的那些希望和原则，固然具有进步的意义，但大多只能停留在憧憬阶段，不能转化为制度上的现实。没有建立必要的监控机制，来预防、制止和纠正违背民意的专制行为。民本，就只能是圣君贤相偶尔的救世主行为，人存政举，人亡政息，难以为继。

正是由于这样，儒家的民本思想尽管具有某些看似民主思想的因素，诸如：民贵君轻、限制君权、天听自我民听、广纳民意、谏议制度、检举制度、考课制度、考核制度、科举考试制度、法不阿贵、与庶民同罪等，但都带有浓厚的君权色彩。儒家的民本思想，包括朱熹在内，是以君主制度的存在作为思考一切问题的出发点和前提，从不否认君主制度，把希望主要寄托在圣君贤相上，使许多美好的方案、蓝图，不能不陷于空想。民本思想虽然强调人心皆善，恻隐之心人皆有之，承认起点上的人格平等；但又坚持上智下愚，劳心者治人，劳力者治于人，不承认终点上的人格平等，这种时代赋予它们的局限性，使它们同现代的民主意识难以接轨。

只有到了近代，随着西学东渐，传统民本思想开始向近代民主思想嬗变。孙中山创建民国，宣传三民主义，在《香港兴中会章程》中引用“民为邦本，本固邦宁”，作为“振兴中华”的号召。刘师培、林白水辑录历代民本思想资料，写成《中国民约精义》一书，宣传卢梭的《民约论》，使传统的民本思想，纳入近代民主主义的体系。后来更成为中国共产党人接受马克思主义唯物史观、特别是群众观点的深厚文化土壤。因此，今天我们研究历史上儒家的民本思想，吸取精华，去其糟粕，仍有重要的现实意义。

［原载《古籍研究》，2004 年（上）；改编后载于《宋史研究论文集》第 11 集］

朱熹和谐理念的现代诠释

朱熹对中国传统思想中的和谐理念进行了全面的阐释，是一份值得研究的珍贵思想遗产。

一、和谐：一个值得关注的理念

“和谐”一词，在古今汉语使用中的频率很高。据查，在古籍中最早出现于《尚书·舜典》：“律和声，八音克谐”。《春秋·左传》：“如乐之和，无所不谐”。有和顺、谐和、和平、温和、调和、协调、中和等诸多涵义。人们在过去相当长的时间内，由于受到现实生活和舆论导向的影响，习惯在一分为二、矛盾斗争的环境中讨生活，竟然把客观存在、缺焉不可的事物的另一面——合二而一、和谐共进，逐渐地淡忘陌生了。导师们不是经常强调要全面地、辩证地看问题吗？为什么偏偏在思想方法论上就不能全面、辩证一点呢？好在“存在决定意识”，事物的发展是不以人们的意志为转移的，人们从现实生活中终于重新发现了“和谐”的重要性。看来传统思想中的“和谐”理念，也应该引起重视，把它发掘出来研究一番，看看能否有一些值得借鉴和使用的价值。

二、朱熹：有关和谐的用语

朱熹，在中国古代思想家中，是属于大师级的人物，占有不容忽视的重要地位。他的思想中是否具有和谐理念？让我们先从朱熹著作中使用的语词入手。

从“四部丛刊”本的《晦庵先生朱文公文集》（本文以下凡引自该书者，仅注卷数）中，我们在卷73《温公疑孟》一文中找到了一段话：“虞书称舜之德曰：父顽母嚚象傲，克谐以孝，烝烝乂，不格奸。所贵乎舜者，为其能以孝和谐其亲，使之进进以善自治，而不至于恶也。”（卷73）大意是说，舜的父、母和弟弟性格不好，家庭内部存在矛盾因素，但舜能用自己的孝行使家人和谐，把家人的关系调理得很好，蒸蒸日上，不流于邪恶，是值得称赞的。可见，朱熹的思想中是具有和谐理念的。

不过实事求是地说，我们在朱熹文集中找到他使用“和谐”一词的次数，不多，仅此一见。为了不致陷于“孤证”，我们又查找到了以下一些与“和谐”意义相近的语词。

和衷：1见，如：“同心一德，协恭和衷”。（卷28）

平和：6见，如：“其人资性平和”。（卷35）

人和：9见，主要有：“政通人和，郡以无事”。（卷78）“岁丰人和，幕府无事”。（卷78）“不暇复以百姓为心，下失人和”。（卷94）

公正：16见，主要有：“君臣上下，苦心劳形，杜邪枉之门，开公正之道，天人响应，遐迩协谋”。（卷95）

公平：17见，主要有：“圣人之道，中正公平，无向背取舍之私”。（卷66）“先王之政，细大具举，而无事不合民心、顺天理，故其公平正大之体，纲纪法度之施，虽纤悉之间，亦无遗恨”。（卷40）

太和：17见，主要有：“大舜深山日，灵襟保太和”。（卷2）“久恶繁哇混太和”。（卷5）“保合大和，即是保合此生理也”。（卷39）“保合大和，言于既得之后，天地万物盖莫不然”。（卷39）“乾道变化，各正性命，保合大和”。（卷72）“愚谓品物流形，莫非乾道之变化，而于其中，物各正其性命，以保合其大和焉”。（卷72）“尔唯人亦然，太和保合，善端无穷”。（卷78）

和平：25见，主要有：“少回灾沴，召致和平”。（卷13）

和气：30见，主要有：“导迎和气，销去旱灾”。（卷16）

太平：46见，主要有：“愿以清净化，永为太平基”。（卷7）

中和：89见，主要有：“致中和，致极也，与尽字同，致中和便是尽性”。“盖中者，所以状性之德，而形道之体；和者，所以语情之正，而显道之用”。（卷42）“中者，天地之所以立也，故曰大本；和者，化育之所以形也，故曰达道”。（卷67）

中庸：368见，主要有：“‘中庸’之‘中’字，本是指‘时中’之‘中’而言，然所以能时中者，以其有是不偏倚者为本，故‘中庸’之‘中’实兼二义。”（卷51）“愚谓中庸之道，天理自然，非如酒醴，必醞釀而成也。”（卷72）

此外，还有众多诸如“和”“谐”“中”“正”“协”“同”等单字，含义都与“和谐”相通、或相近，朱熹使用的次数也很多，难以统计。没有收入《朱文公文集》之内的论著还有很多，其中有关和谐的语词，更是无法统计。

好在“和谐”理念，是古代儒家经典著作经常谈论的话题，朱熹作为儒家思想大师级的传人，对儒家经典“四书五经”几乎全有自己的注释。他亲自编撰的就有：《大学集注》《中庸集注》《论语集注》《孟子集注》《周易本义》《诗经集传》等。只有《书经集传》为他晚年口授弟子蔡沈，他去世后由蔡沈整理补充完成。《礼记集说》为他的弟子黄干（女婿）的弟子陈澔完成。还有朱熹与其门人问答的《朱子语类》《朱子语类略辑》等书，也应属于研究朱熹思想最原始的资料。这些著作既是对古典著作的探幽发微，也是朱熹本人思想的阐述发挥。我想根据这些文献资料，应该能够比较真实地了解朱熹思想中有关“和谐”理念的全貌。朱熹的和谐理念，是在注释儒家经典著作中形成的，既是儒家和谐理念的继承，又是儒家和谐理念的发展，很难将原典与阐述截然区分，因此下面在论述朱熹和谐理念的时候，只好结合使用了。

三、和谐的普遍性

和谐，作为一种理念，既存在于物质世界，也存在于精神领域；而且超越时间空间，无论古今中外，具有极其广泛的普遍性。根据儒家大师朱熹的理解，至少存在于以下几个方面。

1. 自然和谐——保合太和

人类赖以生存的自然界，存在着万事万物，各有自己的个性，互不相同，难免出现矛盾乃至斗争，生存竞争，物竞天择，固然是无法避免的事实；但又不能不承认它们仍然存在于同一个自然界中，共同生存，平衡发展，也是合乎情理的原则。避免破坏大自然，保持生态平衡，越来越获得人们深刻的理解。

人们对自然界的认识，经历了一个漫长的过程。人和万物是如何产生发展的？朱熹用传统的“阴阳五行”说，对自然界进行朴实的探索，他“推测人之身而并及于物，以至动植之殊，各极其本原而察之”，得出了“窃谓阴阳五行之气化生万物”的结论。（卷62）认为“天地所以生物之机，不越乎阴阳五行而已”；（卷75）“二气五行造化万物，一阖一辟万变是生，所谓五行之气，即雷风水火之运邪，又即二气之参差散殊者邪”。（卷47）这种把大自然看作是“阴阳”二气和“金木水火土”五种元素构成的看法，应该说是逐步接近科学，值得重视的探索。

自然界万事万物是如何运作的？朱熹也有一些自己的看法。例如，他认为“月体常圆无缺”，是“人看得有盈缺”，“古今人皆言有缺”是不对的。“日食，是为月所掩；月食，是与日争敌”。[①] 就很有现代科学的头脑。

朱熹认为自然界的万事万物都是“阴阳五行”演变的结果，他在为《礼运》“播五行于四时，和而后月生”作注时说，“质具于地，气行于天，春木、夏火、秋金、冬水，各主其事以成四时。月之盈亏，由于日之远近，四序顺和，日行循轨，而后月之生明如期。”[②] 就很朴素地发现了事物发展的规律，而且这种规律还与事物之间的“和”联系在一起。他在为《诗经》作注时，也很注意自然界生物的和谐，例如“关关雎鸠”，特为指出“关关，雌雄相应之和声也”。“黄鸟于飞，其鸣喈喈”，特为指出“喈喈，和声之远闻也”。“螽斯羽，诜诜兮，宜尔子孙”，特为

① 张伯行：《朱子语类辑略》，商务印书馆丛书集成本，第7、8页。

② 陈澔：《礼记集说》，世界书局1936年版，第128页。

指出“诜诜，和集貌……处和集而子孙众多”。① “一草一木，皆天地和平之气”。②

自然和谐，在事物发展中具有规律的意义，人们对它的认识，虽然至今还没有达成完全一致的共识，但开始认识它的时间确实很早了。两千多年前的儒家经典《周易》说：“乾道变化，各正性命，保合太和，乃利贞。”大意是说，自然发展的规律是不断变化，万事万物各得其正，保持“太和”的态势，才能顺利发展。朱熹在注中指出：“太和，阴阳会合冲和之气。各正者，得于有生之初；保合者，全于已生之后。此言乾道变化，无所不利，而万物各得其性命以自全”。③ “动物有血气故能知，植物虽不可言知，然一般生意，亦可默见，若戕贼之，便枯悴，不复悦怿”。④ 人，应该是有仁爱之心的仁者，要爱惜生命。因此，“曾子曰：树木以时伐焉，禽兽以时杀焉。夫子曰：断一树，杀一兽，不以其时非孝也。”⑤ 和谐，是万物发展必须具有的环境与条件，如果不注意环境保护，破坏生态平衡，不仅应该受到人们的谴责，而且将会受到自然的惩罚。

2. 天人和谐——天人合一

自然界的发展需要和谐，人在与自然发生关系时，也应注意和谐，尽可能做到天人和谐，用古人的话来说就是天人合一，也就是天道与人道、自然与人为，要尽量统一协调，达到和谐的境地。

中国古代思想家对人与自然的关系称之为“天人之际”。多数思想家认为，人与自然的关系不是敌对的，而是全体与部分的关系，天与人之间应该相互协调。

天地孕育出人类，也孕育草木鸟兽。草木鸟兽是人类的伴侣与朋友，人类应该爱惜天地孕育出的有生命之物，珍惜与它们之间的谐和关系。孔子要弟子们读《诗》，让他们“多识鸟兽草木之名”，与自然为友，向自然学习。

---

① 朱熹：《诗经集传》，世界书局1936年版，第1、2、3页。
② 张伯行：《朱子语类辑略》，商务印书馆丛书集成本，第23页。
③ 朱熹：《周易本义》，世界书局1936年版，第2页。
④ 张伯行：《朱子语类辑略》，商务印书馆丛书集成本，第23页。
⑤ 陈澔：《礼记集说》，世界书局1936年版，第263页。

《周易》提出："夫大人者，与天地合其德，与日月合其明，与四时合其序，与鬼神合其吉凶，先天而天弗违，后天而奉天时，天且弗违，而况于人乎。"朱熹为这段话作注时说："人与天地鬼神，本无二理，特蔽于有我之私，是以梏于形体而不能相通。大人无私，以道为体，曾何彼此先后之可言哉！先天不违，谓意之所为，默与道契。后天奉天，谓知理如是，奉而行之。"① 人与天地的关系应该是一致的，不要有"人"的私心，应该体会"天道"行事；所谓"先天"，指在自然变化未发生以前加以引导；所谓"后天"，指在自然变化发生以后随顺自然的变化。如能一切都按自然的本身行事，就不存在任何问题，就能达到天与人的协调。

朱熹认为"中和在我，天人无间，而天地之所以位，万物之所以育，其不外是矣"。只要人能够行使"中和"之道，天人关系就能和谐，保持各自的地位，获得正常的发展。（卷67）应该极力寻求"天人之际，君臣之间，已有响合之势。"（卷25）

为了能使天人关系达到和谐，古代思想家提出了"天人感应"说，利用"天变"告诫人们不要违背"天意"，把某些没有必然联系的天灾与人事扯在一起，虽然不完全符合科学，但用心良苦，劝人为善，还是可以理解的。

朱熹就曾向皇帝提出："天运艰难，国有大咎，天变为之见于上，地变为之作于下"。（卷14）其原因就在于"不暇复以百姓为心，下失人和，上干天变，其原在此"（卷94）希望把政务的缺失，作为"最急之务，切乞留神反复思虑，断而行之，以答天变，以慰人心"。（卷14）

他们希望用"尽人道"的办法来"尽天道"。朱熹说："天人无二理，本末无二致，尽人道即天道亦尽，得于末则本亦未离，虽谓之圣人，亦曰人伦之至而已"。（卷45）尽可能使人与自然的关系达到和谐，虽然带有浓厚说教色彩，也还是有其一定的意义。

3. 人际和谐——天下协和

和谐理念，最为人们关注的还是人类社会，也就是人际间的和谐。

---

① 朱熹：《周易本义》，世界书局1936年版，第4页。

孟子说："天时不如地利，地利不如人和"。朱熹在注中说："天时，谓时日支干孤虚王相之属也；地利，险阻城池之固也；人和，得民心之和也"。① 比较起来，人和，也就是民心的和谐最为重要。儒家经典《大学》开宗明义就说："大学之道，在明明德。古之欲明明德于天下者，先治其国；欲治其国者，先齐其家"。② 因此，人际间的和谐，又可分成天下、国家、家庭几个层次。

天下和谐：天下的范围最广，包括许多国家，应该就是今天所说的世界。早在帝尧的时候，就希望"克明俊德，协和万邦"。③ 所有的邦国都应该和谐相处。儒家思想最理想的人际社会，是天下大同。在那里"天下为公"，"人不独亲其亲，不独子其子，老有所终，壮有所用"，"货恶其弃于地也，不必藏于己；力恶其不出于身也，不必为己"，"谋闭而不兴，盗窃乱贼而不作，外户而不闭"，人际关系很好，社会秩序很好，"是谓大同"。为什么叫大同呢？注者特别指出："同，犹和也，平也"。④ 就是世界和谐。朱熹在为《大学》"平天下在治其国者，上老老而民兴孝，上长长而民兴弟，上恤孤而民不背"作注时说：各国领导人如果都能按此三者行事，先把自己的国家治理好，并"因其所同，推以度物，使彼我之间，各得分愿，则上下四旁，均齐方正，而天下平矣"。⑤ 国际之间的矛盾得到公正合理的解决，世界和谐的理念就实现了。

国家和谐：原始社会崩溃后，随着家庭、私有制的产生，便出现了国家。在那里"天下为家，各亲其亲，各子其子，货力为己，大人世及以为礼，城郭沟池以为固"，基于私有财产的争夺，家庭之间、阶级之间、国家之间的矛盾，日益尖锐，暴力冲突不断。不仅广大平民的生活得不到必要的保证，整个社会的发展也受到严重的阻碍和破坏。为此，儒家的政治思想中提出了和谐治国的理念。《礼运》认为：和谐的大同社会既已成为历史，就应该像禹、汤、文、武、成王、周公那样，"礼义以

① 朱熹：《孟子集注》，世界书局1936年版，第27页。
② 朱熹：《大学集注》，世界书局1936年版，第1页。
③ 蔡沈：《书经集传》，世界书局1936年版，第1页。
④ 陈澔：《礼记集说》，世界书局1936年版，第120页。
⑤ 朱熹：《中庸集注》，世界书局1936年版，第6页。

为纪，以著其义，以考其信，著有过，刑仁讲让，示民有常。”构建较为现实的“小康”社会。[①] 这个社会要施行仁政，以德为治，“在明明德，在亲民，在止于至善”。要以民为本。具体说来，要为民制产，耕者有其田；要为民请命，轻徭薄赋；要为民父母，整顿吏治；要为民做主，公正执法。我在《略论朱熹的民本思想》中已经作了较为详细的论述，[②] 无须赘言。不难看出，这样的社会如果真能出现的话，应该说是比较接近于和谐了。

家庭和谐：人际和谐还表现在家庭方面，特别是中国古代社会大家庭（家族）的特征，比西方国家更为突出，家庭成员众多，不和谐的因素很多，维护家庭和谐更是需要随时注意的问题。儒家认为“家齐而后国治”，既然家庭是国家的基本单位，因此只有先使家庭得到和谐，才能使国家达到和谐。“其家不可教而能教人者无之，故君子不出家而成教于国，孝者所以事君也，弟者所以事长也，慈者所以使众也”。[③] 朱熹说：“父父子子之会通，惟慈孝而已，至于父止于慈，子止于孝，各止其则，是乃行其典礼也；苟不知父父之慈，子子之孝，则将何自而行其礼乎?”（卷39）他主张用道德伦理维护家庭关系，只要作到“父父子子、兄兄弟弟，夫妇朋友各得其位，自然和”。[④] “人能孝弟，则其心和顺，少好犯上，必不好作乱也”。[⑤] 家和万事兴，大概就是这个道理。

4. *身心和谐——正心修身*

和谐的普遍性，除表现在以上三个方面（自然界、人与自然的关系、人与人的关系）以外，还表现在人的自身，也就是个人的身心关系方面。个人的身心受到外部各种因素的影响，也很可能出现不和谐，也就是人们常说的心态不平衡，给自身的发展造成不利。我国古代思想家认为：正心修身是齐家治国平天下的根本。“欲治其国者先齐其家，欲齐其家者先修其身，欲修其身者先正其心。心正而后身修，身修而后家齐，家齐

---

① 陈澔：《礼记集说》，世界书局1936年版，第121页。
② 杨国宜：《略论朱熹的民本思想》，载《古籍研究》，2004年（上）。
③ 朱熹：《大学集注》，世界书局1936年版，第5页。
④ 黎靖德编：《朱子语类》卷22，文渊阁四库全书本。
⑤ 朱熹：《论语集注》，世界书局1936年版，第1页。

而后国治，国治而后天下平”。朱熹认为“学者必由是而学焉，庶乎其不差矣”。① 用修身的办法加强道德修养，对各方面来说都很有必要。一般说来，要使个人的身心得到和谐，主要必须处理好以下三个方面的关系。

一是能与位的关系。能，指个人的素质能力；位，指客观的职权地位。每个人都有自己的理想和抱负，希望为社会多做贡献。“不想当将军不是好士兵”，想要得到一定的职权和地位，是完全可以理解、应予肯定的。但当将军不仅主观要符合一定的条件，而且要客观上存在一定的需要；因此不是任何人想当就能当上的。空想不符合实际就会落空，徒增烦恼。孔子说：“不患无位，患所以立；不患莫己知，求为可知也”。② 不怕得不到官位，只愁没有做官的本领；不怕没有人知道自己，只愁自己有多大本领可让别人知道。真正有本领的人不会没有人知道的。孔子还说：“德薄而位尊，知小而谋大，力小而任重，鲜不及矣”。③ 朱熹一再用“鼎折足，覆公𫗧”的生动形象说明，德才不足，“则不胜其任矣，故其象如此”。④ 那些想当大官的人，有时也可能真当上了，但才德不济，力不胜任，很少不带来灾难。因此，要有自知之明，不要追求名誉地位，四处跑官要官，达不到目的便闹情绪，以致心态不平衡，是一剂苦口的良药！

二是义与利的关系。义利问题是价值观的核心，最能反映每个人的道德修养。儒家推崇道义论，孔子反对“不义而富且贵”，要求“见利思义”，“义而后取”。法家注重功利论，商鞅认为“民生则计利，死则虑名”。后世有些学者各持一端，把义利的对立推向了极端。朱熹认为“义利之说，乃儒者第一义”。（卷 24）他发现“今之学者之病，最是先学作文干禄，使心不宁静，不暇深究义理，故于古今之学、义利之间，不复能察其界限”，加以取舍。（卷 58）不择手段追求名利的现象很不好。他认为应当“分别其公私义利之所在，而决取舍之”。（卷 59）按照《大

① 朱熹：《大学集注》，世界书局 1936 年版，第 1 页。
② 朱熹：《论语集注》，世界书局 1936 年版，第 15 页。
③ 朱熹：《周易本义》，世界书局 1936 年版，第 66 页。
④ 朱熹：《周易本义》，世界书局 1936 年版，第 44 页。

学》的次第，好好学习，加强修养，以便在“公私义利之间”，作出正确的选择。（卷97）他认为义利是与公私紧密联系的，他在为“君子喻于义，小人喻于利”作注时说：“义者，天理之所宜”，是公；“利者，人情之所欲”，是私。因此，正人君子把公义放在首位，目光浅短的小人斤斤计较个人的私利。① 古代的儒家并不反对利，义与利既有矛盾的一面，又有统一的一面。《周易》说：“利者，义之和也。利物，足以和义”。朱熹在注中说：“利者，生物之遂，物各得宜，不相妨害，故于时为秋，于人则为义，而得其分之和”，“使物各得其所利，则义无不和”。② 可见，朱熹对个人追求合乎其分其宜的物质利益，是“和义”的。只是在“私利”与“公义”发生矛盾时，则应当提倡公而忘私、局部利益服从整体利益。追求个人正当利益内心是和谐的，牺牲私利服从公义内心也是和谐的。因此，古人把杀身成仁、舍生取义的人作为英雄，他们和向他们学习的人，其内心当然都是高尚和谐的，不然就不会临死不屈、前赴后继、视死如归了。

三是理与欲的关系。天理，指自然法则；人欲，指人的欲望嗜好。作为一对矛盾提出，最早见于《礼记·乐记》：“人生而静，天之性也；感于物而动，性之欲也”，“夫物之感人无穷，而人之好恶无节，则是物至而人化物也。人化物也者，灭天理而穷人欲者也”。以致败坏了人心和社会风气，“有悖逆诈伪之心，有淫佚作乱之事”。使整个社会很不和谐，“是故强者胁弱，众者暴寡，知者诈愚，勇者苦怯，疾病不养，老幼孤独，不得其所，此大乱之道也”。③ 这种“灭天理，穷人欲”的现象，不仅儒家反对，先秦诸子中，《老子》主张“不见可欲，使民不乱”。《庄子》主张“顺之以天理”；《韩非子》要求“不逆天理”。都不同程度地反对追求过分的人欲，以适应天理。朱熹明确提出“存天理，灭人欲”，其由来和用心当亦如此，并非毫无根据的空穴来风、标新立异，只不过话说得太绝对了一些，人们容易误解，难以接受。其实，朱熹并不完全

---

① 朱熹：《论语集注》，世界书局1936年版，第15页。
② 朱熹：《周易本义》，世界书局1936年版，第2页。
③ 陈澔：《礼记集说》，世界书局1936年版，第206页。

排斥人欲，“饮食者，天理也；要求美味，人欲也”。[①] 就把“饮食”之类的生存条件划归天理，“此欲亦岂能无，但亦是合当如此者”。[②] 应当满足，只是过分追求“美味”的那种人欲，脱离自己的现实条件，既然存在破坏社会现实的潜在威胁，当然应该反对。合乎“天理”的人欲，不仅不能“绝灭”，而且还应随着社会经济文化的发展，而不断改善提高，满足这种欲望才能和谐，绝灭反而不和谐。正确的处理在于掌握适当的度，使愿望与可能得到一致，身心就自然和谐了。

加强修养，正确处理以上几种关系，身心就可能得到和谐。孔子说：“君子坦荡荡，小人长戚戚。”朱熹在注中说：“坦，平也。荡荡，宽广貌。程子曰：‘君子循理，故常舒泰；小人役于物，故多忧戚。’程子曰：‘君子坦荡荡，心广体胖。’”[③] 人的身心得到和谐，素质提高，就为进一步更大范围的和谐——齐家、治国、平天下打下了良好的基础。

四、和谐的原则和基本精神

和谐，处理各种关系时需要掌握的重要原则，主要包括以下几个方面。

一为公平性。任何事物都存在着矛盾，它们在发展的进程中必然快慢高低、各自不同，不可能始终协调、齐头并进，不平衡的情况随时都可能出现。这种不和谐的苗头，要及时建立必要的法制，采取照顾各方、比较公平的措施，使之不致扩大到难以控制的程度，复归于和谐。朱熹认为要想国家和谐，“政则有公平正大之体，纲纪法度之施”。（卷40）他曾在《庚子应诏封事》中对皇帝说：“必人主之心术公平正大，无偏党反侧之私，然后纲纪有所系”。（卷11）

二为公正性。单有公平的法制，还不足以导致和谐，因为法是要靠人来执行的，因此执法人员的公正，又成为重要的原则。在法制不完善

① 黎靖德编：《朱子语类》卷13，文渊阁四库全书本。

② 黎靖德编：《朱子语类》卷94，文渊阁四库全书本。

③ 朱熹：《论语集注》，世界书局1936年版，第31页。

的时候，执法官员的随意性很大，人们常把和谐的希望寄托在公正的官员身上。朱熹说："天下之事，必得刚明公正之人，而后可任也"。（卷11）就是这个道理。但是，儒家强调"人治"，"人存政举，人亡政息"是常有的事，这又成了古代社会和谐难以持久维系的痼疾。看来，人治也还得靠法治来保证。

三为和平性。即使有了公平的法律，公正的官员，也不一定就能导致和谐，因为还有一个态度作风、方式方法问题，是否文明执法常常带来不同的后果。朱熹在为"礼之用，和为贵"所作的注中说："礼者，天理之节文，人事之仪则也；和者，从容不迫之意。盖礼之为体虽严，然皆出于自然之理，故其为用必从容而不迫，乃为可贵。"因此，朱熹认为："州郡长吏，奉法遵职，务格和平"。（卷22）如果不采取和平的方式，态度强硬，行为粗暴，当事人不能接受，不仅不能解决问题导致和谐，有时甚至会使矛盾扩大，使问题更加难以解决。因此，朱熹一再告戒"待人接物之际，温厚和平"。（卷37）不可"但据一时自己偏见，便自主张以为只有此理，更无别法，只有自己，更无他人，只有刚猛剖决，更无温厚和平，一向自以为是，更不听人说话。此固未论其所说之是非，而其粗厉激发，已全不似圣贤气象矣"。（卷53）没有一点圣贤温和厚道的样子，哪能把事情办好，得到希望的和谐呢。

和谐，可以体现出事物之间美好的愿望与精神。主要包括以下几个方面。

一是包容性。《中庸》认为"万物并育而不相害，道并行而不相悖"，这种万物不相害不相悖的和谐，是由于天道具有极广的包容性。"辟如天地之无不持载，无不覆帱，辟如四时之错行，如日月之代明，小德川流，大德敦化，此天地之所以为大也"。朱熹在注解时特别指出："所以不害不悖者，小德之川流；所以并育并行者，大德之敦化。"① 兼容并包的胸怀，只要长久坚持就能收到理想的效果。

二是多元性。和谐体现了差异的融合和多样性统一的精神。中国古

---

① 朱熹：《中庸集注》，世界书局1936年版，第15页。

代思想家认为，人与人之间关系的准则是“和”。周太史史伯说：“以他平他之谓和”，即是不同的事物相聚集而达到平衡，也就是今天常说的多样性的统一。“和”的内涵非常丰富而深刻，不能简单化理解。孔子说：“君子和而不同。”朱熹认为“和者，无乖戾之心；同者，有阿比之意。”① 意谓人与人之间可以建立既能互助合作、不相冲突；又可保持各自立场、不同意见的关系。也就是说可以求同存异，和平共处，但“和而不流”，② 不同流合污，体现出和谐的多样性统一精神。

三是适中性。儒家思想认为，为人处事都要合乎“中庸”之道。中，有中正、中和、不偏不倚等义；庸，有平常、常道、常行等义。朱熹在《中庸集注》中作了深入细致的阐述。“中也者，天下之大本也；和也者，天下之达道也。致中和，天地位焉，万物育焉。”中庸，符合自然的规律。“过犹不及”，都不行，必须中节才能合拍，达到和谐。因此，人们高度赞赏“不偏之谓中，不易之谓庸。中者，天下之正道，庸者，天下之定理。”奉为做人处事最高的美德。因其“不偏不倚”立场公正；处理事务时能够“执其两端而用中”，无过或不及之憾，才可收到和谐的效果。“中庸之中，实兼中和之义”，有时被认为是“调和”“折衷”，甚至贬之为“和稀泥”，其实这些语词也并非全属贬义。“水乳交融”全靠调和之功，“和衷共济”没有折中不行，不和稀泥就建不起高楼大厦。适中精神，以其特有的空间优势，使彼此各方易于接近，造成双赢共利的局面，中间人、中介人、和事佬在现代社会生活中是缺少不了的。

四是和睦性。现代社会需要和谐，相互团结，和睦共处。朱熹在为“四海之内皆兄弟”作注时说：“苟能持己以敬而不间断，接人以恭而有节文，则天下之人皆爱敬之，如兄弟矣。”③ 只要待人接物的态度好，就能使彼此接近，化解矛盾冲突。和睦，也就是中和，是人们构建和谐社会的美好精神，朱熹说：“君子之所以致中和，而天地位，万物育者，在此而已。”（卷32）如何才能达到中和呢？“进反之间，见得一个恰好处，

---

① 朱熹：《论语集注》，世界书局1936年版，第57页。
② 朱熹：《中庸集注》，世界书局1936年版，第4页。
③ 朱熹：《论语集注》，世界书局1936年版，第50页。

方是实识得中和也。”（卷 40）并不困难复杂，只需一个“恰到好处”的“中”字而已。

五、实现和谐的方式与途径

从以上概略的论述中不难看出，朱熹对儒家和谐理念的继承和阐释，确实是相当深入细致的，也给我们全面了解古代思想中的和谐资料，提供了很多方便。让我们从和谐的普遍性认识到它的重要意义，从把握它的基本原则和精神，探讨如何实现它的方式与途径，都是很有好处的。

和谐虽是人们普遍向往追求的理想。但由于诸多矛盾因素的制约，不和谐的现象或苗头，也是普遍存在或不断凸出的事实，给人们的生活带来许多负面影响，很不愉快。如何消除不和谐的因素，实现和谐呢？方式和途径可能很多，值得探讨。从朱熹的言论行事中，至少可以归纳成以下几个方面。

一是著书立说。进行宣传教育工作，引导人们加强道德修养，提高文化素质，从思想上认识和谐理念的重要意义。总的看来，以教育为本的大方向是对的，但其教育的内容主要是儒家思想的《四书五经》，把《大学》作为“初学入德之门”的教材，希望从正心、修身出发，培养出具有齐家、治国、平天下能力的合格官员，依靠他们把整个社会带往和谐。这个愿望当然是好的，只是在切合实际上可能不那么简单，有些书生气，其他方面不配合，再美好的愿望也难于实现。

二是强调纲纪。希望用伦理道德约束人际之间出现的不和谐。《礼记·乐记》提出：“圣人作为父子君臣，以为纪纲，纪纲既正，天下大定。”朱熹的弟子在注中认为：“圣人立父子君臣之礼，为三纲六纪之目也。三纲谓君为臣纲，父为子纲，夫为妻纲也。六纪谓诸父有善，诸舅有义，族人有叙，昆弟有亲，师长有尊，朋友有旧也”，“圣王制礼法，修教化，三纲正，九畴叙，百姓大和。”① 儒家很看中“三纲”学说，对

① 陈澔：《礼记集说》，世界书局 1936 年版，第 216 页。

用它来维护和谐抱有很大的希望。但其本身实际上就存在着不和谐的因素，人为地把君臣、父子、夫妇之间的关系，等级尊严到了不讲是非的程度。朱熹认为“天下无不是底父母，此说得之四体，不言而喻，无人说与它，它自晓得”。（卷32）推而论之就成了“无不是的君”，“无不是的夫”。臣对君，子对父，妇对夫，只有绝对服从，毫无人的平等尊严可言，稍不合意就可视为“犯上作乱”，“大逆不道”，哪能形成真正的和谐呢？伦理道德的作用，实际约束力究竟如何？能否使社会真正达到和谐，是很值得怀疑的。于是《乐记》又有所补充：“礼乐刑政，四达而不悖，则王道备。”只有作好这四个方面的工作，才可望实现“等贵贱，和上下，别贤不肖，均政”的和谐局面。① 措施较前更为全面，效果应该更好一些。但历史上的那些“礼乐刑政”措施，无不具有明显的阶级性，全是为了维护当时的统治秩序，对各阶级不可能一律平等，所谓“等贵贱”就不可能不是空头支票，“和上下”的目标也必然是难以实现的泡影。

三是采取经济措施。为民置产，减轻负担，缓和矛盾。朱熹为了实现社会和谐的理念，并不全是宣讲理论，空洞说教，也从实际方面作了许多有益的工作。例如：他曾提出《井田类说》计划，希望耕者有其田；提出多种节用、减税、均税、均役措施，减轻民众负担；整顿吏治，反腐倡廉；公正执法，为民申冤；都在一定程度上缓和了社会矛盾，有利于和谐社会的构建。

但朱熹一生主要从事的是教育工作，作亲民的地方官仅“九考”，不过十来年；“立朝才四十日”，时间不长，地位不高，权力不大，因而对当时社会的影响和作用也就非常有限。

朱熹，作为封建国家的政府官员，难免有其时代和阶级的局限性，不可能完全站在弱势群体方面看问题，不可能不维护封建社会的秩序，因而其极力宣扬的公平和公正，并非可以垂之后世而不变的永恒标准。他所信奉称道的和谐理念，从其出发点、目的和所采用的手段看，都和真正意义的和谐，还存在不小的距离。不过我们应该历史地看问题，对

① 陈澔：《礼记集说》，世界书局1936年版，第207页。

古人不应过分苛求。朱熹的和谐理念，应当是一份珍贵的历史遗产，对其进行深入研究，去其糟粕，取其精华，为社会主义文明建设服务，是有其现实意义的。

（原载《合肥学院学报》2005 年第 3 期；后收入《朱子学说与社会和谐》，黄山书社 2005 年版）

安徽地方史研究

东吴平定皖南山越战争的性质及其历史作用

前　言

《安徽日报》1959年7月12日与15日连载了程梦余、程耀芳所写的《陈仆祖山和黟县山贼》一文，该文断定抗拒东吴的陈仆、祖山为农民武装。不久前出版的《安徽分县图》也称："黟县南有林历山，汉末农民陈仆、祖山曾据此起义"。看来以陈仆、祖山为农民起义的人，当属不少。为了把这件事情弄清楚，最近查阅了一些资料，发现程文所据以确定为农民起义的理由，极不充分。我们不应不加分别地把陈仆、祖山称为农民起义，从而这次战争的性质及其作用，也就应该给以重新估价。

《三国志·吴志·贺齐传》称陈仆、祖山为"黟帅"，它的性质是非常不明显的。接着，在注中，《抱朴子》称其为"山贼"，由于带有一个"贼"字，似乎可以成为论定其性质的证据，因此程文便说："所谓山贼，意思等于后来的土匪，实际是一支农民武装"。实则这个理由是极不充分的。固然，历史上的统治者常常把农民起义称为盗贼，我们史学工作者有责任揭露历代统治者对农民的诬蔑，运用历史唯物主义阶级分析的武器，来分析史料，把历史上劳动人民不堪统治者的剥削压迫而英勇反抗的事迹表彰出来；但应该注意历史事实的本来面目，具体分析，并不是所有史料上关于"盗贼"的记载都是农民起义。这是一个逻辑性的问题，决不能简单化到：由于封建统治者常常把农民起义称为盗贼，因此史料上的盗贼完全都是指的农民起义。

历史唯物主义者主张在研究历史时，应该充分占有史料，经过充分研究，实事求是地确定事件的性质与作用。程文所缺乏的就是这一点，他明明知道，关于陈仆、祖山还有很多问题需要研究，不应轻下结论，例如他说："山贼与山越有无关系，从前黟县是否有过这样一种少数民族，这些都还有待研究"，但他偏偏过早地下了结论。因而这个结论，是不能令人信服的。

农民战争史的研究，是一个非常重要的课题，一个人的意见难免有不周到的地方，必须由大家的力量集体来搞。我想就平时工作中接触到的一些资料，提出我对这次战争的性质和作用的初步看法，供大家讨论。

一、汉代山越与汉族人民的融合

抗拒东吴政权的皖南"山贼"，与"山越"的关系很密切，为了研究"山贼"抗吴的性质，必得考查一下山越的历史。

关于山越最早的记载，是《后汉书·灵帝纪》："建宁二年（169）九月，丹阳山越围太守陈寅"。由此可知，丹阳是有山越的。丹阳是汉代大郡，治今安徽宣城，辖有宛陵（安徽宣城）、溧阳（江苏今地）、故彰（浙江安吉）、丹阳（安徽当涂）、于潜（浙江今地）、泾（安徽今地）、歙（安徽今地）、黟（安徽今地）、陵阳（安徽石埭）、芜湖（安徽今地）、秣陵（江苏南京）、湖熟（江宁东南）、句容（江苏今地）、江乘（句容东北）、春谷（安徽繁昌）、石城（安徽贵池）等县，地跨安徽、江苏、浙江三省，而主要地区则在皖南。皖南山越是些什么人呢？胡三省说："山越本亦越人，依阻山险，不纳王租，故曰山越。"① 王鸣盛说："自周秦以来，南蛮总称百越，伏处深山，故名山越。"② 因此，皖南山越当属越人。

皖南的山越是从哪里来的呢？皖南，为《禹贡》扬州之地，不久前屯溪发现西周墓葬，证明西周时政治势力已达此地，本非越人所居。但

① 司马光：《资治通鉴》卷56，文渊阁四库全书本。
② 王鸣盛：《十七史商榷》卷42，广雅书局丛书本。

春秋时，吴越争霸于此，此地当有越人居留。战国时，属楚，越人当逐渐与住在此地的其他各族融合。秦始皇二十六年（前221），定江南，降百越，置会稽郡；楚汉之际，分为彰郡；越人汉人当有进一步的融合。汉武帝建元三年（前138），东瓯越人内附，徙其众于江淮之间；元封元年（前110），又征服闽越，亦徙其民于江淮间，因此，迁来皖南的越人是很多的①。同时，北方汉人迁居此地的也很多，汉武帝曾诏："江南火耕水耨，令饥民得流就食江淮间，欲留之处"②。汉政府于元封二年（前109），置丹阳郡，汉政权对皖南的控制加强了。从此，在统一的汉帝国内，皖南汉人越人在长期共同生产和斗争中，逐渐融合，对开发江南起了很大的作用。

江南，在西汉时，社会经济还是非常落后的，司马迁说："楚越之地，地广人稀，饭稻羹鱼，或火耕而水耨"，"是故江淮以南，无冻饿之人，亦无千金之家。"③ 但是，自汉武帝时移入越人后，北方汉人亦大量迁入，直到东汉初年，"避地江南"者还很多④，因此江南人口大增。前汉元始二年（2），丹阳郡有十万余户，四十多万人，到后汉永和五年（140），增为十三万余户，六十三万多人。人口大增，特别是北方掌握先进生产技术的汉人的南来，对于江南经济的发展，当然起着重要的作用。汉越人民在同一地区居住，在长期共同生产劳动中，逐渐结合在一起。

同时，东汉统治者对江南汉越人民的沉重剥削与压迫，促使了汉越人民在共同反抗斗争中，更加亲密地结合在一起。东汉时，江南地区"公赋既重，私敛又深，牧守长吏，多非德选，贪聚无厌，遇人如虏，或绝命于箠楚之下，或自贼于迫切之求"，终于激起了农民起义，"荆扬之间，几成大患"，统治者花了很大的气力才镇压下去⑤。但由于统治者不吸取教训仍然不断"征发"，因此江南人民的斗争也仍然不止，所谓"盗

① 司马迁：《史记》卷114，文渊阁四库全书本。
② 司马迁：《史记》卷30，文渊阁四库全书本。
③ 司马迁：《史记》卷129，文渊阁四库全书本。
④ 范晔：《后汉书》卷106，文渊阁四库全书本。
⑤ 范晔：《后汉书》卷73，文渊阁四库全书本。

贼，征发，南州尤盛”①。抗徐为宣城长，境内“深林远薮”中，有一种“椎结鸟语”之人，经常反抗统治者，抗徐把他们迁至县下，据说“自此境内无复盗贼”②，由此可见，山越人民是长期反抗统治者的。同时，汉族人民也不断起义反抗统治者，永嘉三年（145）四月，丹阳汉人陆宫起义，围攻郡城，被丹阳太守江汉击破。建宁二年（169）九月，丹阳山越起义，围攻太守陈夤，亦被击破。但汉越人民的反抗，并未停止，到熹平元年（172）十一月，许生自称越王，起兵攻击郡县，声势很大，丹阳太守陈夤和扬州刺史臧旻进行夹攻，经过三年，才将起义镇压下去。汉越人民，为了反抗统治者进行了不断的斗争，共同的目标，必然把他们紧密地结合在一起。

汉代，皖南汉越人民经过长期共同生产、共同斗争、同甘共苦的选择与考验，在汉帝国统一政权下，已经逐渐融合。到了三国时期，我们再也不能仍按西汉时的老眼光，将山越看作与汉人截然不同的种族了。

事实上，住在山中的越人，不可能孤立的生活，必然在一定程度上接受汉族文化。例如后汉会稽太守刘宠已不把深居山谷、“白首不入市井”的山越当作越人，而他们也不以越人自居③。到三国时，山越与汉人的区别就更小了，在史料中，我们可以经常看到山越与山民、山寇、山贼混称。例如，《吴志·孙权传》建安八年（203）载：“山寇复动（胡三省曰：丹阳豫章广陵皆有山越），还过豫章，使吕范平鄱阳、会稽，程普讨乐安，太史慈领海昏，韩当、周泰、吕蒙等为剧县令长（胡三省曰：剧难也甚也，言其地当山越之要最为艰剧甚之也）”。而《韩当传》却说他“还讨鄱阳，为安乐长，山越畏服”。同是一个陈仆、祖山，陈寿称他为“黟帅”，《抱朴子》称他为“山贼”，杜佑、顾祖禹称他为“山越”。而周鲂竟把“故在山草”的鄱阳山越称作“郡民”。由此可见，山越与汉人已经没有多大区别了。陈寅恪说：“伯起所谓越者，即陈承祚书之山越，凡《吴志》中山寇、山贼、山民及山帅等名词，亦俱指此民族及其

① 范晔：《后汉书》卷7，文渊阁四库全书本
② 范晔：《后汉书》卷68，文渊阁四库全书本。
③ 范晔：《后汉书》卷106，文渊阁四库全书本。

酋长而言，其例证之见于《吴志》君臣文武诸传者，殆不胜枚举”①。这是说山越的汉化。

再则，西汉以来，不断有汉人因逃避赋役而匿居皖南深山，和原来居住在山中的人民居住在一起，由于长期的共同生活，人们已很难把他们分开，到三国时，便不加分别都把他们称作山越了。例如丹阳地方，“地势险阻，周旋数千里，山谷万重”，丹阳太守诸葛恪既把此地“幽邃民人，未尝入城邑，对长吏皆仗兵野逸，白首于林”的山民称为山越，又把“捕逃、宿恶，咸共逃窜”入山的人民称为山越②。这是说汉人的“越”化。

本来居山的越人，既已和汉族很少区别；避役入山的人民，自然更不是越人。因此，三国时的山越，虽然在称谓上还带有一个越字，但却不能简单地看作越人，应当认为是居于山地的南方土著，以另一个称谓“山民”为得实，至少在丹阳是如此。

当时丹阳山越社会经济情况，据诸葛恪说：“山出铜铁，自铸甲兵”；又以“候其谷稼将熟，辄纵兵芟刈”的办法饥困之③，可见他们是经营农业与矿冶者，与一般人民的生产并无不同；同时，对政府的兵役赋税的负担，山越与一般人民也是一样。例如，骆统说：若把山越“将置平土，则为健兵”④；陆逊平定丹阳山越后的处置办法，便是“强者为兵，羸者补户”⑤。

因此，吕思勉先生说得对，三国时看所谓山越者，“世或闻越之名，遂以为异族，此实大误。其人一出平地，即能输税赋，充行伍，安得目为异族？盖皆汉人之遭乱入山，与越错处者耳。”“夫云逋亡宿恶，咸共逃窜，则其本非越人可知，故称之者亦或曰山民，或曰山贼，不尽曰山越也”。“入山者多，则土客易位，而越人悉为所化矣”。如何估计他们在历史上的作用呢？吕先生说：“山越虽为寇盗，必不能专恃此为生，观诸

① “中央研究院”：《历史语言研究所集刊》第11本。
② 陈寿：《三国志·吴志》卷19，文渊阁四库全书本。
③ 陈寿：《三国志·吴志》卷19，文渊阁四库全书本。
④ 陈寿：《三国志·吴志》卷12，文渊阁四库全书本。
⑤ 陈寿：《三国志·吴志》卷13，文渊阁四库全书本。

葛恪以芟刈禾稼困之，则知其人仍事耕作。”“故当时山越之繁滋，以郡县见寇贼论，庸或视为乱人；以民族相亲和论，则百万异族之同化，悉于平和中奏其功矣”①。长期以来，越汉人民在共同生产共同斗争中，建立了紧密的关系，逐渐融合，对开发山区经济起了一定作用。

这样，我们就弄清了三国以前皖南有无越人以及山越与山贼山民的关系问题，这将有助于我们评判东吴平定皖南山越战争的性质。但如何确定这次战争的性质呢？显然解决了以上的问题还不够，还有其他的问题需要解决。我们必须把山越的社会状况阶级构成弄清楚。

二、三国时山越的社会结构

首先，我们可以发现山越与宗部有着密切的关系。山越山居的区域，常常又是宗部最盛的地方；“山越”“山民”“山贼”“民帅”“贼帅”等称号，又常加在“宗部”“宗帅”“强宗”“骁帅”“旧族”“名帅”的头上。例如，《吴志·孙策传》注引《江表传》：吴郡太守陈瑀“阴图袭策，遣都尉万演等密渡江，使持印传三十余细贼（郝书细作纽，沈家本曰细贼二字疑有误），与丹阳、宣城、泾、陵阳、始安、黟县、歙诸险县大帅祖郎、焦已及吴郡乌程严白虎等，使为内应，策觉之，遣吕范徐逸攻瑀于海内”，瑀大败，单骑走冀州，去投了袁绍。丹阳祖郎、焦已和吴郡严白虎是怎样的人呢？就在距上文不远的地方，裴松之说：“于时强宗骁帅祖郎严虎之徒，禽灭已尽，所余山越，盖何足虑。”可见祖郎严虎是宗帅，而且与山越有关系。在《吴志》中还可以找出很多材料来证明这一点。例如，《孙辅传》注引《江表传》称：袁术勾通“丹阳宗帅陵阳祖郎等，使激动山越”；《吕范传》称严白虎为“强族”，《朱治传》却说许贡败后，“南就山贼严白虎”。同时，在鄱阳有“山中旧帅名族”，显然应是山越之帅，但周鲂却称为“民帅”，而太史慈更说：“鄱阳民帅，别立宗部”。由此可见，宗部与山越有着密切关系，有时简直是互称。此

① 吕思勉：《秦汉史》，开明书店1947年版，第479－498页。

外，在《吴志·陆逊传》中有丹阳贼帅费栈、鄱阳贼帅尤突、会稽山贼大帅潘临；《贺齐传》中有名帅歙帅金奇、毛甘、黟帅陈仆、祖山；《周鲂传》中有名帅民帅鄱阳大帅彭绮、贼帅董嗣；《吕岱传》中有会稽贼帅吕合秦狼；虽未明言其为宗帅或山越，但正如惠栋所说："自上言之谓之宗贼，自下言之谓之宗部宗伍"，大体上我们是可以这样认识他们的。前面说过，陈仆、祖山在其他的地方就有称作山贼山越的。

山越既与宗部的关系如此密切，我们只要研究一下宗部的社会性质，就可以明了山越的阶级关系和政治倾向了。

宗，是指宗族，宗部是指结聚宗族而成的部伍。宗族是战国以来逐渐崩溃的以血缘关系和地域关系构成的氏族公社的遗留，是封建生产关系发展上的一种落后集团。封建的汉政权曾以分散、迁徙、杀戮、族诛的办法，从外部对这些强宗大族予以沉重的打击；同时，宗族本身阶级分化，不能再继续忍受被压迫被剥削的成员，也参加农民起义，从内部来反对（如赤眉黄巾皆有宗族成员参加）。可以看出，宗族与封建政权和农民三者之间都存在矛盾。在这种情况下，宗族中的地主集团必然会起来组织宗族武装——宗族部曲，也就是所谓宗部，来一方面抗拒政府，拒绝服役，一方面镇压农民起义。

我们可以举出很多例子说明，三国时的宗族武装，是为了镇压农民起义而组织起来的。朱儁，"会稽上虞人也"，交趾贼梁龙叛，光和元年（178），"即拜儁交趾刺史，令过本郡，简募家兵，及所调合五千人"，张燕逼近京师，"于是出儁为河内太守，将家兵击却之。"① 许褚，"谯人也……汉末聚少年及宗族数千家，共坚壁以御寇，时汝南葛陂贼万余人，攻褚壁"，"褚飞石掷之，所值皆摧碎，贼不敢进。"② 李典，"钜野人也，典从父乾有雄气，合宾客数千家在乘氏，初平中，以众随太祖，破黄巾于寿张。"③

同时，我们还可以举出很多例子说明，三国时的宗族武装，是为了

① 范晔：《后汉书》卷101，文渊阁四库全书本。

② 陈寿：《三国志·魏志》卷18，文渊阁四库全书本。

③ 陈寿：《三国志·魏志》卷18，文渊阁四库全书本。

抗拒封建政权，不肯与地方长官合作而组织起来的。例如，江西“鄱阳民帅，别立宗部，阻兵守界，不受子鱼所遣长吏，言我已别立郡，须汉遣真太守来，当迎之耳。”子鱼不但不能诣庐陵鄱阳，“近自海昏有上缭壁，有五六千家相聚作宗伍，惟输租布于郡耳，发召一人，遂不可得，子鱼亦睹视之而已”①。可以看出鄱阳宗部，或则声言地方长官非真，不予接纳，或则只输租而不服役，与政府不合作。海昏宗帅因逼近郡守驻地，不得不输租，但也并非容易，有一次太守华歆为了特殊需要，特派专人“就海昏上缭，使诸宗帅共出三万斛米”，但“历数月，才得数千斛”②。

由此可见，宗部与封建政权和农民之间是存在着尖锐的矛盾的。当然，我们也注意到，农民在封建政权繁重的赋役压榨下，“生则困苦，无有温饱，死则委弃，骸骨不返”，因而“轻剽者则进入险阻，党就群恶”③，“逋亡宿恶，咸共逃窜”④，去依附大族。《吴志·贺齐传》称：“斯从县大族，山越所附”，其矛盾似亦很大。但农民与封建政权的矛盾，不是我们讨论的重点，而且农民依附宗族，并不能掩盖宗族内部深刻的阶级矛盾。当时蒯越就说：宗贼“帅多贪暴，为下所患”⑤。有些农民依附的地主武装，其性质仍然是地主武装，其目的是为了镇压农民起义和抗拒政府。

因此，我们反对不加具体分析把宗族武装称为农民起义。赵俪生明明知道宗部是一个带有“酋长性和豪强性的落后集团”，明明知道宗帅多贪暴不为宗族成员所拥护，却仍然把宗部武装称为“起义”。是不用阶级观点分析历史，不从社会发展观点看问题、非历史唯物主义的观点，是不符历史事实的。

我们不能仅从字面上看史料上有时曾称“宗部”为“宗贼”，就认为这个“贼”字，就是封建史家常常趣蔑农民起义为“贼”的“贼”字。

---

① 陈寿：《三国志·吴志》卷4，文渊阁四库全书本。
② 陈寿：《三国志·吴志》卷1，文渊阁四库全书本。
③ 陈寿：《三国志·吴志》卷12，文渊阁四库全书本。
④ 陈寿：《三国志·吴志》卷19，文渊阁四库全书本。
⑤ 陈寿：《三国志·魏志》卷33，文渊阁四库全书本。

研究历史，如果简单化到如此程度，是要上当的。

例如陈仆、祖山，《三国志·贺齐传》称为黟帅，注引《抱朴子》称为山贼，《水经》渐江注亦称山贼，但《通典》州郡却称为山越了，《读史方舆纪要》也称为山越。为什么要改呢？改得对不对呢？原来封建社会的史学家对此也表示怀疑了。清代朴学大师黟县人俞正燮在《癸巳类稿》卷8《黟县山水记》中说："疑陈仆、祖山非贼也"，根本就不是什么农民起义。那么到底是什么呢？他说："保山以御乱，尚未属吴耳"，是还未属吴的地主武装，他认为《通典》改称为山越，是"得其实矣"。经过以上的证明，我们也认为把陈仆、祖山这一类山贼称为山越，更确切一些，称为宗部，是比较恰当的。

三、吴平皖南山越的原因

山贼——山越——宗部的性质既属落后的宗族地主武装，当然与封建政权的势力，尤其是与孙氏父子这一类要求结束战争状态，建立一个统一的中央政权的新兴地主阶级中的英雄名士的势力，是不相容的。

孙氏父子一贯以光复汉室为己任。最初，孙坚为长沙太守，董卓之乱，闻而附膺叹曰："张公（温）昔从吾言（斩董卓），朝廷今无此难也"，起兵讨董卓，从南阳进克洛阳，修汉诸陵。坚死，子策领其部曲，曾反对袁术企图在九江僭号称帝。后来，孙权亦以"汉室倾危，思有桓文之功"，但当时曹操在北方的势力日益强大，形势有所不能，"汉室不可复兴，曹操不可卒除"，"惟有鼎足江东"①。东吴政权在江东稳定下来后，仍想扩大自己的力量，建立一个统一的封建政权。周瑜曾对孙权说："曹操托名汉相，其实汉贼也；将军以神武雄才，兼仗父兄之烈，割据江东，地方数千里，兵精足用，英雄乐业；尚当横行天下，为汉家除残去秽。"② 孙氏父子想要"匡复汉室"，在当时的情况下，固不可能；但其要求建立一个统一的封建政权，就当时封建社会处于发展阶段来说，当

① 陈寿：《三国志·吴志》卷9，文渊阁四库全书本。

② 陈寿：《三国志·吴志》卷9，文渊阁四库全书本。

然是带有进步意义的，有利于全体人民的。

但是，孙氏父子的统一事业，受到了分散的宗族组织的阻碍，尤其是有些宗部，更与最落后腐朽的豪门世族如袁术之流勾结起来，反对东吴政权。《吴志·孙辅传》注引《江表传》："袁术深怨策，乃阴遣间使赍印绶与丹阳宗帅陵阳祖郎等，使激动山越，大合众，图共攻策"。吴郡太守陈瑀也阴谋图策，"遣都尉万演等密渡江，使持印传三十余纽与贼，丹阳、宣城、泾、陵阳、始安、黟、歙诸险县大帅祖郎、焦已及吴郡乌程严白虎等，使为内应"①。直到孙权时，宗部山越仍经常抗吴，"是以孙权不遑外御"②；孙权曾对张温说："若山越都除，便欲大构蜀"③。正因为山越不服，造成了东吴政权很大的困难。于是，东吴平定山越战争就成为不可避免的了。

四、吴平皖南山越的经过

讨平宗部山越，是孙吴建业立国的重大事件。孙氏曾命蒋钦为讨越中郎将，董袭为威越校尉，诸葛恪为抚越将军全力征讨；此外，东吴名将如太史慈、程普、韩当、陆逊、贺齐、朱治、徐盛、全综、朱桓、潘璋、朱然、凌操、蒋钦、钟离牧、徐矫、张休、周泰等人，都曾从事过山越的征抚，可见山越为患东吴之巨。

山越分布的地区极广，据有丹阳、新都，豫章，会稽、吴兴、鄱阳、东阳、吴、庐陵九郡，相当于今安徽，江西、江苏、浙江等省之地，几乎遍及东吴各地。而这当中，又以丹阳山越对于东吴的威胁最大。王鸣盛说："交广山越必多，然距京都甚远，彼既不来，我亦不往，任其兽伏鸟窜而已；荆州南境零陵桂阳等郡亦稍远，惟扬是所都。扬所辖各郡中，丹阳一郡正是秣陵所都之地，税敛调发，举足辄及，而山越为梗，故吴

① 陈寿：《三国志·吴志》卷1，文渊阁四库全书本

② 陈寿：《三国志·吴志》卷15，文渊阁四库全书本。

③ 陈寿：《三国志·吴志》卷12，文渊阁四库全书本。

世恒以此为事”①。丹阳约当于今之皖南，与江浙二境接壤，山区险隘，易守难攻，且又逼近南京（当时名秣陵，为吴都所在）。因此又成为吴平山越的重点地区。现据《吴志》各传综合概述其经过如下。

还在孙氏未返江东以前，皖南的山越宗部组织已很普遍。孙策从兄孙贲为丹阳都尉，行征虏将军，即曾从事讨平山越的战争。到初平元年（190），年方二十的孙策，因遭父丧，往从袁术，想得到孙坚留下的军队，但袁术不还给他，只好渡江到丹阳，依靠舅父吴景，吴景给了他几百人，但随着就遭到了泾县宗帅祖郎的袭击，连马鞍都被砍了，非常危险。只好复往求见袁术，袁术实在推不过去，只好把孙坚余兵千余人还给了他。兴平二年（195），孙策向袁术表示愿意渡江讨刘繇，袁术答应了他，以兵财千余，骑数十匹，宾客数百人归江东。转战各地，所向皆破，刘繇奔豫章。繇友太史慈逃到芜湖，进入山中，自称丹阳太守，联络山越，力量很不小。随着，孙策平定了宣城以东，惟泾县以西六县未服。因为太史慈住在泾县，设立屯府，与吴抗衡。孙策亲往攻讨，战于泾县勇里，太史慈的山越宗部大败，太史慈归附了孙策，丹阳平定。孙策复以熟悉丹阳事务的吴景为太守。接着，孙策又攻破了吴郡山越严白虎，得到了会稽、吴郡、豫章、庐陵数郡，江东孙氏政权便初具规模了。

到建安二年（197），吴郡太守陈瑀屯海西（江苏海州南），阴谋图孙策，秘密派人到丹阳郡的丹阳（当涂）、宣城（今地）、泾（今地）、陵阳（石埭）、始安（疑为安吴之误，安吴在泾县西南）、黟（今地），歙（今地）诸县，与当地的山越宗帅祖郎、焦已等人联系，约为内应，欲伺隙进攻诸郡。这个阴谋很快被孙策发觉，孙策便派吕范、徐逸率大军攻瑀于海西，大破瑀军，瑀单骑逃走，去冀州投靠了反动落后的豪门世族袁绍。这次煽动山越叛吴的阴谋未能得逞。

孙策势力在江东的发展，又引起了豪门袁术的深怨，与陈瑀一样，袁术的阴谋也是利用山越宗帅，“阴遣间使赍印绶与丹阳宗帅、陵阳祖郎等，使激动山越，大合众，图共攻策”。结果是孙策亲率将士到陵阳进行

① 王鸣盛：《十七史商榷》卷14，广雅书局丛书本。

征讨。这次战役，非常激烈。孙策在陵阳曾被祖郎大军包围，非常危急，只有数骑捍蔽，幸得大将程普驱马疾呼，以矛突贼，贼稍退却，孙策才得乘势突围。同时，孙权驻宣城，亦遭山贼数千袭击，权军仓卒应战，"权始得上马，而贼锋已交于左右，或砍中马鞍"，权几殆危，幸有周泰英勇奋击，贼始解散，而周泰亦身被十二创，良久乃苏。可见山越宗帅气焰的凶炽。此次战役，东吴大将吕蒙、黄盖、孙辅等人亦都参加，经过激烈的战斗，结果生获祖郎。孙策对投降的山越宗帅作了宽大处理，祖郎被释缚赐衣，署为门下贼曹。孙策派黄盖为丹阳都尉，居石城（贵池西），采用"抑强扶弱"的政策，山越才逐渐怀附。

建安五年（200），孙策死，孙权继位，"是时惟有会稽、吴郡、丹阳、豫章、庐陵，然深险之地，犹未尽从"，山越宗帅，到处捣乱。为安定社会秩序，除后顾之忧，于是孙权"分部诸将，镇抚山越，讨不从命"。到建安八年（203），丹阳、豫章、庐陵三郡的山越又骚动起来，孙权派了吕范、程普，太史慈、韩当、周泰、吕泰等人，往山越为害最剧的地方，进行征讨。建安十三年（208），以贺齐为威武中郎将，蒋钦为讨越中郎将，率大军进讨丹阳山越宗帅，仅蒋钦所部就有一万多人。行至歙黟时，武疆（遂安西60里与歙之白漈岭相错）、叶乡（淳安威平镇）、东阳（金华）、丰浦（诸暨）四乡先降，贺齐改叶乡为始新县。

这时，歙帅金奇有一万户屯安勤山（亦名安勒山、勒山、主簿山、布射山、飞布山，在县北20里），毛甘亦有一万户屯乌聊山（亦名乌邪山，在城内东南角）。黟帅陈仆、祖山有两万户屯林历山（县西南10里）。其中以林历山形势最险，宗贼最多，贺齐乃全力进讨此山，乘敌人夜间持险不备，命轻捷士从隐险处以铁戈登上山顶，作为内应，再从外进攻，里外应合，贼军遂乱，大破仆等，其余皆降。想来金奇毛甘亦于同时失败。黟歙于是平定。东吴政权为了加强统治，乃分歙县为始新（本为歙县东乡，今淳安威平）、新定（本歙县南乡，今淳安县东）、黎阳（休宁东南，在屯溪率口间）、休阳（休宁东7里），合原来的黟歙共6县，立为新都郡，以贺齐为太守，以蒋钦屯宣城。东吴政令至此才真正能够行使。

接着，孙权又命校尉徐盛为芜湖令，进讨临城（青阳县南5里）南阿山贼，获得成功。为了加强这一地区的控制，又将临城石城等县立为临川郡（西接豫章、东接丹阳、南接新都），派朱然为太守，授兵一千镇守。不久，果然山贼又起，由于东吴政权加强了防守力量，事先有准备，事发生后，朱然使派兵平讨，旬月而定。

经过这一番努力，东吴政权在皖南地区大致稳定下来。但“山寇宿恶，依阻深地，腹心未平，难以图远”。尤其是曹操又时常派遣间谍到江南来煽动贼帅反吴。因此山越宗帅仍然是东吴立国及其向外发展的障碍。建安二十一年（216），鄱阳的尤突，受了曹操的利诱煽动，“化民为贼”，结果皖南的陵阳、始安、泾县皆与相应。孙权命陆逊、贺齐进讨，首先攻破尤突，余党震服，皖南贼帅，亦皆降服。接着丹阳贼帅费栈又“受曹公印绶，煽动山越，为作内应”，孙权再派陆逊征讨，费栈支党虽多，但不集中，遂被陆逊各个击破，结果“宿恶荡除，所过肃清”，取得了很大胜利，还屯于芜湖。

山越宗帅虽遭一再打击，但凭着皖南山地形势险恶，仍不时顽抗。黄武初（222），“丹阳深地，频有奸叛”，年近七十的朱治，请屯故彰（安吉西北，当时属丹阳郡），镇抚山越。黄武五年（226），丹阳、吴郡、会稽山民复为寇贼，攻没属县，孙权乃分三郡恶地十县为东安郡，以全琮为太守，平讨山越，但是屡次用兵，不过“徒得外县平民而已，其余深远，莫能尽擒”。山越宗帅仍“时观间隙，出为寇盗”，为患很大。直到嘉禾三年（234），诸葛恪自请为官征讨，盛陈其必捷，孙权遂拜恪为抚越将军，领丹阳太守。恪到任后，移书邻郡长吏，请其“各保疆界”，以防山越逃窜；又令归顺平民聚集屯居，断绝山越的供应点；又将其谷稼芟割，使粮食供应断绝；再分部诸将扼守险阻，但缮藩篱，不与交锋，采取长期围困的办法。山越宗部，困守无粮，不能自存，乃渐出自首。恪又下命：“山民去恶从化，皆当抚慰，不得执拘”，于是山越陆续尽出，三年之中，约得四万。

至此，东吴征讨山越的战争，基本结束。

五、吴对山越的处置及其作用

抗拒封建政权的氏族残余山越宗帅的势力被打垮后，山中汉越人民大批出山，东吴政权对他们的处置办法，是“强者为兵，羸者补户”①。政府、宗室、官僚们共同分割了这些人口。总计孙吴从山越所得兵数，前后十余万。贺齐所得约两万余人，陆逊所得约四万余人，凌统所得约万余人，诸葛恪所得约四万人，张承所得一万五千人，顾承所得约八千人。

这样一来，江南封建大土地所有制就在两汉的基础上得到了更进一步的发展。诸葛恪平定丹阳山越后，所获之兵，“恪自领万人，余分给诸将”。诸将领兵之后，皆得世袭，如平山越有功领兵万余的凌统死后，统有二子烈、封：“追录统功，封烈亭侯，还其故兵，后烈有罪免，封复袭爵领兵。”② 诸将所领之兵，在名义上虽属政府，但有时也直率地称为家部曲。当然，将领们是可以使之为私人服务的，江南顾陆大族，普遍建立“屯邸……役使官兵，及藏逋逃”③。到后来，如左思在《吴都赋》中所说：“虞魏之昆，顾陆之裔，岐嶷继体，老成奕世，跃马迭迹，朱轮累辙，陈兵而归，兰锜内设”，这时，封建关系显然更为发展了。山越补兵后，通过世袭领兵制，成了私家的封建依附者。

东吴政权掠得山越后，强者补兵。孙权时的兵，“春惟生产，秋惟收稻，江渚有事，责其死效，”④ 是既要打仗，又要生产的。诸将领兵屯田的记载很多，“赤乌中（340），诸郡出部伍，新都都尉陈表、吴郡都尉顾承，各率所领人会佃毗陵，男女各数万口”⑤。陈表、顾承所领的是什么人呢？陈表在嘉禾三年（234）曾参预诸葛恪平定山越的战争，并得恪之荐，领新安都尉，诸葛恪将所得山越分给诸将，陈表自然是有一份的，

① 陈寿：《三国志·吴志》卷13，文渊阁四库全书本。
② 陈寿：《三国志·吴志》卷10，文渊阁四库全书本。
③ 刘义庆：《世说新语》卷上之下，文渊阁四库全书本。
④ 陈寿：《三国志·吴志》卷16，文渊阁四库全书本。
⑤ 陈寿：《三国志·吴志》卷7，文渊阁四库全书本。

究竟得了多少，史无明文；顾承也曾参预诸葛恪平定山越的战争，《吴志》明文记载，他曾得精兵八千人。因此，可以断定他们在距平山越后不久就会佃毗陵的，一定是所分得的山越。由此可见，山越补兵，通过屯田，变成了国家的封建依附者——佃农。

山越补户部分，成为自耕农，给政府增加了税源，对社会生产的发展，也有一定的作用。

山越补兵补户后，对于东吴政权的巩固和生产的发展，是有好处的，起了积极的作用。原来“山越未平，难以图远”①，“是以孙权不遑外御”②，经过征伐平定后，“元恶既枭，种党归义，荡涤山薮，献戎十万，野无遗寇，邑罔残奸，既扫凶慝，又充军用”③。孙权说：“自今已去，国家永无南顾之虞，三郡晏然，无忧惕之惊，又得恶民以供赋役”④。

东吴政权巩固了，通过屯田又发展了生产。诸葛恪在嘉禾六年（237）平定丹阳山越后，“率众佃于庐江皖口”，皖口屯田在后来是收到了很大的成绩的。东吴灭亡前二年即晋咸宁二年（278），晋军王浑、应绰攻破皖城，“焚其积谷八十万斛，践稻田四千余顷”。⑤ 由此可见，东吴屯田是有一定效果的，保证了军粮供给，成为政权的经济支柱，在恢复和发展社会经济上起了重大的作用。这当中也有山越人民的一份功劳。

当然，我们说东吴平定山越后，将弱者补户，强者补兵，通过领兵制和屯田，使封建大土地所有制获得进一步的发展，在恢复和发展社会经济上起了一定的作用。但我们并不是说普通的山越平民，从此摆脱了宗帅的控制，获得了解放。恰恰相反，我们慎重地指出，东吴政权进行这次战争的目的，就是为了掠取户口，把他们固着在土地上，以便进行剥削和压榨，正如马克思在《资本论》第1卷中所说，封建领主的权力，不是依存于他的地租折的大小，而是依存于他的臣属的人数。对于山越来说，从前受氏族残余宗帅的控制，现在转而依附于封建国家或领主，

① 陈寿：《三国志·吴志》卷13，文渊阁四库全书本。
② 陈寿：《三国志·吴志》卷15，文渊阁四库全书本。
③ 陈寿：《三国志·吴志》卷19，文渊阁四库全书本。
④ 陈寿：《三国志·吴志》卷15，文渊阁四库全书本。
⑤ 司马光：《资治通鉴》卷80，文渊阁四库全书本。

其受剥削压榨的地位，并无多大改变。在某种程度上说，由宗族成员沦为国家佃农或大族世兵，甚至是下降了。但，从社会发展的观点来看，马克思主义认为，凡在历史上彼此更替的一切社会秩序，都不过是人类社会由低级到高级的无穷发展过程中的一些暂时阶段而已。每个阶段都是必然的，因此，每个阶段对于它赖以发生的时代和条件来说，都有自己存在的理由。恩格斯在《英国工人运动》中说过，封建贵族有一个时期是社会不可少的必要的成份。他在《法律家社会主义》中又指出，中世纪的封建君主，作为人类进步的原动力，对历史的某个有限的时期，是有正当性。所以也承认剥削即取得别人劳动底收益在某个时期内历史的正当性。我们应当承认自由民沦为农奴是一个悲惨的过程，但在历史上又是一个必然的过程，总的说来，它是一个进步的过程。

要想对历史事件作正确的评价，不能脱离历史条件，运用抽象的标准。首先必须搞清当时社会发展的阶段，以及经济条件和社会内部矛盾的特点。

我国古代史分期问题，固然尚未定论，但三国时期，封建生产关系正在向前发展，则是普遍一致的意见。既然如此，即使被剥削的农民，在当时“也会称赞这种生产方式”。反对封建制度不是这时社会的主要任务。拿黄巾起义的要求来看，有人说是“请斩十常侍以谢百姓”①，这是统治阶级中开明人物所反映出来的，很难就说是黄巾起义的真正目的，但也反映出消灭豪门贵族确是当时社会任务之一。黄巾起义的要求，似乎可从所谓老君授予于吉《太平经》的同时所授380戒中，看出一些消息，其中有“不得独与宗族为亲”“不得诱枉良人为奴婢”“不得骂人作奴婢”等条，显然这是反对豪强大姓、氏族公社、奴隶制度残余的。从这一点看来，东吴政权平定山越宗帅与此是有一致的地方的，也就是说它在当时社会主要矛盾面前，是站在进步的方面进行活动的。从而使这次战争就具有进步的意义。

有人或许会以镇压少数民族的观点来评价这次战争，其实我们早就

① 范晔：《后汉书》卷78，文渊阁四库全书本。

说过，山越在当时已不具少数民族的特征，因而不能作这样的评价。不过，退一步说，即使他们当时还可能在某些方面保留了一些越族的特点，但也无改于我们在前面所作的评价。

因为按照马克思主义的观点看来，民族战争是阶级矛盾和阶级斗争的特殊形式。当时山越尚处于氏族公社阶段，对于当时社会的发展来说是落后的，其内部阶级矛盾已日益激化。这时东吴的进击，就成为山越被压迫阶级争取解放的助力，事实上，控制他们的宗帅后来是被打垮了，反动压迫阶级的溃败，应当说是山越人民的胜利。自然，山越人民并没有因此得到解放，但这是历史的必然性，在阶级社会中，人民的真正解放是不可能的。

东吴政权进行征服山越的战争，掠夺劳动人口，把山越人民强制迁徙出山，进行压榨与剥削，固然是掠夺性的，非正义的。但列宁在《社会主义与战争》中说过，历史上常有过这样的战争，它们虽然带来了必然伴随一切战争而产生的种种惨祸暴行、灾难和痛苦，而终究是进步性的，即它们是有利于人类发展的。根据吕振羽同志的研究，"汉末三国两晋间，各族统治集团间，为争权夺利，杀来杀去；而各族劳动人民，为着共同的生存，便展开了共同的斗争，结成日益密切的战斗友谊，苦乐相关的生活关系，便逐渐在血统、语言、文化、生活风习等方面接近以至于融合起来。因此，到周隋间，又以汉族为中心，形成了一个具有新内容新面貌的汉族"①。从吴平山越的影响来看，汉越人民的关系进一步密切了，皖南山区得到进一步的开发，江南经济获得进一步的发展，封建社会也进一步发展了。

固然，这个结果是经过艰苦的过程，付了巨大的代价，才得来的，采用的手段并不好。但正如嵇文甫同志所说："在剥削制度下，就是这种情况，战争是很平常的事。可是历史就是从这里发展下来的。人类社会还不是从这不合理的制度下从残酷的过程中来的么？""我们不要专在战争的侵略与反侵略上打圈子，还要从积极一方面着眼，如苏联课本讲到

① 吕振羽：《关于历史上民族融合问题》，载《历史研究》，1959年4月号。

帝俄对中亚细亚的问题，就不强调什么侵略不侵略，却强调各族人民怎样通过此事而互相融合接近。因为历史是人民的历史，虽然许多民族间的战争，是帝王将相所发动，但是隐蔽在战争下面的，却是广大人民的历史运动。为什么不强调这些而专讲你侵略我，我侵略你呢？是为的引起民族仇恨呢？抑或是为的共走繁荣幸福的共产主义大道呢？"①

结　语

综上所述，我们认为：东吴平定皖南山越的战争，既不是镇压少数民族，更不是镇压农民起义，而是与氏族公社残余的宗帅争夺劳动人口，巩固封建政权的必然与必要的措施，通过屯田制与世袭领兵制，封建制度更加向前发展了，对于皖南山区的开发，江南社会经济的恢复与发展，起了一定的作用。因此，是具有进步意义的。

1959 年 7 月 31 日初稿，国庆十周年前夕修订。

（原载《安徽史学》，1960 年第 3 期；后收入《历史论文选集》，合肥师范学院 1961 年版）

① 嵇文甫：《关于历史评价问题及其他》，河南人民出版社 1956 年版，第 32 页、50－51 页。

从民心向背看淝水之战的性质

关于淝水之战，过去已为大多数史学工作者所接受的看法是：前秦方面是侵略的、掠夺的、不义的；东晋方面是反侵略的、自卫的、正义的。可是，前些时候又出现了一种新的见解，认为前秦方面是统一中国的正义战争，东晋方面则是保卫士族地主腐朽统治的不义战争。我将两种论点比较后认为，新论点不一定对，旧论点不一定不对。错的不能因其新而不加纠正，对的不可为其旧而不去恢复，凡事应以正确为准。

一、并非题外的话

自古以来，生活在我国广大领土之上的各少数民族，就同汉族一起共同谱写着中国的历史。因此，各个民族都属于中华民族。既然如此，历史上各民族之间发生的战争，能否就没有侵略与反侵略之分了呢？这本来是一个历史的事实问题，可是现在却常常把它和现实的感情问题混在一起了。一提侵略，似乎就是帝国主义对其他国家领土主权的侵犯。这种意义的侵略，在我国历史上各民族之间当然不存在。但在古代汉语中，侵略还有另外一种含义。据《后汉书·孔融传》记载，曹操攻下袁绍的邺城以后，"袁氏妇子多见侵略"。这种发生在汉族内部的两个军事集团之间的所谓侵略，显然只包含侵夺的意思，决无置曹操于中国之外的嫌疑。可是现在讲到历史上的民族之间的战争时，这个词都摒斥不用，似乎当时并不存在侵夺这回事。其实，不管是汉族，还是少数民族，统治者为了自身的利益都曾"侵"过别人，史不绝书，无须讳言。我们的责任不是掩盖它，而是揭示产生它的历史根源和阶级实质。不管谁侵犯了谁，都应该秉笔直书，实事求是。

当然，说起容易做起难。不仅要克服民族偏见，掌握正确的是非标准；而且要占有充分的史料，进行认真的分析；力求态度公允，方能作出令人信服的结论。长期以来，地主资产阶级史学家们用大汉族主义的观点处理民族关系，否定少数民族统治者的一切军事行动固然不对；反之，矫枉过正，来一个全盘肯定，恐怕也有些偏激。民族矛盾本质上是阶级矛盾，但又不等于阶级矛盾，决不能把历史上一切民族战争都说成是统一兼并战争。战争的性质正义与否，应该有一定客观的标准，决不能以某一民族的狭隘利益去判断是非。

二、先看一次会议

秦晋淝水之战发生在公元383年，距今已有一千六百余年了。在开战的前一年十月，前秦皇帝苻坚在长安召开了一次军事会议，讨论对东晋用兵的问题。到会的大臣很多，争论十分激烈。《资治通鉴》有详细的记载，很能反映当时真实情况。会议一开始，苻坚就说，我当皇帝快三十年了，四方疆域大体统一，只有东南一角还存在着东晋。计算我的兵力，可得九十七万，我想亲自率领前去灭晋，你们看行不行？秘书监朱彤认为这是“恭行天罚”，只要大兵一动，东晋就会不战而降。苻坚听了，满心高兴。而尚书左仆射权翼则不以为然。他认为东晋“君臣和睦，上下同心”，要灭它不那么容易。太子左卫率石越从晋“据长江之险，民为之用”的角度，认为不可用兵。苻坚严厉反驳道，我有众多的兵马，“投鞭于江，足断其流”，什么样的天险也仗恃不住。群臣各言利害，大概因为反对用兵的人很多，没能作出决定，只好散会。群臣退出后，苻坚把他的弟弟、阳平公苻融留下来单独商议。苻融分析了秦晋双方的情况，指出“晋主休明，朝臣用命”，而前秦则“数战兵疲，民有畏敌之心”，因此，晋不可伐。苻坚听了很生气。①

① 司马光：《资治通鉴》卷104，文渊阁四库全书本。

太子苻宏、幼子苻诜和苻坚的爱妾张夫人都反对伐晋。但苻坚仍不肯放弃灭晋的用心。最后苻融不得不把最不愿意说的话也说了出来：我们的国家出于戎狄，虽然强大，但不算正统；东晋虽然微弱但天意所归，不会绝灭。结果遭到了苻坚训斥。苻融进而哭谏，也没能发生作用。

从这次会议的情况看来，大多数人是反对伐晋的。其主要理由是东晋无罪，人心不顺。人心不顺的主要原因固然有正统思想在作怪，但也反映了仍然存在着尖锐的民族矛盾。特别是讲这些话的人，都是苻坚的大臣、亲信、家人，政治上都是可靠的忠臣，绝非偏袒东晋的奸细。他们反对伐晋，是由于看到违背人心的战争是得不到支持的。苻坚刚愎自用，成为“孤家寡人”。

三、再看那个时代

民族矛盾，不应该过分强调，但它不完全等于阶级矛盾。特别是在历史上的某个时期，由于各种原因凑合在一起，民族矛盾表现得很突出，成为当时的主要矛盾。这是事实，无须否认。苻坚伐晋的那个时代的主要矛盾究竟是什么？必须弄清楚。

先看淝水之战前的情况吧！

西晋末年，由于汉族统治者对北方各少数民族进行残酷的剥削和压迫，民族矛盾迅速激化，爆发了各少数民族反抗西晋王朝统治的斗争。这种反抗斗争的正义性质，应予肯定。但随着斗争形势的发展，西晋王朝被推翻以后，少数民族统治者篡夺了领导权，把人民的斗争变成了他们建立自己统治权的工具。他们对各族人民进行残酷的掠夺和屠杀，使黄河流域的社会经济遭到严重破坏。民族矛盾上升成了当时社会的主要矛盾，在政治上表现为十六国和东晋的对峙，斗争的性质便发生了变化。

东晋政权，在阶级性上固然是西晋世族地主政权的继续，有着浓厚的腐朽性；但当民族矛盾上升，黄河流域沦于落后的少数民族贵族统治之下时，它又成了先进的汉族封建经济文化的象征。姑且不谈南方军民的抗战，单就广大北方地区的民心向背来看，就足以说明当时民族矛盾的严重性，以及民族斗争中的正义性和非正义性。

匈奴刘渊在起兵反晋的时候，尽管“胡晋归之者愈众”，很得民心，但仍不敢猛然打起匈奴的旗号。他说：“鼓行而摧乱晋，犹拉枯耳”，那是很容易成功的；但“晋人未必同我”，汉族人不一定会拥护。只有“恩德结于人心”，才能“抗衡于天下”。于是以汉朝刘氏的“外甥”身份，“且可称汉，追尊后主，以怀人望。”①

公元309年，刘渊派刘景为灭晋大将军，大败晋军于延津，将晋民三万余人沉于黄河。汉族人民本来就憎恨腐朽的西晋王朝的，但现在发现匈奴贵族并不是自己的救星。为了免于遭屠杀，他们宁愿支持晋军，去抵抗匈奴人，两次打败了进攻洛阳的匈奴军。到刘渊的儿子刘聪时，才攻入长安，灭亡西晋。但人心思晋，久而不衰。

正因为人心思晋，北方各少数民族的统治者，除匈奴的刘氏政权以外，为了巩固自己的统治，都承认东晋为领导，以缓和民族矛盾，稳定人心。例如，占据辽河流域的鲜卑族首领慕容廆虽然“国丰民安，有霸王之志”，但他的谋士们仍然劝他归顺东晋。慕容廆采纳这些意见，向东晋称臣，接受封号，果然“士民多归之”。直到其孙慕容儁继位，势力发展，才自称皇帝，并欲进攻东晋。于是大失民心，“盗贼互起，每夜攻劫，晨昏断行”。燕政权就走下坡路了。像这样的例子很多，如辽西的鲜卑族段氏和山西北部、内蒙古西部的鲜卑族拓跋氏等，均曾奉晋朝正朔，收揽民心。这些都说明民族矛盾在当时社会中占有主要地位，晋朝政权还是很受人们向往的。

当然，民族矛盾尖锐化的程度，在不同时期是有所变化的，不能一概而论。但实事求是地说，不但淝水之战时，甚至在那以后很长一段时期内，民族矛盾也还仍然占据着重要的地位。例如，公元417年，东晋刘裕率大军北伐，军队一进入秦境，“所向皆捷”，“诸屯守皆望风款附”。王镇恶一军很快进至潼关，军粮发生困难，但到老百姓中一动员，便“竞送义租，军粮复振”。沈田子一军才千余人，在青泥（陕西蓝田）遭

① 房乔等：《晋书》卷101，文渊阁四库全书本。

到数万秦兵阻击，由于人民支持，还是打了个大胜仗。刘裕进入长安，当地父老纷纷到军门哭诉，希望晋军长驻此地，不要再离开。这种心情当然更具有普遍意义。

正因为如此，466年，拓跋魏进入彭城，“淮西七郡民多不愿属魏，连营南奔”。后来，统治者用放免奴婢的办法优待“新附民”，才勉强稳定了秩序。这些，再一次表明民族矛盾在当时社会中的地位与作用。魏孝文帝为了缓和民族矛盾，推行汉化政策，取得了很好的成绩。几经反复后，直到公元579年，北周的统治者比较开明一些，不再坚持狭隘的民族政策，“始与群臣服汉魏衣冠”，在生活上与汉人打成一片，民族意识才逐渐消蚀，为两年以后隋的建立（581），十年后南北统一（589），打下了稳固的基础。

通过以上概略的叙述，不难看出自西晋灭亡（317）至隋的统一（589），我国正处于分裂割据、南北对峙的时期，其中一个重要的因素，就是民族矛盾的尖锐。民族矛盾，比阶级矛盾广泛得多，复杂得多。无论如何，单讲阶级矛盾，想用阶级矛盾取代民族矛盾，是行不通的。东晋和十六国、南朝和北朝的对峙，民族矛盾是当时社会的主要矛盾，尊重事实的史学工作者是不应该回避的。

四、为什么桃源人要避秦

素称治学严谨的史学家陈寅恪先生，发表过一篇颇有创见的论文《桃花源记旁证》。他旁征博引，认为陶渊明这篇脍炙人口的文章非仅“寓意”之文，亦“纪实”之文也。实就实在它是根据刘裕入关时的见闻写成，并非子虚乌有。桃花源不在南方之武陵，而在北方之弘农或上洛，桃源人所避之秦乃现实中的苻秦，而非历史上的嬴秦。这是个千百年没有人注意的新发现，对我们是颇有启发意义的。苻秦，并不如某些人想象的那么好，当时北方人民就在想方设法躲避它。

为什么桃源人要避秦呢？陈先生列举淝水之战前后苻秦情况的史料后说：“苻氏割据关陕垂四十载，其间虽有治平之时，而人民亦屡遭暴虐争战之难。”当时“政治残暴，民不聊生”的记载甚多。我想在陈文的基础上，再作一些补充。

苻秦的政治情况如何？实事求是地讲，在五胡十六国中，应该说是比较好的。这样的材料很容易搜集。什么“劝课农桑，练习军旅”，“官必当才，刑必当罪”，“黎元应抚，夷狄应和”，“国富兵强，秦国大治”等等，确实可以找到许多。因此，我们对苻坚应作某种程度的肯定，承认他确实是少数民族中一个很有作为的首领。但是，他的许多作为，还不足以证明他的侵略天然具有“正义的”“进步的”性质。

有人认为苻坚既然是国内少数民族中一个有作为的首领，他基本上统一了北方，应予肯定，进一步想要统一全国，也未尝不可以。我们认为，统一在原则上当然是好事，但又不能一概而论。苻坚发动的统一兼并战争，究竟是好是坏应该看看民心的向背如何。公元370年，苻坚派兵灭前燕。司马光曾评论说：“古之人灭人之国而人悦，何哉，为人除害故也”；而苻坚灭燕，不但不诛首恶，为民除害，反而任用坏人，所以“是爱一人而不爱一国之人，其失人心多矣”。失人心的战争，尽管取得了胜利，后果是不会好的。376年，苻坚又灭前凉，前凉许多大臣不肯投降秦军，他们忿怒地说：“吾世事晋朝，忠节著于海内；今一旦委身贼庭，辱及祖宗，丑莫大焉”。看来，苻坚这一次军事行动也不是很得人心的。

当然，要求苻坚进行的战争得到各族人民百分之百的拥护，是不可能的。那就看看他在战后施行的一些政策吧！当时，苻秦王朝境内民族分布的情况非常复杂，有汉、羌、卢水胡、匈奴、山胡和鲜卑等族。苻秦王朝的氐族是少数，主要集中在关陇地区。为了巩固其对汉族和其他少数民族的统治，苻坚决定采取军事殖民的方式，把关陇地区的氐族十五万户移殖到被征服的地区去，苻氏子弟和氐族贵族便成了这些地区的世袭诸侯。很显然，这是一种落后的统治方式，带有强烈的民族压迫性质，必然促使阶级矛盾和民族矛盾尖锐化。

我们决不要被苻坚的某些“善政”所欺骗，而忘记了它阶级压迫和民族压迫的实质。例如，史称苻坚“要结英豪”，“任人唯贤”，“内外之官，率皆称职”，就是要大打折扣。请看371年，苻坚以“关东初平，守令宜得人，令王猛以便宜简招英俊，补六州守令”。看起来当然是“善政”，但实际上也不过是战争刚结束，缓和一下民族矛盾而已。后来的史学家论到这件事的时候，胡三省说：“以苻坚之明，王猛之略，简招六州英俊以补守令，然鲜卑乘乱一呼，翕然为燕，以此知天下之势，但观人心向背如何耳”。陈垣也说：“善政本可得民，然有时政虽善，而仍不得民，则其善政未足以敌其民族意识也”。

又如，广立学校，提倡儒学，也可以说是一种善政。但苻坚并高不出他的同辈刘曜、石勒等多少，没有值得特别称道的地方，最多也只不过培养出一些封建化的官僚贵族而已，评价不宜过高。

有的同志还盛赞他打击豪强，整肃吏治。例子是他为了支持王猛，杀了反对王猛的氐豪樊进。王猛在他的支持下，捕杀了其特进强德等“贵戚强豪”二十余人。这件事并不带普遍性，不过是为了提高皇权，杀鸡吓猴子而已。因而在苻秦统治时期，各地豪强不仅依然存在，而且还有所发展。据《晋书》卷115的记载，苻秦各地势力强大的“公侯牧守，垒主乡豪”很多，“各有众数万”。可见，苻坚打击豪强是很不彻底的。

还需要指出，苻坚本人也并不是那么了不起的英主。他做过一些好事，主要是在统一北方前，信任汉族名士王猛，采纳群众意见，统一战争也是在王猛等人的协助下进行的。但在北方统一后，特别是王猛死后，他便骄奢淫逸，无所顾忌，独断专行，难免犯错误。从而丧失人心，促进了社会矛盾的激化。

因此，苻秦王朝的统治一直是很不稳定的，内乱和各族人民的武装反抗，彼伏此起，史不绝书。

这就是苻秦王朝在淝水之战前夕的政治状况。革命导师列宁说过，战争是该国战前所推行的国内政治的反映。淝水之战的性质如何，难道还不明显吗？可是，有的同志硬要人们相信，如果前秦消灭了东晋，江南人民就会生活得更好一些，经济文化也就会得到更快的发展和繁荣。这种想当然的一厢情愿的推论，缺乏历史根据，是没有说服力的。当时人们的生活如果真是很好了，桃源人又何必避秦呢？

五、东晋真该挨打吗?

淝水之战的性质究竟如何？还应该再看看东晋的情况。

按照“腐朽着的东西必然被发展的东西所消灭”的原则，有的同志断言东晋的士族制度已经发展到了糜烂的程度，完全暴露了它的腐朽性；因而苻秦发动淝水之战，就完全是进步的，正义的；东晋的抗战反倒成了阻碍进步的非正义行动，不值得同情。

我们认为，这种断言是不符合历史实际的。东晋是否已经腐朽糜烂到了必须从外部加以消灭的程度呢？恐怕未必。如果用历史的眼光看问题，任何一种制度对它所产生的时代和条件来说，都有其存在的理由，即马克思主义认为，暂时的历史正当性。士族制度在今天看去，固然不是什么好东西，在当时恐怕也还是有其暂时存在的理由，至少不会比当时北方某些少数民族统治者施行的落后制度还要落后。士族制度下广大农民沦为部曲、佃客，身份地位极低；但比北方沦陷区的人民迭经战乱，生命财产毫无保障的情况，还是要略好一些。否则，北方人民为什么不断南下呢？

《宋书·州郡志序》称，“自夷狄乱华，司、冀、雍、凉、青、并、兖、豫、幽、平诸州，一时沦没，遗民南渡”，大的迁徒有七次之多。据谭其骧，《晋永嘉丧乱后之民族迁徙》一文的统计，自西晋之末到刘宋之季，有数字可查的南渡人口就有九十万之多，约占北方人口的八分之一强。这是个惊人的数字，如果加上被士族荫庇挟藏的私附，总数将会更多。唐朝和州诗人张籍在《永嘉行》诗中写道：“北人避胡多在南，南人至今能晋语。”这种民族迁徙的趋势，至少可以说明南方汉族地主政权还没有腐朽到没有人愿意归附的程度。

从社会经济方面看，南方的情况本来很落后，但这时一方面由于具有先进生产经验的北方人民大量南下，增加了劳动力；另一方面由于没有大的战乱，社会比较安定，再加上统治者为了求得政权的巩固，实行“宽众息役，惠益百姓”的政策，据《晋书·食货志》的记载，到孝武帝太元时期，“天下无事，时和年丰，百姓乐业，谷帛殷阜，几乎家给人足矣”。这些话难免有些夸大溢美，但南方社会经济正在向前发展当是毫无疑义的。北方的苻坚虽然也注意发展农业生产，但似乎还没有达到这样的水平。因此，没有理由说苻秦的政治比东晋更好，如果苻秦消灭了东晋，那将是江南人民的大灾难。

从政治状况方面看，据《晋书·王导传》的记载，司马氏渡江之初，“吴人不附”。王导建议施行“宾礼故老，存向风俗，虚己倾心，以招俊义”的政策，很快便得到南方人民的拥护，保持了内部的团结，政治的稳定。这种情况，连苻坚手下的大臣们也看得很清楚。而苻秦民族矛盾，统治阶级内部矛盾十分尖锐，不如东晋远甚。说东晋政治已经腐朽到无以自立的程度，是不符合实际的。

再从军事形势方面看，东晋建国之初，力量有限，不可能大规模北伐。但抵抗外侮收复失地的政策，一开始便很明确。这样，在强敌压境、民族矛盾上升成为社会主要矛盾的情况下，东晋政权在南北士族和人民的心目中，是一个抗战政权，从而获得他们的支持。有的同志否认这一点，是不符合历史事实的。实际的情况是，东晋政权自渡江以来，曾经组织过多次北伐。最有名的是祖逖北伐，“击楫渡江”、“闻鸡起舞”，已成了著名的故事。后来，又有桓温的三次北伐，也得到了南北人民的广泛支持与欢迎。所有这些历史的事实，难道不足以说明民心的向背吗？

宋代，王应麟在《困学纪闻》中说：“焚石勒之币，江左君臣之志壮矣。僭号之国十六，而晋败其一（苻坚），灭其三（李势、慕容超、姚泓），不可以清谈议晋。”洪迈也在《容斋随笔》中认为东晋的军队很能打仗，“将士服习于下，敌人畏敬于外”，“五胡云扰，竟不能窥江汉，苻坚以百万之众，至于送死淝水”，终于使“国势至弱”的东晋“享国百年”。都是颇有根据的持平之论。他们并没有把东晋一棍子打死。

总之，如果从历史的实际出发，无论从哪方面看，东晋政权抵抗苻秦的侵犯，保卫南方的社会经济文化，完全是正义的。当然，东晋也并非没有腐朽的一面，其抗战并不是那么积极主动，特别不能说南方人民已经放弃阶级斗争，热爱这个士族地主政权了。但这毕竟是南方汉族政权的内部问题，无须请苻坚这种人来摧毁它。

通过以上粗略的考察，可以肯定地说，淝水之战是当时民族矛盾的产物，苻秦对东晋的侵犯是不得人心的，东晋的抗战却得到了南北人民的支持，正义应该属于东晋的一方。

最后，请让我抄几句翦伯赞同志的话，权作本文的结束语："我国自古以来就是一个多民族国家"，"不要把汉族以外的各民族作为外国人看待，但也不能因为是中国人就说他们之间的矛盾不是民族矛盾，甚至可以不分是非"。"应该承认民族之间，曾经有过互相侵犯的事实，至于谁侵犯谁，不决定于民族的大小，要根据具体事实进行分析"。"不是把历史上的不平等的民族关系说成是平等的，而是要用历史唯物主义的观点，批判的态度，指出这些不平等的民族关系的历史根据和实质"。①

（原载《江淮评论》，1982 年第 1 期）

① 《光明日报》，1961 年 12 月 22 日。

两宋时期淮河流域交通的盛衰

宋朝把首都建立在淮河流域的开封，固然有多方面的原因，不可否认交通条件是决策者们考虑的重要因素之一。因而，淮河流域交通的发展与宋朝国势的盛衰，便有着密切的关系，并产生了直接的影响。

一、宋朝的立国与淮河流域的交通

唐末以来，随着藩镇割据政治形势的继续和发展，黄河流域相继出现了频繁更替的五个朝代。全国政治、经济和交通的中心逐渐东移，开封逐渐取代了洛阳作为首都的地位。

1. 创造必要的条件

北宋立国时，太祖赵匡胤最初认为开封四野平坦，无险可守，容易遭受进攻，不符合首都应该具备的“金城汤池”的条件，很想迁往洛阳或长安。但当时的形势已与唐朝不同，经济重心已向东南转移。为了获得必要的供应，保持庞大的军事力量，达到强干弱枝，控制天下的目的，晋王赵光义和都指挥使李怀忠都认为：既然“府库重兵，皆在大梁”，“迁都未便”。迫于形势的变化，太祖只好让步。因为汴京居天下之中，交通便利。太祖的本意，欲依重兵而为国，而兵以食为命，食以漕运为本，漕运以河渠为主。在这方面汴京具有自己特殊的优势，远非洛阳、长安所能比，只好选它作为首都了。担任过宋朝三司使的张方平说：“祖宗受命，规模毕讲，不还周汉之旧，而梁氏是因，岂乐是而处之，势有所不获已者。”这个不得已，乃是“大体利漕运而赡师旅，依重师而为国也。”①

① 张方平：《乐全集》卷27，文渊阁四库全书本。

汴京，为北宋的立国创造了必要的条件。

2. 淮河流域交通的兴盛

宋朝立国于淮河流域的汴京，依靠的是它交通条件的便捷；因而立国之后，对淮河流域交通事业的进一步开发利用，也表现出特别的关心与热忱。如前所述，无论在交通路线的开拓、交通工具的开发、交通设施的完善，以及交通管理等方面，都有许多值得称道的创造和发展，不仅使淮河流域的交通事业出现了繁荣景象，而且直接促进了北宋王朝的兴盛。

由于北宋的首都在汴京开封，淮河流域交通事业的发展，便逐步建设出了一个以开封为中心，通向四面八方的水陆交通网。陆路方面，向西经过洛阳，可以到达关中、四川和甘肃；向北经过大名，可以到达河北诸州；向东经过商丘，可以到达徐州和山东；向南经过陈州，可以到达淮河中游及东南各州；向西南经过许昌，可以到达湘湖和两广。水路方面，更是利用淮河流域地势平坦、河流众多的有利条件，修整成人工运河。主要是汴河、广济河、惠民河和蔡河，不仅把黄河与淮河沟通起来，而且连接淮南运河，进入长江，把东南地区的物资源源不断地输送到汴京，对宋王朝的兴盛起了重要的作用。

当时淮河流域庞大的水陆交通网上，南来北往的舟车人员，十分繁忙。单从漕运官粮的数量看，据《宋史·食货志》记载：北宋初期“京师岁费有限，漕事尚简”。太祖开宝五年（972），“率汴、蔡两河公私船运江、淮米数十万石，以给兵食”。到太宗以后，漕运量日益加大，初时“岁运米四百万石”，到太平兴国六年（981），“汴河岁运江淮米三百万石，菽一百万石；惠民河粟四十万石，菽二十万石；广济河粟十二万石”。真宗景德四年（1007）规定了漕运上供年额，“汴河六百万石，广济河六十二万石，惠民河六十万石”。汴河运量以后越来越大，到大中祥符初（1008）为七百万石，有时高达八百万石。英宗治平二年（1065），各地漕粟至京的数额，仍然保持“汴河五百七十五万五千石，惠民河二十六万七千石，广济河七十四万石”。

除运输粮食外，其他物资的运输量也很不小。《宋史·河渠志》说：

汴河每年除漕运江淮湖浙之米数百万石外，“及至东南之产，百物众宝，不可胜计。”《宋史·食货志》也说：“江南、淮南、两浙、荆湖路税粮，溯流入汴，以达京师。诸州钱帛、杂物、军器上供，亦如之”。甚至广南、四川的各种物资也是水陆联运，通过淮河流域运送到汴京的。如“广南金银、香药、犀象百货，陆运至虔州（江西赣州），而后水运。川益诸州金帛及租市之布，自剑门列传置分辇负担至嘉州（四川乐山），水运达荆南（湖北江陵），自荆南遣纲吏运送京师。”具体数目是：“咸平中（1000），定岁运六十六万匹，分为十纲。天禧末（1021）水陆运上供金帛缗钱二十三万一千余贯两端匹，珠宝香药二十七万五千余斤。”从这些数字，不难想见当时淮河流域水陆交通的繁忙景象。

3. 交通运输的地位

淮河流域的交通网，担负着繁重的运输任务，把大批物资运送到汴京，供应首都数百万人的生活需要，作出了很大的贡献，当时就受到许多人的重视。太宗时，担任参知政事的张洎说：“今天下甲卒数十万众，战马数十万匹，并萃京师，”军事力量庞大；官僚、贵族、商人、百姓“比汉唐京邑，民庶十倍”，数量也很大。供应这样多人的生活需要，不是简单容易的事。他们之所以能够“时有水旱，不至艰难者，有惠民、金水、五丈、汴河等四渠，派引脉分，咸会天邑，舳舻相接，赡给公私，所以无匮乏。”是这里的交通条件好，解决了大问题。神宗时，担任三司使的张方平也说：“京，大也；师，众也；大众所聚，故谓之京师。有食则京师可立，汴河废则大众不可聚，汴河之于京城，乃是建国之本。”强调了淮河流域交通网地位的重要性。

需要进一步指出的是，淮河流域交通网的重要性，远不止于供应汴京，而且对山东、河北和西北地区也输送过物资。例如，咸平二年（999），度支判官陈靖向真宗报告：“国家御戎西北，仰漕东南，江淮漕运百余万。”仁宗初年，青、徐地区发生饥荒，京东转运使杨日严从江淮转粟五十万，赈济贫民。明道时（1032）山东荐饥，张方平请截拨上供粮米前往赈济。庆历八年（1048）八月，河北发生水灾，仁宗诏令三司“以今年江淮漕米转给河北州军。”类似资料甚多，无须备举。

此外，淮河流域的交通网还给官员、商人以及各界人士的往来，和民间商品物资的流通提供了很多方便。例如，家在洛阳的陈与义在《襄邑道中》写道："飞花两岸照船红，百里榆堤半日风，卧看满天云不动，不知云与我俱东。"称赞了水上交通的便捷与舒适。家在宣城的梅尧臣在《过淮》诗说他"侍亲数数来浮汴，护榇迢迢复渡淮"，往来走过多次。家在四川的苏轼在全国各地做官，经过淮河的次数更多。元祐七年（1092）他在知颍州时接到调任扬州的诏令，立即泛颍水、渡淮河去赴任。在《淮上早发》诗中写道："淡月倾云晓角哀，小风吹水碧鳞开，此生定向江湖老，默数淮中十往来。"他想了自己这些年的经历，从熙宁四年（1071）由汴京赴杭州第一次过淮开始，后来又由杭州赴密州，由徐州赴湖州，由湖州赴京，由黄州赴商丘，由商丘赴常州，由常州赴登州，由京赴杭，由杭赴京，以及这次由颍赴扬，已经十次。不可能预料到的是，此后他又由扬赴京，由定州赴惠州，还经过了两次。

淮河流域的运河网还为中外经济文化交流作出了贡献。朝鲜方面，《东斋纪事》记载：仁宗"天圣中，新罗人来朝贡，因往国子监市书"。当时运河沿线出现了许多印书坊，开封、杭州都是著名的刻书印刷中心。宋王朝多次赠送高丽中国典籍，都借助运河由京师舟运至明州出海。《萍洲可谈》卷2记载：宋神宗"待高丽人最厚，沿路亭传皆名高丽亭"。高丽商船"泛海而至明州，则由二浙溯汴而至都下"。日本方面，宋太宗时，日本僧人搭乘宋商船只浮海入宋，先坐船到汴京，晋谒太宗，然后由汴河入黄河，北上五台山，西游龙门，再转回开封，太宗存抚甚厚。神宗时，日僧成寻率弟子七人搭宋商船来宋，先登浙江天台山，后由运河到汴京，再去五台山参拜，后来写了《参天台五台山记》，生动详细地描述了北宋运河沿岸的景致和经济状况，为后人研究运河和和中日文化交流保存了珍贵的史料。

总之，淮河流域的交通网，在当时的经济建设、文化交流中占有重要的地位，在输送物资、赈济灾荒、加强边防，以及发展中外关系等方面，都发挥了重要的作用，对宋王朝国势的兴盛有着十分密切的关系。梅尧臣在《汴渠》诗中写道："我实山野人，不识经济宜，闻歌汴渠劳，谩缀汴渠诗。汴水源本清，随分黄河枝。浊流方已盛，清派不可推。天王居大梁，龙举云必随，设无通舟航，百货当陆驰。人肩牛骡驴，定应无完皮。苟欲东南苏，要省聚敛为。兵卫讵能削，乃须雄京师。今来虽太平，尽罢未是时。愿循祖宗规，勿益群息之。譬竭两川赋，岂由此水施。纵有三峡下，率皆粗冗资。慎莫尤汴渠，非渠取膏脂。”他认为淮河流域交通网的地位与作用，应该正确的估价。主要是沟通南北政治经济的大动脉，对某些人“东南四十八州地，吸尽膏脂是此河”的片面看法，进行了有力的驳斥。

二、北宋的崩溃与淮河流域的交通

淮河流域的交通网，是北宋时期联系南北的大动脉，是国家赖以兴盛的生命线。可是到中期以后，却由于种种原因，逐渐堵塞瘫痪，病入膏肓，陷于崩溃的命运。

1. 河道失修

淮河流域的河道，特别是京师的四漕，大都接受黄河的浊水，容易淤塞，必须坚持经常治理，才能保持漕运的畅通。如果坚持不够，日积月累，淤积渐多，河床增高，必然造成严重的后果。北宋后期，沈括在《梦溪笔谈》中就根据他的考察写道：“国朝汴渠，发京畿辅郡三十余县夫，岁一浚……尔后，三岁一浚……久之，治沟洫之工渐弛……有二十年不浚”，“汴流湮淀，京城东水门下至雍丘、襄邑，河底皆高出堤外一丈二尺余，自汴堤下瞰民居，如在深谷”，常有决溢之患。这样的河道，当然难以保持正常的航运。丁谓的《谈录》记载说：“宋亳之地，遂成沮洳卑湿。且昔之安流，今乃湍悍，覆舟之患，十有二三。昔之漕运，冬夏无限，今则春开秋闭，岁中漕运，只得半载。昔之溯沿，两无艰阻，今则逆流而上，乃重载而行，其为难也甚矣。沿流而下，则虚舟而往，其为利也背矣。”航运效率大大降低。越到后期，河道更是经常淤涩，险象环生。元丰三年（1080）二月，宋用臣反映洛水入汴至淮的河道，“漫阔多浅涩”，请求兴工修浚。六年，发运使蒋之奇奏称“淮水浸浮，冲刷堤岸，渐成垫缺，请及时修筑。”七年十月，浚真楚运河。元祐四年（1089）二月，京东转运司言：“清河与江浙淮南诸路相通，因徐州吕梁、百步两洪，湍浅险恶，多坏舟船，”请求治理。绍圣元年（1094）十二月户部言：“本部岁计皆藉东南漕运，今年上供物至者十无二三”。元符元年（1098）江淮发运使王宗望发现楚州沿淮至涟州，“风涛险，舟多溺”，开凿支氏渠，引水入运河，得到改善。政和元年（1111）蔡河淤浅，堤防出现险情，诏令派员视察实际情况究竟如何，以便来年的春天兴工治理。宣和元年（1119）五月，“汴京无故大水，浸城外官寺民居，遂破汴堤”，诏令派人调查，发现原来是“有司失职，堤防不修”的缘故。宣和二年（1120）九月，真扬等州的运河有出现了“浅涩”，需要急加修治理。宣和五年（1123）三月，运河浅涩，妨碍纲运，只好派出大批官员到出事地点“往来措置”，用“车水”的办法，维持舟运，严重影响到首都的“岁计”。有关部门还在推卸责任，“官吏互执所见，州县莫知所从”，拿不出解决问题的好办法。

2. 管理不善

水陆交通必须建立必要的制度，加强管理，才能确保畅通。宋朝政府虽然也曾注意及此，作过不少努力，取得不少经验与成绩。但也与任何事物的发展一样，行之既久，便出现松弛。原来的规章制度，被视为具文。某些人更贪图一己私利，明知故犯，致使制度杂乱，无章无序，瘫痪难行。元丰五年（1082），知开封府的王存发现，京城中沿汴河居住的达官贵人，“盗凿汴堤以自广”，冲破重重阻拦，向报告皇帝报告加以制止。元祐元年（1086）闰二月，右司谏言：“近岁京城外创置水磨，因此汴水浅涩，阻碍官私舟船。其东门外水磨下流，汗漫无归，浸损民田一二百里，几败汉高祖坟”，请予休整。七年，苏轼在扬州奏称：“旧发运司主东南漕法，听操舟者私载货物，近岁一切禁而不许，故舟弊人困，多盗所载以济饥寒，公私皆病”。重和元年（1118）二月，发运使柳庭俊报告“真扬楚泗高邮运河堤岸，旧有斗门水闸七十九座，比多损坏”，请求检修。宣和时，向子湮报告：运河的堰闸，过去有关部门订有制度“三日一启闸。复作堰储水，故水不乏，”但是近年行“直达之法，启闭无节，堰闸率不存”。制度不遵，管理不善，设施破坏，必然导致严重的后果。

3. 蔡京蠹政

北宋末年，淮河流域交通网遇到的问题，更为严重的是当时的政治腐败。为了使讨论的焦点集中，不把篇幅拉大，让我们只就淮河流域的问题举例，只从宰相蔡京关于这方面的决策入手，看看他是怎样破坏了淮河流域的交通网，引起汴京物资供应的匮乏，天怒人怨，在内忧外患的交迫中，导致北宋王朝的崩溃的。

蔡京其人，熙宁时进士及第，拜中书舍人，知开封府，开始崭露头角，原本是变法派的新人。但元祐复辟，司马光一秉政，他马上转变立场，在五天内恢复了差役法。绍圣时，他又附和章惇，把差役改回雇役，当上了翰林学士兼侍读。徽宗即位，遭到谏官御史们的弹劾，被罢官居杭州。通过贿赂宦官和道士的办法，大造舆论“非相京不足以有为”，得到徽宗的信任，在崇宁元年（1102）被任命为宰相。他迎合徽宗享乐的需要，创“丰亨豫大”之说，大兴土木，挥霍国帑。以恢复新法为名，搜刮民财。结党营私，招权纳贿，政治腐败，达于极点。影响所及，淮河流域的交通也遭到极大的破坏。

一是将发运司的“籴本”作为“羡余”贡献给朝廷，导致转搬法的破坏。《宋史・食货志》记载说：“崇宁初，蔡京为相，始求羡财，以供侈费。用所亲胡师文为发运使，以籴本数百万缗充贡，入为户部侍郎。来者效尤，时有进献，而本钱竭矣。本钱既尽，不能增籴，而储积空矣。储积既空，无可代发，而转搬之法坏矣。”

二是立直达法、钞盐法，导致空船回驶，舟人无利可得纷纷逃散。因为胡师文把“籴本”挖空了，转搬法难以继续。《玉海》记载：“自胡师文以籴本为羡余以献，而转搬无一年之储。崇宁三年（1104）九月，曾孝广立直达之法，虽湖南亦直至京师，因毁淮南转搬仓。”同时改变的还有盐法，即将专卖法改为钞盐法。规定商人可以在汴京榷货务用钱买得盐钞，到产盐地换取食盐，运往外地销售。看似开明的措施，却产生了意想不到的负面影响，“既行直达，而盐法随变。自钞盐之法行，课归榷务，诸路无所得，漕计日以不给，上下俱受其弊。转搬与盐法相因，盐法既变，回舟无所得，舟人逃散，船必随毁。”后果十分严重。

三是直达纲官吏素质不高，营私舞弊，官物失陷严重，入京物资减少。任谅在担任江淮发运使时，发现“蔡京破东南转搬漕运法为直达纲，应募者率游手无赖，盗用干没，漫不可核，人莫敢言。”便利用进京“入对”的机会，向徽宗报告。可是不久就遭到蔡京的诬陷，被“削职归田里”。监察御史辛炳也向徽宗反映“蔡京废发运司转搬仓为直达纲，舟人，率侵盗，沉舟而遁，户部受虚数，人畏京莫敢言。”造成了极坏的影响，“变法后两岁所得之数，较常岁亏欠一百三十有二万，支益广而入寝微”，希望有关部门调查处理。徽宗问蔡京情况究竟如何，蔡京大怒，以“沮扰”新法的罪名，将辛炳罢官。由于蔡京的一意孤行，问题不能及时解决，危害也越来越严重。《宋史·食货志》记载：“宣和五年（1123）江西转运判官萧序辰言，自行直达，道里既远，情弊尤多，如大江东西、荆湖南北，有终岁不能行一运者，有押米万石欠七八千石，有抛失舟船，兵梢逃散，十不存一二者”。

四是运河水闸的启闭，不加节制，水不归闸，导致上下不能通航。宣和三年（1122）六月，臣僚言淮南连岁旱，漕运不通，扬州尤甚。诏有关部门派员调查。江淮发运司主管文字向子湮报告说：以往“漕运通流，发运使曾孝蕴严三日一启之制，复作归水澳，惜水如金”。但是，“比年行直达之法，走茶盐之利，且应奉权幸朝夕经由，或启或闭，不暇归水。又顷毁朝宗闸，自洪泽至邵伯数百里，不为之节，故山阳上下不通”。

五是为了增加税收，沿汴州县纷纷“创添栏河锁栅岁额”，这是在交通要道上设置人为的障碍，给来往船只增加了负担与不便，引起了强烈不满，“公私不以为便”，一直反映到徽宗那里，才在宣和五年（1123）十二月，诏令取消，恢复“元丰旧制”。

六是不作调查研究，不经科学论证，开泗州直河，浪费钱粮无数，死亡役夫数千人。崇宁三年（1104），蔡京的亲信江淮发运使胡师文，建议开泗州直河，以避涨溢沙石之害。曾经担任过发运使的曾孝蕴认为

"淮汴不相接，不可成"。但是，胡师文不肯听，调集数郡军民，不惜一切代价，竟然成功。举行庆功论赏，曾孝蕴推辞不受。不久，果然"寻复淤淀，遂行废拆。"论者追究主持者的责任，说他"役数郡兵夫，其间疾苦窜殁，无虑数千，废钱谷累百万计。"不以为过，反以为功，官员冒功领赏达四十五人之多。犯有"狂妄生事，诬奏罔功"之罪。事实俱在，否认不了，只得将胡师文降职，群众不满意，又只好罢官了事。

七是花石纲的骚扰，影响更为恶劣。方勺的《青溪寇轨》说："徽庙继统，蔡京父子引吴人朱勔进花石媚上，上心既侈，岁加增焉。舳舻相衔于淮汴，号花石纲，至截诸道粮饷纲，旁罗商舟，揭所贡暴其上"。由于大批舟船征调运送花石纲，使淮河流域的交通网十分拥挤，其他舟船难以行进，后果极坏。龚明之的《中吴纪闻》说："朱勔既进花石，遂拨新船装运，充御前纲以载之，而以余旧者载粮运，直达京师而转搬仓遂废，粮运由此不继，禁卫至于乏食。"严重的程度可想而知。

凡此数端，无不对淮河流域的交通造成严重的影响，堵塞瘫痪，难以正常运行，不能把南方的物资及时调运汴京和北方，使宋朝政府的中枢处于匮乏的境地，无力支持北方边境日益紧张的国防需要，终于在金兵压境的危机中陷于崩溃的边沿。

三、宋金的对峙与淮河流域的交通

靖康二年（1127）的靖康之变以后，宋金长期处于对峙状态，淮河流域的交通状况受到严重的影响，进入了衰落时期。

1. 战事频繁

南宋初年，淮河流域因其地处南北交通的要冲，战事连年不断。靖康二年（1127）五月，宋高宗即位于南京（河南商丘）。十二月，金兵三路南侵，分别向山东、河南和陕西进攻。次年，淮河流域各地普遍遭受战火的蹂躏，汴京留守宗泽殉国。建炎三年（1129）初，金兵遂破徐、泗、楚、扬诸州，宋高宗渡江逃往浙江。年底，金兵渡江追赶高宗。建炎四年（1130），金兵焚杭州后，大掠而北。归途中大破楚州、泰州和通州。绍兴三年（1133）年十月，伪齐刘豫攻陷邓、唐、郢、随和襄阳等地。次年五月，岳飞北伐，收复以上诸州。九月，刘豫勾结金兵南侵，韩世忠连破敌军于大仪、承州。年底，金兵破滁州，岳飞败金兵于庐州。绍兴六年（1136），宋金双方在淮阳、寿春、藕塘等地发生交火。绍兴十年（1140）五月，金兵大举进攻河南，淮河流域众多州县相继沦陷，随后宋军发起反攻，刘锜在顺昌（安徽阜阳），韩世忠在淮东、海州，张浚在亳州，岳飞在颍昌、淮宁、洛阳、郾城、朱仙镇等地，大破敌军。次年，宋金议和，达成以淮河为界的《绍兴和约》，双方进行了十多年的战事才平定下来。

淮河流域的平静只勉强维持了二十年，便被野心勃勃的金主完颜亮破坏了。绍兴三十一年（1161）秋，完颜亮大举侵宋，亲率东路军渡淮，连破滁、庐、和、扬等州，兵临长江北岸。南宋淮东、淮西的军队退保江南，形势危急。幸在此时，忠义人魏胜攻克海州，李宝从海道败金兵于胶西陈家岛，虞允文败金兵于采石矶。金人内部发生分裂，金世宗即位于东京，完颜亮被杀于瓜洲。金人遣使议和，宋军得以收复楚州、泗州和蔡州。

隆兴元年（1163）三月，金索要海、泗、唐、邓之地，宋孝宗不予，四月用张浚之议伐金，收复灵璧、宿州，嗣后以诸将不和，大溃于符离。双方议和，签定《隆兴和议》。宁宗时，韩侂胄当国，欲图恢复以自固，于开禧二年（1206）下令伐金，开始在泗、虹等地获胜，不久败于蔡州、寿州和宿州。金兵大举反攻，入滁州，破真州。宋金再次议和，签定《嘉定和约》。

嘉定十年（1217），金军侵宋，东路军渡淮，宋军反攻，取涟水，围泗州，破东海。次年，金军大举南侵，围攻安丰、滁、濠、光州；宋军反攻追至涡口。两军在淮北形成拉锯战，互有胜负。嘉定十四年（1221），金军侵宋，李全扰泗州。次年，金军破庐州，旋被宋军打败。此后，金人困于蒙古，无力南侵。到端平元年（1234），宋蒙联军灭金，宋金对峙的局面结束。但又开始了宋蒙对峙的局面，淮河流域的战事仍然持续不断。

从以上简单的叙述中，不难看出宋金对峙时期，淮河流域的战事是非常频繁的。长期激烈的战争，不可避免地会使这里的社会经济和交通条件，受到严重的影响。

2. 社会凋敝

淮河流域在宋金对峙时期，分属了两个不同的政权，战事不断，来往不便。社会经济难于发展，不少过去号称繁盛的大城市，都出现了凋敝的景象。

例如，淮东的扬州，北宋时，沈括曾说："自淮南之西、大江之东、南至五岭、蜀汉，十一路百州，迁徙贸易之人，往还皆出扬州之下，舟车日夜灌输京师者，居天下之七。"社会经济繁荣，商业交通便利。可是经过两宋之际的战乱，到南宋时便面目全非，景象大变了。刘过的《六州歌头》写道："镇长淮，一都会，古扬州。升平日，珠帘十里，春风小红楼。谁知艰难去，边尘暗，戎马扰；笙歌散，衣冠渡，使人愁。"对戎马骚扰造成的破坏，作了沉痛的揭露。张孝祥也有一阕《六州歌头》："长淮望断，关塞莽然平。征尘暗，霜风劲，悄边声，黯销凝！追想当年事，殆天数，非人力。洙泗上，弦歌地，亦膻腥。隔水毡乡，落日牛羊下，区脱纵横。看名王宵猎，骑火一川明，笳鼓悲鸣，遣人惊。"更用对比的手法，指出"隔水毡乡""名王"的"骑火"，是社会凋敝的原因。另一位著名词人姜夔淳熙三年（1176）到扬州去时，沿途一望，满眼都是野生的荠麦，入其城则四顾萧条，感慨今昔，写了一首《扬州慢》："淮左名都，竹西佳处，解鞍少驻初程。过春风十里，尽荠麦青青。自胡马渡江去后，废池乔木，犹厌言兵。渐黄昏，清角吹寒，都在空城。杜郎俊赏，算而今，重到须惊。纵豆蔻词工，青楼梦好，难赋深情。"

又如淮西的庐州，北宋哲宗时担任淮西刑狱的叶祖洽，在《三至堂记》中写道："庐于淮西，为第一道都会，人物之富，甲兵之强，四方商旅游士之多，不比他郡。地大以要，故选守常重"。可是到了南宋，姜夔笔下合肥却是"巷陌凄凉，与江左异。唯柳色夹道，依依可怜"。因此写了一阕《淡黄柳》来表达他的感慨："空城晓角，吹入垂杨陌。马上单衣寒恻恻。看尽鹅黄嫩绿，都是江南旧相识。正岑寂，明朝又寒食。强携酒，小桥宅。怕梨花落尽成秋色。燕燕飞来，问春何在？唯有池塘自碧。”一片凄凉景象，比起这里的过去或江南差得远了。

再如曾是北宋首都的汴京（开封），当时曾是“天下之枢”“万国咸通”“富丽天下无”的景象，无须多说。可是遭受“靖康之变”毁灭性的打击后，便很难恢复了。宋孝宗时，范成大曾被派出使北方，在《揽辔录》中叙述经过汴都时，看到的情况却是：“旧京自城破后，创痍不复。炀王亮徙居燕山，始以汴为南都。独崇饰宫阙，比旧加壮丽，民间荒残自若，新城内大抵皆墟，至有犁为田处。旧城内粗布肆，皆苟活而已。四望时见楼阁峥嵘，皆旧宫观寺宇，无不颓毁。”其《宜春苑》诗说：“孤冢獾蹊满路隅，行人犹作御园呼，连昌尚有花临砌，肠断宜春寸草无”。其《宣德楼》诗说：“峣阙丛霄旧玉京，御床忽有犬羊鸣，他年若作清宫使，不挽天河洗不清”。残破衰败的景象，无须再多加例举了。

淮河流域南北的三大重镇，扬州、庐州和开封的情况如此，其他地方自然也多类似，给人们留下的“凋敝”印象，是难以拂去的。

3. 交通衰落

宋金对峙时期，淮河流域的社会经济处于凋敝状态，与之相辅相成的水陆交通，自然也就衰落不振。由于宋金两国的首都，一个在杭州，一个在燕京，淮河流域在他们的眼里属于“边境”地区，除了军事意义而外，对那里的经济建设是不够关心的。因而那里的河流、道路都缺乏应有的维修和整治，黄河夺汴入淮，运河闸坝损坏，逐渐湮废。原来纵横交错、四通八达的水陆交通网，遭到严重破坏。过去千帆竞发、百舸争流的景象没有了，留给人们的只是对道路艰难的感叹。

淮河以南是宋朝的辖区，章甫的《田家苦》叙述这里农民的生活，“何处行商因问路，歇肩听说田家苦。今年麦熟胜去年，贱价还人如粪土。五月将次尽，早秧都未移……阴阳水旱由天公，忧雨忧风愁煞侬。农商苦乐原不同，淮南不熟贩江东。”他们在遭遇水旱天灾，年成不好的时候，便外出经商，但路线不是像过去那样到汴京，而是到南宋行都所在的江东。

尤袤在泰兴做知县时，在《淮民谣》中写道：“去岁江南荒，趁熟过江北，江北不可住，江南归未得。淮南丧乱后，安集亦未久，死者积如麻，生者能几口，荒村日西斜，破屋两三家。抚摩力不及，将奈此扰何。”

杨万里在光宗时，曾奉命去淮河边境迎接金国的贺正使，在《初入淮河四绝句》诗中叙述了道路艰难的心情：“船离洪泽岸头沙，人到淮河意不佳。何必桑干方是远，中流以北是天涯。”“两岸舟船各背驰，波痕交涉亦难为，只余鸥鹭无拘管，北去南来自在飞。”正是由于淮河被划作两国的边界线，便人为地成了南北交通的障碍。

姜夔在《昔游诗》中，曾追述他有一年旅游到淮河南岸的濠梁（安徽凤阳），无法渡淮的感慨：“濠梁四无山，陂陀亘长野。吾披紫茸毡，纵饮面无赭。自矜意气豪，敢骑雪中马。行行逆风去，初亦略沾洒。疾风吹大片，忽若乱飘瓦。侧身当其冲，丝鞚袖中把。重围万箭急，驰突更叱咤。酒力不支吾，数里进一斝。燎茅烘湿衣，客有见留者。徘徊望神州，沉叹英雄寡。”

下面再看淮河以北的情况，楼钥曾奉宋孝宗之命出使金国，沿途写有《北行日录》，叙述了他亲眼所见淮河以北运河水道的荒废：“乾道五年（1169）十二月二日，宿灵璧，行数里，汴水断流。三日，宿宿州。自离泗州，循汴而行，至此河益湮塞，几与岸平，车马皆由其中，亦有作屋其上。”六年正月南返，二十四日回到宿州，“汴河底，多种麦。”

再看开封的水路，刘子翚在《汴京记事》中写道：“帝城王气杂妖氛，胡虏何知屡易君”，“一自胡儿来饮马，春波惟见断冰流”，“舳舻岁岁御清汴，才足都人几炬烧。”北宋时汴京漕运四渠的繁盛景象，已经不复存在了。

宋金对峙时期淮河流域的交通，唯一尚可值得称道的是榷场贸易网。前已叙述宋金双方都在自己的边境，设置了若干榷场，作为经济交流、互通有无的场所。一旦战事停止，这些榷场就焕发出生机。其中一处为淮安，曾任金国豳王府记室的刘迎，有一首《淮安行》诗：“淮安城壁空楼橹，风雨半催鸡粪土。传闻兵火数年前，西观竹间藏乳虎。迄今井邑犹荒凉，居民生资惟榷场。马军步军自来往，南客北客相经商。迩来户口虽增出，主户中间十九一。里闾风俗乐过从，学得南人煮茶吃。”① 形象地反映了战后榷场贸易的情景。通过榷场贸易，南宋向北方输送了无数物资，以泗州为例，岁供新茶千胯，荔枝五百斤，圆眼五百斤，金橘六千斤，橘子八千斤，砂糖三百斤，生姜六百斤，栀子九十称，以及米、麦、绢、布、丝、麻、牛、犀、象、苏木、香药、书籍等。金向南方输送的物品则有：解盐、丝、绢、绵、药材、羊、豕等。在榷场贸易中双方都有好处，金方对这项贸易非常重视，采取了不少措施，获利尤多。如泗州榷场，金世宗时收入五万三千贯，金章宗时增为十万七千贯，其他榷场尚未统计在内。因此史臣在《金史·食货志》中说：“榷场皆设场官，严厉禁，广室宇，以通二国之货，岁之所获亦大有助于经用焉。”

但总的说来，淮河流域的交通在宋金对峙的时期，实在是走向衰落了。

（原文发表于《第四届淮河文化研讨会论文集》；后收入《淮河文化纵论》，合肥工业大学出版社2008年版）

① 元好问：《中州集》卷3，文渊阁四库全书本。

黄庭坚与安徽的缘分

人们常说："有缘千里来相会，无缘对面不相识"。许多事迹表明，黄庭坚与安徽是很有缘分的。长期以来，人们认为因缘定分，是命中注定的机遇。初看起来，似乎有点玄，不是科学地看问题。但其中毕竟有些说不清的缘由，人们仍然继续使用。如果换句话说："缘分，是某种必然存在的相遇的机会和可能，"大概就容易被人接受了。

宋朝大诗人黄庭坚，江西人。他与安徽的缘分，大概与地理因素有关。因为江西与安徽是邻省，山水相连，关系本来就十分密切；加之宋朝的首都在东京（河南开封），运河是当时通往东南的动脉，安徽更成了江西与首都来往的交通要道。于是，黄庭坚在他六十多年的生涯中，与安徽结下了很值得一谈的、情深意厚的、令人难忘的缘分。大致表现在山水缘、书画缘、亲友缘三个方面。现按其生平行踪略述如下。

一、山水缘

安徽是黄庭坚的家乡江西通往宋朝首都开封，乃至全国各地的交通要道，因此黄庭坚路过安徽的时间、次数很多，便与安徽的山山水水结下了不解之缘。

黄庭坚，字鲁直，号山谷，其文集称《山谷集》①。"山谷"的由来如何？只要稍加考察便会发现与安徽有关。让我们从他的《题山谷石牛洞》谈起。《内集诗注目录》说："石牛洞在舒之三祖山山谷寺，鲁直尝

① 本文所引资料，大多见诸文渊阁四库全书本《山谷集》，引文大多注明篇目可以复查，并不困难，故不一一注明其卷数，读者谅之。

游而乐之，因自号山谷。”原来是他去舒州（安徽潜山）旅游，被天柱山的美丽景色所迷恋，在山谷寺中休息时，发现这里有佛教三祖僧璨大师圆寂的塔，还有王安石的题诗：“水泠泠而北出，山靡靡以旁围，欲穷源而不得，竟怅望以空归”。不竟感慨万千，也诗兴大发仿作了一首；“司命无心播物，祖师有记传衣，白云横而不度，高鸟倦而犹飞。”表达了他对皖山的赞美，感受良深，因而号称“山谷”。但诗中没有明言这次行踪的来龙去脉和具体情况，其详应予细考。

考黄庭坚生于庆历五年（1045），幼年在家乡江西分宁（修水）读书。嘉祐四年（1059）去过舅父李常居官的淮南（江苏扬州）游学，可能经过安徽沿江地区，年方十五，其现存文字中尚无有关安徽的印象。治平四年（1067）庭坚二十三岁登第，调汝州叶县（今属河南）尉，赴任时有《新息渡淮》《初望淮山》诗，属于河南地区，与安徽关系不大。熙宁五年（1075）任北京（河北大名）国子监教授。直到元丰三年（1080）入京改官，授吉州太和知县（江西泰和），时年三十六岁。已连续在北方待了十多年，这时才有机会回到江南。

黄庭坚与安徽山水的真正结缘，应该就是这一次离京赴任经过安徽的途中。据《外集诗注目录》记载，他于这年秋天在去安徽途中先作《汴岸置酒赠别》《晓放汴舟》两首诗，后一首诗中提到“去作江南梦”，沿途以诗记行，经过盱眙，于十月十三日又作《泊舟白沙江口》，在真州阻风，再经金陵，沿江而上便进入安徽境内了。查《山谷集》中明确记载属于这次旅游皖江地区的诗作，约有三十多首。下面，据之稍作详细的介绍，以便说明黄庭坚与安徽的山水确实很有缘分。

沿江而上的第一站是当涂，当涂一称姑孰，宋时为太平州治，今属马鞍山市。有太白祠、太白墓等名胜古迹。《黄庭坚年谱》（以下简称《年谱》）列有《次韵答李端叔》《赠别李端叔》《行行重行行赠别李之仪》三诗。诗中有云：“我观江南山，如目不受垢。忆食江南薇，子独于我厚。”不仅风景美好，而且主人好客，给他的印象很好。但细考三诗可能不是此时所作。《年谱》称：“端叔名之仪，寓居芜湖。三诗虽有先后，因是时经涂附见。”这个说明不够准确，因李之仪这时尚未“寓居芜湖”，黄庭坚不可能在这时“经涂附见”。旧注偶有小误，后人不细察，容易被误导出错，特此注明。黄庭坚何时再来当涂写诗赠李？后面再说。

第二站是铜陵，因天公不作美，故他作《阻风铜陵》以纪实：“顿舟古铜官，昼夜风雨黑，”随时都有“浮沉江湖中”的危险，但庭坚的思想很开朗，“有生甚苦相，细大更啖食”，无须过分惊恐，“对榻忘语默”，觉仍然睡得很好。在《阻水泊舟竹山下》中继续写道：“竹山虫鸟朋友语，讨论阴晴怕风雨，丁宁相教防祸机，提壶归去意甚真”。虽然遇到了坏天气，但当地老百姓很朴实，前来问寒问暖，关心客人的安全，十分感人。虽是深秋十月，不免花叶凋落，但偶然“草动尘惊忽飞去”，仍然使他感到“柳暗花浓亦半春”，还是有几分可喜之处。唯一不能满足的是，唐朝大诗人李白曾写诗赞美铜陵：“我爱铜官乐，千年未拟还，要须回袖舞，拂尽五松山”。可是，他这次来，却“北风几日铜官县，欲过五松无主人”。未免有点遗憾！

第三站是贵池，其《池口风雨留三日》曰：“孤城三日风吹雨，小市人家只菜蔬，水远山长双属玉，身闲心苦一舂锄。”从风风雨雨的田园景色中，他看到了农夫生活的辛苦。在《贵池》诗中说：因为风雨不能游览著名的九华山，“横云初抹漆，烂漫南纪黑，不见九华峰，如与亲友隔。忆当秋景明，九老对几席。何曾闭蓬窗，卧听寒雨滴。”只好就近去参观昭明太子的文选楼，“不食贵池鱼，言寻昭明宅。笔砚鼠行尘，芝菌生铜鬲。思成佳句梦，贻我锦数尺。”虽然参观的人不多，陈列品上有不少灰尘，但还是诱发了他的文思。

第四站是舒州（安徽潜山），这里有著名的天柱山，风景十分美丽。包括王安石在内的许多文人学士都十分向往。这时，黄庭坚的六舅李常正在那里担任淮南西路提点刑狱，得知外甥出仕太和知县将要经过皖口，距离这里很近，非常高兴，便邀约他前来舒州一游。这次旅游参观的景点很多，写的诗也多。

在天柱山景区，主要游览山谷寺，其孙在《年谱》这年“十一月小寒日上潜峰”条引黄庭坚的《题名石刻》云：“建康李参、彭蠡李秉彝、磁湖吴择宾、华阳丘揖、豫章黄庭坚岁庚申小寒日，过饭而西上潜峰，谒司命所，过道人寝室将十区，便房曲阁，所见山皆不同，辄有佳处，行憩宝公井，瞻师粲禅塔，坐卧傅岩亭下，下酒岛，归宿晓老生生堂西阁下，漏下十刻。”记载翔实，对皖山美丽的景色和文化意蕴十分迷恋，于是作了前面所引的那首《题山谷石牛洞》，从此自号山谷道人。

又《题山谷大石》：“畏畏佳佳石谷水，鼛鼛隆隆山木风。炉香四百六十载，开山者谁梁宝公”。

太平寺后有万松亭，山谷为篆其榜，后来并作伽陀六言《题万松亭》，寄刻山间石上：“天柱峰无比肩，郁郁高松满川；万身苍髯老禅，刳心忘义忘年；说法曾无间歇，松风寺后山前；四海五湖衲子，更于何处参玄；若觅向上关捩，灵龟石下流泉；太平堂中老将，家活都无一钱；会得佛头着地，不会佛脚梢天”。

又《宿舒州太湖观音院》：“汲烹寒泉窟，伐烛古松根。相戒莫得出，月黑虎夔藩”①。

石镜山，在怀宁北，其西有石壁皎然，望之如玉鉴，一名玉照。庭坚也作诗赞美：“仙人持玉照，留在潜峰西”。

在舒州城内，李常供职的提刑司，建有“潜峰阁”，庭院内种植了各色花木果树，供人们公余欣赏。庭坚《题潜峰阁》记胜：“徐老海棠巢上，王翁主簿峰庵，梅蕊破颜冰雪，绿丛不见黄柑。”徐老是医生，王翁是禅师，经常来这里作客人。庭坚来时，正值梅花开放，红花绿叶，在白茫茫的冰雪背景衬托下，十分好看。可惜绿丛中看不到黄柑了，询问为什么？李常说送给苏东坡了，东坡还以诗回赠：“我有同舍郎，官居在潜岳，遗我三寸柑，照坐光卓荦”。“何人慰流落，嘉葩天为种”。庭坚听说非常感动，立即在诗中写出。

《同苏子平李德叟登擢秀阁》，注引“同安志云：擢秀阁在舒州彰法寺，乃陈莹中读书处，自此登第。黄鲁直名而书之”。陈于元丰二年中甲科，被当地引以为荣。庭坚与客人登阁凭栏观望，城中楼观与城北山水，一览无余。当即题写“擢秀阁”三字，并作诗赞美说：“筑屋皖公城，木

① 洪迈：《容斋随笔》卷12，南京大学出版社1994年版。

末置曲栏，岁晚对烟景，人家橘柚间。独秀司命峰，众丘让高寒，松竹二桥宅，雪云三祖山，衰怀造胜境，转觉落笔难，苏李工五字，属联不当悭。”又《寄题莹中野轩》：“开轩城市如村落，人似往时陈太丘，平生江海心犹在，退食诗书吏罢休”。成为当地的胜景。

城北的独秀峰有九天司命真君祠。城东有三国乔公故居，其二女为孙策周瑜所得，传为佳话。苏武李陵互赠皆五言，流传甚广，同游的苏李二人恰与他们同姓，想亦有诗记游，可惜已经难以见到了。

与庭坚一同游览的多是文人，他们所到之处多即景赋诗，主人李公择少不了也曾赋诗，可惜未能保存。倒是庭坚《次韵公择舅》的和诗保存下来了：“昨梦黄粱半熟，立谈白璧一双，惊鹿要须野草，鸣鸥本愿秋江”。说他这次旅游玩得很好，很高兴，觉也睡得好，梦见当了大官，获得很高的奖赏，是个好兆头，其实自己的要求并不高，只要生活安定食用不缺就行了。

皖山的景色虽然美好，但黄庭坚有官职在身，不能久留，必须告别亲友，踏上新的征途。难免有些恋恋不舍，在去皖口的途中，只走了七十里，到了一个叫灵龟泉的地方又停了下来。这里不仅有著名的皖公陂水利工程，旱涝保收效益很好，而且景色十分迷人。立即题诗《灵龟泉上》：“大灵寿日月，化石皖公陂。倾首若有谓，指泉来自西。泉甘崖木老，坐笑欲忘归。莳梅盈百科，洗石出崛奇。”希望表弟李德叟“更约聘石工，镵我灵龟诗。为我书斯文，要与斗牛垂”。以便让后人参观。这灵龟泉的主人为张庖民，字翔父，金陵人。山谷称：“翔父才德，初不在人后，俯仰庸人，不甚出奇见异，其于林泉心安性服之也。作诗清壮，能为不经人道语。”（可惜两年后“以疾卒于曹溪，翔父之息耕护翔父之丧过泉下。”山谷写了《张翔父哀词》记其事。苏东坡也作《张庖民挽词》致哀）

离开灵龟泉继续前行，仅十里便到了皖口镇，又写《发舒州向皖口道中作寄李德叟》说：在皖口遭遇到风雨的袭击，“黑云平屋檐，晨夜隔星月。”不小心落水，“驼裘惜蒙茸，俱落水塘缺”。只好“孤村小蜗舍，乞火干履韈”。到达长江边另是一番景象，“寒花委乱草，耐冻鸣风叶，却望同安城，唯有松郁郁”。天气终于转好，“遥知浦口晴，诸峰见明雪”。雪峰的明亮使人们的心情格外舒畅，忍不住要向舒州的主人报告好消息。

《皖公溪口风雨阻十日》：在船上别无所事，反复吟诵韦苏州的“谁知风雨夜，复此对床眠”，很有感触，便一连写了十首诗，送呈六舅公择，感谢他的盛情接待。主要叙说：“四海非不广，舅甥自相知。少小长母家，拊怜辈诸童。食贫走八方，略已一老翁。江都克家才，万卷书插架。解衣卧相语。涛波夜掀床。十年身百忧。险阻心已降，涉旬风更雨。宿昔烛生光。衾帱无端冷，明月一船霜。教我如牧羊，更着后者鞭。”表示“得邑迩梅岭，开花向春妍，碌碌幸苟免，称觞大人前。”表示到太和县担任新职，一定要勤政爱民，作出成绩来报答舅父的关心和爱护。

沿江而上，十二月初二日便到了望江县界，其《大雷口阻风》云：“号橹下沧江，避风大雷口。天与水模糊，不复知地厚。”困顿中又想到前几天在舒州的欢愉，“欲寄大雷书，往问长干妇，何当楫迎汝，秦淮绿如酒。”

第二天，《犹泊大雷口》：“广原嗥终风，发怒土囊口，万艘萍无根，乃知积水厚”。风太大，江上所有的船只都被迫停航，“公私连樯休，森如束春韭”。幸好“送菜烦邻船，买鱼熟溪友，”生活上没有太大的问题。但“何时快登临，篙师分牛酒”呢？

到初四日，《乙未移舟出口》：“久阴快夜晴，天文若蝌蚪。野人驱鸡豚，归饮软臂酒”。真值得饮酒高兴啊！

初五日，《丙申泊东流县》：“沧江百折来，及此始东流。东流会宾客，建德椎羊牛”。当地民风朴实，主人好客：“野语尚信然，小市黄芦洲。唯有采薪翁，经营往来舟”。专为往来船只客人服务，解决他们生活需要的用品，还是很不错的。下面的诗，就是《题马当山鲁望亭》《泊大孤山作》，属于江西境内，不再多说了。

统观黄庭坚这次在安徽的旅行，从十月中旬到腊月上旬，历时五十多天，沿途经过了许多地方，受到亲朋好友的盛情接待，参观了许多人所向往的著名景点，果然名不虚传，虽然不时遭遇风雨的困扰，但对安徽的山山水水留下了深刻的印象。因而从此自号“山谷”，其文集亦以《山谷集》为名，人们也习惯称山谷诗、山谷先生。他与安徽山水的缘分，确实是情有独钟、盛情难忘、感人至深的。

二、书画缘

黄庭坚，不仅是大诗人，又是著名的书法家。书、画不分家。他与书画也接下了深厚的缘分。但本文只能谈谈他有关安徽的书画缘分。主要是谈谈“龙眠三李”和“文房四宝”，当然也不仅止于此。

按时间先后述来，早在元丰三年（1080），庭坚应舅父李常之邀到舒州旅游，本来主要是探亲和游山玩水，但也利用机会搜集资料做学问，传授书法艺术，其《从丘十四借韩文》二首中说：“吏部文章万世，吾求善本偏窥，散帙云窗棐几，同安得见丘迟”，发现丘十四勤奋好学，家中藏有韩愈的文集，便向他借阅，“中有先君手泽，丹铅点勘书诗，莫惜借行千里，他日还君一鸱”。并根据其爱好书法的特点，作《以右军书数种赠丘十四》加以指导和鼓励：“丘郎气如春景晴，风暄百菓草木生，眼如霜鹘齿玉冰，拥书环坐爱窗明。松花泛砚摹真行，字身藏颖秀劲清，问谁学之果兰亭，我昔颇复戏墨卿，银钩虿尾烂箱籯，赠君铺案粘曲屏，小字莫作痴冻蝇，乐毅论胜遗教经，大字无过瘗鹤铭，官奴作草欺伯英，随人作计终后尘，自成一家始逼真，卿家小女名阿潜，眉目似翁有精神，试留此书他日学，往往不减卫夫人。”

随后，山谷在元丰八年（1085）被召回首都东京，先后在秘书省、国史局、实录院任职达六年之久。山谷任职的机构人文荟萃，来往的多是当时著名的文人，其中有不少安徽人，遂与安徽书画结下了不解之缘。

最重要的就是舒州的“龙眠三李”：李公麟、李德素、李元中。

李公麟（1040—1106），字伯时。安徽舒城人。中熙宁丙科，即隐龙眠山，十年不求仕，自号龙眠山人。王介甫居金陵以诗招之曰：能为白下东南尉，藜杖疏巾得往还。元祐中，侍御史董敦逸荐为御史台主簿、检法官，辨正咸阳所贡玉玺，议论为朝臣第一，诏用其说，改元行典礼焉。他博学多才，工书画，为修养全面的文人画家。擅道释、人物、鞍马、宫室、山水、花鸟等，亦精于临摹。他师古能化，将过去的线描粉本（草稿），加以发展提高，成为独立的具有高度概括力与表现力的艺术形式——白描。他重视对客观物象的观察与体验，所画人物能成功地表现其不同地区、民族、阶层的特点，且各具神态形貌，性格突出。画道释人物，将观音、维摩诘描绘成人间少女和现实中的文人士大夫，使宗教绘画进一步世俗化。

黄庭坚与李公麟的交往十分密切，我从《山谷集》中找到不少有关的诗文，主要有：(1) 咏李伯时摹韩干三马，次苏子由韵，简伯时兼寄李德素；(2) 次韵子瞻和子由，观韩干马，因论伯时画天马；(3) 咏伯时虎脊天马图；(4) 咏伯时象龙图；(5) 题伯时画揩痒虎；(6) 题伯时画观鱼僧；(7) 题伯时画顿尘马；(8) 题伯时画严子陵钓滩；(9) 题伯时天育骠骑图二首；(10) 题伯时画松下渊明；(11) 题画娘子军胡骑后；(12) 写真自赞六首；(13) 题摹燕郭尚父图；(14) 书王荆公骑驴图；(15) 题李伯时憩寂图；(16) 题李伯时画天女；(17) 跋李伯时所藏篆戟文；(18) 跋东坡书帖后；(19) 伯时彭蠡春牧图；(20) 题东坡竹石；(21) 书伯时阳关图草后；(22) 题竹石牧牛（并引）子瞻画丛竹怪石，伯时增前坡牧儿骑牛，甚有意态，戏咏。

从这些诗文题跋中，我们可以明确得出几点新的认识。

黄庭坚与李公麟结交的时间：据（12）称“元丰间作‘能诗王右辖’之句，以嘉素写寄舒城李伯时，求作右丞像，此时与伯时未相识”。他们最早相识的时间，根据（1）诗按《年谱》和《诗注》的意见，可定在元祐二年（1087）。

从而，山谷那首《书石牛溪旁大石上》诗：“郁郁窈窈天官宅，诸峰排霄帝不隔，六时谒天开关钥，我身金华牧羊客。羊眠野草我世间，高真众灵思我还，石盆之中有甘露，青牛驾我山谷路”。其写作时间，《年谱》和《诗注》把它系在元丰三年（1079）。黄庭坚那年虽曾游天柱山，但此诗很难说就是那时所作。《诗注》引《同安志》云：“石牛洞在三祖山山谷寺之西北，其石状若伏牛因以为名。初，李伯时画鲁直坐石牛上，因此号山谷道人。题诗石上，所谓青牛驾我山谷路也”。显然，这首诗是题在李公麟所作之“画”上的，时间当然应在元祐二年之后。

山谷对李公麟的评价很高，值得注意：称赞他“李侯画隐百僚底，初不自期人误知，戏弄丹青聊卒岁，身如阅世老禅师”。“李侯一顾叹绝足，领略古法生新奇，一日真龙入图画，在坰群雄望风雌”。“笔端那有此，千里在胸中”。

山谷与李公麟交往持续的时间很长。史料记载，李公麟于元符三年（1100）病痹遂致仕，归老龙眠山庄，自作《山庄图》。山谷《跋净照禅师真赞》说：“李伯时顷与其弟德素、同郡李元中求志于龙眠山，淮南号为龙眠三李者也”。三李为谁？极为清楚。可是，近年出版的《安徽文化史》竟依晚出的方志说“龙眠三李”是李公麟、李公择和李公寅。大错特错。好在山谷与“龙眠三李”都有交往，当时人自己说的最为可靠，只要把他们交往的资料摆出来，其说就不攻自破了。

再说李德素，名粢，号公寅、亮功，为公麟之弟。有史料说“三李同年登进士第，出处相若，约以先贵毋相忘”。德素“浮沈于俗，操行如古人，以文鸣荐绅间，与苏、黄游”，两人文集中有诗与其唱和。

山谷在元祐二年（1086）有诗《送李德素归舒城》说：“李侯为我来，遽以归期请”，说明他大概就是在这年从京城归隐舒城的。“此士落江湖，熟思令人瘿”。归隐的原因没有明说，用了《魏志·贾逵传》“逵与典农校尉争公事不得理，乃发愤生瘿”的典故，大概是发生了某些类似的不愉快的事情吧！因而山谷劝他“人生要当学，安宴不彻警。古来惟深地，相待汲修绠。”平时要提高警惕，不可麻痹大意，汲井要用修长的绳子。

随后，山谷又有《秘书省冬夜宿直寄怀李德素》，再次感到“古来绝朱弦，盖为知音者。同床有不察，而况子在野”。对德素遭到暗中陷害，愤而归隐，表示同情和安慰。到元祐八年，又作《次韵章禹直开元寺观画壁兼简李德素》，表达“期公开颜笑，醉语杂翰墨，不须谈俗事，只令人气塞”。

李德素回到舒州后，便筑室隐居。据《舆地纪胜》说：“飞霞亭，乃李公寅隐居处，其兄伯时为作旧宅图亭，在尉署后。往时隐龙眠山，驾青牛往来皖公三祖，自烧古松作墨。”《苏轼集》有《李伯时画其弟亮功旧宅图》诗记其事：“乐天蚤退今安有，摩诘长闲古亦无，五亩自栽池上竹，十年空看辋川图，近闻陶令开三径，应许扬雄借一区，晚岁与君同活计，如云鹅鸭散平湖。黄山谷也《追和东坡题李亮功归来图》：“今人常恨古人少，今得见之谁谓无？欲学渊明归作赋，先烦摩诘画成图”。

山谷又有《题李亮功家周昉画美人琴阮图》：“丹青有神艺，周郎独能兼，图画绝世人，真态不可添，却怜如画者，相与落谁手，想象犹可言，两重烟笼柳”。“注”引《高子勉记》：“龙眠李亮功家藏周昉画美人琴阮图，兼有宫禁气象，更有竹马小儿欲折槛前柳者。亮功官长沙，而山谷谪宜州遇见之，叹爱弥日，大书一诗于黄素上，云云”。考山谷谪宜州在崇宁二年（1103），途经长沙遇之当在此时。从山谷送德素归隐，到此次重逢，快二十年了。德素复官，山谷遭贬，人事沧桑，不胜感慨。

老朋友见面，既是诗人墨客，当然免不了要吟诗题画。于是山谷又有《题李亮功戴嵩牛图》，其中两句说：“乞我一牧童，林间听横笛”。“注”称：“山谷于时正以轩冕为累也”，亮功曾遭暗害，被迫归隐。现在山谷亦被排挤贬官，便也产生了归隐的思想。

第三，再说李元中，又名冲元。据《佩文斋画谱》卷 34 说：“李冲元，字符中，舒州龙眠人，举进士，工书翰，追踪钟王。”有人说他是李公麟之弟，但《佩文斋画谱》卷 83 称：“元丰七年，李公麟写马性图，云赠龙山友人李元中”，因此，“元中者，或其同姓之疏属邪?”

元中任江西宜春典狱，山谷有《李元中难禅阁铭》记其事，注称：“龙眠道人李元中为宜春决曹掾，尽心于犴狱，忠信慈惠于百度，讼者伏辜而即罪，如罪在己，治罪之器人服而病焉，如伤在己，恤其寒饥疴痒，加以保惠教诲，使宥者涣然而悔，杖者自今而悔，流者在涂而悔，死者方来而悔。”在判刑、量刑、执刑方面很慎重，很有人道精神。据《江西通志》记载：“难禅阁，名胜志在宜春县谯楼外街南，宋李冲元建。黄庭坚曰：龙眠道人李元中为宜春决曹掾，尽心犴狱，事既饬，于是筑阁以退听，已无憾而后安禅，乃乞名于山谷道人。山谷曰：菩萨久习，胜妙禅定，于诸三昧，心得自在，哀悯众生，欲令成熟，舍第一禅乐而生欲界，是名菩萨难禅，可名曰难禅阁。”

元中虽出任政府官职，但仍志在书画山水。山谷有《龙眠操三章赠李元中》，“从子于耜兮，龙眠之下”。又有《招隐寄李元中》：“吾闻李元中，学为古人青出蓝，眉目之间如太华，一段翠气连终南，我欲从之路阻长。”

元中的情操，颇得当时众多文人的赞赏，陆佃《陶山集》卷2有《依韵和李元中兼寄伯时》称：“龙眠三李晦声尘，长望淮壖与海滨，自古市朝成底事，即今猿鹤伴他人，细思南陌东阡月，大胜千门万户春，可惜欲归归未得，不知家酿为谁醇”。

谢逸《溪堂集》卷3有《豫章别李元中宣德》称：“旧闻诸李隐龙眠，伯时已老元中少，一行作吏各天涯，故人落落疏星晓，西山影里识君面，碧照章江眸子瞭，向来问道渺多岐，只今领略归玄妙，老凤垂头噤不语，古木槎枒噪春鸟，身在幕府心江湖，左胥右律但坐啸，苐愁一叶钓鱼舟，不容七尺堂堂表，我今归卧灵谷云，君应紫禁莺花绕，相思有梦到茅斋，细雨青灯坐林杪”。

洪朋《洪龟父集》卷上《送李元中》称：“夙闻龙眠山，绿萝隐净啸，中有三李君，若人年独妙，心赏怅若遗，风期可同调，如何古豫章，邂逅共一笑”。

王安中《初寮集》卷2有《次韵杨时可李元中酬赠之作》称：“龙眠玉颊翁，是中得深趣，萧然住山人，妙甚垂天赋”。

袁桷的《清容居士集》卷47有《题李伯时马性图》，称：“龙眠三李，元中厕伯时，岂浅浅哉！”评价甚高。

山谷与安徽的书画缘，还表现在“文房四宝”方面。

第一是笔。当时的书法家多喜用宣城诸葛笔，山谷的舅父李公择在宣城任职时，便令诸葛生作了几只鸡距笔送他，山谷非常高兴，在《谢送宣城笔》中写道：“宣城变样蹲鸡距，诸葛名家捋鼠须，一束喜从公处得，千金求买市中无，漫投墨客摹科斗，胜与朱门饱蠹鱼，愧我初非草玄手，不将闲写吏文书。”诸葛笔的好处，山谷在《别集》卷6《笔说》

中说："宣城诸葛高笔，大概笔长寸半，藏一寸于管中，出其半削管，其捻心用栗鼠尾，不过三株耳，但要副毛得所，则刚柔随人意，则最善笔也。"因此，用宣城诸葛笔作书效果很好。山谷在《跋东坡书帖后》说："苏翰林用宣城诸葛齐锋笔作字，疏疏密密，随意缓急，而字间妍媚百出，古来以文章名重天下，例不工书，所以子瞻翰墨尤为世人所重，今日市人持之以得善价，百余年后，想见其风流余韵，当万金购藏耳。"

第二是墨。唐末，北方战乱频仍，易水墨工奚廷珪举家南迁歙州（北宋末改名徽州），发现"宣歙之松类易水之松"，遂取松烟制墨，"丰肌腻理，光泽如漆"，南唐政府命为墨务官，赐全家姓李，廷珪墨名满天下，仿制高手辈出，虽"赝品"不少，但各具特色，深得文人学士的喜爱。山谷收到刘景文送给他的"廷珪墨"，发现不是真品，而是苏浩然所作的仿制赝品，但质量很好，仍很喜爱，作诗答谢："廷珪赝墨出苏家，麝煤添泽纹乌靴，柳枝瘦龙印香字，十袭一日三摩挲，刘侯爱我如桃李，挥赠要我书万纸，不意神禹治水圭，忽然入我怀袖里，吾不能手抄五车书，亦不能写论付官奴，便当闭门学水墨，洒作江南骤雨图。"

山谷是著名的书法家，自然对墨有特殊的爱好与辨别能力。他在《书丹青引后》中说："僰道有袁药院者家，藏书一轴，自珍之，不深别其玉石也。出以示余，余告之曰：此秘阁棠木板刻法帖、李廷珪墨所作墨本也。写书一卷易之可乎？袁欣然见听"。

何薳《墨记》称：山谷曾将所藏之墨请徽州著名制墨大师潘谷鉴定，潘谷隔着墨囊一摸，便说"此承宴软剂，今不易得"。又摸一囊说"此谷二十年前所造者"。取出一看，果然不错。山谷喜爱徽墨，可见一斑。

第三是纸。皖南的宣纸号称"纸中之王"，唐朝即被列为贡品。南唐后主李煜视为珍宝，辟"澄心堂"贮之，并令承御监设局制造，名"澄心堂纸"，深受文人墨客的喜爱。山谷有《题乐府木兰诗后》说，"唐朔方节度使韦元甫得于民间，刘原父往时于秘书省中录得。元丰乙丑五月戊申，会食于赵正夫平原监郡西斋，观古书帖甚富，爱此纸得澄心堂法，与者三人，石辅之、柳仲远、庭坚"。

澄心堂纸，成了文人雅士馈赠的珍品，山谷在《书所作官题诗后》

说："元祐三年闰六月十七日，少章携此澄心堂纸问余疾于城西，余方病疡，意虑无聊为写"，感到深深的遗憾。

皖南"宣纸"的产地不止一处，名目繁多，大多享有很高的声誉。据《徽州府志》记载："宋时有进札、殿札、玉版、观音、京帘、堂札诸纸，皆出休宁之水南诸乡。"山谷有诗大赞玉版纸，《次韵王炳之惠玉板纸》说："王侯须若缘坡竹，哦诗清风起空谷，古田小笺惠我百，信知溪翁能解玉，鸣碪千杵动秋山，裹粮万里来辇毂。儒林丈人有苏公，相如子云再生蜀，往时翰墨颇横流，此公归来有边幅，小楷多传乐毅论，高词欲奏云门曲，不持归扫苏公门，乃令小人今拜辱，去骚甚远文气卑，画虎不成书势俗，董狐南史一笔无，误掌杀青司记录，虽然此中有公议，或辱五鼎荣半菽，愿公进德使见书，不敢求君米千斛"。

另据屠隆《考槃余事·宋纸》记载："徽州歙县地名龙须者，纸出其间，光滑莹白可爱。东坡、山谷多用之作书写字"。

第四是砚。山谷作为文人，天天要与笔墨打交道，其喜砚的爱好，也似天性使然。黄庭坚的《砚铭》说："制作淳古，可使巧者拙，夸者节。性质温润，可使躁者静，戾者听。"其中颇有一些修真养性的道理。

歙州的龙尾砚，在当时的文化人中享有盛誉，成为互相馈赠的佳品。山谷收到过别人送他的歙砚，非常高兴。作《次韵李之纯少监惠砚》诗记其事："探囊赠砚颇宜墨，近出黄山非远求，乃知此山自才美，物欲致用当穷搜，迷邦故令成器晚，不琢元非匠石羞。"

山谷也曾以歙砚、徽墨、宣笔作礼物送人。其《与张道济帖二》说："某顿首，谷旦辱惠顾，适有他客，不能延款，甚愧。天气和暖，伏想体力胜健，龙尾研、自作墨各一，宣笔四，漫助文房之用"。

据徐毅的《歙砚辑考》，收有山谷的《砚山行》，为它书所未见，摘录如下："新安出城二百里，走峰奔月如斗蚁。其间石有产罗纹，眉子金星相间起。凿砺磨形如日生，刻骨镂金寻石髓。选湛去杂有精奇，往往百中三四耳。磨方剪锐熟端相，审样状名随手是。不轻不燥禀天然，重实温润如君子。日辉灿烂飞金星，碧云色夺端州紫。遂令天下文章翁，走吏迢迢来涧底。"

不难看出，山谷对安徽的“文房四宝”确实情有独钟，有所偏爱，应该说也是一种缘分吧！

三、亲友缘

山谷与安徽的缘分，还表现在他的不少亲友也与安徽有着密切的关系，从而使山谷与安徽的关系也就更加密切了。

山谷虽然是江西人，但他的舅父李常就曾多次在安徽作官。出任过宣州观察推官。嘉祐四年（1059）在淮南任职时，庭坚年十五六，即前往淮南游学，接受其教育培养。元丰三年（1080）在舒州任淮西提刑时，庭坚从北方回江西路过安徽，又接受他的邀请游览天柱山，前面作过详细介绍，这里不再重复。

山谷还有一个舅父李莘，字野夫。元丰八年（1085）知宣州，山谷有《送舅氏野夫之宣城》二首送行：“试说宣城郡，停杯且细听，晚楼明宛水，春骑簇昭亭，稗稏丰圩户，桁杨卧讼庭，谢公歌舞处，时对换鹅经”。对宣州的丰富物产、名胜古迹，如数家珍。

山谷对宣州为何如此熟悉呢？除了宣州确实具有这方面的优势，因而远近闻名外，我想还由于宣州出了个大诗人梅尧臣，山谷对他十分钦佩，《跋梅圣俞赠欧阳晦夫诗》：“余三十年前钦慕圣俞诗句之高妙，未及识面而圣俞下世”。何况他们之间还存在着亲戚关系呢！尧臣的妻兄之子为谢景初，谢景初则是山谷的岳父。《跋雷太简梅圣俞诗》：“余闻雷太简才气高迈，观此诗信如所闻也。梅圣俞与余妇家有连，尝悉见其平生诗，如此篇是得意处”。因此，山谷对宣州的情况很熟悉。

山谷不仅作诗给李野夫送行，而且《代李野夫出守宣城上本路监司启》。野夫到宣州后，自然还会多方面给予支持的。例如，《题宛陵张待举曲肱亭》：“仲蔚蓬蒿宅，宣城诗句中；人贤忘巷陋，境胜失途穷。寒菹书万卷，零乱刚直胸；偃蹇勋业外，啸歌山水重；晨鸡催不起，拥被听松风”。后来，李野夫转任亳州，山谷又《代李野夫亳州谢上表二首》，他们甥舅之间的亲密关系，应该说是非同一般的。

山谷与赵氏宗室“宣州子弟”也颇有交往。山谷有诗《宣九家赋雪》：“都城穷腊月半破，晚来雪云应朝课，石鼎香浮北焙茶，洪炉壳爆宣城果”。《年谱》注称：宣九谓宗室宣州院第九者。另据若干年后山谷《书赠宗室景道》说：“余与宗室越宫有葭莩。故曩时与宣州院公寿景珍尝共文酒之乐。此时景道已能着帽在旁，今日相见景道欣然立于朝班，予则将老矣。每怀公寿景珍，则见宣州子弟而慨然”。

这“宣九家”的赵景珍，后来出任濠州刺史，山谷在《道中寄景珍兼简庾元镇》中说：“传语濠州贤刺史，隔年诗债几时还，因循樽俎疏相见，弃掷光阴只等闲。心在青云故人处，身行红雨乱花间。遥知别后多狂醉，恼杀江南庾子山”。景珍逝世后，赠东平侯。山谷有《出城送客过故人东平侯赵景珍墓》：“今日牛羊上丘垄，当时近前左右嗔。花开鸟啼荆棘里，谁与平章作好春”。不胜感慨！

山谷有一个姓李的亲友担任濠州刺史，山谷在元祐四年（1089）曾作《李濠州挽词》：称其“循吏功名两汉中，平生风义最雍容，鱼游濠上方云乐，鹏在承尘忽告凶”。可惜只知其姓，其名更是只能待考了。

山谷的友人郭明甫在颍州作过官，熙宁四年（1071）郭明甫作西斋于颍尾，山谷有诗记事：“食贫自以官为业，闻说西斋意凛然。万卷藏书宜子弟，十年种木长风烟。未尝终日不思颍，想见先生多好贤。安得雍容一樽酒，女郎台下水如天。君家旧事皆青史，今日高材未白头，莫倚西斋好风月，长随三径古人游”。

山谷还有一位同宗黄姓友人担任颍州刺史。逝世后，山谷作《黄颍州挽词》三首悼念：“恭惟同自出，数世复通家。惠沫沾枯涸，忠规补过差”，因为同宗，相互间颇有来往，相互鼓励。“胸中明玉石，仕路困风沙。尚有平生酒，秋原洒菊花，”虽然品质不错，但仕途并不顺利。“风流前辈近，名实后人公，不谓三日别，今成万事空”。政绩声誉都很不错，但别不多时，竟然去世，令人遗憾！此人是谁？《年谱》注称：颍州名好谦，字几道。可惜《山谷集》中没有更多资料。另据苏辙的《栾城集》卷29有《黄好谦知颍州》：“敕具官某汝阴民庶而事繁，河通而地胜，前后择守皆用名流，图谍具存，风迹未泯。尔才术通敏，长于治人，出入勤劳，久于郎省。自求外服，以养高年，亦何爱于一邦，不以成其素志。益勉于治，以答异恩。可！”可资参考。

山谷与著名文人苏辙是很好的文友，文集中多有唱和之作。苏辙曾于元丰八年（1085）知绩溪，山谷得知他生病，有《次韵定国闻子由卧病绩溪》：“苏子卧江南，感叹中夜起，闻道病在床，食鱼不知旨。佳人何时来，为天启玉齿”。病愈，又有《次韵子由绩溪病起》：“种萱盈九畹，苏子忧国病。斯人廊庙器，不合从远屏。补衮谏官能，用儒吾道盛”。曲折反映了他们的政治思想与态度。

山谷有一个乡亲刘格，字道纯，高安人，是协助司马光编《资治通鉴》的刘恕的亲弟，素质不错，“读书强记辩博，文词粲然，而立节强鲠，吏事亦健”，是个人才，但仕途不顺，只在铜陵县担任“主簿”小官。山谷有《送刘道纯》诗：“五松山下古铜官，邑居褊小水府宽，民安蒲鱼少嚚讼，簿领未减一邱盘，胸中峥嵘书万卷，簸弄日月江湖间”。加以安慰和劝勉。铜陵的五松山是著名的风景区，但山谷竟然未去，只写下《铜官县望五松山集句》，以作留念。但山谷在铜陵也并非一无所获，有《铜官僧舍得尚书郎赵宗闵墨竹一枝，笔势妙天下，为作小诗二首》：“省郎潦倒今何处，败壁风生霜竹枝，独来野寺无人识，故作寒崖雪压枝，想得平生藏妙手，只今犹在鬓如丝。”

歙州黟川人祝林宗，通过山谷之弟知命问字，山谷字之曰“有道”，而告之曰：“汉东国士，惟郭有道，尚友千载，虽远可到，廓尔胸次，以观群躁”。后来，山谷谪黔中，有道于元符三年（1100）七月往访之，鲁直为书帖云：“凡士大夫胸中不时时以古今浇之，则俗尘生其间，照镜则面目可憎，对人亦语言无味”。又赠《踏莎行》词：“临水夭桃，倚墙繁李。长杨风挑青骢尾。尊中有酒且酬春，更寻何处无愁地。明日重来，落花如绮。芭蕉渐展山公启。欲笺心事寄天公，教人长对花前醉”。又有《游中岩行记》：“黄某、杨𢴥、祝林宗、了贤、慈元，步自思蒙江唤鱼潭，长老圆亮来迎，酌玉泉，乃上岩寺。元符三年八月戊午”记其事。

特别值得记述的是，北宋后期党争不已，山谷屡遭贬谪，经常在皖江上下行走，在芜湖、当涂等地多有停留，留下了更多令人难忘的遗迹。

元祐六年（1091）十月，山谷护母丧离开东京开封回江西老家，沿运河南下经扬州入长江，到芜湖时阻风，不得不停了下来。芜湖的吉祥禅院是颇有名气的古刹，寺主知道山谷是著名的书法家，让他欣赏了寺藏的法书，他不仅留下了《评书》墨宝："今时学兰亭者不师其笔意便作行势，正如美西子捧心，而不自寤其丑也。余尝观汉时石刻篆隶，颇得楷法。后生若以余说学兰亭当得之。元祐六年（1091）十月丙子阻风于芜湖县后经行于吉祥寺，鲁直题。"又应寺主之请，作《太平州芜湖县吉祥禅院记》，详述了本寺的兴废，最后说："此山盖为永寿院者几百年，为吉祥院者又五十年矣。今乃蔚为禅居，再阅废兴，可为累叹。故为之记其所从来，使后有考焉"。

绍圣元年（1094）五月，山谷在家乡服母丧期满后，接到除知宣州的任命，即率全家赴任，沿江而下。七月初与苏轼会于湖口，八月到彭泽。九月，过池州，游览齐山焦笔岩时，题名："江西黄大临、弟庭坚、叔献、叔达，子朴、相、棁，孙杰"。继续舟行便到了芜湖。估计这时才接到了改知鄂州的任命，不然不会从池州东下。可是，尚来不及掉头西上武昌赴任，又接到了六月十八日发出的"管勾亳州明道官，责令于开封府境内居住，以便听候国史院之对证查问"的朝命。其时，章惇、蔡卞掌权，以"实录多诬"为借口，要山谷等史官前往京城附近"分居待问"，接受审查。同时，黄大临（元明）得官越州，黄朴得官杭州的任命。政治风云突变，前途吉凶难卜。他在《答太平州梁大夫》中说："湖阴邑中士大夫多可人，又百物价平，于贫家寓食甚宜。"便暂时把家属安置在芜湖，"以候分骨肉相养"。于是，芜湖的青山绿水，便留下了不少山谷的身影与行踪。

芜湖大江之滨有名胜蟂矶，《方舆胜览》卷169云：在芜湖西南七里。《江南通志》云：蟂，老蛟也。今矶有石穴，广一丈，深不可测。山谷有《书蟂矶》云："蟂似蛇，四足，能害人，贾生所谓偭蟂獭以隐处者也。今蟂矶有老蟂，寺僧能得其嗜欲，客宿者辄为蟂所啖"。

据乾隆《太平府志》卷26《人物志·卓行》说韦许"家世芜湖，志尚矫洁。赴善如饥渴，读书明大义，不事科举。筑堂扁曰'独乐'，聚书数千卷，有来游者寝餐其间，久弗厌也”。韦许藏有范仲淹、晏殊、晁补之、李之仪等人的书法真迹。黄庭坚有幸欣赏，特《书韦深道诸帖》，加以评赞。韦许原字邦任，黄庭坚与他交往后认为“许而字邦任，不甚中理，辄奉字曰深道。古人有大功于世者，深于道者也。不深于道而能追配古人，未之有也。”要他改字深道，可见他们之间友谊的深厚。《宋元学案》卷3也记载说：“韦许，字深道，芜湖人。不事科举，筑室湖上，榜曰独乐。黄山谷、陈了翁俱重之。元祐诸公之贬，士大夫畏祸，虽素所亲，亦不敢相闻。先生每遇之，则力为之周急。”

据嘉庆《芜湖县志》卷20《艺文志》记载：又有赭山，为傍湖濒江的名胜风景区，在县西北五里。《江南通志》云：“赭山丹赤，故郡名丹阳，山有塔，塔后有滴翠轩，是黄庭坚读书处”。滴翠轩，在广济院内，旧名桧轩，有宋黄庭坚自书“山谷读书处”五字。《山堂肆考》并记载说郭祥正有诗云：“青幢碧盖俨天成，湿翠蒙蒙滴画楹，禅客自培千岁老，游人时把一樽倾。”《嘉庆一统志》也说：“滴翠轩，在芜湖县北赭山广济院塔左，旧名桧轩。宋黄庭坚读书于此，郭祥正有诗。”另据《芜湖县志》卷59，山谷有《赭山》诗：“读书在赤铸，风雪弥青萝；汲绠愁冰断，村沽怯路蹉；玉峰凝万象，绿萼绕群螺；古剑摩空宇，寒光启太阿”。还有《玩鞭亭》诗：“除地诛茅县左偏，三山一碧正当前；舍人为写湖阴曲，禅伯请题城上篇；帐下劲兵缠象魏，枥中飞骑控巴滇；至今亭竹根延蔓，当想当时七宝鞭。”

山谷在芜湖停留的时间，不可能很长，在把家人安顿好了以后，便于十一月继续北上，前往陈留“供报文字”，接受编写《实录》工作中“用意增损，多失事实”的审查。面对千余条“诋诬”罪名，山谷皆“直词以对”，称多属“亲见”。虽然“事殊细琐”，可是仍于次年正月被贬官，安置黔州。朝命难违，便由其兄元明陪同，自陈留出发，走陆路，出尉氏、许昌、渡汉江、上夔峡，直去黔州了。山谷的家属在芜湖大约居住了一年后，才由其弟知命送到贬所。

后来，山谷又被移往更偏远的戎州。直到徽宗即位，才陆续得到监鄂州税，签书宁国军判官，知舒州的任命，遂乘舟东下。建中元年

（1101）四月到荆南。老友马瑊在这里作知府，暂时停留，应邀作《江陵府承天禅院塔记》。这时又接到除吏部员外郎的任命，但他却“病痈疡”，只得请辞，另乞去太平州或无为军一处任职。为什么指名要去属于安徽的这两个地方呢？山谷向皇上说：“臣乞太平州、无为军一处，非是沽激，实出至诚，此郡公事少可以养疾，圭田厚有补家贫。臣以兄弟流落六年，婚嫁多失时节，今日得此，于臣足以办事，非特朝廷尚记姓名，臣不敢昧冒如此”。皇上同意了他的请求。山谷遂离开荆南，回家乡江西分宁扫墓之后，便去太平赴任。

据记载，山谷是在崇宁元年（1102）六月初到达太平州的，受到时任该州判官高卫很好的接待，顺利地于初九日领太平州事。旧地重游，以地方长官的身份与新老友人见面，接风洗尘的宴会是少不了的，既有欢乐的喜庆，也免不了人事沧桑的感慨。《山谷集》中留下了不少与友人唱和的诗词，值得很好的欣赏与研究。

郭祥正，字功甫，太平州当涂人，少有诗名，梅尧臣叹其为李白后身，举进士，熙宁中弃官回乡隐居。苏轼过当涂时，曾于其家画壁题诗。山谷这次来当涂自不免登门拜访，在《书郭功甫家屏上东坡所作竹》中说：“郭家髹屏见生竹，惜哉不见人如玉；凌厉中原果木春，岁晚一棋终玉局”。又见《郭功父得杨次公家金书细字经求予作赞》，大加赞赏。

庾元镇，也是山谷的老朋友，早在熙宁时就有《道中寄景珍兼简庾元镇》，这次来当涂，见到“四十年翰墨故人，穷不出入州县”，便邀请他参加宴会，有词多首记事，《席上作乐府长句劝酒》：“庾郎三九常安乐，使有万钱无处着；朱颜老尽心时昨，万事休休休莫莫。功名富贵久寒灰，翰墨文章新讳却，是非不用分今昨，云月孤高公也莫”。

李之仪，字端叔，沧州人。元丰进士，与苏轼等人为友。徽宗初因事贬官，编管太平州。山谷来太平恰与相会，有《次韵答李端叔》云：“喜接高谈若饮冰，风骚清兴坐来增”，可以想见其会见时高兴的情景。

有时他们在宴会中，还把当地的歌女杨姝召来“弹琴送酒”，山谷在《好事近》中写道：“一弄醒心弦，情在两山斜叠，弹到古人愁处，有真珠承睫。使君来去本无心，休泪界红颊。自恨老来憎酒，负十分金叶”。

又有《太平州作》二首歌其事："欧靓腰支柳一涡，小梅催拍大梅歌；舞余片片梨花雨，奈此当涂风月何"？"千古人心指下传，杨姝烟月过年年；不知心向谁边切，弹尽松风欲断弦。"

面对众多友人的热情接待，山谷想起朝廷政局的复杂，自己屡遭贬打击，在座不少友朋也有同样的遭遇，除了劝勉安慰而外，无力改变现实的命运，自然有无限的感慨，遂在《虞美人》中写道："当涂舣棹蒹葭外，赖有宾朋在。此身无路入修门，惭愧诗翁清些与招魂"。欢娱中难免也有一些无奈的情绪。

果然好景不长，山谷仅仅当了九天太守。通判高卫便不得不把压在自己手中多日的"堂帖"告诉山谷，他再次被免官了。原来，前不久他所作《江陵府承天禅院塔记》，被小人举报有"幸灾谤国"之语，因而"除名"羁置宜州。好在高卫这人颇受"元祐诸公游嘉言懿行"的影响，知道"山谷来为守，谪久贫甚"，很表同情；"既入境矣，复坐党事"除名，有些不近人情，因而对山谷"迎候如礼"，视印数日之后，才告之实情，并为山谷"治归装甚饬，备过于久所事"。①

而且，"郡中置酒"开了个不失礼节的欢送宴会。山谷很有感慨地写了好几首诗词与友人告别。《木兰花令》说：当涂解印后一日，郡中置酒呈郭功甫，"凌歊台上青青麦，姑熟堂前余翰墨，暂分一印管江山，稍为诸公分皂白。江山依旧云空碧，昨日主人今日客；谁分宾主强惺惺，问取矶头新妇石"。又"翰林本是神仙谪，落帽风流倾座席，座中还有赏音人，能岸乌纱倾大白；江山依旧云横碧，昨日主人今日客；谁分宾主强惺惺，问取矶头新妇石"。又"青壶乃似壶中谪，万象光辉森宴席；红尘闹处便休休，不是个中无皂白；歌烦舞倦朱成碧，春草池塘凌谢客；共君商略老生涯，归种玉田秧白石"。

在《赠别李端叔》中写道："我观江南山，如目不受垢。忆食江南薇，子独于我厚。"《行行重行行赠别李之仪》中说："行行重行行，我有千里适，亲交爱此别，劝我善眠食，惟君好怀抱，高义动颜色"。

---

① 张孝祥：《于湖集》卷29，文渊阁四库全书本。

山谷罢官后，还及时把消息告诉亲友，在《罢姑孰寄元明》中说："追随富贵荣牵尾，准拟田园略滥觞；本与江鸥成保社，聊随海燕度炎凉。未栽姑孰桃李径，却入江西鸿雁行；别后常同千里月，书来莫寄九回肠"。

山谷于六月十七日接到解官的朝旨，不欲久留，即日解船至江口，但因大风不可行，后又由于外甥洪驹父奉其大母之命来当涂，本来可能是贺喜，却变成了送别，又为之留住几天。到闰月十一日才离开当涂，在蒙蒙细雨中"冲东风至芜湖"。

在芜湖，旧友韦许前来迎接，热情接待，令他十分感动。在韦许家中，庭坚饱蘸浓墨书写了《敕勒歌》《书韦许扇》等，借着痛快淋漓的笔墨，发泄出沉积胸中的块垒。"斛律明月，胡儿也，不以文章显。老胡以重兵困敕勒川，召明月作歌以排闷，仓卒之间，语奇壮如此，盖率意道事实耳。崇宁元年（1102）闰六月湖阴堂观旧书卷，殊不成字，因别书此敕勒歌"。

庭坚此次过芜湖，还结识了不久前考中进士的石懋。石懋，字敏若，元符三年（1100）进士，庭坚写了《赠石敏若》："才似谪仙惟欠酒，情如宋玉更逢秋，相看领会一谈胜，注目长江天际流，"对这位年青人的风采，是颇为赞许的。石懋的曾祖石待问，更是当地有名的乡贤。据《方舆胜览》卷171云：石待问，字则善，四川眉州人，咸平三年（1000）庚子进士，应直言极谏科，六试皆第一，授殿中丞，通判明州，秩满进谏史百卷，真宗大悦，召以崇文馆，后以谏造昭应宫黜滁州团练使，仁宗即位通判太平州，乐其风土，致仕后遂家芜湖，皇祐三年（1051）卒，遂葬于此。山谷题其墓曰："有宋贤良方正赠金紫大夫，九谪而不悔，眉山石公之墓"。据《芜湖县志》记载，石氏祖墓在芜湖县南二十里的丹阳乡。

结束了芜湖的应酬之后，黄庭坚便溯江而上，于七月甲午"复系舟大云仓达观台下"。大云仓在枞阳，达观台在枞阳永利寺。早在绍圣元年（1094），山谷从家乡分宁前往宣城赴任，经过这里就停留多日。有一次到永利禅寺游玩，循微径，攀古松，登高丘，发现这里视野开阔四达，所瞻可数百里。询其业主，知为当地绅士戴器之所有。便告诉他可以筑台于其上，名曰“达观台”。器之欣然曰：“敢不诺”。逾旬台成，器之置酒命歌舞者二三，时与镇官苏台、范光祖等登台同赏景。山谷为作二诗记事：“戴郎台上锦面平，达人大观因我名；何时燕爵贺新屋，唤起竹枝歌月明”。“瘦藤拄到风烟上，乞与游人眼豁开，不知眼界阔多少，白鸟飞尽青天回”。器之将诗刻石陈列，供游人登台欣赏，成为当地一景。

后因台主人去世，山茎荒芜，台门关闭，好事者远闻而来，或不得一登而去。特别是朝廷党争激烈，山谷屡遭贬谪，祸及诗碑，剖击不存。到崇宁元年（1102）五月，山谷流放西南九年之后，被任命知太平州，复经此地。寺主智达长老意欲重新此台，山谷应邀重书此诗，并作跋留念。谁知时仅两月，山谷只作了九天太守，又来到了达观台，真是人事沧桑难以预测啊！

山谷为什么要频繁系舟，在大云仓达观台停留呢？可能不仅是留恋这里的景色吧！幸好《山谷年谱》透露了一点消息：“先生有跋草书后云，崇宁元年（1102）七月甲午，系舟达观台下，待舒城家问也。”

人们都知道，“龙眠三李”是舒城人，山谷的世交，交情很好。可是有何“家问”需要在此停留，等待见面问候交代呢？知道的人可能不会太多，这就需要进一步查找考证了。

经查《山谷年谱》，绍圣二年（1095）四月在黔州寓居开元寺时，有《与大主簿三十三书》，注云：大主簿即先生侄朴字匠师，三十三即先生之女名睦，后嫁舒城李文伯。另据《文宪集》卷 13《题黄山谷手帖》：“同惜其女名也。后更名睦，介休县君谢氏所出。长适舒城李文伯。”原来，舒城是山谷的女儿和女婿的家，其“系舟达观台”是等待女儿女婿前来相见啊！

这李文伯是何许人物？山谷有《和李文伯暑时》诗五首，注说：“文伯字去华，先生之婿，李窠德素之子，先生与龙眠李氏为素交”。原来这女婿是山谷老朋友“龙眠三李”之一的李德素的儿子。从山谷与他“和诗”的情况看来，应该也是有一定水平能诗会画的文人，可惜没有资料能够说明其入仕与否，更难见其有何作品传世了。现在只能从山谷的这五首“和诗”——扇、尘尾、石枕、蕲簟、葛橱，想见其大概了。现录其中的一首《葛橱》以飨读者：“飞蚊远床帷，来傍青灯集；微凉忽透隙，如带惊雷入；念彼无橱者，中夜何叹及；天下同安眠，西风向秋急”。其余皆见《山谷集》，不赘。

山谷在大云仓达观台与家人亲友会面后，便溯江而上进入湖北，与安徽的缘分也就结束了。

[原载《安徽师范大学学报》（人文社会科学版），2008 年第 5 期；后收入《赣学》第一辑]

社会文化史研究

唐代文人入幕成风的原因

唐代文人，作为中国封建社会极盛时期的一个特殊阶层，既具有民族文化的某些传统心理，又体现出不同于其他时代和阶层的独特风貌。他们的科举仕途欲望十分强烈，然而现实生活又不能不使他们常常失望。于是，幕府便成了科举制的补充和入仕捷径。从初唐开始，文人入幕的现象越来越普遍，到盛唐以后更是蔚然成风。

幕府的起源甚早，《史记》卷 81 载称：战国时，赵国良将李牧居代，备匈奴，赵王命“以便宜置吏，市租皆输入幕府”。为什么把这种军事指挥部称作幕府呢？《史记索隐》注：“古者出征以幕帟为府署，故曰幕府”。《汉书·李广传》也说：卫青征匈奴，大克获，帝就拜大将军于幕中，因曰幕府。李广从征，数有功，后来在一次战斗中“失道”，损失惨重，卫青急忙派人“责广之幕府对簿”，接受审问。后来，便逐渐把方面军政大员的衙署也称为幕府。《后汉书·班固传》记载：窦宪平匈奴，将班固、傅毅等延入幕府，典文章，“威名大盛”。东平王刘苍辅政时，班固请他“幕府新开，广延群俊”。东晋初年，丞相王导在今南京市的一座小山上建立幕府，招贤纳俊，以谋恢复，后遂称此山为幕府山。“幕府大将军之爱客，丞相平津侯之待士”，成为流传甚广的佳话，使身陷北方的庾信在《哀江南赋》中念念不忘。从战国到南北朝，把带有军事性质的衙署称为幕府，已有八百年以上历史了。

唐代，幕府又有进一步发展。最初，虽无常设的幕府机构，但若战时出征，主帅必须置幕，也是想象得到的事情。例如，李世民在唐朝创建过程中，经常带兵打仗，南征北战，屡立战功，初封秦王，他的秦王府实际上就是一个幕府。《新唐书·房玄龄传》称其“为秦王府记室，征伐未尝不从，众争取怪珍，玄龄独收人物致幕府”，即是明证。不过，这都仍然只具临时性。

但是随着军事性的节度使逐渐成为地方行政中“道”级长官后，幕府也就正式成为节度使的代名词了。永瑢的《历代职官表》卷50把这段历史作了简要的叙述：“唐自武德至天宝以前，边防之制，其军城镇守皆有使。太宗时，行军征讨曰大总管。高宗永徽后，都督带使持节者，谓之节度使，犹道未以名官。景云二年，以贺拔延嗣充河西节度使，自此接乎开元、天宝之间，朔方、河东、河西诸镇，皆置节度使。”安史乱起，中原内地，所在兴兵，要冲大郡亦有节度使之号。至唐后期，以节度使（或都团练使、教防御使）为首脑的“道”发展到五十个以上。他们统管一道和数州，军民财权皆可自主。节度使的幕府，真正成为独霸一方的军政衙署了。

幕府既然掌握一定的权力，幕主不可能事事亲办，势必要有一些帮办各种事务的僚属。主要有行军司马：掌军籍符伍，号令印信。判官：处理兵马钱粮事务。掌书记：凡文辞之事，表奏书檄，皆出其手。巡官：掌巡察事务。推官：掌推鞫狱讼。参谋：掌参划谋议。这些幕僚一般都由幕主延请文人担任。

当时，文人被延入幕府担任幕官的很多，主要有以下几类：一为布衣入幕，如崔憺以布衣入魏博幕，李戡以处士入平卢幕。二为登第未久即入仕者，如韩愈进士及第后吏部试不中入宣武幕，殷平仲登进士第后入淮南幕。三为有前资的待选者，如宇文籍考满后连辟入幕。四为现任官入幕，如许孟容以校书郎入荆襄幕，崔汉衡以费县令入滑州幕等。在相当长的时间内，形成了一股令人注目的社会风气。洪迈在《容斋续笔》卷1中写道：“唐世士人初登科或未仕者，多以从诸藩府辟署为重。”虽尚说得不够全，但多以入幕为重这一点，确实道出了唐代文人的一种颇具代表性、而又有普遍意义的心态。

唐代的幕府，进出自由，文人们如果不愿走科举入仕的老路，或者走而不通时，大可以到幕府中去，走完一个“兼济”“独善”的人生历程。纵观唐代的历史，不仅韩翃、戴叔伦、李益、李商隐、罗隐之类的寒士奔走于幕府，而且后来出将入相、官居高位的张建封、令狐楚、李德裕、高骈等人也都有过幕府生活的经历。唐代文人入幕心态的形成，看来既有传统文化的影响，又有现实因素的促成，客观的环境和条件，个人的志愿和爱好，也都发生了一定的作用。概略说之，主要有以下几点。

一、胸怀报国　从戎立功

中国古代文人在儒家“天行健，君子以自强不息”的积极入世精神熏陶下，从来就不甘心皓首穷经，做一辈子默默无闻的书蛀虫，“好语王霸大略”，成了许多人的共同风尚。特别是到了唐朝，中国封建社会进入全盛时期，不仅整个国家、民族处于欣欣向荣的发展阶段，而且也为个人、阶级带来了奋发有为的开拓机遇。他们心怀大志，要“使寰区大定，海县清一”,① “致君尧舜上，再使风俗淳”②；不愿意“白发死章句”③，希望投笔从戎，在幕府中去建立军功。

初唐时，不少文士在那个“中原初逐鹿”的形势下，都曾“投笔事戎轩”。魏征是其中最杰出的代表，他“仗策谒天子，驱马出关门，请缨系南越，凭轼下东藩，”“岂不惮艰险，深怀国士恩”④。“贯综坟籍，善属文”的房玄龄见隋末天下大乱，“慨然有忧天下之志，”主动去李世民的幕府拜谒，不仅为征伐出谋划策，而且收人物致幕府。有“工佐才”的杜如晦也被李世民“表留幕府，从征伐，常参帷幄机秘”，终于建立不世之功。武则天时，陈子昂“每愤胡兵入，常为汉国羞”⑤，因而积极参加了武攸宜的东征。骆宾王的志愿原本也是“不求生入塞，唯当死报君”的⑥，可是被诬下狱，贬临海丞，乃入柳州司马徐敬业幕府，起草著名的《讨武曌檄》。

① 李白：《李太白全集》卷26，中华书局1977年版。
② 《全唐诗》卷216，上海古籍出版社1986年版。
③ 《全唐诗》卷184，上海古籍出版社1986年版。
④ 《全唐诗》卷31，上海古籍出版社1986年版。
⑤ 《全唐诗》卷83，上海古籍出版社1986年版。
⑥ 《全唐诗》卷19，上海古籍出版社1986年版。

玄宗开元时，进入盛唐，在社会经济高度繁荣，政治升平，武功显赫的同时，各种社会矛盾也逐渐透露出来了。唐王朝为了维护圣朝的统治，必须保持强大的军威，先后在边境地区设立了六个都护使，以及相当数量的节度使，而且数目不断增加，节度使的幕府也随之成为文人们竞相奔走，追求军功的场所。王昌龄长期去边境游幕，在《从军行》中唱道："青海长云暗雪山，孤城遥望玉门关，黄沙百战穿金甲，不破楼兰终不还"。喜言王霸大业的高适，曾北上蓟门，漫游燕赵，作过河西节度使哥舒翰的幕府书记，在《塞上》诗中写道："边尘涨北溟，虏骑正南驱，转斗岂长策，和亲非远图"，应该用武力保卫中原的安宁，和平方能实现；而他自己也是"万里不惜死，一朝得成功"①，为了建功立业，不怕牺牲个人生命的。曾在河东代州军幕任职的崔颢，也表达了同样的感情："烽火去不息，胡尘高际天，报国行赴难，古来皆共然"②。累佐戎幕的岑参于天宝八载首次出塞，赴安西节度使高仙芝幕府作判官，在《初过陇山途中》写道："万里奉王事，一身无所求，也知边塞苦，岂为妻子谋"，表达了高尚的报国情操；天宝十三载再次出塞，去安西北庭节度使封常清幕府作僚属，在《轮台歌》中称赞"亚相勤王甘苦辛，誓将报主静边尘"，实际也是夫子自道的豪情。不仅这些有机会去边塞的文士们壮志凌云，豪情满怀；就连隐居不仕，白衣终老的孟浩然，也鼓励亲朋"饰装辞放里，谋策赴边庭"，"才是幕中士，宁无塞上功"③。由此可见，去边塞幕府舒展自己的才干，报国立功，在当时文士们的心目中，确实占有重要的位置。

德宗以后，进入中唐，国势大不如前，中央政治衰败，地方藩镇林立，节度使们权势更大，但幕府仍然是文士们企图实现个人报国素志的栖身之所。作过河中元帅府判官的卢纶在《塞下曲》中写道："月黑雁飞高，单于夜遁逃，欲将轻骑逐，大雪满弓刀"。北游河朔，为幽州幕府从事，居边塞十余年的李益也有一首《塞下曲》："伏波惟愿裹尸还，定远

① 《全唐诗》卷211，上海古籍出版社1986年版。

② 《全唐诗》卷130，上海古籍出版社1986年版。

③ 《全唐诗》卷160，上海古籍出版社1986年版。

何须生入关，莫遣只轮归海窟，仍留一箭定天山”。姚合在作魏州幕府从事时，有诗《寄耿拾遗》：“应知我衷肠，不苛念衣食，主人树勋名，欲灭天下贼”。都清楚地表达了他们入幕从戎的志愿。

文宗太和以后，唐朝国势更趋衰微，是为晚唐。当时藩镇势力已发展到尾大不掉，动辄与中央抗衡的地步，然而不少出入幕府的文人们仍在寻找对策，希望继续维持李唐王朝的强盛。有“王佐之才”的杜牧曾在江西、宣歙、淮南等节度使幕府中，作了十多年幕僚，有《郡斋独酌》诗自抒其理想的抱负：“岂为妻子计，未去山林藏，平生五色线，愿补舜衣裳。弦歌教燕赵，兰芷浴河湟，腥膻一扫洒，凶狠皆披攘”。面对藩镇割据、宦官专权的严重形势，素有大志，“欲回天地”的李商隐，多次到令狐楚、王茂元、郑亚、柳仲郢的幕府中任职，他所希望的是“玉帐牙旗得上游，安危须共主君忧”①。只不过唐王朝这时确已病入膏肓，不是个别文人所能起死回生了，因而崔珏在《哭李商隐》中叹道：“虚负凌云万丈才，一生襟抱未曾开”。这当然不是李商隐个人的悲剧，我们只要看到唐王朝的强大，自始至终都获得了文士们的拥戴和支持，也就足堪评说了。

二、幕府纳贤　以礼相待

唐代文人的入幕之风，除了主观方面报国建功的素志之外，当然在客观方面上幕府的以礼纳贤，也起了很重要的作用。正如韩愈所说：“布衣之士，身居穷约，不借助于王公大人，则无以成其志；王公大人，功业显著，不借誉于布衣之士，则无以广其名。是故布衣之士虽甚贱而不谄，王公大人虽甚贵而不骄，其事势相须，其先后相资也。”② 正是这种“相须”“相资”的需要，促进了文人入幕之风的盛行。前面已经说过文士们如何入幕“成其志”，下面再来看看府主们如何纳贤“广其名”。

唐初，李世民的秦王幕府，人才济济，虽然太子建成和齐王元吉多方拉拢和破坏，但其阴谋始终未能得逞，李世民以礼待士，故士皆乐为

① 《全唐诗》卷540，上海古籍出版社1986年版。
② 韩愈：《韩昌黎文集》卷18，中国书店出版社1991年版。

所用，卒成大事。高宗时，韦思谦敢于对权贵们提意见，“动摇山岳，震慑州县”，名气很大，沛王府请他入幕，并说：“公岂池中之物，屈公为数旬之客，以重吾府”①。

这种借重名士声望加强幕府实力，提高府主地位的现象，到中唐以后更加普遍了。符载在《送崔副使归洪州幕府序》中有一段概括性的话：“今四方诸侯，裂王土，荷天爵，开莲花之府者，凡五十余镇焉”，他们都“以礼义相推，以宾佐相高”。谁能礼遇士人，招致人才，谁的实力就大，地位就高。且看：浙西观察使李栖筠“虚心下士，幕府盛选才彦”②。徐泗濠节度使张建封“礼贤下士，无贤不肖，游其门者，皆礼遇之，天下名士响风延颈，其往如归”③。义昌军节度使浑瑊“卑礼下士，召置幕府，得一时之人”④。西川节度使韦皋“虚中下体，爱敬士大夫，故四方文行忠信、豪迈倜傥之士，奔走接武，麇至幕下”⑤。桂管观察使王拱爱令狐楚之才，“以礼辟召，惧楚不从，乃先闻奏，而后致聘”⑥。河阳节度使乌重胤“善待宾僚，礼分同至，当时名士，咸愿依之”⑦。应该特别提出的是曾任义成、江西、东畿、山南，岭南等处节度使的李勉“礼贤下士，终始尽心。以名士李巡、张参为判官，卒于幕，三岁之内，每遇宴饮，必设虚位于筵次，陈膳执爵，辞色凄恻，论者美之”⑧。

甚至某些跋扈的藩镇，为了扩大自己的实力，也采取种种办法延揽文士。如淄青镇“自李正已以来，虽外奉王命，而啸引亡叛，有得罪于朝者厚纳之”⑨。魏博镇乐彦祯“好延儒术之士”⑩。文宗时，宰相李石反映当时“两河诸侯，兑引豪英，士之喜利者多趋之，用为谋主”⑪。

---

① 刘昫：《旧唐书》卷 88，中华书局 1987 年版

② 刘昫：《旧唐书》卷 122，中华书局 1987 年版。

③ 刘昫：《旧唐书》卷 140，中华书局 1987 年版。

④ 董诰：《全唐文》卷 792，上海古籍出版社 1990 年版。

⑤ 董诰：《全唐文》卷 688，上海古籍出版社 1990 年版。

⑥ 刘昫：《旧唐书》卷 172，中华书局 1987 年版。

⑦ 刘昫：《旧唐书》卷 161，中华书局 1987 年版

⑧ 刘昫：《旧唐书》卷 131，中华书局 1987 年版。

⑨ 欧阳修：《新唐书》卷 213，上海古籍出版社 1986 年版。

⑩ 王钦若：《册府元龟》卷 416，中华书局 1960 年影印本。

⑪ 欧阳修：《新唐书》卷 131，上海古籍出版社 1986 年版。

相反藩帅如果不礼遇文士，就会遭到人们的批评。李翱在《与本使李中丞论陆巡官状》中认为幕僚如有不是之处，“教之可也，退之可也”，但若“通状”，形成文字公开其错误，影响不好，便不是以礼相待了，应该吸取穆生“见醴酒不设，遂相顾而行”的教训，不要再发生类似的事件。“幕吏乃古之陪臣”，来去自由，不能强迫命令，宣武镇见韩乂穷居洛中，未发聘书遽取之，韩乂慢其言之不预，“不甘不告之请”，拒不应召①。还有名士窦常，穷居广陵，“结庐种树，不求苟进，”镇州节度使王武俊派人持重金聘他为掌书记，不就，但杜佑镇淮南，聘他为参谋，却欣然应召②。荆南节度使裴胄“简俭恒一时，常赋之外无横敛”，但“进退宾客不以礼，物议薄之”③。这种批评不能不使藩帅们对幕僚采取优待的措施。

幕府以礼相待、来去自由的纳贤措施，确实具有相当的吸引力，使得许多藩镇的幕府都名士云集，如崔衍为宣歙观察使所辟幕僚，“皆一代名流”④；郑从谠为河东节度使“开幕之盛，冠于一时，时中朝望者，目太原为小朝廷，言名人之多也”。德宗时的宰相赵憬在论到方镇使府的僚属时说：“诸使辟吏，各自精求，务于得人，将重府望”⑤，把幕府纳贤的做法、效果和目的都说得很清楚了。文士们愿望入幕的客观需求与条件都具备了，自然会形成社会风尚的。

三、科举艰难　入仕捷径

当然，文士们希望入仕报国，并不一定要入幕，而且主要的途径也不是入幕。众所周知，唐朝的取士制度大要有三，由学校者曰生徒，由州县者曰乡贡，由天子自诏者曰制举。三者之中，生徒常由资荫，多流于滥；制举虽时有得人，但无定期；于是乡贡科举之途便成为士人心向

① 杜牧：《樊川文集》卷13，上海古籍出版社1978年版。
② 刘昫：《旧唐书》卷155，中华书局1987年版。
③ 刘昫：《旧唐书》卷122，中华书局1987年版。
④ 刘昫：《旧唐书》卷188，中华书局1987年版。
⑤ 刘昫：《旧唐书》卷138，中华书局1987年版。

往之的正途。科举制相对于魏晋以来的九品中正制，无疑是有很大的进步，确实为唐朝政府选拔输送了许多有才能的优秀分子。可是在具有等级特权的封建社会，要想做到公平竞争又不可能，任何一个好的制度总是会逐渐败坏的。玄宗时，王冷然致书宰相张说："仆窃谓今之得举者，不以亲则以势，不以贿则以交。其不得举者，无媒无党，有行有才，处卑微之间，仄陋之下，吞声饮气"①。高适在《酬庞十兵曹》中写他早年的遭遇说："忆昔游京华，自言生羽翼，怀书访知己，末路空相识，许国不成名，还家生惭色"。唐代诗坛的双子星座——李白和杜甫终生没有进士及第，也是很好的说明。他们或则"遍干诸侯""历抵卿相"，欲求尝识而不可得②；或则"朝扣富儿门，暮随肥马尘"，饱尝了残杯冷炙的悲辛③。

如果说盛唐以前，国势欣荣，颇有才华的文士们求仕尚如此不易；那么中唐以后，江河日下，没有地位的举子们入仕的希望就更加困难了。穆宗时，王起发现当时"贡举猥滥，势门子弟，交相酬酢，寒门俊造，十弃六七"④。赵匡在《举选议》中更说："举人大常二十人中方收一人。故没齿而不登科者甚众"。特别是那些"贫窭之士在远方，欲力赴京师，而所冀无际，遂至没身，使兹人有抱屈之恨，国家有遗才之缺"。不少声名卓著的文人都有科场失意的辛酸史。李翱、李商隐考了五六次才及第。徐寅自叹"丹桂攀来十七春，如今始见茜袍新"⑤，考了十七年。项斯在《送顾非熊及第归茅山》中写道："吟诗三十载，成此一名难"，时间更长了。而"外家虽是帝，当路且无亲"的刘得仁，竟然"出入举场三十年，卒无成"，死后诗人们纷纷写诗哀悼。科举及第之难，可见一斑。

而且，即便科举及第，也仅只取得"进士""明经"等出身，具备了任官的资格而已；尚须吏部铨选，再考一次，及格后方能授官。《文献通考》卷29《举士》说："唐士及第者，未能便解褐入仕，尚有试吏部一

① 王定保：《唐摭言》卷6，古典文学出版社1957年版。
② 李白：《李太白全集》卷26，中华书局1977年版。
③ 《全唐诗》卷216，上海古籍出版社1986年版。
④ 刘昫：《旧唐书》卷164，中华书局1987年版。
⑤ 《全唐诗》卷709，上海古籍出版社1986年版。

关。韩文公三试于吏部无成，则十年犹布衣，且有出身二十年不获禄者”。欧阳詹在《及第后酬故园亲故》中就写道“犹著褐衣何足羡”，不知道什么时候才能释褐，真正进入仕途呢！孟郊“工古风诗，名播天下”，但其科举仕途却很不顺利，其《下第诗》曰：“弃置复弃置，情如刀剑伤”，又《再下第诗》曰：“两度长安陌，空将泪见花”。到五十岁时才及第，非常高兴，“春风得意马蹄疾，一日看尽长安花”。可是，又过了四年才授溧阳县尉的小官，不得不叹道：“青云不我与，白首方选书”①。

科举仕途如此艰难，文士们不得不采取各种对策，或则行卷干谒，请求名公推荐；或则朋党比周，影响主考视听；甚至贿赂公行，驰走权要之门。名士中，白居易谒见顾况；牛僧孺借势韩愈；杜牧通过吴武陵的关系向主考官崔郾硬要了一个第五名；李商隐久困场屋，后借令狐绹之力，向主考官高锴“将誉甚力”，方擢进士。在仕途拥塞，僧多粥少的情况下，李商隐在《商于新开路》中借景抒情，喊道：“更谁开捷径，速拟上青云”。能否在科举正途之外，再开辟一条入仕的捷径呢？通过长期摸索实践，人们逐渐发现入幕也是颇有吸引力的路。

幕府用人，不论资格出身，只要有真才实学，一技之长，不管是否考中了科举，不管是否通过了关试，皆可辟用。这对“几度劳心翰墨场”②，“更从今日望明年”③ 的文士们来说，确实到了后来人们常说的“山重水复疑无路，柳暗花明又一村”的境地，怎不令人高兴呢！于是，我们便看到了众多的举子一边应试，一边作幕，他们寄身幕府广结名流，为应试作准备，一次不中，下次再试，多次不成，即此进身，如：牛僧孺未第前往投山南东道节度使于頔。郑朗举进士不第入南方镇幕。李山甫数举进士不第，往依魏博节度使。魏邈“上省者五六，以贿援兼无，竟不登第，后为河阳节度使所辟”。刘密“举孝廉不中第，束书东游”，入荆南节度使樊泽幕④。还有礼部虽已及第，但吏部关试不合格，未能释

① 《全唐诗》卷374，上海古籍出版社1986年版。
② 《全唐诗》卷490，上海古籍出版社1986年版。
③ 《全唐诗》卷692，上海古籍出版社1986年版。
④ 陆耀通辑：《金石续编》卷9，江苏古籍出版社1988年版。

褐，也只好暂到幕府任职。如袁高、段平仲、薛存诚等都是进士及第后，“累辟使府”，长期在幕府中工作，后来才到中央政府作官的。最为典型的是韩愈，“自贞元二年始至京师，八年方及第，故历四举三选，得第后应博学宏词试，皆被黜。乃伏光范门求贾耽、赵憬、卢迈辈，希其论荐得官，三上书皆不报，方去京师东归，图幕僚一席。”① 还有，虽已授官，由于各种原因又不得不入幕的。例如，李商隐擢进士后，又试拔萃，中选，却入河阳王茂元幕；除侍御史，但入京都，久不调，只得又去桂林入郑亚府幕；后补太学博士，又去东川作节度判官②。通过以上事例，不难看出幕府确实是文士们科举仕途的补充。

不仅如此，从某种意义上讲，幕府甚至还是士人入仕的捷径呢！由于仕途拥塞，文士们“虽遇天子不能至富贵”，但“遇藩翰大臣则足以叙材用”③。肃宗时，于良史任侍御史，虽然人品高尚，诗体清雅，每多警句，但长期不得升官，到德宗时只好往徐州入张建封幕，有《自吟》诗：“出身三十年，白发衣犹碧，日暮倚朱门，从未污袍赤”。张建封听到后，马上奏请升官，改变了服色。幕府外迁之所以比较容易，当然主要是由于藩帅们有权对僚属的升迁作出决定。“或以白丁命官，或自下僚擢迁”④，都是可以的。因此，“新及第人，例就辟外幕，而布衣流落才士，更多因缘幕府，蹑级进身”⑤。进入幕府后，只要确实有才能，有好的表现，一般都是能够很快得到赏识升迁的。高适的《信安王幕府诗》，对“关塞鸿勋著，京华甲第全”，充满了希望。岑参《送张献心充副使归河西》：“一从受命常在边，未年三十已高位”，更是羡慕之至。不能不慨叹自己“丈夫三十未富贵，安能终日守笔砚”⑥，要有所行动了；既然“天子不召见，挥鞭遂从戎”⑦，也是理所当然的事；于是，他北游河朔，两

---

① 王鸣盛：《十七史商榷》卷81，中国书店出版社1987年版。
② 刘昫：《旧唐书》卷190下，中华书局1987年版。
③ 姚铉：《唐文粹》卷88，上海古籍出版社1986年版。
④ 曹彦约：《经幄管见》卷4，文渊阁四库全书本。
⑤ 胡震亨：《唐音癸签》丛谈3，古典文学出版社1957年版。
⑥ 《全唐诗》卷199，上海古籍出版社1986年版。
⑦ 《全唐诗》卷198，上海古籍出版社1986年版。

出塞外，在《陪封大夫宴翰海亭》中唱道："吾从大夫后，归路拥旌旗"，洋洋得意的心情溢于言表。不少幕府僚佐后来都很快提升，官居显要。韦抗任京畿按察使所荐的幕僚"后皆为显人"，如梁升卿为广州都督，王作倕为河西节度使，王焘、王缙、崔殷亦皆有名。郭子仪"幕府六十余人，后皆为将相显官"。崔衍的幕府僚佐也"后多显于时"。在柳公绰幕府中任过职的郑朗、卢简能、崔屿、夏侯孜、韦长、李绩、李拭等"皆至公卿"。这种情况的出现，当然绝非偶然。因为在中央任官，六品以下四年方可改转，而在幕府只要三年即行，比较容易。如赵憬，建中初为水部员外郎，未拜，赴湖南观察使李承幕，任检校式部郎中，一年多以后，李承死，被任为御史中丞湖南观察使。唐朝后期的宰相，有三分之二的人是从藩帅幕府中提拔的。权德舆在《送李十兄判官序》中说："今名卿贤大夫，由参佐而升者十七八，盖刷羽幕迁，而翰飞朝天"。白居易在《授温尧卿等赐绯充沧景江陵判官制》中也说："今之俊乂，先辟于征镇，次升于朝廷，故幕府之选，下台阁一等，异日入而为大夫公卿者十八九焉"。例如，张建封、薛戎、独孤朗、高骈等，都走过了这样的道路。事实证明，这是一条文人致身通显的捷径。因此"游宦之士重以朝廷为闲地，谓幕府为要津"①。困居长安的杜甫，对高适初就哥舒翰的幕府便羡慕不已："十年出幕府，自可持旌麾，此行既特达，足以慰所思"②。入幕既然比考科举更容易、更快捷，又怎么不会成为士人们追求的风尚呢！

四、俸禄优厚　有职有权

文士们追求的主要目标，当然是杜甫所说的"男儿功名遂"③。但"功名是何物"？恐也不能与利禄完全断绝关系。顾炎武曾说："吾自幼及老，见人所以求当世之名者，无非为利也。名之所在，则利归之，故求

---

① 封演：《封氏闻见记》卷3，文渊阁四库全书本。
② 《全唐诗》卷216，上海古籍出版社1986年版。
③ 《全唐诗》卷216，上海古籍出版社1986年版。

之惟恐不及也，苟不求利，亦何慕名”①。因此，追求利禄也是士人们的目标之一。

唐初，加强中央集权，重内轻外，百官俸禄“外官降京官一等”②，仕宦者皆乐任京官，外任视同流贬。但安史之乱后，中央权势萎缩，经济陷入困境，京官有时竟无俸禄；特别是代宗时元载专权，恶京官逼己，在制定俸禄时，“厚外官而薄京官”，造成了“京官不能自给，常从外官乞贷”的现象，后有诏加京官俸，但仍甚薄。德宗时，宰相李泌奏称当时“州刺史月俸至千缗，方镇所取无艺，而京官禄寡薄”。以致方镇不愿调往中央任职，认为是罢权。薛邕由左丞相贬歙州刺史，家人反而高兴，说降得太晚了。崔佑甫任吏部员外，请求外任洪州别驾。应当升迁担任台阁官职者，都不愿赴任而去③。正是由于京官俸薄，外官俸厚，外重内轻，使得求仕者纷纷转往外地幕府供职。这样的事例甚多。

幕府，“职多于郡县之吏，俸优于台省之官”④，是很有吸引力的。府主们常常利用这种优越条件招引人才，如“两河诸侯竞引豪英，士之喜利者多趋之”⑤。昭义节度使李抱贞“闻世贤者，必欲与之游，虽小善，皆卑礼厚币数千里邀致之”⑥。李戡被平卢节度使使用“卑词于简，副以币马，请为巡官”。骆峻更被并州、易定、蒲津、成都、郑滑等藩帅多次用“卑词币马至门”聘去。崔郾被陕陇虢观察使“絜词载币，使者数返”迎入幕中⑦。

文士们进入幕府后，又享有许多实际的权力。他们不仅“参戎事”，而且“制中权”。如行军司马常“代综军政”，在“帅守物故”之后，即常用之为帅⑧。封常清就是由安西行军司马升为安西四镇节度使的。判官的职权也很大，“位次副使，尽总府事，节度使或出征，或入朝，或死而

---

① 顾炎武：《日知录》卷7，上海古籍出版社1985年版。
② 欧阳修：《新唐书》卷55，上海古籍出版社1986年版。
③ 欧阳修：《新唐书》卷139，上海古籍出版社1986年版。
④ 白居易：《白氏长庆集》卷47，四部丛刊本。
⑤ 欧阳修：《新唐书》卷131，上海古籍出版社1986年版。
⑥ 欧阳修：《新唐书》卷138，上海古籍出版社1986年版。
⑦ 李昉：《文苑英华》卷958、962、977，中华书局1966年版。
⑧ 欧阳修：《新唐书》卷129，上海古籍出版社1986年版。

末有代，皆有知留后事，其后遂以节度留后为称”①。如卢群被江西节度使李皋任为判官，“幕府之事，委以咨决”②。还有一些判官如冯河清、任迪简、杜济等更以其地位及影响继任节度。掌书记、凡文辞皆出其手，实际上是参预藩帅机密的智囊，重要性亦不可轻，令狐楚、李绅、齐映皆曾任此职，而张正元更在德宗时以岭南节度掌书记直接升为邕管经略使。

幕僚们还常常奉藩帅之命巡察州县，往往位居刺史、县令之上。如阳城为道州刺史时，“观察使遣判官督其赋，至州，怪城不出迎，以问州吏，吏曰：刺史闻判官来，以为有罪，自囚于狱，不敢出”③。州县官如或有缺，即可权摄。如张延赏任荆南、西川节度使“所管州县，缺官员者，少不下十数年，吏部未尝补授，但令一官假摄”④。如关播以淮南判官摄滁州刺史，刘昌以宣武都虞侯摄濮州刺史，薛戎以福建从事摄泉州刺史，张万福以淮南副使摄濠州刺史、李芃以永平判官摄陈州刺史。这样的事例很多。韦皋在任西川节度使时，“其僚椽官虽显，不使还朝，即署属州刺史”（以上诸人皆见《唐书》本传）。

功名、利禄、权势三者的关系十分密切，士人对它们的追求，也是完全可以理解的。幕府既然在这些方面都提供了一定的可能性，当然会产生相当大的吸引力。

五、迫于生计　另有所图

唐代文人入幕除以上论及的原因外，其他因素如文人迫于生计或另有所图等也在一定程度上起了作用。

如杜甫经安史之乱，“弥年艰窭，孺弱至饿死”。“客秦州，负薪拾橡栗自给。流落剑南，营草堂成都”。会严武节度剑南西川，往依焉⑤。李

① 司马光：《资治通鉴》卷216，上海古籍出版社1987年版。
② 刘昫：《旧唐书》卷140，中华书局1987年版。
③ 刘昫：《旧唐书》卷192，中华书局1987年版。
④ 刘昫：《旧唐书》卷129，中华书局1987年版。
⑤ 辛文房撰，周本淳校正：《唐才子传校正》卷2，江苏古籍出版社1987年版。

山甫“累举进士不第，箪食豆羹，流寓河朔间，依乐从彦为魏博从事”①，都有迫于生计的缘故。

而王维的留幕凉州，则属于人事关系的变化。开元二十五年（737）二月，河西节度使崔希逸大破吐蕃，王维以监察御史的身份出访，到达凉州不久，朝中人事大变，推荐他的右丞相张九龄被贬外任，他获得这一消息后，很不自在，便想暂不回京，经崔希逸保奏，作了节度判官。显然，他的入幕是为了避嫌而采取的权宜之计，暂且安身而已。

当然，也不乏政治上另有所图的人。唐朝中后期，河北诸镇大搞分裂割据，某些不得志的文人，饥不择食，便想到那里去闯荡一番事业。董邵南即其中之一，韩愈说：“燕赵古称多感慨悲歌之士。董生举进士，连不得志于有司，怀抱利器，郁郁适兹土，”很不以为然，劝他行为要慎重，“董生勉乎哉”②。李益的情况也差不多，“登进士第，久不调，益不得志，北游河朔，幽州刘济辟为从事。献诗曰：向日花偏落，驰年水不流，感恩知有地，不上望京楼”③。不过，这样的人并不多，事实上也未做出什么大的“事业”。

至于安禄山的掌书记高尚，虽“颇笃学，赡文词”，但并非文人，“母老，乞食于人，尚周游不归侍养”，曾对别人说：“宁当举事而死，终不能咬草根以求活”④，实际上是一无赖。不论可也。

[本文原为陈生慧群的毕业论文，经我补充资料，另拟提纲改写而成，联名发表于《安徽师范大学学报》（哲学社会科学版），1991 年第 3 期]

① 辛文房撰，周本淳校正：《唐才子传校正》卷 2，江苏古籍出版社 1987 年版。

② 韩愈：《韩昌黎全集》卷 20，中国书店出版社 1991 年版。

③ 《全唐诗》卷 282，上海古籍出版社 1986 年版。

④ 刘昫：《旧唐书》卷 200 上，中华书局 1987 年版。

唐代幕府文人的境遇

唐代地方藩镇势力日益滋长，幕府林立，文人入幕成风，我们已有专文论述这种现象出现的原因。文人们怀着满腔的报国热情，在科举仕途艰难的情况下，只好投奔比较重视人才，条件优裕，来去自由的幕府，暂作安身之所。本文所要探讨的是文人入幕之后的境遇如何，能否实现其原来的理想和抱负。

钱起《送王季友赴洪州幕》说："烟波带幕府，海日生红旗"，"诸侯重才略，见子如琼枝"。似乎幕府确实是文人们仕求官，施展才干，建功立业的天堂。然而，现实生活往往并不尽如人意。只要稍作历史考察，透过幕府的重重帷幕，呈现在我们面前的便是他们上演的一出出哀乐交织的悲喜剧。在这里，既有感遇知己恩，也有愤懑委屈恨；运筹帷幄决胜千里固然快意，不受重视凄凉冷落也很苦闷；有的从幕府平步青云，堪称官场幸运儿；有的受连累罪祸及身，实属天涯沦落人。这纷纭复杂的画面，当然是社会历史条件的投影，有的固是偶然，绝大多数还是有其必然性。让我们通过若干事例的考察，来寻求较具体的答案吧！

一、事势相须　宾主和谐

唐代科举仕途的艰难，人所共知；即或搏得一官半职，生活仍很艰苦。因此，当时的文士们常把去幕府任职，作为科举的补充和升官的捷径。另一方面，地方藩镇为了扩大自己的实力和影响，也常把广开幕府优待文士，作为网罗人才的手段。正如韩愈在《与凤翔邢尚书书》中所说："布衣之士，身居穷约，不借势于王公大人，则无以成其志；王公大人，功业显著，不借誉于布衣之士，则无以广其名。是故布衣之士虽甚贱而不谄，王公大人虽甚贵而不骄，其事势相须，其先后相资也。”这种“相须”、“相资”的关系，有可能使宾主双方都以礼相待，互相尊重，情致和谐。

不少文士在科举仕途失意的情况下，转而面向幕府，东方不亮西方亮，心中自然怀着美景如画的希望。李白自恃才高，上书荆州刺史韩朝宗，“请日试万言，倚马可待，”在幕府之中获得“盈尺之地”从而“扬眉吐气，激昂青云”。韩愈自贞元二年（786）始至京师，“四举于礼部乃一得，三选于吏部卒无成，”伏光范门三上宰相书皆不报，后经董宣和张建封推荐，始得试校书郎和协律郎，八品官而已，俸禄十分微薄，乃想另谋出路，在《将归赠孟东野》诗中写道：“君门不可入，势利互相推，借问读书客，胡为在京师，倏忽十六年，终朝苦寒饥，如今便当去，咄咄无自疑。”究竟想往哪里去呢？幕府可能是最理想的地方。于是我们又看到了他的《与于襄阳书》，说明自己“今者惟朝夕刍米仆赁之资是急”，生活十分困难，希望“抱不世之才”，“文武唯其所用”的于襄阳能够“费一朝之享”，让他“显于当世”。

寄希望于幕府，在唐代文人的心态中，很有普遍性，诗人们常常在送友人入幕时，表露出前程似锦的憧憬。高适《送冯判官》说：“才子方为客，将军正渴贤，遥知幕府下，书记日翩翩”。大历十才子之一的钱起也有不少这样的诗，《送傅书记赴蜀军》说：“才略纵横年且妙，赐璧腰金应可料。”《卢龙塞行送韦书记》说：“陈琳书记本翩翩，封侯莫比汉皇年。”《送薛判官赴蜀》说：“阴符能制胜，千里在坐决，始见儒者友，长缨系余孽。”

幕府的主人节度使，拥有一方军政大权，不少是武人出身，很容易使人产生联想，大概一个个都是粗暴无文、专横独断、令人望而生畏的跋扈将军。然而，人不可以貌相，幕主们并不都是只会兴风作浪的乱世奸雄或鼠目寸光的庸人，其中也有不少重视人才的有识之人。愿意入幕的文士们或以诗投谒，或经人推荐，都有可能受到幕主们的接纳。如王季友“诵书万卷，论必引经，家贫卖屐。洪州刺史李公（勉），一见倾敬，即引佐幕府”①。李商隐“能为文，令狐楚镇河阳，以所业文干之，从为巡官。王茂元镇河阳，爱其才，辟为掌书记”②。司空图“名益振，王凝为宣歙观察使，辟置幕府。卢相（携）还朝过陕虢，属于观察使卢渥曰：司空高士也，渥遂表为僚佐”③。罗隐善性文，诗尤俊。“钱尚父镇东南，节钺崇重，隐欲依焉”，得之大喜，遂为掌书记④。从以上事例可以看出，文人入幕受辟，只要确有真才实学，遇到识才的幕主，大都能够如愿的。

由于幕主对文士的特殊需要，不少文士入幕后都受到礼遇和赏识。王智兴任徐州节度使，军事上虽颇有名气，但由于是武人出身，略输文采，为了附庸风雅，有时也与幕僚们一起会饮赋诗，善待有才之士，有人在他面前说张祜的坏话，他便加以保护说：“张生海内名士，篇什岂易得?”对张倍加尊崇⑤。裴休任湖南观察使，听说李群玉“清才清逸，不乐仕进”，便用厚礼延致幕中，并劝他“处士被揭怀玉，浮云富贵，名高而身不知，神宝宁久弃荒途。子其行矣!”推荐他去长安求官，后来裴休入朝任宰相，授他作弘文馆校书郎⑥。殷文圭“有美名”，淮南将田頵引为上客，“置田宅，迎其母，以甥事之”⑦。这样礼贤下士的作风，在唐代幕府中并非个别现象，具有一定程度的普遍性。甚至，幕主对僚属的家庭生活也颇为关怀。据许尧佐《章台柳传》记载，名士韩翃辟任淄青节度使侯希逸幕府书记，其宠姬柳氏在战乱中被胡将沙吒利霸占。韩翃闻知，告诉虞侯将许俊，用计夺回。其时沙吒利“凭恃微功，凶恣挠法”。韩许二人惧其报复，乃请侯希逸出面干预，结果奏请德宗下诏，韩柳二人得以团聚。小小幕僚的家庭生活问题，竟然得到节度使的关注，甘冒得罪的危险，惊动皇帝来解决，真可说是关怀备至，难能可贵啊!

① 辛文房撰，周本淳校正：《唐才子传校正》卷4，江苏古籍出版社1987年版。
② 刘昫：《旧唐书》卷190，中华书局1987年版。
③ 辛文房撰，周本淳校正：《唐才子传校正》卷4，江苏古籍出版社1987年版。
④ 辛文房撰，周本淳校正：《唐才子传校正》卷4，江苏古籍出版社1987年版。
⑤ 计有功：《唐诗纪事》卷63，上海古籍出版社1987年版。
⑥ 辛文房撰，周本淳校正：《唐才子传校正》卷4，江苏古籍出版社1987年版。
⑦ 欧阳修：《新唐书》卷189，上海古籍出版社1986年版。

这些幕僚既然受到隆重的礼遇，宾主关系自然十分和谐，许为知己，感恩戴德，终身不忘。李商隐受知于河阳帅令狐楚，深受礼遇。楚后历镇宣武，天平各地，皆被署为巡官，宾主相得甚欢。商隐后有《上令狐相公状》回忆这段生活，“每槛花朝，菊亭雪夜；篇什率征于继和，怀觞曲赐其尽欢；委曲款言，绸缪顾遇”，令人十分怀念。令狐楚死后，商隐宦途遇到困难，又于重阳日去其故居，在厅壁题诗：“曾共山翁把酒卮，霜天白菊绕阶墀。十年泉下无消息，九日樽前有所思。”感激追悼之情，久久不能平静。杜牧应淮南节度使牛僧孺之辟，任幕府掌书记，他来到这“花柳繁华地，温柔富贵乡”的扬州，过着“十年一觉扬州梦，赢得青楼薄倖名”的放荡生活，僧孺认为这是文人不拘小节，不以为怪，派人暗中保护，直到他离任时才规劝说：“不可夜中独游，或昏夜不虞，奈何?”杜牧对此非常感动，“泣拜致谢，终身感焉。”僧孺死后，杜牧在墓志中“极言其美”，以报知己①。前面提到的司空图，被宣歙观察使王凝辟置幕府后，大见信任。会有诏征图为监察御史，图感凝知己之恩，不忍轻离幕府。满百日不赴，被台司所劾，贬往东都。又过了很久，才召拜礼部员外郎，知制诏。故集中有文曰：“恋恩稽命，黜系洛师，于今十年，方忝纶阁”②。这样宁抗朝命，不背幕主的感情，确实是很深厚的。

宾主和谐，当然是施展才干的良好环境，容易出政绩，显才能，因此不少幕僚后多迅速升迁，官居要职，得遂平生之愿。

二、志高位下　心情苦闷

幕府的主人是藩帅，他既有权辟用僚佐，让其升迁，也有权拒用某人，使之碰壁；因此，想去幕府寻找出路的文士，也并非人人如愿，个个称心。

李白有《与韩荆州书》，韩愈有《与于襄阳书》，希望获得幕主们的赏识，给予“盈尺之地”“一朝之享”，让自己能够“扬眉吐气”“显于

① 李昉：《太平广记》卷273，中华书局1981年版。

② 计有功：《唐诗纪事》卷63，上海古籍出版社1987年版。

当世”。可是，颂扬的话说了一大堆，今天看起来似乎还有点吹捧过甚，有失身份的味道，可是仍然未能感动主人，悯其困穷，接纳入幕。种种事实证明，能否正常入幕，确实是一个忧心忡忡、无法预料的未知数。韩愈在《送李翱》赴广州节度使杨于陵幕府诗中写道：“广州万里途，山重江逶迤，行行何时到，谁能定归期。人生一世间，不自张与弛，譬为浮江水，纵横岂自知。”这种忐忑不安的心情，当然饱含着可悲的苦闷。

即使有幸接纳入幕，也仍然是寄人篱下，过着仰人鼻息的生活。特别是碰到恃权任气的武夫，更难免仅是作为“歌咏每添诗酒兴，醉酣还命管弦来”① 的清客。文人入幕大多怀着“金椎许报韩”（骆宾王）的大志和“申管晏之谈，谋帝王之术，奋其知能，愿为辅弼”（李白）的政治理想，如果面对的只是“舞低杨柳楼心月，歌尽桃花扇底风”的生活，发现自己仅是赋诗侍酒的装饰时，心中的苦闷与凄惶也便油然而生。殷少野《送萧颖士赴东府》云：“官闲幕府下，聊以任纵诞”，其空虚和无聊，可想而知。李益数历方镇府幕，“从事十八载，五在兵间”；“塞外征行无尽日，年年移帐雪中天”；“自酌还自饮，非名又非利”，达不到原来的理想；“长戟与我归，归来同弃置”，追求和一切都落空了，怎不令人叹息呢②。岑参两度出塞，对幕府生活的体会更深，在《日没贺延碛作》中，触景生情：“沙上见日出，沙上见日没，惨向万里来，功名是何物”。《临洮泛舟》又说：“白发使轮台，边功竟不成，去沙万里地，孤负一书生。”都流露出无限失望与深沉的后悔。李商隐在晚唐诗人中才华横溢，累佐令狐楚、王茂元、郑亚、柳仲郢，在幕府间奔波了一生，然而“欲回天地入扁舟”③，始终未能实现自己的理想，在《梓州罢吟寄同舍》中哀叹：“不拣花朝与雪朝，五年从事霍嫖姚，楚雨含情皆有托，漳滨卧病竟无聊”，这样的日子过得确实也没有什么意思。华阴杨牢年十八中进士，有文名，累居幕府，但“主人同列多不容”，曾作诗表明心中的苦

① 计有功：《唐诗纪事》卷 49，上海古籍出版社 1987 年版。

② 《全唐诗》卷 282，上海古籍出版社 1986 年版。

③ 《全唐诗》卷 540，上海古籍出版社 1986 年版。

闷，“心明外不察，月向怀中圆。”又云：“罗帏苦不卷，谁道中无人。”后在青州幕府中，出使得疾，竟不愿诊脉服药治疗，黯然死去①。

人们最熟悉的唐代诗人，当然首推杜甫，他的幕府生涯也很典型，应该最有代表性。安史之乱打破了唐王朝的全盛日，中原遭遇了残酷的战火，关内经受着严重的灾荒，杜甫被迫结束了他十载长安、四年流徙的生活，不得不到比较安定的四川去寻找一个栖身的处所。入严武幕之后，情况才稍有改善。好景不长，仅只半年时间，严武奉召入朝，杜甫依依不舍送到绵州。成都少尹徐知道忽在这时发动叛乱，烧杀抢劫，无所不为。杜甫回不了成都，只好去梓州投靠东川节度使留后章彝。章彝并无显赫的武功和分明的政绩，但杜甫为了免于冻馁，不得不陪他宴客，陪他打猎，陪他游山，当然少不了还要写诗，进行吹捧帮闲。这样的生活，杜甫当然也不会满意，到广德元年（763）十一月决心离开，写成《留别章使君兼幕府诸公》一诗：“我来入蜀门，岁月亦已久，常恐性坦率，失身为杯酒，近辞痛饮徒，折节万夫后，昔如纵壑鱼，今如丧家狗。”是多么的沉痛呵！

杜甫离开梓州，准备从阆州经渝州，顺流东下。正要动身时，复闻严武再任西川节度使，遂改变计划，在广德二年（764）三月举家返回成都，被严武辟为幕府参谋。可是幕府中的人事关系太复杂了，附会阿谀，勾结朋比，猜疑攻击，无所不为。杜甫的心里充满了难言的忧郁，“晚将末契托年少，当面输心背面笑，寄谢悠悠世上儿，不争好恶莫相疑”②。由于家在城外，为了办公方便，只好独自住在府中，每当寂静的夜晚，心中更是充满了无限的悲凉：“清秋幕府井梧寒，独宿江城蜡炬残，永夜角声悲自语，中天月色好谁看。”③

幕府，并非想象的那么美好，寄予的希望过高，难免令人失望。

① 王谠：《唐语林》卷3，上海古籍出版社1978年版。

② 《全唐诗》卷220，上海古籍出版社1986年版。

③ 《全唐诗》卷220，上海古籍出版社1986年版。

三、依附性强　无辜受累

自谓“方从幕中事，参谋王者师”① 的文人们的根本弱点，是对幕主的依附性。幕府如同行驶在政治浪涛中的小舟，文人一旦选择它作为自己的栖身之地，就与幕主结成了风雨同舟、沉浮与共的连带关系。这种关系，固然也为少数人提供了飞黄腾达的机会，但大多数人恐怕还是无法摆脱悲哀的命运。

依附性过强，缺乏必要的独立性，一荣俱荣固然可喜，一损俱损也很可悲。岑参受知于安西节度使封常清，非常高兴，唱出了“幸得趋幕中，托身侧群才”②；“何幸一书生，忽蒙国士知”③ 这样的赞歌。但一当听说封常清败于安史叛军而获罪时，就不免忧心忡忡：“将军初得罪，门客复何依”④。因为幕主如有代迁，则幕府随之而罢，幕僚的出路也便成了问题，不能不令人担心啊！

幕主政治上如果出了问题，幕僚也会受到无辜的牵连。最明显的例子是李白，安史之乱时，这位天真的诗人，抱着“试借君王玉马鞭，指挥戎虏坐琼筵，南风一扫胡尘静，西入长安到日边”⑤ 的热望和信心，“誓欲清幽燕，不惜微躯捐”⑥，恢复国家的统一和安定。不料，肃宗在灵武即位，李璘便成了“叛逆”，李白也因累系狱，流放夜郎，中途赦还。本欲平叛竟成“从逆”，其中有多少难言的痛苦啊！晚年有《赠江夏韦太守良宰》谈到此事，“半夜水军来，浔阳满旌旃，空名适自误，迫胁上楼船”，仍然在品尝着这杯历史酿成的苦酒。

李商隐的幕府生涯，也饱含着无辜受累的辛酸。他初受知于河阳节度令狐楚，跟着做了二十多年幕僚。楚死后，他受知于王茂元，辟为掌

---

① 《全唐诗》卷 220，上海古籍出版社 1986 年版。
② 《全唐诗》卷 220，上海古籍出版社 1986 年版。
③ 《全唐诗》卷 220，上海古籍出版社 1986 年版。
④ 《全唐诗》卷 220，上海古籍出版社 1986 年版。
⑤ 《全唐诗》卷 220，上海古籍出版社 1986 年版。
⑥ 《全唐诗》卷 220，上海古籍出版社 1986 年版。

书记，并妻以女。不久，王死，他只得到京师另谋出路。可是在朝中掌权的牛党骂他投靠王茂元变成了李党，是忘楚恩的叛徒，不再信任他，他只好到桂州、循州、徐州、梓州等处去游幕，直到客死荥阳，仍只是挂名工部员外郎的判官，六品官而已，实在悲哀。

还有一些幕僚在突发的政治事件中，被牵连杀害。贞元十五年（799），宣武节度使董晋病故，兵士发动叛乱，留后陆长源、判官孟叔度等皆遇害，韩愈时任推官幸免于难，有《汴州乱》诗二首纪其事："汴州城门朝不开，天狗堕地声如雷，健儿争夸杀留后，连屋累栋烧成灰。"凤翔节度使郑注与宰相李训密谋诛杀宦官，于大和九年（835）十一月发动"甘露之变"，宦官仇士良等进行反攻，李训、郑注先后被杀，凤翔幕府中的副使钱可爽、判官卢简能、萧杰、掌书记卢弘茂等也全遭杀害。咸通九年（868），庞勋起义攻进徐州，杀观察使崔彦曾，其幕僚温廷皓、焦璐等亦遇害。

造成上述幕府文人不幸的原因，主要来自外部，可从社会环境解释，具有个人主观无法改变的必然性。幕主并不需要承担历史的责任，受到人们的谴责。

最令幕府文人感到不幸，使人无法忍受，甚至无法解释的事例，还是来自幕府的内部，他们"吟诗作赋北窗里，万言不值一杯水"①，不仅存在着严重的精神苦闷，更难堪的是不知道什么时候、什么原因便"得罪"了幕主，受到严厉的处置，轻则降官斥逐，重者招致杀身之祸。

陈子昂随武攸宜东征，被署为幕府参谋，不受信任，且遭猜忌，满腹辛酸无处诉说，便在《登幽州台歌》中，唱出了"前不见古人，后不见来者，念天地之悠悠，独怆然而涕下"这深沉的悲吟②。

梁锽，"曾与大军掌书记"，是天宝时期很有才华的诗人，与岑参、钱起、李颀是很好的朋友，只因"一言不合龙额侯，击剑拂衣从此弃"，落到了"举家无担石""贫贱长可欺"的境地③。

---

① 《全唐诗》卷220，上海古籍出版社1986年版。
② 《全唐诗》卷220，上海古籍出版社1986年版。
③ 《全唐诗》卷220，上海古籍出版社1986年版。

元相公宾府有薛书记，饮酒醉后，因争令，掷注子击伤相公犹子，遂出幕。醒来乃作《十离诗》，上献府主。《犬离主》云：“驯扰朱门四五年，毛香足净主人怜，无端咬着亲情客，不得红丝毯上眠”①。

马戴，宣宗时在河东节度使李拭幕府中任掌书记，“以正言被斥，贬龙阳尉”，在《方城怀古》中写道：“申胥枉向秦庭哭，靳尚终贻楚国羞”，充满了感时白伤的哀怨②。

更有甚者，某些节度使随意处死其僚佐。如浙西观察使李锜“馈结权贵，恃此骄纵，无所忌惮”，所部僚佐无辜被杀者甚多。判官卢坦屡次谕谏不从，遂与幕僚李约等暗中逃走。判官王澹劝他入朝宪宗，表示恭顺，他竟谕使亲兵将王杀害③。邵州刺史林蕴竟然“仗杀客陶玄之，投尸江中，籍其妻为倡”④。

这种凌辱、残害幕僚的事件，充分反映了幕府文人的可怜处境。完全依附别人，是寻求不到真正的幸福的。

（本文原为陈生慧群的毕业论文，经我补充资料，另拟提纲改写而成，联名发表于《天府新论》1991 年第 5 期）

① 计有功：《唐诗纪事》卷 49，上海古籍出版社 1987 年版。
② 王谠：《唐语林》卷 2，上海古籍出版社 1978 年版。
③ 司马光：《资治通鉴》卷 237，上海古籍出版社 1987 年版。
④ 欧阳修：《新唐书》卷 200，上海古籍出版社 1986 年版。

宋代农民的政治地位和经济生活

两宋时期，是我国封建社会由前期进入后期的重要历史阶段。研究一下这个时期主要的生产劳动者——农民的政治地位和经济生活状况，无疑对认识我国封建社会的特点及其发展规律，有着重要的意义。

一、农民阶级的内部构成

农民阶级在漫长的历史长河中，经历过一系列不同的发展阶段。不同时期的农民，其地位、属性、要求和作用是很不相同的。同一时期的农民，其政治地位、经济生活和精神面貌也大不一样。因此，研究两宋时期的农民，必须首先将其内部构成搞清楚，这样才能真正认识它的特点。

宋代的农民阶级，究竟由哪些人组成，从当时的户籍制度可以获得大致的了解，当时政府将居民分为乡村户和坊郭户；乡村户又按有无土地等生产资料分为主户和客户；乡村主户又按家业财产等标准分为五等户。过去一般认为一、二、三等户为大、中、小地主，四、五等户为自耕农，客户为佃农。核诸史实，这个看法稍有不确。

第一、二等户，在当时的政治文化和民间习惯上，被称为上户。司马光说："第一、第二等户物力高强"①。王琪说："自第一等至第二等兼并之家，占田常广"②。张守说得比较具体："有田三五顷者多系上户"③。

---

① 司马光：《温国文正司马公集》卷54，四部丛刊本初编本。

② 徐松：《宋会要辑稿》食货62之19，中华书局1957年版。

③ 张守：《毗陵集》卷3，上海古籍出版社1987年版。

董煟说得更形象："所谓上户者，田亩之跨连阡陌，蓄积之陈腐相因"①。毫无疑问，他们应该属于地主阶级。

第三等户，一般称为中户，在不同场合，有时被列入"上三等户"②。很容易把他们划为地主；更多的材料是把他们和下户相提并论，例如北宋时期王琪说"自第三至第四等中下之家，占田常狭"③；南宋时"保正之役，多及下户。都保内，家业物力有及一万贯者，歇役或至二十年不差，却差至第三等家业三百贯文人户"④。显然，他们只能是占田不多的自耕农，或者说主要是自耕农，可能也包括一些小地主。

第四、五等户，又称下户。当时的文献记载说"下户才有田三五十亩或五七亩，而赡一家十数口，一不熟即转死沟壑"⑤。当然是只有小块耕地的自耕农。另据朱熹任南康军时，要各都保呈报"下户作田几家、不作田几家、作他人田几家"⑥ 的情况看来，有些下户已经沦为半自耕农或佃农了。

客户，据石介的说法，"乡野有不占田之民，借人之牛，受人之土，庸而耕者，谓之客户"⑦。即是佃种地主土地的佃户。不过，随着租佃关系的发展，当时的佃户不完全是客户，而客户在不同时期不同地区又表现出不同的特点。客户的数量很多，是当时农民阶级的主体。

不难看出，宋代的农民阶级大体上是由中下户和客户组成，这个估计并不十分科学，仅是一个供进一步研究的模糊概念。下面，我们就根据当时的文献资料尽可能的把这个概念具体化。

二、自耕农

宋代的自耕农，主要是由乡村主户中的中户和下户组成的。"上户常

① 董煟：《救荒活民书》卷2，文渊阁四库全书本。
② 徐松：《宋会要辑稿》食货4之27，中华书局1957年版。
③ 徐松：《宋会要辑稿》食货62之19，中华书局1957年版。
④ 徐松：《宋会要辑稿》食货14之38，中华书局1957年版。
⑤ 李焘：《续资治通鉴长编》卷168，上海古籍出版社1986年版。
⑥ 朱熹：《朱文公别集》卷9，中华书局铅印四部丛刊本。
⑦ 石介：《徂徕集》卷8，文渊阁四库全书本。

少，中下户常多”①。他们在农业生产中的地位非常重要。据统计，北宋刚统一时的户数是三百余万，到真宗天禧五年（1021）已达到八百六十多万户②，增加了一倍多。其中有主户六百多万③，为总户数的十分之七。据张方平说主户中“中等以上户不及五分之一，第三第五等户常及十分之九”④。自耕农占绝大多数，大约估计可能在五百万户左右。

宋代自耕农的财产状况如何呢？

先看中户，仁宗时王琪说“中下之家占田常狭”⑤。究竟是多少不清楚。关中地区的情况，据苏轼说“中户不可以亩计，而计以顷；上户不可以顷计，而计以赋”⑥。大约至少有田一顷。四川地区的情况，据张德远说“第三等家业三百贯文人户”⑦。若按中等田每亩二贯文折算⑧，可能有田一百五十亩。把“百亩之田”作为中户自耕农的财产标准，大致与历史实际不会相距太远。

再看下户，他们的家业大约只值三四十贯文，有材料说河北地区第四等之家“每家之产仅能直二十四缗”⑨；浙东地区“旧例物力三十八贯五百为第四等，降一文以下即为第五等”⑩。他们占有的土地极为有限。有的“只有田一、二亩者”⑪；甚至“五等下户才有寸土”⑫，自耕不足以维持生计，有的下户不得不佃种地主或官府的土地，还有些“下户贫民自无田，而耕豪富家田”⑬，则是完全没有土地的客户了。

作为中下户的自耕农和半自耕农，其生活状况如何？

---

① 马端临：《文献通考》卷12，中华书局1986年版。
② 马端临：《文献通考》卷11，中华书局1986年版。
③ 脱脱：《宋史》卷85，中华书局1977年版。
④ 张方平：《乐全集》卷21，文渊阁四库全书本。
⑤ 徐松：《宋会要辑稿》食货62之19，中华书局1957年版。
⑥ 苏轼：《经进东坡文集事略》卷43，文学古籍刊行社1957年版。
⑦ 徐松：《宋会要辑稿》食货14之38、65之93，中华书局1957年版。
⑧ 徐松：《宋会要辑稿》食货70之92，中华书局1957年版。
⑨ 李焘：《续资治通鉴长编》卷364，上海古籍出版社1986年版。
⑩ 脱脱：《宋史》卷175，中华书局1977年版。
⑪ 朱熹：《朱文公集》卷18，四部丛刊本。
⑫ 真德秀：《真西山全集》卷10，正谊堂全书本。
⑬ 洪迈：《容斋续笔》卷7，上海古籍出版社1978年版。

让我们先算一笔账，当时每人每日的最少食量，据司马光《论赈济札子》的记载是“大人日给二升，小儿日给一升”①，士兵廪给有常法，一般也是日米二升②。当时上层官僚地主家庭，少则三四十口，以至六七十口，多则百口，以至百数十口的记载很多③，可以不论。单以确知其为农民之家的中户来说，大约是十口左右，据曾巩《救灾议》，“以中户计之，户为十人，月当受粟一石二斗，一户月当受粟五石”④，一年半消费掉六十石。前面说过，中户占有的土地大约是百亩左右。当时粮食的亩产量“大率中田亩收一石”⑤。“百亩”之收当有百石，十人之食消费掉六十石，尚余四十石，这大概就是司马光说的“十口之家，岁收百石，足供口食”⑥。但有田百亩的不多，有田五十亩的也是少数，绝大多数人家都在二十亩以下，即使“有田二十亩之家，终年收入不过二十石”⑦，要维持一家生活是颇有困难的。丁度说得更清楚“下户才有田三、五十亩，或五七亩，而赡一家十数口，一不熟，即转死沟壑，诚可衿恻”⑧，他们的日子是很不好过的。

中下户的日子不好过，除了占地不多，收入有限以外，重要的是还要负担沉重的赋税和差役，根据当时“有产则有税”⑨ 的规定，凡是主户自然应当是税户，可实际生活中，某些上户、官户和形势户常可利用特权，减免逃漏各种赋役，把它们转嫁到中下户头上，中下户成了国家赋役的主要承担者。“富豪之家贿赂公行，以计规免，中下之户频年被扰，不得休息”⑩。

广大自耕农又是地主阶级贪婪兼并的对象。由于商品经济的发展，

① 司马光：《温国文正司马公集》卷 52，四部丛刊本初编本。
② 脱脱：《宋史》卷 194，中华书局 1977 年版。
③ 加藤繁著，吴杰译：《中国经济史考证》第 2 卷，商务印书馆 1973 年版。
④ 曾巩：《元丰类稿》卷 9，文渊阁四库全书本。
⑤ 张方平：《乐全集》卷 14，文渊阁四库全书本。
⑥ 徐松：《宋会要辑稿》食货 13 之 27，文学古籍刊行社 1957 年版。
⑦ 吕陶《净德集》卷 2，文渊阁四库全书本。
⑧ 李焘：《续资治通鉴长编》卷 168，上海古籍出版社 1986 年版。
⑨ 曹彦约：《昌谷集》卷 10，文渊阁四库全书本。
⑩ 徐松：《宋会要辑稿》食货 66 之 21－22，中华书局 1957 年版。

土地买卖极为盛行，出现了“贫富无定势，田宅无定主，有钱则买，无钱则卖”① 的形势，因此当时的地主阶级总是把购置田产，兼并土地作为人生头等大事。周辉说“人生不可无田，有则仕宦出处自如，可以行志，不仕则仰事俯育，粗了伏腊，不致丧失气节，有田方为福”②。他们千方百计地通过各种方式和手段，兼并农民的土地。主要有：乘人之危，贱价收买；高利盘剥，以田偿债；仗恃权势，巧取豪夺。官仅防御使的朱勔，兼并的土地竟然达到三十万亩③。当时土地兼并的剧烈可想而知。

自耕农的经济，本来就是非常脆弱的，在封建官府和地主阶级的双重压榨下，要想求得温饱和发展，极不容易。从当时某些文人的言论中，即可看出他们终岁勤劳，仍然不免饥寒的困境。北宋时，张方平说：农民“服田力稼，以供租税，以供徭役，仰不足以养父母，俯不足以畜妻子”④。南宋时，胡寅说：“其播种也，假贷于人以为之本，而不敢饱也；其收成也，倍称输息以偿其负，而不敢少也。豪强者兼并之，有司者重敛之，而又有螟蝗水旱之变，桴鼓盗贼之忧，徭役屯戍之烦，异端游手之食，不可胜计。”⑤ 这里所说的是自耕农民的一般情况，如果再进一步具体分析，各个阶层当然又显示出若干差别，不完全相同。

中户之中，也有一些比较富裕的人家。他们的田产物力可能比一般中户多一些，有的还可能拥有佃客、地客和雇工，存在着对他人的剥削，因而韩琦曾把第三等户也列入“兼并之家”⑥。不过，有力量兼并别人的三等户是不多的，朱熹在任江西路南康军知军时，因发生旱灾，曾命令乡村各都保上报缺粮情况，其中有“中产仅能自足而未能尽赡其佃客、地客计几家”⑦ 的话，说明它们虽有佃客、地客，但还是“仅能自足”。张方平在《请减省河北徭役事》中提到某些“中人之家”曾雇人充役，

① 袁采：《袁氏世范》卷3，中国台湾艺文印书馆1966年版。
② 周烨：《清波杂志》卷11，中华书局1985年版。
③ 脱脱：《宋史》卷470，中华书局1977年版。
④ 张方平：《乐全集》卷11，文渊阁四库全书本。
⑤ 胡寅：《斐然集》卷22，文渊阁四库全书本。
⑥ 王柏：《鲁斋集》卷7，文渊阁四库全书本。
⑦ 朱熹：《朱文公别集》卷9，中华书局铅印四部丛刊本。

他们“凡役事率以雇人，二年一更，雇金不减十万”，但这并不能证明他们的富有，因为他们之所以要雇人，是由于“家无兼丁，自身营业”，为了应付官府的差事，不得不雇人充当自己的替身，雇金“十万”便成了难以忍受的沉重负担，正因为如此，结果“中人之家耗矣”①。终于被压垮了。这就再一次证明，堪称“兼并之家”的三等户，确实是不多的，他们最多也只能是比较富裕的自耕农，而且在沉重的赋役压迫下，日子也不是很好过的。

中户中的大多数是自耕农，一般说来是躬耕田亩，自食其力，德兴黄翁可能是自耕农中的典型：“德兴海口近市处，居民黄翁有二子，服田力穑，以养其亲，在村农中，差为赡给。又于三里外买一原，其地肥饶，二子种艺麻粟，朝往暮归，久而以为不便，乃创筑茅舍，宿食于彼。翁念其勤苦，时时携酒或烹茶往劳之”②。如果没有意外的天灾人祸，生活是“不至甚乏”③ 的。但他们的力量毕竟有限，一遇稍重的赋役或天灾，生活就难免不发生问题。恭逢“盛世”的陈舜俞在宋仁宗时说：“蚕则赋其帛，耕则征其租，才有以安居则强之以力役，仅足以相生养则必从而调发之，乐岁丰年，盼盼然固未尝自裕，凶年宜不免于流亡也”④。神宗时，秦观则进一步看到了他们的困难：“中人之家一有吉凶之事，则卖田畴，鬻邸宅，举倍称之息，犹弗能给”⑤。南宋时，由于战乱的影响，自耕农的生活更感困难了。淮南地区的中户“仅有百亩之田，税役之外，未必糊口”⑥。徽州地区“中产之家困于转输之难，举债鬻产以应县官之期限者，十室而五。”⑦ 政府官员不得不承认“凶年饥岁，唯中户最可悯怜”⑧。到南宋末年，“小民百亩之田频年差充保役，官吏诛求百端，不利己则献其产于巨室，以规免役，小民田日减而保役不休，大官田日增

① 张方平：《乐全集》卷 23，文渊阁四库全书本。
② 洪迈：《夷坚支志》庚卷 6，中华书局 1985 年版。
③ 陆游：《放翁家训》（一），知不足斋丛书本。
④ 陈舜俞：《都官集》卷 2，文渊阁四库全书本。
⑤ 秦观：《淮海集》卷 15，四部丛刊本。
⑥ 张守：《毘陵集》卷 2，中华书局 1985 年版。
⑦ 王炎：《双溪集》卷 1，四部丛刊本。
⑧ 徐松：《宋会要辑稿》刑法 2 之 141，中华书局 1957 年版。

而保役不及，以此弱之肉强之食，兼并侵盛，民无以遂其生”①，真走到无法照旧继续生活的困境了。

属于下户的自耕农，其经济生活更加低下困苦。他们占有的土地本来就不多，又大都是“山板斥卤与夫鱼鳖之地，有捐与人，人莫肯售者。贫民下户坐纳租者，盖不少也。比之良田，百不当一”②。收入就更可想而知了。加上其他生产资料极为缺乏，必须预借高利贷，才能进行生产，据真德秀说江南东路的“下等农民之家，赁耕牛，买谷种，一切出于举债”③。荆湖南路的五等下户“农事方兴之际，称贷富民，出息数倍，以为耕种之资，及至秋成，不能尽偿，则又转息为本，其为困苦，已不胜言”④。何况他们还要负担沉重的赋役呢！在这种“公私之债，交争互夺，谷未离场，帛未下机，已非己有”的情况下，他们的生活自然只能是“所食者糠籺而不足，所衣者绨褐而不完”⑤ 了。

下户中还有一部分半自耕农，他们田产太少，收入微薄，不得不别寻他业以资补助。当时统治者为了增加赋税收入，地方官想方设法增加户口，不少下户的物力田亩非常微薄。据曾巩说：“一户得粟十石，得钱五千”，即为“下户常产之资”⑥，甚至“百钱十钱所占者，亦为主户”⑦，他们“虽名为有产，大率所纳不过尽寸分厘，升合秒勺，虽有若无”，自然是“不能自给”了⑧。在这种情况下，他们只能如张守所说：“必庸贩以自资，然后能糊口”⑨。不少人户是靠“百工、技艺、师巫、渔猎、短趁、杂作”⑩ 来维持生计的。有的农民因天灾人祸，离乡背井，为人佣作以谋生，名为佣作实同卖身，寇平在作京东转运使时，就发现

① 脱脱：《宋史》卷173，中华书局1977年版。
② 张守：《毘陵集》卷3，中华书局1985年版。
③ 真德秀：《真西山全集》卷6，正谊堂全书本。
④ 真德秀：《真西山全集》卷10，正谊堂全书本。
⑤ 脱脱：《宋史》卷173，中华书局1977年版。
⑥ 曾巩：《元丰类稿》卷9，文渊阁四库全书本。
⑦ 吕南公：《灌园集》卷14，文渊阁四库全书本。
⑧ 吕祖谦：《吕东莱集》卷1，文渊阁四库全书本。
⑨ 黄淮：《历代名臣奏议》卷107，文渊阁四库全书本。
⑩ 徐松：《宋会要辑稿》食货14之43，中华书局1957年版。

“流民以男女佣于富室者，遇岁丰，欲赎之，不可得”①，人身依附关系很强，其经济生活是不可能很好的。这种家业薄弱的半自耕农必须应付“公上之须”和“债家之求”的双重压迫剥削，负担沉重，从某种意义上看，较之无地因而也就没有赋役的客户更加痛苦，正如熙宁中吕南公所说，某些下户“名为主户，而其实则不及客户。何者？所占之地非能给其衣食，而所养常依于营求，又有两税之徭，此其所以不如客户”②。

实际上，自耕农和半自耕农的经济生活由于多方面的原因，正在逐步下降以至破产。“中户转下户，下户转为贫民，”③“中下之家，逃租弃产，漂寓他乡者，往往而是”④，很多人沦为客户。在宋代文献中，下户的数量仍然不少，似乎自耕农的地位没有降低，然而那只不过是一种假象，前面说过，北宋前期自耕农的数量可能在总户数的50%以上。但到后来，随着土地兼并的盛行，自耕农破产的很多。北宋后期，吕陶说：“天下自耕而食，为天子之农者十无二三”⑤；南宋时，叶适也说：“大抵得以税与役自通于官者不能三之一”⑥，他们两人所说基本上一致的，自耕农已经只有三分之一左右了。下面我们从客户的增长，也能说明这个问题。

三、佃　农

宋代的农民阶级，除了主要是自耕农和半自耕农的中下户以外，更多的是以佃农为主的客户。

客户的数量，随着土地兼并的盛行，租佃制度的发展，其比重也在不断上升。仁宗时，李觏说：“佃人之田，居人之地者，盖多于主户矣”⑦；

① 王珪：《华阳集》卷38，文渊阁四库全书本。

② 吕南公：《灌园集》卷14，文渊阁四库全书本。

③ 徐经孙：《矩山存稿》卷1，文渊阁四库全书本。

④ 李心传：《建炎以来系年要录》，中华书局1988年版。

⑤ 黄淮：《历代名臣奏议》卷106，文渊阁四库全书本。

⑥ 叶适：《叶适集》卷2，中华书局1961年版。

⑦ 李觏：《李觏集》卷28，中华书局1987年版。

神宗时，吕南公说："大约今之居民，客户多而主户少"①；哲宗时，吕陶说："耕而食于富人而为之农者盖七八矣"②；南宋时，陆九渊说："所谓农民者，非佃客庄即佃官庄，其为下户自有田者亦无几"③，都概略地估计了他们那个时代客户的比重，我们把这些话串连起来，便可清楚地看出逐步上升的趋势。大体估计，客户的比例在北宋中叶可能超过总户数的二分之一，到南宋中叶大约已经增加到三分之二以上了。

宋代客户的政治地位和经济状况如何呢？由于时代前进，土地所有制形式发生了变化，从而生产和分配的形式也跟着变化，人身依附关系自然也有所不同。比较而言，不仅与魏晋南北朝时期世族地主庄园制中的部曲私属有很大的不同，而且与北朝隋唐时期均田制下的农户也大不一样。主要是他们已经取得了与地主阶级同为国家编户的地位，与地主之间的关系是靠订立租佃契约建立的，一般享有迁徙和退佃的自由，从而也多少改善了自己的经济生活。当然，这里所说的仅是正常情况下在经济比较发达的地区居于主导地位的客户。除此之外，由于地区辽阔，民族众多，社会经济发展不平衡，虽然同样都是客户，但又可分为若干各具特点的类型，不能一概而论。还由于历史在不断发展变化，同一类型的客户在不同时期，受到灾荒、战乱以及其他原因的影响，其身份地位也可能再出现前后的不同，不是一成不变。因此，我们对客户的了解，应该尽可能再细微一些。

宋代的客户，至少可以分成佃农、雇农和农奴三种类型。

先看佃农，他们完全没有土地，必须"佃人之田，居人之地。"④ 佃种的土地可能是私人的，也可能是政府的，"非佃客庄，即佃官庄"⑤。经营的形式，主要有"合种"和"出租"两种。

合种制下的客户，用欧阳修的说法就是"用主牛而出己力者，用己

① 吕南公：《灌园集》卷14，文渊阁四库全书本。
② 黄淮：《历代名臣奏议》卷106，文渊阁四库全书本。
③ 陆九渊：《陆九渊集》卷8，中华书局1980年版。
④ 李觏：《李觏集》卷28，中华书局1987年版。
⑤ 陆九渊：《陆九渊集》卷8，中华书局1980年版。

牛而事主田，以分利者”①，当时的文献中，也有把他们称为分田客、火客、火佃的。他们缺乏生产资料，没有能力独立进行租佃生产活动，必须依靠主家的借贷，“州县火客佃户，耕作主家田土，用力为多，全仰主家借贷应副”②。官私地主利用客户这种困难，与他们建立起“合种”形式的租佃关系，进行经济和超经济剥削。合种制下的产品分配，一般都是采取分成制。江西人洪迈说：“今吾乡之俗，募人耕田，十取其五，而用主牛者取其六，谓之牛米”③，这当然不是个别地区的情况，而是颇有普遍性的；不仅民田普遍施行，而且官田也采用推广。南宋时，张浚拟订的官庄条例规定：“收成，不论多寡厚薄，官中与客户中停均分”④。这种产品分配形式，在正常情况下，“火佃出力，以得其半，而可以赡妻孥”，大体上是可以维持温饱的。可是，地主阶级及其走狗贪得无厌的本性，无法保证这一点，“乃有强悍之干，执其收敛之权，过取于火佃之家”，超过了正常分配的数额，于是“火佃有饥寒之苦”⑤，这种产品分成的地租形态，由于是用实物支付的，表面看来像是实物地租；然而究其实际，正如列宁曾经所说，对分制经营方式就是变相的工役制。客户所得的部分，只不过是付给他们劳动的报酬；地主所得的部分，则是客户用劳动形式交纳的地租；因此分成租的实质仍然是劳役租。“分田客非时不得起移。如主人发遣，给与凭由，方许别住”⑥，没有人身自由的。后来政策虽然有所放宽，然而究竟贯彻如何，还是颇有疑问的。

出租制下的客户，比较而言情况就要好得多。他们独立进行生产的条件，不完全依靠主家的借贷，便可以在租来的土地上进行生产，向地主交纳实物地租。用欧阳修的话来说，就是“出产租而侨居者”⑦。出租制下的产品分配一般采取定额制。不管年成好坏，收获多寡，佃户都必

① 欧阳修：《欧阳文忠集》卷59，四部备要本。
② 朱熹：《朱文公文集》卷99，四部丛刊本。
③ 洪迈：《容斋随笔》卷4，上海古籍出版社1978年版。
④ 徐松：《宋会要辑稿》食货63之101，中华书局1957年版。
⑤ 吕午：《左史谏草》，文渊阁四库全书本。
⑥ 徐松：《宋会要辑稿》食货1之24，中华书局1957年版。
⑦ 欧阳修：《欧阳文忠集》卷59，四部备要本。

须按照预约的规定，向地主交纳一定数量的地租。租额依地区的不同，土地的肥瘠以及地里的远近，颇有差异。北宋时，吕惠卿对神宗说："臣等有田在苏州，一贯钱典得一亩田，岁收米四、五、六斗"①，平均每亩为五斗。南宋时，平江地区学田租额每亩高者达一石五斗，等而下之，最低也有三斗②，平均每亩为七八斗。当时当地的亩产量，据方回说上田产米三石③。租额大约是产量的一半，这与当时人熊禾所说"南北风气虽殊，大抵农户之食，主租已居其力之半"④，恰相一致。定额租与分成租的剥削率虽然大约都是50%左右，但由于定额租的租额是固定的，增产部分可以归佃客所有，佃客比较愿意投入更多的工本，积极性比分成租佃客要高一些。由于他们在经济上具有一定的独立性，对地主的依赖减少，在通常情况下，他们只要交清了地租偿还了债务，就可以起移，到别处投佃，具有一定的人身自由。朱熹曾经说过："佃户既赖田主生借以养活家口，田主亦借佃客纳租以供赡家计，二者相须，方能存立"⑤，反映出他们之间主要是一种经济关系。他们的结合是用契约的形式建立起来的，从袁枢所说"令两淮州县取民户现输之课，计其多寡，分画疆亩，而立契券，随亩增租，以其余给予佃人"⑥ 的情况看来，契约的内容主要属于经济方面。从王之道所说"为人佃客，而艰难之际不见收养，至转徙他处者，虽有契券，州县不得受理。当艰难相收，辄无故逃窜者，听其主所属自陈收捕"⑦ 的情况看来，契约虽然还带有强制性，反映了佃客的人身并不自由，但当主人没有尽到自己的经济责任时，契约就失去效力，似乎佃客又争得了一些自由。从法律上看，主客地位固然不平等，但在一定程度上又加以保障，不准地主私自处罚佃客。例如佃户欠租，规定"只合依田主论佃客欠租谷体例，备牒本县追理，本仓不得擅自追捕"⑧。

① 岳珂：《愧郯集》卷15，文渊阁四库全书本。
② 缪荃孙：《江苏金石记》卷14、15、16、17，1937年石印本。
③ 方回：《续古今》卷18，文渊阁四库全书本。
④ 熊钚：《熊勿轩先生文集》卷1，丛书集成本。
⑤ 朱熹：《朱文公文集》卷100，四部丛刊本。
⑥ 徐松：《宋会要辑稿》食货6之28，中华书局1957年版。
⑦ 王之道：《相山集》卷22，文渊阁四库全书本。
⑧ 叶适：《叶水心别集》卷16，中华书局1961年版。

他们一般都享有迁徙和退佃的自由，“来去不常”①，“起移不定”②。其地位比过去有所提高。他们的经济生活，在正常的情况下相应有所改善。他们可以通过多种方式获取土地，改变自己的经济地位，一是佃垦荒地充为永业，当时政府曾多次下令“凡州县旷土，许民请佃为永业”③；二是长期租佃，取得了实际上的所有权，某些官田“佃户或百年承租，有如己业”④；三是在地主死亡之后，“如无近亲，即均与从来佃莳或分种之人，承税为主”⑤；四是购买田产成为主户，生产条件好的客户“丁多蓄多，衣食有余，稍能买田宅三五亩，出立户名，便欲脱离主户而去”⑥；不少佃户后来“更为豪民”。当然，真正富起来的佃户只能是少数，在剥削率日益增高，经济负担日益加重的情况下，他们的生活也每况愈下。而绝大多数人只能是“苟且辛苦过一世耳”。

再看雇农，这是客户中另一个重要的阶层。据王柏说，农民们在“百逋丛身”的情况下，“往往负贩佣工，以谋朝夕之赢者，比比皆是”⑦，具有相当程度的普遍性。雇佣劳动在当时的农业生产中占有相当重要的地位，不仅官私地主的田庄中使用较多，甚至某些农家在大忙季节“人力不给”时，也“多方召雇”⑧。这种依靠出卖劳动力为生的人，在不同的场合称呼各异，主要有佣工、雇人、佣保、僮客、畦丁、园丁、茶夫等等；对雇主的人身依附关系，也强弱不等。某些佣雇者被主人收养之后，立有“私券”⑨，其性质与卖身契差不多；不过大多数雇工与主人的身份性差别是并不太大的，陆游的《弊庐》诗“佣耕食于我，客主同爨炊”⑩，就是最好的明证。他们与固定的佃农不同，与田主的关系比

① 沈遘：《沈氏三先生文集》卷9，四部丛刊本。
② 周应合：《景定建康志》卷40，文渊阁四库全书本。
③ 脱脱：《宋史》卷173，中华书局1977年版。
④ 李焘：《续资治通鉴长编》卷219，上海古籍出版社1986年版。
⑤ 徐松：《宋会要辑稿》食货61之58，中华书局1957年版。
⑥ 胡宏：《五峰集》卷2，文渊阁四库全书本。
⑦ 王柏：《鲁斋集》卷7，文渊阁四库全书本。
⑧ 徐松：《宋会要辑稿》食货14之19，中华书局1957年版。
⑨ 李焘：《续资治通鉴长编》卷165，上海古籍出版社1986年版。
⑩ 陆游：《剑南诗稿》卷48，上海古籍出版社1985年版。

较松弛，流动不定，每到一地无非侨居、浮居、浮寄，因称“浮客”①。他们靠雇主支付的货币或实物维生，雇值有多有少，视其工种、技术水平而定，很不一致，而且带有季节性，因而其收入极不稳定。陈淳说，漳州一带“客户则全无立锥，惟佣雇，朝夕奔波，不能营三餐之饱，有镇日只一饭，或达暮不粒食者”②，非常形象地描绘了他们生活的情景。

还有农奴，是客户中的最低层，在社会经济比较落后的地区，占有相当的数量。如川陕地区，势力大的豪族往往“以威势胁诱汉户，有不从者屠之，没入土田”，迫使汉户“投充客户”③。据韩琦说：“西川四路乡村，民多大姓，每一姓所有客户，动是三五百家”④，数量是很大的。这种客户当时又称旁户、地客，有材料说“旁户素役属豪民，皆相承数世”⑤，人身依附关系很强；“使之如奴隶，凡租调庸敛皆佃客承之”⑥，经济剥削也很重，因此他们实际上就是农奴。在其他地区，这种农奴式的农业劳动者也有少量存在。

不难看出，客户在宋代固然一般可以视之为佃农，但其内部又可分为若干类型，其政治地位和经济生活都有很大的不同。比较而言，他们对地主的人身依附，雇农最弱，佃农次之，农奴最强，佃农中又以出租制较弱，合种制较强。总的说来，随着租佃制的确立和发展，以契约关系为特征的宋代客户，与魏晋隋唐时期的部曲、均田户相比，其政治地位和经济生活都显然有所提高和改善。不过，还应该注意的是，在长达三百年的两宋时期，由于各种社会矛盾的发展，不能不影响到客户的地位，一成不变是不可能的。变却是正常的，看看客户在这个时期中究竟发生了什么变化，变化的原因是什么，当然是很有意义的。

宋代客户地位的变化可以从几个方面看。

---

① 欧阳修：《欧阳文忠集》卷59，四部备要本。
② 陈淳：《北溪先生文集》卷44，文渊阁四库全书本。
③ 脱脱：《宋史》卷496，中华书局1977年版。
④ 韩琦：《安阳集》卷18，文渊阁四库全书本。
⑤ 徐松：《宋会要辑稿》刑法2之6，中华书局1957年版。
⑥ 脱脱：《宋史》卷304，中华书局1977年版。

1. 客户人身依附关系的变化

北宋前期曾有旧条规定："私下分田客，非时不得起移"，情况虽然比隋唐以前好一些，然而限制仍然很多，实际生活中可能没有什么自由可言。但到仁宗天圣五年（1027）十一月的诏书中便规定："今后客户起移，更不取主人凭由。须每收田毕日，商量去往，各取稳便"，在一定程度上获得了迁徙居住的自由。这道诏书还规定，"如是主要非理拦占，许经州县论详"①，说明了客户的迁徙自由受到法律的保护，不完全是一纸空文。当时"来去不常""转徙不定"的客户，在社会上是很多的。这种情况到两宋之际，发生了若干变化。由于连年战乱，生产遭到极大破坏，因而不少客户"徙乡易主，以就口食"，使得某些"富家巨室"的田庄，劳动人手极端缺乏；于是地主们纷纷"投牒州县，争相攘夺"，要求追回"转徙他处"的客户，政府为了照顾他们不得不同意"听其主经所属自陈收捕，所在州县不得容隐，著为令甲"②。甚至某些地主还将客户载于契书随田买卖。客户的人身自由受到极大的损害。不过，这些都是在非正常的情况下发生的违背政府法令的逆流，当时便有不少士大夫表示反对，请求政府加以干预。例如，知鄂州庄绰发现"荆湖之间，有主户不知爱养客户，客户力微，无所赴诉"的情况后，就向政府建议："请买卖土田，不得载客户于契书，听其自便"③。南宋政府接受了这个建议，在绍兴二十三年（1153）六月庚午下令："民户典卖田地，毋得以佃户姓名私为关约，随契分付得业者，亦毋得勒令佃耕，如违，许越诉，比附科罪。"④ 客户的人身自由在一定程度上还是受到法律保护的。

2. 落后地区农奴地位的变化

前面说过由于宋朝疆域的辽阔，社会经济发展不平衡，因而某些地区还存在农奴制的事实，这里应当补充说明的是，这种现象应该视作历史的延续和残余，并非宋代才有的逆转。以川峡地区的农奴为例，早在

① 徐松：《宋会要辑稿》食货1之24，中华书局1957年版。
② 王之道：《相山集》卷22，文渊阁四库全书本。
③ 胡宏：《五峰集》卷2，文渊阁四库全书本。
④ 李心传：《建炎以来系年要录》卷164，中华书局1988年版。

太宗至道二年（996）八月时，刘师道就奏称：那里的“旁户素役属豪民，皆相承数世”①，可见决不是宋代才开始出现的新现象。这种毫无人身自由的依附关系，必然要引起旁户的不满和斗争，“李顺乱，皆旁户鸠集”②，就是最明显的反映。这次大规模的战斗起义虽然失败，但后来分散的逃亡仍不断发生。为了制止逃亡，仁宗皇祐四年（1052）颁布了两道敕规定：“夔州路庄客户逃移者，并抑勒归旧处，他处不得居停”。“施、黔州诸县主户壮丁、寨将子弟等旁户逃移入外界，委县司画时差人计会所属州县追回，令著旧业”③，说明川峡地区的客户与内地不同，尚未取得迁徙居住的自由，后来，当地的豪富之家为了获得必要的劳动人手，竟然互相争夺客户，甚至采用引诱偷搬的办法，为了调和地主阶级的内部矛盾，南宋政府在淳熙十一年（1184）元月下令规定：“客户徙他乡三年以下者，并令骨肉一并追归旧主；出榜逐州，限两月归业，搬移之家不得辄以欠负妄行拘占；移及三年以上，各是安生，不愿归还，即听从便；如今后被搬移之家，仍不拘三年限，官司并与追还”④，这个政策比过去略有放宽。当然，由于地主势力的强大，其对客户的超经济强制仍然非常严厉，客户的地位从许多方面都表现得十分低下，不过，这种情况已引起了政府官员的注意，夔州路转运判官在开禧元年（1205）六月上言：“凡为客户者，许役其身，而毋得及其家属妇女，皆充役使；凡典卖男宅，听其从条离业，不许就租以充客户，虽非就租，亦无得以业人充役使；凡贷借钱物者，止凭文约交还，不许抑勒以为地客；凡为客户身故，而其妻愿改嫁者，听其自便；凡客户之女，听其自行聘嫁。庶使深山穷谷之民，得安生理，不至为强有力者所欺，实一道生灵之幸”。这个建议得到南宋政府的同意。正式颁布“作一路专法，严切遵守”⑤。应该承认这个法令对地主阶级的权力作了一些限制，从而也就稍为松弛了主客之间的隶属关系，川峡地区农奴的地位还是逐步有所提

① 徐松：《宋会要辑稿》刑法2之6，中华书局1957年版。
② 脱脱：《宋史》卷304，中华书局1977年版。
③ 徐松：《宋会要辑稿》食货69之66，中华书局1957年版。
④ 徐松：《宋会要辑稿》食货69之67，中华书局1957年版。
⑤ 徐松：《宋会要辑稿》食货69之68，中华书局1957年版。

高的。

3. 主客相犯法律地位的变化

人们常常引用王居正的一段话来说明宋代客户的法律地位："主殴佃客致死，在嘉祐法，奏听敕裁，取赦原情，初无减等之例。至元丰，始减一等，配邻州，而杀人者不复死矣。及绍兴又减一等，止配本城"①。从不减等到减一等，到减两等，当然反映了客户地位的。不过，应当注意的是为什么会降低，真的降低了吗？大家都知道客户是一个新出现的农民阶层，他从地主豪强的私属变为封建国家的编户，时间还不长，在宋初颁布的《宋刑统》中还不可能给他们规定适当的法律地位。如果把他们当作普通的编户，当然应该享受平等的待遇，"初无减等之例"就是非常自然的事。不过这种不减等，并不意味着可以平等。主客之间财产的差别是那样的大，我们不应该忘记马克思主义的观点，在中世纪的封建国家中，政治的权力地位是按照地产来排列的，法律不能不反映地主阶级的利益，因此不立法则已，一旦立法主客就不可能平等。"初不减等"只不过是尚未立法时期无法可依的反映，后来"减一等""又减一等"则是对客户立法逐步完善的过程。客户较普通编户低两等，是否能说他们的地位都是"降低"了呢？这要看怎么比，他们与当时的凡人比，固然低了；但是若与唐代的部曲比，却不见得低，例如，（1）唐律规定"部曲过失伤主者流，殴主之期亲者绞"②，宋律则为"佃客犯主，加凡人一等"③，量刑要轻得多。（2）唐律还规定"部曲奸主者绞"④，宋律则为"佃客奸主，加二等"⑤，按凡人相奸徒一年半，加二等即徒二年半，处刑也较轻。（3）唐律又规定"部曲奴婢亡者，一日杖六十，三日加一等"⑥，宋律对客户逃移或则限期追还，或则听从其便，并无刑罚处分规定。总的说来，客户的法律地位还是高了，不是低了。

---

① 李心传：《建炎以来系年要录》卷75，中华书局1988年版。
② 长孙无忌：《唐律疏议》卷22，中华书局1983年版。
③ 脱脱：《宋史》卷199，中华书局1977年版。
④ 长孙无忌：《唐律疏议》卷26，中华书局1983年版。
⑤ 谢深甫：《庆元条法事类》卷80，中国台湾新文丰出版社1976年版。
⑥ 长孙无忌：《唐律疏议》卷28，中华书局1983年版。

4. 律之外客户地位的逆转

前面通过宋朝政府颁布的各种法令，我们对客户的法律地位有了一些基本的认识，人身依附关系有所削弱，政治地位有所提高，但这只是问题的一面。同任何事物都具有两面性一样，我们对客户的地位也应该多方面地看，辩证地看，发展地看。例如，法律之外客户的地位，就未可乐观。一是随着土地兼并的发展，地主控制劳动人手的要求日益迫切，不少士大夫纷纷要求加强客户的人身控制，王之道、朱熹都曾请求追回逃移的客户，胡宏在《与刘信叔书》中说得最为露骨："夫客户依主户以生、当供其役使，从其约束者也"，"岂可听客户自便，使主户不得系属之哉"①。二是随着租佃制度的发展，地租剥削的加重，客户的经济地位日益下降，超经济的强制也日益加强。南宋中期，"乡村小民，其间多是无田之家，须就田主讨田耕作，每至耕种耘田时节，又就田主生借谷米。佃户既赖田给佃生借，以养活家口"②，就不得不接受田主的苛刻条件，忍受奴役。到南宋后期，地主的"一切差役，皆出佃户之家"，"主家科派，其害甚于官司差拔"。甚至"地客生男，便供奴役；若有女子，便为婢使，或为妻妾"③，客户的人身地位显然是恶化了。三是豪强地主为了迫使佃户就范，竟然勾结官府加以残害，当时"强宗大姓，武断尤甚，以小利而鱼肉佃民，以强词而妄兴狱讼，持厚赂以变理之曲直"④，"致使贫弱之民，枉被追呼，监系箠楚，无所告诉"⑤。不仅如此，"豪富之家率多不法，私置牢狱，擅用威刑，习已成风"⑥。所有这些残害佃户的行为，并未取得政府的同意，在正式颁布的法律中没有赋予他们这样的权利，然而在当时的实际生活中却大量存在这样的事实。这些事实，反映当时客户的地位在法律之外确实是逆转了，不必否认。

---

① 胡宏：《五峰集》卷2，文渊阁四库全书本。
② 朱熹：《朱文公文集》卷100，四部丛刊本。
③ 佚名：《元典章》卷57，清光绪刻本。
④ 徐松：《宋会要辑稿》刑法3之42，中华书局1957年版。
⑤ 朱熹：《朱文公文集》卷100，四部丛刊本。
⑥ 中国社会科学院历史研究所宋辽金元史研究室：《名公书判清明集》卷12，中华书局1987年版。

四、余　论

在对宋代的农业劳动者，主要是中下户和客户组成的自耕农和佃农的政治地位和经济状况，作了如上的初步考察之后，让我们作一些简单的比较和推论。

先看自耕农，由于中西封建社会土地所有制形式不同，阶级结构也出现了若干差异。在西方，土地不能买卖，盛行贵族领主的等级所有制，地产的占有在家庭中非常稳定，拥有私有土地的自耕农是不多的。在我国，土地可以买卖，土地所有权的转移非常迅速，阶级结构没有僵化，社会上经常存在相当数量的自耕农。如前所述，北宋前期自耕农的数量，约占总户数的50%以上。他们的身份，不仅与西方的农奴不同，而且与隋唐的均田户也不一样。他们占有的土地虽然不多，但拥有实在的所有权，敢于利用土地，投入较多的劳动和资金，尽可能提高土地的收益，除缴纳国家的赋役以外，没有高额的地租剥削。在正常情况下，衣食可以自给，在一定程度上还可以扩大再生产，创造更多的物质财富。他们的劳动，为宋代封建经济的高度繁荣，提供了可靠的基础。不过，自耕农经济的基础毕竟有限，如前所述，他们既是封建官府繁重赋役的承担者，又是地主阶级进行兼并的对象，若遇天灾人祸，更是难于应付，因此很难长保自身的稳定，倾家荡产，沦为客户，是他们通常的出路。北宋中期以后，自耕农比重下降，佃农日益增多，就是这种情况的反映。在英国，农奴制解体以后，自耕农阶层的力量增强，在15世纪达到总人口的绝大多数，他们从事农业改良，参预国家政治生活，曾是克伦威尔的主要力量，正是他们埋葬了英国的封建制度。宋代自耕农显然仍在兼并反兼并的道路上前进，尚未达到15世纪英国自耕农的水平，因而也无法起到同样的作用。

再看佃农，他们与西方的农奴虽然都处于没有土地的共同点上，但由于宋代官私地主的田庄，已经不是西方封建领主的庄园，因而佃农与农奴还是具有明显的区别。主要是农奴对庄园主有严格的人身依附关系，他们永远附着在土地上，没有人身自由，即使外出也要请得领主的准假；宋代的客户，除部分落后地区外，一般都不再是地主的私属，正式成为国家的编户，人身依附关系相对松弛，在一定程度上取得了迁徙居住的自由。农奴对庄园主提供的地租形态，主要是劳役地租。客户向地主交纳的主要是实物地租，甚至还有部分货币地租。这样，佃农的政治地位和经济状况与西方的农奴相比，情况就要优越得多。由于客户已经获得了可以“起移”的权利，他们就有了某种选择主人的自由，地主们为了保证足够的劳动人手，不得不给予优厚的条件去进行“招诱”，这对客户生产条件的改善是有利。再根据马克思主义的观点，由于客户向地主提供的主要是体现剩余劳动的产品地租，根本不需要把农民家庭的全部剩余劳动吮吸殆尽。相反，和劳役地租相比，生产者已经有了较大的活动余地，去获得时间来从事剩余劳动，并且使这些产品“归他自己所有”。他们的生产积极性较高，可以生产出更多的物质财富。还由于他们既已成为政府的编户，便可以通过多种渠道和方式，改善自己的经济地位，上升成为自耕农，成为名副其实的主户，这种刺激作用对发挥他们的生产积极性，也是大有好处的。因此，尽管宋代地主田庄越来越大，地租剥削越来越重，超经济强制越来越强，但客户提供社会的物质财富却未见减少，佃农经济仍然是宋代封建经济高度繁荣的基础。当然，佃农经济也不能没有自己的消极面，由于佃农与土地的结合并不完全固定，地主并不把他们看作自己的财产，很少关心他们的生产和生活，只是设法榨取尽可能多的地租；这些都不能不大大妨碍他们发展生产的积极性，因而他们给社会提供的物质财富也只能是非常有限的。

自耕农和佃农是宋代农业生产的主要劳动者，是他们创造着宋代封建社会的物质财富和精神文明。由于他们的政治地位和经济生活与过去相比有很大的改善，与西方国家相比也有较多的自由，因而在生产中能够发挥较高的积极性，创造出高度发达的封建经济，在当时世界上处于领先的地位。可是，无论是自耕农，或者是佃农，他们所进行的都只不过是以生产资料的私有为基础的小生产，劳动资料只供个人使用，因而必然是小的、简陋的、有限的，只能维持简单的再生产，不能积累更多的剩余劳动和产品，进行扩大再生产，从而把宋代社会推向更高的阶段。过高地估计宋代农业劳动者的政治地位，经济状况和历史作用，是不符合历史实际的。

[原载《安徽师范大学学报》(哲学社会科学版)，1988年第2期]

《包拯集校注》前言

包拯（999—1062），是中国历史上著名的清官，在民间有很大的影响。他的遗著《包公奏议》，九百年来经过多次翻刻，盛行不衰。唯其如此，也存在不少问题，给今人阅读带来不便。为此，我们重编出版这个《包拯集校注》本①。并乘此机会对他的生平，作些必要的介绍。

一、包拯的时代

包拯，北宋庐州合肥人，生于真宗咸平二年（999），二十八岁时考取进士，开始了他的仕宦生涯。在仁宗朝，三十多年中，出知过天长县、端州、瀛州、扬州、庐州、池州、江宁府、开封府。出使过契丹。担任过工部、刑部、兵部、礼部的官；在财政部门，曾任过判官、副使、转运使，一直做到三司使；在监察部门，任过监察御史里行、御史、知谏院、谏议大夫、御史中丞、给事中；最后在仁宗嘉祐六年（1061）做到枢密副使，成为中央政府的宰辅；次年，他在这个职位上去世，享年六十四岁。

包拯从政时，上距太祖开国已约七八十年，正当仁宗朝，北宋的统治已经进入了中期。开国时期那种朝气勃勃、励精图治的精神，已经逐渐消失，变得懒散，不少人置国家大事于不顾，纷纷追求个人的物质利益和精神生活享受，把一个好端端的宋王朝竟然弄得虚弱不堪，经受不起风雨的吹打，出现了严重的统治危机。具体表现为因冗官、冗兵、冗

① 杨国宜：《包拯集校注》，黄山书社 1999 年版。在本文中，凡引自《包拯集校注》中的包拯文字，其夹注为篇目顺序码，其他的引文则注页码，分别用［ ］、（ ）标记。

费而导致的财政危机，因辽、夏在边境挑衅而出现的军事危机，以及因阶级矛盾激化而爆发的“一年多如一年，一伙强如一伙”的农民起义。包拯发现当时“百度或阙，生民未泰，契丹、夏贼交臂伺边”，［27］政治形势很不好。不少有识之士也都看出了问题的严重，纷纷要求进行必要的改革。

范仲淹是当时士大夫中最有胆识的代表性人物，他“先天下之忧而忧”，历任地方官颇有政绩，在庆历三年（1043）被仁宗擢为参知政事，主持“庆历新政”。他提出了“明黜陟、抑侥幸、精贡举、择官长、均公田、厚农桑、修武备、减徭役、覃恩信、重命令”等十项，以整顿吏治为中心的改革主张。仁宗采纳了其中的大部分意见，颁布诏令陆续施行。“新政”既然是改革，就不可避免地要触犯某些贵族官僚的利益，于是在施行中遭到他们的百般阻挠，仅一年多时间，范仲淹等改革派便被诬为朋党排挤出朝，新政夭折。

包拯在庆历新政时，刚从端州调到中央，担任监察御史里行，官卑职小，对朝中复杂的人际关系不熟悉，因而这一时期的奏章大多就事论事，对“新政”处于尚不理解的阶段，还没有形成自己系统的比较成熟的改革意见方案。随后，他又到京东、陕西、河北等地担任转运使。直到庆历八年（1048）再回到中央，先任三司户部副使，后知谏院，对政局有了全面了解，其要求在各方面进行改革的意见，便日益增多了。

有一次，宋仁宗开天章阁亲制策问，征求臣僚对时局的意见，包拯在对策中首先答道：“用天下豪材杰贤，参置近位，就使其中三数人能悉意抗论于赤墀之前，则天下得失理，如指诸掌矣”。只要广泛征求意见，进行反复讨论，就会制定出好的政策和办法，把国家治理好。接着便对当时最为突出的御边、选将、精兵、备荒、革弊等具体问题，提出了自己的看法，希望仁宗“参举众善”，“思而行之”。［79］

另一次，他在《论冗官财用等》中直言不讳地指出当前形势的严峻：“方今山泽之利竭矣，征赋之入尽矣，幸而西北无事，乃是可为之时，若不锐意改图，必恐遗患将来，有不可救之过矣”。请求仁宗“上体祖宗之成宪，下恤生灵之穷困”，要采取必要的改革。具体措施可以从多方面进行："谓设官太多也，则宜艰难选举，澄汰冗杂；谓养兵太众也，则宜罢绝招募，拣斥老弱；土木之工不急者悉罢之，科率之出无名者并除之；省禁中奢侈之僭，节上下浮枉之费"等等，范围是很广的。[93]

特别是在《七事》疏中，包拯对"当今之要务"作了深刻的分析，指出有些不良现象影响了政治风气。主要是：一、不问是非，忠奸不分；二、巧诬正人，朋党被斥；三、才能之士，被讥求名；四、先入为主，邪说得逞；五、猜疑臣下，不识大体；六、大臣妒贤，君有疑沮；七、吹毛求疵，刑网太密。若不加以整顿，后果将越来越严重，难以挽救了。[140]

不难看出，包拯已对北宋的政治形势具有非常深入的了解，感到进行改革十分必要，于是用自己的实际言行加入了改革派的行列。上面所举的一些话，大多属于泛泛的原则议论；下面，让我们从政治、经济、军事、法制等方面，比较具体地介绍一下他是如何进行改革的。

二、政治方面的改革

北宋王朝建国以后，为巩固自己的统治，对官僚贵族采取了特别优厚的政策，清代著名史学家赵翼在其《廿二史札记》中总结出了"宋制禄之厚""宋祠禄之制""宋恩荫之滥""宋恩赏之厚"等条来说明这种政策具有"恩逮于百官者惟恐其不足"的特点。施行结果，政策制定者的主观愿望固然达到了，但消极影响却未能估计到而越来越严重。官僚集团迅速膨胀，真宗时不足万人，仁宗时增至一万七千人，正官之外等候差遣者尚不知其数，造成财政赤字大量增加。不仅如此，这种政策还导致了政治的腐败，引起了许多有志之士的忧虑。

包拯对宋朝的政治腐败进行了广泛的揭露和深刻的批判。现存《包拯集》的一百八十七篇文章中，有五十五篇指名道姓地揭发了六十一名本朝人物。略加分类，可以归纳成五种现象。

（1）贪赃枉法，损公肥私的有王焕、阎士良、魏兼、张可久、崔端、张方平、赵承俊、周景、胡可观等九人。

（2）惨虐不法，蠹政害民的有范宗杰、杨怀敏、任弁、石待举、郭承佑、曹琰、王逵等七人。

（3）贪图荣禄，无耻求进的有李绶、马绛、吕昌龄、许怀德、魏及甫、唐叔夏、何澄、叶仲馆、董之邵、李昭亮、丁度、张尧佐、张若谷等十三人。

（4）知识庸昧，才不堪任的有刘纬、潘师旦、令狐挺、张士安、席平、刘兼济、蒋堂、李昭述、韩松、宋祁、郭志高、马诰、范质、宋琪、李日方、张齐贤、宋庠、晏殊等十八人。

（5）恣横奸邪，挟私逞忿的有顿士宁、李熙辅、廖询、边禹、张经、向绶、杨景宗、杨孜、李淑、丁谓、夏竦等十一人。

（6）无事生非，兴妖惑众的有绍宗、高继安、冷青三人。

这些人所犯错误的性质和程度各不相同，有的是不称职，有的是一般错误，有的是犯罪。分别看来属于个人问题，不难处理；联系起来看却带有相当的普遍性和扩展性，不容忽视。为此，包拯又从积极方面提出了若干政治改革的意见。

1. 择官长

包拯对仁宗说："臣闻王者之总治天下也，内则宰臣、百执事，外则按察之官、刺史、县令而已。若中外各得其人，协心以济，则陛下垂拱仰成，无为无事矣"。［142］治理国家最重要的是选拔官吏。在《论委任大臣》中，他说："帝王之德莫大于知人。"希望仁宗对中外臣僚的才与不才，要仔细考察。发现好的，"敢任天下之责者，即当委而付之；设或拱默取容，以徇一身之利者，亦当罢而去之"。指出"大抵今之居位者，挟奸佞则蔽善而背公，溺爱憎则卖直而嫁祸"，政风极为不正，必须亟加整顿。"振举纪律，杜绝萌渐，正是可为之时"。只要选拔一批"廉直退让有才之士，择焉而用，置诸左右"，就可使政风大大改变，"向日之失立可矫正，而邪谄苟且忌刻奸险之徒当不令而去矣"。［146］

2. 善用人

求贤才而用之，这似乎不成问题；但缺乏人才却常常使当事人发出浩叹。包拯认为这种观点不对，他说："今天下不患乏人，患在不用。用人之道，不必分文武之异，限高卑之差，在其人如何耳。”［39］作为国家最高统治者的皇帝，其责任就在“能知人，能官人”，“若知而不能用，用而不能尽其才，何以致理哉?”不仅不能致治，甚至还会产生不良的影响。如果不加选择，“任而不择，择而不精，非止不能为治，抑所以为害矣。”［146］要想人尽其才，作皇帝的应该让臣下心情舒畅，大胆处理问题。充分信任是很必要的，“以四海之广，不患无贤，而患在信用之不至耳。”特别是“顷岁以来，凡有才名之士，必遭险薄之辈假以他事中伤，殆于屏弃，卒不得用”，若不特加信任，人才怎能出得来呢?［121］而且，当时官府还设立了种种办法，防范臣下的“循私”。以致不少“科禁多有疑下之意”。例如，宰执大臣只许假日见客，台谏官不得私谒，百官不许巡厅，等等。包拯认为这些都是“不识大体”的“过防谬论”，不是帝王“推诚尽下”的美政，应予改革。［140］还有一种不信任的风气，是所谓“避形迹”。在处理政务时，为了表示公道，避免嫌疑，防止中伤，带来不良后果，虽属份内之事，也不能参与。事实上，不参与是不可能的，至多只是形式而已。结果是“有才者，以形迹而不敢用；不才者，以形迹而不敢去；事有可为者，以形迹而不为；事有不可行者，以形迹而或行。”上下相蔽，习以为常。政治风气腐败到了十分严重的程度。包拯再次请求仁宗加以改革，“斥去形迹之蔽，以广公正之路”；只要“推诚委任，坦无疑贰，则中外协济，政务修举，”是完全有可能把国家治理好的。［100］

3. 复封驳

为了保证政令的无误，我国古代的政治组织中早就设置了门下省的机构，专掌献纳谏诤之事。北宋建国以后，虽循旧例置门下封驳司，并以近臣兼领其事，似乎是很重视此事的；但随着政风的涣散，也变质走样，或则有名无实了。包拯发现“近代则不然，但建一策，议一官，则必扬言于朝，以为己功”，成了某些人沽名钓誉的场所。不然就任何事都不作，饱食终日无所用心，图清闲混日子，“未尝见封一敕，驳一事，但有封驳之名，而无封驳之实，因循不振，岂不惜哉!”因此他请求仁宗“特正封驳之职”，派“介直不挠”的人去主持，让他们“辨别是非，封进诏敕，改正差异，避免漏泄。［149］此外，他还将唐朝名臣魏征的谏疏抄呈仁宗，指出唐太宗是“英明好谏”之主，魏征是“忠直无隐”之臣，一个虚心纳谏，一个敢于进谏，是造成“贞观之风与三代比盛”的重要原因，请求仁宗能像唐太宗那样纳谏，“则天下幸甚”。［145］

4. 严考核

政风的好坏与是否严格执行考核制度有很大的关系，宋朝政府中有审官院等机构专管其事。按原来的规定，官吏任内治绩如何皆需勘验，定出等第，作为升迁的依据。可是，包拯却发现“近年殊不选择，但以年叙迁”。［151］当时的审官院竟然“以到院先后为限，未尝较辨贤否，论次殿最，清浊一溷，流品不分，但以名次补阙而已”。把过去的好制度都抛弃了，“向来黜陟之状，委而不顾，乃同虚设，岂不惜哉！”这样的状况必须改革，他认为要加强“考察群吏廉秽之状：其治绩尤著者，则必慰荐称举；贪懦不治者，则必体量按劾。别白善恶，悉以上闻，而审官院署名于籍，以为沮劝之本。”只要作到了这样，“则进者知劝，退者知惧”，政风一定会好转的。［153］

5. 惩贪官

单纯的考核不可能解决反贪问题，必要的惩罚也是不可缺少的手段。包拯认为对令人痛恨的贪官污吏，要进行坚决打击，依法严惩。他说：“贪者，民之贼也。”针对“今天下郡县至广，官吏至众，而赃污摘发，无日无之”的严重情况，应该引起各级领导的密切重视，依照法律严肃处理；可是有人却寻找种种理由，从轻发落，“或横贷以全其生，或推恩以除其衅，虽有重律，仅同空文。”这样一来，影响当然极坏，“贪猥之徒，殊无畏惮”，政治上的腐败现象怎能制止得了呢？因此，包拯请求“今后臣僚犯赃抵罪，不从轻贷，并依条施行；纵遇大赦，更不录用；或所犯若轻者，只得授副使上佐。如此，则廉吏知所劝，贪吏知所惧矣。”［159］《包拯集》中，此类请求严惩贪污的奏章很多，不需详述。

6. 慎取士

惩贪固然重要，但仍然只是治标；根本解决政治腐败的办法是要治本，即要提高政府官员的素质。包拯认为“治乱之原，在求贤取士得其人而已。”［3］可是，当时的选官办法存在不少问题，“推恩之典，其弊尤甚，因循日久，训择未精，一旦俾临民政，懵然于其间，不知治道之所出，犹未能操刀而使之割也，所伤实多。”因此，他主张废除官僚子弟免考的特权，“请依旧考试荫子弟。”［32］考试，固然可以选出实才，但也不是完全无弊。包拯发现当时某些主考官不能完全做到“悉心于公取”。他们“或缘其雅素，或牵于爱憎，或迫于势要，或通于贿赂，势不得已因而外黜者有矣。”为了防止作弊，他“请依旧封弥誊录考校举人。”明令公布“逐处试官、监试官如稍涉徇私及请托不公，并于常法外重行处置，庶使官吏等各知警惧。”［9］只要取士工作搞好了，官吏的素质是有望得到提高的。

7. 重效率

由于政治腐败的风气日益严重，不少官员很不称职。包拯发现有些地方的政风极不正常，“但能增饰厨传，迎送使人，及曲奉过客，便为称职，则美誉日闻，若稍逾于此，则谤议纷然，往往因此降黜者有之”。［154］在这样的政风笼罩下，政府的行政效率如何，便可想而知了。不少人做官是毫无责任心的，饱食终日，无所用心，处于偷安混日子的状态。他们享受了国家优厚的俸禄，但却“殊无建明，略效补报，而但阴拱持禄，窃位素餐，安处洋洋，以为得策”。［119］包拯称这种人是“苟且之辈”，他们“但干寻常事务，趋过目前，其经久利害，知不及其身，率皆不为，前后相承，积弊已极”。［157］他们不但自己不干事，甚至反对别人干事，“阴拱循默，持禄取容，妒忌贤能，以一己为计者”。［140］他们这样做的原因，当然还是为了保自己。自己的禄位固然是保住了，但政务不能及时处理，国家的损失就更大了。可是，这些人的想法不同，他们还沾沾自喜，以为只要自己没有犯错误就行了。包拯对这种人也非常反感，他对仁宗皇帝说：“执政大臣与国同体，不能尽心竭节，灼然树立，是谓之过，宜当乎黜。”［119］还有一些人年龄大了，精力衰竭，却不肯遵守朝廷“七十致仕”的规定退休，也影响了行政机制的正常运作，降低了行政效率。包拯认为这也是一种“弊风”：“缙绅之间，贪冒相尚，但顾子孙之计，殊忿羞恶之心”，他们千方百计想延长一些在位的时间，

"驰末景于桑榆，负厚颜于钟漏，不知其过，自以为得"。为了纠正这种现象，他专门上了《论百官致仕》：请求下令御史台将文武官员的"班簿"，细加检查，发现年及七十的，就"讽其致仕"，如三十天内还不自觉申请，就采取强制措施，"自朝廷降令致仕"。这样做，也许太严厉了，但其本意是"稍遏趋营之弊，颇敦廉耻之风"。［120］为了提高必要的行政效率，既定的规章制度是应该坚决执行的。

三、经济方面的改革

包拯曾经担任过三司户部判官、京东转运使、陕西转运使、河北转运使、三司户部副使、权三司使、三司使等国家财政部门的官员，职责所在，因而针对当时存在的某些经济问题，也提出过许多进行改革的意见和方案。

当时，政府最感头痛的问题是由于冗兵、冗官、冗费而出现的财政困难。据《文献通考》记载，太宗至道末岁入两千万缗，支出后尚余大半；真宗天禧末岁入一亿五千万缗，支出后仍然有余；仁宗皇祐初岁入一亿两千万缗，支出已感不足。包拯列举数字指出：景德中（1004）在京岁入一千八百万，支出一千五百万，尚余三百万；庆历八年（1048）在京岁入一千八百万，支出两千两百万，赤字很不小。如何解决这个问题呢？包拯认为"欲救其弊，当治其源，在乎减冗杂而节用度"。［93］如果不顾百姓死活，大搞苛捐杂税，增加人民负担，势必激化阶级矛盾，造成社会动乱。因此，他提出了"薄赋敛，宽力役，救荒馑，三者不失，然后幼有所养，老有所终"。［91］这是带有理想目标性的大纲，下面是一些具体的措施。

1. 薄赋敛

宋王朝为了获得地主阶级的广泛支持，实行"与士大夫为治"的政策，从多方面给予优待，"恩逮于百官者惟恐其不足"，于是财政开支不断增大，羊毛出在羊身上，又只好增收赋税，"财取于万民者不留其有余"，广大人民不堪重负，叫苦连天。当时的赋税名目繁多，除夏秋二税外，最令人难于应付的是“折变”，包拯认为“祖宗之世，所输之税，只纳本色”的办法是好的，可是后来“用度日广，所纳并从折变，重率暴敛，日甚一日”。[93] 据他调查，陈州将夏税应交之麦折成现钱，每斗纳钱一百五十文，市价实只五十文。蚕盐每斤折钱一百文，再折成小麦二斗五升，每斗纳钱一百四十文，反复折变结果蚕盐每斤需纳钱三百五十文。因此他请求：“令民取便，送纳现钱，或纳本色，庶使不济人户，稍获苏息”。[10] 仅《请免江淮两浙折变》的奏疏就达四封之多，一再要求“权免诸般折变，只令各纳本色”。[12—15]

2. 宽力役

百姓纳税时，官府常常命令“移此输彼，移近输远”，有时不得不“往返千里，耗费十倍”，以致“怨苦悲叹，充塞道路”。包拯看到陈州遭灾以后，便请求“将今年夏税大小麦与免支移，只令就本州送纳现钱”。[10] 后来发现河北沿边地区“连年淹涝，民力重困”，当地官吏强迫人民“依自来体例，二税一切折变支移”，结果造成“输纳不逮，流亡者甚众”时，他又请求允许当地人民，“只纳本色，更不得一切折变及支移”。[168] 特别是“职役”，更是一般百姓难以应付的沉重负担。例如，衙前役是主管官物的，运输损耗，保管不善，按规定必须赔偿；因此“所差衙前例各赔钱一二千贯，前后人户破荡家产不少”。[77] 包拯发现后便建议缩短充任衙前役的时间，每两年替换一批，使应役者有喘息的机会。[167] 里正役是督赋税的，要为逃户代纳租税，应此役者也常致破产。此役规定应派上等人户，但有的县却以中等户充，还有以里正“充衙前，应付重难之役”，结果造成“例皆破荡，逃亡非常者，比比皆是”，因此他请求“罢里正充衙前，庶几凋残之民，稍获存济”。[173]

3. 救饥馑

包拯认识到“年凶则民饥，饥则盗起”，是影响社会安定的重要原因，因此当他看到“江淮六路连岁亢旱，民食艰阻流亡者比比皆是”的时候，就考虑到“若不速令赈济，必致流亡，强壮者起盗贼，老弱者转死沟洫，因此生事，为患不细”。因此他一再“请支义仓米赈给百姓”，[11]“请差灾伤路分安抚”，[76]“请救济江淮饥民”。[136] 这样的奏章很多。

4. 戒兴作

为了解决财政困难，包拯主张“节用度，若冗杂不减，用度不节，虽善为计，亦不能救也。”具体说来，就要“省禁中奢侈之僭，节上下浮枉之费”。把那些“土木之工不急者悉罢之”。［93］例如，上清宫被火焚之后，他就乘机上疏说：“风闻道路云，陛下似有缮修之意，未辨虚实，咸怀危惧。况天下多事，调发旁午，帑藏未实，边鄙未宁，岂可先不急之务，重无名之率哉”！不能让老百姓再吃大兴土木工程的苦头了。［2］不仅如此，他甚至认为黄河在商胡决口以后，是否立即堵口，也需要认真考虑。因为“顷岁之决，只以故道横陇壅阏，水势不快，遂致溃溢。今若不先议开理水道，使之浚流，便欲修复商胡，不惟必有后患，乃是重起科率之弊，虚困凋残之民耳。”只有先把准备工作搞好，“积薪聚粮，预为具备”，“开淘旧道，水有所归”，那时“商胡之塞，一举可成”。［124］总之，务求实效，不能劳民伤财。

5. 改牧地令佃耕

北宋前期，政府为了养马曾将河北漳河左右的良田一万五千余顷，划作牧场，设立广平二监。广平监后来停废一监，退出草地七千五百余顷，令百姓租佃。这对发展农业生产本来了好事，可是事隔多年，牧地已成熟田，当地官府却又下令要将这些佃户赶走，收地入官，使近万户农民丧失生计。包拯发现此事后，立即上了《请将邢名牧马地给与人户依旧耕佃》二疏，说明“河北人户累值灾伤，流亡未复，岂忍更夺其衣食，俾之失所，有伤和气，无益仁化”，存在严重的隐忧。因此请求“且令人户依旧耕佃，供纳租课。公私大利，莫胜于此。”［81—82］

6. 改榷盐为通商

宋朝政府按照历代封建王朝一贯的做法，对食盐实行专利政策，官府控制着盐的生产、运输、销售主要环节，官搬官卖，获取优厚的利税，是为官榷法。仁宗即位后，适应西北边事的需要，募商人纳钱粮于边，领取盐引，进行贩卖，是为入中法。施行中，二法皆出现不少问题，朝廷改派范祥担任解盐制置使，实行通商法，废官搬官运，令商人入钱领钞，凭钞到解池贩盐，亦称钞盐法，可是遭到主张旧法者的反对。这时，包拯以户部副使的身份派往陕西考察，发现官榷法“差役兵士车牛及逐州衙前等，搬运盐席往诸州，官自置场出卖，以致兵士逃亡死损，公人破荡家业，比比皆是，所不忍闻”。入中法的问题是官商勾结，“虚抬贵价入中斛斗”，以致盐引失去控制，盐价波动，官府失利，商人暴利，百姓受害。而范祥的通商法，既免除了官搬官卖扰害百姓的种种弊端，又以现钱法代替入中粮草，可以解决虚抬冒估损害国家利益的毛病，“此乃于国有利，于民无害，理甚灼然”。因此他一连上了好几封奏疏请求盐法“且依范祥擘画，通商放行”。并请派范祥担任陕西转运使，加大其职权，“所贵擘画盐法利害，计置沿边斛斗，事归一局，易为办集”，让盐法的改革得以顺利开展。[87—90]

7. 罢冶户令任便

宋朝对矿冶业也实行专利，民户必须申请起冶，批准以后编为冶户，从此以后就要按规定数量交纳产品。富民财力雄厚，如能长期经营，管理得法，可获厚利。但在封建时代，“虽遗利甚厚，而富民惧为后患，莫肯兴创”。特别是有些冶户，由于各种原因经营不好，“起冶之后，或遇家产销折，无铁兴作”。可是“官中并不认孤贫，一面监勒送纳原额铁数，以致破荡资业，沿及子孙不能免者，比比皆是。”遇到这种情况，包拯认为应该实事求是，注销这些冶户的姓名，另外想办法“招召诸色人起冶，不得住滞邀难”。只要“人户乐为”，就可“铁货增羡”。[67] 后来包拯发现同州韩城县的上户，“只以冶户为名”逃避差役，并不积极起冶，每年所纳铁货不多，官支买炭及工匠钱却不少。因此他提出一个改革方案：令该县人户每岁纳官铁十至二三十斤，每斤二十四文，约费三五百文。同时罢冶户，政策放开，“令百姓取便烹炼”，烹炼的人多了，“必然铁价转下”。[75] 这种政策的开放性是非常明显的，真能实行起来，效果肯定会是很好的。

8. 改科率为和市

宋朝官府需用的物品，多由民间上供，虽规定按“时估”付价，实较市价为低，带有强制摊派的性质，称为科率，又称科配、科敷、科买，名目繁多，有时径称“无名之率”。包拯发现陕西官府为了造船，向各州军科配的物资非常多，民间供应困难很大，他便请求“权与蠲免”。[77]后来，他担任三司使，掌握财政大权，了解到“郡县长吏鲜得其人，或遇非次配率，竞效苛刻，乘衅诛求，不知纪极”。如不及时纠正，后果不堪设想。他上疏《请罢天下科率》，官府需要的物资，可“于出产州军置场收买”。[183] 史称“拯在三司，凡诸管库供上物，旧皆科率外郡，积以困民，拯特置场和市，民得无扰。”是取得了一定效果的。

四、军事方面的改革

任何国家政权的巩固和稳定，都必须依靠一定的军事力量。包拯曾说：“屯兵、备边，古今常制”，[162] 是不能缺少的，对这方面的问题很关心。何况他后来还担任过枢密副使，主管过军事工作。因此他对当时军事方面存在的问题，也提出过不少改革的意见。

1. 精选将帅

他发现“河北沿边卒骄将惰，粮匮器朽，主兵者非绮纨少年，即罢职老校，隐蔽欺诞，持张皇引惹之说，训练有名无实，闻者可为寒心”后，便请求仁宗注意军事将领的选择。他说：“将者，人之司命，而邦国安危所系，择之不可不审”；应该“精选其有实材者擢而任之，其庸懦者黜而去之”。[79] 至于将材的标准，则在一个“实”字。他认为“审将之道不当限以名位，但辨其能之可否。苟得实材，则擢而用之，专而委之，必有成功”。[78] 重要的是实际能力，不要搞论资排辈。当然，还要进行必要的考察，他一再提醒仁宗“河北沿边将帅未甚得人，特乞精选”，任命时“必当考以应敌制胜之略，询以安边御众之宜，观辞气之瑰奇、举动之方重者，擢而用之”，发现“畏懦不胜任者，亦乞速赐移易”。[39] 要把眼光放远一点，“即今边任守将，当无事之时，俾莅一郡，或无败缺，若猝然用之御寇，必事先而败矣”。必要时还要破格用人，不要求全责备，“令于武臣中不以职位高下，但素有武艺才略，可为将领者，精选三数人，若先有微累，亦弃瑕录用，”让他们分守“沿边要郡，训练

兵甲，大为之具，庶几上下熟其节制，缓急用之，则沛有余力，而后患可弭矣。”［40］

2. 裁减冗兵

巩固政权需要保持一定数量的军队，养兵成了某些王朝的基本政策；然而，兵养多了又不免要增加军费开支，带来不少麻烦。据统计：太祖时有兵三十七万，太宗时增至六十六万，真宗时为九十一万，仁宗时达到一百二十万以上。兵多并不都有战斗力，粮饷供应更成了极大负担。包拯惊呼：“天下之患，在乎三路，而河朔为患最盛。冗兵耗于上，公用蠹于下，内则致帑廪空竭，外则致生灵困敝。”河北地区的官府疲于供应，“仅有三二年之备，虽朝廷竭力应付，亦所不逮，日甚一日，恐数岁之后，必有不可救之患。”［164］问题已严重到非改不可的时候了。他在当户部副使的时候，曾向仁宗反映“河北屯兵无虑三十万，而老弱者众，缓急又不可用，当此艰食之际，供费寖广，万一粮储不继，势必生变。”解决这个问题的办法，只能是“拣退老病冗弱，以宽物力。”冗兵裁去的好处很多，“老弱去，则精锐者勇；物力宽，则赡养者足”。一举多得，又何乐而不为呢？［79］

3. 训练民兵

包拯裁兵的意见遭到某些人的反对，主要是说裁军会削弱边防的力量。他认真考虑以后又提出补充方案：“若谓边兵不可全减，即乞将义勇乡兵以代其数。”这个办法早些时候曾在河北沿边州军试行过，十八万乡兵分为两番，每人月支口粮九斗，盐二斤，共支粮二十二万余石，盐七十余万斤，仅为河北一州之赋。戍兵一月之费，可供乡兵一岁之用。事实表明拣练乡兵，“计其费则甚寡，校其利则至薄”，是很合算的。［163］而且，“河朔之民皆秉气劲悍，义勇奋发，矧又生习边鄙之利害，素谙戎虏之情伪，他路校之不逮远矣”。因此，他请求按户丁多寡征籍，并令富户出钱帛补助籍丁的贫家。此法“一则供馈不费，二则群情乐为”，“得兵可倍往岁，亦可以少抑兼并”，只要认真加强训练，一定会收到很好的效果。“河北民兵既壮，而禁军留京师，则内外安矣。”［78］

4. 广储军粮

人们常说“兵马未动，粮草先行”。包拯对这一点看得很清楚，他写了不少议论“粮道”的文章，一再说明粮储的重要性，“河北天下之根本，士卒绝粮，势必生变”。[80]“河北转运司近年失于计置，自灾伤之后，近里州军例皆缺乏粮储，有只支得一两月去处”，情况十分严重，若不及时解决，“必有他变，为患不细”。[83] 究竟如何解决这一问题呢？包拯提出的办法是：（1）从南方调运，他在《请支拨汴河粮纲往河北》[83]、《请于怀卫籴米修御河船运》等疏中，要求组织粮船“及早及速计置往彼”，“若得船三二百只，舳舻往来，衔尾不绝，即边储无匮乏之虞”[35]；（2）在当地收籴，他在《请河北及时计置斛斗》中，要求仁宗“令沿边州军依现钱价例，收籴诸色斛斗，不惟边储有备，兼免贵价入便，事体至便”[36]；（3）令商人入中，在《请添河北入中粮草》疏中他说：“今若计度粮草，处置边事，且循旧制，不务施为，臣恐日甚一日，有不可救之患矣”；因此应该让“河北州军，且令依旧入中”；只要“粮储有备，则边患不足恤矣”。[37]

5. 移兵就粮

军粮问题，除了积极增加粮储以外，还可采取移兵就粮的办法来解决。包拯在《请那移河北兵马事》中说：“河北沿边州军蓄兵愈多，积粟常少”。“民赋有限，兵食不充”。“蓄兵积粟，常患不足”。如果“暴敛横取，何所不至”，就会出大问题。因此请求“应沿边及近里州军兵马，除合留防守外，其屯驻驻泊诸军，或令归营就粮，诸军即分屯于河南兖、郓、齐、濮、曹、济等诸州。”这些地区“地利富实，粮储易致”，供应不会发生困难。而且离前线不远，“遇有紧急，即时起发，不旬日可到，岂有后期不及者耶？”[162—163] 当然，兵士移往何处，必须仔细考虑，“大凡兵士就粮，须籍粮廪有余，便于计置之处，方可屯泊，未闻本处军食不足，而能更赡别路兵马”。如果“本州民力凋残，公私匮乏，若朝廷不切处置，将来必成大患。”[85] 希望逐路安抚司和转运司“密切相度，连署申奏”。[84]

五、民族矛盾的处理

我国是一个幅员辽阔的多民族国家，历史上不少时候同时并存着好几个民族政权。北宋时期，除了汉族为主的宋朝以外，在东北地区有契丹族建立的辽国，在西北地区有党项族建立的夏国。各民族政权之间的矛盾，由于历史和现实的原因，有时表现得非常突出。如何正确处理，也是一个颇费周折的大问题。包拯出使过契丹，担任过沿边州军的地方官，主管过国家军事行政工作，因此对民族矛盾的处理，也有许多值得重视的意见。

1. 戎狄为患，其来已久

包拯生活在千年以前的封建时代，不可能有各民族一律平等的思想，在儒家“尊王攘夷”传统思想的影响下，他认为“贪而好利，忍而好杀，强则骄傲，弱则卑顺，率戎狄之天性也”。因此矛盾不可避免，一定会经常发生的。有人认为“四夷乃肢体之疾”，没有什么大不了的事情。他反驳说：“夫肢体之疾，亦根于心腹矣，苟肢未宁，则心腹安得无患”，绝对不能掉以轻心。辽国“自先朝请盟之后，边鄙无事，垂四十年”，再没有发生过大的战争；但这并不能证明辽国统治者不想南侵，“所以然者，以国家岁入数十万计，往还聘问之礼未之或缺，无衅而动，佳兵不祥，不欲屈在彼耳，非有服仁义、崇德让之道也”。［50］只有认识到民族矛盾的根本原因，有所准备，才能作出正确的决策。

2. 遵守盟约，各保疆界

包拯站在宋朝的立场上看问题，虽然对辽夏的统治者并不信任，但从现实的情况出发，对历史上已经形成的条约和协议，还是愿意遵守执行，不持异议。例如，宋辽“澶渊之盟”以后，宋人常有不平之感，辽人也想再有所得，形势颇有动荡；包拯与众不同，认为既已维持了四十年的和平，就不必再多所议论了。有一次，他以贺正旦使的身份出使辽国，这本属于发展友好关系的例行公事，但辽方某些人却别有用心，故意刁难，提出什么“雄州开便门”问题。包拯当即据理力争，进行反驳说：雄州近日不曾开门，所有门户都是过去开的。如有需要自有正门出入，何必再开便门？即使再开一门，也属地方政府的常事，与两国之事无关。若你方在何处开门，我方岂能异议？明确表示“两朝载言誓书，若欲欢好无穷，莫若遵守盟约，各保疆界”。义正词严，对方听了，不好反驳，“但言极是，颇有愧色”。[49] 包拯的这种态度当然是正确的。

3. 坚持双利原则，拒绝损害自己

维持和平环境，固然是重要的，但也要符合双方的利益，如果有损自己的利益，是不能接受的。西夏多年来在边境地区进行战争骚扰，宋朝政府疲于应付，这时忽然派人前来请诚纳款，表示和好，条件是“岁纳青盐，贸易茶货”。当时朝廷中部分大臣被前些时候的战事打怕了，认为“此亦安民御边之长策也”，准备接受。包拯却认为在“未审虚实”的情况下，应该调查清楚了再决定。他说：西夏资源有限，“财用所出，并仰给于青盐”。自从它发动战争以来，“沿边严行禁约”，断绝了贸易关系，乃是一种“困”的办法。这种办法看来是有些作用的。若不仔细考虑，“许以岁进数万石，必恐禁法渐弛，奸谋益炽”。后果将会十分严重。主要是“禁约”废除，失去了制裁的手段；大量青盐进入内地，抢占了解盐市场；关防失去控制，私盐贩横行。若加强管理，“稍行捕捉，则弃前恩，结后怨，此亦必然之势也”。这些方面都应该考虑到，“固朝廷所宜慎重”。在不得已的情况下，可以做些小的让步，酌量增加原来许赐布帛茶货的数量，适当满足其“无厌之求”，做好“备御之具”，暂时维持现状也行。[29]

4. 全面均势外交，避免东西应敌

北宋政府前期经常与辽国打仗，好不容易在“澶渊之盟”后稳定了局势；到仁宗时又连年与西夏作战，使民族矛盾再次出现紧张。如果辽夏勾结，东西夹攻，形势将会更加难于应付，限于动辄掣肘的困境。庆历四年（1044），西夏派使者前来议和纳款，方欲准其所请；同时，辽国也派人进书，“其意未顺”，颇有烦言。如何处理好三者之间的关系，存在着不少利害和情感的因素。从宋朝方面考虑，“持北虏之旧好，纳西戎之新款”，两面讨好，当然是最如意的算盘。但现实的情况，可能不会这么如意。既然“北虏回书，其意未顺”，对宋夏接近有所不满，下一步究竟如何走就值得仔细研究了。包拯认为宋辽结盟已经四十年，过去是“事无纤钜，莫不徇从”，如果这次不听它的意见，接纳西夏的诚款，签订和约，“仍赐誓书”，辽人就会以此为借口，提出种种责难，万一“乘衅而动，则曲在我矣”。“纵无后患，亦防他变，得此失彼，恐未为福”。总之，外交事宜牵涉的面很广，“若不出于成算，岂可容易拟议哉!”［28］任何决策，都要经过全面充分的考虑，不要顾此失彼，带来不良的后果。

5. 准确掌握敌情，进行必要战备

为了正确处理民族之间出现的矛盾纠纷，必须及时了解各种情报及其发展变化，这就需要有经常性的完善的情报网络和渠道。包拯认为“沿边州军探候事宜，于体最急”。他列举史实说：“旧日何承矩、李允则识虏之情伪，大小必得其实”，情报工作做得不错。可是后来的继任者做得差了，探事人员素质差，经费被侵用，情报不灵，以致有的汉人全家被捉去。可是“沿边守将殊不以此为意”。包拯担心“正恐一日贼及境而不知也”。因此请求整顿“探候事宜”，机构要健全，人员要训练，经费要落实，任务要具体，“只令探首领所在，任将相何人，山前山后人哀乐如何，诸国臣与不臣，并训练点集兵马，造作奸谋，年岁丰凶，转移粮草，凡于大事，即许申报”；其他细碎寻常，虚伪不实之事，就不须打听了。［165］根据准确的情报作出的决策，不会犯大的错误了。当然，任何时候都不能麻痹大意，包拯多次引用《孙子兵法》的话说：“无恃其不来，恃吾有以待之也；无恃其不攻，恃吾之不可攻也”。只要常备不懈，“来则驱而御之，去则备而守之”，就没有什么大问题了。［50］

六、阶级矛盾的处理

北宋王朝作为地主阶级的总代表，与农民阶级也存在着复杂尖锐的矛盾。早在开国初期就出现过王小波、李顺领导的起义，到仁宗时期更是“一年多如一年，一伙强如一伙”。包拯对这个问题也很关心，在他的奏议中有不少关于农民起义或兵变的记载。主要有以下几次：（1）浙东军士鄂邻作乱；（2）淮南王伦领导的兵变；（3）京西张海领导的兵变；（4）保州韦贵扇动的兵变；（5）湖南瑶民起义；（6）河北宣毅军起义；（7）南雄州唐才旺起义等。他作为封建政府的官吏，对这些起义或兵变的看法，当然具有鲜明的立场。如果以今天的标准要求他站在农民的一边，从而衡量其功过是非，难免脱离历史的实际，于正确评价历史人物未必科学。历史具有鲜明的时代性。让我们尽可能按照历史的本来面目，看看包拯是如何处理这些问题的，他究竟做了些什么？或没有做些什么？

1. 速行处理，免成后害

当时有的官员在事变发生后，或则封闭消息，以塞言路，或则称疾称老，不肯理事，没有尽到自己的职责。包拯的态度不同，他对农民起义给封建王朝带来的危害性，认识得很清楚。湖南瑶民起义后，他说："若不速令剪灭，为患不少"。[58] 王伦、张海起义后，他说："无谓郏小，蜂虿有毒"，"应有盗贼，不以多少远近，并须捕捉净尽，免成后害"，"若不及时诛灭，万一无赖之辈相应而起，胡可止焉"。[61] 这种态度对一个封建政府的官员来说，是负责任的，是忠于职守的。如果离开当时的历史环境，用今天的标准去要求古人，也许会得出另外一种结论，但那肯定是会违背历史的实际的。

2. 剿抚并用，不主滥杀

封建时代的统治者为了维护自己的地位和尊严，对敢于进行反抗的起义者，总是必欲置之死地而后快，一般都是采取"剿净杀绝"的态度。包拯则主张在"剿"的同时，还可采用"抚"的一手，不要杀人过多。保州发生兵变以后，他认为保州的"城壁坚固，粮食充足"，不应一味强攻，即或强攻取胜，"城中生聚，枉遭涂炭"，代价太大。而且还可能激起民愤，闹出新的问题。"兼恐兵士等所伤必甚，万一别有他虞。事体不小，尤不可不深虑也"。因此，最好是由皇帝下诏，"令亲信内臣赍诏入城，谕以赦宥，许其自新，事必可济，于理亦便"。[24] 后来的事实证明，包拯的主张是正确的，妥善地解决了这次兵变，没有造成太大的损失。

3. 妥为善后，严明赏罚

包拯所见的一些起义和兵变，虽然最后都平定了，但善后工作任务仍很艰巨，如果处理不好，将会留下不良后果，甚至引起更大麻烦。(1) 对起义军的余部，要“散其凶党，免贻后患”。“除头首皆依法断遣外”，对“随从之人”要“务从轻典”，可以把他们“分往诸州，互换屯驻，严赐约束”。[73 -74] (2) 对战乱灾伤地区的百姓，要“体量安抚，救灾恤患”。因为“凋残之民，朝不谋夕”，“若忽而不顾，寝成大祸，得不为朝廷之深忧乎?”必须“从便宜而赈贷之”，才能使社会得到恢复和安定。[76] (3) 对导致起义的政府官员，要追究责任，以法惩处。对“刻暴成性，难以悛改”的人要“黜降差遣”，使天下酷吏稍知警惧。[44] (4) 对有功人员要“依赏格酬奖”，“上之出令贵乎必行，下之立功乐于自奋”，必然会受到良好的效果。[8]

4. 探源治本，防患未然

以上三条固然都很重要，但仍然不过是治标；包拯认为更重要的是探源治本。他提出的具体意见主要有：减冗杂，节用度，薄赋敛，宽力役，免职役，戒兴作，罢科率，救饥馑，选廉吏，等等。这些方面的具体内容，因在政治、经济部分介绍过了，不再重复。这里所要指出的是，只要把这些工作搞好了，阶级矛盾必然会大大缓和，不会出现动乱了。

七、法制方面的改革

如何治理国家，我国自古以来就有人治与法治两种观点。人治强调“为政在人”“人存政举，人亡政息”。法治强调“法为准绳”“不殊贵贱，一断于法”。长期争论，未能统一。包拯也有许多自己的想法，概括起来说就是审慎立法、严格执法。

1. 治国之要，莫大于法

包拯认为治理国家离不开法，法令的地位和作用极其重要。他在《上殿札子》中对仁宗说：“臣闻法令者，人主之大柄，而国家治乱安危之所系焉，不可不慎。”唐文宗问宰臣李石：“天下何以易治?”李石说：

"朝廷法令行则易治"。包拯大加赞赏说："诚哉！治道之要，无大于此。"他认为："法令既行，纪律自正，则无不治之国，无不化之民，在陛下力行而已。"［68］他把立法执法，看作整顿吏治、治理国家的必要手段，只要认真坚持抓到底，必有好的结果。

2. 立法原则，公私两便

他认为法令的制订，应该以"于国有利，于民无害"为原则。任何法令都不可能十全十美、面面俱到，让各方面都满意；施行的后果也可能前后不一致，"法有先利而后害者，有先害而后利者"。判断的标准应该是实践。改旧法行新法，"其间或有未便之事"，可以"从长商量损益，且令通行"，只要"公私未至大害"，就不要否定，在施行中逐步完善。如果施行的结果不好，"公私为大不便"，当然也可以改回去。［87］

3. 法令既立，不可轻改

包拯针对当时"制敕才下，未逾月而辄更；请奏方行，又随时而追改"的不良现象，向仁宗反映"外议纷纭，深恐于体不便"，将会导致不良后果，"民知命令之不足信，则赏罚何以沮劝乎"？因此专门写了《论诏令数改易》的奏章："乞今后朝廷凡处置事宜，申明制度，不可不慎重"。经过认真研究讨论，"可为经久之制，方许颁行"，"于后或小有异同，非蠹政害民者，不可数有更易"。这样就可作到"法存画一，国有常格"。老百姓知道法令可信，奉公守法，就便于治理了。［177］

4. 拒走内线，止绝"内降"

也就是说上级官府，特别是皇帝个人不要乱批条子，干预司法部门的审判。一次，军巡院的周景"盗用罗帛"，依法当绞，畏罪潜逃，后被捉获，奉"圣旨"决杖十七，配黄州牢城，再次潜逃，再被捉获，本应加罪，却传来"内降"，令免徒罪，只配到北作坊当工匠。包拯认为这种做法很不好，"刑罚一烂，则狡吏得以为奸，无所畏惧。"法之不行，自上犯之，执法应当从上级做起。因此，他请求仁宗"特降指挥，下三司仔细根勘"，依原先的判决执行。［52］后来，他发现"内降"之事颇多，"中外之人阴有交结，或冒陈劳效，以图荣宠，或比缘罪犯，苟希富贵，"纷纷走内线，"因左右之容，假援中闱"，得到一纸内降，便可法外施恩，弄得主管部门，“莫测寅缘”，只好执行，而“妨公害政，无甚于此”，影响自然极坏。于是，再次请求仁宗“特降指挥止绝”，让主管部门“依公执奏，毋得阿徇，上累圣明。”［107］

5. 实事求是，避免冤滥

对犯罪分子的处理要严，但也要实事求是，把案情搞清楚，要首先抓大案要案，不要“小过必察，而大罪不诃”；如果“大狱出入，未尝按问，细故增减，即务举劾”，必然冤枉至多。［6］要纠正“体量部下官吏，颇伤烦碎”的过火行为，如果“摘摭微累，不辨虚实，一例论奏”，“遂使天下官吏，各怀危惧”，也是不好的。他认为“治平之世，明盛之君，必务德泽，罕用刑法”；“不宜过用重典，以伤德化”。［16］应该给犯过某些错误的官吏以改过自新的机会，“情非重犯，咸许自新”，当然，确属累犯不改，则应从严处置，“后或不悛，必置于法”。总之，对人的处理要注重德化，靠单纯的处分是不行的，“务为苛细，人不聊生，窃恐未为国家之福也”。［17］

6. 明察秋毫，洞悉奸伪

包拯不仅在法治思想方面有许多精辟的理论，而且在司法实践方面也有不少令人钦佩的成就。据《宋史》本传和墓志的记载，他在担任天长知县时，有农民报告盗割牛舌，没有留下任何线索，难于破案；他不动声色令其回家杀牛卖肉，不久有人来告那人私杀耕牛；包拯当即对来人说：你为什么割人牛舌又告人杀牛呢？来人惊服，承认与牛主有隙，欲以此陷害。一桩无头公案，就这样轻而易举地被他利用私杀耕牛犯法的规定和心理学推理侦破了。在知开封府时，有贵臣逋欠别人物货久而不偿，有宦官伪造地契侵占河滩，有二人饮酒，醉者之金被人藏匿，等等，这些案件都很难侦破。可是，包拯对于法律非常熟悉，对作奸犯科者的心态很了解，终于利用人证、物证和逻辑推理的方法，一一侦破，作出的判决，合理合法，当事人无不伏罪。

7. 严格执法，铁面无私

法治能否取得预期的效果，在很大程度上取决于执行的情况如何。秉公办案，铁面无私，是执法者必要的品质。包拯在这方面也有许多值得称道的实践。史传的记载说，他的性格严毅，不肯与人苟合，没有伪装过自己去讨好别人，平生不作私书，不接受干请，哪怕是故人亲党，也全都拒绝。当时，官场的风气很坏，案件经常不通过正常的渠道，不按正规的条文处理，而是拉关系说人情，进行幕后交易，谓之“通关节”。包拯却不接受这一套，老百姓中流行一句谚语：“关节不到，有阎罗包老。”把他比作阴曹地府秉公执法的阎罗王。他守法持正，任何人都不可能改变他的节操。知庐州时其从舅犯法，他不徇私情，依法严厉杖挞，亲旧莫不畏服。后来，他担任开封府尹，更是立朝刚毅，一身正气，不苟言笑，“人以包拯笑比黄河清”。因而胡作非为的达官贵人都很怕他，“贵戚宦官为之敛手，闻者惮之”，再也不敢横行霸道、为非作歹。社会风气有了一定程度的好转。

8. 开门办案，无复隔阂

在诉讼的审理程序方面，包拯也进行了大胆的改革。当时，封建的等级观念非常严格，官民隔阂，不能处于平等的地位说话。“凡诉讼不得径造庭下”，老百姓告状，必须呈递状牒，“府吏坐门，先收状牒，谓之牌司”，得到允许之后，才能来到庭下，跪在离官员很远的地下申诉。包拯认为这样的规定，不能直接了解案情，官民之间隔着属吏，“吏缘为奸”，容易作弊。于是命令：大开正门，百姓得径造庭下，自陈曲直。这个改革很好，可以缩短官民的距离，审案官不仅可以直接听取两造对案情的申诉，了解到真实的情况；而且能够察言观色，辨别真伪，判断是非，作出的判决可能更加符合案情的实际。实行的结果，“吏民不敢欺”，效果是不错的。而且官民“无复隔阂”，解决了老百姓见官难的大问题。从司法制度史上看，是颇有进步意义，值得大书一笔的。当时的“童稚妇女亦知其名，呼曰包待制”。官民关系如此密切，在封建时代应当说是难能可贵的。

八、影响后世的精神

包拯，作为封建政府的官员，在一定程度上做到了当时范仲淹所提倡的“先天下之忧而忧，后天下之乐而乐”，留下了许多可贵的精神，也值得人们很好地总结。

1. 忠君爱国，直言切谏

包拯饱受儒家思想的熏陶，很懂得士大夫为官从政的本分。曾说：“早从宦学，尽信前书之载，窃慕古人之为，知事君行己之方，有竭忠死义之分。”［131］因此，在走上仕途之后，处处“确然素守”，时时“期以勉循”，一心一意要把国家治理好，来报答皇上的知遇之恩。一部《包拯集》，全属“奏议”，可以说全是针对当时政治腐败所提的意见和进行改革的办法。由于首先是写给皇帝看的，因而从其用词造句上，就可以直接体会到他的心态和精神。诸如“愿陛下稽前代之成败、念当今之得失”“惟陛下特留圣意”·“惟陛下特赐省察”“望陛下图议谋策”“愿陛下遵而行之”“望陛下早赐指挥”“愿陛下顾宗社之重”“望陛下上禀祖宗之训，下为社稷之计”之类，俯拾即是，无须备举，其忠君爱国之热忱，已可概见。

包拯的这些话，虽然出自忠君爱国的热忱，但正如人们的常说，“忠言逆耳”，也不是很容易被人接受的，何况人君居万乘之尊，喜怒无常，逆鳞难批呢！这就需要几分直言切谏的勇气了。有一次，他对仁宗说：“自陛下嗣守神器，已逾二纪”，虽然也想“孜孜求治”，但效果并不好，以至“时多疵疠，民未富庶，国廪罕蓄，邦计益削。”为什么会出现这种情况呢？他认为：“盖知人用人之道恐有所未尽耳”。一下便把责任归到了仁宗的身上。［100］包拯对仁宗提意见的内容很广泛，除一般国家大事而外，不少地方还牵涉到仁宗个人的不是。如《七事》疏就集中指责了仁宗“不问是非”“以朋党为意”“颇恶才能之士”“颇主先入之说”“多有疑下之意”“未能委任忠贤”“多有窜逐之臣”等等。再一次体现了他说话的直率，“然言不激切，则不足开宸虑而补圣政。”［140］只要有补于政治的改革，哪怕皇帝听了不高兴，他也要直言不讳的。有时，包拯甚至还指摘仁宗“有私昵后宫之过”。［115］许多事实表明，包拯的言行确实是“上裨帝阙，下瘳民病，中塞国蠹，一本于大中至正之道。”“其心亦无他，止知忠于君而为得也”。正因为如此，所以他的言词有时

虽不免有些过分，但“天下不得异议”，没有人说他做得不对，得到了当时和后人的尊敬。(307 页)

2. 民为国本，为民请命

北宋中期，政治腐败已经到了相当严重的程度，贪官污吏横行霸道，加重对老百姓的剥削和压迫，民不堪命。包拯从传统的民本思想出发，对这个问题当然是看得非常清楚的。他对仁宗皇帝说：“民者，国之本也。财用所出，安危所系，当务安之为急。”他极力要求仁宗“少留圣意，大缓吾民，以安天下”。［69］他具体提出了许多整顿腐败的办法，《包拯集》中直接请求薄赋敛、宽力役、救饥馑、免折变、籴粮草、罢冶户、罢税率、改盐法、改茶法、罢巡驿、除放欠、保民田、止抑配、惩赃吏的奏疏，至少在五十封以上，鲜明地表现出包拯对民间疾苦的深刻了解，对生民休戚的诚挚关怀。他为了制止贪污腐败，整顿吏治，达到政治清明，政局稳定，人民安居乐业，“幼有所养，老有所终，无夭阏之伤，无庸调之苦”。［91］已经尽力而为，做到了一个封建官员所能做到的一切，这种以民为本的思想和实践确实是难能可贵的。

3. 刚直不阿，不畏权贵

包拯在一首中写道：“清心为治本，直道是身谋；秀干终成栋，精钢不作钩。仓充鼠雀喜，草尽狐兔愁；史册有遗训，无贻来者羞。”［1］这是他做官的座右铭。为了对历史负责，不被后人唾骂，他对当时众多封建官僚追求名利，曲道谋身的行为，感到可耻。他立下誓言，一定要作一个清心寡欲、直道谋身、刚直不阿、像唐朝魏征那样的“忠直无隐之臣”。［145］《包拯集》中大量事实表明他对当时政治腐败的揭发，是不遗余力，不顾情面，不查个水落石出，不肯罢休的。

包拯很清楚，对权势豪猾的不法行为进行整顿，是不那么容易的。心直口快，言多必失，祸从口出，这些封建时代为人处事的教条，他当然不会不懂。他亲眼看到不少“公清守节之人，或不曲事左右，为众所嫉者，即被加诬，构成其罪，遂使守己之士或负终身之玷，可不痛惜哉。”［16］然而，一颗公忠忧国忧民的赤子之心，支撑着他不怕打击报复，义无反顾，决心去对那些腐败邪恶的势力斗争到底。最能表现他这种个性与品德的是两弹宋庠，六弹张尧佐，七弹王逵。他不畏权势的事例很多，《宋史》本传说他"立朝刚毅，贵戚宦官为之敛手，闻者皆惮之。"是个很好的概括，此处就不再罗列事例，徒增篇幅了。

包拯的刚直精神，当时就获得朝野的赞扬。欧阳修称他"清节美行，著自贫贱，谠言正论，闻于朝廷。"（301 页）刘敞说他"识清气劲，直而不挠，凛乎有岁寒之操。"（302 页）吴奎为他作的《墓志铭》说："峻节高志，凌乎青云。人或曲随，我直其为。人或善容，我抗其辞。自始至终，言行必一。"（280 页）

包拯死后，他的"奏议"被编辑出版，广泛流传。人们在诵读的时候，仍然不断为他的精神所感动。明朝的胡俨在为包拯奏议新版作的序中说："公在当时，为人峭直，其忠孝大节，议论风采，著于庙堂，闻于天下，传之后世，载诸史册者，章章矣。""观其敷奏详明，谏诤剀切，举刺不避乎权势，犯颜不畏乎逆鳞；明当世之务，务引其君于当道，词气森严，确乎不拔，百世之下，使人读之，奋迅其精神，发扬其志节，炳炳琅琅，光前振后，焕乎其不可掩也。"（332 页）是很有代表性的。

4. 以身作则，自奉廉洁

包拯之所以能够成为清官的典型，自然是与他长期修养磨炼有关。他树立了一个在当时堪称正确的指导思想，他曾说："臣生于草茅，早从宦学，尽信前书之载，窃慕古人之为，确然素守，期以勉循。"［131］表明自己的理想和追求，一切都是匡正缺失，尽心报国，决不贪恋职权，尸位素餐。在其位就要谋其政，无所云补的官，他是不肯当的。

包拯的这种性格，早在他求学的时代就养成了。《朱子语类》卷 129 记载，包拯幼年在一僧舍读书，出入必经一富人门，富人每候门邀座，请入用饭，其意甚殷。但包拯以其"富人"，恐"为他日累"，不肯"妄与之交"。

包拯到京城去选官时，有材料说他住的地方与宰相吕夷简同里，吕知道他是个人才，想见他，罗为己用。但过了几天，包却未去拜见，选了一个知县，便朝辞赴任去了。（291 页）说明他不愿开后门，不肯在达官贵人面前低声下气以求提拔，用事实证明了他"直道是身谋，无贻来者羞”的誓言。

包拯出仕后，从地方官做起，历任要职，所到之处无不清廉自守。在知端州时，当地出产的贡品端砚，素来是文人学士达官贵人喜爱的宝物，但作为父母官的包拯，“命制者才足贡数，岁满不持一砚归”，不想用它作为结交权贵的礼物，也不想自己收藏有损清白的名声。后来，一直坚持这样作。“与人不苟合，不伪辞色悦人，平居无私书，故人、亲党皆绝之。虽贵，衣服、器用、饮食如布衣时。”（273 页）

包拯不仅自奉廉洁，清操自守，而且严格要求自己的子孙，立下《家训》：“后世子孙仕宦，犯赃滥者，不得放归本家；亡殁之后，不得葬于大茔之中。不从吾志，非吾子孙。”［187］20 世纪 70 年代合肥包拯家族墓的发掘，用事实证明了这种要求是贯彻执行了的。包拯夫妇墓中，并无贵重遗物。其子《包绶墓志铭》说，“公生平清苦自守，廉白是务，遗外声利，罕有伦比。孝肃以清白劲正光于青史，公可谓能克家者。”（285 页）其孙包永年，虽累任主簿、县尉、知县等职，但其《墓志铭》说，他死后，“发所私，了无蓄遗，故丧葬之具，皆二弟力营之。于是益知公生平刻苦，自筮仕以迄于终，曾无贪求苟得于下也如此。”（290 页）

包拯确实是个清白正直的人。没有见不得人的地方，因此他也就敢于对当时的种种腐败现象，加以揭发批判，进行严肃处理，收到一定的效果，获得广大人民的支持和好评。

这样，我们就对包拯在复杂的仕宦生涯中，为什么官运亨通，保持不倒的原因，得到一些可以理解的答案。表面看来，包拯的性格刚毅，很容易得罪人，坚持原则到了不通人情的程度，他既不想随波逐流混日子，又不愿同流合污图升官，还想要有所作为求发展，是很难行得通的。然而，历史事实却告诉我们，他竟然走通了，这里面究竟有什么奥秘？或特殊的背景呢？我们没有发现。于是我们想大概是，惟其爱国，尽管言辞激烈，但无异心，因而皇帝可以容忍，予以采纳；惟其爱民，尽管官居高位，但无架子，因而得到民众拥护，表示支持；惟其正直，虽不与人苟合，但不偏袒，因而没有卷入党争，免遭攻击；惟其廉洁，虽有方便条件，但不谋私，因而没有把柄可抓，保持清白。这就是他在伴君如伴虎的专制时代，没有被皇帝罢官；在朋党大纷争的北宋政坛，没有被浪潮卷倒；在官民隔阂的封建社会，没有被民众抛弃；在贪污盛行的腐败环境，没有被污染的根本原因。他的官运不倒，绝非不易解释的偶然，从某种程度上考虑，应该是事在意中。

千百年来，每当人们遇到腐败逆流弥漫政坛，忠贞之士遭受压抑，广大民众溺于水火，正气不得伸，有冤无处诉的时候，便想到了这位敢说真话，敢斗邪恶，为民请命的清官，希望上天鉴临，惩治邪恶，驯致太平。其心可悯，其意可嘉。让我们满足人们这点小小的愿望吧。还包拯以历史的本来面目，研究他留给后人的遗著，发扬他的可贵精神，是很有意义的。作为一个史学工作者，我认为这是自己的责任。

（原载《古籍研究》，1996 年第 2 期；同时收入《包拯集校注》，黄山书社 1999 年版，收入时略有删节）

杜道坚《文子缵义》义蕴初探

杜道坚（1237—1318）字处逸，号南谷子，当涂采石（今属安徽马鞍山）人，是宋元之际的著名道士。元初，曾劝伯颜攻城不杀，并入觐元世祖，言求贤养贤用贤之道，受到重视，命住持杭州宗阳宫。成宗时授杭州路道录，仁宗赐号隆道冲真崇正真人。其生平，我在《杜道坚考》中，有较详的介绍。其著作，最重要的是《文子缵义》12 卷。

《文子缵义》后被收入《四库全书》，虽属残本，仍被视为珍本，被不少丛书收录翻刻，如武英殿聚珍版、二十二子、二十五子汇函、子书二十二种、子书二十八种、子书四十八种、丛书集成初编、四部备要等，因此流传颇广，以至不少人认为天涯中只此残本矣，不无遗憾。其实，《文子缵义》并未散佚不全，明朝正统年间编辑的《道藏》中，就保留了它 12 卷的全本，只不过名为《通玄真经缵义》罢了①。现在，《道藏》已经影印出版，稍大一些的图书馆都已入藏，人们终于得窥久被尘封的《文子缵义》（以下简称《缵义》）的全貌。本书是对道家经典《文子》的诠释，其《缵义》部分实际上是杜道坚本人的思想，他在元朝统一全国的新时期写作此书，是有其重要的时代和现实意义的。

《缵义》卷首有杜道坚所写的文子小传和序，同时的道教大师和文人作序的还有吴全节、黄石翁、牟献等人；正文 12 卷：

（1）道原　（2）精诚　（3）九守　（4）符意
（5）道德　（6）上德　（7）微明　（8）自然
（9）下德　（10）上仁　（11）上义　（12）上礼

① 杜道坚：《通玄真经缵义》（《文子缵义》），道藏本。

各卷条数不等，共269条。现将其思想义蕴，略加分类阐述（为便于复按，避免文末加注常致卷页错误，及翻前翻后的麻烦，采取随文夹注形式，读者谅之）。

一、对道家思想的继承发展

杜道坚，既然是道士，所注之书又是道家的经典，《缵义》的指导思想当然是道家思想。不过，因为他是宋元之际的道家，又不能不带有他那个时代的色彩。他所诠释的虽然是古书，实际上是他自己思想的表白。他对道家思想既有所继承，又有所发展。

杜道坚在《缵义》中，第一卷首揭的就是"道原篇"，开宗明义是要根据老子之道，来阐发道的学说。

道的学说，博大精深，内涵十分广泛。《缵义》说："道原于天，万物斯长；道且强名，何名非强。是故生天地、育万物，变化有无，不测其妙者，道也"。［1/1］① 这与老子"有物混成，先天地生。吾不知其名，字之曰道，强为之名曰大"的意思，是完全一致的。他们都认为道是先天地而生的宇宙本原。

《缵义》抓住"道"这个核心继续进行阐发，他认为道是万物的本源，"道无形而生有形，始乎无始，终乎无终，一元之气，肇于太易，太易其万物之祖乎。"［1/15］不过，老子所说的道还是"无状之状，无物之象，是谓惚恍"，比较含混，《缵义》则明确地说，"道无正形，物随而形。天地间之无形无象者，皆可陶冶而变化，道其神矣乎。"［7/4］天地万物的始初，道处于混沌的状态，本是人们感觉不到的，但却又是可以被感知的万物产生的本原，真是太神妙了。

道，具有物质的特性，《缵义》认为"宇宙之间，造化流行而不息者，气而已也"。［8/2］"气乃无形之物，物乃有形之气"，它们之间是一种"体用"的关系。［5/2］这就向唯物主义迈出了可喜的一步。

---

① 杜道坚：《通玄真经缵义》1卷1条。下引本书者于引文后，夹注卷、条。

道，具有普遍性、无限性，《缵义》认为“夫道，高下无极，遐迩贯通，无形无名，有情有信，圣人体道，不私喜怒，事至而应”，［4/1］是任何地方都存在的，而且“朴大无形，道大无量，天圆地方，道在其中。”［8/3］它无所不在，无所不有，无所不包，无始无终，无限发展，无法穷究。

道，既然是万物的本原，又具有发展的特性，因而也就是有规律的，《缵义》认为“道生天地，天地生人，气神感化，形万殊而道一焉”。［8/20］“道乃天下之所共，时来时去，不将不迎，立乎中央，以制四方。”［4/19］道制约着万事万物，万事万物在发展的过程中无不遵循道的规律，这个规律就是“道极则反，物盛则衰，理之常也；卮满则倾，刃刚则折，物之常也。”［3/16］这个“物理之常”还表现为阴阳、祸福、盈虚诸多方面，人们应该看到“祸福依伏，如影随形；利害之机，反兮覆兮。”［8/22］如果违背这个规律，就将受到报复和惩罚，“盈而不知止者，天地鬼神之所共谴也。夫阴阳缪戾，四时失叙，雷霆毁折，雹霜为害，万物焦夭，川绝不流，是皆亏盈、变盈、害盈之所致，不能省惩，则必有人道祸盈之祸起，是可畏也。”［12/11］按照道的原则、规律去认识处理问题，是必不可少的。

杜道坚诠释文子之书，阐发老子思想，又继承和发展了道家思想。老子在谈论道和德的关系时说：“失道而后德”，其地位是显然不同的，因为万物是“道生之，德养之”，所以“万物莫不尊道而贵德”。这话的含义不太明确，容易产生误解。《缵义》则明确指出：“道尊德贵，异名同出；生之畜之，不无不有。”［2/6］而且“天地之道，以德为主，而道为之命，物各自正，自然而已。”［8/4］二者密不可分，“天性即道，性善即德。”［5/1］它们无非是表里、体用、整体部分的关系而已。于是，更多的时候是把道德连在一起讲，“守道本德，故无败”；［2/23］“内修道德，上下一心”；［4/14］“为政以道德，则民服；故御之道，养之以德。”［5/15］

老子在论述道与德的地位之后，还说“失德而后仁，失仁而后义，失义而后礼。”仁、义、礼等的地位更是明显的等而下之，特别是“夫礼者，忠信之薄而乱之首”，更居于排斥之列，属于深恶痛绝的东西。但杜道坚在《缵义》中却对它们都有新的论述，并加以肯定，更是对道家思想的重要发展。

二、对儒家思想的吸收融合

杜道坚是宋元之际的道士，上距老子已经一千多年。在这一千多年中，道家思想虽然影响巨大，占有重要的地位；但不可否认在整个社会传统思想中占主导地位的，还是儒家思想。杜道坚承受历史传统的熏育，面对社会现实的需求，在自己师承传统的道家思想中，不能不吸收一些颇有影响和用处的儒家思想。

例如，老子讲道德，排斥仁义礼法，未免把自己封闭了起来。《缵义》就不囿于传统，敢于在新的历史时期，新的现实需求的形势下，把儒家思想中这些有用的东西吸收进来，对道家思想的某些命题作出新的解释。老子排斥仁义的看法，很久以前就有人表示不好理解，发出“仁义何以薄于道德”的疑问。《缵义》不能否认这个历史事实，只好说：“为仁者必以哀乐论之，为义者必以取与明之。夫哀乐取与，涉于有为；海内之民，可哀者众，可乐者寡；府库之财，取之有限，用之易竭。道德无为，任万物之自正而天下赡足。”［10/17］撇开仁义本身的评价，另从哀乐取与的不能彻底解决来回答，而且把它和有为无为联系起来，让人不好反驳，确实是非常高明的。但是，问题的症结如若真是这样的话，要是再问：无为就能不哀不乐吗？仁义就是取与有为吗？恐怕就不好回答了。看来，《缵义》对仁义的真实看法，必不简单如此。

在《缵义》中，有不少专门谈论要上仁、上义、上礼的意见。一个地方说：“仁义者，道之孙、德之子欤！四者若不相及，而未尝相离。”［7/18］这就把它们的关系说得非常清楚了，它们相互之间，关系十分密切，并不排斥，只不过层次不同罢了。正确的看法应该是“道德仁义礼智，根于心者一。行之有深浅，施之有厚薄，名从实立，六者分焉。”它们各自的范围不同，作用不同，不应该厚此薄彼，互相排斥，要全面通盘考虑，“同一，善也。”［10/15］全都施行起来，才会有好的效果。

《缵义》还进一步用历史事实，说明道德仁义的作用与效果，“道德仁义裂，而皇帝王霸分，世变使之然也。道以导之，德以生之，仁以恩之，义以宜之。四代之治，固若不同，而其君臣有分则一焉。夫道而不德者皇，德而不怀者帝，恐失仁义者王，义失其宜智诈兴矣。”［7/16］具体说来，仁义，是辅佐道德的准绳。《缵义》认为“有圣贤者起，持以道德，辅以仁义”，只要把这一主一辅掌握住，再把下面的各种事务性工作做好，就可“混天下为一家”。［12/13］这一辅的作用究竟是什么呢？《缵义》明确地说“圣人以仁义为准绳。”［11/12］既然是帮助道德完成任务的准绳，没有什么不好，又何必拒绝排斥呢！于是，他提倡要上仁，“上仁者，静以修身，俭以养民，君子所当为者也。”［10/1］还要上义，“上义者，明于天人之分，通于治乱之本。治有本末，知所先后，则近于道德矣。”［11/1］

礼，在老子那里本是深恶痛绝的东西，可是《缵义》却认为“礼者，检身之式，防邪之具，天下之通道也。”其功用自然是很大的，“夫礼之用，以和为贵，君子之心，满腔是礼，诚于中，形于外，而自然之和盎乎天地，人情以之洽，阴阳以之和，万物以之育。”如何才能做到有礼，而不非礼呢？应该像孔子的学生颜渊那样，“如颜子之视听言动，以礼存心，则非礼者自不能入矣。”［12/7］当然，礼并非一成不变的，特别是关系到治理国家社会的礼，更应随着时代、社会的变化而变化，它说：“上礼者，吉凶军宾嘉五礼之谓欤！自伏羲氏逮于神农、黄帝施及三王，治各不同，礼亦随变。”［12/1］

礼的进一步扩大，就是礼义廉耻，其情况作用也一样。《缵义》认为“君子之礼义廉耻，犹匠石之规矩准绳也。”为什么要把老子明显鄙夷的这些东西，提高到如此地位呢？看来，杜道坚从现实生活中看到的某些情况，并非老子想象的那么理想，从而使自己的思想也接近于现实，他认为“弓先调而后求劲，马先顺而后求良；人不先之以信，能者其可致乎？”［6/16］因此，他认为“四方之众，非礼义廉耻，不能为治。是以圣人革弊更制，必以礼义廉耻为之四维。”［12/5］根据现实的需要，把本非道家的思想也吸收进来了。

从以上的论述中不难看出，《缵义》中吸收了许多儒家思想的成份。当然，这种吸收可能并非杜道坚的首创，但应该承认其中确实含有他那个时代的明显特征，有他个人的贡献。对宋代理学的吸收，就是如此。众所周知，道家的创始人老子是不谈理的，理学的创立和盛行，是宋代儒家宣扬的结果。理学在宋代思想界占有重要的地位与影响，杜道坚是不会超然理外的。《缵义》谈论理的地方很多，例如，“天下通行之谓道，万古不易之谓理，故道理最大。自古有国家者，得道则昌，失理则亡。”[10/14] 这里的理，显然是指事物之理，而且与道联系在一起，具有原则、规律的意思，人们必须按照理的原则处理事务。有些时候更把理与天联系在一起，称为天理。“道心人心，天理人欲之分也。理胜则所为皆天，欲胜则所为皆人。”[4/15] 这种天理人欲论，显然是宋代理学家们经常宣扬的东西，程颐说：“天有是理，圣人循而行之，所谓道也。”朱熹说：“人之一心，天理存，则人欲亡；人欲胜，则天理灭。”杜道坚肯定是从他们那里吸收了这些理学的新思想，来诠释道家经典，从而把道家思想推向前进，使它更加接近现实，更加丰富起来。

不仅如此，杜道坚还吸收了法与术的思想。

三、儒道互补的政治思想

杜道坚并非完全隐逸山林修身养性、远离尘嚣不问政治的那种道士，不然的话只需在道观中讽颂经文、讲求长生也就够了，何必求见元军统帅、入觐元朝皇帝呢；他诠释道家的经典，也并非发思古之幽情，作纯学术的探讨，不然的话只须把古书字义难懂的地方略加疏通，也就可以了，何必加进一大堆原书没有的东西呢！他著《缵义》的目的究竟是什么，看一看本书的“序”就清楚了，牟献的序说：“南谷杜君辩博而笃实，恬静而疏通，其能可以用世”，他注此书“其警世切矣”，是要用世警世的。吴全节的序说：“南谷应运著书，以昭皇道，将措斯世于华胥氏之域，山林士不忘致君泽民之心，诚可尚也。”黄石翁的序认为“南谷先生发舒皇帝王霸之蕴”，与越国范蠡的行事差不多，“去之千载，真有若合符契者”，也是为了用世，“不然，所以尊吾老子之道者，何所为而然也。”他自己的序，更是一开始就标明“古之君天下者，太上无为，其次有为。是故皇以道化，帝以德教，王以功劝，霸以力率，四者之治，若四时焉。”都说明此书是一部政治思想很浓的资治书。

杜道坚适应时代的需要，以道家思想为中心，吸收儒家思想，加以融会贯通，形成了自己的皇道帝德论，其目的是为当时的统治阶级寻求治国治民之道，为封建统治的长治久安服务。

道，既然是万事万物的本原和规律，治理国家当然也不应该例外。《缵义》认为治国之本，必须循道，“有道则可以御人，无道则受制于人。”［11/3］又说：“治国有常，而利民为本者，道也。政教有道，而令行。”［11/4］他用驾马拉车作比喻说：“以车舆譬乎权势，驷马譬乎大臣，人主因而乘之，不烦智力，无远不服，是乃治之方也，安得执御者而与之言乎！”［11/2］这当中的道理是很多的，必须认真研究，不可等闲视之。

道，是一个好的统治者的必由之路，“上古之君，法天道。”［1/2］这个天道就是清静无为，“天清地静，故能长久。圣人以清静为治者，法天地也。”［9/13］“圣人循自然，守至真，顺其时宜，达于众心，不逆万物之情。”［3/11］“古之圣人，任物之自然，坐致隆平。”［2/1］“圣人之治，恭默无为。”［1/7］都说明要实行无为而治。以无为而治为核心，《缵义》展开了一套内容非常广泛的皇道帝德论。

首先，要把君民的关系处理好，君主要重视人民的地位、意志和作用。“无古今治乱而不易者，土宇也；古之今之，或治或乱而不一者，君民也。”［7/24］君民关系如何是国家治乱的大事，应该十分重视正确处理。“大道无形，太平无象，御民之道，”是非常复杂、难以捉摸，不可掉以轻心。［7/24］干任何事情都必须得到人民的支持，“德胜者霸，得人心也；胜敌者强，得人力也；非得人之心，未有能用人之力。”［4/31］从历史的事实上看，“三皇五帝，法籍殊方，其得民心，一也。”［8/3］

怎样才能得到民心呢，这就要把人当人看待，他们是人，不是可以任意剥削、欺压、屠杀的奴隶，皇帝是“代天作子，故称天子。天子视民犹赤子，不废所与养，则天视天听，此感彼应，”［8/19］就会得到好的回报。“圣人爱养万民，视为一家，故天下和平也。若乃用多而财寡，事力劳而养不足，则民贫苦而忿争生，非通治之道矣。”［9/11］

要想得到人民的拥护，必须善于爱护养育，舜在这方面做得很好，历史上记载说“舜有善行，天下慕之”，有人去问他“何行而民亲其上?”他回答说：“使之以时，而敬慎之。善即吾畜，不善即吾仇。则是君视臣如犬马，臣之视君如寇仇矣！民能载君，能覆君，斯可畏也。”［10/6］你的政策好，人民拥护；你的政策不好，人民就会反对，舜是好的例子，桀纣是坏的例子，“庙战者帝，垂衣裳而天下治也；神化者王，班师振旅而苗民格也。使桀纣修德，则牧野、鸣条何得因民之欲、用民之力而故其主哉。”在这样的时候，人民就会反抗，“惟民有皆亡之心，故不曰弑君，而曰去残除害也。”［8/21］

要得到人民的拥护，不致发生反抗，具体政策是要让人民有饭吃、生活安稳、国家富裕。“国非民不立，民非食不生。”［7/23］“人以食为命，一日不食则饥，三日不食则病，七日不食则死。古者，国有十年之储，故能当九年之水、七年之旱，而民不死也。末世之为治，不积养生之具，盖由人主多欲，不能省事，上不足赡则必取于下，下不足养则必争于时，食其重矣哉!”［12/10］所以，做国君的必须克制自己的私欲，不要过分贪图享受，要想方设法把生产搞好，“富国者民，养民者食，基本之论也。因天时，尽地利，用人力，三才之道备，然后群生逐长，万物繁殖，民赖以食，国藉以富，岂不谓生财有大道者乎!”［10/11］只要生产搞好了，“民富，则国昌矣。”［6/17］

要想民富国强，政治稳定，除了搞好生产以外，统治者还要接近老百姓，得到他们的欢心。思想上要认识到“君子小人，均是人也；为君子而教不被于小人，何德以资小人之养哉。君善下而不争，则群众献其忠，柢固根深而国安矣。”［7/19］要加强教育，把政策交给群众，到下面去多听群众的意见，对下面的意见要“有容”，因为“江河善下而有容，故百川归之，王者法之以为治，容民畜众，故得百姓之欢心，乐共推戴，天下归往矣。”[5/13] 对爱护百姓、给百姓带来利益的人，百姓怎么会不欢然拥戴呢，“欢然皆有爱利之心，虽无地而人君之，无官而人长之，天下莫不愿安利之。”[5/4] 不要头脑发热，作出违反自然规律的怪事，“索隐行怪，君子不为，与民同用，是谓大通。”能够与百姓心往一处想，力往一处用，生活相同，就会政通人和了。

其次，要反对苛政，施行仁政。《缵义》认为任何事物都应该顺应自然之道，要抓住时机，不要过度，“时难得而易失，民易困而难苏。故物再生者，时不逮获；花太早者，落不待霜，时不顺也。舟腐而载则沉，骥疲而驱则踠，民其可重困乎！”[6/15] 不能过分使用民力，“立法创事以盗民力，初若利之，至于末流，未有不自贼者也。”[4/5] 如果不爱惜民力，超过了他们的承受能力，就是苛政，就会引起人民的反对。“多敛民仇，来怨之媒也。”[5/8]“政苛民乱，理所必然。”[2/13] 严重的就会带来亡国的灾祸，“国之苛政横行，犹江河之大溢，风雨之暴作，曾不少久，亡其及矣。”[7/7] 要想不出现这种情况，领导者的眼光应该放远一点，平常要有所畏惧，“人之苛政虐民，天之暴风折木，元气怒泄，强不可久，是故圣人谦卑，惟弱是守。”[3/15] 还要爱民如子，“君者天之元子，民者天之赤子，上不恤下，天必示儆。夫至德之世，爱均合天，万物遂长，民乐其业。世之衰也，苛政干和，天怒震发，地见其灾，国家多难，流毒民人。惟圣人和愉宁静，志得道行，民物遂生，是之谓有其世而后有其人。”[5/6] 也就是要施行仁政，怎样才能说是仁政呢？“淡漠、宁静、宽大、正平，仁政之事也。”[10/2] 当然，这只是原则。具体说来，“上仁者，静以修身，俭以养民，君子之所当为也。下扰政乱，民怨德薄，君子不为矣。肯作无益以害有益，畜无用以蠹有用哉？”[10/1] 仁政，不是可以自吹自擂，随便乱说的，必须以有益无益、有用无用来衡量。无益之事、无用之物，说得再好也不能搞。

第三，要无为而治。治理国家，需要做的事很多，何事该做？该何时做？先后如何？是不能主观主义盲目行事，而应该遵守一定的原则。《缵义》的意见是应该符合道的原则，按道的规律处理。“孔德之容，惟道是从。古之善为天下者，无为而无不为。天下之大，民物之众，无不容矣。”［10/21］又说：“以道临天下曰，执一无为。何哉？一则定矣。是以古之王者，因天地之变化，无为而治。”［5/9］无为的作用很大，有很多好处，“上无为，民自化；上无事，民自富；上好静，民自正；上无欲，民自朴。”［1/14］无为，并非任何事都不作，“无为者，非木石其心而不动也。圣人应物，不先物，因其自然之势，曲成万物，夫何为哉。”［8/16］而是该做才做，不该做就不做，哪能什么事都不做呢，“智者不为其所不能为，强所不能，则非智矣。”［5/8］真是该做的事，还是要做的。说话，也是如此，“有则有言，无则无言。知有无之相生，则无不害有，有不害无。是以圣人无为而治者，身不伤神，神不伤身也。”说话费精神伤身体，说多了是没有好处的。做任何事情都要多考虑，要看其发展过程，不要弄出什么乱子，“立教施政，弗获已也，必察其始终，行其所无事而已。”［7/5］治理国家与医生治病差不多，“良医，不治已病，治未病。为道者，塞邪隧，治未然，其亦良医之谓欤！故不贵自是贵，不为非，则无可欲之求、可夺之争矣！”［11/3］治国，采取无为的办法，顺应自然规律，可以减少许多麻烦，避免许多瞎指挥造成的损失，又何乐而不为呢！

第四，无为而治还表现在用人方面。《缵义》说：“有天下者，不患不治，患不得人。得人则王者无为乎上，守而勿失。国之治乱系乎人。”［8/14］不要自以为聪明能干，便独断专行想把一切事情办好，那是不可能的。因为“道可独行，事不可以独擅。人健走，日不百里而疲，得良马则千里可致。为出于不为，尧舜所以成垂衣之治。为国家而善用人者，民孰不知归乎！”［6/7］国家的范围太大了，需要处理的事情太多了，决不是任何个人的力量可以胜任的，“一人之材难为治，不以智为治。”［1/22］“治国者，要在一人，非众人不能治。”［6/6］必须发挥众人的智慧，群策群力才能完成任务。“夫用人之道，以天下之目视耳听，则聪明广；以天下之智虑争，则功业大。故贤者尽智，愚者竭力，近者怀恩，远者怀德。此三代之所以久，后世无以及之。”［10/2］历史的事实说明，治理国家离不开贤人，可是一时之间哪里去找具有这种能力与品德的贤人呢？其实不难，“能知贤、爱贤、尊贤、敬贤、乐贤，则求贤、养贤、用贤之道得矣！”［10/20］“欲得贤而不先养士，可乎？是以圣人畜道待时。得人则兴，未有不为我用者。”［6/6］只要重视人才，培养人才，人才就会出来为我所用的。当然，对人才的要求应该符合实际，不能要求过高，“世之全材难得，自古皆然。夫工师之求栋梁，能不拘小节，故大材可得。人主之论臣佐，知屈寸而伸尺，则大贤可得矣。盖人无十全，事无尽美，舍小取大，何功不成，舍短从长，何事不济。”［11/10］干任何事都要讲究方法，用人自然也不例外，“作事有法，用人有方。随其材而用之，则贤者明，愚者力，成功一也。”［6/14］根据各人不同的才干，分派不同的任务，就可能人尽其才，取得成功。还要不求全责备，弃瑕录用，“君子不责备于人者，知人非尧舜不能每事尽善也。人有大才，讵可以小节而弃之乎！”［11/11］“圣人兼而用之，故无弃人无弃才。”［8/15］把所有的人都用起来了，发挥出他们的积极性，事情都能很快办好，国君还有什么需要操心的呢，无为而治应当不完全是虚语。

第五，无为而治还需用法来辅助。无为，是无为而无不为，并非一切听任自然，什么都不为，该为的还是要为的。问题在于怎么为？这就需要立法。法，在老子书中是没有地位的，儒家强调人治也不把法治放在重要地位，《缵义》却看出了它的重要性，敢于对传统教条提出异议。他认为“道乃法之本，法乃道之用。治国有常，而理民为本者，道也。政教有道而令行为右者法也。圣人法与时变，礼与俗化，法度制令，各因其宜。故曲士不可与论至道，为其束于教耳。”［11/4］道与法，是体与用的关系，不是对立的。按照老的传统观点，拒绝制定适合时代需要的法令来治理国家，就是受了教条主义的束缚、食古不化的曲士，是无法让他参与治国之道的讨论的。“修身无法则事惑，治国无法则政乱。”［3/13］法是必不可少的，所需注意的只是“法生于义，义者宜也。先王立法，务得众情。”［11/6］“圣人立法，以导民心，使各安其自然之分。”［8/5］而且要简单宽松一些，不要太烦琐严峻了，“易则易知，简则易从。夫法无刑诛之刻，则易于治；御无捶策之繁，则能致远。是以先王之法，因而不作，禁非止恶，守而不为；故可以成久大之业也。”［1/21］要注意立法的根本目的，是维持秩序、伸张正义、保护人民，

"圣人立法，本为禁奸恶，平冤抑，保人民也；"[11/5]而不是满足自己的私欲，巩固自己的地位。立法要特别慎重，一经建立公布就要有相对的稳定性，不宜随便更改，"治不可以多事，法不可以数变。"[7/6]变多了，朝令夕改，就丧失了权威性，人民不相信，执行就有困难。法令要想收到预期的效果，还有一个执行问题，执法者要没有私心，公正廉明，贵贱平等，"人有私心，罔不害道；人主无私，故法一而令行。知权衡规矩一定而不易，则知一者无为之为，百王用之，万世传之。"[9/19]用同一的尺度标准去衡量，才能服众，"法者，人主示度量，为天下准绳也。法定之后，不二所施。夫犯法者，虽尊贵必诛；中度者，虽卑贱无罪；故私欲塞，而公道行矣。古之置有司，立人君，制礼法，三者不废，天下无怨民，世可反朴，法令何庸哉！"[11/7]只要"刑不致酷，则百官尽职，万民服业，天下隆平矣！"[5/19]

这样，杜道坚在《缵义》中就以道家思想为核心，糅合儒法诸家政治思想，构成了自己的一套皇道帝德论。这套政治纲领与他求见元军统帅伯颜建议攻城不杀，入觐元世祖献求贤用贤之道的精神，是完全一致的。

杜道坚以方外道士之身，不忘民人疾苦，有志于救世，精神可嘉。他密切结合现实的需要，著成《缵义》一书，弘扬传统文化，总结历史经验，探寻治国的新方案，无疑对当时的执政者具有相当大的影响，其历史作用和现实意义是值得仔细研究的。

（原载《古籍研究》，1998年第3期）

《道德玄经原旨》对老子思想的继承与发展

南谷子杜道坚，采石（今属安徽马鞍山）人，是由宋入元的道教大宗师。虽在宋元之际，曾一度“崭露头角”，扮演过颇为重要的角色，但“功成身退”，长期退居林泉，以致他的身世和著作长期隐没不彰，了解其人其事的不多。《四库全书》馆臣在将他的《文子缵义》残本编入时，便叹其“始末无考”，“传本颇稀”。实际情况，并非如此。近世学者已有少量研究，我又在他们研究的基础上，就他的身世和著作写出了《杜道坚考》《杜道坚〈文子缵义〉义蕴初探》二文，相继发表于《古籍研究》1997 年第 3 期、1998 年第 3 期，及《元史论丛》第九辑。现在再对他的另一部著作《道德玄经原旨》，作些粗浅的介绍。

《道德玄经原旨》现存《道藏》之中，是杜道坚为老子《道德经》所作的注。为前人的经典作注解，是我国古代学术的一种传统，人们常常利用这种方式，来阐述自己的观点和见解，确立自己的思想和理论。正如杜道坚自己在《道德玄经原旨》发挥中所说：“道与世降，时有不同，注者多随时代所尚，各自其成心而师之。故汉人注者为汉老子，晋人注者为晋老子，唐人、宋人注者为唐老子、宋老子。”因此，我们可以把这部书，视作杜道坚自己的思想和理论。让我们首先看看《道德玄经原旨》对老子思想的继承和发展。

一、阐发道旨颇多新意

杜道坚把自己的书，命名为《道德玄经原旨》[①]（以下简称《原

① 杜道坚：《道德玄经原旨》，中华书局道藏影印本。下引本书，于引文后括注章数。

旨》)，强调了《原旨》与《道德经》之间的关系。当然，这种关系是既有联系、又有区别，既有继承、又有发展的。他是用自己的思想阐发“道”的旨意，既有老子的思想，也有自己的看法。

(1) 由于他们都是道家，因此都用“道”来说明宇宙的本质、构成、变化和本原。

道是万物的主宰。老子说：“道者，万物之奥。”《原旨》也便说：“道包天地，蕴藏万物”(2章)

宇宙万物都是从道衍化而来。老子说：“道生一，一生二，二生三，三生万物。”《原旨》也便说：“道生一，无极而太极也；一生二，两仪生焉；二生三，三才立而万物生也，是谓三生万物”。(4章)

道是独立的，具有客观自然规律的含义。老子说：“道之为物，唯恍唯惚”，“有物混成，先天地生，独立而不改，周行而不殆”。“人法地，地法天，天法道”。《原旨》也便说：“道之为物，何如也哉？唯恍唯惚而已”。“先天混成之道，独立周行，化化生生，今古不殆”。“法，则也。人能仰观俯察，近取远求，由地而知天、知道、知自然，取以为法。”(21，25章)

朴素的辩证法思想。老子说：“万物负阴而抱阳，物或损之而益程，益之而损”。《原旨》也便说：“万物负阴而抱阳，天阳地阴，人物赋形，前俯后伛，负阴抱阳之象也。”(42章)

老子说：“祸兮福所倚，福兮祸所伏，正复为奇，善复为妖。”《原旨》也便说：“恃福作威，祸其将至；畏祸修德，福其将至；祸福倚伏，如寒暑然。盈虚消息，物极则变”。(58章)

对立面的相互依存。老子说：“有无相生，难易相成，长短相形，高下相倾，声音相和，前后相随。”原旨也便说：“有无、难易、长短、高下、声音、前后斯六者，相生相成、相形相倾、相和相随，皆有对待，理所必然”。(2章)

从以上列举的言论中不难看出，杜道坚在阐述《道德经》旨意的时候，与老子的思想是基本一致的，称为《原旨》是名副其实的。

(2) 但杜道坚为《老子》作注，也并非亦步亦趋，毫无建树，有些老子说得不够明确的问题，他便引用其他道家著作来加以补充。

引用《列子》，例如，老子只说“有物混成，先天地生。”但天地之先的情况如何？没有说清楚。杜道坚便引用《列子》卷1说：“天地安从生？曰有太易、有太初、有太始、有太素，气形质具而未相离，故曰浑沦。”说明“天地之先有五太。”比老子所说要具体得多。(2章)

引用《子华子》，例如，老子的“贵身”思想，没有用具体事实说明，不易理解，前人颇多误解。杜道坚除了明确指出“圣人贵身以道，众人贵身以名，大相径庭”外，又举《子华子》中的历史故事说，在韩魏争地时，子华子对韩僖侯说：废掉你的两臂，便把天下给你，你愿意吗？僖侯不同意。由此可见，“两臂重于天下，身亦重于臂，道更重于身矣。”只有贵生，不轻身以徇物，才合乎道，才没有祸患，才可以寓天。(13章)

引用《关子》，例如，老子说：“道可道，非常道。”不大好理解，杜道坚便引用《关子》说：“道不可道，不可道即道。”认为“自然之天，隐然长存，形而上形而下，天此道吾此道，不言之言，无名之名，已不胜众，奚假多言哉。”(1章)

又如，老子说：“太上，下知有之；其次，亲之誉之；其次，畏之侮之。信不足，有不信。犹兮其贵言，功成事遂，百姓谓我自然。”这一段话究竟是老子的政治“理想”呢？还是有所根据的历史“事实”呢？不清楚。杜道坚便引用《关子》的看法，“云尧舜禹汤之治天下，天下皆曰自然。”认为是一篇“无名古史”。并进一步发挥说：“太古之世，巢居穴处，下知上之有君，上知下之有民，熙熙自然，无为而已。其次，三皇既作，天下始有为矣，民蒙其利，天下亲之。其次，五帝作而礼乐法度兴焉，民获其安，天下誉之。其次，启攻有扈，汤放桀，武王伐纣，干戈斯张，天下畏之。其次，昭王南征，夷王下堂，平王东迁，请隧问鼎，天下侮之。几千百世，隐然可推。”用可以稽考的历史事实，说明了老子的那一段话，完全是有事实根据的。加强了老子思想的说服力。(17章)

引用《阴符经》，例如，老子说：“常无，欲以观其妙；常有，欲以观其徼。”杜道坚便引用《阴符经》曰：“观天之道，执天之行尽矣”加

以说明，认为“常无，先天也，观妙则见固有之吾在；常有，后天也，观徼则见不亡之吾在。”（1 章）

（3）杜道坚为《道德经》作注，又不只是追求“一致”和“原旨”，让人们读懂原书而已，在不少地方还与老子颇有不同，颇有新意。

道与物的关系，老子明明说：“道之为物，自古及今，其名不去”；“有物混成，先天地生。吾不知其名，字之曰道。”杜道坚却提出质疑，“天地之先，无物也，而曰‘有物混成’，是何物耶”？接着，他便以列子《天端》篇的“太始者形之始也，太初者质之始也。形质具而未相离，故曰浑沦。浑沦者，言万物相浑沦而未相离也”为根据，提出“是知‘有物混成’非物也，指万物相浑沦者而言也。”并且进一步发挥说：“吾尝曰，未有吾身，先有天地，未有天地，先有吾心。吾心，此道也”；“‘道之为物’何如也哉？得于吾心而已。”这样一来，老子的“道”尚可以理解为客观的“物”。杜道坚的“道”就明确是指主观的“心”了。（21，25 章）

“绝圣弃智”问题，本来是道家的传统思想，不仅老子说过：“绝圣弃智，民利百倍；绝仁弃义，民复孝慈；绝巧弃利，盗贼无有。”而且庄子也说过：“绝圣弃智，大盗乃止；剔玉毁珠，小盗不起。”只有圣人无为，智者不言，抛弃一切人为的仁义巧利，使民无欲，才能达到大治。但杜道坚不这样看，他不明说这些意见不对，却换了一种方式，正面说：“圣智仁义，天下之大本也，其可绝弃乎”？这些“先王之法”，本身并不坏，只不过被后来某些盗名欺世的人用坏了，“盖三代之季，世道不古，原其所谓圣指仁义巧利之心者，不过窃先王之法言饰词，以欺当世。”老子的意见是针对他们而来的，“凡假圣指以惊愚俗，假仁义以舞干戈，假巧利以启盗贼者，则绝而弃之。”如果圣人智者施行仁义，“使民安其居，地利百倍，家足其用，民复孝慈，盗贼何有哉?”（19 章）圣智仁义，是治天下的大本，怎么能够绝弃呢！这样的解老释老，在老学研究史上是很少见的，很值得人们的注意。

杜道坚对老子思想，既有继承又有发展的地方很多，颇有新意，先略举如上，以见一斑，在下面的叙述中，可以看到更多。

二、引儒入道　儒道合流

杜道坚《原旨》之所以能够颇多新意，是由于他虽然是道教大宗师，却没有门户之见，不主一家。牟献在为《原旨》作序时说："夫道术久裂，人各私其私，竟立门户，甚至保残护缺，以相非诋，莫肯旷能舍己，求为真是之归。杜君虽自号原旨，而不主一家，惟理是同，惟经是从，惟正是宗，务使天下后世，无所置疑于其师之说。"正是由于有这种博大襟怀，因此在给《道德经》作注时，引用道家以外的诸家著作颇多。

儒家的创始人孔子，受到杜道坚的特殊尊重，把他与崇为道家"玄圣"的祖师老子，同等看待。他认为这两位圣人在差不多的时候，同时出现，是由于当时"攘臂相仍，民不堪处，于是玄圣素王者出。"他们各自提出自己的学说，"道德著而理欲分，春秋作而名分定，辞虽不同，而旨则一。"（38 章）说法和做法虽然不同，但目的都是为了治国救民，并无不同。因此可以把儒家的某些思想引入道家，进行必要的补充。

杜道坚认为这两位圣人著书立说的方式，也很相同。他说："老子五千言，引用坟典古语为多，如经中凡称是以圣人、称古人所谓称建言有之、称故圣人云、称用兵有言，是皆明露申述古圣遗言。故孔子述而不作，窃有比焉。惟信而好古者，可与言此道。"（6 章）

杜道坚认为两位圣人都是"行无言之教。"他说："圣人体天道而处无为之事，行不言之教。天下希及之。此道惟老、孔得之，而不得行于当世。故孔子亦有予欲无言之叹。又曰如有用我者，吾其为东周乎！圣人之忧，以天下以道自任也如此，是岂果欲无言哉，是岂不欲行于当世哉！必有不得已者而已之者矣。"（43 章）

两位圣人的言论，在某些场合或有不同，杜道坚便极力加以弥合。例如，老子"报怨以德"的思想，孔子在《论语·宪问》中，是不以为然的，他认为应该"以直报怨，以德报德"①；不过，孔子在《礼记·表

① 《论语》卷 7，世界书局 1935 年版。

记》中又说："以德报怨，则宽身之仁也"①，还是加以肯定的。杜道坚便进一步发挥说："报怨以德，凡上下之交，或有不善，则当以德报为心，如善者吾善之，不善者吾亦善之，是也。"（63章）

被视为儒家经典著作的《书经》，杜道坚就多次引用，主要有以下几处。

引用《泰誓上》的"惟天地万物父母，惟人万物之灵。② 说明人是可以进入"玄之又玄，众妙之门"的。（1章）

引用《大禹谟》的"惠迪吉，从逆凶，惟影响"③，说明事物之间"有无相生，难易相成"的关系，而且要认识其"非影动形，形动影也；非谷动声，声动谷也"的地位，自觉注意其影响。（2章）

引用《大禹谟》"人心惟危，道心惟微"④，说明老子所说"为学日益，为道日损"的本意，杜道坚认为"为学日益，众人之道也；为道日损，圣人之道也。上知不能无人心，下愚不能无道心"，若能"允执厥中，又何损焉"。（48章）

引用《大禹谟》"罔违道以干百姓之誉，罔弗百姓以从己之欲"⑤，说明老子所说"取天下常以无事，及其有事，不足以取天下。"进一步发挥说："无事云者，行其所无事也；有事云者，欲强人之从己也。"若"能行其所无事，则天下归之犹水之就下也；欲强人之从己，乌足以取天下哉。"（48章）

引用《皋陶谟》中的"知人则哲，能官人，安民则惠，黎民怀之。无旷庶官，天工人其代之"⑥，说明"道者，万物之奥"。（62章）

引用《召诰》"祈天永命，上下勤恤"的话⑦，对老子所说"治人事天，莫若啬。"进行注释说："治人养其外者也，事天养其内者也，凡天

① 《礼记》卷9，世界书局1935年版。
② 《书经》卷4，世界书局1935年版。
③ 《书经》卷1，世界书局1935年版。
④ 《书经》卷1，世界书局1935年版。
⑤ 《书经》卷1，世界书局1935年版。
⑥ 《书经》卷1，世界书局1935年版。
⑦ 《书经》卷5，世界书局1935年版。

之在我者，无不当养也。养之道莫若啬。”只要服勤积德，就可以长治久安。认为“老子之治人事天，书之祈天永命，一也。”精神是一致的。“人得其养，则惟危者安，天得其养，则惟微者明，无不克。治人有道则国昌，事天有道则身康，久长可保。”（59 章）

儒家经典的《易经》，也常被引用。老子说：“常无欲以观其妙，常有欲以观其徼。”他便引用《系辞下》“三才”① 的说法，加以发挥说“三才立而人道兴，人能观天道，而修人道，未有不入圣人之域者也。就可以进入众妙之门”（1 章）。老子说：“图难于其易，为大于其细。”他便引用《上经噬嗑传》“不远复，无祇悔，元吉”之说，来说明“天下难事必作于易，大事必作于细”（63 章）等。

引用《诗经·荡荡》“靡不有初，鲜克有终”②，说明老子所说“天下难事必作于易”，“多易必多难，难之于始，故终无难”。（63 章）

引用《礼记·大学》修身齐家治国平天下的思想③。认为“盖自天子至于庶人，一是皆以修身为本。”将它与《老子》相比附：“修之身，其德乃真，慎厥身，修思永，真其在矣。修之家，其德乃余，能克家，则善有余庆也。修之乡，其德乃长，斯友一乡之善士也。修之国，其德乃丰，国人皆好之也。修之天下，其德乃普，天下慕之也”。（54 章）

引用《礼记·中庸》“致中和，天地位，万物育”④，来说明老子的“万物负阴而抱阳，冲气以为和”。把儒道二家糅合在一起，认为“冲和者，中和也”。“修身而不明此，则无以致吾身之中和；治国而不明此，则无以育天地间之万物。”（42 章）

引用《礼记·中庸》“君子中庸，小人反中庸”⑤，解释老子“损有余补不足”，并举例说明：“以射为喻，高者抑之，下者举之，上下之中可见；有余者损之，不足者补之，小大之中可见；地气上升，天气下降，抑高举下之道也；热极变凉，寒极变温，损有余补不足之道也；天之道，

① 《易经》卷 3，世界书局 1935 年版。
② 《诗经》卷 7，世界书局 1935 年版。
③ 《礼记》卷 1，世界书局 1935 年版。
④ 《礼记》卷 9，世界书局 1935 年版。
⑤ 《礼记》卷 9，世界书局 1935 年版。

其折中如此”。(77 章)

引用《礼记·坊记》“君子先人而后己”的思想①，来解释老子“后其身而身先”，认为“惟知先天下而后吾身，内此道而外吾身；后之外之，而自先自存，故生意长在”。(7 章)

关于性与命的问题，老子只言复命，而不言性。但杜道坚说“老氏言有生于无，性其在矣。”而且把它与儒家学说紧密联系起来说，“仲尼之尽性至命，反终之谓也。子思之天命谓性，原始之谓也。”因此他认为“性者吾所固有，命者天之所赋，生之始也，性不得命，吾无以生，命不得性，天无以赋，性与命交相养而后尽，有生之道也，生之终也，形亡命复。惟性不亡，与道同久，修此谓之修道，得此谓之得道。”(40 章)

引用《左传》襄公二十九年的古语“太上立德，其次立功，其次立言，不获已也”②，说明老子“悠兮其贵言”的主张，最好的统治者处事悠然，不轻易发号施令。可见“立言”是不得已而行之，其地位和作用不应过高。(17 章)

对儒家大师孟子，杜道坚也十分尊重。经常引用他的思想著作来解释老子。例如老子说：“善人者，不善人之师；不善人者，善人之资。”为什么这两种截然相反的人，要相互学习借鉴呢？有点不好理解，杜道坚便引用《孟子·离娄上》“人之患在好为人师”的话③，认为“君子不以其养人者害于人”，待人接物要顺其自然，对善人和不善的人都要一律善待。要善于学习，不能自是，不能鄙弃，如果“不贵其师，不爱其资，虽智大迷”，不向好人学习，不以坏人为戒，自以为很聪明的人，其实是个大迷糊。(27 章)

引用《孟子·梁惠王》之“仁政”④ 来解《老子》，认为老子所说“民不畏死，奈何以死惧之”，与孟子对梁惠王所说：“杀人以刃与政，有以异乎?”二者的意思差不多。(74 章)

---

① 《礼记》卷 9，世界书局 1935 年版。

② 《春秋左传》卷 11，世界书局 1935 年版。

③ 《孟子》卷 7，世界书局 1935 年版。

④ 《孟子》卷 1，世界书局 1935 年版。

引用《孟子·尽心》“万物皆备于我”①，说明“人亦贵矣”，可是在“出生入死，天理之常”这个问题上，为什么还会有老子所说“动之死地亦十有三”呢？乃是由于“生生之厚，过求外物，益其厚养之心”，反而陷入了死地，真是“计亦左矣”。(50 章)

引用《孟子·告子》“人无有不善，水无有不下”②，解释老子“上善若水，水善利万物而不争”，认为“水之善众矣，故近于道”。(8 章)

引用董仲舒“天人合一”说③，解释老子“人法地，地法天，天法道，道法自然”，认为“人能仰观俯察，近取远求，由地而知天、知道、知自然，取以为法”。(25 章）他甚至认为老子的《道德经》“实一天人之书”。(序)

引用范仲淹“先天下之忧而忧，后天下之乐而乐”④，说明老子“为大于其细”。“圣人之心，以道自任，物理所在，从微至著”。(63 章)

引用宋儒“理学”思想，解释老子“天之道，损有余补不足，人之道则不然”，认为“天理人欲，常相反焉”。(77 章）显然与朱熹“革人欲，复天理”⑤ 的思想相近。

引用宋儒“心学”思想，解释老子的“道冲”，认为“官天地，府万物者，心也；心者，道之枢。人莫不有是心，心莫不有是道。惟其冲虚玄妙，渊静有容，故能包裹六极”。（4 章）他特别强调“未有吾心，先有天地，未有天地，先有吾心，吾心，此道也”（25 章)。显然与陆九渊“宇宙便是吾心，吾心即是宇宙”⑥ 的思想相近。

为什么杜道坚要频繁引用儒家著作解释老子呢？黎立武在为本书所作的《序》中指出：“老、易无二道，儒、道与天地同功”，可谓一语中的。徐天佑的《序》，则指出历史上“为老氏学者，率右老而左儒”的错误，甚至“指儒者为异教，孔、老之学遂歧为二。”另一方面，“世儒往

① 《孟子》卷 13，世界书局 1935 年版。
② 《孟子》卷 11，世界书局 1935 年版。
③ 董仲舒：《春秋繁露》卷 1，上海古籍出版社 1989 年版。
④ 范仲淹：《岳阳楼记》，载《古文观止》，南京大学出版社 1993 年版。
⑤ 黎靖德编：《朱子语类》卷 13，中华书局 1997 年版。
⑥ 李幼武：《宋名臣言行录外集》卷 15，文渊阁四库全书本。

往骇于绝弃之言，夫岂知其矫也，而非真欤。”这样一来，儒、道二家便走上了互相排斥的道路。现在“南谷杜君之为是学也，不以道家学训老氏书，独援儒以明之，章研句析而前后相蒙，引类比义，悉举五三帝王孔孟之道，传诸其说。诸微言眇旨，与六经合者，不可一二举。”人们在读过杜道坚此书后，如果还“谓孔老不为一家，吾不信也。”他“窃叹君之贯穿融液，可谓勤且博矣”，甚为钦佩。王易简的《序》也称赞杜道坚“君出儒家，从老氏学，能不私所主，而折衷二者之间，贤哉!”众口一辞，可见杜道坚引儒入道，融会贯通，具有很重要的价值与意义。

三、引史证经　经世致用

牟献在为《原旨》作序时说：“杜君博极群书，不但发明其宗旨而已，于某章曰是尧舜之事也，某章又曰是禹、文王、武王之事也。其说以为老聃为柱下史，所职者史，而百篇之书亦史也”。这是千百年来注老、读老不大注意的，杜道坚注意及此，可谓一大发明，很有参考的价值。

1. 学点历史，很有必要

杜道坚认为：“人不可以不知道，道不可以不知古，古必有始”，这就是历史。学点历史，“不惟独善其身，亦可以纪纲天下”，无论是个人修养，还是治理国家，都是很有好处的。(14 章)

2. 原始社会，品德高尚

老子说“生之畜之，生而不有，为而不恃，长而不宰，是谓玄德。”杜道坚认为是指原始社会，只有在那时才“生之以道，畜之以德，物我各遂其自然，生之为之”，共同劳动，共同生活，“长之而不有，不恃不宰”，没有私有财产，没有阶级国家。“此陶唐氏之民，所以不识不知帝力何有，是之谓玄德”。当时的老百姓不知道什么政权，也不会去谋取权力，具有高尚的品德。(10 章)

3. 阶级社会，思想诈伪

老子说：“大道废有仁义，智慧出有大伪”。杜道坚认为是指夏商周

三代以后的现象，“三皇出而大道废，五常作而有仁义，三王兴而智慧出，五霸起而有大伪。”（18 章）

4. 依靠三宝，夏商周兴，反之，桀纣灭亡

老子说：“我有三宝，持而保之”，只提出它的重要性，没有事实说明。杜道坚便用夏商周三代开国之君的历史来证明说：“夫‘慈故能勇’，班师整旅，舞干羽而苗民格；‘俭故能广’，薄衣服而致孝乎鬼神，卑宫室而致费于沟洫；‘不敢为天下先，故能成器长’，舜命总朕师，逊举皋陶，固辞不获，乃有位，古之人有行之者，禹是也。‘今舍其慈且勇’，所以诛龙逢，戮比干；‘舍其俭且广’，所以为倾宫瑶台，琼室玉门；‘舍其后且先’，所以囚汤夏台，囚昌里；‘死矣’，南巢、牧野之祸至；古之人有行之者，桀纣是也。夫‘慈以战则胜’，仁者无敌；‘以守则固’，民效死弗去；‘天将救之，以慈卫之’，夏台里之厄所以脱；古之人有行之者，汤文是也”。（67 章）

5. 治国用兵，有史可考

老子说：“以正治国，以奇用兵，以无事取天下。”杜道坚更认为是“无名古史”。他说：“尧之庶绩咸熙，百揆时序，以正治国也。禹之班师正旅，七旬有苗格，以奇用兵也。汤以葛伯不祀而征，遂灭十一国，桀放而有诸夏，奇之次也。周以纣不道而伐，大会盟津，战于牧野，纣焚而有诸商，又其次矣”。此后，“周事中衰，厉王好利，以荣公为卿，专利害民，使卫巫监谤，以告则杀”。就是老子所说“天下多忌讳而民弥贫矣”。“淮夷入寇，民相与为畔，袭王奔彘，共和行政”。就是老子所说“民多利器，国家滋昏矣”。“幽王淫昏，以石父为卿，佞巧好利，用事专任，政治多邪，诸侯或畔，戎狄杀之”。就是老子所说“人多技巧，奇物滋起，法令滋彰，盗贼多有矣”。（57 章）总之，老子书中的许多政治用语，并非空洞的理想原则，全是具体历史的概括，班班可考，应该特别重视。

6. 历史发展的辩证法

老子说：“正复为奇，善复为妖”。杜道坚认为这也是对历史规律的总结，“禹陟帝位，正也；于其子孙弗率，皇天降灾，假手于汤，正复为

奇矣。汤征自葛，善也；惟纣罪浮于桀，假手于周，善复为妖也”。这个历史的辩证法，虽然具有客观规律性，但不是命定的，而是有规律可循的，人们可以通过自觉自律，去认识它掌握它。不能够“知存而不知亡，知得而不知丧”。忘乎所以，要经常警惕自己，“正其在我者，则有不待正，而彼将自正矣，乌有所谓为奇为妖哉！”（58章）

《原旨》值得研究的地方很多，限于篇幅，暂且止住，其余待续。

[原载《安徽师范大学学报》（人文社会科学版），2000年第4期]

附　录

杨国宜论著目录

一、著　作

1.《安徽古战场》，安徽教育出版社，1982 年（获 1986 年安徽省首届社会科学优秀成果二等奖）。

2.《包拯集编年校补》，黄山书社，1989 年（获 1992 年安徽省社会科学优秀成果二等奖）。

3.《包拯集校注》，黄山书社，1999 年。

4.《方腊起义研究》（编委），安徽人民出版社，1980 年。

5.《皇子传》（副主编），河南人民出版社，1990 年。

6.《中国历代皇子》（副主编），河南人民出版社，1996 年。

7.《冤臣传》（副主编），河南人民出版社，1993 年。

8.《中国历代冤臣》（副主编），河南人民出版社，1996 年。

9.《社会发展史》（合著），安徽人民出版社，1976 年。

10.《全文译注古文观止》（主编），南京大学出版社，1993 年。

11.《全文译注四书》（主编），南京大学出版社，1993 年。

12.《当代社会科学大辞典》（主编历史学），南京大学出版社，1996 年。

13.《中国历史大事典》（主编宋代部分），山东大学出版社，2000 年。

14.《安徽文化史》（编委），南京大学出版社，2001 年。

15.《〈新安志〉整理与研究》（合著），黄山书社，2008 年。

16.《明朝灾异野闻编年录——原名〈二申野录〉》，安徽师范大学出版社，2010 年。

17.《历史论文选集》（编委），合肥师范学院，1961 年。

18.《纲鉴易知录》（主编唐代部分），当代中国出版社，1998 年。

19.《资治通鉴菁华录》（主编唐代部分），新世界出版社，2008 年。

二、论　文

（一）通　论

1.《史学何用》，载《安徽老干部》，2002 年第 3 期。

2.《正确继承祖国文化遗产》，载《合肥师范学院学报》，1966 年第 1 期。

3.《也要重视阶层分析》，载《光明日报》，1984 年 3 月 4 日。

4.《略论科学历史观和系统方法论》，载《安徽史学》，1986 年第 3 期。

5.《学习毛泽东思想研究中国古代史基本问题》，载《史学月刊》，1961 年第 10 期。

6.《儒家平均思想的实质和影响》，载《池州师专学报》，1993 年第 1 期。

7.《男尊女卑的历史考察》，载《安徽师范大学学报》，1978 年第 2 期。

8.《笼罩在封建社会农民头上的怪圈》，载《农村发展的历史与未来》，山东人民出版社，2004 年。

9.《我国古代的商品生产和商品流通》，载《合肥师范学院学报》，1959 年第 2 期。

10.《关于农民战争夺取城市问题》，载《文汇报》，1964 年 10 月 27 日。

11.《究竟怎样评价让步政策》，载《文汇报》，1966 年 1 月 17 日。

12.《〈中外文明史纲〉绪论》，载《中外文明史纲》，合肥工业大学出版社，2005 年。

（二）土地制度研究

1.《略论土地所有制形式问题》，载《光明日报》，1957年8月1日（后收入《中国封建土地所有制形式问题讨论集》，生活·读书·新知三联书店，1962年）。

2.《中国土地制度概说》，载《历史教学问题》，1982年第3、4期。

3.《略论我国土地所有制的形式及其演变》，载《合肥师范学院学报》，1961年第10期。

4.《北宋土地占有形态及其影响》，载《历史教学问题》，1958年第3期。

5.《南宋大土地所有制的发展》，载《史学月刊》，1959年第2期（4、5两文后收入《中国封建社会土地所有制形式问题讨论集》，生活·读书·新知三联书店，1962年）。

6.《略论元朝的土地制度》，载《安徽师范大学学报》（哲学社会科学版），1984年第3期。

7.《晚明土地占有关系的演变》，载《历史教学问题》，1957年第2期（后收入《明代社会经济史论文集》，香港萃文书店，1975年）。

8.《清朝前期的土地制度》，载《史学月刊》，1959年第8期（后收入《中国近三百年社会经济史论集》，香港萃文书店，1972年）。

9.《从土地所有制看中国封建社会的长期性》，载《中国史学集刊》第一辑，江苏古籍出版社，1987年。

（三）历史事件研究

1.《共工传说史实探源》，载《文史》第三辑，中华书局，1963年。

2.《战国封建社会的历史不容歪曲》，载《安徽师范大学学报》，1977年第4期。

3.《略论西汉的酷吏》，载《六安师专学报》，1992年第3期。

4.《东吴平定皖南山越战争的性质及其历史作用》，载《安徽史学》，1960年第3期。

5.《从民心向背看淝水之战的性质》，载《江淮评论》，1982年第1期。

6.《略论“贞观之治”》，载《历史教学》，1962年第7期。

7.《唐代文人入幕成风的原因》，载《安徽师范大学学报》（哲学社会科学版），1991年第3期。

8.《唐代幕府文人的境遇》，载《天府新论》，1991年第5期。

9.《“澶渊之盟”平议》，载《澶渊之盟学术研讨会论文汇编》，2004年10月。

10.《略论范仲淹反腐败》，载《第三届范仲淹国际学术论坛论文集》，2009年。

11.《庆历新政和保州兵变》，载《天府新论》，1993年第5期。

12.《庆历新政时期保州兵变的评价问题》，载《安徽师范大学学报》（哲学社会科学版），1993年第3期。

13.《王安石变法的阶级性、进步性和局限性》，载《安徽日报》，1961年10月28日。

14.《论王安石变法的平均思想》，载《安徽史学》，1986年第2期。

15.《王安石变法失败的历史教训》，载《江西社会科学》，1988年第5期。

16.《王立以合州城降元（西川行院）众因考实》，载《中国钓鱼城暨南宋后期历史国际学术讨论会文集》，重庆出版社，1991年。

（四）历史人物研究

1.《一代名相，蒙冤而死的名相寇准》，载中国台湾《历史》月刊，1997年第2期。

2.《长山朱氏两地考》，载《范仲淹文化研究》，中国文史出版社，2006年。

3.《盘点长山朱氏问题争论的史料》，载《范仲淹研究》，2010年第2期。

4.《包拯传》，载《合肥师范学院学报》，1960年第2期。

5.《包拯的生平及其影响》，载《安徽日报》，1962年11月24日。

6.《志雪靖康耻，冤死风波亭的岳飞》，载《冤臣传》，河南人民出版社，1994年。

7.《忠贯日月，难免投荒的洪皓》，载《冤臣传》，河南人民出版社，1994 年（6、7 两文后收入《新资治通鉴》，光明日报出版社，1998 年）。

8.《叨窃相位、索贿败政的南宋宰相陈自强》，载《贪官传》，河南人民出版社，1992 年。

9.《南宋漳州士人的爱国传统》，载《陈元光国际学术讨论会论文集》，厦门大学出版社，1993 年（后收入《宋史研究论文集》，河南大学出版社，1993 年）。

10.《被迫让国的东丹太子耶律倍》，载《皇子传》，河南人民出版社，1991 年。

11.《欲壑难填的皇太弟耶律重元》，载《皇子传》，河南人民出版社，1991 年。

12.《一代天骄——纪念成吉思汗诞生八百年》，载《文汇报》，1962 年 7 月 17 日。

13.《元代著名的政治家耶律楚材》，载《中国历代名臣》（下），河南人民出版社，1987 年。

14.《孔齐考》，载《内陆亚洲历史文化研究——韩儒林先生纪念文集》，南京大学出版社，1996 年。

15.《究竟怎样评价李岩》，载《光明日报》，1965 年 10 月 20 日。

16.《略论明清之际的地主阶级革新派》，载《中国封建地主阶级研究》，中国社会科学出版社，1988 年。

（五）人物思想研究

1.《范仲淹民本思想新探——读〈范文正公集〉札记》，载《范仲淹研究文集》，北京大学出版社，2009 年。

2.《略论包拯的民本思想》，载《安徽师范大学学报》（人文社会科学版），2002 年第 1 期。

3.《略论朱熹的民本思想》，载《古籍研究》，2004 年（上）。

4.《民本思想的形成、转化和超越》，载《合肥学院学报》，2007 年第 3 期。

5.《朱熹和谐理念的现代诠释》，载《合肥学院学报》，2005 年第

3期。

6.《朱熹：人与自然的和谐》，载《南宋史暨南宋临安研究》，人民出版社，2009年。

7.《略论陈傅良的学派、思想和风格——读〈文献通考·止斋曰〉》，载《纪念陈傅良诞辰870周年暨永嘉学派学术讨论会文集》，2007年。

8.《杜道坚考》，载《古籍研究》，1997年第3期。

9.《杜道坚〈文子缵义〉义蕴初探》，载《古籍研究》，1998年第3期。

10.《〈道德玄经原旨〉对老子思想的继承和发展》，载，《安徽师范大学学报》（人文社会科学版），2000年第4期。

11.《略论〈道德经原旨〉的皇道论》，载《安徽师范大学学报》（人文社会科学版），2004年第1期。

12.《略论〈道德经原旨〉的帝德论》，载《安徽师范大学学报》（人文社会科学版），2006年第3期。

13.《杜道坚及其〈文子缵义〉》，载《安徽文化史》，南京大学出版社，2000年。

（六）社会经济与文化研究

1.《宋代农民的政治地位和经济生活》，载《安徽师范大学学报》（哲学社会科学版），1988年第2期。

2.《宋代淮河流域交通史述论稿》，载《淮河文化研讨会论文汇编》，2007。

3.《北宋淮河流域水运路线开发述论》，载《蚌埠涂山与华夏文明》，黄山书社，2002年。

4.《两宋时期淮河流域交通的盛衰》，载《淮河文化纵论》，合肥工业大学出版社，2008年。

5.《范公〈无题〉是高翥作品》，载《范学研究》，2009年。

6.《包拯集编年考略》，载《安徽师范大学图书馆建馆六十周年纪念文集》，1988年。

7.《包拯集编年校补》之《前言》，黄山书社，1989年。

8.《包拯集校注》之《前言》，载《古籍研究》，1996年第2期。

9.《宋江受招安是"农民的局限性"吗》，载《安徽师范大学学报》，1975年第3期。

10.《水浒的成书和宋元阶级斗争》，载《安徽师范大学学报》，1975年第4期。

11.《宋代名人在安徽》之《范仲淹》《欧阳修》《王安石》《苏东坡》，载《安徽文化史》，南京大学出版社，2000年。

12.《南宋禁书·北征谠议·治安药石》，载《古籍研究》，1999年第2期。

13.《蒙古氏族制的瓦解和封建制的形成》，载《华东师范大学学报》，1959年第4期。

14.《略论元朝的法律》，载《安徽师范大学学报》（哲学社会科学版），1982年第3期。

15.《具有重要史料价值的"明朝灾异编年史"——孙之騄及其〈二申野录〉》，载《安徽师范大学学报》（人文社会科学版），2007年第4期。

16.《徐光启及其〈农政全书〉》，安徽日报，1962年4月27日。

（七）安徽地方史研究

1.《略论江淮地区的古文化及其与吴楚文化的融合》，载《安徽史学》，1985年第3期。

2.《丹阳铜、梅根冶、永丰监考》，载《文物研究》，1990年第6期。

3.《论曹操在历史上的作用》，载《安徽史学通讯》，1959年第2期。

4.《黄巢起义与安徽》，载《古籍研究》，2001年第1期。

5.《略论包拯反腐败》，载《安徽史学》，1995年第1期（后收入《包拯研究与史料汇编》，新加坡天圣坛，1998年）。

6.《包拯和农民起义》，载《安徽师范大学学报》（哲学社会科学版），1989年第2期。

7.《略论包拯的监察思想》，载《开封文博》，1993 年第 2 期。

8.《包拯墓并不神秘》，载《芜湖广播电视报》，1994 年 11 月。

9.《包拯关于辽夏问题的对策》，载《安徽师范大学学报》（人文社会科学版），1999 年第 1 期。

10.《包拯：改革法制，整治腐败》，载《包拯研究与传统文化》，安徽人民出版社，2001 年。

11.《陈翥生平事迹考——〈五松陈氏宗谱〉质疑》，载《安徽师范大学学报》（哲学社会科学版），1996 年第 1 期。

12.《包拯〈赠陈翥诗〉是伪作》，载《开封文博》，2001 年第 2 期。

13.《包公何曾来乌霞》，载《大江晚报》，2009 年 3 月 6 日。

14.《黄庭坚与安徽的缘分》，载《安徽师范大学学报》（人文社会科学版），2008 年第 5 期。

15.《方腊起义研究中几个问题的商榷》，载《学术月刊》，1980 年第 4 期。

16.《方腊起义的阶级基础》，载《安徽师范大学学报》，1976 年第 3 期。

17.《反对权奸，被诬贬死的吴潜》，载《冤臣传》，河南人民出版社，1994 年。

18.《刘福通之谜》，载《安徽师范大学学报》（哲学社会科学版），1997 年第 1 期。

19.《从〈大诰〉看朱元璋的反腐败》，载《安徽史学》，1999 年第 2 期。

20.《民族志士吴应箕》，载《安徽史学通讯》，1960 年第 2 期。

（八）历史地理研究

1.《陈胜生地阳城再考——与汝南阳城说商榷》，载《光明日报》，1959 年 8 月 20 日。

2.《陈胜生地阳城再考》，载《安徽师范大学学报》，1979 年第 3 期。

3.《从合肥到肥合》，载《安徽史学通讯》，1959 年第 3 期。

4.《再谈沟通江淮的水道》，载《合肥师范学院学报》，1961 年第

2 期。

5.《答刘彩玉》，载《合肥师范学院学报》，1962 年第 2 期。

6.《肥水何源》，载《安徽日报》，1963 年 7 月 19 日。

7.《黄山得名的由来》，载《〈黄山区志〉出版会议论文集》，2008 年。

8.《承前志之精华　载盛世之业绩——喜读〈黄山区志〉》，载《〈黄山区志〉出版会议文集》，2008 年。

（九）近代史研究

1.《帝国主义是上海小刀会起义的绞杀者》，载《历史教学》，1963 年第 11 期。

2.《五四时期对封建道德的批判》，载《历史教学》，1981 年第 5 期。

（十）评论序跋

1.《〈甲骨文金文释林〉序》，安徽人民出版社，2006 年。

2.《中国古代青铜之谜的破解——〈江南铜研究〉介评》，《安徽师范大学学报》（人文社会科学版），2005 年第 2 期。

3.《一部优秀的地方史——读〈简明安徽通史〉》，载《学术界》，1995 年第 3 期。

4.《喜读〈唐刺史考全编〉》，载《古籍研究》，2002 年第 1 期。

5.《唐代宣州刺史名录"补正"》，载《古籍研究》，2003 年第 1 期。

6.《雅俗共赏的一套好书——代序》，载《五代状元奇谈·五代状元谱》，紫禁城出版社，2003 年。

7.《唐代状元研究的新成果——〈唐代状元谱〉评介》，载《孝感职业技术学院学报》，2002 年第 4 期。

8.《一部农村集市经济史的新著——〈宋代草市镇研究〉评介》，载《福建论坛》，1990 年第 1 期。

9.《爱国知识分子苦难历程的真实写照——〈谢叠山大传〉评介》，载《南昌大学学报》（人文社会科学版），1997 年第 1 期。

10.《〈宋代法制文明史研究〉序》，载《安徽师范大学学报》（人文社会科学版)，2009 年第 1 期。

11.《探索·求实·求真——评〈宋代法制文明史研究〉》，载《学术界》，2009 年第 2 期。

12.《值得一读的〈秦桧传〉》，载《安徽大学学报》(哲学社会科学版)，2000 年第 2 期。

13.《中国区域教育史研究的新成果——〈徽商与明清徽州教育〉评介》，载《安徽师范大学学报》(人文社会科学版)，2003 第 1 期。

14.《人才选拔：渊源流长　意义重大——读〈中国历史上的人才选拔制度〉》，载《学术界》，2006 年第 3 期。

15.《评介〈淮河流域经济开发史〉》，《安徽史学》，2002 年第 1 期。

16.《史学研究　贵在求真——读〈求真集——俞兆鹏史学文选〉》，载《江西图书馆学刊》2005 年第 3 期。

17.《纵论传统文史资源　构建和谐社会文化——喜读〈文史纵横〉》第一辑，载《江南文史》第 2 辑，2008 年。

18.《新安理学：理学史研究的新突破》，载《朱子学术讨论会文集》，2010 年。

19.《人生感悟》，载《教书育人感悟录》，2006 年。

三、读史札记

1.《关于“梯田”》，载《历史教学问题》，1958 年第 5 期。

2.《稻麦生产小史》，载《合肥师范学院学报》，1961 年第 1 期。

3.《曹操和江淮屯田》，载《安徽日报》，1959 年 3 月 13 日。

4.《唐代宣城的特产》，载《安徽日报》，1959 年 3 月 16 日。

5.《循吏孙叔敖》，载《安徽日报》，1959 年 4 月 5 日。

6.《南宋时望江产铁》，载《安徽日报》，1959 年 6 月 10 日。

7.《元代安徽的杂剧作家》载《安徽日报》，1959 年 6 月 20 日。

8.《黟县二题》，载《安徽日报》，1959 年 7 月 29 日。

9.《旱魃小史》，载《安徽日报》，1959 年 7 月 30 日、8 月 2 日。

10. 《养猪古今谈》，载《安徽日报》，1959 年 11 月 2、29 日。

11. 《大别山区的几次民族斗争》，载《安徽日报》，1959 年 11 月 23 日。

12. 《历史上的植树造林》，载《安徽日报》，1960 年 1 月 16 日。

13. 《陈汉山的名称由来》，载《安徽日报》，1960 年 2 月 10 日。

14. 《谈农时》，载《安徽日报》，1960 年 5 月 10 日。

15. 《稻麦生产小史》，载《安徽日报》，1960 年 7 月 7 日。

16. 《白苏和紫苏》，载《安徽日报》，1961 年 1 月 12 日。

17. 《漫话春节》，载《合肥日报》，1961 年 2 月 15 日。

18. 《星期的起源》，载《安徽日报》，1961 年 3 月 26 日。

19. 《长勺之战》，载《合肥日报》，1961 年 7 月 27 日。

20. 《发愤图强的勾践》，载《安徽日报》，1961 年 10 月 26 日。

21. 《学而时习之，不亦说乎》，载《安徽日报》，1961 年 12 月 27 日。

22. 《是历史也是真理观〈胆剑篇〉》载《合肥日报》，1962 年 2 月 10 日。

23. 《一年明月打头圆》，载《合肥日报》，1962 年 2 月 19 日。

24. 《历史和戏剧》，载《安徽日报》，1962 年 3 月 18 日—3 月 20 日。

25. 《英雄的大别山》，载《合肥日报》，1962 年 7 月 27—8 月 15 日。

26. 《说“老”》，载《安徽日报》，1962 年 10 月 26 日。

27. 《办事与晓事》，载《安徽日报》，1962 年 10 月 28 日。

28. 《孔子政治思想讨论会》，载《合肥日报》，1962 年 11 月 28 日。

29. 《不作东郭第二》，载《安徽日报》，1963 年 1 月 6 日。

30. 《多粪肥田》，载《合肥日报》，1963 年 2 月 21 日。

31. 《欲田之垦，在兴水利》，载《合肥日报》，1963 年 1 月 10 日。

32. 《说“童年”》，载《安徽日报》，1963 年 6 月 2 日。

33. 《险些上了“鬼”话的当》，载《安徽日报》，1963 年 7 月 16 日。